STAR WARS™

Sturm über Tatooine

Kevin J. Anderson (Hrsg.)

Das Star-Wars-Universum im Blanvalet Verlag:

Terry Brooks: STAR WARS. Episode I – Die dunkle Bedrohung (35243)

George Lucas: STAR WARS. Krieg der Sterne (35248) • Donald F. Glut: STAR WARS. Das Imperium schlägt zurück (35249) • James Kahn: STAR WARS. Die Rückkehr der Jedi-Ritter (35250)

Timothy Zahn: STAR WARS. Erben des Imperiums (35251) • Timothy Zahn: STAR WARS. Die dunkle Seite der Macht (35252) • Timothy Zahn: STAR WARS. Das letzte Kommando (35253)

Alan Dean Foster: STAR WARS. Skywalkers Rückkehr (25009)

Kevin J. Anderson (Hrsg.): STAR WARS. Sturm über Tatooine (24927) • Kevin J. Anderson (Hrsg.): STAR WARS. Palast der dunklen Sonnen (24928) • Kevin J. Anderson (Hrsg.): STAR WARS. Kopfgeld auf Han Solo (25008)

Brian Daley: STAR WARS. Han Solos Abenteuer. Drei Romane in einem Band (23658)

L. Neil Smith: STAR WARS. Lando Calrissian – Rebell des Sonnensystems. Drei Romane in einem Band (23684)

Michael Stackpole: STAR WARS. X-Wing – Angriff auf Coruscant (24929) • Michael Stackpole: STAR WARS. X-Wing – Die Mission der Rebellen (24766) • Michael Stackpole: STAR WARS. X-Wing – Die teuflische Falle (24801) • Michael Stackpole: STAR WARS. X-Wing – Bacta-Piraten (24819) • Aaron Allston: STAR WARS. X-Wing – Die Gespensterstaffel (35128) • Aaron Allston: STAR WARS. X-Wing – Operation Eiserne Faust (35142)

Kevin J. Anderson & Rebecca Moesta: STAR WARS. Young Jedi Knights 1: Die Hüter der Macht (24873) • Kevin J. Anderson & Rebecca Moesta: STAR WARS. Young Jedi Knights 2: Akademie der Verdammten (24874) • Kevin J. Anderson & Rebecca Moesta: STAR WARS. Young Jedi Knights 3: Die Verlorenen (24875) • Kevin J. Anderson & Rebecca Moesta: STAR WARS. Young Jedi Knights 4: Lichtschwerter (24876) • Kevin J. Anderson & Rebecca Moesta: STAR WARS. Young Jedi Knights 5: Die Rückkehr des Dunklen Ritters (24877) • Kevin J. Anderson & Rebecca Moesta: STAR WARS. Young Jedi Knights 6: Angriff auf Yavin 4 (24878)

Weitere Bände sind in Vorbereitung.

STAR WARS™

Sturm über Tatooine

Kevin J. Anderson (Hrsg.)

Stories

Deutsch von Thomas Ziegler

BLANVALET

Die Originalausgabe erschien unter dem Titel
Star Wars: Tales from the Mos Eisley Cantina
bei Bantam Books, New York

Umwelthinweis:
Alle bedruckten Materialien dieses Taschenbuches
sind chlorfrei und umweltschonend.
Das Papier enthält Recycling-Anteile.

Blanvalet Taschenbücher erscheinen im Goldmann Verlag,
einem Unternehmen der Verlagsgruppe Bertelsmann GmbH.

Deutsche Taschenbuchausgabe 8/99

Umschlaggestaltung: Design Team München
Umschlagillustration: © 1997, 1999 by Lucasfilm Ltd. & ™/Stephen Youll
Satz: deutsch-türkischer fotosatz, Berlin
Druck: Elsnerdruck, Berlin
Verlagsnummer: 24927
Redaktion: Gerd Rottenecker
V. B. • Herstellung: Sabine Schröder
Printed in Germany
ISBN 3-442-24927-9

1 3 5 7 9 10 8 6 4 2

Für Bill Smith
von West End Games

der eine wahre Fundgrube
an Informationen und Ideen war
und die Charakterzeichnungen
und Ausgangssituationen
für viele dieser Geschichten
beisteuerte.

Der Raumhafen von Mos Eisley. Nirgendwo findet man eine elendere Brutstätte für Abschaum und Verbrecher. Wir müssen vorsichtig sein.

OBI-WAN KENOBI

Ich bin auf alles vorbereitet.

LUKE SKYWALKER

INHALT

Wir spielen nicht auf Hochzeiten:

Die Geschichte der Band

Kathy Tyers

Der höhlenähnliche, verräucherte Thronsaal von Jabba dem Hutt stank nach verschütteten Rauschmitteln und verschwitzten Körperpanzern. Wächter und Gauner, Tänzerinnen und Kopfgeldjäger, Menschen und Jawas und Weequays und Arconas lagen, wo sie umgefallen waren, zusammengerollt unter den Torbögen oder bunt durcheinandergewürfelt in den nischenförmigen Separées oder überall im Raum verstreut. Die inneren Fallgatter standen sperrangelweit offen.

Nur ein weiteres rauschendes Fest in Jabbas Palast.

Diese Fallgatter stören mich – was ist, wenn man plötzlich verschwinden muß? –, aber sie halten den übelsten Abschaum fern.

Lassen Sie es mich anders ausdrücken. Der übelste Abschaum, Jabba persönlich, bezahlte uns gut. Verbrecherlord, Genießer, Kritiker; sein haarloser, gefleckter Schwanz zuckte im Rhythmus, wenn wir spielten. Nicht in unserem Rhythmus. In seinem.

Wir sind Figrin D'an und die Modalnodi, angesehene Mitglieder der Intergalaktischen Musikervereinigung, und wir sind – oder waren – Jabbas festangestellte Hausband. Ich habe seine Ohren nie gesehen, aber Jabba weiß eine gute Swingband zu schätzen. Er liebt es außerdem, Kredit zu geben und Schmerzen zuzufügen, und er findet beides wesentlich therapeutischer als Musik.

Wir hockten in der Garderobe und packten unsere Hörner ein, während Jabbas Gäste schnarchten. Meine Fizzz – symphonische Erbsenzähler wie Sie würden sie als dorenianischen Beschniquel bezeichnen, aber das ist gequirlter Quark – hatte ich schneller im Koffer verstaut als man braucht, um einen imperialen Inspektor auf den Kopf zu stellen und seine Taschen nach Kreditcoupons zu durchsuchen.

Wir sind Bith. Unsere langen, haarlosen Hälse stellen eine höhere evolutionäre Entwicklungsstufe dar, und unsere Mundfalten sind für Blasinstrumente wie geschaffen. Wir nehmen Geräusche so klar wahr wie andere Spezies Farben.

Unser Bandleader, Figrin D'an, polierte müde sein Kloo-Horn (dahinter verbirgt sich ein Wortspiel, aber man muß schon Bithisch sprechen, um es zu verstehen). Es ist ein Doppelrohrblattinstrument, länger als meins und reicher an Pastellharmonien, aber sein Klang ist nicht so einschmeichelnd. Tedn und Ickabel stritten sich um ihre Fanfarkoffer. Nalan war bereits dabei, die Hornglocken von seinem Bandfill abzunehmen, und Tech – wir sehen für Nichtbith alle gleich aus, aber man kann Tech an seinem glasigen Blick erkennen – saß zusammengesunken an seiner Ommnibox. Die Empfangsschüssel der Ommni war von Gipsstaub und kleinen Mörtelbrocken bedeckt, die während einer nächtlichen Blasterschießerei von der Decke gefallen waren. (Die Ommni verstärkt die hohen und tiefen Töne unserer Instrumente und sorgt für einen satten, klaren Sound. Um sie zu spielen, muß man selbst als Bith ein Genie sein. Tech haßt Figrin. Figrin hat die Ommni in der letzten Saison in einem Sabaccspiel gewonnen.)

»He, Doikk.« An Figrins Kopf glitzerten Schweißperlen. Es versprach ein brütend heißer typischer Tatooine-Tag zu werden, und Jabbas Wärmeaustauscher brauchten dringend eine Überholung.

Ich legte meine Fizzz zur Seite. *Meine* Fizzz. »Was ist?« fragte ich barsch. Ich war nicht in der Stimmung für irgendeinen Unsinn.

»Lust auf ein Sabaccspiel unter Freunden?«

»Ich spiele nicht, Figrin.«

Figrin wischte sich mit einer knorrigen Hand den Schweiß vom Kopf. »Du bist ganz schön eigensinnig, Doikk.«

Und du bist widerlich. »Alle Musiker sind eigensinnig.«

»Selbst für einen Musiker bist du zu eigensinnig. Wer hat je von einem Bandmitglied gehört, das nicht spielt?«

Ich bin der Außenseiter der Band, die personifizierte Vernunft. Ich habe diese süße kleine Fizzz durch sechs Systeme geschleppt. Ich stimme sie regelmäßig und öle sie vor jedem Auftritt ein. Ich schnitze mir meine eigenen Blasinstrumente. Ich hatte ganz bestimmt nicht vor, sie in irgendeinem Sabaccspiel einzusetzen. Nicht einmal, um Feuerkopf Figrin D'an zu besänftigen, einen Bandleader, der jede schiefe Note kritisiert, Eigentümer aller Bandinstrumente ist und uns nach Lust und Laune herumkommandiert.

»Ich spiele nicht, Figrin. Du weißt das ...«

Eine schattenhafte Gestalt rollte durch den Haupttorbogen. »Figrin«, flüsterte ich, »dreh dich um. Langsam.«

Die Wespentaille, die breiten Schultern und der abgeflachte Kopf des Droiden hatten sich unauslöschlich in mein Gedächtnis eingeprägt, kurz nachdem Jabba uns unseren Exklusivvertrag gegeben hatte: sein uralter E522-Attentäter. E-522 hatte meinen Hals gerettet, als mich einer von Jabbas menschlichen Segelbarkenwarten beschuldigt hatte, Jabbas persönlichen Vorrat an lebenden Sommersprossenkröten zu plündern. Zum Glück hatte mir E-522 ein Alibi verschafft. Danach hatte ich mir geschworen, nach Möglichkeit jeden Kontakt mit Menschen zu vermeiden.

Aber Jabba war ganz versessen darauf gewesen, jemanden an den Rancor zu verfüttern. Die Gerechtigkeit hätte verlangt, meinen menschlichen Verleumder zu nehmen, aber Jabba und Gerechtigkeit waren zwei verschiedene Dinge. Also hatten sie E-5 dick mit Fleischsaft beschmiert und durch die Falltür vor Jabbas Thron in die Rancorgrube geworfen. Als ihn Jabbas riesiger mutierter Sklave wieder ausgespuckt hatte, war er so beschädigt gewesen, daß sich eine Reparatur nicht mehr lohnte.

Hatte ich wenigstens gedacht. War er zurückgekehrt, um Rache zu nehmen?

Er trug keine Hemmbolzen. Wie eine von Blasterstrahlen zernarbte Säule auf Rädern rollte er auf uns zu. Verzweifelt sah ich mich um. Niemand wachte auf, um uns zu retten.

Der Droide hob seine oberen Gliedmaßen. Beide endeten in Ellbogengelenken. Jemand hatte seine Waffenaufsätze entfernt – aber das machte ihn nicht hilflos. Attentäterdroiden tragen immer Ersatzwaffen bei sich.

»Figrin D'an?« sagte er mit blechern klingender Stimme.

»Was würdest du tun ... wenn du ihn findest?« Figrin rutschte näher zu mir und bemühte sich um einen gleichgültigen Tonfall. Ich hatte noch nie einen Blaster getragen. Ich wünschte mir jetzt, einen zu haben, auch wenn er mir wahrscheinlich nicht viel genutzt hätte.

»Ich habe eine Botschaft für ihn«, tutete der Droide. »Haben Sie keine Angst. Mein Attentatsprogramm ist gelöscht worden, und wie Sie sehen können, bin ich unbewaffnet. Mein neuer Besitzer hat mich vor dem Schrottplatz gerettet und setzt mich jetzt als Kurier ein.«

»Er kann sich nicht an uns erinnern«, wisperte Figrin auf bithisch. »Seine Gedächtnisspeicher sind ebenfalls gelöscht worden.«

Während ich mich langsam beruhigte, trat meine alte Einstellung gegenüber Attentäterdroiden wieder in den Vordergrund: *Solange man sie sieht, muß man sich keine Sorgen machen.* Er hatte nicht geschossen, bevor wir ihn entdeckt hatten, also waren wir sicher. Und ich bin mit Droiden schon immer besser zurechtgekommen als mit den meisten anderen intelligenten Wesen. Vor allem den Menschen.

Aber E-5 all seine Waffen zu nehmen ... Ebensogut hätte man mir alle Finger abschneiden können, um mein Leben zu retten.

»Wer ist dein neuer Besitzer?« fragte ich.

Der Droide mahnte mich zischend, leiser zu sprechen.

Ich senkte meine Stimme. »Wer?« wiederholte ich *sotto voce.*

Die Antwort war kaum hörbar. »Mistress Valarian.«

Oho. Val, wie ihre Freunde sie nannten, eine hauerbewehrte Whiphidin, die erst vor kurzem nach Tatooine gekommen und Jabbas Erzrivalin in der Raumhafenstadt Mos Eisley war. Glücksspiel, Waffen- und Informationshandel, das übliche ... aber ihr Geschäft lief prächtig. Kein Wunder, daß sie einen recycelten Kurier geschickt hatte.

Jetzt, wo ich wußte, daß mir keine unmittelbare Gefahr drohte, lehnte ich mich an die Bühne. »Was will sie?«

»Sie möchte Sie für eine Hochzeit engagieren, die in ihrem Hotel zum Glücklichen Despoten in Mos Eisley stattfinden wird.«

Ich hatte vom Glücklichen Despoten schon gehört. Figrin schürzte seine Lippenfalten. »Wir spielen nicht auf Hochzeiten«, antworteten wir gleichzeitig.

Das müssen Sie verstehen. Für einen Auftritt bei einer Hochzeit gehen zwei Tage drauf (je nach Spezies sogar drei Tage, plus die Zeit, die man braucht, um neue Stücke einzustudieren.) Man wird wie ein Tondband behandelt, muß unmögliche Phrasen wiederholen, die üblichen Hochzeitsmärsche in die Länge ziehen und bekommt obendrein noch aufgetragen, einen Tusch zu spielen, wenn das völlig entnervte Brautpaar endlich anrollt ... falls es überhaupt anrollt. Dann der Empfang, wo sich jeder besäuft, bis keiner mehr einen Ton hört. All das für das halbe Honorar und die doppelte Befriedigung: Man hat geholfen, den Fortbestand einer Spezies zu sichern.

E-5 drehte seinen flachen Kopf zu Figrin. Offensichtlich funktionierten seine Erkennungsschaltkreise noch. »Mistress Valarian hat sich einen Gemahl von ihrer Heimatwelt kommen lassen«, erklärte er.

Gut, daß ich in diesem Moment nicht trank. Ich hätte mich verschluckt. Es gibt nur ein Wesen, das häßlicher ist als ein Hutt: ein Whiphide. Ich versuchte mir vorzustellen, wie ein weiterer gigantischer Whiphide mit ranzigem Fell und gelben Hauern auf Tatooine eintraf. Valarian hatte ihn wahrscheinlich mit luxuriöser Unterbringung und guten Jagdmöglichkeiten geködert. Ich war gespannt, wie er reagierte, wenn er Mos Eisley *sah*.

Der Droide fuhr fort: »Ihr Auftritt ist nur für den Empfang geplant. Mistress Valarian bietet Ihrer Band dreitausend Kredits. Für Transport und Unterkunft wird gesorgt, Verpflegung und Getränke sind während Ihres Aufenthalts gratis. Außerdem stehen Ihnen beim Empfang fünf Pausen zu.«

Dreitausend Kredits? Mit meinem Anteil konnte ich meine eigene Band gründen – in den besten Hotels wohnen ...

Figrin beugte sich nach vorn. »Sabacctische?« fragte er.

Ich erholte mich zu spät von meinem Gieranfall. Jabba hatte uns einen Exklusivvertrag gegeben. Es würde ihm nicht gefallen, wenn wir für Valarian spielten, und wenn Jabba die Stirn runzelte, gibt es Tote. *Nein, Figrin!* dachte ich.

»Sicher«, antwortete der Droide, »nur während Ihres Auftritts nicht.«

Ich summte mit meinen Mundfalten, um Figrins Aufmerksamkeit zu erregen, aber unser genialer Bandleader ignorierte mich. Figrin legte das Kartenspiel beiseite und begann mit den Vertragsverhandlungen.

Wir flogen bei Einbruch der Abenddämmerung nach Mos Eisley, während eine der Sonnen hinter einem trüben, dunstverhangenen Horizont versank. Unser vollgestopfter kleiner Transporter brauste durch den zerfallenen südlichen Sektor und wurde von einem orangefarbenen Dienstdroiden gesteuert. Wie der ehemalige Attentäter trug er keine Hemmbolzen, was mich dazu zwang, ihre Besitzerin zu mögen. Nur schattenhaft erkennbare Wesen huschten in dunkle Winkel, als wir vorbeiflogen. Das Motto von Mos Eisley, das wie eine Ansammlung bewohnter Sanddünen aussieht, ist Tarnung. Wenn dich keiner sieht, kann dich auch keiner erschießen. Oder als Zeuge gegen dich vor dem aussagen, was in dieser Stadt als Gericht durchgeht.

Drei Stockwerke über einer von Mos Eisleys namenlosen Straßen blinkten zwei Leuchtfeuer wie Schiffslaternen, und aus einer weit geöffneten Einstiegsluke fiel blendend helles, gelbes Licht. Der Droide flog näher heran. Eine lange, gewundene Rampe und eine gerade Treppe führten von der Straße zum erhöhten Haupteingang. Unter der Treppe entdeckte ich das Wahrzeichen des Hotels: drei große Bullaugen.

Eine Gruppe von Investoren, die verrückt genug waren, um ihre Kredits auf Tatooine in den Sand zu setzen, hatten einen heruntergekommenen Frachter zur Oberfläche geschleppt und ein Viertel des Rumpfes im Sand versenkt. An der Steuerbordseite, die mir am nächsten war, türmte sich der Unrat, der vom letzten Staubsturm angeweht worden war. Das ehemalige Cockpit war halb unter zerschrammten Antennenschüsseln begraben. Im Geiste grüßte ich den Glücklichen Despoten nach Art der Raumfahrer, denen ein fremdes Schiff begegnet: *Was für ein Schrotthaufen.*

Unser Transporter landete am Fuß der langen Rampe. »Bitte aussteigen, meine Herren«, brummte der Droide.

Wir luden unsere Anlage aus dem Kofferraum des Luftbusses auf einen Repulsorkarren. Wir hatten nur eine Garnitur Wäsche zum Wechseln und unsere Bühnenkostüme mitgenommen und den Rest unserer Habseligkeiten in Jabbas Palast zurückgelassen. Mos Eisleys unverwechselbares Aroma – Treibstoffdämpfe, ranziges Essen, der Smog primitiver Fabriken und der betäubende Geruch von heißem Sand – hing in der flimmernden Luft.

In der Halle blieben wir stehen und warteten blinzelnd darauf, daß sich unsere Augen an die veränderten Lichtverhältnisse anpaßten. In einer Ecke lungerte ein orangerot uniformierter menschlicher Sicherheitsbeamter herum. Von Lady Val war nichts zu sehen. Sofort sank sie in meiner Achtung. Sie mochte vielleicht Droiden vertrauen, aber sie behandelte Musiker wie Küchenhilfen.

»Hier entlang.« Unser Droide führte uns an einer extrem attraktiven Empfangsdame unbekannter Herkunft vorbei, deren Facettenaugen verführerisch glitzerten. Ein langgestreckter, riesiger Saal nahm ein Drittel des ehemaligen Oberdecks des Schiffes ein. Spiegelnde schwarze Spundwände und ein glänzend schwarzer Boden schlossen mehrere Dutzend Tische ein, aber mehr als ein Tisch stand schief auf wackeligen Beinen, und durch das abblätternde Schwarz der Spundwände schimmerten weiße Streifen. Hier – im berühmten Café Sternkammer – bauten wir unsere Anlage auf und spielten eine Nummer, um ein Gefühl für die Akustik des Raums zu bekommen. Die wenigen Gäste an den Tischen klatschten, klapperten mit ihren Klauen oder klickten mit ihren Mandibeln. Zufrieden schalteten wir unsere Anlage wieder aus und setzten uns an einen freien Tisch. Minuten später begann die Show. Ein Komet raste an Figrins Kopf vorbei.

Sternbilder erschienen unter der Decke und spiegelten sich in meiner Suppe.

Auf mehreren Tischen tauchten holographische Sabaccfelder auf. Jetzt erinnerte ich mich an den Rest der Geschichten, die ich gehört hatte: Jabba hatte dafür gesorgt, daß der Despot niemals eine Glücksspiellizenz von der korrupten imperialen Verwaltung bekommen würde. Deshalb mußte Valarian ihre Spieltische bis zum Einbruch der Dunkelheit tarnen. Wie es hieß, hatte Jabba Lady Val mehrfach vor geplanten Polizeirazzien gewarnt ... gegen entsprechende Bezahlung.

Figrin schlang sein Essen hinunter, zog sein Kartenspiel aus der Tasche und machte sich davon. Heute nacht würde er verlieren. Absichtlich. Meine anderen Kollegen beteiligten sich an einem Schickele-Spiel mit niedrigen Einsätzen.

Ich fand einen gelangweilt wirkenden Kubaz-Wachposten und plauderte eine Weile mit ihm. Die Kubaz sind hervorragende Sicherheitskräfte. Ihre langen Greifnasen reagieren auf Gerüche so empfindlich wie Bith-Ohren auf Tonlagen und Tonqualität, und die grünlich-schwarze Haut der Kubaz verschmilzt mit jedem Schatten. Im Tausch gegen meine persönlichen Ansichten, die er wahrscheinlich längst kannte, und einen Krug mild berauschenden Lums erfuhr ich, daß der Kubaz Thwim hieß, daß er auf Kubindi geboren und daß Mistress Valarians zukünftiger Gemahl ein Meisterjäger war – kein ungewöhnlicher Beruf auf der Heimatwelt der Whiphiden.

Ich entdeckte außerdem ein vertrautes dreieckiges Gesicht. Kein Freund, aber ein Bekannter. Kodu Terrafin ist der Pilot von Jabbas Pendelfähre, die zwischen dem Palast und seinem Stadthaus verkehrt. Er ist ein Arcona: In seinem Raumfahreroverall sieht er wie eine schmutzigbraune Schlange mit klauenbewehrten Beinen und Armen und einem großen, amboßähnlichen Kopf aus.

Ich unterhielt mich weiter mit Thwim, während Kodu von Tisch zu Tisch tänzelte und den Amboßkopf ständig hin und her drehte. Ich beobachtete ihn aus den Augenwinkeln. Plötzlich sah ich das gelb-grüne Glitzern seiner Augen.

Sofort glitt er in meine Richtung. *Er muß mich mit einem anderen Bith verwechseln,* dachte ich beunruhigt. Thwim warf seinen grünen Umhang zurück und machte Kodu Platz.

»Ssie ssind Figrin?« Das knollige Riechorgan zwischen Kodus Facettenaugen zuckte.

»Nicht direkt«, murmelte ich.

»Oh, Doikk. Tut mir leid.« Wenigstens erkannte er meine Stimme. »Verkaufe Informationen. Wollen Ssie Figrin finden?«

Ich warf einen Blick zu Figrins schimmerndem holographischen Sebacctisch hinüber. Unser gerissener Bandleader hatte sich hinter seinen Karten verschanzt und mimte den Berauschten. Keine gute Zeit, um ihn zu stören. *(Wer hat Doikk Na'ts eigentlich zum Bandmanager ernannt?* dachte ich.)

Kodu rückte näher an mich heran. »Ich will nicht lange bleiben«, zischte er. »Wollen Ssie kaufen? Ssie ssollten ess tun.« Er grinste schlau.

»Zehn«, bot ich an. Figrin würde schon zahlen, wenn die Neuigkeiten interessant genug waren. Thwim beobachtete währenddessen das Uvide-Rad. Seine Greifnase zuckte wie eine Bande aufgeregter Jawas.

»Hundert«, antwortete Kodu sofort. Nach drei Minuten hatten wir uns auf fünfunddreißig geeinigt. Ich drückte meine Kreditkarte gegen seine und überwies das Geld.

»Jabba.« Kodu klapperte mit seinen Klauenfingern. »Er isst wütend.«

»Wütend?« Ich sah mich um. »Auf wen denn diesmal? Und warum?«

»Ssie haben Ihren Vertrag gebrochen.«

Meine Mägen zogen sich zusammen. Wer hätte ahnen können, daß es die große Nacktschnecke merken würde? »Wie hat er reagiert?«

Kodu zuckte die Schultern. »Zwei Wachen an den Rancor verfüttert und geschworen ...« Er zuckte erneut die schmalen Schultern unter seinem braunen Hals.

Geschworen, jeden zu belohnen, der uns zurück in seinen Palast schleppte. Lebewohl, IMV-Altersheim. »Danke, Kodu.« Ich versuchte, aufrichtig zu klingen. Ich hatte eine liebende Mutter in den blubbernden rosa Sümpfen von Clak'dor VII zurückgelassen. Sie vermißte ihren musikalischen Sohn.

Kodu berührte seinen Blaster. »Auf Wiedersehen, Doikk. Viel Glück.«

Glück. Genau. Entweder verschwanden wir so schnell wie möglich aus Jabbas Reichweite, in welchem Fall mich Kodu niemals wiedersehen würde, oder ...

Ich wieselte durch die Menge zu Figrins Tisch. Glücklicherweise hatte Figrin gerade auf spektakuläre Weise verloren. Ein Duro mischte die Sabacckarten mit geschickten grauen Händen. Ich zupfte an Figrins Kragen. »Mach Schluß. Schlechte Neuigkeiten.«

Er entschuldigte sich mit schwerer Zunge und stand auf. Wenn man sich bei jedem Schritt umschauen muß, braucht man doppelt so lange, um einen Raum zu durchqueren. Für Jabba arbeiten eine Menge Schläger.

Wir fanden einen freien Platz an der Bar. »Was ist?« Figrins Augen schienen geschrumpft zu sein; entweder lag es an der Wirkung des Gewürzes, oder er war ein besserer Schauspieler, als ich dachte.

Ich erzählte ihm die Neuigkeiten. »Wir haben unsere Instrumente und zwei Garnituren Wäsche zum Wechseln«, schloß ich.

»Aber ich verliere. Ich liege zurück.«

Ich blies meine Mundfalten auf. Wir brauchten das Geld für diesen Gig, um uns bis zum nächsten Job über Wasser zu halten – oder bis Jabbas Zorn abgekühlt war. Ich erklärte es Figrin.

Die Barbeleuchtung spiegelte sich auf seiner Stirn und tanzte auf und ab, als er den Kopf schüttelte. »Wir verlassen den Planeten«, sagte er.

»Was ist mit deinen … Sachen, die sich immer noch in Jabbas Palast befinden?«

»Darunter ist nichts, was sich nicht ersetzen ließe. Wir verschwinden morgen nachmittag, direkt nach der Hochzeit. Es wird sowieso Zeit, daß ich wieder vor größerem Publikum spiele.«

Ich stimmte zu. »Allerdings ist draußen in der Galaxis der Wettbewerb härter. Wir werden weniger Gigs bekommen.« Wir hatten uns bisher immer durchgeschlagen, aber von Hoffnungen allein kann man nicht leben.

»Dafür ist der Tisch reicher gedeckt«, meinte er aufmunternd. »Heute nacht sollte jemand Wache halten. Habe ich eben gehört, daß du dich freiwillig meldest?«

Sein Gewürzrausch war also nur gespielt gewesen. »Ich übernehme die erste Wache«, versprach er.

Unsere Band saß am nächsten Morgen mit verquollenen Augen im Café Sternkammer. Nach dem Frühstück walzten, quollen und staksten die ersten Hochzeitsgäste in die Halle des Glücklichen Despoten! Wir warteten im Café und stimmten unsere Instrumente. Ich versuchte mir eine Whiphid-Hochzeit vorzustellen. (Küßten sie sich nach der Trauung, verhakten sie ihre Hauer oder stießen sie ihr Kriegsgeheul aus?) Ich entdeckte zwei Turbolifte, einen Kücheneingang, den Haupteingang und eine kleine runde Luke, die einst als Notschleuse gedient haben mußte. Mein umhangtragender, langnasiger Freund Thwim hielt derweil stur ein Ende des Bartresens besetzt. Lady Vals Stab deckte rund zehn Bankettische, schleppte Essen heran, programmierte die Barkeeperdroiden, hängte Girlanden auf und bemühte sich, die Sternkammer so festlich herzurichten, wie es ihr erbärmlicher Zustand erlaubte.

Hinter den großen Tischen standen ein Dutzend kleinere. Ich konnte fast spüren, wie Figrins Mundfalten in Erwartung einer reichen, festlich gestimmten Gästeschar zuckten.

Aus der Halle drang ohrenbetäubender Jubel. »Sie müssen gerade getraut worden sein«, murmelte Figrin. Die ersten Gäste strömten in das Café. Figrin gab uns das Zeichen für die Auftaktnummer. Bevor wir damit fertig waren, begann ich zu schwitzen … aber nicht wegen der Hitze. Mehrere von Jabbas Schlägern hatten sich im Café eingefunden. Gehörten sie zu den geladenen Gästen? Oder hatte uns Jabba eine Reise ohne Wiederkehr zur Großen Grube von Carkoon spendiert?

Zum wiederholten Male sah ich mich nach Valarians Sicherheitskräften um. E-522 stand neben dem Hinterausgang und war für das Fest mit glänzenden neuen Blastern und Nadlern ausgestattet worden – und mit einem funkelnagelneuen Hemmbolzen, der an seiner breiten Brust prangte. Offenbar traute sie ihrem Droiden doch nicht ganz über den Weg.

Ein junger Mensch in sauberer, ungeflickter Kleidung und mit Schlapphut kam zu unserer Bühne geschwankt. »Spielt doch mal ›Tränen von Aquanna‹.« Er zerrte an Figrins Hosenbein, das sich über dem Stiefel bauschte. Figrin riß sein Bein los. Der Mensch wiederholte seine Bitte und wandte sich dann an mich.

Ich wollte nicht, daß er meine Hose anfaßte. »Alles klar«, sagte ich zu ihm, holte dann tief Luft und legte los.

Wie hätten wir wissen können, daß eine der Straßengangs von Mos Eisley eins unserer Stücke zu ihrer offiziellen Hymne erkoren hatte? Der Schlapphut und mehrere seiner Freunde drängten sich am Fuß unserer Bühne und jaulten einen Text, den sie offenbar selbst verbrochen hatten.

Ein paar andere Menschen bahnten sich mit finsteren Gesichtern einen Weg zur Bühne. Ich gab Figrin einen Rippenstoß. Er improvisierte einen unorthodoxen Schlußakkord, und wir waren mit der Nummer fertig, ehe die Gang mit dem Singen fertig war. Einige von ihnen funkelten uns drohend an.

Ein Neuankömmling, eine dunkelhäutige Frau, schob einen Zuschauer zur Seite, der nicht mitgesungen hatte. »Jetzt spielt Wurmfall«, grollte sie mit einer Stimme, die perfekt zu ihrer Hautfarbe paßte. »Für Fixer und Camie.«

»Alles klar«, sagte Figrin. Das Intro zu Wurmfall hat sechs Takte. Ich reduzierte es auf vier.

Wenn man ein Stück sechshundertmal gespielt hat, vergißt man irgendwann während des Spielens völlig, wo man ist. Dieses Mal steigerte ich mich in ein wahnsinniges Solo hinein und verpaßte dem verschnarchten alten Song einen Drive, der jeden Gedanken ans Mitsingen schon im Keim erstickte.

Thwim und ein anderer Wachposten schafften beide Gangs nach draußen. Ich suchte nach Jabbas Schlägern. Sie drängten sich an der Bar und schlugen nur die Zeit tot ... bis jetzt.

Am Ende unseres Auftritts eilte Figrin zum nächsten Sabacctisch. Ich blieb auf der Bühne, wo ich vor dem Rauch und den diversen Gerüchen im Saal halbwegs sicher war.

Einer der häßlichsten Menschen, die ich je gesehen hatte, kam mit einem schiefmäuligen Grinsen und zwei Krügen in den Händen zu mir geschlendert. »Sie sitzen wohl auf dem Trockenen«, stellte er in einem eindeutig schwarzen Tonfall fest. »In dem einen ist Lum, in dem anderen Hochzeitspunsch.«

»Danke.« Obwohl mir der Mann nicht gefiel, griff ich nach dem Krug mit dem Punsch und leerte ihn zur Hälfte.

»Keine Ursache.« Mein häßlicher Freund setzte sich auf den Rand der verspiegelten Bühne und beobachtete die Menge. Wollte ihr wohl nicht den Rücken zudrehen. Wahrscheinlich ein Einheimischer. Ich fragte mich, ob er es für ein Zeichen der Höflichkeit halten würde, wenn ich ihn nach seinem Namen fragte, oder ob er mir direkt einen Schwinger verpaßte. »Gute Band«, brummte er. »Was machen Sie hier auf Tatooine?«

Ich stellte meinen Krug neben der Ommni ab. »Gute Frage«, sagte ich steif. »Wir haben in den besten Megastadien von sechs Planeten gespielt.«

»Das glaube ich. Sie sind hervorragend. Aber das beantwortet nicht meine Frage.«

Ich begann mich allmählich für ihn zu erwärmen. »Die Antwort sitzt dort.« Ich nickte Figrins Spieltisch zu. »Wir waren auf der Durchreise und sind hängengeblieben. Sie arbeiten hier?«

»Ja.« Sein Tonfall klang blaugrau, als er nach meinem Krug griff. »Ich bin Barkeeper in einem Laden am Ende der Straße. Das Leben ist hart, aber irgend jemand muß die Droiden daran hindern, alles zu übernehmen.«

Ich zischte leise in einer für Menschen unhörbaren Tonhöhe. Droiden *erleichtern* einem das Leben. Ich wollte ihn schon darauf aufmerksam machen, als er sagte: »Halten Sie Ihre Flöte feucht, mein Freund!« und davoneilte.

Gehörte er zu den seltenen umgänglichen Vertretern seiner Spezies? War dies eine Warnung gewesen? Ich suchte nach Thwims grünem Umhang und zuckender Nase, konnte ihn aber nirgendwo entdecken.

Kurz darauf gesellte sich Figrin wieder zu uns auf die Bühne. »Verloren?« murmelte ich, als er sein Horn einstöpselte.

»Natürlich. Gib mir ein A.« Wir machten uns wieder an die Arbeit. Am Tisch direkt unter uns wechselte etwas mit professioneller Unauffälligkeit den Besitzer: ein ganz normales Mos Eisley-Geschäft.

Etwas anderes – etwas Großes – walzte in mein Blickfeld. Zwei riesige Whiphiden – zweieinhalb Meter Hauer und Klauen und hellgelbes Fell, durch eine Girlande aus importiertem Grünzeug miteinander verbunden – tanzten auf unsere Bühne zu und hatten dabei ihre langen pelzigen Arme umeinandergeschlungen. Ich stand auf einer erhöhten Plattform, aber ihre Köpfe überragten meinen.

D'Wopp starrte verzückt in das breite, lederige, hauerbewehrte Gesicht seiner Braut. Ohne die heimlichen Geschäftemacher zu bemerken, die den nächsten Tisch bereits besetzt hatten, sanken die Eigentümerin des Despoten und ihr Berufsjäger auf die freien Stühle.

Ich drehte meinen Kopf so, daß es aussah, als würde ich die

Tanzfläche beobachten, doch in Wirklichkeit hielt ich einen von Jabbas Schlägertypen im Auge, einen anämischen, grauhäutigen Duro, der in unsere Richtung glitt … allein.

Drei Pappfaks wirbelten vorbei. Sie hatten ihre türkisfarbenen Tentakel ineinander verschlungen, als wollten sie ebenfalls vor den Traualtar treten. Dabei stolperten sie fast über einen Mausdroiden, der zu Lady Val huschte. Als unsere gastgebende Braut den Droiden sah, tätschelte sie D'Wopps mächtigen Schädel und folgte ihrem mechanischen Diener in die Küche.

Die roten Augen des Duros leuchteten auf. Er drängte sich durch die Paare auf der Tanzfläche, blieb vor D'Wopp stehen und verbeugte sich. »Guuute Jagd, Whiphide?« grollte Jabbas Duro und schmatzte mit den Gummilippen. Er streckte eine schmale, knotige Hand aus.

D'Wopps mächtige Pranke, an der noch ein Stück der Girlande hing, schloß sich um den Arm des Duros. »Erkläre diese Bemerkung, Duro, oder ich werde meiner Herzensdame deine gegrillten Rippen zum Frühstück servieren.«

»Nei-in, nei-in.« Der Duro wackelte schaudernd mit dem Kopf. »Ich meinte damit nicht Ihre bezau-aubernde Braut. Ich spreche doch mit D'Wopp, dem berühmten Kopfgeldjäger, oder nicht?«

Geschmeichelt ließ D'Wopp den grauen Arm los. »Der bin ich.« Der Whiphide legte den Kopf zur Seite. »Möchtest du, daß ich jemanden für dich zerquetsche, Duro?«

Ich atmete ebenfalls auf. Ich beherrsche unsere Songs im Schlaf, was manchmal ganz schön langweilig sein kann, aber gelegentlich rettet es einem den Hals. Ich hörte weiter zu, während ich spielte.

»Hat die bezaubernde Brau-ut Ihnen noch keine Jagdbeute angeboten?« fragte der Duro.

D'Wopp rieb sich mit der Klaue einen Hauer. »Worauf willst du hinaus?«

Ich spitzte die Ohren. »Es gibt auf Tatooine einen mächtigeren Bo-oß, Exzellenz. Lady Valarian zahlt *ihm* Schutzgeld. Ein Whiphide, der die Jagd wirklich liebt, gibt sich nicht mit kleiner Beute zufrieden. Mein Arbeitgeber hat soeben ein Kopfgeld in Rekordhöhe ausgesetzt. Sie sind im Moment wahrscheinlich nicht auf Arbeitssuche, aber Gelegenheiten wie diese gibt es selten.«

Die Schläger waren also hinter Lady Val her – nicht hinter uns! – und wollten ihren Bräutigam für ihre schmutzigen Zwecke benutzen. Ich spielte eine ausgefallene Improvisation und erinnerte mich daran, daß Jabba noch genug Zeit hatte, sich um uns zu kümmern.

D'Wopp faltete seine Klauenhände auf dem Tisch. »Kopfgeld? Ist der Gesuchte gefährlich?«

Der Duro zuckte die Schultern. »Er heißt Solo. Ein kleiner Schmuggler, aber er hat den Boß sehr, sehr wütend gemacht. Jabba hat vie-iel mehr Feinde als Lady Valarian, verehrter D'Wopp.« Der rotäugige Duro blinzelte. »Darf ich Sie dem mächtigen Jabba empfehlen?«

Die lederige Nase des Whiphiden zuckte. »Kopfgeld? In Rekordhöhe?«

Jetzt senkte der Duro seine Stimme. Ich konnte nicht hören, wie hoch das Angebot war, aber D'Wopp schien damit zufrieden zu sein, denn er sprang auf. »Sage deinem Arbeitgeber, daß D'Wopp ihm die Leiche bringen wird. Ich beginne sofort mit der Jagd.«

Solo ... Figrin hatte einmal erwähnt, daß er ein ganz passabler Sabaccspieler war – für einen Menschen. Jetzt stand er wie ich auf Jabbas Schwarzer Liste. Der Duro jaulte: »Wollen Sie nicht das Ende der Hochzeit abwarten?«

»Später«, grollte der Whiphide. »Meine Gemahlin und ich werden meine triumphale Rückkehr feiern. Sie ist eine Whiphidin. Sie wird es verstehen.«

Lady Val drängte sich durch die Menge. Jabbas Duro verschmolz mit dem Hintergrund wie ein Eiswürfel auf einer Sanddüne. Ich hielt den Atem an. Figrin gab das Zeichen für einen neuen Song, einen, den ich nicht besonders gut kannte. Ich mußte mich konzentrieren. Am Fuß der Bühne polterte es. Eine tiefe Stimme grollte »Wankelmütiger« auf Basic. Eine noch barschere Stimme rief »Treulose«.

Mein Blasinstrument schrillte mißtönend. Der lautstarke Streit wurde in einer unidentifizierbaren Sprache fortgesetzt. Direkt vor der Bühne fiel unser liebendes Paar mit Hauern und Klauen übereinander her. Ich wich zurück und stolperte fast über Techs Ommni. Figrin stieß mit dem Hinterkopf gegen Ickabels Fanfar.

Sofort sammelte sich eine Menge um die Streithähne. Da ich Mos Eisley und Jabbas Gorillas kannte, wußte ich, daß sich diese Schlägerei wie ein Sandsturm ausbreiten würde. Ich nutzte eine fünf Takte lange Pause und gab das Alarmsignal. »Sonnenuntergang. Sonnenuntergang, Figrin.«

»Ich verliere noch immer«, zischte Figrin. »Wir können noch nicht gehen.«

Am Fuß des linken Bühnenrands stolperte Lady Val in eine Gruppe Schaulustiger. Sie fing sich wieder und zerrte drei von ihnen mit sich in das wüste Gemenge. D'Wopp pfiff zweimal. Zwei junge Whiphiden stürzten sich in den Kampf. Auf der anderen Seite pflügten Jabbas Schläger durch die Gaffer. Lady Val kreischte. Jeder Außenweltgangster der Stadt und jeder Schaulustige, der genug von Jabba hatte, eilte Lady Val zu Hilfe. Stühle flogen. Einer zersplitterte an der Spundwand links neben der Bühne.

Figrin beugte sich über die Ommni. »Das war's für heute. Vielen Dank für Ihre Aufmerksamkeit«, versuchte er vergeblich das Chaos zu übertönen. Tech, plötzlich hellwach, schaltete die Ommni ab. Ich konnte meinen Fizzzkoffer nicht finden. Verzweifelt sah ich mich um und entdeckte weiß gepanzerte Gestalten am Haupteingang.

Sturmtruppen? Nicht einmal Valarian hätte so schnell Verstärkung herbeirufen können! Alle Sabaccprojektoren wurden gleichzeitig abgeschaltet, aber die Gruppe am Uvide-Tisch wurde auf frischer Tat am Rad ertappt. Dieses eine Mal, vermutete ich, hatte Jabba Lady Val nicht vor der Razzia gewarnt. Ich hätte sogar gewettet, daß Jabba persönlich die Sturmtruppen geschickt hatte, aber ich bin kein Spieler.

»Hintertür!« Figrin sprang von der Bühne und entging nur um Haaresbreite dem mörderischen Aufwärtshaken eines stämmigen Menschen. Wir schlichen an der Spundwand entlang hinter Figrin her und hielten unsere Instrumente umklammert – unseren Lebensunterhalt. Ich entdeckte meinen neuen Freund Thwim, der vollauf damit beschäftigt war, diverse Schädel einzuschlagen. »Helfen Sie uns! Wir sind unbewaffnet!« schrie ich.

Seine Nase drehte sich in unsere Richtung. Er zielte mit seinem Blaster auf uns und feuerte. Tedn kreischte und ließ seine Fanfarkoffer fallen. Entsetzt duckte ich mich. »Holt die Instrumente!« rief Figrin. Nalan stürzte sich in das Gewühl. Als er wieder auftauchte, stand einer seiner Arme in einem unnatürlichen Winkel ab – aber er hatte die beiden Fanfarkoffer gerettet. Ich ergriff Tedns unverletzten Arm und zerrte ihn zur Luke, während ich im stillen jeder Gottheit, die zuhören mochte, alles und jedes versprach, wenn ich nur mit heilen Fingern und unversehrter Fizzz aus diesem Schlamassel herauskam.

E-5 stand auf seinem Posten und schoß seelenruhig auf jedes Wesen, das sich ihm näherte. Figrin blieb so abrupt stehen, daß Tech gegen ihn prallte und ihn fast zu Boden riß. Ich warf einen Blick über die Schulter. Dieser Weg war uns versperrt. Überall im Café Sternkammer wurde mit imperialen und illegalen Waffen geschossen.

Nun, rief ich mir ins Gedächtnis zurück, *ich bin mit Droiden schon immer besser zurechtgekommen als mit intelligenten Wesen.* Ich marschierte direkt auf E-5 zu.

»Doikk!« schrie Figrin. »Komm zurück! Verschwinde von …«

E-5 schoß nicht. Wie ich angenommen hatte, waren wir noch immer in seinen Erkennungsschaltkreisen gespeichert. »Laß uns raus«, flehte ich. Etwas zischte von hinten an meinem Kopf vorbei.

»Schließen Sie bitte hinter sich die Luke«, trompetete er.

»Los!« schrie ich Figrin zu und winkte ihn zum Ausgang.

Figrin duckte sich unter meinen Arm und kurbelte die Luke auf. Ich bildete die Nachhut. Als Tageslicht durch die Luke fiel, stürzten Wesen aller Formen und Größen in unsere Richtung. Unter ihnen entdeckte ich den schiefmäuligen menschlichen Barkeeper.

Ich zögerte. Immerhin schuldete ich ihm einen Krug voll süßem Punsch. »Kommen Sie!« brüllte ich und wies dann E-5 an: »Schieß nicht auf diesen Menschen.«

E-5 hatte mich vielleicht erkannt, aber er nahm keine Befehle von mir entgegen. Er richtete seinen Nadler direkt auf den Barkeeper. Mein häßlicher Freund warf sich zu Boden; für einen derart *großen* Menschen war er verdammt schnell. »Hohe Töne«, schrie er. »Nun machen Sie schon!«

Es klang verrückt, aber ich hob meine Fizzz, blies mit aller Kraft hinein und produzierte die schrillsten Töne meines Lebens. Irgend einer dieser Töne mußte der Kontrollfrequenz dieses brandneuen Hemmbolzens entsprechen. Der Droide deaktivierte sich.

Der Barmann sprang auf und stürmte an mir vorbei. Wir zwängten uns gemeinsam durch die Luke. »Stinkende Droiden«, knurrte er und wischte Blut von seiner Nase. »Stinkende, lausige Droiden.«

Ich trat auf einen schmalen Durabetonsims, der drei Stockwerke über dem Boden lag. Der Barkeeper lehnte sich zurück und klemmte meine Fizzz zwischen seinem massigen Körper und der schartigen Spundwand ein. »Vorsichtig! Das ist mein Horn!« rief ich, während ich nach unten blickte und gefährlich schwankte. Figrin sprang von der letzten Sprosse einer stählernen Feuerleiter, wich dem überall herumliegenden Unrat aus, war mit einem Satz über einen Sandhaufen und raste wie der Blitz davon.

Ein Arcona steckte seinen amboßförmigen Kopf aus der Luke. Ich hielt meine Fizzz mit einer Hand fest und kletterte die Leiter hinunter. Der Mensch folgte mir und trat mir in der Eile fast auf den Kopf. »Los, los«, knurrte er. »Bewegen Sie sich.« Die Leiter schwankte unter seinem Gewicht. Ich konnte mich nur mit Mühe festhalten und wünschte mir, diesen Kerl nie getroffen zu haben. Immer mehr Flüchtende hängten sich an die Leiter und brachten sie gefährlich zum Schwingen.

Ich kletterte weiter. Unten angekommen, entdeckte ich ein halbes Dutzend Sturmtruppler, die die Hauptrampe hinaufmarschierten.

Ein weiterer heißer Morgen in Mos Eisley.

Wir ignorierten die von der Leiter purzelnden Flüchtenden und rannten. »Was jetzt?« jammerte Nalan, während er sich den verletzten Arm hielt. »Wie sollen wir ohne die Kredits, die man uns für diesen Job versprochen hat, den Planeten verlassen?«

»Dreitausend Kredits«, stöhnte Tech und wackelte mit dem großen, glänzenden Kopf. »Dreitausend Kredits.«

Ich untersuchte meine Fizzz. Sie sah unbeschädigt aus. »Nicht nur das. Figrin hat außerdem unsere Reserven verspielt, um den Tisch einzulullen und heute zu gewinnen. Stimmt's, Figrin?«

Der Barkeeper änderte mit unverminderter Geschwindigkeit plötzlich die Richtung, und ich verlor fast den Anschluß. »Hier entlang«, wiederholte er. »Ich kann euch einen Job besorgen.«

Er führte uns die Straße hinauf und in eine Gasse. Ich folgte ihm und dachte: *Ich bin bereit, alles zu tun – Sand schaufeln, Bantha-Sättel polieren – aber ich arbeite nicht für Menschen!*

Doch sein Boß war kein Mensch. Der Barbesitzer, ein hellgrauer Wookiee namens Chalmun, bot uns einen Zweijahresvertrag an.

Nein, dachte ich, als ich mit Figrin im Büro des Wookiees stand. *Das ist zu lang, und in dieser Bar fallen wir zu sehr auf. Jabba wird uns bestimmt aufspüren.*

»Klingt gut«, meinte Figrin. Auf bithisch fügte er hinzu: »Sobald wir eine Möglichkeit finden, den Planeten zu verlassen, kann der Wookiee unsere Abfindung *behalten.* Sag ja.«

Ich hätte mich am liebsten über die Hintertreppe verdrückt, aber Loyalität ist Loyalität.

Wir mieteten einen schallisolierten Proberaum im Ruillia Motel. Jeden Tag schleichen wir uns zum Spielen in die Bar, wo mein einziger menschlicher Freund, Wuher, als Barkeeper arbeitet. Solo hat Figrin gestern beim Sabacc geschlagen, also ist *er* noch am Leben, aber D'Wopp wurde in seine Einzelteile zerlegt nach Hause verschifft. Lady Val ist wieder allein, und wie es aussieht, wird sie es auch bleiben.

Und bei jedem Auftritt sehe ich mir die Zuschauer genau an. Gerade habe ich Jabbas grünen Rodianer mit den Drehohren entdeckt ... Greedo. Er ist keine große Leuchte, aber er ist bewaffnet.

Ich behalte ihn im Auge.

Ein Jägerschicksal:
Greedos Geschichte

Tom Veitch und Martha Veitch

1. Die Zuflucht

»Oona goota, Greedo?«

Die ängstlich gestellte Frage wurde vom höhnischen Gekreische der Leuchtkröten beantwortet, die ihren Unterschlupf in der Berghöhle mitten im dampfenden grünen Dschungel hatten.

Pqweeduk kratzte sich den Insektenstich an seiner tapirähnlichen Schnauze und pfiff tapfer vor sich hin. Er hörte, wie das Geräusch zusammen mit dem Wind in dem dunklen Loch widerhallte, das seinen älteren Bruder verschluckt hatte.

Die Stacheln an Pqweeduks Rücken richteten sich auf. Er schaltete seine Taschenfackel ein, und die Saugnäpfe seiner rechten Hand schlossen sich fest um das glänzende Jagdmesser, das Onkel Nok ihm zu seinem zwölften Geburtstag geschenkt hatte.

Pqweeduk trat in die gähnende Höhle.

Aber die Höhle im Dschungel war keine Höhle, und nach ein paar Metern endeten die Felsen und die festgestampfte Erde an einer offenen Stahltür!

Pqweeduk beugte sich durch die rechteckige Öffnung und hob seine Fackel. Er befand sich in einer kuppelförmigen Kaverne, die den gesamten Berg ausfüllte. Der junge Rodianer entdeckte drei riesige silberne Schiffe in dem gigantischen Hohlraum.

»Greedo?«

»Nthan kwe kutha, Pqweeduk!« Das war die Stimme seines Bruders. Pqweeduk sah Greedos Taschenfackel aufblitzen und folgte ihrem Licht. Der Boden unter seinen nackten Füßen war glatt und kalt.

Greedo stand in der offenen Schleuse eines der großen Schiffe. »Komm rein, Pqweeduk! Du brauchst keine Angst zu haben! Komm rein und sieh selbst!«

Ihre hervorstehenden Facettenaugen, die ohnehin schon sehr groß waren, wurden noch größer, als die beiden grünen Jungen das Innere des Silberschiffs erkundeten. Überall gab es seltsame und fremdartige metallische Formen, die im Fackellicht funkelten und blitzten oder düstere, eckige Silhouetten voller verborgener Geheimnisse darstellten. Aber es gab auch Stühle, auf denen man sitzen, Betten, in denen man schlafen, und Teller, von denen man essen konnte.

Greedo beschlich das seltsame Gefühl, schon einmal hiergewesen zu sein. Aber es war nur ein Gefühl, ohne jede reale Erinnerung.

Die einzigen Erinnerungen, die er hatte, waren die an das Leben im grünen Dschungel, wo seine Mutter Rankennüsse sammelte und seine Onkel die Baummotten hüteten, die Milch und Fleisch lieferten. Rund zweihundert Rodianer lebten zusammen unter den mächtigen Rankenbäumen. Sie hatten immer hier gelebt, es war das einzige Leben, das sie kannten, und der fünfzehnjährige Greedo und sein jüngerer Bruder waren im Wald aufgewachsen.

Die Rodianer hatten an diesem Ort keine Feinde, abgesehen von den Mankakatzen, die sich gelegentlich in den Wald verirrten, wenn sie während der Brunftzeit zu den fernen weißen Bergen wanderten.

In dieser Jahreszeit blieben die jungen Rodianer in der Siedlung. Das wilde Gebrüll der Mankas kündigte ihr Kommen an, und die rodianischen Männer holten ihre Waffen aus den Verstecken, hielten am Rand des Dorfes Wacht und warteten auf die Mankas, die nachts durch den Wald schlichen.

Während der Mankasaison hörte Greedo das Krachen der Waffen, wenn er im Bett lag und nicht schlafen konnte. Am nächsten Morgen hing der Kadaver einer Manka für alle sichtbar an den Kreuzbäumen in der Mitte des Dorfes.

Bis auf die Mankajagd führten die Rodianer ein friedliches, bescheidenes Leben. Die Älteren erwähnten nie ein anderes Leben – zumindest nicht vor den Kindern. Aber Greedo hatte sie belauscht, wenn sie glaubten, er schliefe, und ihre Geschichten über das Leben zwischen den Sternen mitgehört.

Er hörte, wie die Älteren Worte wie »Imperium«, »die Clan-Kriege«, »Kopfgeldjäger«, »Sternenschiffe«, »Jeti-Ritter« oder »Hyperraum« benutzten. Diese Worte erzeugten seltsame Bilder in seinem Kopf – aber sie ergaben für ihn keinen Sinn, denn das einzige Leben, das er kannte, waren der Dschungel, die Bäume, das Wasser und die endlosen Tage unbeschwerten Spielens.

Aber die heimlichen Gespräche der Älteren erfüllten ihn mit einer unerklärlichen Sehnsucht. Irgendwie wußte er, daß er nicht auf diese grüne Welt gehörte. Er gehörte woanders hin, irgendwo zwischen den Sternen.

Die silbernen Schiffe waren der Beweis. Er wußte mit absoluter Sicherheit, daß es sich bei ihnen um die »Sternenschiffe« handelte, von denen seine Mutter und seine Onkel gesprochen hatten. Bestimmt würde ihm seine Mutter verraten, warum die Schiffe im Berg versteckt waren.

Pqweeduk ist noch nicht alt genug, um es zu erfahren … aber ich bin es.

Greedos Mutter Neela hockte vor ihrer Hütte auf dem Boden und schälte Rankennüsse im Licht des Lagerfeuers. Ihre Hände bewegten sich flink, schlitzten die dicke Schale mit einem Knochenmesser auf und schälten sie ab. Während sie arbeitete, pfiff sie leise vor sich hin.

Greedo kauerte an ihrer Seite und schnitzte aus einem Stück weißen Rankenholz ein silbernes Sternenschiff. Als das Schiff fertig war, hielt er es hoch und bewunderte es, wobei er dafür sorgte, daß auch seine Mutter es sah. »Mutter«, fragte er plötzlich, »wann wirst du mir alles über die Silberschiffe im Berg erzählen?«

Mutters flinke Hände erstarrten. Als sie sprach, sah sie ihren Sohn nicht an, und ihre Stimme klang besorgt. »Du hast die Schiffe entdeckt«, sagte sie.

»Ja, Mutter. Pqweeduk und ich …«

»Ich habe Nok gesagt, er soll die Öffnung im Berg verschließen. Aber Nok hängt zu sehr an der Vergangenheit. Ständig schleicht er sich den Berg hinauf, um die Schiffe zu betrachten.« Sie seufzte und löste weiter die lederige Schale von den großen Nüssen.

Greedo rückte näher heran. Er spürte, daß sie bereit war, ihm alles zu erzählen, was er wissen wollte … was er wissen *mußte*. »Mutter, erzähl mir *bitte* von den Schiffen.«

Sie richtete ihre feuchten Facettenaugen auf ihn. »Die Schiffe … haben uns zu diesem Ort gebracht … zu dieser Welt … zwei Jahre, nachdem du geboren wurdest, Greedo.«

»Bin ich denn nicht hier geboren … im Dschungel?«

»Du bist dort draußen geboren« – sie wies hinauf zum Abendhimmel, zu den ersten Sternen, die durch die hohen Rankenbäume funkelten – »auf der Heimatwelt unseres Volkes, dem Planeten Rodia. Damals herrschten Mord und Totschlag. Dein Vater wurde getötet, als ich mit deinem Bruder schwanger war. Wir mußten fliehen … oder sterben.«

»Das verstehe ich nicht.«

Sie seufzte. Ihr wurde klar, daß sie ihm alles erzählen mußte. Oder fast alles. Er war inzwischen alt genug, um die Tatsachen zu erfahren.

»Unser Volk, die Rodianer, ist schon immer ein Volk der Jäger und Krieger gewesen. Die Liebe zum Tod war stark in uns. Vor vielen Jahren, als das jagdbare Wild ausgerottet wurde, lernten wir, Vieh zu züchten, um uns zu ernähren. Aber dann begannen wir, uns gegenseitig zu jagen. Es war ein Sport.«

»Sie … haben sich gegenseitig umgebracht?«

»Ja, es war ein Sport. Ein tödlicher Sport. Einige Rodianer hielten es für eine Verirrung und weigerten sich, mitzumachen. Dein Vater gehörte dazu. Er war ein großer Kopfgeldjäger … aber er lehnte ab, sich an der törichten Gladiatorenjagd zu beteiligen.«

»Was ist ein Kopfgeldjäger, Mutter?« Greedo spürte, wie ihm ein Schauer über den Rücken lief, und wartete gespannt auf die Antwort.

»Dein Vater hat Verbrecher und Gesetzlose gejagt … oder Leute, auf deren Kopf eine Belohnung ausgesetzt war. Er war ein hochgeachteter Mann. Er hat uns sehr reich gemacht.«

»Ist er während der Jagd getötet worden?«

»Nein. Ein böser Clanführer, Navik der Rote, der seinen Namen dem roten Muttermal verdankt, das sein ganzes Gesicht bedeckt, mißbrauchte die Gladiatorenspiele, um Krieg gegen die anderen Clanoberhäupter zu führen. Dein Vater wurde ermordet. Man nahm uns unser Vermögen, und unser Clan, die Tetsus, wurde fast ausgerottet.

Glücklicherweise gelang einigen von uns die Flucht mit den drei Silberschiffen, die du gefunden hast.«

»Warum hast du Pqweeduk und mir nie von den Schiffen ... und von unserem Volk erzählt?«

»Wir haben uns verändert. Es hatte keinen Sinn, die düstere Vergangenheit heraufzubeschwören. Wir sind hier zu einem friedliebenden Volk geworden. Die Waffen werden nur hervorgeholt, wenn die Mankakatzen herumschleichen. Wir haben in unserer Ratsversammlung einen Schwur geleistet, daß die Kinder nichts von der schrecklichen Vergangenheit erfahren sollen, bis sie erwachsen sind. Ich breche jetzt diesen Schwur, indem ich dir diese Dinge erzähle. Aber du bist schon ... fast so groß wie dein Vater.«

Die Augen seiner Mutter schienen Greedo zu verschlingen. Er mochte es, wenn sie ihn auf diese Weise anschaute. Seine Haut sonderte ein angenehm riechendes Sekret ab, einen starken rodianischen Duft. Er sah sie nachdenklich an. Plötzlich gab es so viel zu lernen. Er wollte unbedingt alles erfahren.

»Was ist das Imperium, Mutter?«

Sie runzelte die Stirn und rümpfte die lange, bewegliche Schnauze. »Ich habe dir genug erzählt, Greedo. Vielleicht werde ich an einem anderen Tag all deine Fragen beantworten. Geh jetzt ins Bett, mein Sohn.«

»Ja, Mutter.« Greedo sagte seiner Mutter auf traditionelle Weise gute Nacht, indem er die Saugnäpfe seiner Hand an ihre legte. Er verschwand in der kleinen Hütte und trat an das Strohbett, wo bereits sein Bruder schlief.

Stundenlang lag Greedo wach und dachte an die Silberschiffe, an seinen Vater, den Kopfgeldjäger ... und an das wunderbare Leben zwischen den Sternen.

2. Der Rote Navik

Einen Monat und einen Tag, nachdem Greedo und Pqweeduk die silbernen Himmelsschiffe gefunden hatten, fand Navik der Rote, Führer des mächtigen Chattza-Clans, die Tetsus.

Greedo und sein Bruder kletterten in den Wipfel der Rankenbäume herum, als sie am Himmel einen grellen Lichtblitz sahen. Neugierig verfolgten sie, wie der Blitz wuchs und sich in ein leuchtend rotes Objekt verwandelte, das größer und größer wurde, bis sie erkennen konnten, daß es ein Himmelsschiff war, zwanzigmal größer als die kleinen Silberschiffe in der Höhle.

Von unten drangen verängstigte Stimmen herauf. Greedo pfiff aufgeregt und glitt hastig am glatten Baumstamm hinunter, wobei er sich geschickt mit den Saugnäpfen abbremste. Sein Bruder war dicht hinter ihm.

Sie sahen, wie unten die Leute aus ihren Hütten stürzten und auf das riesige Himmelsschiff deuteten. Onkel Nok und Onkel Teeku und ein paar andere Männer rannten los, um ihre Waffen zu holen. Greedo spürte ihre Furcht.

»Komm, Pqweeduk!« schrie Greedo, als seine Füße den Boden berührten. »Wir müssen Mutter retten! Wir dürfen nicht zulassen, daß sie getötet wird!«

»Wovon redest du, Greedo? Niemand wird getötet!« Pqweeduk landete auf dem Boden und folgte seinem älteren Bruder.

Während sie zwischen den Bäumen entlangliefen, stieß das rote Schiff vom Himmel herab, fuhr die Landestützen aus und ging am Rand des Dorfes in einer Wolke aus feurigem Rauch nieder.

Zischend öffnete sich das Doppelschott einer Schleuse. Greedo blieb stehen und keuchte ehrfürchtig, als gepanzerte rodianische Krieger aus dem Riesenschiff strömten – es waren Hunderte. Jeder von ihnen trug eine schimmernde, segmentierte Rüstung und ein tödlich aussehendes Blastergewehr.

Der Anblick dieser Killer lähmte den jungen Rodianer. Es dauerte eine ganze Minute, bis er spürte, daß sein Bruder furchtsam an seinem Ärmel zupfte. Und dann hörte er die Stimme seiner Mutter, hörte, wie sie ihm verzweifelt zuschrie, zu *rennen*. Das letzte, was Greedo sah, bevor er zum Wald herumwirbelte, war die Gestalt eines hochgewachsenen, imposanten Rodianers mit einem blutroten Muttermal, das sein ganzes Gesicht bedeckte. Der Krieger mit dem Mal brüllte einen Befehl, und die anderen hoben ihre Waffen.

Das Sirren der Laserstrahlen vermischte sich mit den Todesschreien der Leute vom Tetsus-Clan, während Greedo und sein Bruder und seine Mutter in den Dschungel flohen. Onkel Nok und Onkel Teeku und zwanzig andere schafften es bis zur Höhle. Es gab ein lautes Knirschen, gefolgt vom Donnern eines Erdrutsches, als sich die Spitze des Berges öffnete und ihre Bürde aus Erde und Steinen abwarf.

Greedo hielt den Atem an, als er die drei Silberschiffe im Licht der Mittagssonne glitzern sah. Mächtige Maschinen erwachten bereits wummernd zum Leben.

Onkel Nok befahl allen, so schnell wie möglich an Bord zu gehen, und begrüßte Greedos Mutter. »Neela – *jetzt* weißt du, warum ich ständig nach den Schiffen gesehen habe! Ich habe sie für diesen Tag instand gehalten!«

Greedos Mutter umarmte ihren Bruder Nok und dankte ihm. Dann eilten alle an Bord, gefolgt von einem Strom Flüchtlinge, die nach und nach aus dem Wald kamen.

Zwei der Silberschiffe stiegen sanft auf Säulen aus Repulsorenergie in die Luft. Ihre fissionsbetriebenen Maschinen heulten so laut, daß Greedo von dem Lärm ganz benommen wurde. Das dritte Schiff wartete auf die Nachzügler … die letzten Überlebenden des Massakers.

Ein korpulenter Mankajäger namens Skee stürzte aus dem Wald und schrie, daß alle anderen tot seien. »Verschwindet! Flieht mit den Schiffen, solange ihr noch eine Chance habt!«

Das dritte Schiff kam nicht mehr dazu, seine Schleuse zu schließen. Ein Strahl aus Ionenenergie verwandelte seine Höhenflossen in eine geschmolzene Masse, und einen Sekundenbruchteil später traf ein mächtiger Laserblitz seinen Reaktor.

Während die ersten beiden Schiffe hinauf in den Himmel rasten, flammte über dem Dschungel ein gleißender Ball aus Fusionsfeuer auf und ließ die Mittagssonne verblassen. Das dritte Schiff existierte nicht mehr.

Greedo hörte nichts von der Explosion. Er saß im Cockpit der *Rodia* und bestaunte die Sternlinien, als Onkel Noks Silberschiff ins Unbekannte sprang.

3. Nar Shaddaa

Nok hatte lange für diesen Notfall geplant und die rodianischen Schiffe programmiert, in eine verkehrsreiche Region der Galaxis zu springen, wo sich die Überlebenden seines kleinen Stammes zwischen den Myriaden fremden Rassen verstecken konnten, die interstellaren Handel trieben.

So gelangten sie nach Nar Shaddaa, einem Raumhafenmond, der Nal Hutta umkreiste, eine der bedeutendsten Welten der wurmähnlichen Hutts.

Zwischen Nar Shaddaa und den fernen Systemen der Galaxis gab es regen Verkehr. Riesige transgalaktische Transporter und gewaltige Frachtschiffe teilten sich den Weltraum mit den protzigen

Jachten und Karavellen der Hutt-Verbrecherlords, den in vielen Schlachten zernarbten Schiffen der Söldner und Kopfgeldjäger, den Piratenbrigantinen und kommerziellen Passagierschiffen, den Sternjammern der Post und den großen Siedlerarchen. Und, natürlich, mit den allgegenwärtigen Sternkreuzern und schlanken Patrouillenbooten der imperialen Flotte.

Die Oberfläche von Nar Shaddaa war lückenlos von kilometerhohen Städten und Andockstationen bedeckt, die im Lauf von Tausenden von Jahren erbaut worden waren. Ebene um Ebene türmten sich Frachtdepots und Lagerhäuser und Wartungsdocks übereinander und waren durch auffällige alte Durchgangsstraßen miteinander verbunden, die den ganzen Globus umspannten und Schluchten überbrückten, die von der vor Leben brodelnden oberen Stratosphäre bis hinunter in die dämmerigen Tiefen reichten, wo die verschiedensten Spezies von den Abfällen lebten, die ständig von den höheren Ebenen herabfielen.

Greedo, sein Bruder, seine Mutter und alle anderen Flüchtlinge auf jenen beiden Silberschiffen kamen nach Nar Shaddaa, mischten sich unter die Bewohner des großen Raumhafenmondes und fanden eine neue Heimat in dem riesigen Sektor, der von den corellianischen Schmugglern kontrolliert wurde.

Die Corellianer waren die unumschränkten Herrscher über ihren Teil des Mondes. Glücksspiel stellte eine wichtige Einnahmequelle für sie dar. Alle Rassen waren eingeladen, durch die hell erleuchteten Straßen zu schlendern, zu gaffen, zu essen, zu trinken und ihr Geld in den Sabacchöhlen zu verprassen. Gelegentlich mußte man mit einem Pistolenduell oder einem Kopfgeldjäger rechnen, der einen gesuchten Verbrecher zur Strecke brachte, und Taschendiebe gehörten zum Straßenbild. Aber es gab ein ungeschriebenes Gesetz im corellianischen Sektor, für dessen Einhaltung die Hafenkontrolle mit strenger Hand sorgte: Wer großen Ärger machen will, soll es woanders tun.

Die rodianischen Flüchtlinge mischten sich unter die Bewohner des schmuddeligen Lagerhausdistrikts auf Ebene 88. In den nächsten Monaten fanden sie Jobs als Hafenarbeiter und Hausdiener und fristeten ein bescheidenes Leben.

Nok wies alle an, sich von den öffentlichen Ebenen, den Durchgangsstraßen und den Casinos fernzuhalten, damit sie nicht zufällig von einem Chattza-Jäger entdeckt wurden. Nok versicherte ihnen, daß ihr Aufenthalt auf Nar Shaddaa nur vorübergehend sei, bis sie eine andere Dschungelwelt gefunden hätten, wo sie sich in Frieden niederlassen könnten.

Für die erwachsenen Rodianer war es keine glückliche Zeit – sie vermißten die fruchtbare grüne Welt, die sie verlassen hatten. Aber für Greedo und Pqweeduk eröffnete sich ein ganzes Universum voller Abenteuer.

Vier Jahre später lebte Greedos Clan noch immer auf Nar Shaddaa. Alle waren vollauf mit Arbeiten und Überleben beschäftigt. Greedo war neunzehn, sein Bruder sechzehn. Die grünen Jungen hatten ihren Platz auf der grenzenlosen Bühne der Galaxis gefunden.

4. Kopfgeldjäger

»Jacta nin chee yja, Greedo!«

Greedo sprang zurück, als drei Repulsorräder vorbeirasten, über eine verfallene Mauer hinwegsetzten und auf einen der belebten Plätze brausten, die Onkel Nok ihnen ausdrücklich verboten hatte.

Er beobachtete, wie sein Bruder und seine Freunde mit ihren Rädern zwischen den Gleitern, antiken radgetriebenen Taxen und Hutt-Schwebesänften herumkurvten und geschickt den herumlungernden Spielern, nichtmenschlichen Piraten, Gewürzhändlern, Hausierern, Obdachlosen ... und Kopfgeldjägern auswichen.

»*Werde endlich erwachsen*, Pqweeduk!« Greedo lehnte an einer Wand und wartete auf seinen Freund Anky Fremp, einen Biomorphen von Siona Skup, der ihm die Geheimnisse der Straße beigebracht hatte.

Greedo, inzwischen fast erwachsen, hatte die Spiele der Kindheit hinter sich gelassen. Er hatte sein Repulsorrad gegen ein schönes Paar Stiefel getauscht und eine teure Jacke aus Rancorleder gestohlen. Er hatte gelernt, wie man Wärmepumpen und Schildregulatoren von Hutt-Schwebesänften abmontierte, während die örtlichen Verbrecherlords in den corellianischen Badehäusern logierten und mit ihren interstellaren Gegenstücken Geschäfte machten.

Anky Fremp hatte Greedo gezeigt, wie der Schwarzmarkt funktionierte – wer am meisten für gestohlene Waren zahlte … und wer die besten Preise für Glitzerstim, Rancorlederjacken und Yerk-Musikwürfel bot.

Fremp und Greedo waren ein Team, und zwar schon seit zwei Jahren. Pqweeduk war noch immer ein dummer Junge, der sinnlose Straßenspiele mit seinen Kumpeln veranstaltete.

»Ska chusko, Pqweeduk!« Werde endlich erwachsen, Pqweeduk!

Während er auf Fremp wartete, beobachtete Greedo das Treiben auf der Straße. Alle nur erdenklichen Lebensformen, menschlich und nichtmenschlich, kamen nach Nar Shaddaa. Die Hälfte von ihnen waren gesetzestreue Händler und Spediteure, die für eines der großen transgalaktischen Unternehmen arbeiteten. Alle anderen verdienten ihr Geld mit illegalen Geschäften.

Eine Gruppe, die Greedo faszinierte, schien nicht an Gold und Vergnügen interessiert zu sein, und man sah sie fast nie auf der Straße. Sie waren die sogenannten Rebellen – politische Außenseiter, die sich gegen das despotische Regime von Imperator Palpatine und seinem grausamen Militärchef Darth Vader erhoben hatten.

Greedo wußte, daß es auf diesem Raumhafenmond Rebellen gab. Sie versteckten sich in einem alten Lagerhaus auf Ebene 88, derselben Ebene, auf der die rodianischen Flüchtlinge lebten. Die Rebellen horteten dort alle möglichon Waffen – Waffen, die in Frachtcontainern mit wertvollen Metallen und Gewürz versteckt nach Nar Shaddaa gelangten … und die in der tiefsten Nacht den Planeten wieder verließen, um von schnellen Blockadebrechern zu den weit verstreuten Außenposten der Rebellion weitertransportiert zu werden.

Ich wette, das Imperium würde eine Menge zahlen, um zu erfahren, was die Rebellen auf Nar Shaddaa treiben. Aber wie soll ich den Imps diese Information geben? Ich kenne niemanden, der für das Imperium arbeitet.

In diesem Moment hörte Greedo das schrille Sirren von Laserschüssen. Instinktiv duckte er sich und glitt hinter die eingefallene Mauer, über die sein Bruder vor ein paar Minuten mit dem Repulsorrad gesprungen war.

Vorsichtig spähte er über den Mauersims und sah einen Mann in der auffälligen grünen Uniform eines imperialen Gewürzinspektors aus den Schatten hetzen und über den belebten Platz rennen. Weitere Laserschüsse hallten, und die Menge floh panisch in die nahe liegenden Gassen und Spielcasinos.

Greedo sah, wie grelle Energieblitze von Gebäuden und Fahrzeugen abprallten. Der rennende Mann wurde getroffen und ging nur drei Meter von Greedos Versteck entfernt zu Boden.

Zwei imposante Gestalten traten aus den Schatten auf den hell erleuchteten Platz. Zielstrebig näherten sie sich dem gestürzten Mann.

Der größere der beiden Fremden, der einen rostigen, schädelförmigen Helm und einen ithullianischen Körperpanzer trug, versetzte dem Opfer einen Tritt. »Er ist tot, Goa.«

Der kleinere Fremde beugte sich prüfend über das Opfer, und Greedo erhaschte einen Blick auf ein braungeflecktes, breitschnäbeliges Gesicht über einer bunt zusammengewürfelten Kluft aus Leder, Eisen und Patronengurten. »Schade, Dyyz«, sagte der Kleinere. »Ich wollte ihm nur die Flügel stutzen. Lebend war er das Doppelte wert.«

Kopfgeldjäger, dachte Greedo. *Sie haben ihre Beute erlegt ... jetzt werden sie die Belohnung kassieren. Ich wette, sie bekommen eine Menge Kredits dafür. Ich wette, sie sind reich.*

Der Große, der von dem anderen Dyyz genannt wurde, bückte sich, hob den toten Gewürzinspektor hoch und warf ihn mühelos über seine Schulter. »Hat nur einen Tag Arbeit gekostet, was, Goa? Ich habe diesen Dreckskerl im Lauf der Jahre auch ein paarmal bestochen ... aber wenn die Imps einen Mann auf die Schwarze Liste setzen, ist es aus und vorbei mit ihm! Laß uns ihn abliefern und das Kopfgeld kassieren, und dann gehen wir einen trinken.«

»Gute Idee. Ich bin durstig wie ein tatooinischer Feuchtfarmer.«

Greedo bemerkte erst jetzt, daß der Kopfgeldjäger namens Goa ein überdimensionales Blastergewehr geschultert hatte. Er hatte noch nie zuvor ein derart großes Gewehr gesehen. Es bestand aus verschnörkeltem schwarzem Metall, Plastobauteilen und einem Gewirr von Kabeln und elektronischen Schaltungen. *Eine Spezialanfertigung,* dachte Greedo. *Wie dieses Ding schon aussieht! Ich wette, dieser Kopfgeldjäger erwischt jeden, der auf seiner Liste steht.*

Greedo erwartete, daß die beiden Kopfgeldjäger wieder in die Richtung verschwanden, aus der sie gekommen waren, doch statt dessen marschierten sie direkt auf ihn zu.

Je näher sie der Mauer kamen, desto furchteinflößender wirkten sie. Der Große, Dyyz, trug einen korrodierten Parastahlhelm, der seinen ganzen Kopf umhüllte. Die Gesichtsmaske – schmale Augenschlitze in einem stilisierten Totenschädel – verströmte eine tödliche, erbarmungslose *Drohung.* Dyyz war auch derjenige mit dem Panzer der ausgestorbenen ithullianischen Rasse – Greedo wußte, daß die kriegerischen Ithullianer vor vielen Jahrhunderten von einer anderen, ebenso kriegerischen Rasse, den Mandaloren, ausgerottet worden waren. Nach dem Zustand seiner Panzerung zu urteilen, mußte er sie aus einem imperialen Museum gestohlen haben!

Die Kluft des anderen Kopfgeldjägers, Goa, war aus zahllosen Einzelteilen zusammengestoppelt und sah aus, als würde er sie niemals wechseln oder ablegen – er hatte einfach neue Kleidungsstücke über die zerschlissenen alten gestreift, bis er sich in eine wandelnde Sammlung militärischer Uniformen und Ausrüstungsgegenstände verwandelt hatte.

Der faszinierendste Aspekt an Goa war sein Kopf: Offensichtlich gehörte er einer Spezies intelligenter Vögel an – oder stammte von Vögeln ab. Seine lederige Haut war braungefleckt und federlos, und über seinem breiten, schartigen Schnabel glitzerten winzige, stechende Augen.

Dyyz und Goa erreichten die Umfriedungsmauer, und Greedo duckte sich. Dann hörte er eine dritte Stimme, rasselnd und grausam:

»So, so, wenn das nicht Dyyz Nataz und Frontschwein Goa sind – wo habt ihr gesteckt, Jungs? Ihr solltet einen alten Freund nicht hängenlassen.«

»Reg dich ab, Gorm. Du bekommst deinen Anteil schon. Frontschwein und ich wollten gerade diesen betrügerischen Gewürzinspektor abliefern. Die Imp werden uns einen Haufen Geld für ihn zahlen, und dann begleichen wir unsere Schulden bei dir.«

»Von wegen, Dyyz.« Das war Goas Stimme. »Wir sind zu zweit, und Gorm ist allein. Er kann auf die Kredits warten, die wir ihm schulden.«

»Einer von meiner Sorte ist *sechs* von euch Nesthockern wert ...«

Blasterfeuer knisterte, und rote Energieblitze zuckten über Greedos Kopf hinweg. Er duckte sich tiefer, und der Lärm eines erbitterten Kampfes drang an sein Ohr. Plötzlich flog Goas großes Blastergewehr über die Mauer und landete klappernd neben Greedo auf dem Pflaster.

Als Greedo impulsiv nach der Waffe griff, hörte er, wie Gorm Dyyz aufforderte, ihm die Leiche des Gewürzinspektors zu übergeben. »Überlaß den Kerl mir … und ich laß dich noch einen weiteren Tag am Leben …«

Greedo nahm all seinen Mut zusammen, spähte über die Mauer und sah eine ehrfurchtgebietende Gestalt, die Dyyz Nataz um zwei Köpfe überragte. Gorm trug einen schweren Körperpanzer und einen geschlossenen Helm. In der Gesichtsmaske leuchteten rote elektronische Augen. *Das muß ein Droide sein,* dachte Greedo. *Ich habe von abtrünnigen Attentäterdroiden gehört, die unter die Kopfgeldjäger gegangen sind. Aber vielleicht ist er doch kein Droide …*

Greedo hatte plötzlich eine Idee. Mit bebenden Saugnäpfen ergriff er das riesige Blastergewehr und legte die Waffe so leise wie möglich an. Er suchte nach dem Sicherungsschalter – fand ihn und entsicherte das Gewehr.

So lautlos wie Onkel Nok, wenn er Mankakatzen jagte, schob er den Gewehrlauf über die Umfriedungsmauer und richtete die Mündung auf Gorms Rücken.

Greedo sah, wie Goa für einen Moment das Gewehr anstarrte und dann hastig den Blick abwandte. Greedo drückte den Abzug.

Die Waffe pfiff und donnerte, und der Kopfgeldjäger namens Gorm kippte stöhnend nach vorn, mit einem geschwärzten Blasterloch im Rücken.

Als Greedo aufstand, gab Goa ein aberwitziges Gackern von sich und stürzte sich auf das Gewehr. Aber Greedo riß die Waffe hoch und richtete sie auf Goas Kopf.

»He, Kleiner! Entspann dich! Der Abzug ist überempfindlich!«

Dyyz schnaufte und lachte. »Danke, Kleiner. Du hast unsere Haut gerettet. Wir stehen ewig in deiner Schuld. Jetzt gib meinem

Partner seine Waffe zurück, damit wir von hier verschwinden können.«

Greedo kletterte vorsichtig über die Mauer und hielt dabei das Blastergewehr auf Goa gerichtet. Er näherte sich Gorms regloser Gestalt und betrachtete das Loch, das er in den Rücken des riesigen Kopfgeldjägers geschossen hatte. Verschmorte Kabel, explodierte Elektronik. »Ist er ein Droide?« fragte Greedo.

»Das könnte man sagen«, bestätigte Goa. »Aber wie wäre es, wenn du mir jetzt meine Waffe zurückgibst – und wie wäre es, wenn wir dich an der Belohnung für diesen Inspektor beteiligen? Du hast es dir verdient.«

»Ich habe eine bessere Idee«, erklärte Greedo. »Ich glaube, ich kann euch helfen, einen *Haufen* Geld zu machen.«

5. Der Schmuggler und der Wookiee

»Spurch Frontschwein Goa?« Warum nennt man ihn Frontschwein?

Anky Fremp, Greedos Freund von der Straße, saß auf dem Rand einer Parkplattform und ließ die kurzen Beine über einer kilometertiefen Häuserschlucht baumeln. Anky war ein sionanischer Skup, eine menschenähnliche Rasse mit kleinen, zusammenstehenden Augen, Haaren so spröde wie Glas und einer Hautfarbe wie Dianogakäse. Anky warf eine Flasche nach der anderen in den Abgrund.

Die Distanz vom höchsten Turm des Raumhafens bis zur Oberfläche des Nar-Shaddaa-Mondes war so groß, daß sie nicht hören konnten, wie die Flaschen aufprallten und zerbarsten. Aber manchmal trafen die Flaschen ein Taxi oder einen Frachter, der auf seinen Repulsoren heraufstieg, und das machte Spaß.

»Was soll der Mist?« fragte Greedo gereizt. »Das ist auch so eins von den blöden Spielen, die mein kleiner Bruder spielt. Wenn die corellianische Hafenkontrolle dich erwischt, werden wir noch zur Zwangsarbeit auf einem Erzfrachter verurteilt.«

»Ja ... du hast recht. Ich werde langsam zu alt für solche Sachen. Also gut, das ist die letzte.«

Sieben Ebenen tiefer tauchte ein Hangarprahm auf, und Fremps Flasche traf den Schutzhelm des Prahmpiloten. Der Mann blickte hoch, brüllte etwas und schüttelte die Faust.

Als der Prahm rasend schnell in die Höhe stieg, entschieden Greedo und Fremp, daß sie lange genug am Rand der Schlucht herumgesessen hatten, und rannten zu Ninx' Werkstatt – einer ihrer Lieblingsplätze.

»Okay, jetzt laß hören, wie dein Plan aussieht. Diese Kopfgeldjäger, mit denen du verabredet bist, wollen dich wirklich reich machen?«

»Ja, ich habe ihnen erzählt, daß die Rebellen Waffen durch Ebene 88 schmuggeln. Das Imperium zahlt eine *hohe* Belohnung für derartige Informationen. Dyyz und Frontschwein sagten, sie würden mich daran beteiligen.«

»Wow. Wirst du auch mit *mir* teilen?«

Greedo gab sich überlegen. »Klar ... für dich fallen bestimmt ein paar Kredits ab, Fremp. Aber das meiste Geld brauche ich, um mir mein eigenes *Schiff* zu kaufen. Ninx hat einen hübschen kleinen Korsar hereinbekommen, den er mir für vierzehntausend überlassen will. Das Schiff braucht nur ein paar neue Energiekupplungen.«

»Kein Problem. Wir können die Kupplungen irgendwo *klauen*!«

»Richtig. *Ich* kann die Energiekupplungen klauen.« Greedo bedachte seinen übereifrigen Freund mit der rodianischen Version eines herablassenden Blickes, als sie die Geheimtür von Ninx' Werkstatt erreichten. *Fremp soll bloß nicht denken, daß ihm irgendein Teil meines neuen Schiffes gehört.* Shug Ninx' Assistent war ein hochbegabter corellianischer Hyperantriebsmechaniker namens Warb. Warb kannte die beiden Jungen, die er auf dem Türmonitor sah.

»Hallo, Anky ... Greedo. Habt ihr mir heute ein paar Wärmepumpen mitgebracht?«

»Tut mir leid, Warb. Morgen haben wir bestimmt was für dich.«

»Okay, dann bis morgen. Shug ist nicht da, und ich bin beschäftigt.«

»Ich will Anky diesen kleinen Korsar zeigen, den ich kaufen werde.«

»Hmmm ... okay. Kommt rein. Aber wenn hinterher irgendwelche Werkzeuge fehlen, weiß ich ja, wen ich atomisieren muß.«

Warb ließ sie in Ninx' Werkstatt und half dann einem Schmuggler bei der Überholung des Lichtantriebs eines heruntergekommenen YT-1300-Frachters, den der Mann beim Sabacc gewonnen hatte.

Die riesige Reparaturwerkstatt war ein Chaos aus zerlegten Schiffen und dem ölverschmierten Schrott eines ganzen Lebens. Überall lagen Einzelteile herum, an Winden und Deckenlaufschienen hingen ganze Maschinenblöcke, und auf einem hohen Gerüst um einen mächtigen Kuat-Sternjammer-IZX-Turbocontainerschlepper, der die halbe Werkstatt auszufüllen schien, arbeiteten Technikerdroiden mit grell flackernden Ionenflußschweißgeräten.

Greedo und Anky wanderten durch ein Labyrinth aus Frachtkisten zu dem Korsar, der auf seinen Landekufen stand und wie ein arkanianisches Juwel glitzerte. Er sah fast neu aus!

»Das ist er«, sagte Greedo stolz. »Ich werde ihn *Mankajäger* nennen. Schön, was?«

Anky schluckte. »Und er kostet nur vierzehntausend Kredits? Ich glaub's einfach nicht! Shug wird dir wahrscheinlich eine rostzerfressene *Schrottkiste* unterschieben, sobald er das Geld bekommen hat.«

»Nicht mein alter Kumpel Shug. Er weiß, daß ich Kopfgeldjäger werden will. Er weiß, daß ein Kopfgeldjäger ein gutes Schiff braucht.«

»*Du* willst Kopfgeldjäger werden?«

Greedo warf sich in die Brust. »Ja. Mein Freund Frontschwein Goa hat versprochen, mir alles beizubringen, was ich wissen muß. Er sagt, daß einige der besten Kopfgeldjäger Rodianer sind.«

Anky war sofort Feuer und Flamme. »Meinst du, er kann mich auch zu einem Kopfgeldjäger machen?«

Greedo pfiff. »Wer hat je von einem *Skup* gehört, der es als Kopfgeldjäger zu was gebracht hat?«

Anky blickte traurig drein. Die sionanische Heimatwelt war hauptsächlich für die *Meisterdiebe* bekannt.

»Komm, Anky. Sehen wir uns mein Schiff von innen an.«

Aber die Schleuse des Korsars war verriegelt. Da Shug nicht da war, mußten sie Warb bitten, sie zu öffnen. Sie wanderten zwischen den Kisten und herumliegenden Einzelteilen zu dem YT-1300, wo Warb und der Schmuggler arbeiteten. Sie hatten den Frachter fast erreicht, als Greedo zwei Dekk-6-Energiekupplungen auf einer Werkbank neben Shugs Fräsmaschine liegen sah.

Greedo erkannte sofort, daß es sich um Dekks handelte. Dekk-6 waren die besten. Früher waren Modog-Kupplungen die besten gewesen, aber die Sternenschifftechnologie machte dank des Imperiums seines unersättlichen militärischen Bedarfs rasante Fortschritte.

Fremp entdeckte die Dekks ebenfalls, und die beiden Jungen blieben stehen und bewunderten die glänzenden Komponenten. Zwei Dekk-6 kosteten zwanzigtausend Kredits – das war der Preis für den Fortschritt.

»Ich wette, Warb will sie in diesen Schrotthaufen einbauen, an dem er arbeitet«, sagte Greedo. »Er muß die Gehäuse zurechtfräsen, damit sie in die Konverter-Spurkränze dieses alten Frachters passen.«

»Sie sind genau das, was wir für deinen neuen Korsar brauchen«, meinte Anky, während er die teure Hardware befingerte. »Sie passen perfekt.«

Ja. Greedo war bereits versucht, die Dekks zu stehlen. Sie waren brandneu, sie waren mehr als nur wunderschön, und so etwas wie sie würde er nie beim Ausschlachten von Hutt-Karavellen finden.

Ein Kopfgeldjäger braucht ein schnelles Schiff. Mein Schiff wird das beste sein. Ich werde jedes Teil meines Schiffes durch die höchstentwickelten Komponenten ersetzen, die ich kaufen oder stehlen kann. Niemand wird den Mankajäger *einholen.*

Greedo blickte sich verstohlen in der Werkstatt um. Warb und der Schmuggler bugsierten eine schwere Energiezelle auf einem Schwebekarren die Rampe des YT-1300 hinauf. Sie verschwanden durch die Luke.

Niemand beobachtete sie.

Greedo schlüpfte aus seiner Rancorlederjacke und wickelte die faustgroßen Kupplungen in sie ein.

»Komm, Anky. Verschwinden wir. Ich muß mich in zwanzig Minuten mit Goa treffen.«

»Gut. Gehen wir.«

Plötzlich spürte Greedo, wie ihn mächtige, zottelige Pranken an der Hüfte packten und in die Luft hoben. Er trat und schlug verzweifelt um sich und ließ dabei die Lederjacke fallen, und die Dekk-Kupplungen landeten polternd auf dem Boden.

»HNUUAARRN!«

»Te kakya skrek, grulla woska!« Laß mich runter, du haariger Mistkerl!

Der Wookiee drehte Greedo herum, so daß er ihm ins grüne Gesicht blicken konnte. *»NNHNGRRAAAGH!«* Greedo sah gefletschte Zähne und wütend blitzende Augen, und er erstarrte. Anky Fremp rannte bereits zur Tür.

»Was ist los, Chewie?« Der hochgewachsene corellianische

Schmuggler tauchte auf. Warb war an seiner Seite. Der Schmuggler hatte die rechte Hand an seinen geholsterten Blaster gelegt.

»*HNNRRNAWWN.*« Das Grollen das Wookiees war für den Jungen nur ein furchteinflößendes Gebrüll, aber der Schmuggler schien ihn zu verstehen.

»Er hat unsere Dekk-6 geklaut? Großartig. Was ist das eigentlich für ein Laden hier, Warb? Weißt du, was ich für diese Dekks bezahlt habe?«

»Tut mir leid, Han. Ich habe Shug gesagt, er soll diesen Straßenjungen nicht trauen, aber er scheint an dem Grünen einen Narren gefressen zu haben ... Du kennst die Regeln, Greedo. Ich werde Shug alles erzählen müssen. Wenn du weißt, was gut für dich ist, dann verschwindest du jetzt und läßt dich nie wieder hier blicken ... das heißt, falls dir der Wookiee vorher nicht das Genick bricht!«

Der riesige Wookiee hielt den verängstigten Rodianer noch immer einen Meter über dem Boden, als wartete er auf ein Zeichen seines Schmugglerfreundes.

»Einen Moment«, sagte der Schmuggler. »Tu ihm nicht weh, Chewie. Ich werde dem kleinen Schleicher eine Lektion erteilen ... Wo hast du diese ausgebrannten Modogs hingelegt, Warb?«

Der Wookiee stellte Greedo auf den Boden, hielt ihn aber weiter mit einer haarigen Pranke fest, während Warb in einem großen Abfallcontainer wühlte, der neben der Werkbank stand. Eine Sekunde später fischte Warb zwei geschwärzte und korrodierte Modog-Energiekupplungen heraus. Er gab sie dem Schmuggler, und der Schmuggler gab sie Greedo.

»Hier. Wenn der Junge Energiekupplungen haben will, soll er sie bekommen. Ich habe sie aus dem *Millennium Falken* ausgebaut. Sie haben eine Menge erlebt, Kleiner. Und ich will für sie nur diese Rancorlederjacke haben. Was meinst du? Ein faires Geschäft?«

Der Schmuggler grinste, und der Wookiee drückte Greedos Schulter.

»T-te jacta.« Das zahle ich dir heim.

»Hat er einverstanden gesagt?« fragte der Schmuggler.

»Er sagte, der Handel gilt«, lachte Warb.

»Gut. Der Kleine erkennt ein gutes Geschäft, wenn er eins sieht.« Der Schmuggler streckte seine Hand aus, um den Handel zu besiegeln, aber Greedo ignorierte sie. Statt dessen machte er mit seinen Handsaugnäpfen ein ploppendes Geräusch und warf die ausgebrannten Kupplungen auf den Boden. Dann fuhr er herum und rannte zur Tür.

»HWARRNNUNH!«

»Ja, Chewie, ich war vermutlich etwas zu hart zu ihm. Aber man muß diesen Herumtreibern die Grenzen zeigen, solange sie noch jung sind. Wer weiß, was sonst aus ihnen wird ... Hier, Warb, willst du die Jacke haben? Ich schenke sie dir zum Geburtstag.«

»Danke, Han. Woher wußtest du, daß ich heute Geburtstag habe?«

6. Der Lehrer

Spurch Frontschwein Goa saß allein in einer Ecke des Café Kernschmelze und zählte einen Stapel Kredits. Er winkte, als er Greedo hereinkommen sah. »He, Kleiner – hier drüben!«

Greedo war noch immer voller Zorn und Rachsucht, aber er versuchte, wie ein kampfgestählter Raumveteran aufzutreten, während er sich durch das lärmerfüllte Lokal drängte. Als ihm ein grauhaariger alter Twi'lek eilig Platz machte, fühlte er sich sofort etwas besser.

»Hallo, Spurch.«

»Setz dich, Kleiner. Willste was trinken? Aber rück mir nicht auf die Pelle. Ihr Rodianer habt 'nen Geruch, der für uns Diollaner nicht besonders angenehm ist.«

Greedo setzte sich auf einen Stuhl gegenüber seinem neuen Mentor. Goa bestellte eine Flasche Tatooine Sonnenbrannt für Greedo.

»D-das ist eine Menge Geld, Spurch.« Greedo beäugte aufgeregt den Geldstapel. Er hoffte, daß Ninx trotz des Zwischenfalls immer noch bereit war, ihm den Korsar zu verkaufen.

»Sag einfach Frontschwein, Kleiner. Den anderen Namen kannste vergessen. Meine Mutter fand ihn süß, weil er in unserer Sprache mutiger Wanzenjäger bedeutet.« Goa schnaubte. Er nahm eine Handvoll Kreditchips von dem vor ihm liegenden Stapel. »Hier, Kleiner. Für dich. Danke für den Tip über die Rebellen. Hat sich mächtig gelohnt.«

»Cthn rulyen stka wen!« Wow, das ist toll! Greedo griff nach den Chips und zählte sie hastig. Es war nicht viel ... erheblich weniger, als er erwartet hatte. Der Traum von einem eigenen schnellen Korsar zerplatzte.

»Öh ... zweihundert Kredits ... öh, danke, Frontschwein.«

»Was ist los, Kleiner? Du siehst enttäuscht aus.« Goa musterte seinen neuen Schützling mit wachen Vogelaugen.

»Öh ... ich dachte, ich würde mehr bekommen, schätze ich.«

»He, Kleiner. Du willst doch Kopfgeldjäger werden, richtig? Sagte ich nicht, daß Rodianer die *besten* Kopfgeldjäger sind? Das sagte ich doch, oder?«

Greedo nickte bedrückt. *Ich will ein Kopfgeldjäger werden. Aber ein Kopfgeldjäger braucht ein Schiff.*

»Also, glaubste etwa, ich würde dich *umsonst* zum Kopfgeldjäger ausbilden? Glaubste das? ... Trink deinen Tatooine Sonnenbrannt, Kleiner, er schmeckt hervorragend.«

Gehorsam nahm Greedo die Flasche und trank die dicke Flüssigkeit. Sie schmeckte bitter. Er war verlegen. Frontschwein hatte recht. »Öh ... ich schätze, ich ... öh, habe daran gar nicht gedacht«, gestand er.

»Genau. Es ist dir nie in den Sinn gekommen, mein kleiner gieriger Freund. Goa nimmt *Geld* dafür, jungen Herumtreibern wie dir die Geheimnisse der Jagd beizubringen! Jetzt schau her ...!« Goa griff in eine seiner vielen Taschen und brachte eine viel größere Rolle Kredits zum Vorschein. »Das gehört alles dir, wenn du willst – zwanzigtausend. Das ist ein Drittel von dem, was die Imps für die Informationen über die Rebellen gezahlt haben.«

Greedos Augen wurden feucht, und er konnte seine Gier kaum bezähmen. Der Traum vom *Mankajäger* schien doch Realität zu werden.

Goa beugte sich nach vorn und fixierte Greedo mit seinen Knopfaugen. »Aber wenn du das Geld nimmst, dann sind wir *quitt*, verstehste? Ich will dich dann nie wiedersehen. Du mußt dich entscheiden, Kleiner. Willst du das Gewerbe bei einem Experten lernen ... oder willst du mit dem Geld ein paar flotte Nächte in der Stadt verbringen und eine heiße Kiste kaufen, die du wahrscheinlich innerhalb einer Woche zu Bruch fliegen wirst? Frontschwein Goa kann aus dir den zweitbesten Kopfgeldjäger der Galaxis machen, Kleiner ... Frontschwein Goa ist der *beste.*«

Greedo ließ sich Goas Worte eine Weile durch den Kopf gehen, und sie verbanden sich mit seinen Herzenswünschen. Er wollte diesen Korsar mehr als alles andere, aber am meisten wünschte er sich, ein *Jäger* zu sein ... genau wie sein *Vater.* Und die Kopfgeldjagd bot die Möglichkeit, einen *Haufen* Geld zu verdienen. Ein reicher Kopfgeldjäger konnte sich seinen eigenen Mond und eine Menge Schiffe kaufen – Schaluppen, Kreuzer, Kutter ... sogar *Kriegsschiffe.*

»Du bringst mir wirklich alle Geheimnisse bei?« fragte Greedo zaghaft.

»Beibringen? Ich werde dir die stinkenden Geheimnisse in deinen stinkenden Hals schieben! Gilt der Handel, Kleiner? Glaube mir, ich würde das nicht für jeden tun. Aber du hast mir das Leben gerettet. Du hast mich und Dyyz herausgehauen ... und bei allen Sternen, du bist ein *Rodianer.* Ich sage dir, Rodianer sind *geborene* Kopfgeldjäger.«

Greedo glühte vor Stolz. Geborene Kopfgeldjäger. Rodianer sind geborene Kopfgeldjäger. *Ja, ich kann es fühlen, ich habe es immer gefühlt. Mein Vater war ein Kopfgeldjäger. Ich werde ein Kopfgeldjäger sein. Ich* bin *ein Kopfgeldjäger.*

»*Abgemacht,* Frontschwein.« Greedo pfiff und streckte seine Hand aus.

Goa musterte die saugnapfbesetzten Finger, und etwas wie Abscheu huschte über sein Gesicht. *Sogar die Hand des Kleinen riecht komisch.* Widerwillig schlug er ein. »Abgemacht«, bestätigte er. »Komm, ich kauf dir noch einen Sonnenbrannt an der Bar ... und stell dir ein paar von den Jungs vor.«

Der dumme Junge fällt wirklich darauf rein, dachte Goa, als er sich zur Bar drängte. *Ich behalte seinen Anteil, und dafür muß ich ihm nur ein paar »Geheimnisse« verraten, hinter die er in ein oder zwei Monaten höchstwahrscheinlich selbst gekommen wäre ... Aber wer weiß, vielleicht wird doch ein guter Kopfgeldjäger aus ihm ... Allerdings habe ich nie erlebt, daß ein Rodianer zu mehr taugt, als ein paar unbewaffnete Häßlinge umzubringen!*

7. Vader

Fünfzehntausend Kilometer vom Raumhafenmond entfernt, im Schatten des leuchtenden Hutt-Planeten, riß die sternendurchglitzerte Leere auf, und ein riesiges dreieckiges Kriegsschiff fiel aus dem Hyperraum.

Während das mächtige Schiff in einen stationären Orbit um Nal Hutta einschwenkte, heulten die Alarmsirenen. Die imperialen Sturmtruppen legten ihre weißen Panzer an und nahmen die Blastergewehre aus den Ladegeräten.

Die Stiefel der Soldaten hallten in der Hauptstartbucht, als sie zu den beiden getarnten Gamma-Angriffsfähren rannten, die sie zum Raumhafenmond bringen würden, und sich vor der Rampe formierten.

Hoch über ihnen, auf dem Achterdeck des Sternzerstörers *Rache*, erhielt der Commander der Mission letzte Anweisungen von einer einschüchternden, schwarzgepanzerten Gestalt. Die tiefe Stimme der Gestalt drang dumpf durch eine elektronische Atemmaske.

»Ich will *Gefangene*, Captain. Tote Rebellen können mir nicht verraten, wohin diese Waffenlieferungen gehen.« Das unheimliche Fauchen der grotesken Atemmaske verstärkte noch die Drohung, die vom Klang der Stimme und den Worten ausging.

»Jawohl, Lord Vader. Wie Sie befehlen. Ich bedaure den Zwischenfall auf Datar, aber die Rebellen haben bis zum letzten Mann gekämpft.«

»Weil wir das Überraschungselement verloren haben. Vizeadmiral Slenn hat für diesen Fehler mit seinem Leben bezahlt. Dieses Mal wird es *keine* Fehler geben. Dieses Mal *wissen* die Rebellen nicht, daß wir kommen. Sind die Angriffsfähren startbereit?«

»Jawohl, Lord Vader. Ich habe sie als leichte Frachter tarnen lassen, Sir. Unsere Agenten haben die notwendigen Prioriäts-Andockkodes von der Hafenkontrolle bekommen. Wir können jederzeit im corellianischen Sektor von Nar Shaddaa landen.«

»Gut. Starten Sie unverzüglich, spüren Sie die feindliche Basis auf und nehmen Sie so viele Rebellen wie möglich gefangen. Sobald die Lage unter Kontrolle ist, komme ich nach.«

»Sehr gut, Sir. Wir beginnen sofort mit der Mission.«

Als Spane Covis, Wachposten der Rebellen-Spezialtruppen, die beiden wettergegerbten Frachter durch den Einflugschacht sinken und Ebene 88 erreichen sah, dachte er sich nichts dabei.

Von seinem Posten in einem gemieteten Aussichtsraum im Hafenturm Eins aus sollte Covis seinen Kader-Commander alarmieren, wenn es in seinem Sektor zu ungewöhnlichen Schiffsbewegungen kam. Es war ein langweiliger Job. Nichts Außergewöhnliches passierte. Covis war mit den Gedanken ganz woanders.

Dann traf ihn die Erkenntnis wie ein Schlag: Die Verkleidung der Schiffe stimmte nicht. Die Frachtschleusen sind zu klein. Die Kühltürme sind am falschen Platz. *Ich habe noch nie solche Frachter gesehen.*

Covis griff nach seinem Kom und schrie: »Sternhund Eins, hier ist Taurücken!«

»Sprechen Sie, Taurücken. Was ist das Problem?«

»Passen Sie auf, Sternhund. Zwei Rancor sind im Stall!«

»Verstanden, Taurücken.« Zwanzig Rebellen-Soldaten hatten bereits im Lagerhaus ihre Posten eingenommen und beobachteten mit ihren Überwachungssensoren die Straße, als die getarnten Gammas mit dröhnenden Triebwerken in Sichtweite kamen.

Im hinteren Teil des weitläufigen Gebäudes luden andere Infanteristen der Spezialtruppen Waffen und Ausrüstungsgegenstände in einen großen Z-10-Transporter, um möglichst viel Wehrmaterial in Sicherheit zu bringen, bevor der Kampf begann.

In der Mitte des Lagerhauses, hinter einer schweren Panzerplatte, wurde eine C4-CZN-Ionenfeldkanone in Stellung gebracht.

Das Überraschungselement, auf das die Imperialen hofften, war verloren.

Der Kampf auf Ebene 88 war heftig, aber nach kürzester Zeit vorbei.

Greedos Mutter Neela hörte einen ohrenbetäubenden Donnerschlag und rannte zum Fenster des umgebauten Entlüftungsschachts, in dem sie und ihre Söhne wohnten und der in einem labyrinthisch verschachtelten Gebäudekomplex an einem Ende des Lagerhausdistrikts lag.

Im gleichen Moment verwandelte sich eine der Gamma-Angriffsfähren in einen Ball aus Licht und Energie, der die Häuser auf beiden Straßenseiten in Brand setzte. Der grüne Feuerball blendete Neelas große Augen, und sie fuhr herum und floh schreiend in den hinteren Teil der Wohnung.

Die andere Gamma feuerte zwei Turbolaserstrahlen ab, und die Frontseite des Rebellen-Lagerhauses zerbarst in tausend Stücke. Die Crewrampen der Fähre senkten sich, und aus den Schleusen stürmten unablässig feuernde imperiale Sturmtruppen.

Die C4-Ionenkanone gab einen weiteren Schuß ab, und die zweite Gamma war Geschichte. Ein Feuerhagel aus Blastergewehren empfing die Angreifer, sechzig Sturmtruppler fielen, und der Kampf war vorbei. Der Rest ergab sich.

Greedo lungerte mit Goa und Dyyz und einem Haufen anderer Kopfgeldjäger auf Ebene 92 herum. Die Jäger hatten erfahren, daß ein mächtiger Hutt-Verbrecherlord eine Todesliste herausgegeben hatte. Wer sich zuerst bei ihm meldete, bekam den Gesamtauftrag und sofort einen unterschriebenen Vertrag.

Plötzlich heulten Alarmsirenen auf, und Greedo sah corellianische Feuerwehrprahme mit blitzenden Blaulichtern durch den Einflugschacht stürzen.

»Wie's aussieht, haben die Imps unsere *Nachricht* erhalten«, meinte Frontschwein und zwinkerte Greedo verschwörerisch zu.

Greedo gab sich gelassen. »Ja – vielleicht. Es könnte aber auch sein, daß die Unterirdischen wieder mal Feuer gelegt haben.« Dann stieg Rauch den Schacht hinauf, und Greedo begann sich Sorgen zu machen.

Erst nachdem Greedo Goa und Dyyz von den Rebellen-Waffenschiebern erzählt hatte, war ihm der Gedanke gekommen, daß seinen Leuten vielleicht Gefahr drohte. Die rodianischen Flüchtlinge lebten und arbeiteten auf Ebene 88 – wenn die imperialen Sturmtruppen angriffen, befanden sie sich mitten im Kampfgebiet.

»Öh ... ich schätze, ich ... öh, wir sehen uns noch, Frontschwein. Bis später, Dyyz. Ich habe noch was zu erledigen.«

Goa hob eine Braue. »Sicher, Kleiner. Dyyz und ich werden heute nacht höchstwahrscheinlich nach Tatooine springen – falls wir uns nicht mehr sehen, viel Glück!«

Tatooine! Die Hutt-Kontrakte! Greedo fühlte sich verraten, als er davonging. Goa hatte ihn nicht eingeladen, sie zu begleiten. Bis jetzt hatte ihm Goa kaum etwas beigebracht. *Und er hat meinen Anteil der Belohnung kassiert.*

Greedo wollte schon umkehren und Frontschwein und Dyyz bitten, ihn nach Tatooine mitzunehmen. Dann sah er vor seinem inneren Auge plötzlich das angsterfüllte Gesicht seiner Mutter. Statt zurückzugehen, rannte Greedo zum nächsten Repulsorlift.

Greedo betrat die Kabine und drückte auf den Knopf mit der Nummer »88«. Der Lift fiel wie ein Stein in die Tiefe und hielt Sekunden später sanft auf Ebene 88. Alarmsirenen heulten, und die Lifttür wollte sich nicht öffnen. Automatische Sensoren hatten alle Aufzüge auf dieser Ebene blockiert.

Greedo spähte durch die Stahlglastür und erkannte, warum – die Straße war voller Rauch und Flammen. Die corellianischen Feuerwehrprahme kämpften mit chemischen Sprays gegen die Feuersbrunst an und machten große Fortschritte.

Greedo versuchte den Rauch mit den Blicken zu durchdringen, um festzustellen, ob der Wohnkomplex seiner Familie in Brand geraten war. Die Rodianer wohnten weiter hinten, wo die Müllsammler untergebracht waren, Greedo konnte nichts erkennen, aber er vermutete, daß alles in Ordnung war. Nur das Rebellen-Lagerhaus und die Gebäude auf der anderen Straßenseite brannten.

Greedo entspannte sich und begann das Schauspiel zu genießen. Er entdeckte ein paar Rebellen, die den Feuerwehrleuten halfen, und er fragte sich, was genau passiert war. Die einzigen sichtbaren Sturmtruppler lagen mit zerschmetterten Helmen auf dem Boden.

In diesem Moment hörte Greedo das Kreischen zerreißenden

Metalls und sah, wie sich die Feuerwehrleute zum Einflugschacht umdrehten, der außerhalb seines Blickfelds lag. Die Gesichter der Feuerwehrleute verzerrten sich vor Angst, und eine Sekunde später tauchte eine riesige schwarze Kriegsmaschine auf und eröffnete aus zehn Laserkanonen das Feuer.

Die Maschine war eine monströse Apparatur des Todes, geformt wie eine Krabbe, mit zwei mächtigen Klauen rechts und links, einer Phalanx schwerer Waffen an Bug und Heck und einem massiv gepanzerten Kommandocockpit in der Mitte, wo sich sonst das Maul der Krabbe befunden hätte. Sie schwebte auf Repulsorenergie, bewegte sich rasend schnell und tötete *alles*, was sich ihr in den Weg stellte.

Greedo hämmerte gegen die Lifttür. Sie wollte sich immer noch nicht öffnen. Ein Teil von ihm war froh, daß sie nicht aufging. Ein Teil von ihm wollte fliehen. Dieser Teil drückte den Knopf zur Ebene 92. *Meiner Familie wird schon nichts passieren. Nur die Rebellen werden sterben.*

Als der Lift das Schlachtfeld unter sich ließ, erhaschte Greedo einen letzten Blick auf die Todesmaschine, die das Rebellen-Lagerhaus mit weißglühender Energie bestrich. Dann schoß die Kabine weiter in die Höhe und entzog die Maschine seinem Blickfeld.

Einen Moment später erbebte der ganze Sektor, als wäre ein Asteroid eingeschlagen.

Greedo stolperte auf die Durchgangsstraße der Ebene 92 und fiel prompt aufs Gesicht. Die Straße schwankte und bockte, und ein schreckliches Grollen erfüllte die Luft. Passanten und Fahrzeuge flohen Richtung Einflugschacht.

Als sich Greedo aufrappelte, sah er eine Gruppe Kopfgeldjäger zur reservierten Landeplattform rennen, wo sie ihre Schiffe abgestellt hatten. Er entdeckte Dyyz Nataz, aber von Frontschwein Goa gab es keine Spur.

Eine Hand packte Greedos Schulter. Er blickte auf und direkt ins breitschnäbelige Gesicht seines Freundes.

»Wenne weißt, was gut für dich ist, Kleiner, kommste mit mir und Dyyz. Irgendwas hat die Imps *verdammt* wütend gemacht. Ich schätze, die Rebellen haben mehr Widerstand geleistet, als sie dachten.«

»Meine Leute ... Ich kann meine Familie ... meine Freunde nicht im Stich lassen.«

»Vergiß es, Kleiner. Wenn du ein Kopfgeldjäger werden willst, mußt du dich sowieso früher oder später von deiner Familie und deinen Freunden verabschieden. Dann kannst du es auch gleich tun ... Außerdem ist ihnen wahrscheinlich nichts passiert.«

Frontschwein Goa sah Greedo fragend an, ging dann weiter und folgte Dyyz zu ihrem Schiff.

Greedo blieb stehen und sah Frontschwein nach, während er um eine Entscheidung kämpfte. Was wollte er wirklich?

Er wollte ein Kopfgeldjäger sein. Der schlanke Kreuzer *Nova Viper* verließ mit einem ganzen Schwarm anderer Kopfgeldjäger den Raumhafen und wartete auf die Sprungerlaubnis.

Sie erhielten keine Genehmigung. Die Hafenkontrolle war mit anderen Dingen beschäftigt.

Also sprangen sie ohne Erlaubnis.

Das letzte, was Goa und Dyyz und Greedo sahen, war eine gewaltige Explosion, die ein ganzes Viertel des corellianischen Sektors zerstörte und ein viele Ebenen tiefes Loch in den Boden riß.

»Wow! Es hat mindestens zwanzig Ebenen erwischt!« schrie Dyyz. »Eine Menge guter Leute sind gerade *gestorben*, Goa.«

»Und wir sind am Leben ... richtig, Greedo?«

Greedo antwortete nicht. Er starrte nur die lodernde Feuersbrunst an, die zahllosen Flammenbälle, die aufsteigenden schwarzen Rauchwolken.

Der Navcomputer nahm Kurs auf Tatooine.

Sie sprangen.

8. Mos Eisley

Im Eingang der düsteren, lärmenden Bar stand eine riesige gepanzerte Gestalt und musterte die bunt gemischte Menge mit rotglühenden elektronischen Augen.

»He – ist das nicht Gorm, der Zerstörer? Was macht er hier? Ich dachte, wir haben ihn *umgebracht*!«

»Sicher ... mein Kumpel Greedo hat seinen Motivator dezimiert. Aber Gorm besteht aus den Biokomponenten von sechs verschiedenen Rassen. Um ihn *umzubringen*, muß man ihn in Atomstaub verwandeln.«

Dyyz Nataz stöhnte. »Warum hast du mir das nicht gesagt, Goa? Ich hätte ihn *erledigt*. Jetzt wird er wieder wegen der Kredits hinter uns her sein, die wir ihm schulden!«

»Reg dich ab, Dyyz. Jodo Kast hat mir gerade erzählt, daß Jabba Gorm den besten Kontrakt zugeschanzt hat – fünfzigtausend Kredits für den Kopf von *Zardra*.«

»Soll das ein Witz sein? Zardra ist eine *Kopfgeldjägerin*. Was hat Jabba gegen sie?«

Die drei saßen in den verräucherten Schatten der Mos Eisley Bar, tranken grüne Pica Donnerwolke und beobachteten die Kopfgeldjäger, die aus allen Teilen der Galaxis angereist waren: Weequays, Aqualishaner, Arconas, Defel, Kauronianer, Fneebs, Federköpfe, Bomodonen, Alpheridianer – und die unvermeidlichen *Ganks*. Greedo entdeckte sogar ein paar Rodianer. Sie nickten ihm zu, aber er erwiderte den Gruß nicht. Er hatte schon vor langer Zeit gelernt, daß unbekannte Rodianer gefährlich sein konnten.

Ein großspurig auftretender Corellianer und ein riesenhafter Wookiee kamen herein und blieben eine Weile auf der Eingangstreppe stehen, um die Gäste zu begutachten. Greedo erkannte den Schmuggler wieder, mit dem er in Ninx' Reparaturwerkstatt auf

Nar Shaddaa aneinandergeraten war. Beim Anblick der beiden kochte Haß in ihm hoch.

Dann machte der Corellianer kehrt und verließ die Bar, und der Wookiee folgte ihm. Dyyz Nataz schnaubte: »Genau, Solo. Du bist hier am *falschen* Ort, Alter.«

»*Han Solo*? Ist er hier?« Frontschwein Goa fuhr auf seinem Stuhl herum und blickte zur Tür.

»Ja. Solo und sein Wookiee-Kumpel Chewbacca waren gerade hier, haben sich umgesehen und sind wieder *abgehauen*. Du weißt, daß Solo auf Jabbas Liste steht. Ich an seiner Stelle würde wie ein Raumfrosch in die nächste Galaxis hüpfen!« Dyyz trank einen großen Schluck Donnerwolke. »Also, wie war das noch mal mit Zardra? Was hat sie *getan*, daß der alte Jabba fünfzig Riesen auf ihren Kopf ausgesetzt hat?«

Goa drehte sich wieder zu seinen beiden Gefährten um und hob sein Glas. Auch wenn Tatooine ein knochentrockener Planet war, wurden hier einige der besten Brandys der Galaxis gebrannt – *teuer*, aber sehr delikat. »Auf Zardra«, prostete er, stürzte das Glas hinunter und wischte sich mit der Hand den Mund ab.

»Zardra und Jodo Kast waren im Stenness-System auf der Jagd nach zwei Gewürzdieben namens die Thig-Brüder. Die Thigs waren bis an die Zähne mit imperialen Blastern bewaffnet, die sie aus einem militärischen Nachschubdepot geraubt hatten. Jodo sagt zu Zardra: Warum trennen wir uns nicht? Ich werde auf den Raumhäfen verbreiten, daß ich die Thigs suche ... und du hältst dich bedeckt. Die Thigs werden garantiert kämpfen wollen – ich kenne diese Burschen. Sie werden kommen, ich inszeniere ein kleines Duell, und du erledigst sie von hinten. Aber du darfst sie nur lähmen. Wir brauchen sie lebend.

Jodo wußte, daß er sich auf Zardra verlassen konnte. Sie fürchtet sich vor nichts – und keiner kann besser mit einem Stunnerlaser umgehen als sie.«

»Ja. Ich habe gesehen, wie sie schießt. Sie ist die Beste. Was ist dann passiert?«

Greedo hatte die ganze Zeit nichts gesagt. Er mußte dauernd an Dyyz' Bemerkung denken, daß Solo auf Jabbas Liste stand, und er malte sich aus, wie er sich an dem Schmuggler rächte. Zufrieden saß er da und hörte seinen Freunden zu und beobachtete die anderen Kopfgeldjäger. *Ich bin einer von ihnen,* dachte er. *Ich bin ein Kopfgeldjäger. Spurch wird mich mit zu Jabba nehmen ... Jabba braucht viele gute Kopfgeldjäger ... Jabba braucht mich.*

In diesem Moment stand Gorm der Zerstörer auf und ließ seine elektronischen roten Augen durch die Bar wandern. Greedo duckte sich und hielt sich die Hand vors Gesicht. Er spähte durch seine saugnapfbesetzten Finger und verfolgte, wie sich der riesige Kopfgeldjäger abwandte und zum Ausgang stapfte.

»Gorm geht gerade«, raunte Greedo seinen Freunden zu.

»Oh ... tatsächlich? Ein Glück, würde ich sagen. Er macht sich jetzt bestimmt auf die Suche nach Zardra. Ich hoffe, sie verwandelt ihn in Schlacke!«

»Vielleicht sollten wir sie warnen, Frontschwein.«

»Keine Sorge, sie weiß Bescheid. Sie hat eine Menge Freunde in der Branche. Ich wette ein gutes Kraytsteak, daß Jodo sie bereits informiert hat.«

»Du hast wahrscheinlich recht ... Aber wie geht die Geschichte weiter? *Warum zahlt Jabba der Hutt Gorm fünfzigtausend, damit er Zardra umbringt?*«

»Sachte. Sie hat einen *Hutt* getötet, darum! Die Thig-Brüder haben Jodo schließlich im Roten Schatten aufgespürt – das ist ein Bistro auf Taboon, einem öden Hinterwäldlerplaneten, auf dem man nicht mal begraben sein möchte. Unglücklicherweise hielt sich zur gleichen Zeit ein Hutt namens Mageye auf Taboon auf, um ein Geschäft mit dem alten BolBol abzuschließen, einem anderen Hutt, dem das Stenness-System praktisch gehört.«

»Ah, ich verstehe. Mageye ist zufällig in die Schießerei geraten.« Dyyz machte unter seiner Schutzmaske ein gähnendes Geräusch.

»Schlimmer. Mageye läßt sich von diesen fünf kräftigen Weequays auf einer Sänfte in das Bistro tragen. Das Spektakel beginnt, die Thigs schießen auf alles, was sich bewegt, zwei Weequays werden getroffen, sie lassen die Sänfte fallen, und der Wurm fällt heraus ... und landet direkt auf Zardra!«

»Ha! Arme Zardra!«

»Armer Mageye. Zardra ist voll gepanzert, aber sie wird trotzdem fast zerquetscht, und der Schleim und der Gestank machen sie zusätzlich fertig ... Sie zieht also einen Kaliber-Sechs-Thermodetonator aus der Tasche und schiebt ihn dem Hutt in den Mund!«

Goa legte eine dramatische Pause ein. Greedo pfiff leise. Dyyz gab einen gurgelnden Laut von sich. Goa griff nach seiner Donnerwolke und kippte sie hinunter.

»Sie haben einen ganzen Monat gebraucht, um seine Überreste aufzusammeln, Jungs.« Goa trank einen weiteren großen Schluck Donnerwolke und klapperte zufrieden mit dem schaumbedeckten Schnabel.

»Öh ... Wahnsinn. Tolle Geschichte, Frontschwein«, sagte Dyyz und lachte. »Also, wann haben wir unsere Verabredung mit Jabba?«

Goa sah auf seinen Chronometer. »Wir müssen los, sonst kommen wir zu spät«, erwiderte er. »Machen wir uns auf den Weg.«

9. Jabba

Der berühmte Verbrecher Jabba der Hut empfing Bittsteller in seinem Stadthaus in Mos Eisley, das nur einen kurzen Spaziergang von der Bar entfernt war.

Draußen in der Wüste braute sich ein Sturm zusammen und hüllte Mos Eisley in eine Wolke aus Sand und Dreck. Die schmalen Straßen in der Nähe des Raumhafens waren staubig und düster. Die drei Kopfgeldjager schützten ihre Gesichter mit Schals vor den feinen Sandpartikeln und eilten zur Audienz bei dem berüchtigten Hutt.

»Ich weiß nicht, wie die Tatooiner es schaffen, ihre Droiden instand zu halten«, brummte Dyyz. »Mein Visier ist schon völlig verdreckt.«

»Die Feuchtfarmer verbrauchen eine Menge Droiden«, erklärte Goa. »Der Sand setzt sich in den Gelenken fest und verstopft die Kühlrippen, und die Elektronik brennt durch. Die Hälfte der Bevölkerung verdient sich ihren Lebensunterhalt mit *Schrott*, dem Hauptprodukt dieses heißen und staubigen Planeten.«

Zwei stämmige gamorreanische Bullen bewachten das massive Eisengitter, das den Zugang zum Hof von Jabbas Stadthaus versperrte. Die schweineähnlichen Schläger grunzten drohend und schwenkten ihre Äxte, als die Kopfgeldjäger aus der Dunkelheit auftauchten. Aber Frontschwein Goa zögerte nicht und brüllte das Paßwort, das man ihm genannt hatte. Die Gamorreaner traten sofort zur Seite.

Das Tor mit den speerähnlich zulaufenden Eisenstäben glitt knirschend in die Höhe, und Goa passierte mit selbstbewußten Schritten die drohenden Spitzen. Dyyz und Greedo blieben zurück und warteten ab, was mit ihrem Freund geschehen würde. Goa drehte sich um und lachte gackernd. »Was ist los, Dyyz? Hast du Angst vor dem alten Jabba? Er ist der *Freund* der Jäger. Komm, Greedo, ich zeige dir, wie man *reich* wird!«

Plötzlich lösten sich aus den Schatten des Hofes vier bösartig aussehende Niktos und zielten mit Blasterstäben auf Goa. »Nudd chaa! Kichawa joto!« brüllte einer von ihnen.

»Was weißt du schon – wir sind pünktlich! Jabba erwartet uns!« Goa ignorierte die Stäbe und marschierte furchtlos zum hell erleuchteten Eingang von Jabbas Domizil. Die Niktos senkten ihre Waffen und fauchten leise.

Dyyz und Greedo folgten ihrem Freund zögernd.

Das Gegröle und Geschrei des galaktischen Gesindels in Jabbas Thronsaal war ohrenbetäubend laut. Menschen und Nichtmenschen, Vertreter von über hundert Spezies, drängten sich in der Halle. Sie trugen ein Sammelsurium an Waffen und militärischen Ausrüstungsgegenständen, und ihre Gesichter waren von Gier und Bosheit gezeichnet.

Alle Augen richteten sich auf die drei Neuankömmlinge. Greedo musterte die groteske Versammlung und war erstaunt – auf Nar Shaddaa hatte er nur einen kleinen Teil der anwesenden Rassen kennengelernt. «Sind das alles *Kopfgeldjäger*?« schrie er Goa ins Ohr.

»Nee. Vielleicht die Hälfte. Die anderen sind nur schleimige Speichellecker, die es genießen, sich in Jabbas Gestank und Verderbtheit zu suhlen.«

Goa scherzte nur zum Teil. Greedo bemerkte einen ranzigen Geruch, der den ganzen Saal erfüllte, und ein paar Sekunden später hatte er die Quelle entdeckt: Es war der große Wurm selbst, Jabba der Hutt, der sich auf einer Plattform rekelte und eine spiralig gebogene Wasserpfeife schmauchte.

Greedo hatte in den Straßen von Nar Shaddaa viele Hutts gesehen. Aber er hatte sich noch nie mit einem von ihnen in einem geschlossenen Raum aufgehalten. Der Anblick und der Geruch der miasmatischen Masse des großen Verbrechers drehten ihm den Magen um. Zu allem Überfluß scharwenzelten Twi'leks und Kopffüßler und sogar … *Rodianer* um ihn herum. Ja, die beiden Rodianer, die er in der Bar gesehen hatte, standen vor dem großen Jabba und verbeugten sich so kriecherisch wie Bittsteller im Palast eines paladianischen Prinzen. Ein silberner Protokolldroide übersetzte ihre unterwürfigen Worte für den stinkenden Jabba.

»Vielleicht beugen sie sich nur nach vorne, weil sie kotzen müssen«, meinte Dyyz, als würde er Greedos Gedanken lesen.

»Warum sollten sie das tun?« meinte Goa. »Die grünen Idioten stinken fast genauso schlimm wie Jabba.«

Greedo warf Goa einen verblüfften Blick zu. *Warum hat er das gesagt? Bin ich auch nur ein »grüner Idiot« für ihn?* Er entschied, daß Goa nur versucht hatte, einen groben Witz zu machen.

Als die beiden Rodianer zurückwichen und in der Menge verschwanden, bedachte Majordomus Bib Fortuna die neuen Besucher mit einem argwöhnischen Blick. Mit einem fast unmerklichen Nicken bedeutete er Goa, Dyyz und Greedo vorzutreten.

Der Lärm ebbte ab, als die drei Jäger ihre Plätze vor dem großen Wurm einnahmen. Alle wollten sehen, ob vielleicht ein Todesurteil vollstreckt wurde. Als sich herausstellte, daß es sich bei den dreien nur um ein weiteres Team habgieriger Kopfgeldjäger handelte, schwoll der Lärm wieder an.

»Vifaa karibu uta chuba Jabba«, begann Goa perfekt auf huttisch. Er wußte, daß Jabba viele Sprachen fließend beherrschte und für die Millionen anderen Kommunikationsformen den Protokolldroiden als Dolmetscher beschäftigte. Aber er wollte vor dem Verbrecherlord möglichst ehrerbietig auftreten.

»Moja jpo chakula cha asubuhi!« grollte der Hutt, offenbar erfreut darüber, daß ihn der Abschaum mit Respekt behandelte.

»Was hat er gesagt?« zischte Dyyz. »Was hast *du* gesagt?«

»Ich habe ihm gesagt, daß er der widerlichste Haufen Sumpfschlamm in der Galaxis ist. Er hat mir dafür gedankt, daß ich vor seinem aufgeblähten, schleimigen, stinkenden Leib im Staub krieche.«

»W-wirklich?« flüsterte Greedo. »Das hast du gesagt?«

»Goa macht bloß Witze, Kleiner. Wenn er so was gesagt hätte, wären wir Rancorfutter.«

Goa richtete seine volle Aufmerksamkeit auf den Hutt und hoffte, daß Jabba den geflüsterten Wortwechsel nicht gehört hatte.

Wenn er zugehört hatte, so ließ sich Jabba nichts anmerken. Er lachte weiter jovial und schob eine sich windende Sandmade in den Mund. Greedo würgte beim Anblick der geschwollenen, speicheltriefenden Zunge. Aus der Nähe war der verdorbene Geruch von Jabbas Atem überwältigend. Der speckige Leib des Hutts schien in regelmäßigen Abständen frischen Schleim abzusondern, der Greedos empfindliche Nüstern mit neuen Wellen fauligen Gestanks marterte.

»Ne subul *Greedo*, pombo gek fultrh badda wanga!« Goa legte Greedo eine Hand auf die Schulter, als er seinen Schützling dem illustren Gangster vorstellte. Greedo verbeugte sich nervös, als sich die riesigen Augen auf ihn richteten und ihn zu Weltraumstaub reduzierten.

Jabba und Goa wechselten ein paar weitere Sätze, und dann hob Jabba zu einem langen Monolog an, der mit den Worten endete: »... kwa bo noodta du dedbeeta *Han Solo*?«

Goa wandte sich an Greedo und Dyyz. »Der Wurm hat sich dazu herabgelassen, uns die Chance zu geben, einen seiner *berüchtigsten* Schuldner zu jagen – den Piraten Han Solo. Solo behauptet, eine Ladung Gewürz verloren zu haben, als er von den Imps geentert wurde. Aber Jabba glaubt, daß Solo das Gewürz verkauft und das Geld behalten hat. Wir haben den Auftrag, das Geld einzutreiben.«

»Ich lege mich nicht mit Solo an«, erklärte Dyyz. »Er hat zu viele Möglichkeiten, sich zu rächen ... selbst wenn er tot ist.«

»Ich übernehme ihn«, sagte Greedo. »Er ist nur ein kleiner corellianischer Gewürzschmuggler, der sich für den Weltmeister hält. Er hat mir eine Rancorlederjacke geklaut. *Ich erledige Solo.«*

Frontschwein Goa sah Greedo einen Moment an und schlug ihm dann auf den Rücken. »Okay, Kleiner. Genau das wollte ich hören! Das ist eine gute Gelegenheit für dich, deine ersten Sporen zu verdienen, denn Solo befindet sich auf Tatooine! Wir haben ihn heute in der Bar gesehen, weißt du noch? Ich werde dir dabei helfen. Wenn er das Geld bei sich hat, nimmst du es ihm einfach ab.«

Dyyz schnaubte. »Großartig – hilf du ruhig dem Kleinen. Ich will nichts damit zu tun haben … Aber was ist mit uns? Hast du uns auch ein paar Aufträge besorgt, oder haben wir die ganze Reise nur wegen des Jungen gemacht?«

»Keine Sorge, ich habe mich um alles gekümmert.« Goa wechselte ein paar weitere Worte mit Jabba, und dann überreichte Fortuna den Kopfgeldjägern drei Schriftrollen, die offiziellen Verträge, die ihnen die exklusiven »Jagdrechte« für die Dauer von zwei Tatooine-Monaten zusicherten. Die Solo-Rolle belief sich auf eine viel kürzere Periode, denn Jabba konnte es kaum erwarten, die seit langer Zeit bestehende Schuld endlich einzutreiben.

Auf ein Zeichen von Fortuna hin verbeugten sich die drei Kopfgeldjäger feierlich und traten zurück, um Platz für die nächsten Bewerber zu machen – einen widerwärtigen Menschen namens Dace Knochenarm und seinen Attentäterdroiden Modell IG.

In dem Gedränge, das im überfüllten Thronsaal herrschte, wurde Greedo von Goa und Dyyz getrennt. Greedo bahnte sich einen Weg zu einem freien Platz in einer Ecke neben der Bar. Ungefragt schob ihm der aqualishanische Barkeeper ein randvolles Glas über den Tresen zu. Greedo platzte fast vor Stolz, als er sich an die Wand lehnte und den sirupartigen Tatooine Sonnenbrannt schlürfte.

Auf der anderen Seite des Raums entdeckte er Dyyz zusammen mit einem Jäger namens Dengar, den Greedo noch von Nar Shaddaa kannte. Beide studierten ihre Schriftrollen und tauschten Ratschläge aus.

Frontschwein Goa war in ein intensives Gespräch mit einem der Rodianer vertieft. Greedo wurde eifersüchtig, als er seinen Mentor mit einem anderen rodianischen Kopfgeldjäger reden sah.

Ich bin ein Kopfgeldjäger, dachte er. *Ich werde Solo finden und die Belohnung kassieren und berühmt werden. Ich werde der* erfolgreichste *rodianische Kopfgeldjäger sein, der je gelebt hat.*

Ich möchte zu gern wissen, worüber dieser Rodianer und Goa reden. Er bemerkte, wie Goa ihm einen Blick zuwarf, und dann sah auch der Rodianer zu ihm hinüber, und Greedo begriff, daß sie über ihn sprachen. Zuerst flößte es ihm Unbehagen ein, daß der fremde Rodianer ihn bemerkt hatte. Dann winkte Goa ihm zu, und der Rodianer hob grüßend seine saugnapfbesetzte Hand.

Greedo strahlte vor Stolz. *Okay, sie reden über mich – über Greedo, den Kopfgeldjäger.*

10. Solo

»BRUUARRRNN!« Der Wookiee schlug mit seiner zotteligen Faust auf den Schildgenerator des *Millennium Falken* und schob die Schutzmaske hoch.

»Reg dich *ab*, Chewie. Ich will genau wie du so schnell wie möglich von diesem elenden Planeten verschwinden. Aber ohne Reflektoren sind wir leichte Beute für Gewürzdiebe und neugierige Imps.«

»Hwuarrn? Nnrruahhnm?«

»Genau. Jabba bläst gerade zur größten Kopfgeldjagd in diesem Sektor – und du *weißt*, daß unsere Namen ganz oben auf der Liste stehen. Ein weiterer Grund, uns von hier abzusetzen. Aber wie ich schon sagte, hätten wir das Schiff sicher untergebracht, als der Sandsturm losbrach, hätten wir jetzt nicht diesen Schlamassel.«

Han Solo saugte den letzten Sand aus den Entlüftungsklappen und wischte sich mit dem Ärmel die Stirn ab. *Warum endet ein freier und ungebundener Kerl wie ich eigentlich immer auf derar-*

tigen Hinterwäldlerplaneten, wo ich mir doch auf jedem Spielerparadies des Universums die frische Meeresbrise um die Nase wehen lassen könnte?

Weil ich kein besonders guter Sabaccspieler bin, dachte er. *Manchmal habe ich Glück, klar. Aber nicht genug Glück. Im Gegensatz zu manchen Leuten, die ich kenne, muß ich mir meinen Lebensunterhalt durch Arbeit verdienen.*

Chewbacca gab ein leises, warnendes Grollen von sich, und Solo hob den Kopf und sah sich um. Zwei knollige Facettenaugen starrten ihn an. Der in Leder gehüllte humanoide Rumpf unter dem grünhäutigen, stachelgekrönten Kopf hielt einen Blaster in der saugnapfbesetzten Hand.

»Han Solo?« Die Stimme des Wesens mit der langen grünen Schnauze wurde von einem elektronischen Translator übersetzt.

»Wer will das wissen?« Han *wußte*, wer das wissen wollte. Ein Rodianer mit einem Blaster ist *immer* ein Kopfgeldjäger ... oder ein Geldeintreiber.

»Greedo. Ich arbeite für Jabba der Hutt.«

»Greedo ... oh, ja, ich erinnere mich an dich – der Junge, der versucht hat, meine Energiekupplungen zu stehlen. Okay, du arbeitest jetzt also für Jabba. Gut für dich. Nebenbei, ich spreche Rodianisch. Du kannst also den plärrenden Kasten abstellen.«

Han sprang so gelassen wie möglich vom Wartungsgerüst und griff nach einem Lumpen, um sich die Hände abzuwischen. In dem Lumpen steckte ein kleiner Telltrig-7-Blaster, den er für einen derartigen Fall dort plaziert hatte. Glücklicherweise mußte er ihn nicht benutzen – sein Mundwerk war seine beste Waffe.

»Hör zu ... du kannst Jabba die *Wahrheit* sagen – ich bin nur aus einem einzigen Grund nach Tatooine gekommen: um ihn zu *bezahlen.*«

Greedo schaltete den Translator ab. Goa hatte ihm geraten, das Gerät zu benutzen, damit der »Klient« auch den Ernst der Lage begriff. *Aber wenn Solo wirklich Rodianisch spricht, dann versteht er auch meine unübersetzbaren rodianischen Drohungen.*

»Neshki J'ba klulta ntuz tch krast, Solo.« Jabba glaubt nicht, daß Wirbelsäulenparasiten die Wahrheit sagen, Solo.

»Na ja, was weiß dieser überfressene Wurm schon? Glaubst du wirklich, ich würde mich auch nur in die *Nähe* dieses Planeten wagen, wenn ich das Geld nicht hätte?«

Greedo hob unwillkürlich seine Waffe. Er wußte nicht, ob ein Kopfgeldjäger auf die Beleidigung seines Arbeitgebers reagieren mußte. Aber was Solo gesagt hatte, klang logisch. Wenn Jabba hinter seinem Kopf her war, würde Solo wohl kaum in seinem Hinterhof landen. *Das wird ein Kinderspiel.*

»Shak, trn kras ka noota, Solo.« In Ordnung, dann rück das Geld raus, Solo. »Vhu sna Greedo vorskl ta.« Dann kann Greedo verschwinden.

»Tja, weißt du, Greedo … weißt du, es ist nicht ganz so einfach. Das Geld ist im Rumpf des *Falken* eingeschweißt. Ein Geheimversteck. Verstehst du? Warum kommst du nicht morgen früh wieder, und ich gebe dir dann alles? Wie klingt das?«

»Nvtuta bork te ptu motta. Tni snato.« Nein, hole es jetzt. Ich warte.

Ich werde diesen Glitschfisch nicht davonkommen lassen, dachte Greedo … *vor allem, da Frontschwein alles aus seinem Versteck heraus beobachtete.*

»Ich *kann* es jetzt nicht holen. Hör zu, wenn du bis morgen warten kannst, bekommst du einen kleinen Bonus – ein paar tausend Kredits nur für dich. Wie klingt das?«

Das klang gut.

»Prog mnete enyaz ftt sove shuss.« Mach viertausend Kredits daraus.

»*Vier*tausend? Bist du verrückt …? Oh, in Ordnung, du hast die Waffe. Wir machen es so, wie du es willst. Viertausend für dich, gleich morgen früh. Der Handel gilt.«

Ohne ein weiteres Wort drehte Solo dem Kopfgeldjäger den Rücken zu und säuberte einen Schraubenschlüssel. Er behielt dabei den kleinen Blaster in der Hand, nur für den Fall, daß der grüne Junge seine Meinung änderte. Aber einen Moment später gab Chewie seinen »Alles klar«-Grunzer von sich, und die Anspannung fiel von Solo ab.

»Großartig, Chewie. Die Frechheit von diesem Kerl ist kaum zu fassen. Jetzt müssen wir das Schiff noch *heute nacht* startklar machen. Wenn dieser Widerling morgen früh hier aufkreuzt, wird er nur einen großen Ölfleck auf dem Hangarboden finden!«

Frontschwein Goa schlürfte einen Sternenschein Spezial und sah sich in der Mos Eisley Bar um. Die Zahl der Kopfgeldjäger hatte sich merklich verringert. Eine Menge Jäger hatten ihre Verträge bekommen und waren abgeflogen. Einige von ihnen pirschten sich wahrscheinlich in diesem Moment tausend Parsecs weiter in den Straßen fremder Städte an ihre Opfer heran. »Solo hat nicht vor, dich zu bezahlen«, erklärte er und sah seinen Schützling an. »Begreifst du das nicht? Er will dich nur hinhalten.«

Frontschwein bemerkte in der Nische neben dem Eingang die beiden Rodianer. Sie nickten ihm zu, und er nickte zurück. »Du solltest diese beiden Rodies kennenlernen, Kleiner. Sie sind gute Jäger. Ich wette, sie können dir Sachen beibringen, die selbst ich nicht kenne. Soll ich dich ihnen vorstellen?«

Greedo blickte in sein Glas. *Goa weiß nichts von den Clan-Kriegen. Ich habe ihm nie davon erzählt. Er weiß nichts von den Schiffen, die plötzlich auftauchten und die Tetsus-Flüchtlinge jagten. Tetsus reden nicht mit fremden Rodianern. Er weiß es nicht, weil ich es ihm nie erzählt habe.*

Ja, aber was soll's? Ich bin jetzt ein Kopfgeldjäger, nur das zählt. Kopfgeldjäger halten zusammen, trinken zusammen, erzählen sich ihre Kriegserlebnisse, helfen sich gegenseitig aus der Patsche.

Wenn ich meinen ersten Auftrag ausgeführt, von Solo das Geld kassiert und es Jabba gegeben habe, wenn mein Name dadurch bekannt geworden ist ... dann werde ich mit diesen Burschen Freundschaft schließen. Sie werden mich respektieren, und wir werden zusammen einen trinken, und sie werden mir ein paar tolle Geschichten erzählen, und dann werde ich ihnen erzählen, wie ich Dyyz und Goa gerettet und Gorm einen Volltreffer in die elektronischen Eingeweide verpaßt habe.

»... wie ich immer zu sagen pflege, Greedo, jedes Geschäft mit Jabba hat zwei Seiten. Das ist deine Lektion für heute. Wenn du die Schuld eintreibst, hast du Jabbas Wohlwollen. Aber wenn du Jabba enttäuschst, dann bist du so gut wie *tot.*«

Greedo pfiff verächtlich. »Keine Sorge, Frontschwein. Solo wird bezahlen. Zuerst überzeugen wir uns, daß er das Geld tatsächlich hat. Dann, wenn er es nicht herausrückt, werde ich ihn töten und es mir *nehmen* ... Du gibst mir doch Rückendeckung – für den Fall, daß sich der Wookiee einmischt?«

»Sicher. Das ist der Plan, oder nicht?«

»Wknuto, Goa.« Danke, Goa.

Han Solos Schiff, der *Millennium Falke*, stand noch immer im Wartungshangar, als Greedo am nächsten Morgen kurz nach Sonnenaufgang hereinkam.

Han Solo war nirgendwo zu sehen. Greedo versuchte, die Luke des *Falken* zu öffnen, aber sie war kodeverriegelt.

Greedo und Goa fanden Solo und den Wookiee schließlich beim Frühstück in einem kleinen Café am Stadtrand, direkt hinter den Taurückenställen.

Greedo hielt die Hand an seiner geholsterten Waffe, machte sich aber nicht die Mühe, sie zu entsichern, denn Goa lauerte in der gegenüberliegenden Gasse und zielte mit einem Gewehr auf die Opfer.

»Rylun pa getpa gushu, Solo?« Schmeckt dir dein Frühstück, Solo?

Greedo gab sich hartgesotten und selbstsicher, aber in Wirklichkeit klopfte ihm das Herz bis zum Hals. Wenn Solo ihn heute wieder hinhielt, wußte er nicht, was er machen sollte. Jabba würde nicht begeistert sein, wenn er Solo tötete, ohne vorher die Schulden zu kassieren. Laut Vertrag sollte er ihm Geld bringen, keine Leiche.

»Greedo! Ich habe schon überall nach dir gesucht! Wolltest du dich heute mal ausschlafen?« Han gluckste vor sich hin und schob einen weiteren Bissen von seinem Taurückensteak in den Mund. Chewbacca hob eine Braue und legte den Kopf zur Seite. Sein Blitzwerfer lehnte geladen und entsichert an seinem Bein.

»Fna ho koru gep, Solo. Kras ka noota.« Hör auf, Witze zu machen, Solo. Gib mir das Geld.

»Sicher. Das Geld. Es ist mir eine Freude. Möchtest du vorher etwas essen? Du siehst aus, als könntest du eine anständige Mahlzeit gebrauchen.«

Greedo begriff, daß Solo ihn hinhalten wollte, und Zorn kochte in ihm hoch. Impulsiv packte er Solo am Hemd. »Ka noota! Grot pleno ka Jabba spulta?« Das Geld! Oder möchtest du es Jabba lieber persönlich erklären?

»NNRRARRG!« Augenblicklich war Chewie auf den Beinen, schlang einen mächtigen, zotteligen Arm um Greedos Hals und packte mit der freien Hand den Blaster des Kopfgeldjägers.

»Nfuto ...!«

»Danke, Chewie.« Han stand auf und wischte sich gelassen mit einer Serviette den Mund ab. Er nahm Greedos Waffe, klappte das Magazin auf und nahm die Energiezelle heraus. Dann gab er Greedo den nutzlosen Blaster zurück.

«Weißt du, Kleiner, ich habe fast angefangen, dich zu *mögen.*

Jetzt bin ich mir dessen nicht mehr so sicher. Aber ich gebe dir einen guten Rat. Halt dich von Nacktschnecken wie Jabba fern. Such dir einen ehrlichen Beruf ... Laß ihn los, Chewie.«

»Hnnruaahn!« Chewie entließ Greedo aus seinem Griff, und der Kopfgeldjäger stolperte nach vorn. Han sprang zur Seite, und Greedo kippte gegen den Tisch, daß die Teller herunterfielen und auf dem Boden zersplitterten.

»Wie nett. Wo bekommt Jabba bloß dieses Gesindel her? Was ist mit dem Kerl in der Gasse auf der anderen Straßenseite, Chewie?«

»Hwarrun!«

»Verschwunden, eh? Wahrscheinlich ein weiterer halbgarer Kopfgeldtyp. Man sollte eigentlich annehmen, daß Jabba den *Besten* engagiert, um einen Kerl wie *mich* zu erledigen!«

»Hurrwan nwrunnh.«

»Ja, du hast recht. Wir spielen mit dem Feuer, wenn wir noch länger hier herumhängen. Der *Falke* ist startbereit – wir hätten schon heute morgen springen können, wenn Taggart sein Versprechen gehalten hätte. Wenn er nicht bis morgen mit dieser Ladung Glitzerstim aufkreuzt, die wir schmuggeln sollen, sind wir Geschichte. Einverstanden?«

»WNHUARRN!«

»Das dachte ich mir.«

Jabba der Hutt war nicht begeistert.

»Kubwa funga na jibo! Du sagtest, diese unerfahrene Schleimwarze wird Solos Schulden eintreiben! Ich sollte euch beide in mein Privatverließ werfen und euch dort verrotten lassen!«

Der riesige Wurm schnaufte und grollte und verströmte Fäulnis. Auf beiden Seiten der Thronplattform fuchtelten Weequays und Niktos drohend mit ihren Waffen. Wie gewöhnlich drängte sich in Jabbas Thronsaal der Abschaum von hundert galaktischen Zivilisationen.

Frontschwein Goa gab sich unterwürfig. Er kroch schamlos vor dem aufgeblähten, sabbernden Verbrecherlord im Staub und bedauerte bereits, Greedo ohne das Geld mitgebracht zu haben. Aber er hatte um eine weitere Audienz ersuchen müssen, um Jabba zu überreden, Solo von Greedo *toten* zu lassen anstatt die Schulden einzutreiben. Das war der Schlüssel. Jetzt sprudelten die Worte hastig aus ihm heraus – er mußte seinen Vorschlag machen, bevor Jabba *ihr* Todesurteil verkündete!

»Oh, unvergleichlicher Jabba, wie Sie sehr wohl wissen, ist Han Solo, dieses wertlose Stück Dianoga-Dung, ein sehr schwieriger Kunde. Darf ich vorschlagen, daß Sie meinem Schützling erlauben, Solo einfach zu *töten*? Zum Ausgleich für seine Schulden können Sie sein *Schiff* nehmen.«

Jabba grunzte und schmauchte nachdenklich seine Wasserpfeife. Dann schien sein Gesicht aufzuleuchten, sofern es überhaupt möglich war. »Ne voota kinja. Jabba gefällt dein Vorschlag. Er wird das wertlose Leben deines Schützlings verschonen.«

Bevor er weitersprach, sah er Greedo direkt an. Auf einen Wink von Jabba hin trat K-8LR, der silberne Protokolldroide, vor und übersetzte Jabbas drohende Worte ins Rodianische: *»Du darfst mir Solo bringen, damit ich ihn töten kann – oder du tötest ihn selbst und händigst mir seine Schiffspapiere aus. Jabba hat in seiner Weisheit erkannt, daß es so sein muß.«*

Greedo stieß einen erleichterten Seufzer aus und verneigte sich kriecherisch. »Vielen Dank, großer Jabba. Ihre Weisheit ist …«

»Na kungo! Aber du solltest besser schnell arbeiten! Ich setze hiermit ein freies Kopfgeld auf Han Solo aus! Und ich erhöhe den Preis für seinen Kopf auf einhunderttausend Kredits!«

»Einhunderttausend!« entfuhr es Goa. »Jeder Kopfgeldjäger in der …«

»Ja, das ist wahr. Wenn dein Schützling Solo nicht erledigen kann, wird es irgendein *anderer* bestimmt schaffen!«

Dann beugte sich Jabba nach vorn und fixierte Greedo erneut mit seinen boshaften Augen. »Und wenn *du* nicht in der Lage bist, unsere Abmachung zu erfüllen, dann solltest du am besten sofort anfangen zu laufen, kleines grünes Insekt. *Bring mir Solo – tot oder lebendig!*«

11. Die Bar

An diesem Tag gab es Live-Musik. Die Gäste waren in übler Stimmung.

Greedo und Goa setzten sich in die Nische neben dem Eingang. Als Solo und der Wookiee hereinkamen, gab Solo vor, sie nicht zu sehen, doch Chewbacca knurrte leise, als er Greedo passierte.

»Sie wissen, daß wir hier sind, Frontschwein.«

»Ja. Das ist auch der Sinn der Sache. Bist du bereit, den Plan auszuführen?«

»Nchtha zno ta. Fnrt pwusko vtulla pa.« Ich bin mir nicht sicher. Ich habe ein ungutes Gefühl dabei.

»Nun, wenn du nicht bereit bist, springen wir am besten in den Hyperraum, bevor Jabba es erfährt. Ich habe eine Menge Arbeit zu erledigen.«

»Wo ist Dyyz?«

»Heute morgen abgeflogen. Zusammen mit 4-Lom und Zuckuss. Dyyz hat einen lohnenden Kontrakt bekommen – ein Kriegsherr, der sich entschlossen hat, die Hutts aus dem Komnor-System zu vertreiben.«

»Klingt nach einem schwierigen Job.«

»Sehr schwierig. Aber Dyyz Nataz ist der richtige Mann dafür. Und *du* bist der richtige Kopfgeldjäger für den Han-Solo-Auftrag, Greedo, mein Junge. Bist du *bereit*?«

In diesem Moment kam es an der Bar zu einer Auseinandersetzung. Schreie ertönten, gefolgt von einem Handgemenge, dann ein plötzlicher Blitz und das Sirren eines Lichtschwerts. Ein Arm flog durch die Luft und landete neben Greedos Stuhl. Die Musik brach ab.

Greedo und Goa hatten den alten Mann und den Jungen schon beim Eintreten bemerkt, und sie hatten gehört, wie der Barkeeper die Droiden aufgefordert hatte, das Lokal zu verlassen. Goa war die intensive Ausstrahlung des alten Mannes aufgefallen, und er dachte: ER ist alt, aber ich würde es nicht wagen, mich mit ihm in einem Blasterduell zu messen.

Im Raum war es totenstill. Greedo holte tief Luft und pfiff leise. »Gute Arbeit für einen alten Mann«, kommentierte er.

»Er muß ein Jedi sein«, sagte Goa. »Ich dachte, sie wären schon vor langer Zeit ausgestorben.«

Greedo hatte noch nie einen Jedi gesehen.

Im Raum wurde es wieder laut, die Band spielte weiter, der Kellner entfernte den abgetrennten Arm. Jemand bestellte eine Lokalrunde.

»Paß auf, Greedo. Der alte Mann und der Junge sprechen mit Solo und dem Wook. Du mußt noch etwas warten, bis du ihn dir schnappen kannst.«

Greedo antwortete nicht. Der kurze Kampf hatte ihn noch nervöser gemacht.

Die beiden rodianischen Kopfgeldjäger kamen herein, und Goa winkte sie zu sich an den Tisch. Greedo starrte in sein Bier und konzentrierte sich auf das, was er zu Solo sagen würde.

»Jungs ... Ich möchte euch gern Greedo vorstellen ... meinen Lehrling. Greedo, das sind Thuku und Neesh, zwei hervorragende Kopfgeldjäger.«

Greedo blickte auf und sah zwei große Augenpaare, die ihn mit distanzierter Neugierde musterten. Bemerkte er da Feindseligkeit in diesen facettierten Augäpfeln? Der Rodianer namens Thuku reichte ihm eine saugnapfbesetzte Hand. »Wa tetu dat oota, Greedo.«

»Ta ceko ura nsha«, sagte Greedo und berührte flüchtig Thukus Saugnäpfe. Die drei Rodianer unterhielten sich kurz, während ihnen Goa amüsiert dabei zusah. Neesh hatte inzwischen gehört, daß Greedo den Han-Solo-Vertrag von Jabba bekommen hatte. Neesh schien beeindruckt. Thuku warnte Greedo, daß Solo »bereits zwei von Jabbas Geldeintreibern getötet hat ... Sei vorsichtig, Bruder. *Du* könntest der nächste sein.«

»Danke für den Rat«, sagte Greedo tapfer. «Ich habe keine Angst. Frontschwein wird mir Rückendeckung geben für den Fall, daß Solo oder der Wookie irgendeine Dummheit versuchen.«

Die beiden Rodianer wechselten einen Blick mit Goa, und Greedo glaubte, daß sie insgeheim über ihn lachten. *Ja, natürlich halten sie mich für einen jungen Narren. Nun, so ist es eben, wenn man gerade anfängt. Ich werde es ihnen schon zeigen!*

Imperiale Sturmtruppen betraten die Bar, und einen Moment später, als sich Greedo umsah, waren Solo und der Wookiee wieder allein am Tisch. Der alte Mann und der Junge waren verschwunden.

Nachdem die Imps ihren Tisch passiert hatten, zog Goa seinen Blaster und legte ihn vor sich auf den Tisch. »Okay, Kleiner. Das ist deine Chance. Wenn sich der Wookie einmischt, verwandle ich ihn in roten Rauch.«

Der Moment war gekommen. Greedo fühlte eine Mischung aus Furcht und Erregung. Er schloß die Augen und sammelte seine Kräfte. Plötzlich sah er wie in einer Vision deutlich das Bild einer Dschungelwelt vor sich, tropfende grüne Neonblätter, eine Ansammlung kleiner Hütten und geschäftige, halbnackte grüne Körper. Er sah sich selbst und seinen Bruder Pqweeduk unter den hohen Rankenbäumen zum Dorf laufen. Er sah seine Mutter auf der Lichtung stehen und auf ihn warten. Er sah sich selbst und seinen Bruder rennen, und sie streckte ihre Hände aus und umarmte sie beide. Dann war er plötzlich ein Teil der Vision und blickte auf ihre riesigen Augen. Sie weinte. »Was ist los, Mutter? Warum bist du traurig?« »Ich bin traurig und ich bin glücklich, Greedo. Ich bin traurig wegen dem, was geschehen muß. Ich bin glücklich, weil du nach Hause kommst.«

Greedo fuhr aus seiner Trance hoch, und ein Gefühl wie von einem Stromschlag durchzuckte ihn. *Was war* das? dachte er.

Goa starrte ihn verärgert an. »Nun mach schon, Kleiner. Wie lange willst du noch warten? Solo und der Wook wollen gehen!«

Der Wookiee Chewbacca passierte ihren Tisch und verschwand nach draußen. Der perfekte Moment war gekommen. Greedo legte die Hand auf seinen Blaster und stand auf.

»Oona goota, Solo?« *Gehst du weg, Solo?*

»Ja, Greedo, um genau zu sein, ich bin auf dem Weg zu deinem Boß. Du kannst Jabba sagen, daß ich das Geld habe.«

»Sompleetalay. Vere tan te nacht vakee cheeta. Jabba warin cheeco wa rush anye katanye wanaeoska.« Greedo grinste höhnisch. »Chas kin yanee ke chusko!« Es ist zu spät, du hättest ihn bezahlen sollen, als du die Chance dazu hattest.

Jabba hat einen Preis auf deinen Kopf ausgesetzt, und jeder Kopfgeldjäger in der Galaxis wird sich an deine Fersen heften.

»Sicher, aber diesmal habe ich das Geld.«

»Enjaya kul a intekun kuthuow.« Und ich habe dich zuerst gefunden.

»Ich habe es nicht bei mir. Sage Jabba ...«

»Tena hikikne. Hoko ruya pulyana oolwan spa steeka gush shuku ponoma three pe.« Wenn du es mir gibst, werde ich vielleicht vergessen, daß ich dich gefunden habe. Jabba ist mit dir fertig. Er hat keine Verwendung für Schmuggler, die ihre Fracht beim Anblick eines imperialen Kreuzers über Bord werfen.

»Selbst ich werde manchmal geentert. Denkst du etwa, ich hatte eine Wahl?«

»Tlok Jabba. Boopa gopakne et an anpaw.« Das kannst du Jabba persönlich sagen. Vielleicht nimmt er nur dein Schiff.

»Nur über meine Leiche.«

Goa sah, wie Solo unter dem Tisch den Blaster aus seinem Holster zog. Er entspannte sich, lehnte sich zurück und nippte an seinem Sonnenbrannt. Armer Greedo, dachte er.

»Ukle nyuma cheskopokuta klees ka tlanko ya oska.« Genau darum geht es. Ich habe mich schon lange auf den Moment gefreut.

»Ja, darauf wette ich.«

Mit einer gewaltigen Explosion aus Licht und Lärm feuerte Solos Blaster einen Energieblitz durch den Holztisch. Als sich der Rauch verzog, war von Greedo kaum noch etwas übrig.

»Die Schweinerei tut mir leid«, sagte Solo und warf dem Barkeeper eine Münze zu.

Spurch Frontschwein Goa traf sich mit den beiden Rodianern an der Andockbucht 86, wo sein Schiff, die *Nova Viper*, startbereit auf ihn wartete.

Der größere, Thuku, überreichte Goa eine Truhe voll frischgepreßter rodianischer Goldmünzen, die alle das Bild von Navik dem Roten trugen.

»Die Rodianer danken dir, Goa. Wir hätten ihn am liebsten selbst getötet, aber es darf nicht bekannt werden, daß wir Angehörige unseres eigenen Volkes jagen.«

»Sein ganzer Clan ist zum Tode verurteilt worden«, fügte Neesh hinzu und machte mit seiner grünen Schnauze ein schnaubendes Geräusch.

Goa nahm eine der funkelnden Münzen in die Hand und hielt sie ins Licht der weißglühenden tatooinischen Sonne. »Ja ... aber um ehrlich zu sein, Jungs, auf dieses Kopfgeld bin ich nicht besonders stolz. Wenigstens habe ich ihn nicht selbst töten müssen. Ich wußte, daß Solo das erledigen würde.«

Hammerstab:

Die Geschichte der »Tonnika-Schwestern«

Timothy Zahn

»Es ist ein Dilemma, ein echtes Dilemma«, sagte Dr. Kellering mit dieser akzentuierten Stimme, die so typisch für die imperiale Zentraluniversität war und so gut zu seinem jungen, verwöhnten Oberschichtgesicht paßte. Und die in der Unterschichtspelunke, in der er und die beiden Frauen saßen, so fehl am Platz wirkte. »Einerseits ist es natürlich eine Frage der Sicherheit«, fuhr Kellering fort.

»Vor allem wegen der starken Rebellen-Aktivität in diesem Sektor. Und ich muß gestehen, daß Dr. Eloy und ich nicht die einzigen Mitarbeiter des Projekts sind, die sich deswegen Sorgen machen.«

Er runzelte die edle Oberschichtstirn. »Aber andererseits ist Captain Drome überaus empfindlich, wenn es um vermeintliche Eingriffe in sein Aufgabengebiet geht. Wenn er wüßte, daß ich diese Angelegenheit mit Außenstehenden bespreche, würde er fuchsteufelswild werden. Vor allem, da es sich um Personen wie ... nun, wie Sie handelt.«

Shada D'ukal nippte an ihrem Glas. Der Wein schmeckte nach halb vergessener Bitterkeit und Scham. Wie die meisten Mädchen, die auf ihrer vom Krieg verwüsteten Heimatwelt aufgewachsen waren, hatte sie all ihre Hoffnungen auf die Mistryl-Schattenwächter konzentriert. Sie waren die letzten Helden ihres Volkes gewesen, ein geheimnisumwitterter Bund von Kriegerinnen, die noch immer mit den gleichgültigen, sogar feindseligen Vertretern des Imperiums um Gerechtigkeit für ihre Welt kämpften. Sie hatte so früh wie möglich mit dem Training begonnen, hatte studiert und gearbeitet und geschwitzt und war schließlich, gegen alle Wahrscheinlichkeit, für würdig befunden worden, sich eine Mistryl zu nennen. Man hatte sie einem Team zugeteilt, und sie war zu ihrer ersten Mission aufgebrochen.

Nur um herauszufinden, daß die Mistryl nicht mehr die tapferen Kriegerinnen der Legende waren.

Sie waren Söldnerinnen. Nicht mehr als Söldnerinnen. Die sich von wertlosen, geistlosen Leuten wie Kellering anheuern ließen.

Sie nippte wieder an ihrem Wein und hörte mit halbem Ohr zu, wie Kellering weiterschwatzte, und die Erinnerungen verblaßten. Jetzt, ein Jahr und sieben Missionen später, war die Scham zu einem dumpfen Schmerz in ihrem Hinterkopf geschrumpft. Eines Tages, so hoffte Shada, würde sie ganz verschwinden.

Neben Shada hob Teamführerin Manda D'ulin eine Hand und stoppte Kellerings Redeschwall. »Wir verstehen Ihr Problem, Dr.

Kellering«, sagte sie. »Ich glaube, wir können davon ausgehen, daß Sie Ihre Entscheidung bereits getroffen haben. Sonst würden wir drei nicht hier sitzen.«

»Ja, natürlich.« Kellering seufzte. »Ich nehme an, ich bin noch immer ... aber das ist albern. Die Mistryl sind vielleicht ein wenig ... aber sie genießen immer noch hohes Ansehen. Als mir mein Vetter von Ihnen erzählte, sagte er, Sie hätten ...«

»Die Mission, Doktor«, unterbrach Manda erneut. »Erzählen Sie uns von der Mission.«

»Ja. Natürlich.« Kellering holte tief Luft. Seine Blicke huschten durch die billige Spelunke, als würde er sich fragen, wer von den Menschen oder Nichtmenschen an den anderen Tischen ein imperialer Spion war. Oder vielleicht fragte er sich auch nur, was er außerhalb seiner behüteten kleinen akademischen Welt machte. Sich mit Söldnerinnen zu treffen ... »Ich bin Mitarbeiter eines Forschungsprojekts namens Hammerstab«, sagte er so leise, daß ihn Shada kaum verstehen konnte. »Mein Vorgesetzter, Dr. Eloy, ist der Chefwissenschaftler der Gruppe. Vor ein paar Wochen hat uns der Beauftragte des Imperators für dieses Projekt informiert, daß wir alle an einen anderen Ort verlegt werden. Wir sollen in drei Tagen den Planeten verlassen.«

»Und Sie glauben, daß Captain Drome das Sicherheitsproblem nicht richtig handhabt?« fragte Manda.

Kellering zuckte unbehaglich die Schultern. »Dr. Eloy glaubt es. Die beiden hatten deswegen schon mehrere Auseinandersetzungen.«

»Aber was genau wollen Sie von uns?«

»Ich nehme an ... nun, ich weiß es eigentlich nicht«, gestand Kellering und sah nervös zwischen den Frauen hin und her. «Ich dachte wohl, wir könnten Captain Drome davon überzeugen, daß es am besten ist, wenn ein paar von Ihren Leuten uns während der Reise beschützen ...« Er brach ab, als hätte er endlich den ablehnenden Ausdruck auf Mandas Gesicht bemerkt.

»Lassen Sie mich Ihnen etwas über die Mistryl erklären, Dr. Kellering«, sagte sie. Ihre Stimme klang noch immer höflich, hatte aber einen scharfen Unterton. »Ihr Vetter hat Ihnen wahrscheinlich erzählt, daß wir nur eine der üblichen Söldnergruppen sind. Das sind wir nicht. Er hat Ihnen wahrscheinlich erzählt, daß wir unsere Dienste an den Meistbietenden verkaufen, ohne Fragen zu stellen oder moralische Skrupel zu haben. Das tun wir nicht. Die Mystril sind Kriegerinnen einer verlorenen Sache; und wenn wir uns vorübergehend bei Leuten wie Ihnen als Leibwächterinnen verdingen, so geschieht dies nur, weil unsere Welt und unser Volk Geld zum Überleben brauchen. Wir werden nicht für die imperialen Streitkräfte arbeiten. Niemals.«

Starke Worte. Aber mehr auch nicht. Unter den Mystril herrschte großer Haß auf das Imperium wegen der vermuteten Komplizenschaft der Imperialen während des Krieges und ihrer völligen Gleichgültigkeit danach. Aber da die Überreste ihres Volkes nur mühsam ihr Leben fristeten, konnten die Mystril es sich nicht leisten, mehr als die abstoßendsten Angebote der abstoßendsten Interessenten abzulehnen. Manda konnte sich so hochmoralisch geben, wie sie wollte, aber die simple kalte Wahrheit war, daß sie und ihr Team am Ende Kellerings Auftrag akzeptieren würden.

Und wie in den sieben früheren Fällen würde Shada ihr Bestes tun, ihnen bei der Erfüllung des Vertrages zu helfen. Denn die andere simple kalte Wahrheit war, daß sie sonst nirgendwohin konnte.

Aber natürlich wußte Kellering von alldem nichts; und nach seinem Gesichtsausdruck zu urteilen, hätte Manda ebensogut ein großes Gebäude über ihm zum Einsturz bringen können. »Oh, nein«, keuchte er. »Bitte. Wir brauchen Sie. Sehen Sie, wir sind eigentlich kein imperiales Institut – wir werden von ihnen finanziell unterstützt, aber in Wirklichkeit sind wir eine vollkommen unabhängige Forschungsgruppe.«

»Ich verstehe«, murmelte Manda und runzelte nachdenklich die Stirn. Sie tat so, als würde ihr die Entscheidung sehr schwer fallen, wahrscheinlich in der Hoffnung, etwaige Proteste Kellerings im Keim zu ersticken, sobald sie ihm schließlich ihren Preis nannte. Da es sich um ein vom Imperium finanziertes Projekt handelte, würde der Preis vermutlich hoch sein.

So war es auch. »In Ordnung«, sagte Manda endlich. »Wir können Ihren Captain Drome übergehen und ein Frühwarnsystem einrichten, das uns über jeden etwaigen Hinterhalt der Rebellen-Allianz rechtzeitig informiert. Sie sagten, uns bleiben noch drei Tage bis zum Start; damit haben wir genug Zeit, ein paar andere Teams zur Verstärkung einzufliegen. Wir sollten in der Lage sein, ein Minimum von zehn Schiffen einzusetzen und zwei weitere Schiffe in Reserve zu halten, falls die Rebellen etwas besonders Raffiniertes versuchen.« Sie hob leicht ihre Brauen. »Das Honorar beträgt dreißigtausend Kredits.«

Kellering fielen fast die Augen aus dem Kopf. »Dreißig*tausend*?« Er schluckte.

»Sie haben richtig gehört«, nickte Manda. »Entweder Sie akzeptieren es oder Sie lassen es sein.«

Shada verfolgte, wie Entsetzen, Nervosität und Unbehagen über Kellerings Gesicht huschten. Aber wie Manda bereits festgestellt hatte, wären sie nicht hier, wenn er seine Entscheidung nicht längst getroffen hätte. »Einverstanden«, seufzte er. »Einverstanden. Dr. Eloy wird Ihnen einen Scheck ausschreiben, wenn wir ihn heute nachmittag treffen.«

Manda warf Shada einen kurzen Blick zu. »Sie wollen, daß wir uns mit Dr. Eloy treffen?«

»Natürlich.« Kellering schien die Frage zu überraschen. »Er macht sich die größten Sorgen wegen der Sicherheit.«

»Ja, aber … wo sollen wir ihn treffen? Hier?«

»Nein, im Institut«, erwiderte Kellering. »Er verläßt es so gut wie nie. Keine Sorge, ich kann Sie hineinschleusen.«

»Was ist mit Drome?« fragte Manda. »Sie sagten, daß er auf Außenstehende ziemlich empfindlich reagiert.«

»Captain Drome ist nicht der Leiter des Projektes«, sagte Kellering mit Nachdruck. »Sondern Dr. Eloy.«

»Von derartigen Kleinigkeiten lassen sich imperiale Militärs nur selten beeindrucken«, konterte Manda. »Wenn er uns dort erwischt …«

»Das wird er nicht«, versicherte Kellering. »Er wird nicht einmal erfahren, daß Sie da sind. Außerdem müssen Sie dabei sein, wenn der Hammerstab auf das Schiff verladen wird, damit sie feststellen können, wie man ihn am besten beschützt.«

Manda wirkte nicht begeistert, aber sie nickte trotzdem. »In Ordnung«, sagte sie und gab Shada ein verstohlenes Zeichen. »Ich habe vorher noch ein paar Dinge zu erledigen, aber dann bin ich gerne bereit, Sie zu begleiten. Shada kann an meiner Stelle den Planeten verlassen und den Rest unseres Teams zusammenstellen.«

»Verstanden«, nickte Shada. Das Team mußte natürlich nicht erst zusammengestellt werden – alle sechs Mitglieder hielten sich bereits in diesem billigen Lokal auf, während zwei ihrer getarnten Jäger, die *Himmelsklaue* und die *Mirage*, auf dem Raumhafen auf sie warteten. Aber es war ein guter Vorwand für Shada, von der Bildfläche zu verschwinden. Die Rückendeckung sollte schließlich nicht gesehen werden.

»Gut«, sagte Manda knapp. »Die anderen sollen sich bei Anbruch der Dämmerung in Gorno einfinden. In der Zwischenzeit …« Sie zog Kellering zur Tür. »Wir klären noch ein paar Details ab, und dann besuchen wir Ihren Dr. Eloy.«

»Sie nähern sich dem Tor«, drang Pav D'armons gedämpfte Stimme aus einem der beiden Koms, die an Shadas Kragen befestigt waren. »Zwei Wachposten sind sichtbar, aber ich kann im Pförtnerhaus hinter dem Zaun Bewegungen erkennen. Es könnten sich dort bis zu sechs oder sieben Personen aufhalten.«

»Verstanden«, sagte Shada. Sie strich nervös mit dem Finger

über ihr Präzisionsblastergewehr und wünschte, Pav würde über Kom nicht so viel reden. Mistryl-Koms arbeiteten verschlüsselt, aber das würde die Imperialen nicht daran hindern, die Übertragung abzuhören, wenn sie sich dazu entschlossen. Und da sie sich so nahe an einer großen Militärbasis befanden, mußten sie mit allem rechnen.

Die Basis. Shada wandte den Blick von der Straße ab, die sich durch die Hügel unter ihr schlängelte – jene Straße, auf der Manda und Kellering in wenigen Minuten auftauchen mußten, wenn sie es durch das Tor schafften – und musterte die rollenden Hügel jenseits des harmlosen Sicherheitszauns, der ihr Blickfeld zerschnitt. Alles sah tatsächlich wie das landwirtschaftliche Testgelände aus, das es laut der Schilder am Zaun sein sollte, und ganz und gar nicht wie das Klischeebild von der waffenstarrenden imperialen Militärforschungsbasis. Aber ihre strategische Lage, fünfzig Kilometer vom Gorno-Raumhafen und von vier großen technischen Versorgungs- und Transportzentren entfernt, machte ihre wahre Natur deutlich.

Vielleicht zu deutlich. Vielleicht wurde deshalb alles verlegt. Sie fragte sich, wie sie den Abtransport wohl handhaben würden: heimlich mit Frachtern oder ganz offen mit imperialen Sternzerstörern? Kellering hatte angedeutet, daß dieser Hammerstab bereits für den Transport verladen worden war; ein Blick auf das entsprechende Schiff sollte Manda einen Hinweis darauf geben, wie die Imperialen verfahren würden. Davon hing letztlich auch die Organisation ihres Frühwarnsystems ab …

»Sie sind durch«, meldete Pav. »Das Tor schließt sich. Sie bewegen sich in deine Richtung.«

»Verstanden«, sagte Shada stirnrunzelnd. Da war etwas in Pavs Stimme … »Probleme?«

»Ich weiß es nicht«, sagte Pav zögernd. »Alles sieht okay aus. Aber irgend etwas scheint hier nicht zu stimmen.«

Shadas Hände schlossen sich fester um ihr Blastergewehr. Pav mochte vielleicht eine Plaudertasche am Kom sein, aber ohne hochentwickelte Kampfinstinkte hätte sie nie lange genug überlebt, um Mandas stellvertretende Teamführerin zu werden. »Wie meinst du das?«

»Ich bin mir nicht sicher«, gestand Pav. »Es ist alles einfach zu glatt gegangen ...«

Abrupt wurde Pavs Stimme vom ohrenbetäubenden Prasseln eines Störsenders verschluckt.

Fluchend riß Shada mit der linken Hand das Kom von ihrem Kragen und warf es so weit weg, wie sie konnte. Soviel zu Kellerings naiven Sicherheitsgarantien. Von einer Sekunde zur anderen war die Katastrophe da ... und Manda und Pav steckten mittendrin.

Shada würde vermutlich die nächste sein, die es erwischte. Hinter dem Zaun, auf den Kämmen der Hügelkette, waren plötzlich die strahlend weißen Gestalten von einem Dutzend Sturmtrupplern auf Düsenrädern aufgetaucht. Sie bewegten sich in ihre Richtung.

Shada fluchte erneut, legte mit der rechten Hand ihr Blastergewehr an und griff mit der linken nach dem Schalter ihres Ersatzkoms. Wenn sie Glück hatten, blieb ihnen noch eine Minute, bis die Imperialen diese Frequenz fanden und ebenfalls blockierten. Sie fand den Schalter, legte ihn um ...

»... Falle. Wiederhole, eine Falle«, sagte Pav mit gepreßter Stimme. »Sie haben Manda erwischt – sie ist tot. Wahrscheinlich. Und jetzt wollen sie mich erledigen.«

»Pav, hier ist Shada«, unterbrach Shada, während sie ein Ziel anvisierte und schoß. Das Düsenrad des vordersten Sturmtrupplers explodierte in einem Funkenschauer, schleuderte ihn zu Boden und brachte beinahe zwei seiner Kameraden zu Fall. »Ich kann in zwei Minuten bei dir sein und dir Rückendeckung geben.«

»Negativ«, lehnte Pav ab. Die Anspannung war aus ihrer

Stimme gewichen und hatte einer traurigen Resignation Platz gemacht, die Shada frösteln ließ. »Sie sind bereits zu nah. Ich werde tun, was ich kann, um sie abzulenken – du solltest besser mit Karoly zu den Schiffen zurückkehren und von hier verschwinden. Viel Glück und …«

Ein Knistern, dann Stille.

Die Düsenräder vor ihr hatten ein Ausweichmanöver eingeleitet. Shada gab schnell hintereinander vier Schüsse ab und traf mit dem dritten einen weiteren Sturmtruppler. »Karoly?« rief sie in ihr Kom. »Karoly? Antworte!«

»Sie sind tot, Shada«, sagte Karoly mit kaum hörbarer Stimme. »Sie sind tot. Die Sturmtruppen …«

»Halt den Mund«, fauchte Shada und blickte durch das Visier ihres Viper-Granatwerfers, der am Lauf ihres Blastergewehrs befestigt war. Der Rückstoß rammte die Waffe hart gegen ihre Schulter, als der schlanke Zylinder abgefeuert wurde und auf die näher kommenden Sturmtruppen zuraste. »Schaffst du es bis zu deinem Düsenrad?«

Eine kurze Pause folgte, und Shada sah vor ihrem inneren Auge Karolys ernstes Gesicht, als sie sich zusammenriß. »Ja«, sagte sie. »Ziehen wir uns zurück?«

»Keine Chance«, stieß Shada zwischen zusammengebissenen Zähnen hervor. Sie kam halb hoch und eilte geduckt zu den Büschen, in denen sie ihr Düsenrad versteckt hatte. »Wir gehen rein. Los, beweg dich.« Die näher kommenden Sturmtruppen hatten endlich ein Ziel vor Augen und eröffneten das Feuer …

Im selben Moment schlug die Granate zehn Meter vor ihnen im Boden ein und explodierte in einer rasch expandierenden Wolke aus grünem Rauch.

»Wir gehen *rein*?« wiederholte Karoly ungläubig. »Shada …?«

»Ich bin okay«, unterbrach Shada, während sie ihr Blastergewehr schulterte und das Düsenrad startete. Über den Motorenlärm konnte sie die dumpfen Einschläge hören, mit denen ihre ehemaligen Angreifer vom Himmel fielen, als der Chemikalienrauch die Energiezellen der Düsenräder zerfraß. »Alarmiere Cai und Sileen – sie sollen uns mit den Schiffen Rückendeckung geben.«

»Aber wohin *gehen* wir?«

Shada schwang das Düsenrad herum. Manda und Pav waren tot, und sie wußte, daß sie sich früher oder später dem Schmerz über diesen Verlust stellen mußte. Aber im Moment hatte sie nur Platz für ein einziges Gefühl.

Wut.

»Wir werden den Imperialen eine Lektion erteilen«, sagte sie zu Karoly. Sie gab Vollschub, überwand mit einem großen Sprung den Zaun, wich der grünen Wolke aus und flog weiter.

Vom Außenzaun bis zum Hauptbasisgebiet waren es etwas mehr als zehn Kilometer, und die ersten acht schoß Shada im Tiefflug über die rollenden Hügel hinweg und fragte sich, wo bei allen Sternen die imperialen Sturmtruppen steckten. Entweder hatten sie diesen Hinterhalt erst gelegt, nachdem Kellerings Bodenwagen das Tor passiert hatte, oder sie waren davon ausgegangen, daß die Eindringlinge fliehen würden, und hatten ihre Kräfte vor dem Zaun massiert.

Oder sie konzentrierten sich auf Karoly. Shada kniff die Augen zusammen, stemmte sich gegen den brausenden Fahrtwind und versuchte nicht daran zu denken, in welche Gefahr sie womöglich ihre Teamkameradin gebracht hatte.

Sie war nur noch zwei Kilometer von der Hauptbasis entfernt, als die Imperialen endlich zu erkennen schienen, daß sie einen Eindringling in ihrer Mitte hatten … und diese zwei Kilometer dehnten sich länger als die vorherigen acht. Drei Mekuun-Hoverscouts, verstärkt durch zwei weitere Düsenradstaffeln der Sturmtruppen, tauchten plötzlich aus dem Nichts auf. Rechts von ihr klafften unvermittelt zwei Hügel auf und enthüllten ein Paar Comar-Atmosphärenkanonen. Die Luft war plötzlich voller Blaster-

und Laserstrahlen. Die meisten zuckten an ihr vorbei, während der Rest von den Schilden abgewehrt wurde, die für einen derartigen Feuerüberfall eigentlich nicht konstruiert waren. Shada biß die Zähne so fest zusammen, daß es schmerzte, flog in einem halsbrecherischen Zickzackkurs weiter und erwiderte reflexartig das Feuer. Zu ihrer Linken, dort, wo Karoly längst hätte auftauchen müssen, wühlten die imperialen Lasersalven den Boden auf …

Und dann, plötzlich, schienen die Hoverscouts und Düsenräder förmlich aus ihrem Weg zu spritzen. Die Comar-Kanonen schwenkten nach oben …

Und mit einem ohrenbetäubenden Dröhnen schoß die *Himmelsklaue* über ihren Kopf hinweg und deckte die Imperialen mit tödlichem Lasersperrfeuer ein.

»Kan si manis per tam, Sha«, plärrte Sileens Stimme aus dem Bauchlautsprecher der *Himmelsklaue.* »Mi nazh ko.«

»Sha kae«, schrie Shada zurück, scherte um fünfzehn Grad nach links aus, wie Sileen ihr befohlen hatte, und erlaubte sich ein kaltes, zufriedenes Lächeln. Die Imperialen mochten vielleicht in der Lage sein, ihre Koms zu stören und die hochentwickelten Chiffrierkodes zu entschlüsseln, aber sie war bereit, ein Sternenschiff gegen einen Bodenwurm zu wetten, daß sie von der Mistryl-Kampfsprache nicht die leiseste Ahnung hatten. Links entdeckte sie jetzt Cai und die *Mirage,* die Karoly Deckung gab, und berechnete hastig ihren vermutlichen Rendezvouspunkt. Direkt hinter der nächsten Hügelkette, schätzte sie. Sie ging etwas tiefer und wappnete sich für das, was sie dort erwartete.

Sie passierte die Hügel und dort, eingebettet in ein breites Tal, befand sich ein Komplex aus etwa zwanzig Gebäuden, die größenmäßig von niedrigen Bürocontainern bis hin zu einem einzelnen fensterlosen Bauwerk von den Ausmaßen eines Wartungshangars für Großraumschiffe reichten. Das mußte die Hammerstab-Basis sein.

Und in der Mitte des Komplexes, so unerwartet, daß er allein durch den Überraschungsmoment die Szene beherrschte, erhob sich der langgestreckte, schlanke Rumpf eines Loronar-Angriffskreuzers.

»Sha re rei som kava na talae«, dröhnte wieder Sileens Stimme von oben. Die beiden Jäger warteten die Antwort nicht ab, sondern scherten sofort nach rechts aus.

Aus den Augenwinkeln bemerkte Shada links von sich eine Bewegung, und als sie den Kopf drehte, sah sie Karolys Düsenrad aufschließen und an ihre Seite gleiten. »Bist du in Ordnung?« rief Shada.

»Ja«, schrie Karoly zurück. Sie wirkte immer noch nervös, aber zumindest sah sie nicht aus, als würde sie wieder vor Angst erstarren. »Was hat Sileen gesagt? Ich habe es nicht richtig verstanden.«

»Weitere Imperiale sind im Anflug«, erklärte Shada. »Sie will sie zusammen mit Cai abfangen.«

»Was ist mit uns?«

Shada nickte dem Angriffskreuzer zu. «Wir werden es den Imperialen zeigen. Die Bugschleuse ist offen – laß uns versuchen, sie zu erreichen, bevor sie geschlossen wird.«

Einen Moment später fanden sie heraus, welche Funktion die beiden kleinen Gebäude am Rand des Komplexes hatten, denn in ihren Wänden glitten große Luken zur Seite und vier weitere Comar-Kanonen eröffneten das Feuer. Aber es war zu spät. Unterstützt von den beiden Jägern, schafften es Shada und Karoly auf ihren schnellen, wendigen Düsenrädern bis zu den Triebwerkdüsen am Heck des Sternkreuzers und waren einen Augenblick später in der relativen Sicherheit seiner Flanke. Lediglich ihre Schilde waren aufgrund der Überlastung zusammengebrochen.

»Ihre Sicherheitsmaßnahmen sind ziemlich erbärmlich«, keuchte Karoly, als sie sich der Bugschleuse näherten. Einen Moment später verschluckte sie sich fast an ihren Worten, denn auf dem Boden neben der Landerampe kauerten ein Dutzend Imperiale und eröffneten das Feuer aus ihren Blastergewehren. Aber die beiden Frauen auf den Düsenrädern schossen schneller und besser, und als sie die Mitte des vierhundertfünfzig Meter langen Angriffskreuzers erreicht hatten, war das Widerstandsnest zum Schweigen gebracht.

»Was jetzt?« fragte Karoly, als sie am Fuß der Rampe zum Halt kamen.

»Wir richten soviel Schaden wie möglich an«, erklärte Shada, richtete sich halb auf ihrem Düsenrad auf und sah sich rasch um. Die Comars und die Handvoll Düsenrad-Sturmtruppen, die noch nicht abgeschossen worden waren, leisteten noch immer Widerstand. Sie und Karoly sollten genug Zeit haben, sich zur Brücke des Angriffskreuzers durchzukämpfen, ein oder zwei Kanister mit dem korrodierenden grünen Rauch an den verwundbarsten Stellen zu deponieren und wieder zu verschwinden.

Und dann, über den fernen Hügeln vor ihnen, tauchte eine neue Gruppe Imperialer auf. Sie rasten wie tollwütige Mynocks auf sie zu. »Oh, oh«, murmelte Karoly. »Ich nehme alles zurück, was ich über ihre Sicherheitsmaßnahmen gesagt habe. Vielleicht sollten wir besser von hier verschwinden, solange wir noch eine Chance haben.«

Shada holte tief Luft und sah vor sich die Gesichter von Manda und Pav. »Wir verschwinden erst, wenn wir es ihnen heimgezahlt haben«, sagte sie, warf ihr Düsenrad herum und richtete es auf die Rampe. »Gib mir Rückendeckung, solange du kannst, und dann bring dich in Sicherheit.«

Karoly stieß zischend die Luft aus. »Also los«, preßte sie hervor, während sie ihr Düsenrad in die unsichere Deckung der Rampe steuerte und ihr Blastergewehr von der Schulter nahm. »Ich paß schon auf. Beeil dich.«

»Darauf kannst du wetten«, versicherte Shada grimmig. Sie glitt die Rampe hinauf und rief sich den Konstruktionsplan des Standard-Angriffskreuzers ins Gedächtnis zurück. Sie mußte dem

Schleusenkorridor zehn Meter folgen, dann nach steuerbord auf den Hauptkorridor abbiegen, und dann ging es zwanzig Meter geradeaus bis zur Brücke. Die Besatzung eines Standard-Angriffskreuzers betrug rund zweitausend Mann. Selbst wenn sich nur ein Bruchteil der Crew an Bord befand und sich entschloß, ihr den Weg zu versperren ... aber sie mußte tun, was getan werden mußte. Sie erreichte das Ende der Rampe, duckte sich, als sie den Schleusenbogen passierte, und wandte sich nach rechts, an der Spundwand des Ausgangskorridors vorbei ...

Und bremste abrupt ab. »Mutter von ...«

»Was?« drang Karolys Stimme aus dem Kom an ihrem Kragen. »Shada? Was ist los?«

Für einen Moment war Shada zu verblüfft, um etwas zu sagen. Vor ihr, dort, wo die Kommandoräume, Crewquartiere und Kampfstationen hätten sein müssen, befand sich ein riesiger offener Raum von dreihundert Metern Länge und fast fünfzig Metern Breite und Höhe, der sich vom Bug bis zur Hauptantriebssektion zog. Der Boden des gewaltigen Raumes bestand aus einem massiv verstärkten Deck, das durch ein kompliziertes Spinnennetz aus Kabeln und Stützen mit der Außenhülle verbunden war.

Und mindestens drei Viertel der Längsseite der Halle wurde von einem Zylinder mit drei Meter Durchmesser eingenommen, der mit Tausenden von Rohrstutzen und bunten Strom- und Kontrollkabelanschlüssen bestückt war. Sorgfältig verpackt, gegen Stöße gesichert, am Deck befestigt und transportbereit.

Der Hammerstab.

»Shada?« rief Karoly wieder.

Shada schluckte und sah sich um. Die Halle wirkte verlassen; wahrscheinlich hatten die Männer, die am Fuß der Rampe auf sie geschossen hatten, zur Crew oder zum Bedienungspersonal gehört. Zu ihrer Linken, am Bugende der Halle, war die Standard-Angriffskreuzerbrücke durch ein vereinfachtes Frachtercockpit ersetzt worden, das ebenfalls unbemannt war. Und nach dem Zustand der Statusdisplays zu urteilen – und der Art, wie diese Triebwerkdüsen gebrummt hatten, als sie und Karoly an ihnen vorbeigekommen waren –, sah es aus, als hätte die Crew einen aktiven Statuscheck der Flugsysteme vorgenommen, als sie vom Angriff der Mistryl gestört worden war.

Was bedeutete, daß das Schiff vermutlich startklar war ...

»Wir ändern unseren Plan«, informierte sie Karoly, während sie das Düsenrad herumriß und das Cockpit ansteuerte. »Komm zu mir. Und versiegle hinter dir die Schleuse.«

Als Karoly eintraf, stand sie bereits am Ruder des Angriffskreuzers und traf die Startvorbereitungen. »Mutter von Raum und Zeit«, keuchte Karoly. Sie lehnte sich an den Kopilotensitz und sah sich mit großen Augen um. »Ist *das* dieser Hammerstab, von dem Kellering gesprochen hat?«

»Ich wüßte nicht, was es sonst sein könnte«, sagte Shada, während sie im Geiste die Daumen drückte, als sie die Repulsoraggregate aktivierte. Ein Schiff dieser Größe war eigentlich nicht für eine Landung in der Gravitationssenke eines Planeten konstruiert ... aber es schien problemlos vom Boden abzuheben. Die Imperialen mußten beim Umbau die Zahl der Repulsoren erhöht haben. »Stellst du bitte das Kom auf unsere Frequenz ein?«

»Sicher.« Karoly setzte sich und machte sich am Kom zu schaffen. »Wie sieht der Plan aus?«

»Die Imperialen haben eine Menge Arbeit in dieses Ding und den Umbau des Schiffes investiert«, erklärte Shada und überprüfte sorgfältig die Instrumente. Trotz ihrer Arroganz waren die Imperialen nicht dumm, vor allem, wenn es um technische Neuerungen vom Format des Hammerstabs ging. Da ihre Bodenverteidigung relativ schwach gewesen war, wurden sie vermutlich durch schwere raumgestützte Waffensysteme verstärkt.

Aber wenn dies der Fall war, so zeigte sich nichts davon auf den Displays. Ob sie sich hinter dem Horizont versteckten? Oder hatte der Gegenangriff der Mistryl sie völlig unvorbereitet getroffen?

Jedenfalls hatte es keinen Sinn, darauf zu warten, daß sie ihnen die Sitze unter dem Hintern wegschossen. »Hast du Cai und Sileen inzwischen erreicht?« fragte sie Karoly.

»Fast.« Karolys Hände huschten über das Kontrollpult. »Ich versuche es auf wechselnden Frequenzen ... und es geht los.«

»Shada? Karoly?« drang Sileens Stimme aus dem Lautsprecher. »Bei allen Sternen, was macht ihr da?«

»Wir verpassen dem Imperium eine blutige Nase«, erklärte Shada. Der Angriffskreuzer hatte jetzt die Basis hinter sich gelassen und gewann an Geschwindigkeit.

»Shada – hör zu, wir sind alle wütend wegen Manda und Pav«, sagte Sileen bedächtig. »Aber das ist einfach verrückt. Du wirst uns noch die ganze imperiale Flotte auf den Hals hetzen.«

»Sie müssen erfahren, daß sie nicht einfach herumlaufen und Mistryl umbringen können«, konterte Shada. »Nicht, ohne einen hohen Preis dafür zu zahlen. Aber wenn ihr verschwinden wollt – Karoly und ich schaffen es auch allein.«

Aus dem Lautsprecher drang ein gepreßter Seufzer. »Nein, wir bleiben besser zusammen«, sagte Sileen. »Außerdem – was kann uns das Imperium schon antun, was es nicht längst getan hat?«

»Ich mach auch mit«, erklärte Cai. »Eine kleine Frage: Jetzt, wo wir den Hammerstab haben – was machen wir mit ihm?«

Shada blickte zu dem langen, stummen Zylinder hinüber, und erst jetzt dämmerte ihr, auf was sie sich da eingelassen hatte. Was sollten sie mit dem Hammerstab *tun*? Sie und Karoly konnten die Steuerung des Angriffskreuzers bedienen, sofern der Flug nicht zu lange dauerte, aber das war es auch schon. Alles andere – komplizierte Manöver, Gefechte, selbst die grundlegenden Wartungsarbeiten – stand völlig außer Frage. »Wir werden das Schiff verstecken müssen«, informierte sie die anderen. »Irgendwo in der Nähe. Wir verstecken uns und nehmen dann den Hammerstab auseinander, um ihn stückweise mit unseren eigenen Frachtern abzutransportieren.«

»Klingt kompliziert«, meinte Karoly. »Hast du schon ein bestimmtes Versteck im Auge?«

»Wir haben Gesellschaft bekommen«, meldete sich Sileen, ehe Shada antworten konnte. »Ein imperialer Sternzerstörer hat gerade achtern den Hyperraum verlassen.«

»Verstanden«, sagte Karoly und drehte sich zur Sensorleiste des Kontrollpults um. »Bestätige: ein imperialer Sternzerstörer im Anflug. Er startet seine TIE-Jäger.«

»Die Basis hat vermutlich Hilfe angefordert«, erklärte Shada, während sie sich auf den Navcomputer konzentrierte. Das war es: kein Ausweg, keine Chance, den Angriffskreuzer zu landen und mit den Jägern zu entkommen. Sie waren gezwungen, ihren Plan durchzuführen. »Cai, Sileen, hier kommen eure Kursdaten – Kode Bitterkeit. Springt so schnell wie möglich in die Lichtgeschwindigkeit; wir folgen euch.«

Eine kurze Pause trat ein. »Bist du sicher, daß du wirklich dorthin willst?« fragte Sileen.

»Ich sehe keine andere Möglichkeit«, sagte Shada. »Es ist in der Nähe, es gibt dort nur eine kleine imperiale Garnison, und die örtlichen Behörden stellen nicht viele Fragen.« Sie konnte sich vorstellen, wie Sileen den Angriffskreuzer anstarrte und sich fragte, wie weit die Gleichgültigkeit der örtlichen Behörden wirklich reichte. Aber ...

»Einverstanden«, sagte Sileen nur. »Sollen wir beide euch begleiten, oder soll ich mich umsehen und versuchen, einen Frachter aufzubringen?«

»Das ist eine gute Idee«, stimmte Shada zu. »Also los. Cai und Karoly und ich kommen schon allein zurecht.«

»Okay. Viel Glück.«

Die *Himmelsklaue* ging flackernd in die Pseudobewegung über und verschwand im Hyperraum. »Und es geht los«, murmelte Shada. Sie gab ihren Kurs ein und hoffte inbrünstig, daß die Imperialen beim Systemcheck nicht den Hyperantrieb auseinandergenommen hatten. Diese TIE-Jäger dort hinten kamen bereits gefährlich nahe, und sie konnten sich keinen Fehler erlauben. »Alles klar bei dir, Karoly?«

»Sieht so aus«, meinte Karoly nach einem prüfenden Blick auf ihr Pult. »Willst du mich nicht in das große Geheimnis unseres Flugziels einweihen?«

»Es ist kein Geheimnis«, antwortete Shada und griff nach den Hyperantriebshebeln. »Nur ein nutzloses kleines Loch im Weltraum. Namens Tatooine.«

Es war weniger eine Landung und mehr ein kaum kontrollierter Absturz. Als der Angriffskreuzer nach einer mörderischen Rutschpartie von einer der hohen Sanddünen gestoppt wurde, war Shada klar, daß das Schiff den Planeten nie wieder verlassen würde. Nicht ohne fremde Hilfe.

»Grauenhafte Landung«, kommentierte Karoly. Sie atmete schwer, als sie das Triebwerk herunterfuhr. »Ich schätze, dir ist klar, daß wir hier so auffällig sind wie ein Wookiee mit Landelichtern.«

»Das wird sich bald ändern«, erwiderte Shada nach einem Blick auf die Displays. »Diese Wolke dort im Westen ist der Vorbote eines Sandsturms. In einer Stunde wird uns niemand mehr finden. Komm, sehen wir uns unser neues Spielzeug mal genauer an.«

Als Cai zu ihnen stieß, hatten sie die Schutzhülle von den ersten Metern des Hammerstabs entfernt und studierten ihn neugierig. »Irgendwelche Probleme?« fragte Shada.

»Eigentlich nicht«, sagte Cai, trat an den Hammerstab und betrachtete ihn genauer. »Ich glaube, man hat meinen Anflug nicht mal bemerkt. Die Raumkontrolle hat sich jedenfalls nicht gemeldet.«

»Normalerweise kümmert sich niemand um die Schiffe, die nicht auf dem Raumhafen von Mos Eisley landen«, erklärte Shada. »Eine Menge Schmuggelgut gelangt nach Tatooine, und die Behörden sehen meistens weg.«

»Schön zu hören, daß wenigstens eine von uns auf dem laufenden ist«, meinte Cai trocken. »Das also ist der Hammerstab, hm? Irgendeine Ahnung, wozu er dient?«

»Noch nicht«, gestand Shada. »Wie geht's übrigens deinem Astromechdroiden?«

»D-4? Er ist unberechenbar, aber er funktioniert. Soll ich ihn holen?«

Shada nickte. »Wir brauchen mindestens eine technische Analyse. Ist die *Mirage* für den Sandsturm präpariert?«

»Soweit es möglich ist, ja«, bestätigte Cai und wandte sich zur Schleuse. »Ich habe sie direkt neben dem Kreuzer abgestellt, so daß wir freien Zugang zu beiden Schiffen haben. Vorsichtshalber können wir noch die Deflektorschilde der Schleuse aktivieren. Ich bin gleich wieder zurück.«

Zehn Minuten, nachdem Cai und der Droide zurückgekehrt waren, traf sie der Sandsturm mit voller Wucht. Und weniger als zehn Minuten später fragte sich Shada, ob dieser ganze Plan nicht ein großer Fehler gewesen war. Selbst durch die massive Hülle konnten sie das Trommeln des Sandes gegen das Schiff hören, ein Trommeln, das mit jeder Minute, die verstrich, immer lauter wurde. Sie hatten vorgehabt, den Angriffskreuzer vor den neugierigen imperialen Augen zu verstecken; es wäre ein ziemlich teurer Sieg, wenn sie alle in ihm begraben wurden.

Cai bewegten offenbar ähnliche Gedanken. »Ich habe unten alle Bolzen gelöst«, erklärte sie, als sie unter dem Hammerstab hervorkam und Karoly ihren Hydroschraubenschlüssel gab. »Jetzt sehe ich mir mal den Sturm an. Hoffentlich werden wir nicht zu tief begraben.«

»Gute Idee«, stimmte Shada zu und konzentrierte sich wieder auf ihre Bolzen. Sie löste den letzten, wartete, bis Karoly mit ihrer Arbeit fertig war, und gemeinsam wuchteten sie die schwere Wartungsklappe hoch.

Das Innenleben des Hammerstabs war bei weitem nicht so kompliziert, wie die Anzahl der Rohrstutzen und Kabelanschlüsse an der Oberfläche vermuten ließ. Die meisten Strom- und Kontrollkabel schienen zu einer Reihe von prismatischen Multihelix-Kristallen und einer Gruppe von ungekennzeichneten, aber identischen schwarzen Kästen zu führen; die Rohre schienen zum Kühlsystem zu gehören. »Vielleicht ist es eine Art neuer Reaktor«, spekulierte Shada. »Es handelt sich um eine Modulkonstruktion – seht ihr, wie sich das Anschlußmuster alle fünf Meter wiederholt? Wir sollten in der Lage sein, ihn an diesen Stellen auseinanderzunehmen.«

»Vielleicht«, meinte Karoly und klopfte nachdenklich mit der Spitze ihres Schraubenschlüssels gegen einen der schwarzen Kästen. »D-4, versuche dich irgendwo anzuschließen. Am besten beginnen wir mit einer technischen Analyse – wir müssen alles über dieses Ding herausfinden, was möglich ist.«

»He!« rief Cai vom Cockpit. »Shada, Karoly – ihr solltet euch das besser ansehen.«

Sie hatte sich über das Hauptdisplay gebeugt und hantierte an der Feinabstimmung, als die beiden anderen an ihre Seite traten. »Was ist los?« fragte Shada.

»Ich bin mir nicht sicher«, gestand Cai. »Der Sandsturm läßt sich mit den Instrumenten nur schwer durchdringen, aber dort oben scheint ein Kampf zu toben. Ein imperialer Sternzerstörer gegen einen Großraumfrachter.«

Shada beugte sich mit klopfendem Herzen über das Display. Wenn Sileen unerwartet früh mit einem Transporter eingetroffen war … »Kannst du das Bild nicht klarer stellen?« fragte sie.

»Ich habe schon alles versucht«, entgegnete Cai. »Es liegt am Sandsturm – Moment, da ist eine Lücke. Es ist eine corellianische Korvette.«

Shada stieß einen stillen Seufzer aus. Also war es kein Mistryl-Schiff. »Ich möchte zu gern wissen, was da oben vorgeht.«

»Keine Ahnung«, sagte Cai bedächtig. »Einen Moment. Zwei weitere Sternzerstörer verlassen den Hyperraum.«

»Das ist eine Menge Feuerkraft für einen Planeten wie

Tatooine«, stellte Karoly fest. »Sie haben den Hammerstab nur von einem Sternzerstörer bewachen lassen.«

»Vorausgesetzt, die beiden anderen gehörten nicht auch zur Wachflotte«, spekulierte Shada. »Durchaus möglich, daß sie abgezogen wurden, um diesen Corellianer zu jagen.«

»So oder so, er muß für sie verdammt wichtig sein«, sagte Cai. »Offenbar sind wir in eine große Sache hineingestolpert.«

Shada sah wieder zum Hammerstab und dem emsig arbeitenden Droiden hinüber. Cai hatte recht … und plötzlich hatte sie das Gefühl, daß ihr die Zeit davonlief. »Cai, glaubst du, wir könnten eins dieser Module vom Hammerstab abmontieren?«

»Wir könnten es versuchen. Zu dritt, mit D-4s Hilfe, werden wir wahrscheinlich ein paar Tage brauchen. Warum?«

»Ich glaube nicht, daß wir genug Zeit haben, um darauf zu warten, daß Sileen mit einem Schiff eintrifft«, erklärte Shada. »Wenn wir das Modul abmontiert haben und sie immer noch nicht da ist, sollten wir besser das Teil nehmen und von hier verschwinden.«

»Du wirst nie eins von diesen Modulen in die *Mirage* bekommen«, wandte Karoly ein. »Sie sind viel zu groß.«

»Ich weiß«, sagte Shada. »Deshalb werden du und ich auch nach Mos Eisley gehen und einen Frachter organisieren. Kommt, machen wir uns an die Arbeit.«

»Dort drüben«, sagte Shada. Sie deutete auf ein heruntergekommenes Gebäude auf der anderen Seite der sandigen Mos Eisley Straße und sah zur Sicherheit in ihrem Datenblock nach. »Das ist die Bar.«

»Sieht nicht sehr einladend aus«, meinte Karoly und steuerte den uralten Gleiter der *Mirage* an den Bordstein. »Glaubst du wirklich, daß wir dort einen guten Piloten finden?«

»Jemand von den Mistryl war davon überzeugt.« Shada zuckte die Schultern. »Es war der erste Name auf der Notfalliste für Tatooine.«

»Ich bezweifle, daß dies wirklich eine Empfehlung ist«, knurrte Karoly und hielt an. »Mir gefällt das nicht, Shada. Ehrlich nicht.«

»Brea, nicht Shada«, korrigierte Shada. »Und du bist Senni. Vergiß es nicht, oder unser ganzer Plan könnte scheitern.«

»Es besteht eine gute Chance, daß er sowieso scheitert«, gab Karoly zurück. »Nur weil ein paar Sturmtruppler, die den Verkehr geregelt haben, auf diese Scharade hereingefallen sind« – sie wies unwillig auf den aufreizend geschnittenen Overall und die mondäne, bienenstockähnliche Perücke, die sie trug – »bedeutet es noch lange nicht, daß jemand, der die Tonnika-Schwestern persönlich kennt, auch darauf hereinfällt. Ich glaube es jedenfalls nicht.«

»Nun, unsere eigenen Namen und IDs können wir auf keinen Fall benutzen«, erklärte Shada, obwohl sie sich in dieser Maskerade auch nicht besonders wohl fühlte. »In der Stadt wimmelt es jetzt von Sturmtruppen, und wenn sie uns noch nicht zur Fahndung ausgeschrieben haben, werden sie es in Kürze tun. Die Mistryl arbeiten schon lange mit diesem Tarnsystem, und ich habe noch nie gehört, daß es versagt hat. Wenn in der Notfallplanung steht, daß wir als Brea und Senni Tonnika durchgehen können, dann können wir es auch.«

»Auszusehen wie sie und sich zu benehmen wie sie, sind zwei verschiedene Dinge«, konterte Karoly. »Außerdem halte ich es in unserer Lage nicht für besonders klug, uns als Kriminelle auszugeben.«

Shada mußte einräumen, daß sie in diesem Punkt recht hatte. Brea und Senni Tonnika waren professionelle Hochstaplerinnen – und zwar gute –, von denen es hieß, daß sie die Reichen und Mächtigen der Galaxis um ein beträchtliches Vermögen erleichtert hatten. Unter normalen Umständen wäre es in der Tat nicht sehr klug gewesen, ihre Identität anzunehmen, um nicht aufzufallen.

Aber die Umstände hier waren weit von jeder Normalität entfernt. »Wir haben keine andere Wahl«, sagte sie nachdrücklich. »Fremde ziehen normalerweise Aufmerksamkeit auf sich, und ein Ort wie Mos Eisley ist immer voller Informanten. Vor allem jetzt. Wenn wir die Imperialen abschütteln wollen, müssen wir so aussehen, als gehörten wir hierher. Und zwar für jeden.« Sie sah zur Bar hinüber. Karoly hatte recht; das Lokal machte keinen besonders einladenden Eindruck. »Aber wenn du willst, kannst du im Gleiter bleiben und die Tür im Auge behalten. Ich kann allein einen Piloten finden.«

Karoly seufzte. »Wir müssen uns irgendwann über diese plötzlichen Anwandlungen von Leichtsinn unterhalten. Komm jetzt, wir verschwenden nur unsere Zeit.«

Shada hatte die Hoffnung gehabt, daß das Innere der Bar – wie das bestimmter anderer Verbrechertreffpunkte – besser aussah als das Äußere. Aber dies erwies sich als Irrtum. Angefangen von dem düsteren, verräucherten Vorraum über den flackernden Droidendetektor bis hin zu dem gebogenen Tresen und den nischenförmigen Wandseparées war die Bar so schäbig wie die übelsten Spelunken auf ihrer Heimatwelt. Karoly hatte recht gehabt: die Nummer Eins auf Tatooine zu sein, hatte nicht viel zu bedeuten.

»Paß auf die Stufen auf«, warnte Karoly.

»Danke«, sagte Shada, die fast die Treppe hinuntergefallen wäre, die vom Vorraum zum eigentlichen Lokal führte. Ihre Augen mußten sich nach dem grellen Sonnenlicht erst an das düstere Innere gewöhnen. Wahrscheinlich war die Bar absichtlich so gebaut, um den Gästen eine Chance zu geben, jeden Neuankömmling zu begutachten.

Aber falls einige der Gäste ihr und Karoly besondere Neugierde entgegenbrachten, so zeigten sie es nicht. Überall saßen oder kauerten Menschen und Nichtmenschen aller Spezies an den Tischen oder in den Nischen oder lehnten am Tresen, tranken ein Dutzend verschiedener Getränke und schwatzten in einem Dutzend verschiedener Sprachen, ohne die Neuankömmlinge zu beachten. Offenbar waren die Tonnika-Schwestern für das Publikum, das hier verkehrte, ein vertrauter Anblick.

Oder jeder kümmerte sich grundsätzlich nur um seine eigenen Angelegenheiten. So oder so, es war ganz in Shadas Sinne.

»Was jetzt?« fragte Karoly.

»Gehen wir an die Bar«, sagte Shada und nickte in Richtung des Tresens. »Wir können den Raum von dort besser überblicken als von einem Tisch oder einer Nische aus. Wir bestellen einen Drink und sehen nach, ob jemand von unserer Liste da ist.«

Sie schoben sich durch das Gedränge zur Bar. Auf der anderen Seite des Raums heulte eine Bith-Band einen rhythmischen, ansonsten aber undefinierbaren Song, der im allgemeinen Lärm fast unterging. Am anderen Ende der Bar rauchte ein großer, nicht ganz menschlicher Mann eine seltsam geformte Spiralpfeife und blickte brütend ins Leere; hinter ihm standen ein Aqualishaner und ein narbenübersäter Mann, schlürften ihre Drinks und musterten finster die anderen Gäste; hinter ihnen war ein anderer großer Mensch in eine geflüsterte Unterhaltung mit einem noch größeren Wookiee vertieft.

»Was wollt ihr haben?« fragte eine mürrische Stimme.

Shada drehte sich zu dem Barkeeper um, der sich vor ihnen aufgebaut hatte. Sein Gesichtsausdruck paßte perfekt zu seiner Stimme, aber in seinen gleichgültigen Augen schien ein Funke des Erkennens aufzuglimmen.

Genug, um ein Experiment zu riskieren. »Wir nehmen das Übliche«, antwortete sie.

Er grunzte und machte sich an der Bar zu schaffen. Shada bemerkte Karolys entgeisterten Gesichtsausdruck, blinzelte ihr beruhigend zu und drehte sich dann wieder um, als der Barkeeper zwei schmale Gläser auf den Tresen stellte. Er grunzte wieder und ging davon.

Shada griff nach ihrem Glas und entspannte sich ein wenig. »Prost«, sagte sie und stieß mit Karoly an.

»Bist du verrückt geworden?« zischte Karoly.

»Soll ich vielleicht etwas bestellen, was nicht zu uns paßt?«

fragte Shada und trank einen kleinen Schluck. Sulustanischer Wein, entschied sie. »Fangen wir an.«

Karoly war noch immer aufgebracht, aber sie zog den schlanken Zylinder ihres Spionscanner-Datenblocks aus ihrem Overall und schaltete ihn ein. »In Ordnung«, murmelte sie mit Blick auf die Gäste. »Der Kerl mit der Spiralpfeife … nein, er ist ein Attentäter. Diese beiden Duros dort drüben … sie stehen nicht auf der Liste.«

»Aber ihre Bordmonturen sehen für Schmuggler zu sauber aus«, wandte Shada ein. Auf der anderen Seite des Tresens trat ein alter weißhaariger, bärtiger Mann in einer braunen Robe zu dem Wookiee und seinem hochgewachsenen Begleiter. Die beiden Menschen unterhielten sich kurz, und dann gab der hochgewachsene Mann dem Wookiee einen Wink und ging davon. »Was ist mit dem Aqualishaner dort hinten?«

»Ich überprüfe ihn gerade«, sagte Karoly und las die Anzeige des Scanners ab. »Er heißt Ponda Baba, und er ist eindeutig ein Schmuggler. Das Narbengesicht neben ihm …«

»He!« fauchte der Barkeeper.

Shada versteifte sich. Ihre Hand wanderte instinktiv zu ihrem versteckten Messer.

Aber der Barkeeper meinte nicht sie. »Typen wie ihr haben hier keinen Zutritt«, schnappte er.

»Bitte?« erklang hinter ihr eine Stimme.

Shada drehte sich um. Oben auf der Treppe stand ein Junge, der etwa so alt wie sie war, eine weite weiße Robe trug und verwirrt den Barkeeper ansah. Begleitet wurde er von zwei Droiden, einem Protokolldroiden und einer Astromecheinheit vom Typ D-4s. »Deine Droiden«, knurrte der Barkeeper. »Sie müssen draußen warten – wir wollen sie hier nicht haben.«

Der Junge sprach kurz mit den Droiden, die sich abwandten und nach draußen huschten. Er kam allein die Treppe herunter, trat an die Bar und zwängte sich unbeholfen zwischen den Aqualishaner und den alten Mann in der braunen Robe.

»Das Narbengesicht heißt Dr. Evazan«, erklärte Maroly. »Es liegen zehn Todesurteile gegen ihn vor.«

»Wegen Schmuggelns?« fragte Shada und sah den braungekleideten alten Mann stirnrunzelnd an. Er hatte etwas Seltsames an sich. Er wirkte wachsam und kontrolliert, und von ihm ging eine Aura der Macht aus, die sie schaudern ließ.

»Nein«, sagte Karoly bedächtig. »Wegen verpfuschter chirurgischer Experimente. Igitt!«

»Wenn alle Stricke reißen, wenden wir uns an ihn«, erklärte Shada. Ihre Augen und Gedanken waren noch immer auf den braungekleideten Mann gerichtet. Wer immer er auch war, er paßte ganz bestimmt nicht in dieses Milieu. Vielleicht ein imperialer Spion? »Der alte Mann dort drüben – überprüfe ihn«, befahl sie Karoly. Der Junge stand noch immer an seiner Seite und gaffte wie ein Tourist. Gehörten sie zusammen? Großvater und Enkel, die vom Land in die große Stadt gekommen waren?

Und dann, plötzlich, versetzte der Aqualishaner dem Jungen einen Stoß und fauchte etwas. Der Junge sah ihn verständnislos an und drehte sich dann zum Tresen. Dr. Evazan grinste wie ein Raubtier, das sich im nächsten Moment auf seine Beute stürzen wollte, und klopfte dem Jungen auf die Schulter. »Er mag dich nicht«, sagte er.

»Tut mir leid«, keuchte der Junge und wollte sich wieder abwenden.

Evazan packte den Jungen an der Robe und zerrte ihn herum. »*Ich* mag dich auch nicht«, knurrte er und brachte sein verunstaltetes Gesicht dicht an das des Jungen. Um sie herum verstummten die Gespräche, als sich alle Blicke auf sie richteten. »Paß bloß auf«, fügte Evazan hinzu. »Wir sind gesuchte Verbrecher.«

»Oh, oh«, machte Karoly leise.

Shada nickte stumm. Der Junge war reif – sie hatte genug Kneipenschlägereien erlebt, um eine Provokation zu erkennen, wenn sie eine sah. »Wir halten uns da raus«, raunte sie Karoly zu.

»Aber wenn sie verhaftet werden ...«

Shada brachte sie mit einer schroffen Geste zum Schweigen. In einer geschmeidigen, fließenden Bewegung, als hätte der alte Mann die Situation von Anfang an durchschaut, wandte er sich von dem Wookiee ab, mit dem er sich unterhalten hatte. »Der Kleine hier ist die Aufregung nicht wert«, sagte er besänftigend zu Evazan. »Kommen Sie, ich gebe Ihnen einen aus.«

Es war für alle der denkbar beste Versuch, das Gesicht zu wahren, erkannte Shada. Evazan und der Aqualishaner konnten jetzt einen Drink akzeptieren, vielleicht noch etwas schimpfen und hetzen und sich dann ohne jeden Ehrverlust wieder um ihre eigenen Angelegenheiten kümmern.

Aber zum Pech für den alten Mann war Evazan an einer friedlichen Lösung nicht interessiert. Einen Sekundenbruchteil lang funkelte er den alten Mann an, und sein Raubtierblick verhärtete sich zu etwas Häßlichem und Gemeinem. Die Gespräche an der Bar waren inzwischen alle verstummt, und alle warteten atemlos auf den gewalttätigen Ausbruch. Die Band auf der Bühne spielte weiter, ohne sich um das Treiben der Gäste zu kümmern.

Und dann, mit einem Aufschrei, stieß Evazan den Jungen brutal gegen einen der Tische. Er riß einen Blaster hoch. Der Aqualishaner neben ihm zog ebenfalls seinen Blaster, ohne sich um das verzweifelte »Keine Blaster! Keine Blaster!«-Geschrei des Barkeepers zu kümmern. Die Waffen richteten sich auf den alten Mann.

Sie trafen nie ihr Ziel. Abrupt explodierte die Hand des alten Mannes in einem gleißenden, blauweißen Licht, einem flackernden, scharfschneidigen Feuer, das mit chirurgischer Präzision nach den beiden Angreifern schlug. Ein Blasterschuß bohrte sich in die Ecke, gefolgt von einem Schrei und einem gurgelnden Gebrüll ...

Und dann, so plötzlich, wie alles angefangen hatte, war es auch vorbei. Evazan und der Aqualishaner brachen zusammen und verschwanden unter dem Tresen, doch ihr Stöhnen verriet, daß sie noch am Leben waren. Shada sah die abgetrennte Hand des Aqualishaners, die noch immer den Blaster umklammert hielt, auf dem Boden liegen.

Der alte Mann blieb noch einen Moment bewegungslos stehen. Seine leuchtende Waffe summte, seine Blicke huschten durch die Bar, als rechnete er mit weiteren Angriffen. Er hätte sich die Mühe sparen können. Die anderen Gäste wandten sich wieder gleichmütig ihren Drinks zu, und ihr Verhalten verriet, daß keiner von ihnen den beiden Schmugglern besondere Sympathien entgegenbrachte. Zumindest nicht genug, um sich mit dem alten Mann anzulegen.

Und erst in dieser Sekunde erkannte Shada, welche Waffe der alte Mann gegen die Angreifer eingesetzt hatte.

Ein Lichtschwert.

»Willst du immer noch wissen, wer er ist?« fragte Karoly trocken.

Shada befeuchtete nervös ihre Lippen und schauderte erneut, als der alte Mann seine Waffe deaktivierte und dem Jungen auf die Beine half. Ein Jedi-Ritter. Ein richtiger, lebender Jedi-Ritter. Kein Wunder, daß sie diese seltsame Aura bei ihm gespürt hatte. »Ich bezweifle, daß man ihn engagieren kann«, wandte sie sich an Karoly, holte tief Luft und konzentrierte sich wieder auf ihr eigentliches Vorhaben. Wenn es die Jedi-Ritter der Alten Republik noch gegeben hätte, als ihre Heimatwelt verwüstet worden war ... »Nun, damit scheiden Evazan und der Aqualishaner aus«, sagte sie zu Karoly. »Sieh dich weiter um.«

Sie verbrachten die nächsten Minuten damit, ihre Drinks zu schlürfen und unauffällig den Raum zu scannen, und danach unterhielten sie sich mit den drei aussichtsreichsten Kandidaten. Aber ohne Erfolg. Zwei der Schmuggler standen bereits unter Vertrag, obwohl der eine ihnen mit einem lüsternen Grinsen anbot, sie als Passagiere mitzunehmen, wenn sie nett zu ihm wären. Der dritte Schmuggler, ein Unabhängiger, war bereit, mit ihnen zu verhandeln, machte aber klar, daß er sein Schiff erst dann bewegen würde, wenn das plötzliche imperiale Interesse an Tatooine wieder erlahmt war.

»Großartig«, knurrte Karoly, als sie zu ihren Plätzen an der Bar zurückkehrten. »Was jetzt?«

Shada blickte sich um. Seit dem Beginn ihrer Suche hatten ein paar neue Gesichter die Bar betreten, aber die meisten wirkten wie Männer, die nicht belästigt werden wollten. Sie inspizierte nacheinander die Wandnischen in der Hoffnung, jemanden übersehen zu haben.

Und stutzte. Da, direkt hinter ihnen, standen der Jedi-Ritter und der Junge. Sie sprachen mit dem Wookiee und einem Mann, den sie nicht hatte hereinkommen sehen. »Überprüfe ihn«, sagte sie und nickte dem letzteren zu.

Karoly warf einen Blick auf die Anzeige des Scanners. »Er heißt Han Solo«, berichtete sie. »Ein Schmuggler. Macht eine Menge Geschäfte mit Jabba dem Hutt ...«

»Weg mit dem Scanner«, unterbrach Shada und sah zum Vorraum der Bar hinüber. »Schnell!«

Karoly folgte ihrem Blick, und Shada spürte, wie sie sich versteifte. Zwei Sturmtruppler kamen mit schußbereiten schweren Waffen die Treppe herunter. Sie waren bestimmt nicht hier, um einen Drink zu nehmen.

»Ich frage mich, ob es hier einen Hinterausgang gibt«, murmelte Karoly.

»Ich weiß es nicht«, sagte Shada und strich mit einem Finger über ihr schlankes Weinglas, als die Imperialen den Barkeeper zu sich winkten. Wenn sie einem der Sturmtruppler das Glas gegen den Helm schmetterte, sollte es ihn lange genug ablenken, um mit ihrem Messer eine Lücke in seiner Panzerung zu finden ...

Der Barkeeper deutete an ihnen vorbei. Shada runzelte die Stirn und verstand. »Sie müssen nach dem Jedi-Ritter gefragt haben«, sagte sie und drehte sich zu der Nische um. Eine Gruppe Nichtmenschen drängte sich an ihr vorbei, verstellte ihr für einen Moment die Sicht. Sie gingen weiter ...

Der alte Jedi war verschwunden. Ebenso der Junge. Die Sturmtruppler steckten die Köpfe in die Nische, musterten kurz Solo und den Wookiee und zogen weiter. Als sie sich umschauten, schienen ihre Visiere für einen Moment bei Shada und Karoly zu verharren. Aber sie sagten nichts und wandten sich dem hinteren Teil der Bar zu. Karoly gab Shada einen Rippenstoß. »Das ist unsere Chance«, raunte sie. »Reden wir mit ihm.«

Shada drehte sich wieder um. Solo und der Wookiee hatten die Nische inzwischen verlassen, und Solo bewegte sich zum Vorraum, während der Wookiee den Sturmtrupplern folgte. Wahrscheinlich lag dort die Hintertür, was das plötzliche Verschwinden des Jedi und des Jungen erklärte. »Einverstanden«, nickte Shada, leerte ihr Glas und stellte es auf den Tresen. Sie drehte sich wieder um ...

Und stellte fest, daß Solo nicht mehr auf dem Weg zum Vorraum war. Statt dessen wich er in eine Nische zurück und blickte dabei in die Mündung eines Blasters, den ein verkommen aussehender Rodianer in der Hand hielt. »Oh, oh«, machte Shada. »Ein Freund von ihm?«

»Das bezweifle ich«, meinte Karoly und warf einen verstohlenen Blick auf den Scanner in ihrer Hand. »Warte ... er heißt Greedo. Er ist ein Kopfgeldjäger.«

Shada zögerte, während die beiden Kontrahenten in der Nische miteinander stritten. Was sollte sie tun? Wenn sie eingriff, setzte sie damit ihre Tarnung als Brea Tonnika aufs Spiel, und in der Bar gab es ganz gewiß keinen Mangel an Schmugglern. Aber Solo hatte etwas an sich, das ihr gefiel. Oder vielleicht lag es auch nur an der Tatsache, daß er mit dem Jedi-Ritter gesprochen hatte ...

»Ich werde ihm helfen«, sagte sie zu Karoly. »Gib mir Rückendeckung.«

Sie griff nach ihrem Messer, aber ehe sie es ziehen konnte, löste Solo das Problem aus eigener Kraft. In der Nische blitzte ein Blasterstrahl auf, und der Rodianer fiel auf den Tisch. Vorsichtig glitt Solo aus der Nische, holsterte seinen Blaster, wandte sich zum Vorraum und warf dem Barkeeper im Vorbeigehen eine Münze zu.

Karoly stieß zischend die Luft aus. »Gut, daß wir nicht an Greedo interessiert waren. Das hier ist wirklich kein gesunder Ort.«

»Wem sagst du das«, murmelte Shada. »Los, schnappen wir uns Solo, ehe er verschwindet.«

Und dann, von hinten, schloß sich eine verschwitzte Hand um ihr Handgelenk. »Sieh an, sieh an, sieh an«, sagte eine unbekannte Stimme. »Wen haben wir denn da?«

Shada drehte sich um. Die verschwitzte Hand gehörte einem verschwitzten imperialen Colonel in einer staubigen Uniform, der sie mit boshafter Freude musterte. Hinter ihm standen die beiden Sturmtruppler, die schon vorher hereingekommen waren. »Brea und Senni Tonnika, schätze ich«, fuhr der Colonel fort. »Wie nett von euch, wieder mal vorbeizuschauen. Ihr könnt euch nicht vorstellen, wie sehr Großmufti Argon seit eurer Abreise gelitten hat. Ich bin sicher, daß er sich freuen wird, euch wiederzusehen.« Er hob eine Braue. »Und natürlich *auch* die fünfundzwanzigtausend Kredits, die ihr ihm gestohlen habt.«

Sardonisch lächelnd gab er den Sturmtrupplern einen Wink. »Abführen.«

Die Zelle im Polizeirevier war kühler als die Bar, aber das war auch schon das einzige Positive. Klein, spärlich möbliert, von Tatooines allgegenwärtigem Sand überzogen, hatte sie den Charme einer gebrauchten Frachtkiste.

»Hast du mitbekommen, wann sie uns abtransportieren wollen?« fragte Karoly. Sie lehnte an der Wand und starrte trübsinnig die Tür an.

»Es klang nicht so, als würde es bald passieren«, meinte Shada.

»Der Colonel sagte, sie müßten zuerst die Suche beenden, bevor sie uns auf sein Schiff bringen.«

Karolys Lippe zuckte. Zweifellos war ihr die Ironie der Lage bewußt: Die Suche der Imperialen war bereits zu Ende, ohne daß sie es ahnten.

Oder vielleicht ahnten sie es doch. Vielleicht spielte der Colonel nur mit ihnen, während er auf das Eintreffen der Verhörausrüstung wartete.

Shada sah sich in der Zelle um. Eine einzige Pritsche mit einer an der Wand befestigten Leselampe über dem Kopfende, eine primitive Erfrischungseinheit, eine Gittertür und gegenüber ein Spiegel, durch den man sie von draußen beobachten konnte. Wenig Material und keine Chance, es unbemerkt zu benutzen.

Womit nur noch ihr Kampftraining übrigblieb. Und die Möglichkeit, daß die Imperialen immer noch nicht wußten, daß sie es mit Mistryl zu tun hatten. »Ich hoffe nur, wir bekommen vorher etwas zu essen«, sagte sie zu Karoly. »Ich sterbe schon vor Hunger.«

Karolys Braue zuckte. »Ich auch«, nickte sie und sah sich um. »Vielleicht sollte ich mal an den Gitterstäben rütteln, damit man sich um uns kümmert.«

»Dann mach es«, sagte Shada. Sie streckte sich auf der Pritsche aus, legte wie zufällig ihre Hand auf die Leselampe und tastete sie mit den Fingerspitzen ab. Sie war an der Wand über der Pritsche befestigt, aber wenn sie sie ein wenig mit ihrer Gürtelschnalle bearbeitete, sollte sie sich lösen lassen. Dahinter mußten die Stromkabel liegen ... »Wenn ich's mir recht überlege, versuch lieber dein Glück an diesem Spiegel«, sagte sie zu Karoly und nickte dem getarnten Überwachungsfenster zu. »Wahrscheinlich werden wir beobachtet.«

»Okay«, murmelte Karoly. Sie trat vor den Spiegel, drückte ihr Gesicht dagegen und blockierte so den Blick in die Zelle. »He! Jemand da?«

Shada nahm eilig ihre Gürtelschnalle ab und machte sich an die

Arbeit, während Karoly weiterlärmte. Sie löste die erste der drei Schrauben, dann die zweite, wandte sich der dritten zu …

»Hört sofort mit dem Krach auf!« fauchte jemand.

Shada erstarrte und verbarg die Schnalle in ihrer Hand, als ein Mann in einer fadenscheinigen Uniform an der Tür auftauchte. »Wir sind hungrig«, beschwerte sie sich.

»Wie schade«, knurrte er. »Das Essen kommt in zwei Stunden. Jetzt haltet das Maul, oder ich laß euch fesseln und knebeln.«

»Zwei *Stunden*?« wiederholte Shada. »So lange halten wir nicht durch. Können Sie uns nicht vorher eine Kleinigkeit bringen?«

»Bitte?« fügte Karoly hinzu und lächelte ermutigend.

Die Lippe des Wachposten zuckte; und er wollte gerade den Mund öffnen – wahrscheinlich, um irgend etwas besonders Häßliches zu sagen –, als ein junger Mann in Zivilkleidung an seine Seite trat. »Probleme, Happer?«

»Wie immer«, grollte der andere. »Ich dachte, Sie sind krank.«

»Das bin ich auch«, versicherte der jüngere Mann und betrachtete nachdenklich Shada und Karoly. »Ich habe gehört, daß ein Haufen neuer Gefangener eingeliefert wurde, und wollte Ihnen helfen. Wen haben wir denn da?«

»Brea und Senni Tonnika.« Happer warf den beiden Frauen einen finsteren Blick zu. »Colonel Parqs ganz spezielle Gefangene. Und wenn Sie mich fragen, gehen sie uns nichts an. Wenn die Imperialen schon halb Mos Eisley einsperren wollen, dann sollten sie gefälligst ihre eigenen Zellen mitbringen.«

»Und die IDs der Häftlinge selbst überprüfen?«

»Erinnern Sie mich bloß nicht daran«, grunzte Happer. »Ich habe im Moment schon fünfzehn Überprüfungen laufen, und etwa dreißig weitere Häftlinge warten im Hüpfer.« Er funkelte wieder die Gefangenen an. »Hören Sie, Riij, könnten Sie mir bitte einen Gefallen tun? Gehen Sie zu Stores runter und holen Sie ein paar Rationsriegel für die beiden. Ich muß runter in den ID-

Raum – die Prüfer kommen allein nicht zurecht, und diese Sturmtruppen werden schon giftig.«

»Ich kümmere mich darum«, versprach Riij. »Viel Spaß.«

Happer grunzte wieder und verschwand den Korridor hinunter.

»So«, sagte Riij und sah sie an. »Brea und Senni. Wer ist wer?«

»Ich bin Brea«, sagte Shada vorsichtig. Da war etwas in seinen Augen, als er sie ansah, das ihr ganz und gar nicht gefiel.

»Aha«, machte er. »Ich bin Riij – Riij Winward. Wissen Sie, ich hätte schwören können, daß Sie beide vor drei Stunden einen Transporter bestiegen haben, der Sie zu Jabba dem Hutt bringen sollte.«

Shadas Herz machte einen Sprung. Die Tonnika-Schwestern waren *hier*? Auf Tatooine? »Wir sind umgekehrt«, sagte sie mit plötzlich trockenem Mund. »Ich schätze, das hätten wir besser nicht getan.«

»Das denke ich auch.« Riij schwieg einen Moment. »Ich habe auch noch etwas anderes Interessantes gehört, kurz nachdem vor ein paar Tagen diese große imperiale Droidensuche in Mos Eisley begann. Wie es scheint, hat das Imperium außerdem einen gestohlenen Angriffskreuzer dringend zur Fahndung ausgeschrieben.«

»Einen Angriffskreuzer?« wiederholte Shada und bemühte sich um einen möglichst höhnischen Tonfall. »Oh, klar. Es werden ja ständig irgendwelche Angriffskreuzer geklaut.«

»Ja, mir kam es auch verdammt komisch vor«, stimmte Riij zu. »Deshalb habe ich einen Freund im Kontrollturm gefragt, ob so etwas überhaupt möglich ist. Wissen Sie, was er mir gesagt hat?«

»Ich sterbe vor Neugierde.«

»Er sagte, er hätte etwa eine Stunde, bevor dieser Sternzerstörer auftauchte und es plötzlich überall von Imperialen wimmelte, ein Objekt erfaßt, das heimlich im Dünenmeer gelandet ist. Ein Objekt von der ungefähren Größe eines Angriffskreuzers.« Riij hob die Brauen. »Interessant, meinen Sie nicht auch?«

»Wahnsinnig«, sagte Shada und hatte Mühe, die plötzliche Furcht aus ihrer Stimme zu verbannen. Sie hatten den Angriffskreuzer also doch entdeckt. Und Cai war in großen Schwierigkeiten. »Haben sich die Imperialen über diese Information gefreut?«

»Um ehrlich zu sein, er hat ihnen noch nichts davon erzählt«, erklärte Riij, während er sie prüfend musterte. »Er hatte zu diesem Zeitpunkt gerade Dienstschluß und keine Lust, sich von einer Bande Sturmtruppler verhören zu lassen. Als sie dann massenweise gelandet sind und den Kontrollturm übernahmen, war er natürlich noch weniger geneigt, sich an derartige Dinge zu erinnern. So ist das eben auf Tatooine.«

»Ich verstehe«, murmelte Shada. Sie steckten noch immer in Schwierigkeiten, aber zumindest hatten sie eine kleine Atempause. »Ich hoffe, Sie vergeben mir, wenn ich sage, daß verlorenes imperiales Eigentum im Moment nicht oben auf meiner Liste steht. Wir haben dringendere Probleme.«

»Davon bin ich überzeugt«, sagte Riij ernst. »Nummer eins dürfte sein, von hier zu verschwinden, bevor Happer herausfindet, daß Sie nicht Brea und Senni Tonnika sind.«

Shada zuckte zusammen. Sie hatte vermutet, daß er es wußte, aber verzweifelt gehofft, daß sie sich irrte. »Das ist lächerlich.«

»Es ist in Ordnung«, erklärte Riij. »Die Mikrofone in dieser Zelle sind schon seit drei Monaten defekt. Ich habe außerdem vor ein paar Minuten die Sicherung herausgedreht, um das letzte Risiko auszuschalten.«

Shada warf Karoly einen Seitenblick zu. Sie wirkte genauso verblüfft, wie sich Shada fühlte. »In Ordnung«, sagte sie und sah wieder Riij an. »Schön. Reden Sie nicht weiter um den heißen Brei herum, sondern sagen Sie uns, was Sie wollen.«

Riij straffte sich. »Ich lasse Sie frei«, sagte er. »Im Tausch gegen alles, was sich an Bord dieses Angriffskreuzers befindet.«

Shada runzelte die Stirn. »Arbeiten Sie nebenbei als Schmuggler oder was?«

»Ich bin kein Schmuggler.« Er schüttelte den Kopf. »Ich verkaufe Informationen. An gewisse interessierte Kreise.«

»Was für Kreise?«

»Das ist nicht weiter wichtig.« Riij lächelte dünn. »Auf Tatooine stellt man normalerweise keine derartigen Fragen.«

»Ja, wissen Sie, wir sind neu hier«, konterte Shada und überlegte fieberhaft. Sie wußte, daß dies ein imperialer Trick sein konnte; eine Finte, um ihnen zu entlocken, wo sie den Hammerstab versteckt hatten. Aber irgendwie erschien ihr dies eine zu subtile Vorgehensweise für Leute zu sein, die über Verhördroiden verfügten und normalerweise keine Skrupel hatten, sie auch einzusetzen. »In Ordnung«, sagte sie. »Aber nur, wenn Sie uns einen Frachter besorgen, der ein drei mal fünf Meter großes Objekt transportieren kann.«

Riij runzelte die Stirn. »Drei mal …?«

»He, Riij!« dröhnte Happers Stimme durch den Korridor. »Ich muß weg – an der Andockbucht 97 braut sich was Großes zusammen. Die Imperialen haben alle verfügbaren Polizeikräfte zur Unterstützung angefordert. Können Sie hier eine Weile aufpassen?«

»Sicher, kein Problem«, versprach Riij.

»Danke.«

Happer rannte davon. Sie hörten seine Schritte, dann fiel laut eine Sicherheitstür ins Schloß, und alles war still. »Nun?« drängte Shada.

»Ich kann Ihnen einen Frachter besorgen«, sagte Riij mit nachdenklich zerfurchter Stirn. »Das Problem ist, ob ich es schnell genug schaffe. Über diesem Teil des Dünenmeers zieht ein Sandsturm auf – ein schwerer. Er wird in ein paar Stunden losbrechen, und es besteht die Möglichkeit, daß er Ihr Schiff für immer begräbt.«

»Dann bleibt uns nicht viel Zeit, oder?« sagte Shada. »Holen Sie uns hier raus, und dann verschwinden wir.«

Der Wind heulte bereits über die Sanddünen, als Riij das Transportschiff mühsam am Rand des improvisierten Tunnels niedergehen ließ, der zum Angriffskreuzer führte. »Wie lange haben wir gebraucht?« fragte Shada. Sie mußte schreien, um den Wind zu übertönen, als die drei den Dünenhang hinunterrutschten und sich geduckt der Schleuse näherten.

»Nicht lange«, rief Riij zurück. »Eine halbe Stunde. Vielleicht weniger.«

Shada nickte, öffnete das Schott und betrat das Schiff. Auf dem Deck direkt hinter der Schleusenkammer lag das Teil des Hammerstabs, das sie abmontiert und mit Repulsoren ausgerüstet hatten. Auf der anderen Seite des riesigen leeren Raums trillerte D-4 vor sich hin, während er um den Rest des gewaltigen Zylinders herumfuhr und nach letzten Daten für seine bereits umfassende technische Analyse der Maschine suchte. Von Cai gab es keine Spur. »Cai?« rief Shada. »Da mala ci tri sor kehai.«

»Sha ma ti«, antwortete Cai, trat aus ihrem Versteck hinter einem der Stützpfeiler hervor und steckte ihren Blaster ins Holster. »Ich habe mich schon gefragt, ob ihr rechtzeitig zurückkommen würdet.«

»Unter anderen Umständen nicht«, erklärte Shada grimmig. »Ein weiterer Sandsturm nähert sich. Draußen wartet ein Transporter – nimm dir Karoly und schaff dieses Hammerstab-Segment an Bord.«

»Gut«, nickte Cai. »Karoly? Nimm du die Repulsoren am anderen Ende.«

Gemeinsam hoben sie das Hammerstab-Segment vom Boden und bugsierten es durch die Schleuse, während Shada nach vorn zum Cockpit des Angriffskreuzers ging. Wie schon beim ersten Sturm störte der Flugsand die Sensoren, und sie mußte die Feinabstimmung mehrmals neu justieren, bis sie ein klares Bild bekam. Soweit sie feststellen konnte, befanden sich keine Sternzerstörer mehr über Tatooine. Sie gingen vermutlich davon aus, daß ihre entflohenen Gefangenen den Planeten bereits verlassen hatten. Sie schaltete die Sensoren ab und kehrte zu Riij zurück, der neben dem einen Ende des Hammerstab-Zylinders kauerte und sein Gesicht an eine der Öffnungen drückte. »Das ist er also«, sagte sie. »Was halten Sie davon?«

Er blickte auf. Sein Gesicht war bleich. »Wissen Sie, was Sie hier haben?« flüsterte er. »Haben Sie irgendeine Vorstellung?«

»Nicht wirklich«, sagte sie vorsichtig. »Sie?«

»Schauen Sie sich das hier an«, forderte er sie auf und deutete auf ein Schild. »Sehen Sie? ›T.S. Modell Zwei. Modul Sieben, Prototyp B. Eloy/Lemmelisk.‹«

»Ich sehe es«, nickte Shada. »Was bedeutet das?«

Riij richtete sich auf. »Es bedeutet, daß dieses Ding ein Teil des Superlaser-Prototypen des Todessterns ist.«

Shada starrte ihn fröstelnd an. »Was ist ein Todesstern?«

»Der letzte Versuch des Imperators, an der Macht zu bleiben. Etwas völlig Neues.« Riij sah an der Seite des Hammerstabs entlang. »Und wir haben hier ein Einzelteil der Hauptwaffe vor uns.«

»Ein *Einzelteil*?« Shada folgte stirnrunzelnd seinem Blick. Ein Laser von mindestens zweihundert Metern Länge ... »Sie meinen, das ist nicht alles?«

»Ich glaube nicht«, sagte Riij. »Modul Sieben, schon vergessen?« Er sah Shada durchdringend an. »Ich brauche dieses Segment, das Sie abmontiert haben. Es ist lebenswichtig.«

»Vergessen Sie's«, wehrte Shada ab. »Wenn das wirklich eine Waffe ist, dann haben meine Leute eine bessere Verwendung dafür als Sie.«

»Wir bezahlen Ihnen, was Sie verlangen.«

»Ich sagte, vergessen Sie's«, wiederholte Shada und schob sich an ihm vorbei. Cai brauchte bestimmt Hilfe ...

Im nächsten Moment packte er ihren Arm und riß sie herum. Instinktiv wollte sie sich aus seinem Griff befreien ...

Sie erstarrte, als sie direkt in die Mündung des Blasters blickte, den Riij plötzlich in der Hand hielt. »Halten Sie so Ihre Versprechen?« fragte sie.

»Sie müssen uns das Segment geben«, sagte er leise. »Bitte. Wir müssen alles über den Todesstern erfahren, was möglich ist.«

»Warum?«

Er schluckte hart. »Weil wir wahrscheinlich sein erstes Ziel sein werden.«

Shada starrte ihn an. Tatooine sollte das erste Ziel werden? Lächerlich.

Und dann, plötzlich, fiel es ihr wie Schuppen von den Augen. »Sie gehören zur Rebellen-Allianz, nicht wahr?«

Er nickte. »Ja.«

Shada konzentrierte sich auf den Blaster in seiner Hand. »Und dieses Ding ist wichtig genug für Sie, um mich zu töten?«

Er holte tief Luft und stieß einen zischenden Seufzer aus. »Nein«, gestand er. »Eigentlich nicht.«

»Das dachte ich mir«, sagte Shada. »Mish kom.«

Und binnen eines Augenblicks war alles vorbei. Cai stürzte hinter dem Hammerstab hervor, nahm Riij den Blaster ab und den Mann in den Würgegriff. »Was soll ich mit ihm machen?« fragte sie, als sie Shada den Blaster reichte.

Shada sah Riij an. »Laß ihn los«, befahl sie. »Er kann uns jetzt nicht mehr aufhalten. Außerdem ist er eigentlich auf unserer Seite.«

»Wenn du meinst«, sagte Cai und entließ ihn aus ihrem Würgegriff. »Wir können starten, sobald du bereit bist.«

»Gut.« Shada schürzte die Lippen. »Riij, können Sie mit dem Gleiter, der an Bord Ihres Transporters ist, durch den Sturm kommen?«

Er nickte. »Vorausgesetzt, ich kann in den nächsten Minuten losfliegen.«

»Schön. Cai, lade ihn aus. Und dann schaffst du oder Karoly D-4 an Bord, und wir starten.«

»Verstanden.« Cai warf Riij einen letzten Blick zu und eilte zur Schleuse.

Riij stand noch immer da und sah Shada an. »Es tut mir leid, daß es so gekommen ist«, erklärte sie und versuchte, das Schuldgefühl zu ignorieren. Er hatte eine Menge für sie riskiert, und es schien, daß er es umsonst getan hatte. »Hören Sie, wenn es Ihnen gelingt, nach dem Sturm das Schiff wiederzufinden, können Sie gerne den Rest des Hammerstabs behalten.«

»Lassen Sie mich Ihnen ein Gegenangebot machen«, sagte Riij. »Schließen Sie sich uns an. Sie haben bereits gesagt, daß wir auf derselben Seite stehen.«

Shada schüttelte den Kopf. »Wir kommen schon allein kaum zurecht. Wir haben weder die Zeit noch die Mittel, uns um die Probleme der Galaxis zu kümmern. Noch nicht.«

»Wenn Sie zu lange warten, wird vielleicht niemand mehr übrig sein, um gemeinsam mit Ihnen zu kämpfen«, warnte er.

»Ich verstehe«, murmelte sie. »Ich schätze, dieses Risiko müssen wir eingehen. Leben Sie wohl. Und viel Glück.«

Der Sandsturm schüttelte den Transporter durch, als Shada die Befestigungen des Hammerstabs doppelt überprüft hatte und auf die Brücke zurückkehrte. »Alles bereit?« fragte sie Karoly, als sie sich anschnallte.

»Ja. Ist Riij unterwegs?«

Shada nickte. »Wie es scheint, ist er gerade noch rechtzeitig gestartet.«

Karoly warf ihr einen Seitenblick zu. »Ich bin mir nicht sicher, ob es wirklich eine gute Idee war, ihn ziehen zu lassen.«

»Wenn wir anfangen, jeden umzubringen, der uns im Wege steht, sind wir auch nicht besser als die anderen Söldner«, widersprach Shada. »Außerdem haßt er das Imperium genauso wie wir.«

Das Kom summte. »Ich bin bereit«, meldete Cai.

»Wir auch«, sagte Shada. »Ist D-4 sicher untergebracht?«

»D-4?« wiederholte Cai. »Hat Karoly ihn nicht mitgenommen?«

»Ich dachte, *du* kümmerst dich um ihn«, rief Karoly.

Für einen langen Moment sahen sie und Shada sich nur an. Dann, mit einem gemurmelten Fluch, schaltete Shada am Kompult. »Riij? Riij, bitte kommen.«

Das Prasseln sandinduzierter Statik drang aus dem Lautsprecher, und dann hörten sie die leise Stimme des Mannes. »Hier ist Riij«, sagte er. »Danke, daß Sie mir Ihren Droiden geliehen haben. Ich werde ihn bei der Bothan-Reederei auf Piroket deponieren; Sie können ihn abholen, wenn Sie den Frachter zurückgeben.«

Seine Stimme verklang im Prasseln der Statik. »Soll ich die Verfolgung aufnehmen?« fragte Cai.

D-4, mit einer vollständigen technischen Analyse des Hammerstabs ... »Nein«, lehnte Shada ab, und sie mußte trotz Riijs raffinierten Schachzugs lächeln. »Nein, es ist schon in Ordnung. Wir schulden es ihm. Und wenn er recht hat, dann werden er und seine Freunde jede Hilfe und alle Informationen brauchen, die sie bekommen können.«

Ihr Lächeln verblaßte. Auf dem Schild an dem Hammerstab hatte »T.S. Modell 2« gestanden. Bedeutete es vielleicht Todesstern, Modell 2? Gab es eine zweite Generation dieses Dings, vor dem sich Riij so sehr fürchtete?

Möglich war es. Und wenn dem so war, dann mußten sich die Mistryl vielleicht ernsthaft überlegen, ob sie dieses Angebot annehmen und sich der Rebellen-Allianz anschließen sollten.

Und wenn nicht alle Mistryl damit einverstanden waren, dann würde es Shada allein tun. Vielleicht fand sie dort etwas, an das sie wirklich glauben konnte.

Aber in der Zwischenzeit hatte sie ein Paket abzuliefern. »Aktiviert die Repulsoraggregate«, befahl sie den anderen. »Wir fliegen nach Hause.«

Spiel's noch einmal, Figrin D'an:

Die Geschichte von Muftak und Kabe

A. C. Crispin

Muftak zog die frostige, feuchte Luft in seinen kurzen, röhrenförmigen Rüssel, um festzustellen, ob Gefahr drohte. Während er schnüffelte, suchte der riesige Vierauge die Straße mit seinen Nachtaugen, dem größeren Paar in der unteren Hälfte seines pelzigen Gesichts, nach Infrarot-Nachbildern ab. Hier, im älteren Teil des Raumhafens von Mos Eisley, war die Dunkelheit fast absolut und wurde nur von dem winzigen grauen Halbmond erhellt, der über den Himmel raste.

Der zottelige Gigant bedeutete seiner kleinen Gefährtin Kabe mit einer Handbewegung, in Deckung zu bleiben, und richtete sich halb hinter dem großen Müllcontainer auf, um die Straße besser überblicken zu können. Während er sich umsah, glitzerten seine vier Kugellageraugen in der Dunkelheit seines Gesichts. Automatisch filterte sein Riechorgan den Gestank verfaulenden Mülls heraus, die Ranzigkeit ungewaschener menschlicher und nichtmenschlicher Körper und den scharfen, moschusartigen Duft seiner Chadra-Fan-Freundin und Komplizin.

In der letzten Zeit war niemand hiergewesen. Er gab seiner Gefährtin einen Wink mit seiner mächtigen, pelzigen Pranke. »Komm«, rumpelte er, »die Wüstentruppen sind weg.«

Kabe trippelte aus ihrem Versteck. Ihre fächerähnlichen Ohren und ihre kleine Schnauze zuckten indigniert. »Das habe ich schon die ganze Zeit gewußt!« schalt sie ihn mit ihrer schrillen Doppelstimme. »Du bist so verflucht *langsam*, Muftak! Langsamer als ein Bantha, soviel steht fest. Wir werden nie vor Tagesanbruch nach Hause kommen! Und ich bin *müde.*«

Muftak blickte auf sie hinunter und ertrug geduldig ihre Tirade. Kabe war, trotz all ihrer Gerissenheit und Straßenerfahrung, noch immer ein Kind. Er hatte das Chadra-Fan-Baby auf der Straße aufgelesen und adoptiert. »Wir müssen besonders vorsichtig sein«, erinnerte er sie. »Die imperialen Truppen sind überall. Je früher wir nach Hause kommen, desto sicherer sind wir. Gehen wir.«

Kabe gehorchte mürrisch und folgte ihm. »Ich möchte zu gern wissen, warum sie eigentlich hier sind. Weißt du es, Muftak?« Sie wartete seine Antwort nicht ab, und der Vierauge ging stur weiter. Muftak wußte eine Menge über das Treiben in Mos Eisley, aber im allgemeinen rückte er nur gegen Bezahlung mit seinen Informationen heraus. »Jede Nacht landen Schiffe!« klagte sie. »Bei allen Sternen, was ist überhaupt los? Wenn du mich fragst, der Hutt hat sie gerufen. Er will uns endgültig mattsetzen. Und wenn er uns nicht zurücknimmt, werden wir betteln müssen!«

Muftak gab ein entnervtes Summen von sich. »Der Geblähte hat damit nichts zu tun. Das ist eine imperiale Angelegenheit.«

Kabes scharfgeschnittenes, schmales Gesicht leuchtete im Infrarotbereich, und der nachsichtige Muftak sah, wie sich ihr Ausdruck veränderte. »Können wir nicht in die Bar gehen?« fragte sie, abrupt das Thema wechselnd. »Dort wimmelt es von Raumfahrern, betrunkenen Raumfahrern mit dicken Brieftaschen. Beim letzten Mal konnten wir von dem, was ich abgegriffen habe, eine ganze Woche lang leben. Bitte, Muftak!«

»Kabe.« Muftak seufzte, ein leises summendes Geräusch in der Stille. »Ich bin nicht so dumm, wie du denkst. Ich weiß, daß du eine hervorragende Taschendiebin bist, aber in Wirklichkeit willst du doch nur wegen des Jurisaft in die Bar.« Geistesabwesend musterte der Vierauge die gewundene Gasse, die ein Stück weiter auf die Straße mündete. »Zwei Gläser, und ich muß dich wieder nach Hause tragen ... so wie immer.«

Kabes einzige Reaktion auf diese Tatsache war ein lautes Schniefen.

Der Morgen dämmerte schnell auf Tatooine, und der Wüstenhimmel nahm bereits jenen matten Silberglanz an, der dem Aufgang der Doppelsonne stets vorausging. Muftak beschleunigte seine Schritte und war versucht, Kabe auf den Arm zu nehmen und zu laufen. Es war seine Schuld, daß sie so spät dran waren.

Obwohl sie Meisterdiebe waren, hatten weder Kabes Elektronikkenntnisse noch Muftaks große Körperkräfte ihnen geholfen, die neuen Zeitschlösser zu knacken, mit denen jetzt alle imperialen Hangars gesichert waren. Schlimmer noch, einer der Wüstentruppler hatte sie entdeckt ... aber Menschen konnten in der Nacht nur sehr schlecht sehen, und für sie sahen alle exotischen Nichtmenschen fast gleich aus. Muftak hoffte, daß man ihn im Dunkeln mit einem Wookiee oder einem der anderen großen

Zweibeiner verwechselt hatte. Kabe hatte ungefähr die Größe eines Jawas.

Der Diebstahl imperialen Eigentums war extrem riskant – aber in diesen Tagen hatten sie kaum eine andere Wahl. Ein erfolgreicher Beutezug würde das Risiko rechtfertigen und sie in die Lage versetzen, ihre Einbrecherlizenz, die sie durch Kabes Griff in die falsche Tasche verloren hatten, von dem Hutt zurückzukaufen. Alles Wertvolle, das nicht dem Imperium gehörte, gehörte entweder Jabba oder war von ihm für tabu erklärt worden – und *niemand* war so verrückt, sich mit dem Hutt-Verbrecherlord anzulegen.

Um »nach Hause« zu kommen – ein winziger Verschlag in einer Sektion eines aufgegebenen Tunnels unter der Andockbucht 83 –, mußten sie den Marktplatz überqueren. Riskant, aber sie hatten keine andere Wahl.

Kabe hüpfte so frisch und ausgelassen neben ihm her, als hätten sie nicht die ganze Nacht gearbeitet. Muftak beschleunigte seine schlurfenden Schritte, obwohl er fast zu erschöpft war, um seine riesigen, pelzigen Füße zu bewegen. Plötzlich leuchteten die Spitzen der weißgetünchten Kuppeln auf; Sekunden später war alles in goldenes Licht getaucht. Die erste Sonne ging auf. Muftak schaltete instinktiv auf seine Tagaugen um, die manche Einzelheiten nicht mehr wahrnahmen, dafür aber andere Details enthüllten. Sie passierten einen Straßenhändler, der seinen Stand aufbaute, dann einen zweiten.

Mos Eisley war im besten Fall ein Höllenloch, und die Veränderungen in der letzten Zeit machten die Stadt noch unsicherer. Die zunehmende imperiale Präsenz verlieh Jabbas korruptem Regime eine unangenehme neue Dimension. Muftaks und Kabes Leben war noch nie einfach gewesen; die beiden hatten jahrelang schuften müssen, um sich halbwegs über Wasser zu halten. Jetzt, dank der Untätigkeit des Senats, verschlimmerte sich die Lage noch. Früher hatte sich der Vierauge genau wie seine kleine

Freundin nicht für Politik interessiert. Ihm war es gleich gewesen, wer regierte, solange man ihn in Ruhe ließ.

Aber die Wüstentruppen waren sogar noch schlimmer als die Schläger des Hutts. Kalt, grausam und brutal, wie sie waren, erinnerten sie ihn an Killerdroiden. Hunderte – vielleicht Tausende – waren in den letzten beiden Tagen gelandet, um den Willen dieses uralten, verfaulenden Imperators durchzusetzen, der weit, weit entfernt lebte. *Das Imperium verstärkt den Griff um meine Welt.*

Summmm ... Sein stilles Gelächter summte in seinem Kopf wie eine tanzende Biene. *Meine* Welt? Lächerlich! Summmm ...

Da auf Tatooine keine anderen Wesen lebten, die ihm auch nur im entferntesten ähnlich sahen, wußte Muftak nur zu gut, daß dies *nicht* seine Heimatwelt war. Als er vor langer Zeit neben seinem aufgeplatzten Kokon stehend erwacht war, hatte er begriffen, daß sich sein Volk auf einer anderen Welt entwickelt hatte – auf welcher, wußte er nicht. Er hatte sein ganzes Leben lang nach Informationen über seine Rasse gesucht und dabei eine Menge über den Planeten Tatooine erfahren, der sich so sehr von dem fruchtbaren Paradies aus seinen Träumen unterschied. Wissen, hatte der Vierauge herausgefunden, war in gewisser Weise Macht. Die Einwohner von Mos Eisley wußten, daß sie von Muftak Informationen über fast jede Aktivität oder Person auf Tatooine kaufen konnten.

Seit er Kabe, eine Waise wie er selbst, »adoptiert« hatte, waren die verschwommenen Traumerinnerungen des großen Nichtmenschen in den Hintergrund getreten. Praktisch gesehen *war* Tatooine seine Heimat.

Während sie den Marktplatz überquerten, ging die zweite Sonne auf. Es wurde bereits heiß, und Muftak spürte, wie sein taufeuchtes, beiges Fell allmählich trocknete. Das Paar erreichte die Hauptstraße, wandte sich nach Westen, wo ihr kleiner Unterschlupf lag, und versuchte dabei, sich zu beeilen, ohne allzuviel

Aufsehen zu erregen. Überall bauten die Hehler ihre Verkaufsstände auf und bestückten sie mit frisch gestohlenen Waren. Muftak betrachtete nervös mehrere sündhaft teure Blaster und bemühte sich, so zu tun, als gäbe es für ihn nichts Wichtigeres als einen kleinen Einkaufsbummel. Kabe hüpfte herum, plapperte vor sich hin, schnüffelte und kräuselte dann verächtlich ihr Schnäuzchen. »Sieh dir diesen Müll an.« Sie schnaubte. »Wenn du mir erlauben würdest, Jabbas Stadthaus auszurauben, könnte ich den Hehlern was Vernünftiges zum Verkaufen anbieten. Für mich wäre es eine Kleinigkeit, und wir hätten für den Rest unseres Lebens ausgesorgt.«

Sie hatten schon so oft über dieses Thema gestritten, daß Muftak sich nicht einmal mehr die Mühe machte, zu antworten. Der Hutt weilte zur Zeit in seinem Wüstenpalast, aber seine Residenz in Mos Eisley wurde trotzdem streng bewacht. Der Vierauge schritt schneller aus. Sie waren gleich zu Hause und in Sicherheit …

Plötzlich plärrte eine mechanisch klingende Stimme: »Du da, Talz, stehenbleiben!« Die Stimme gehörte einem imperialen Soldaten.

Hastig gehorchte Muftak und drehte sich langsam und schwerfällig zu dem Posten um. Dabei verdeckte er geschickt Kabes kleine Gestalt mit seinem riesigen Körper. Sie nutzte die Gelegenheit, sauste davon und duckte sich hinter einen öffentlichen Taukollektor. Muftak gab ihr mit einem verstohlenen Zeichen zu verstehen, in ihrem Versteck zu bleiben, und sah den weißgepanzerten Menschen an.

Erst dann dämmerte ihm, welches Wort der Soldat benutzt hatte. »Talz.« Was war ein Talz? Langsam, wie Feuchtigkeit im Wüstensand versickerte, drang die Erkenntnis in sein Bewußtsein. Der imperiale Wüstentruppler mußte seine Spezies kennen! Das Wort »Talz« hallte in Muftaks Kopf, in seinem Herzen wider. Talz … ja! Es gehörte zu dem bedeutungslosen Vokabular, das er nach seiner »Geburt« in seinem Gehirn entdeckt hatte. *Mit Talz hat er* mich *gemeint. Ich bin ein Talz!*

Muftak schüttelte den Kopf und unterdrückte seine Erregung. Im Moment hatte er ein anderes Problem. Der Wüstentruppler starrte ihn mit gezücktem Blaster an und wartete. Muftak stieß langsam die Luft durch seinen Rüssel aus und summte leise. »Ja, Sir? Was kann ich für Sie tun?«

»Wir suchen nach zwei Droiden. Der eine ist ein Zweibeiner, der andere bewegt sich auf Rädern. Sie reisen ohne Begleitung. Hast du sie gesehen?«

Sie suchen nicht nach uns, nein, bei der Macht, sie suchen nicht nach uns. Sie suchen nach diesen beiden Droiden, wie all die anderen auch … »Nein, Sir. Ich habe heute morgen noch keinen einzigen Droiden gesehen. Aber wenn, werde ich es Sie wissen lassen, Sir.«

»Das solltest du auch. In Ordnung, Talz, du kannst gehen.« Als sich der Wüstentruppler abwandte, besiegte Neugierde Muftaks Vorsicht. »Ich habe bemerkt, daß Sie die Talz zu …«

Ein Rauschen ertönte, und ein Luftwagen bog um die nächste Ecke. Als er näher kam, sah Muftak zwei imperiale Wüstentruppler, von denen einer die blaue Uniform und Mütze eines Offiziers trug. Der Talz wich vorsichtig zurück, widerstand aber dem Impuls, davonzulaufen.

Der Posten nahm Haltung an, als der Luftwagen stoppte.

Der Offizier, ein blasser, schmaler, hochnäsig wirkender Mann, steckte den Kopf aus dem Fenster und befahl: »Ihre Meldung, Soldat Felth.« Seine Worte klangen leblos und waren kaum von Felths mechanisch gefilterter Stimme zu unterscheiden.

»Keine Zwischenfälle, Lieutenant Alima.« Muftak verspannte sich. Er kannte diesen Namen. Sein Freund Momaw Nadon hatte ihm von einem Captain Alima erzählt, dem Schlächter, der die Heimatwelt der Hammerköpfe verwüstet hatte. War dies etwa derselbe Mann? Er hatte einen anderen Rang, aber …

»Befragen Sie jeden, den Sie sehen, Felth. Nehmen Sie sich vor dem Abschaum in acht ... und halten Sie Ihren Blaster bereit. Diese Bastarde bringen Sie sonst kaltblütig um.«

»Jawohl, Lieutenant.«

»Was ist mit dem da?« Alima zog seine Pistole und richtete sie auf Muftak. »Eine häßliche Wanze ... hat er die Droiden gesehen?«

»Nein, Sir.«

Muftak nahm all seinen Mut zusammen. Es war eine sehr interessante Entwicklung. Und sie war es wert, ein kleines Risiko einzugehen. »Sir, hochverehrter Vertreter unseres geliebten Imperiums, ich kenne mich gut in den eher ... sagen wir, zwielichtigen ... Teilen von Mos Eisley aus. Es wäre mir ein Vergnügen, Ihnen die gesuchte Information zu besorgen, wenn ich kann.«

Die Augen des Offiziers waren sehr düster, als er den Talz durchdringend anstarrte. »Einverstanden, Vierauge. Mach dich an die Arbeit. Trödel nicht herum ... verschwinde!«

Kabe hielt sich noch immer ein kurzes Stück weiter hinter dem Taukollektor versteckt, und Muftak ging in diese Richtung, ohne sich auch nur einmal umzusehen. Als er vorbeiging, schloß sich ihm die Kleine an und plapperte glücklich. »Sie haben dich gehen lassen! Ich dachte schon, sie hätten uns erwischt – du nicht auch? Was ist passiert?«

»Sie haben nicht nach uns gesucht, Kabe. Nur nach zwei unglückseligen Droiden. Aber es ist etwas sehr ... Wichtiges passiert. Ein Glücksfall. Dieser Soldat wußte, wer ... was ... ich bin. Ich bin ein Talz! Kabe ... vielleicht ist das der Hinweis, nach dem ich so lange gesucht habe.«

Die Chadra-Fan blickte zu Muftak auf und kniff von der Morgensonne geblendet die kleinen Augen zusammen. »Aber, aber ... du gehst doch nicht fort, oder? Du kannst nicht gehen. Wir brauchen einander. Wir sind Partner, oder nicht?«

Muftak sah auf seine Freundin hinunter und spürte ein seltsames Gefühl, einen Sog wie aus weiter Ferne, wie er ihn noch nie zuvor empfunden hatte. Riesige hängende Purpurblumen erschienen vor seinem inneren Auge. Er kratzte sich an seiner vorgewölbten Stirn. »Mach dir keine Sorgen, Kleine. Ich würde dich nie allein lassen. Jetzt werden wir erst mal ein paar Stunden schlafen. Dann muß ich ein paar Nachforschungen anstellen ... und bevor es Nacht wird, muß ich Momaw Nadon besuchen, um herauszufinden, ob er etwas über eine Rasse namens die Talz weiß. Und vielleicht ... bekommt er als Gegenleistung von mir eine Information.«

»Aber was ist mit der Bar?« quengelte Kabe. »Du hast es mir versprochen, Muftak!«

Der Talz ignorierte diese offensichtliche Lüge. »Ich werde dir deinen Wunsch schon erfüllen, Kleine. Wir gehen morgen hin.«

In Chalmuns Bar wimmelte es wie immer von zwielichtigen Gestalten. Momaw Nadon saß bereits an ihrem Stammtisch, und Muftak setzte sich auf den Stuhl gegenüber, mit dem Rücken zur Wand. Der Hammerkopf schob ein Glas über den Tisch. »Willkommen, mein Freund.« Nach der Haltung seiner Stielaugen und dem Ton seiner grauen Haut zu urteilen, war der Ithorianer froh, Muftak zu sehen, gleichzeitig aber auch besorgt – was kein Wunder war, wenn man ihr gestriges Treffen bedachte.

Der Talz griff nach seinem Drink – ein Polarbier, lauwarm, so wie es sein mußte –, steckte seinen Rüssel in die Flüssigkeit und schlürfte genüßlich. »Alles entwickelt sich hervorragend, Momaw. Gestern abend habe ich, wie von dir gewünscht, die Saat ausgebracht. Alima glaubt jetzt, daß du den Aufenthaltsort der Droiden kennst.«

»Die Saat ausgebracht.« Momaw Nadon blinzelte bedächtig mit den Stielaugen. »Eine gute Art, es auszudrücken. Wenn alles wie geplant läuft, wird die Saat noch vor dem Ende dieses Tages Früchte tragen.« Er wedelte mit einem Stielauge. »Hat Alima viel gezahlt?«

Muftak summte vor Vergnügen. »Fünfhundert. Aber in imperialer Währung, die hier natürlich wertlos ist.«

»Das überrascht mich nicht«, meinte Nadon.

Muftak fuhr sich mit der Pranke durch den Kopfpelz und kratzte sich nervös. »Momaw ... was wird aus dir? Alima ist skrupellos. Jetzt sucht er nach dir.«

»Er hat mich bereits gefunden«, gab Nadon zu, und seine Doppelstimme war zu einem rauhen Flüstern herabgesunken. »Mach dir keine Sorgen, mein Freund. Alles entwickelt sich so, wie es muß.«

Der Talz verfolgte das deprimierende Thema nicht weiter, sondern trank einen weiteren Schluck Bier.

»Ganz gleich, was heute geschieht«, fuhr der Hammerkopf fort, »die Dinge hier in Mos Eisley ändern sich. Gestern hast du den Namen deiner Spezies erfahren. Bald wirst du den Namen deiner Heimatwelt und ihre Position herausfinden. Dann ... was? Wirst du nach Hause fliegen?«

Muftak gab ein kurzes, hohes Summen von sich. »Nach Hause. Wie einfach sich das anhört. In meiner Muttersprache sagt man ›Pzil‹.« Er schwieg, nicht bereit, selbst einem Freund derart intime Einzelheiten zu enthüllen. »Wenn meine Träume der Wahrheit entsprechen, ist es eine kühle, feuchte Welt mit ausgedehnten, fruchtbaren Dschungeln unter einem tiefblauen Himmel. Meine Träume sind voller großer, farbenprächtiger Blumen, die wie Riesenglocken aussehen und hoch oben in den Baumwipfeln hängen. Ich klettere zu diesen Blumen hinauf und öffne eine kräftige, gerippte Blüte. Tief in ihrer dunklen Mitte stoße ich auf ein reiches Reservoir an Nektar. Ich trinke und genieße den köstlichen, sich ständig verändernden Geschmack ...« Er seufzte. »Dieses Bier ist nur ein müder Abklatsch.«

Der Ithorianer wedelte verständnisvoll mit den Stielaugen. »Diese Träume sind wahr, mein Freund. Zweifellos handelt es sich um Rassenerinnerungen, die euch leiten sollen, wenn ihr eure Kokons verlaßt. Es ist kein Zufall, daß du mit dem Wissen um deine Muttersprache geboren wurdest. Ich habe noch nie von einem Volk wie die Talz gehört, aber es ist einzigartig und von großem Wert. Du mußt zurückkehren und deine Essenz mit der deines Volkes vereinigen. Das ist das Gesetz des Lebens.«

»Ich fürchte, so weit habe ich noch nicht gedacht«, gestand Muftak. »Und ... was ist mit Kabe? Die Galaxis ist in Aufruhr. Selbst wenn ich uns eine sichere Passage verschaffen könnte – ich kann ihr nicht trauen. Sie denkt nur an sich selbst. Wie kann ich sie da mitnehmen?«

Momaw Nadon schloß für einen langen Moment die Augen. »Ich werde diesen Tag vielleicht nicht überleben, also kann ich dir nicht helfen. Aber dir wird schon etwas einfallen. Laß uns noch einen Drink ...«

Plötzlich hüpfte Kabe an Muftaks Seite. »Er will mir nichts mehr geben!« sprudelte sie wütend hervor. »Dieser verdammte Wuher. Sie wollen mir keinen Saft mehr verkaufen, Muftak. Dabei habe ich genug Kredits, verflucht! Verflucht seien sie alle! Du weißt, daß ich ...«

Muftak unterbrach sie mit einem lauten Summen. »Beruhige dich, meine Kleine. Was hat Wuher gesagt?«

»Er sagte, er will nicht, daß eine beschwipste Ranaterin seine Gäste ausraubt. Ich eine Ranaterin! Muftak, kannst du nicht mit ihm reden? Bitte!«

Muftak strich nachdenklich über seinen Rüssel. »Seine Reaktion überrascht mich nicht, nach allem, was bei unserem letzten Besuch hier passiert ist, Kabe. Aber ... Ich werde mit ihm reden.« Er prostete Momaw Nadon mit seinem Glas zu. »Schließlich haben wir Grund zum Feiern ... in gewisser Hinsicht.«

Kabes Ohren zuckten vor Abscheu, als Figrin D'ans Sextett eine weitere disharmonische, arhythmische Nummer spielte. Die Ohren der kleinen Chadra-Fan waren so empfindlich wie Muftaks

Rüsselnase, und diese »Musik« war die reinste Tortur. Aber nirgendwo gab es billigeren Jurisaft als in Chalmuns Bar, und so ertrug sie das Gejaule. Sie leerte ihr Glas und spürte die angenehm anregende Wirkung des Alkohols.

Nachdem sie die letzten Tropfen von ihren Schnurrbarthaaren geleckt hatte, hielt sie ihr Glas hoch. »Mehr, Wuher. Mehr Jurisaft! Ich bin durstig!« Der Barkeeper sah zu Muftak hinüber, murmelte etwas Unverständliches, nahm mürrisch das Glas und füllte es mit dem rubinroten Gebräu. Kabe griff gierig danach.

Plötzlich straffte sich der Barkeeper und schnitt ein finsteres Gesicht. Wollte er etwa den Rausschmeißer rufen? Kabe wollte schon zu Muftak laufen, aber Wuher wies nur einen Feuchtfarmerjungen an, seine beiden Droiden aus der Bar zu schaffen.

Kabe entspannte sich, musterte die anderen Gäste am Tresen und suchte mit fachmännischem Blick nach ihren Kreditbörsen. Nach ein paar Gläsern Jurisaft war sie doppelt so schnell und doppelt so geschickt. Niemand war vor ihr sicher.

Die Identität der beiden Gäste, die rechts und links von ihr standen, ließ sie zögern: Dr. Evazan und Ponda Baba waren keine guten Opfer. Kabe war zwar insgeheim stolz darauf, daß es ihr einmal gelungen war, ein paar Schmuckstücke aus der Tasche des guten Doktors zu stehlen und sie in Babas Tasche zu schmuggeln – aber damals waren beide im Vollrausch gewesen ... was im Moment nicht der Fall war. Sie waren vielleicht angetrunken, aber nicht genug, um sie in Versuchung zu führen. Es war zu riskant.

Die beiden Opfer hinter Evazan waren eindeutig vielversprechender. Der zerlumpte Feuchtfarmerjunge, der so dumm gewesen war, die Droiden mit hereinzubringen, stand rechts neben ihr. Er war mit einem alten Kerl hereingekommen, dessen Bart die Farbe von Muftaks Fell hatte und der eine grobe braune Robe mit Kapuze trug – zweifellos hatte sie ein Jawa-Schneider für ihn genäht, dachte Kabe amüsiert. Sie hatte beide noch nie zuvor gesehen, was bedeutete, daß sie nicht aus Mos Eisley stammten. Gut!

Diese arglosen Wüstenbewohner waren gewöhnlich die leichtesten Opfer. Hinter ihnen stand der Schmuggler Chewbacca, aber er schied aus. Er hatte nicht nur keine Tasche, in die sie greifen konnte, sondern war außerdem ein Wookiee, und niemand, der halbwegs bei Verstand war, legte sich mit einem Wookiee an.

Muftak war immer noch in eine intensive Unterhaltung mit Momaw Nadon vertieft. *Zur dunklen Seite mit ihm! Angenommen, er findet seine Heimatwelt – was dann? Er wird wahrscheinlich nach Hause wollen … und, bei der Macht, was wird dann aus mir?* Kabe sah sich schon in Mos Eisley festsitzen, ohne Freund, der Wuher dazu brachte, ihr Jurisaft zu geben … ohne Freund, der sie vor den wütenden Opfern beschützte, wenn ihre Finger nicht flink genug waren …

Sie würde ganz allein sein. Kabe trank einen großen Schluck Saft und dachte an ihren kleinen, geheimen Schatz – so geheim, daß nicht einmal Muftak von ihm wußte. Er würde nicht lange vorhalten … einen Zehntag vielleicht. Und was dann? Wenn es ihr nicht gelang, den Talz von der Suche nach seiner Heimat abzulenken, geriet sie zweifellos in große Schwierigkeiten.

Ein großer, dünner Humanoider am Ende des Tresens rauchte eine Hookahpfeife. Ihr geschärfter Blick fand sofort seine Kreditbörse. Ein Griff genügte … aber irgend etwas hielt sie zurück. Mit zuckenden Ohren konzentrierte sie sich auf seine Schwingungen. Aus irgendeinem rätselhaften Grund *klangen* sie falsch. Als sich ihre Blicke für einen Moment begegneten, richtete sich plötzlich ihr Nackenfell auf, als hätte ihr jemand etwas Schlaffes und Totes auf die Schulter gelegt.

Versuch's nicht bei ihm, sagte sich Kabe fröstelnd. *Bloß nicht bei ihm.*

Der Junge, entschied sie. Er war offensichtlich nervös, aber nicht wachsam. Und dann der alte Mann. Da war etwas an dem alten Mann … eine Art stille Souveränität, trotz seiner schäbigen Kleidung. Bei ihm würde sie besonders vorsichtig sein müssen.

Plötzlich spürte Kabe links von Ponda Baba eine Bewegung. Sie wich zurück und entging um Haaresbreite einem spitzen Ellbogen, als Baba dem Jungen einen Stoß versetzte. »Aus dem Weg, menschliches Exkrement!« brüllte er auf aqualish. *Oh, nein*, dachte sie, *es geht schon wieder los.* Mit zitternden Schnurrbarthaaren versteckte sich Kabe hinter dem alten Wüstenbewohner und stellte vorsichtig ihr halbleeres Glas auf die Bar.

Der Junge verstand offensichtlich nicht die Sprache des großen Nichtmenschen. Er blickte verdutzt auf, trat dann schweigend beiseite und griff wieder nach seinem Drink. Kabe wappnete sich; wenn Evazans und Ponda Babas neuestes Opfer verschmort und rauchend auf dem Boden lag, blieb ihr nur ein Moment, um ihm die Brieftasche abzunehmen, bevor man ihn wegschaffte.

Vielleicht, dachte sie, *ist jetzt der richtige Zeitpunkt, um mich um den Alten zu kümmern.* Er war ganz auf Ponda Baba konzentriert. Perfekt. Sie mußte nur noch seine Kreditbörse finden ... »Ich bin in zwölf Systemen zum Tode verurteilt worden!« Evazans laute Stimme schmerzte in ihren Ohren. Hmm. An der Robe des Alten zeichnete sich eine vielversprechende kleine Wölbung ab. Jetzt nur noch etwas näher ...

Der alte Mann trat einen Schritt nach vorn – und seine Börse entglitt ihren Fingern. Vorsichtig folgte Kabe ihm. Plötzlich setzten sich die anderen Gäste fluchtartig vom Tresen ab, und Kabe erkannte, daß der Kampf jeden Moment beginnen würde – aber sie war entschlossen, die Kredits abzugreifen, bevor sie sich ebenfalls davonmachte.

»Der Kleine hier ist die Aufregung nicht wert«, sagte der alte Mensch. In seiner leisen, angenehmen Stimme schwang ein Unterton von Autorität mit. »Kommen Sie, ich gebe Ihnen einen aus.«

Ponda Baba brüllte in unbeherrschter Wut, Evazan stieß einen Schrei aus, und der junge Mensch flog an ihr vorbei und rollte unter einen nahen Tisch.

»Keine Blaster! Keine Blaster!« kreischte Wuher.

Ein Geräusch wie von zerreißender Seide ertönte. Kabe schlich sich an den alten Wüstenbewohner heran und duckte sich, bis sie fast völlig von seinem Mantel verdeckt wurde. Ponda Baba schrie, Evazan heulte vor Schmerz, und etwas landete mit einem schwammigen Laut auf dem Boden.

Kabe sah sich um und erkannte, daß das Ding auf dem Boden Ponda Babas Arm war. Die Finger zuckten noch immer in dem erfolglosen Versuch, den Blaster erneut abzufeuern. Der alte Mann trat geschmeidig zurück, und die sengende Klinge aus Licht, die seine Waffe war (eine Waffe, wie sie Kabe noch nie vorher gesehen hatte) erlosch. Sie gab jeden Gedanken ans Stehlen auf und wich zurück. Der alte Mann half seinem Schützling auf die Beine. Der Junge starrte ungläubig den noch immer zuckenden Arm an, wankte ... und trat Kabe mit dem Absatz auf die Zehen.

Der scharfe Schmerz ließ sie schrill aufschreien. *Verdammt! Menschen sind schwer!* Wimmernd zog sich Kabe in den dunkleren hinteren Teil der Bar zurück und wartete darauf, daß die Spuren des Kampfes beseitigt wurden. Zum Glück hatte niemand ihren Jurisaft umgekippt ...

»Du meinst, du willst mir helfen?« Kabe blickte verblüfft zu ihrem Freund auf.

Muftak nickte. »Es wird nie wieder eine so günstige Gelegenheit geben, das Stadthaus auszurauben. Der Hutt ist in seinem Palast, und die Stadt ist ein einziges Chaos.«

Die kleine Chadra-Fan sah ihn mit großen Augen an, noch immer von den Nachwirkungen des Saftes benommen. Plötzlich ließ sie ihre angebissene Falotilfrucht auf den staubigen Boden ihres Unterschlupfes fallen und hüpfte vor Freude. »Ich wußte, daß du genauso denkst wie ich, Muftak!«

Er nickte und wünschte, ihre Begeisterung teilen zu können. Die Rache des Hutts würde schrecklich sein, wenn man sie erwischte, aber die Schätze in Jabbas Stadthaus, offen zur Schau gestellt, um die Gierigen anzulocken, waren eine leichte Beute, wenn es Kabe gelang, unbemerkt einzudringen. Der Talz hatte seine Entscheidung getroffen, als er die sturzbetrunkene Kabe von der Bar nach Hause gebracht hatte.

Muftak sah sich in der Behausung um, die sie seit fast fünf Jahren teilten. Kabes kleines Nest, seine Schlafstelle und eine Truhe mit ihren wenigen Habseligkeiten. Nichts, was auch nur einigen Wert hatte. Und die Zukunft sah noch schlimmer aus.

»Wir könnten endlich diese Müllhalde verlassen«, sagte Kabe, als hätte sie seine Gedanken gelesen. »Uns vielleicht eine eigene Bar kaufen. Anständig leben.« Verächtlich schlug sie gegen die abbröckelnde Wand. Dreck rieselte zu Boden. »Die Kredits sind ein kleines Risiko wert, du wirst schon sehen.«

Der Talz kratzte sich am Kopf und summte leise. »Es hat keinen Sinn, noch länger zu warten. Heute nacht.«

Kabe nickte glücklich.

Tiefe Nacht. Muftak, für seine Größe erstaunlich agil, schwang sich auf das Dach der Hauptkuppel von Jabbas Stadthaus und duckte sich. Vorsichtig wie immer, zog er seinen uralten Blaster und suchte das Dach nach etwaigen Wachen ab. Der Mond ging bereits unter und verschwand hinter den fernen Wolken, und es wurde stockfinster.

Kabe kletterte schon hastig die Kuppel hinauf. Plötzlich verharrte sie, und Muftak konnte direkt unter der Schüssel des Taukollektors eine große, sichelförmige Öffnung erkennen. Er steckte die Waffe wieder ein und kroch über das rauhe Reinsteindach.

»Siehst du, Muftak«, flüsterte die Chadra-Fan, während sie das mitgebrachte Seil an der Basis des Taukollektors befestigte, »es ist genauso, wie ich gesagt habe. Es hat sich nichts geändert. Wir haben es nur mit dem Standard-Sicherheitsnetz zu tun. Hörst du das? Luftströmungen pfeifen durch die Ritzen der Metalluke. Ein fester Stoß, und sie gibt nach.«

Muftak kauerte neben der Dachluke nieder. »Schwer zu glauben«, meinte er. »Kannst du im Haus jemanden hören?«

Kabe lauschte mit zuckenden Ohren. »In einem anderen Stockwerk schnarcht jemand. Sonst ist alles still.«

»Dann los.« Der Talz hielt sich am Fensterrahmen fest und drückte. Die Dachluke gab langsam nach, dann brachen die Scharniere, und die Metallplatte fiel in die Tiefe. Von unten drang ein gedämpftes Scheppern herauf.

»Die Schwingungen haben sich nicht verändert«, meldete Kabe. »Was habe ich dir gesagt, Muftak? Es ist wirklich ein Kinderspiel!«

Bevor Muftak sie daran hindern konnte, schwang sich Kabe in die Öffnung und verschwand in der Dunkelheit. Der Talz hörte sie leise zwitschern, während sie sich abseilte, und wußte, daß sie nach Echos lauschte. »Bis jetzt ist alles ruhig«, berichtete sie. »Ich bin fast un ...« Als sie abrupt verstummte, beugte sich Muftak sofort hinunter, steckte den Kopf in die Öffnung und strengte seine Nachtaugen an. Kabe hing unter ihm am Seil, eine Prankenlänge über dem Boden, und drehte sich langsam.

»Kabe, was ist los? Warum kletterst du nicht weiter?« fragte Muftak.

»Pst.« Kabe änderte ihre Position, so daß sie mit dem Kopf nach unten am Seil baumelte und ihr Ohr fast den Teppich berührte. Sie zwitscherte erneut. »Oh, Banthamist ...«, hörte er sie murmeln.

»Was ist?«

»Ein Geräusch, direkt unter dem Boden ... da unten ist irgend etwas. Die Luft streicht daran vorbei, und es summt ... wahrscheinlich ein Metallobjekt.« Plötzlich stieß sie einen entsetzten leisen Schrei aus. »Komm noch nicht runter! Es ist eine Falle! Da ist eine Art Federmechanismus ...«

Muftak hörte, wie sie zwitschernd versuchte, ein Echobild der Strukturen unter dem Boden zu bekommen. »Hier drüben befinden sich normale Trägerelemente ...«, murmelte sie ein paar Sekunden später. Sie brachte das Seil zum Pendeln und ließ prüfend ihre Brechstange fallen.

»Keine Veränderung!« rief sie und ließ das Seil los. »Du mußt genau hier landen ...«

Als Muftak unten war, verließen sie den Kuppelraum und schlichen sich die dunkle Treppe hinunter. Am Fuß angekommen, hörte Kabe deutlich das elektronische Summen eines Alarms. Hastig suchte die kleine Chadra-Fan die Alarmanlage, fand sie und schaltete sie ab.

Rechts von ihnen führte ein Torbogen in einen großen Raum, eine Art Salon, luxuriös und plüschig möbliert. Eine Wand wurde von einem offenen Vitrinenschrank eingenommen, der voller kleiner goldener Statuen und edelsteinbesetzter antiker Waffen war. Muftak keuchte leise ... die Beute von hundert Welten wartete nur darauf, daß sie sie stahlen.

Vorsichtig betraten sie den Salon und füllten in fiebriger Hast die mitgebrachten Säcke mit den Kostbarkeiten.

»Wir sind im Handumdrehen wieder draußen«, flüsterte Kabe und steckte einen besonders reich verzierten Pfeifenständer in ihren Sack. »Bereust du jetzt, daß du nicht schon früher ...«

Im Vorraum des Salons flammten zwei Lichter auf. Ein Droide, der sich selbst aktivierte. Kabe erstarrte vor Furcht. Muftak zog seinen Blaster.

»Oh, verzeihen Sie die Störung«, sagte der Droide mit melodischer Stimme. »Ich warte eigentlich auf ... Nebenbei« – sein Tonfall veränderte sich – »was machen Sie hier zu dieser späten Stunde? Ich weiß, daß Master Jabbas Freunde ein wenig ... ungewöhnlich sind, aber ...«

Muftak machte einen Schritt auf die Maschine zu. »Wir gehören hierher. Dein illustrer Master hat uns gebeten, ein paar seiner Sachen in seinen Palast zu bringen.«

Der Droide betrat zögernd den Raum. »Das erklärt natürlich alles. Bzavazh-ne pentirs o ple-urith feez?«

Muftak zuckte zusammen. Seine Sprache. »Wo hast du das gelernt?«

Der Droide legte den Kopf zur Seite, und in seinen leuchtenden Augen schimmerte tiefe Befriedigung. »Oh, Freund Talz, ich kenne die Sprachen und Gebräuche Ihres Planeten, Alzoc III, und viertausendneunhundertachtundachtzig anderer Planeten. Ich bin Master Jabbas Protokolldroide K-8LR. Ohne mich wäre Master Jabba verloren. Allerdings muß ich zugeben, daß ich bis jetzt keine Gelegenheit hatte, mein Talz-Modul zu benutzen. Ich muß nur noch bei Master Fortuna rückfragen, ob Sie auch die Wahrheit gesagt haben.«

Kabe hatte ihre Fassung inzwischen wiedergewonnen und näherte sich langsam und betont gleichmütig dem Droiden. Sie entrollte ihr Kletterseil. »Wir sagen die Wahrheit, Droide. Du mußt es nicht überprüfen.«

»Oh, doch, Freundin Chadra-Fan, k'sweksni-nyiptsik. Sie ahnen ja gar nicht, welche Schwierigkeiten ich bekommen würde, wenn ich nicht ...« Plötzlich sprang ihn Kabe an und fesselte ihn blitzschnell mit dem Seil. »Der Hemmbolzen, Muftak!«

»Meine Freunde, bitte, nicht ...« K-8LR jammerte wie ein Jawa-Straßenbettler. »Oh! Master Jabba wird Sie dafür bestrafen ...« Er wehrte sich heftig, aber der Talz stürzte sich auf ihn und griff nach dem an seiner Brust befestigten Bolzen. Mit einem Ruck riß er den Bolzen heraus.

Als sich der Bolzen löste, hörte der Droide abrupt auf, sich zu wehren.

»Oh, vielen Dank«, rief er. »Sie haben ja keine Vorstellung, wie gut sich das anfühlt. Die Arbeit hier hat mir noch nie gefallen. Noch nie. Dieser Jabba ... er ist so ordinär! Und erst die Schurken, die für ihn arbeiten! Wenn Sie gesehen hätten, was ich gesehen habe, Freund Talz, würde Ihnen der Rüssel zu Berge stehen. Aber jetzt würde ich gern gehen. Könnten Sie mich losbinden?«

»Sei still, Droide!« Kabe spitzte die Ohren und horchte konzentriert. Als sie nichts Verdächtiges bemerkte, füllten sie weiter ihre Beutesäcke. K-8LR, noch immer halb gefesselt, trottete hinter ihnen her und beglückwünschte sie metallisch flüsternd zu ihrer Auswahl.

»K-8LR«, sagte Muftak und stopfte eine winzige Figur aus lebendem Eis in seinen pelzigen Bauchbeutel, »wenn du uns wirklich deine Dankbarkeit beweisen willst, dann verrate uns, wo der Hutt seine kostbarsten Schätze aufbewahrt.«

Der Droide blieb stehen und schien nachzudenken. »Wenn mich meine Speicherbänke nicht täuschen, hängen an den Wänden seines Thronsaals unschätzbar wertvolle corellianische Artefakte. Und ein Kunstwerk aus den frühesten Tagen der menschlichen Zivilisation.«

»Bring uns dorthin!«

Während sich Muftak und der Droide der Tür näherten und sich mit gedämpften Stimmen über die Position von Alzoc III unterhielten, löste Kabe eilig ein großes Feuerjuwel aus dem Auge einer Skulptur. Sie steckte es in eine der unzähligen Taschen ihrer Robe zu den anderen Schätzen, die sie heimlich an sich genommen hatte. *Ich werde nie wieder als Taschendiebin arbeiten müssen,* dachte sie.

Sie folgten dem Droiden in den Korridor und dann nach rechts. Während sie auf Zehenspitzen durch den Flur huschten, fingen Kabes zuckende Ohren ein Geräusch auf, das so leise war, daß nur sie es hören konnte. Atemzüge. Rasselnde Atemzüge ... Sie blieb vor der dritten Tür stehen. »Wer ist in diesem Raum?« fragte sie K-8LR. »Wer auch immer es ist, er ist wach.«

K-8LR verharrte. »Es ist eins der Opfer meines ehemaligen Masters, fürchte ich. Ein menschlicher Kurier. Er ist tagelang mit einem Nervendisruptor gefoltert worden.«

Muftak bedeutete ihr mit einem Wink, weiterzugehen, aber Kabe zögerte. »Weißt du, wieviel Valarian für einen Nervendisruptor zahlen würde?« flüsterte sie dem Talz zu. »Droide, kannst du die Tür öffnen?«

»Sicher, Madam.« K-8LR hantierte am Schloß, und die Tür schwang auf.

Muftak kratzte sich nervös am Kopf. »Kabe, laß die Finger davon. Es stinkt dort drinnen.«

Die Chadra-Fan ignorierte ihren Freund und marschierte in den Raum. Widerwillig folgte Muftak ihr.

Ein nackter, magerer, bleicher Mann, von dem eine unendliche Traurigkeit ausging, lag gefesselt auf einer Pritsche und stöhnte. Als sie eintraten, sah er sie an. Der Nervendisruptor, ein kleiner schwarzer Kasten auf einem großen Stativ, stand neben dem Bett. Kabe ignorierte stur den Menschen und machte sich daran, den Disruptor abzumontieren.

»Wasser«, flehte der Mann mit heiserer Stimme. »Wasser ... bitte.«

»Sei still«, schnappte Kabe. Doch im selben Moment erinnerte sie sich an die Zeit, bevor Muftak sie gefunden hatte, als sie durch die Straßen von Mos Eisley geirrt war, hungrig ... und halb verrückt vor Durst. Unwillkürlich sah sie den Menschen an. Ihre Blicke trafen sich.

»Wasser«, krächzte der Mann. »Bitte ...«

Kabe fluchte gepreßt, zog eine kleine Flasche aus ihrem Gürtel und hielt sie ihm hin. »Hier ist Wasser. Jetzt laß mich in Ruhe.« Da die Arme des Menschen gefesselt waren, konnte er die Flasche nur sehnsüchtig anstarren.

»Ich helfe Ihnen, Sir«, sagte K-8LR und trat vor. Er hob den Kopf des Menschen und hielt ihm die Flasche an die Lippen.

Kabe löste die letzten Schrauben des Nervendisruptors und steckte ihn in ihren Sack. »Dieses Ding allein wird uns so viel Geld einbringen, daß wir uns für den Rest unseres Lebens genug Saft kaufen können!« sagte sie triumphierend.

Der Mensch hatte zu Ende getrunken und leckte sich die rissigen, aufgeplatzten Lippen. Er musterte sie prüfend. »Ihr beide ... seid an Kredits interessiert. Hättet ihr Lust, euch dreißigtausend zu verdienen, ohne jedes Risiko?«

Muftak war bereits ruhelos nach draußen gegangen und hielt auf dem Korridor Wache. Kabe, die sich gerade abwenden wollte, blieb stehen. Sie warf dem Mann einen mißtrauischen Blick zu. »Wie meinst du das, Mensch?«

»Mein Name ist Barid Mesoriaam. Merkt euch diesen Namen, denn er ist euer Paßwort. Wenn ihr einen Datenpunkt zu einem bestimmten Mon Calamari bringt, der in den nächsten Tagen in Mos Eisley eintreffen wird, gehören die Kredits euch.«

Kabe überlegte. »Ein Datenpunkt. Dreißigtausend? Aber wo ist der Punkt? Und wie sollen wir wissen ...«

»Ihr müßt mir einfach vertrauen. Was den Punkt betrifft ...« Mesoriaam schloß seinen Mund und drückte mit der Zunge gegen seine Zähne. Als er den Mund wieder öffnete, lag ein winziges schwarzes Objekt auf seiner Zungenspitze. Kabe nahm den Datenpunkt an sich.

Muftak, der inzwischen wieder hereingekommen war und den Großteil des Gesprächs mitgehört hatte, starrte den Mann mit großen Augen an. »Warum sind die in diesem Punkt gespeicherten Informationen so wertvoll?« fragte er.

Mesoriaam wollte sich aufrichten, aber er war zu schwach. »Das geht euch nichts an. Sagt dem Mon Calamari, daß der Punkt nur für General Dodonnas Augen bestimmt ist.«

»Barid Mesoriaam gehört zur Rebellion gegen das Imperium«, stellte K-8LR selbstgefällig fest. »Wenn ich es richtig verstanden habe, kämpfen die Rebellen für die Wiedereinsetzung des Senats. Zweifellos hat der Datenpunkt etwas mit den Plänen der Rebellen zu tun.«

Der Talz strich nachdenklich über seinen Rüssel. »Hier, Muftak, steck ihn in deine Tasche«, befahl Kabe und hielt ihm den Datenpunkt hin.

Muftak gehorchte. »Rebellen«, wiederholte er besorgt. »K-8, was wollte Jabba aus ihm herausholen? Hat er es auf imperialen Befehl hin getan?«

»Mein ehemaliger Master schmeichelt sich bei niemandem ein«, antwortete der Droide. »Er verkauft an den Meistbietenden. Zu seiner Enttäuschung hat Mesoriaam selbst unter der Folter nichts verraten.«

»Da ihr jetzt wißt, was ich bin und was dieser Punkt enthält«, sagte Mesoriaam, «kann euch niemand daran hindern, die Information an den Präfekten zu verkaufen. Aber wenn ihr das macht, denkt daran, daß es im Imperium für Nichtmenschen keinen Platz gibt. In den stolzen Tagen der Republik hatten alle Wesen die gleichen Rechte. Seht euch um und sagt mir dann, ob dies noch immer der Fall ist.«

Kabe verzog ungeduldig das Gesicht. »Wenn dein Freund uns dreißigtausend Kredits zahlt, kann er von mir aus ...« Sie wirbelte abrupt herum. »Was war das?«

Im Korridor gingen die Lichter an. »Oh, nein«, stöhnte K-8LR. »Das scheint mir keine besonders vielversprechende Entwicklung zu sein.«

Muftak zog seinen Blaster. »Verschwinden wir von hier. Sofort.«

Der Talz hielt den Atem an, als er mit gezücktem Blaster den Korridor betrat, aber es war niemand zu sehen. Kabe folgte ihm und versuchte, eine weitere Kostbarkeit in ihren bereits prall gefüllten Sack zu stecken. »Zu Jabbas Thronsaal, Muftak. Dieses Kunstwerk muß Millionen wert sein.«

Muftak starrte sie ungläubig an. »Kabe, bist du verrückt? Wir müssen von hier ...«

Aus dem Salon stürzten zwei stämmige, schweineähnliche Gamorreaner, schwenkten drohend ihre Streitäxte und grunzten obszön. Muftak schirmte Kabe mit seinem Körper ab, und beide wichen vor den Angreifern zurück. Der Talz drückte den Abzug seines Blasters – aber nichts geschah. »Erschieß sie, Muftak!« schrillte Kabe.

Muftak gab ein frustriertes Summen von sich. »Ich versuche es ja!«

Während er weiter zurückwich, überprüfte er eilig die Waffe. Die Gamorreaner quiekten aufgeregt miteinander; offenbar sprachen sie ihr weiteres Vorgehen ab. Verzweifelt säuberte Muftak den Kontakt der Energiezelle und sah, wie die Zündspule aufglühte. Endlich! Er zielte auf den nächsten Wachposten und feuerte. Die Waffe fauchte, und ein Energieblitz traf die Schneide der Axt, die dieser schützend vor sich hielt. Die Gamorreaner gingen in Deckung, und im selben Moment stürzte aus einer anderen Tür ein zwergenhafter Jawa und feuerte mit seinem Blaster. Muftak gab ein paar weitere Schüsse ab und trieb den Jawa zurück in den Raum, aus dem er gekommen war.

»Hier entlang!« Kabe rannte am Haupteingang vorbei, einem verstärkten Sicherheitsschott, groß genug, um den riesigen Hutt passieren zu lassen. Ein Blick verriet Muftak, daß es elektronisch verriegelt war.

Die Chadra-Fan trippelte Richtung Thronsaal. »Da hinten ist ein zweiter Ausgang – halte sie auf, damit ich die Tür öffnen kann!«

»Sie aufhalten?« schrie Muftak. »Wie?« Er folgte Kabe, und sie stürmten in den großen, runden Thronsaal. Die Rückseite des Raums wurde vom prunkvollen hölzernen Thronpodest des Hutts beherrscht; darüber hing ein riesiger Gobelin, der eine groteske Szene aus dem Familienleben des Hutts zeigte.

Wie Kabe gesagt hatte, gab es *tatsächlich* eine zweite, kleinere Tür – aber sie war ebenfalls elektronisch verriegelt. »Was jetzt?« keuchte Muftak. »Wir sitzen in der Falle!«

»Vielleicht kann ich sie öffnen ...«, begann Kabe unsicher. »Aber dazu brauche ich Zeit ...« Sie zog den Nervendisruptor aus dem Sack, stellte ihn auf den Boden, richtete ihn auf den Eingang und schaltete ihn ein. »Das wird den Eingang blockieren!«

Die Zeit war gegen sie – sie hatten den Raum erst zur Hälfte durchquert, als weitere Gamorreaner durch die Tür stürzten und dabei wie Tusken-Reiter heulten. Einer war mit einem Blaster bewaffnet. Tödliche Blitze zuckten als Querschläger durch den Raum, als Muftak Kabe packte und mit einem verzweifelten Satz hinter Jabbas Thronpodest sprang.

Das Blasterfeuer brach abrupt ab. Die beiden Diebe spähten aus ihrer Deckung hervor und sahen, wie sich die vier Gamorreaner im Eingang krümmten und vor Schmerz und Wut jaulten. Muftak zielte sorgfältig und streckte drei von ihnen nieder. Der vierte floh in den Korridor.

Kabe kroch zur Hintertür. »Ich öffne sie ...«

Dann brach die Hölle los. Zehn Wächter der unterschiedlichsten Spezies erschienen im Eingang und deckten sie mit massivem Sperrfeuer ein. Kabes Disruptor hielt sie im Moment noch zurück, aber sie waren hinter dem Podest gefangen.

»Lange stehen wir das nicht mehr durch«, grunzte Muftak. Er zielte und schoß auf die Wachen, die sich im Eingang drängten. »Früher oder später wird einer ihrer Schüsse den Disruptor treffen – und dann erledigen sie uns.«

Kabes einzige Antwort war ein verängstigtes Wimmern.

Muftak spähte über das Podest, suchte nach einem lohnenden Ziel und entdeckte hinter der Horde kalkweiße Albinogesichtszüge. Bib Fortuna ... Jabbas Twi'lek-Majordomus, der zweifellos den Kampf vom sicheren Korridor aus befehligte. Ein schrilles Fauchen von oben lenkte seine Aufmerksamkeit auf sich, und er blickte hoch und sah ein riesiges, die gesamte Mitte des Thronsaals umspannendes Netz an der Decke hängen. Er hatte von dem Netz und seinen Bewohnern gehört, Kayvenpfeifer, fliegende Fleischfresser mit einem Appetit, der so groß und scharf wie ihre

Zähne war. Jabba benutzte die Kayven, um widerspenstige Geschäftspartner zu »überreden«, Verträge abzuschließen, die für den Hutt günstig waren.

Muftak zielte auf den Rumpf eines muskulösen Abyssinen und schoß. Das Wesen brach mit einem Schrei zusammen. »Muftak, was sollen wir bloß *tun*?« wimmerte Kabe und drängte sich schutzsuchend an ihn.

»Wenn wir nur diese Tür öffnen könnten«, murmelte der Talz halb zu sich selbst. Aber sie war zu weit entfernt ...

Ein weiterer Blasterschuß sengte so dicht an seinem Kopf vorbei, daß sich Muftak über Kabe warf und sie fast unter sich zerquetschte. Prasseln und Knistern erfüllten die Luft; der Gobelin hinter ihnen brannte jetzt an einer Stelle und schmorte an mehreren anderen. *Das war es also ... wir kommen hier nicht mehr lebend raus,* dachte er. *Ich werde nie von diesem sandigen Höllenplaneten wegkommen, nie Alzoc III sehen ... nie den Nektar dieser Blumen kosten ...*

»Geh runter von mir!« stöhnte Kabe unter ihm. Er richtete sich halb auf, keuchend und hustend im dichten Rauch. Kabe starrte mit aufgerissenen Augen das Feuer an. »Muftak ...«, schluchzte sie.

Der Talz spähte mit zusammengekniffenen Augen durch den Rauch und feuerte auf einen Gamorreaner, aber durch die schlechten Sichtverhältnisse verfehlte er ihn. Energiestrahlen zuckten durch die Luft. Ein Blasterblitz traf den Nervendisruptor und zerstörte ihn.

Jetzt machen sie uns fertig! dachte Muftak, aber die Wächter hielten sich immer noch zurück. Offenbar hatten sie nicht erkannt, daß der Eingang jetzt frei war – entweder das, oder der Rauch schreckte sie ab. *Vielleicht hat Bib Fortuna ihnen befohlen, nicht anzugreifen, weil er glaubt, daß wir ohnehin verbrennen werden,* dachte er. *Auf diese Weise braucht er nicht das Leben weiterer Wachen zu riskieren.*

Ohne Vorwarnung schwang die Hintertür auf.

Frische Nachtluft drang herein, entfachte das Feuer und wirbelte den Rauch auf. Muftak ergriff die beiden Beutesäcke und drückte sie Kabe in die Hände. »Lauf zur Tür!« befahl er. »Ich gebe dir Deckung!«

Die Chadra-Fan zögerte. »Aber was ist mit dir?«

»Ich komme gleich nach!« log er. Jemand, der so klein und flink wie Kabe war, konnte es mit seiner Rückendeckung vielleicht durch die Tür schaffen, aber der große, schwerfällige Muftak hatte keine Chance. Aber zumindest Kabe würde leben. Und sich dank der Diebesbeute in diesen Säcken nie wieder Sorgen um ihren Lebensunterhalt machen müssen.

»Los!« schrie er und gab ihr einen Stoß. Er feuerte auf die Wachen und verfolgte aus den Augenwinkeln, wie Kabe durch den Rauch stolperte.

Ein Feuerhagel trieb ihn wieder in die Deckung zurück, aber da verschwand Kabe auch schon durch die Tür. *Der Macht sei Dank.* Er hob den Blaster, der inzwischen so heiß war, daß er ihm die Pranke verbrannte, und bereitete sich darauf vor, sein Leben so teuer wie möglich zu verkaufen ...

Keuchend und würgend stolperte Kabe aus dem Ausgang in die Nacht. Die schweren Beutesäcke behinderten sie, aber sie hätte sich eher den Arm abgeschnitten, als sie loszulassen. Geduckt passierte sie ein Tor, gelangte in einen ummauerten Garten und sank luftschnappend gegen eine lebensgroße Skulptur von Jabba. Sie hörte das Fauchen weiterer Blasterschüsse. Wo blieb Muftak?

Die Chadra-Fan spähte durch das Tor zur Hintertür des Thronsaals, aus der dichte Rauchwolken quollen. Mit jeder Sekunde ließ der Schmerz in ihrem hämmernden Herzen und ihrer gepeinigten Lunge nach. Noch immer keine Spur von Muftak. Kabe blickte zur Straße und hörte, wie sich von allen Seiten Feuerwehrleute und Wasserverkäufer dem Stadthaus des Hutts näherten.

Wo im Namen der Macht steckte Muftak?

Kabe zuckte zusammen, als aus dem Thronsaal der Lärm weiterer Blasterschüsse drang. Rauch verdunkelte die Nacht und verdeckte die Sterne. Der gesamte Saal mußte in Flammen stehen … Muftak!

Grimmig erkannte die kleine Chadra-Fan, daß ihr Freund nie vorgehabt hatte, ihr zu folgen. Er hatte sein Leben geopfert, damit sie fliehen konnte. Langsam hob sie die beiden prallen Säcke hoch. Sie wäre ja verrückt, wenn sie das Abschiedsgeschenk des Talz wegwarf … Muftak *wollte*, daß sie entkam – mit der Beute.

Kabe machte einen Schritt auf das Tor auf der anderen Seite des Gartens und die dahinterliegende Gasse zu. Bilder blitzten vor ihrem inneren Auge auf, Bilder von sich selbst, wie sie hungernd und wimmernd in der Gasse lag, zu schwach zum Laufen, fast zu schwach zum Gehen. Muftak hatte sie aufgehoben, unter den Arm geklemmt und sie zu seiner Behausung getragen … hatte Wasser für sie gekauft und Essen …

Kabe machte einen weiteren Schritt …

Die Säcke entglitten den Fingern der Chadra-Fan und plumpsten neben dem steinernen Schwanz der Skulptur in den Sand. Kabe versetzte ihnen einen wütenden Tritt, denn sie wußte, daß die Säcke hier draußen binnen zwei Sekunden verschwinden würden, selbst wenn sie sie versteckte. »Verdammter Muftak!« fluchte sie.

… fuhr herum und rannte zurück in den Thronsaal.

Der Rauch war dicht, aber Kabe zwitscherte laut und lokalisierte Muftaks Schwingungen. Der Talz war noch immer dort, wo sie ihn zurückgelassen hatte, doch der Raum war jetzt voller vorrückender Wachen. Muftak erwiderte ihr Feuer, aber die Energiequelle seines Blasters war fast erschöpft – der Strahl flackerte, als sie über den Boden des Thronsaals kroch.

Mit tränenden Augen und erstickt hustend lauschte Kabe erneut auf seine Schwingungen und sah plötzlich eine Gestalt vor sich. Ein Rodianer. Sie sprang ihn an und bohrte ihre spitzen Zähne in das Bein des Wächters. Er kreischte, ließ seinen Blaster fallen und schlug mit den Fäusten nach ihr. Die Chadra-Fan ließ ihn los, ergriff den Blaster und schoß dem Wächter mitten ins Gesicht. »Muftak!« schrillte sie. »Komm! Ich gebe dir Deckung!«

Trotz des Lärms hatte er sie irgendwie verstanden. Kabe zwitscherte wild in dem Chaos aus Rauch, Flammen und schiebenden Körpern und wurde mit einem Echobild von dem Talz belohnt, wie er hinter dem Podest hervorkroch.

Sie kauerte nieder, um ein möglichst kleines Ziel zu bieten, und feuerte die ganze Zeit auf alles, was sich bewegte. Sie konnte Muftak sehen; er pflügte mit seinem mächtigen Körper durch die Wachen, als wären sie Kinder, und schlug jeden nieder, der sich ihm in den Weg stellte.

»Hier drüben!« rief Kabe. »An der Tür!«

Muftak kam auf sie zu – und sah sich plötzlich zwei Gamorreanern gegenüber, die grunzend und quiekend Drohungen ausstießen. Kabe zielte sorgfältig und schoß einem in den Rücken. Sein Partner fuhr zu ihr herum, und Muftak trieb ihn mit einem Tritt zurück.

Plötzlich drang eine neue Stimme durch den Lärm. »Freund Talz! Freund Talz – halten Sie sich bitte von der Mitte des Raums fern!«

Kabe spähte durch den Rauch und sah, wie sich K-8LR auf der anderen Seite des Thronsaals durch ein Fenster beugte. Muftak gehorchte und wandte sich in die andere Richtung, als das riesige Netz von der Kuppeldecke fiel und die meisten Wachen unter sich begrub.

Die Schreie und quiekenden Laute der Wachen mischten sich mit dem gierigen Heulen der Kayvenpfeifer. Das Netz wogte heftig.

Mit einem letzten großen Schritt erreichte Muftak die Chadra-Fan, hob sie im Laufen hoch und stürzte durch die offene Tür.

»Laß mich runter!« schrillte Kabe, kaum, daß sie aus dem Stadthaus waren. Hastig eilte sie zu den Schatten der Statue, aber die Säcke waren natürlich verschwunden.

Die Schultern der Chadra-Fan sackten nach unten. »Banthamist!«

»Kabe ... du bist zurückgekommen ...«

Es war Muftak, und er betrachtete sie mit ungläubigen, rauchverklebten Augen. »Ich dachte, du wärest inzwischen schon halb zu Hause.«

Kabe versetzte der bröckelnden Gartenmauer einen wütenden Tritt. »Muftak, du bist so verdammt *dumm*! Natürlich hätte ich dich zurücklassen können. Dann wärest du jetzt bestimmt schon Banthafutter!«

Der Talz sah sie forschend an und gab plötzlich ein vergnügtes Summen von sich. »Kabe ... du hast mir das Leben gerettet. Du und K-8. Du bist zurückgekommen, um mich zu retten.«

Die Chadra-Fan stemmte die Hände in die Hüften und funkelte ihn an. »Nun, natürlich habe ich es getan, du Idiot! Wir sind *Partner,* oder nicht?«

Muftak nickte. »Das ist keine Frage, Kabe. Partner. Komm, laß uns von hier verschwinden.«

Die beiden trotteten weiter, hielten sich dabei automatisch in den Schatten und wichen den Passanten aus. Hinter ihnen fraß sich das Feuer immer weiter. »Die Wände brennen nicht«, stellte Muftak fest, »aber der Rest des Hauses ist verloren.«

»Jabba ist so reich, daß er sich problemlos ein neues bauen kann«, sagte Kabe. »Muftak ... eine Sache irritiert mich. Wer hat die Tür geöffnet?«

»Es muß der Droide gewesen sein«, antwortete der Talz. »Ich hoffe nur, Bib Fortuna hat nicht gemerkt, daß er uns geholfen hat. Wenn doch, dann gibt es für K-8LR keine Hoffnung.«

»Wohin gehen wir jetzt?« fragte die stets praktisch denkende Kabe.

»Zu Momaw Nadons Haus. Er wird uns verstecken ... sofern er noch am Leben ist. Und da ich keine Meldung über seinen Tod gehört habe, muß er es irgendwie geschafft haben, Alima zu überlisten.«

»Aber wir können hier nicht bleiben ...«, jammerte Kabe. »Unser Leben ist keine Sarlaccspucke mehr wert, wenn Jabba herausfindet, wer sein Haus zerstört hat!«

Muftak warf ihr einen langen Blick zu. »Du hast recht ... hier können wir nicht bleiben. Wir müssen Mos Eisley und Tatooine verlassen, bevor man uns auf die Schliche kommt.«

»Wie, Muftak? Wir haben fast unsere ganze Beute verloren!« Was nicht ganz stimmte ... Kabe konnte die Wölbungen von einem halben Dutzend Edelsteinen in den Taschen ihrer Robe spüren.

»Hast du den Datenpunkt vergessen?« Selbstzufrieden tätschelte der Talz seinen pelzigen Bauch.

Kabe starrte ihn mit großen Augen an und plapperte dann glücklich vor sich hin. »Dreißigtausend! Und sie werden uns gehören! Und du wolltest diesen Raum nicht mal betreten ... Ich mußte dich praktisch zwingen! Ich habe dir gesagt, daß du diese Nacht nie bereuen wirst, Muftak, oder? Habe ich das nicht gesagt?«

Der große Talz nickte schweigend. Zwei Nächte später, in dem Geheimversteck unter den Wurzeln des fleischfressenden ithorianischen Vesuvague-Baums, stand Muftak dem Mon Calamari gegenüber, den Momaw Nadon zu ihnen gebracht hatte. »Barid Mesoriaam sagte, daß er nur für General Dodonnas Augen bestimmt ist«, erklärte der Talz.

»Ich verstehe«, sagte das Fischwesen und streckte eine schwimmhautbewehrte Hand aus. »Den Datenpunkt, bitte.«

»Zuerst das Geld«, mischte sich Kabe ein. »Halten Sie uns etwa für Idioten?«

Schweigend zog der Mon Calamari ein Bündel Kredits aus seiner Tasche. Die Augen der Chadra-Fan leuchteten auf. Muftak zählte hastig nach. »Das hier sind nur fünfzehntausend«, beschwerte er sich. »Man hat uns aber dreißigtausend versprochen.«

»Ich habe etwas besseres als Kredits«, versicherte der Kontaktmann der Rebellen und griff wieder in seine Tasche.

»Was könnte besser als Kredits sein?« fauchte Kabe verächtlich.

»Das hier«, erklärte der Spion und präsentierte zwei amtlich aussehende beglaubigte und versiegelte Dokumente. »Zwei Transitbriefe, unterzeichnet von Großmufti Tarkin persönlich. Damit können Sie überall hin!«

Muftak riß alle vier Augen auf und starrte die Dokumente an. Transitbriefe! Damit konnten sie nach Alzoc III reisen – und anschließend vielleicht nach Chadra, Kabes Heimatwelt.

»Aber wir wissen immer noch nicht, wie wir unbemerkt aus Mos Eisley verschwinden können …«, sagte Muftak. Er nahm die kostbaren Dokumente und das Geld und verstaute beides in seinem Bauchbeutel. Ernst überreichte er den Datenpunkt.

»Dafür ist bereits gesorgt, mein Freund«, sagte Momaw Nadon und trat aus den Schatten. »Ihr reist noch heute nacht ab. Jetzt, wo ihr diese Papiere habt« – der Ithorianer richtete ein Stielauge auf Muftaks Bauchbeutel mit den Transitbriefen – »werdet ihr eines Tages vielleicht der Rebellion einen weiteren Dienst erweisen können.«

»Rechne nicht damit, Momaw«, schrillte Kabe. »Wir arbeiten nur für uns selbst, nicht für irgendeine Rebellion, stimmt's, Muftak?«

Der Talz kratzte sich am Kopf und antwortete nicht.

Kabe reckte den Kopf und blickte durch das Bullauge des kleinen Frachters auf die goldene Welt unter ihnen, die sich träge im Licht der Doppelsonne drehte. »Ich hätte nie erwartet, daß ich eines Tages auf Tatooine hinuntersehen würde«, zwitscherte sie ein wenig unbehaglich. »Ich könnte einen Drink gebrauchen, Muftak.«

»Erst, wenn wir angekommen sind«, wehrte der Talz ab. »Wir wollen schließlich nicht raumkrank werden. Aber auf Alzoc ... ah, dort können wir den köstlichsten Nektar schlürfen, den es gibt!«

»Was ist mit Jurisaft?« fragte sie enttäuscht. »Sag ja nicht, daß ihr dort keinen Jurisaft habt, Muftak!«

Muftak summte leise. »Ich weiß es nicht, meine Kleine«, sagte er sanft. Bei jeder Bewegung konnte der Talz die Transitbriefe in seinem Bauchbeutel spüren. *Zuerst Alzoc III,* dachte er. *Dann, vielleicht, Chadra ... und danach? Wer weiß? Die Rebellion war großzügiger zu uns, als es das Imperium je war oder je sein wird ... Wenn wir unsere Heimatwelten gesehen haben, ist es vielleicht an der Zeit, noch einmal über die Rebellion nachzudenken.*

Kabe blickte noch immer aus dem Bullauge und schimpfte leise und wütend vor sich hin, weil sie keinen Jurisaft bekam. Aber plötzlich sah sie zu ihrem großen Freund auf, und in ihren Knopfaugen funkelte es. »Mir ist gerade ein weiterer Grund eingefallen, warum ich glücklich sein kann, Mos Eisley hinter mir gelassen zu haben, Muftak.«

»Was für ein Grund, meine Kleine?«

»Wenigstens muß ich mir nie mehr diesen ... diesen *Krach* anhören, den Figrin D'an veranstaltet. Vor allem seine Version von ›Die sequentielle Passage der chronologischen Intervalle.‹ Dieses Stück tut meinen Ohren *wirklich* weh ...«

Muftak strich über seinen Rüssel und gab ein leises, vergnügtes Summen von sich.

Der Sandhüter:

Die Geschichte des Hammerkopfes

Dave Wolverton

Jetzt, wo die Nachmittagssonnen heiß auf Tatooine niederbrannten, war es voll in der Bar, aber obwohl Momaw Nadon mit seinem Freund in der überfüllten Bar saß, fühlte er sich irgendwie einsam. Vielleicht lag es daran, daß Nadon der einzige Ithorianer – oder Hammerkopf – auf dem Planeten war. Oder vielleicht lag es an den Neuigkeiten, die er von seinem alten Freund Muftak gehört hatte.

Muftak, der Vierauge mit dem hellen Pelz, schlürfte mit seinem langen Rüssel ein Glas vergorenen Nektar und sagte sichtlich aufgeregt: »Talz ist der Name meiner Spezies – wenigstens hat mich der Sturmtruppler so genannt, und kaum hatte er es ausgesprochen, erkannte ich das Wort. Hast du je von den Talz gehört?«

Nadon besaß ein fotografisches Gedächtnis. «Unglücklicherweise habe ich noch nie von deiner Spezies gehört, mein Freund«, antwortete Nadon. Die Worte drangen in perfekter Stereoqualität aus seinem Doppelmund. »Aber ich habe Kontakte zu anderen Welten. Jetzt, wo wir deine Spezies kennen, finden wir vielleicht heraus, wo deine Heimat liegt.«

Muftaks Augen bekamen einen träumerischen Ausdruck, als er an seinem Drink nippte. »Meine Heimat.«

»Diese imperialen Sturmtruppler, die dich ausgefragt haben«, sagte Nadon, »hinter wem waren sie her?«

»Ich hörte«, erwiderte Muftak, »daß sie zwei Droiden suchen, die von einem Rebellen-Schiff geflohen und im Dünenmeer gelandet sind. Die Imperialen durchsuchen jedes Haus nach ihnen.«

»Hmmm ...« Nadon dachte nach. Er wußte nicht, wonach die Imperialen wirklich suchten. Es geschah oft, daß sie unter dem Vorwand zu einem Planeten kamen, kleinere Unruhen unterdrücken zu wollen, während es ihnen in Wirklichkeit nur darum ging, die örtlichen Behörden unter Druck zu setzen und eine Garnison von Pistolenhelden zurückzulassen, um »den Frieden zu sichern«. Auf Tatooine gab es schon seit einiger Zeit eine kleine Einheit Sturmtruppen. Jetzt sah es so aus, als wollte das Imperium den Druck auf den Planeten verstärken. In diesem Moment waren überall auf dem Planeten die Angehörigen der Unterwelt damit beschäftigt, illegale Drogenlieferungen zu verstecken und Dokumente zu fälschen. Nadon sah in der Bar eine Menge besorgte Gesichter. Niemand wußte, wie lange die neuen imperialen Einheiten bleiben oder welche Richtung ihre Untersuchungen nehmen würden.

Muftak legte warnend eine schwere Pranke auf Nadons Arm. »Da gibt es noch etwas, das ich dir erzählen muß, mein alter Freund. Die Imperialen, die uns angehalten haben, wurden von einem Commander namens Lieutenant Alima angeführt, einem älteren Menschen vom Planeten Coruscant.«

Bei der Erwähnung von Alimas Namen gefror Momaw Nadon das Blut in den Adern, und die Muskeln seiner Beine verkrampften sich im Fluchtreflex. »Du würdest mir einen großen Gefallen tun«, sagte Nadon, »wenn du herausfinden könntest, ob dieser Mann einst den Sternzerstörer *Eroberer* bei dem Angriff gegen ein Herdenschiff auf Ithor kommandiert hat.«

»Ich habe mich bereits umgehört«, erklärte Muftak. »Ich habe festgestellt, daß die Männer von Alimas Einheit ihn nicht respektieren – sie haben weggeschaut, als er ihnen Befehle gab –, und selbst seine direkten Untergebenen verhielten sich sehr distanziert.«

»Was bedeutet?« fragte Nadon.

»Daß dieser Alima unter seinen eigenen Leuten ein Außenseiter ist – wahrscheinlich hat man ihn vor kurzem degradiert. Es besteht die Möglichkeit, daß er derjenige ist, der dein Volk verraten hat. Wenn er es ist, was wirst du dann unternehmen?«

Nadon stoppte für einen Moment den Verdauungsprozeß und pumpte das überschüssige Blut in seine Gehirne, während er überlegte. Alima war ein heimtückischer Mann. Es war gefährlich, sich mit ihm anzulegen, aber Nadon wußte, daß er den Mann, der ihn ins Exil getrieben hatte, nicht ungestraft davonkommen lassen konnte. »Ich weiß nicht, was ich tun werde«, gestand Nadon. »Falls dieser Alima mein alter Feind ist, dann sage ihm, daß du einen Feind des Imperiums kennst, der möglicherweise die Droiden bei sich versteckt. Verkaufe ihm meinen Namen ... und sorge dafür, daß er einen guten Preis zahlt.« Es war ein ironischer Moment. Seit Jahren spionierte Nadon für die Rebellion und hatte alles getan, um seine Verbindung zu den Rebellen zu verheimlichen. Jetzt bat er einen Freund, ihn an den Gegner zu verkaufen.

»Noch etwas«, sagte Muftak warnend. »Dieser Alima wurde von Lord Vader als Verhörspezialist hergeschickt. Unter den Wüstenbewohnern heißt es, daß er bereits fünfzig unserer Mitbürger ermordet hat.«

»Ich weiß, mit wem ich es zu tun habe«, sagte Nadon ernst.

An diesem Abend, als die lavendel- und rosenfarbenen Sonnen von Tatooine am Horizont untergingen, wurde Nadon von Unruhe gequält. Seine Sympathien für die Rebellion waren allgemein bekannt, und er hatte keine Zweifel, daß die Imperialen ihn bald zum Verhör abholen würden – wahrscheinlich würden sie ihn sogar foltern.

Im Lauf der Jahre hatte Nadon seinen Anteil des Familienvermögens in landwirtschaftliche Betriebe auf Hunderten von Welten investiert. Seine Investitionen warfen derart stattliche Renditen ab, daß er ein Vermögen verdient hatte, und normalerweise hätte er zu dieser nächtlichen Stunde hart gearbeitet und seine Finanzen verwaltet. Aber heute nacht war er zu unruhig.

Nadon entschloß sich, zur Entspannung eine uralte Erntezeremonie durchzuführen, und so bestieg er seinen Schwebewagen und flog zu einem namenlosen Tal in den Bergen nördlich von Mos Eisley. Dort hatte Nadon ledrige, schattenspendende cydorrianische Drillerbäume gepflanzt. Dank ihres weitläufigen Wurzelsystems waren die Drillerbäume zu einem üppigen Wald herangewachsen.

Nadon ging zu dem kräftigsten Exemplar, zog eine Anzahl dünner Goldnadeln aus einer Tasche an seinem Gürtel und stach dann die Sonden in die Baumborke, um so Genproben zu sammeln. Es gehörte zur Gen-Erntezeremonie, daß er bei der Arbeit sanft mit dem Baum redete. »Mit deinem Geschenk, mein Freund«, sagte er zu dem Baum, »werde ich die DNA des einheimischen tatooinischen Hubbakürbis so verändern, daß er dein ausgedehntes Wurzelwerk entwickelt. Der Hubbakürbis ist das Grundnahrungsmittel für die wilden Jawas und Sandleute von Tatooine. Und durch den kurzen Schmerz, den ich dir zufüge, wirst du vielen Wesen dienen. Ich danke dir für diese Ernte. Und ich danke dir für die reicheren Ernten der Zukunft.«

Als er seine Proben gesammelt hatte, legte sich Nadon in den warmen Sand, betrachtete die Sterne am Nachthimmel und dachte an zu Hause. Nadon verfügte über ein perfektes Gedächtnis, und so ließ er die Vergangenheit vor seinem inneren Auge wieder aufleben, und die Bilder und Gerüche und Gefühle waren wieder so neu wie damals, so daß er die Gegenwart vergaß. Er erlebte noch einmal die Zeit, als er und seine Frau Fandomar einen kleinen, knorrigen Indyupbaum gepflanzt hatten, um die Empfängnis ihres Sohnes zu feiern. Für einen Moment sah sich Nadon wieder an der Seite seiner Frau knien, grub unter einem sonnendurchfluteten Wasserfall im dampfenden ithorianischen Dschungel ein Loch in die Erde und neigte dann den Kopf, um dem Lied einer Arrakschlange zu lauschen, die auf der Spitze einer nahen Klippe sang.

Dann erinnerte er sich an seine Kindheit, als er sacht mit beiden Mündern den süßen Duft einer purpurnen Donarblume eingeatmet hatte.

Nach dem Sturm der Erinnerungen fühlte sich Nadon schwach und erschöpft. Die Heimat. Nadon konnte nicht heimkehren. Einst war er ein großer Hohepriester gewesen, verehrt von seinem Volk, ein Ithorianer, der berühmt für seine Kenntnisse vieler landwirtschaftlicher Zeremonien war. Aber dann war Captain Alima mit seinem Sternzerstörer gekommen und hatte Nadon gezwungen, die Geheimnisse der ithorianischen Technologie an das Imperium zu verraten.

Nadon war daraufhin von seinem Volk verstoßen worden. Er hatte seine Strafe selber wählen können und sich entschieden, auf der öden Welt Tatooine zu leben – dem Äquivalent einer ithorianischen Hölle. Wie er einst seinem Volk geholfen hatte, die riesigen Wälder von Ithor zu pflegen, so pflegte Nadon nun die ausgedörrten Sandwüsten von Tatooine. Als Strafe für seine Verbrechen mühte er sich seitdem, Pflanzen zu züchten, die in diesen Wüsten überleben konnten, in der Hoffnung, daß eines Tages aus Tatooine eine fruchtbare und einladende Welt werden würde.

Nadon rief sich seine ersten Erinnerungen an Alima, Captain des imperialen Sternzerstörers *Eroberer*, ins Gedächtnis zurück. Alima war ein junger Mann mit schwarzen Haaren, einem kantigen Gesicht und grausamen Augen gewesen. Nadon war zu der Zeit frisch verheiratet und Hohepriester von *Tafandabai*.

Auf seiner Heimatwelt Ithor lebte Nadons Volk in riesigen schwebenden Städten, die Herdenschiffe genannt wurden und auf Repulsorkissen über die Wälder und Ebenen glitten, und *Tafandabai* war das größte und prächtigste planetare Herdenschiff auf Ithor. In jedem Herdenschiff wurden Hunderte von Biosphären mit peinlicher Genauigkeit bis hinunter zu der mikroskopischen Flora und Fauna der Ackerkrume reproduziert. Die Ithorianer ernährten sich nicht nur von den Pflanzen aus den Biosphären der Schiffe, sondern vor allem von den unbewohnten Wäldern Ithors – sie ernteten Obst und Getreide, gewannen Medikamente aus Fruchtmark und Pollen, verarbeiteten Pflanzenfasern zu reißfesten Stoffen und gewannen aus den ansonsten unbrauchbaren Wurzeln und Stengeln Mineralien und Energie.

Das Studium der Pflanzen und ihrer Verwendungsmöglichkeiten war der Lebensinhalt der meisten Ithorianer, und die besten Studenten wurden Priester, die die anderen führten und verhinderten, daß das Volk Pflanzen erntete, die denken oder fühlen konnten. Nur jene Pflanzen, die schliefen, jene, die kein Bewußtsein ihrer Existenz besaßen, durften geerntet werden, und das auch nur nach strengen Gesetzen: Für jede Pflanze, die bei der Ernte starb, mußten zwei neue gesät werden. Dies war das ithorianische Gesetz des Lebens.

Als Hohepriester hatte Nadon jahrzehntelang im Dienste des Lebens gestanden, bis Captain Alima unter einem Vorwand *Tafandabai* betreten und dann die Geheimnisse der ithorianischen Technologie verlangt hatte. Zuerst hatte sich Nadon geweigert, seine Geheimnisse zu verraten, bis Captain Alima die Blaster seines Sternzerstörers auf die denkenden Wälder der Cathor-Hügel gerichtet hatte. Tausende der Bafforr waren gestorben, Bäume, die in Nadons Jugend seine Lehrer und Freunde gewesen waren. Weder die Bäume noch die Ithorianer verfügten über die erforderlichen Waffen, um gegen das Imperium zu kämpfen.

Nach der Vernichtung des Waldes hatte Captain Alima seine Waffen auf *Tafandabei* gerichtet und Nadon zur Kapitulation aufgefordert. In einem letzten verzweifelten Versuch, sein Volk zu retten, hatte Nadon die Geheimnisse der ithorianischen Technologie an Alima verraten.

Nadon konnte noch immer das Urteil der Ältesten hören, mit dem sie seinen Verrat der ithorianischen landwirtschaftlichen Zeremonien bestraft hatten. »Wir verbannen dich von Ithor und aus unseren Mutterdschungeln. Geh und denke in der Einsamkeit über deine Untaten nach.«

Heimat. Nadon beneidete Muftak und war gleichzeitig dankbar dafür, daß wenigstens der haarige Talz in seine Heimat zurückkehren konnte.

Ein Komanruf auf seinem persönlichen Kanal riß Nadon aus seinen Erinnerungen.

»Nadon«, erklang Muftaks Stimme. »Ich habe gerade deinen Namen an diesen Lieutenant Alima verkauft. Du solltest besser nach Hause kommen, um ihn zu empfangen. Sei vorsichtig, alter Freund.«

»Danke«, sagte Nadon.

Als Nadon in Mos Eisley eintraf, lag sein Haus in Dunkelheit. Nach dem Untergang der Doppelsonne waren viele Stadtbewohner auf die Straßen geströmt und genossen den kühlen Abend. Draußen im Dünenmeer fegten Winde über den Sand und wirbelten Staubwolken auf. Statische Entladungen in den Staubwolken erfüllten die Nacht mit dem Grollen fernen, trockenen Donners.

Nadon schloß die Tür auf und betrachtete prüfend den Türknauf, um festzustellen, ob jemand vor ihm hiergewesen und sich mit Gewalt Zutritt verschafft hatte. Die Luft in seinem Haus roch nach Wasser, und in dem schilfbewachsenen kleinen Teich in seinem Wohnzimmer zwitscherten die Dreekafische. Überall an den Reinsteinwänden der Kuppel rankten sich Kletterpflanzen den Oberlichtern entgegen. Kleine Bäume rauschten im Luftzug der Ventilatoren.

Nadon folgte einem gepflasterten Weg in eine seiner vielen Nebenkuppeln zu einem kleinen Hain Baforrbäume, die im Sternenlicht unter den schwarzen Kronen hellblau glänzten. Nadon kniete vor ihnen nieder und legte seine langen, ledrigen grauen Finger um den Stamm eines Baumes. Die Borke war glatter als Glas.

»Meine Freunde«, flüsterte Nadon. »Unser Feind Captain Alima kommt. Ich muß gestehen, daß ich den Wunsch verspüre, ihn zu töten.«

Die Borke summte unter seiner Berührung, und ein reines und heiliges Gefühl erfüllte ihn, als würde Licht durch jede seiner Poren dringen. Der besänftigende geistige Einfluß der intelligenten Bäume überwältigte ihn fast, aber die Bäume waren von seinem Geständnis enttäuscht. Über ihm rauschten die schwarzen Blätter und zischten die Worte: »Neiiin. Wir verbieten es.«

»Er hat die Bafforr der Cathor-Hügel abgeschlachtet«, rief Nadon. »Er ist ein Mörder. Und er hat eure Brüder getötet, um sein Ansehen bei den Bösen zu mehren. Seine Absichten waren unrein.«

»Du bist ein Priester von Ithor«, wisperte der Hain. »Du hast geschworen, das Gesetz des Lebens zu ehren. Du kannst ihn nicht töten.«

»Aber er hat eure Verwandten ermordet«, erinnerte Nadon. Er wußte nicht, ob die Bafforr ihn verstanden. Jeder Baum hatte nur eine begrenzte Intelligenz, aber sie waren durch ihr verzweigtes Wurzelwerk miteinander verbunden und bildeten so einen Kollektivgeist. Ein großer Wald war weiser als jedes andere Wesen, aber diese wenigen Bäume waren kein großer Wald. Allerdings war Nadon nicht gekommen, um ihren Rat einzuholen, sondern nur, um von ihnen die Erlaubnis zu erhalten, Alima zu töten.

»Unsere Verwandten wären früher oder später ohnehin gestorben«, erklärten die Bafforr. »Alima hat ihr Ende nur beschleunigt.«

»Ich will auch nur Alimas Ende beschleunigen«, sagte Nadon.

»Du bist nicht wie Alima.« Die Bäume verstärkten den geistigen Kontakt, und Nadon keuchte, als ihn Flüsse aus Licht durchströmten. Der tiefe Frieden, der ihn jetzt erfüllte, war als Belohnung gedacht und auch als Warnung. Während er in dem Licht badete, fürchtete er sich vor dem Moment, in dem er den heiligen Hain verlassen und in die irdische Welt zurückkehren mußte. »Wenn du das Gesetz des Lebens brichst«, rauschten die Bafforr, »werden wir deine Berührung nicht mehr ertragen können.«

»Ich würde ihn nicht selbst töten«, sagte Momaw Nadon flehend. »Ich würde dem Vesuvague-Baum befehlen, ihn zu erwürgen, oder ihn von der Alleth verschlingen oder der Arool vergiften lassen.«

»Das sind alles niedrigere Lebensformen als wir«, sagten die Bafforr, »und sie befolgen deine Befehle wie gemeine Waffen. Aber noch einmal, wir warnen dich, du kannst nicht das Gesetz des Lebens brechen.«

Die Bafforr beendeten abrupt den geistigen Kontakt, und Nadon schluchzte gepreßt auf, als er so plötzlich aus dem Kollektivgeist verstoßen wurde. Er sank auf den Boden und weinte.

»Wie schön, Sie wiederzusehen«, sagte eine fremde Stimme. Momaw Nadon drehte sich um.

Unter einer Glühkugel, die wie ein Mond leuchtete, stand ein alternder Mensch in einer imperialen Uniform. Motten mit Smaragdflügeln umflatterten die Kugel, und für einen Moment betrachtete der Mensch ihre hellgrünen Flügel.

Alimas Gesicht war seit ihrer letzten Begegnung aufgequollen, und seine Stimme war im Lauf der Jahre heiser geworden. Seine feisten Wangen hingen schlaff herunter, sein Haar war grau, aber Nadon erkannte ihn trotzdem. Er hätte dieses Gesicht überall erkannt. »Wie ich sehe, sind Sie noch immer ein Priester und weinen um Ihre heiligen Bäume«, sagte Alima. Er deutete mit seinem Blaster auf den Hain.

»Und wie ich sehe, sind Sie noch immer ein Diener des Bösen«, konterte Nadon, »auch wenn man Sie degradiert hat.«

Alima kicherte. »Glauben Sie mir, mein alter Freund«, erwiderte er, »mein Karriereknick war sorgfältig geplant. Nur ein Narr wünscht sich, der Captain von Lord Vaders Flaggschiff zu sein – die Sterblichkeitsrate ist phänomenal. Aber selbst als kleiner Lieutenant bin ich Vader noch von Nutzen – was der Grund für meinen Besuch ist. Also verraten Sie mir – Sie Feind des Imperiums –, wo die Droiden sind. Ich habe viel Geld bezahlt, um den Namen des Mannes zu erfahren, der sie verstecken soll.«

»Dann haben Sie Ihr Geld verschwendet«, wehrte Nadon ab. Er hoffte, daß Muftak seine Geschichte weit übertrieben hatte. »Ich weiß nichts von irgendwelchen Droiden.«

»Aber Sie sind ein Feind des Imperiums und dienen der Rebellion«, flüsterte Alima drohend. »Dessen bin ich mir sicher!«

»Ich weiß nichts von irgendwelchen Droiden«, wiederholte Nadon leise. Alima stand in der Nähne eines Aroolkaktus. Nadon konnte dem Kaktus befehlen, den Krieger mit seinen Stacheln anzugreifen, aber noch war Alima zu weit von dem Gewächs entfernt.

Nadon stand vom Waldboden auf, trat auf den Pfad und wich ein paar Schritte zurück, um Alima in die Nähe des Kaktus zu locken.

Alima folgte Nadons Blicken und musterte den Arool. »Halten Sie mich wirklich für so dumm, in Ihre Fallen zu laufen, Priester?« fragte Alima.

Alima hob seinen Blaster und zielte auf Nadon, fuhr dann abrupt herum und feuerte auf den Hain der bläulich leuchtenden Bafforr. Ein Baum ging in Flammen auf, als sein Stamm von dem Strahl getroffen wurde und zerbarst. Schwarze Blätter rauschten, und Schmerzwellen wogten durch den Wald, hämmerten wie mächtige Fäuste auf Nadons Sinne ein.

»Sie werden all Ihre Mittel einsetzen, um diese Droiden aufzuspüren«, sagte Alima. »Fragen Sie Ihre Freunde von der Rebellion. Wenn Sie mir bis morgen abend nicht das Versteck der Droiden verraten, werde ich Ihnen die Augenlider an der Stirn festnähen und Sie zusehen lassen, wie ich mit einem Vibromesser nacheinander jeden einzelnen Ast Ihrer kostbaren Bafforr abschneide. Dann werde ich einen Thermodetonator in Ihr Wohnzimmer werfen und den Rest Ihrer verdammten Pflanzenfreunde grillen. Glauben Sie mir, wenn Ihre Familie hier wäre oder ich wüßte, daß es irgend etwas in Ihrem Leben gibt, das Sie noch mehr lieben, würde ich es ohne mit der Wimper zu zucken vernichten ...«

»Ich bringe Sie um ...«, schrie Nadon, und seine stereophone Stimme hallte erstaunlich laut durch die Kuppel.

»Sie?« fragte Alima. »Hätte ich Ihnen soviel Mut zugetraut, hätte ich eine Abteilung Sturmtruppen mitgebracht. Nein, Sie werden meine Befehle ausführen, wie Sie es schon einmal getan haben!«

Alima drehte ihm furchtlos den Rücken zu und ging davon, und Nadon konnte ihm nur hilflos hinterherschauen, auch wenn er vor Wut kochte.

Als Alima fort war, eilte Nadon zu seinem Hain, um nachzusehen, ob er den verletzten Bafforr retten konnte, aber der hellblaue Glanz seines gläsernen Stammes verwandelte sich bereits in das Schwarz des Todes.

Er griff mit seinen Gedanken nach den Bäumen. Nadon kniete im Moos unter den dunklen Blättern nieder und rief: »Jetzt? Darf ich ihn jetzt töten?«

Die Blätter der lebenden Bafforrbäume rauschten undeutlich: »Was? Was ist passiert? Wer berührt uns?«

Momaw Nadon lauschte den Stimmen der Bäume. Ihre Zahl war von sieben auf sechs reduziert worden – zu wenig, als daß der Hain wahre Intelligenz entwickeln konnte. Er wußte nicht, ob die Bäume ihn verstanden. »Momaw Nadon, ein Freund, berührt euch. Unser Feind hat ein Mitglied eures Hains getötet. Ich möchte ihn für diese Untat bestrafen.«

»Wir verstehen. Du kannst nicht das Gesetz des Lebens brechen«, flüsterten die Bafforr streng. »Wir verbieten es.«

Nadon wich zurück, ohne die Augen in der traditionellen Geste des Gehorsams zu schließen. Vielleicht waren die Bafforr bereit, für ihre Prinzipien zu sterben, aber Nadon konnte nicht dasitzen und tatenlos zusehen.

Er dachte über seine Optionen nach. Er *konnte* Captain Alimas Forderung nachgeben und die Droiden suchen.

Der Gedanke war so widerwärtig, daß er Nadon körperliche Schmerzen bereitete und seine Augen brennen ließ. Nadon rieb sich mit den langen, dünnen Fingern die Stirn zwischen seinen Augen und stimulierte so die Lustdrüse unter seinem Brauenkamm, um wieder klar denken zu können.

Wenn das Imperium diese beiden Droiden so dringend haben wollte, dann mußte er mit allen Mitteln dafür sorgen, daß das Imperium sie *nicht* bekam.

Nein, Nadon mußte kämpfen. Lieutenant Alima war ein gefährlicher Mann – verdorben bis ins Mark. Er würde bei seiner Suche nach den Droiden eine Spur aus verbrannten und verstümmelten Opfern hinterlassen, und früher oder später würde ihm jemand verraten, was er wissen wollte.

Obwohl Nadon Gewalt verabscheute, wußte er doch, daß Alima

ein Ungeheuer war, das vernichtet werden mußte. Für das Imperium würde es nur ein kleiner Verlust sein, kaum mehr als ein Nadelstich, aber für die Rebellen-Allianz stellte Alima eine ständige Bedrohung dar.

Fast noch wichtiger war, daß, wenn Nadon Alima weiterleben ließ, er in Kauf nahm, daß der Mann noch mehr Pflanzen und Lebewesen tötete. Nadon konnte Alima nicht am Leben lassen.

In einem anderen Raum sprang mit leisem Zischen eine Sprinkleranlage an, und für Nadon war dies das Signal zum Aufbruch. Er steckte ein paar Kreditchips in seinen Werkzeuggürtel und ging zur Haustür.

Auf der Straße entdeckte er drei Sturmtruppler, die leise miteinander redeten. Sie versuchten nicht einmal, die Tatsache zu verschleiern, daß sie sein Haus beobachteten. Nadon mußte an ihnen vorbei. Die blinkenden roten Dioden an ihren Blastergewehren verrieten, daß die Waffen auf Töten eingestellt waren. Als Nadon sie passiert hatte, heftete sich einer der Sturmtruppler an seine Fersen und folgte ihm in sicherer Entfernung.

Nadon war unterwegs zu Kaysons Waffengeschäft. Der mürrische Mensch führte seinen Laden schon ewig, aber Nadon hatte ihn noch nie betreten. Er brauchte weniger als fünf Minuten, um sich einen schweren Blaster und ein Holster zu kaufen, das er unter seinem Mantel verstecken konnte, und dann war der Ithorianer schon wieder draußen.

Eine Stunde lang irrte er ziellos, planlos durch die Straßen. Er hoffte einfach, Lieutenant Alima zufällig zu treffen, seinen Blaster zu ziehen und den Menschen zu erschießen. Nadon wußte, daß er mit einer derartigen Tat nicht viel erreichen konnte. Er würde den Menschen töten, aber am Ende würde er damit sein eigenes Leben zerstören. Die kostbaren Bafforrbäume in seinem Haus würden von dem neuen Besitzer gefällt werden, und so oder so würde er nie wieder mit ihnen sprechen können. Aber zumindest würden sie nicht mehr von Kreaturen wie Alima gefoltert werden.

Er stellte den Blaster auf Töten ein und wanderte dann suchend durch die Straßen, bis er in seiner Nachbarschaft das Heulen von Feuersirenen hörte. Für einen Moment war er vor Schrecken wie gelähmt, denn er fürchtete, daß Alima bereits sein Haus angezündet hatte, aber als er die Straße hinauflief, entdeckte er, daß das Haus irgendeines Händlers in Flammen stand.

Der Flammenschein wurde von der Rauchsäule reflektiert und erfüllte die Straßen und Gassen mit einem düster roten Licht.

Aus den Nachbarhäusern stürzten die Bewohner und rannten mit Schaumkanistern zu dem Gebäude. Wasser war auf Tatooine so kostbar, daß die Behörden das Haus wahrscheinlich eher abbrennen lassen würden, als das in den Schaumlöschern enthaltene Wasser zu verschwenden. Aber wenn der unglückliche Besitzer des Hauses in der Nähe war, konnte er vielleicht genug Kanister erwerben – zu einem weit überhöhten Preis –, um sein Eigentum zu retten.

Aus den Augenwinkeln bemerkte Nadon in einer Seitenstraße die dunkle Uniform eines imperialen Offiziers. Er fuhr herum und erkannte, daß es Lieutenant Alima war, der mit entschlossenen Schritten den Hügel heraufkam und sich dem Feuer näherte.

Nadon lief durch die Parallelstraße und bog dann in die nächste Gasse, um Alima abzufangen. Er zog seinen Blaster und fummelte ungeschickt an den Kontrollen. Die Waffe war nicht für die ungewöhnlich langen, dünnen Finger eines Ithorianers geschaffen, und Nadon hatte Mühe, sie zu entsichern. Er bemerkte, daß seine Herzen rasten und wie zwei kämpfende Jawas in seiner Brust hüpften.

Nadon drückte sich gegen eine Wand und überprüfte die angrenzenden Seitenstraßen. Niemand zu sehen. Gut. Er wollte keine Zeugen haben.

Nur einen knappen Meter von ihm entfernt kam Alima um die Ecke, und Nadon zielte mit seinem Blaster auf sein Gesicht und rief Alimas Namen.

»Hierher, in die Gasse!« befahl Nadon. Seine Gedanken überschlugen sich, und er wußte nicht, was er tun sollte. Er wollte den Abzug drücken, aber vorher mußte er mit Alima reden, ihm erklären, warum er ihn töten mußte. Vielleicht, dachte Nadon, wird er seine Untaten sogar bereuen. Vielleicht wird er sich von dem Imperium abwenden. Nadons Beine verkrampften sich im Fluchtreflex, der bevorzugten Reaktion seiner Spezies auf drohende Gefahr.

Alima lachte. »Sie können mich nicht mit einem Blaster töten, der auf Lähmen eingestellt ist«, sagte er. Nadon wußte, daß er den Blaster auf Töten eingestellt hatte, aber er fürchtete, die Einstellung versehentlich geändert zu haben. Entsetzt warf Nadon einen Blick auf die Kontrolldioden des Blasters und sah, daß die rote Diode des Tötungsmodus blinkte. Als Nadon seinen Fehler erkannte, warf sich Alima bereits aus der Schußlinie und zog seinen eigenen Blaster.

Ein blauer Blitz durchzuckte die Dunkelheit, traf Nadon zwischen die Mägen und schleuderte den großen Ithorianer gegen die Steinwand in seinem Rücken. Für einen Moment schien eine weiße Sonne vor seinen Augen aufzugehen, und dann fand sich Nadon auf dem Boden einer dunklen Gasse wieder, und jemand trat gegen sein rechtes Stielauge. Blut quoll aus der Wunde. Nadon riß seine langen Arme hoch, um seine Stielaugen zu schützen, und stöhnte laut.

Sein Angreifer hörte auf, ihn zu treten, aber offenbar eher aus Erschöpfung denn aus Mitleid. »Ihr Pazifisten seid erbärmliche Kämpfer«, keuchte Alima. »Du hast Glück gehabt, daß *mein* Blaster auf Lähmen eingestellt war!«

Nadon stöhnte, und Alima fuchtelte mit zwei Blastern vor seinem Gesicht. »Finde diese Droiden für mich! Du hast bis morgen Punkt Sonnenuntergang Zeit!« Er zielte mit seinem Blaster zwischen Nadons Augen und drückte erneut ab.

Nadon erwachte mit einem pochenden Schmerz in seinen Stielaugen. Es dämmerte schon, und das erste fahle Licht überflutete Mos Eisley und verwandelte die Reinsteinhäuser in goldene Kuppeln. Nadon wischte sich mit seinem Mantel das Blut vom Gesicht und richtete sich halb auf. Er hatte das Gefühl, in wirbelndem Nebel zu stehen, der ihn fortzutragen drohte, und lehnte sich haltsuchend an die Hauswand.

Dumm, erkannte er. *Ich war dumm.* Für einen Sekundenbruchteil hatte Nadon die Chance gehabt, Lieutenant Alima zu töten, und er hatte sie nicht genutzt. Obwohl Nadon verstandesmäßig erkannt hatte, daß das Imperium nur mit Gewalt besiegt werden konnte, hatte seine ithorianische Natur ihm nicht erlaubt, ihn zu töten.

Nadon stand auf und schlurfte erschöpft, mit klingelnden Ohren nach Hause. Er schüttelte den Kopf, um die Benommenheit zu vertreiben. Er betrat sein Haus, setzte sich an einen Teich und wusch das Blut von seinem Stielauge. Während der kühlen Nacht war auf dem Kuppeldach Feuchtigkeit kondensiert. Jetzt fiel sie manchmal wie Regentropfen zu Boden. Über seinem Kopf breitete sich die Krone eines großen Gorsabaums aus, ein mächtiger, blühender Baum, der mit phosphoreszierenden Blüten die Nachtinsekten anlockte, um sich von ihnen bestäuben zu lassen. Jetzt, nach Einbruch des Morgens, schlossen sich die phosphoreszierenden Blüten wieder.

In Mos Eisley ging das Gerücht, daß Momaw Nadons Haus voller fleischfressender Pflanzen wäre. Nadon war es nur recht, denn dieses Gerücht schreckte die Wasserdiebe ab. Außerdem stimmte das Gerücht, aber wer unter dem Schutz des Hohepriesters die Biosphären betrat, hatte nichts zu befürchten.

Nadon ging in eine Nebenkuppel, wo Ranken und Kletterpflanzen von einem riesigen, rotborkigen Baum neben einem Teich hingen. »Teile deine Ranken, Freund«, bat Nadon.

Die Äste des Baumes zitterten, und die Ranken teilten sich und enthüllten den Stamm. Im trüben Morgenlicht waren vier Skelette zu erkennen, die an den unteren Ästen hingen, jedes mit einer dicken Kletterranke um den Hals – glücklose Wasserdiebe.

Nadon tastete suchend im dichten Gras rund um den Baumstamm, fand einen Griff und zog mit einem Ruck eine getarnte Tür hoch. Unter ihm flammte eine Lampe auf und zeigte die Leiter, die in die Tiefe führte.

Nadon hatte in dem Kellerraum schon viele Rebellen versteckt, und für einen langen Moment überlegte er, ob er nicht selbst hinuntersteigen und sich verstecken sollte. Vielleicht konnte er in dieser geschützten Kammer für eine Weile von der Bildfläche verschwinden. Alima konnte das Haus mit einem Thermodetonator zerstören, aber es bestand die Chance, daß Nadon den Feuersturm unversehrt und unentdeckt überlebte.

Er hatte dort Vorräte für mehrere Wochen gelagert. Und die Versuchung war groß, nach unten zu klettern.

Aber er konnte es nicht. Er konnte nicht zulassen, daß Alima seine Pflanzen umbrachte. Eine letzte Chance, dachte Nadon. Wenn Alima heute abend kommt, werde ich ihn vielleicht doch noch töten können.

Nadon stand auf, wanderte durch seine Biosphäre, berührte die Äste der Bäume, streichelte die feinen Wedel der Farne, atmete tief die nach Feuchtigkeit und Vegetation riechende Luft ein und spürte das pulsierende Leben um sich herum.

Es gab keine andere Möglichkeit, erkannte Nadon.

Er würde bleiben und kämpfen, auch wenn es ihn alles kostete, was er aufgebaut hatte. Am Abend würde Alima kommen. Nadon wußte, daß Lieutenant Alima seine Drohungen wahrmachen würde. Er würde Nadons Augenlider an der Stirn festnähen und ihn zusehen lassen, wie er die Bafforr abschlachtete. Es würde Alimas kleines imperiales Herz in Entzücken versetzen, einen Ithorianer zu foltern und ihn am Leben zu lassen, damit er von der Grausamkeit des Imperiums berichten konnte. Dann würde Alima das Haus anzünden.

Momaw Nadon stellte sich vor, was das bedeutete. All seine Pflanzen würden vernichtet werden, all seine Unterlagen, die

Früchte jahrelanger Arbeit. Nadon entschied sich, Behälter mit dem Saatgut jener Pflanzen, die für die Verbesserung von Tatooines Ökologie am vielversprechendsten waren, an einem sicheren Ort zu verstecken.

Die Bafforr würden sterben – sie konnten nicht verpflanzt werden –, aber die Bafforr hatten ihr Schicksal akzeptiert, und Nadon wurde klar, daß er jetzt auch sein eigenes Schicksal akzeptieren mußte.

Seit vielen Jahren hatte sich Nadon auf diesem öden Planeten versteckt, um sich zu läutern, um den Zorn zu besiegen, der von ihm verlangte, gegen das Imperium zu kämpfen. Die Ältesten von Ithor hatten aufgeschrien, als er erklärt hatte, daß das Imperium ein Unkraut war, das gejätet werden mußte. Seine Ältesten hätten die Bafforrwälder auf den Cathor-Hügeln von den Imperialen vernichten lassen und darauf vertraut, daß sich Alima erbarmen und darauf verzichten würde, die ganze Spezies auszurotten. Seine Ältesten hätten dem Imperium vergeben.

Aber in all den Jahren seines Strebens nach spiritueller Läuterung war Nadon nie der Gedanke gekommen, daß er falsch gehandelt hatte. Er glaubte, daß er das Recht gehabt hatte, die Bafforr zu retten.

Nadon hielt es für legitim, ein Insekt zu töten, um einen Baum zu retten.

Also mußte Nadon nach besten Kräften versuchen, dem Imperium zu widerstehen. Selbst wenn das bedeutete, daß er zusehen mußte, wie die Bafforr vernichtet wurden. Selbst wenn dies seinen eigenen Tod bedeutete. Er konnte sich dem Imperium nicht widerstandslos ergeben.

Nadon war erschöpft, aber er konnte nicht schlafen. Er entschloß sich, seine Erntezeremonie fortzusetzen und so Entspannung zu finden. Er ging in sein Labor im Ostflügel des Hauses, öffnete die Frucht eines großen tatooinischen Hubbakürbis und entnahm ihr einige weiße, durchsichtige Samenkörner. Mit winzigen

Robotmanipulatoren öffnete er behutsam vier Samenkörner und entfernte die Zygoten.

Dann nahm er die genetischen Proben der cydorrianischen Drillerbäume und gab die DNA in einen Genspleißer. Neun Gene kontrollierten das Wurzelwachstum der Driller. Nadon impfte die Hubbakürbiszygoten mit diesen Genen und gab die Zygoten in eine Nährstofflösung, damit sie sich entwickeln konnten.

Das mit peinlicher Genauigkeit durchgeführte Ritual beruhigte Nadon zutiefst, auch wenn er wußte, daß seine Mühe vermutlich umsonst war. Nach zwölf Stunden war er fertig, und als Nadon von seiner Arbeit aufblickte, sah er an den Schatten an der Wand, daß der Abend dämmerte. Bald würde Alima kommen.

Zeit zum Abschied, dachte Nadon. Zu dieser Stunde des Tages versuchte sich sein guter Freund Muftak gewöhnlich in Chalmuns Bar abzukühlen – eine schwierige Aufgabe, wenn man den dicken weißen Pelz des Vierauges bedachte.

Nadon machte sich auf den Weg zur Bar und überlegte fieberhaft, wie er Alima am besten in die gefährlichen Tiefen seiner persönlichen Biosphäre locken konnte.

Die Bar war so voll wie immer, ein gefährlicher Ort, wo es von zwielichtigen Nichtmenschen und grausamen Wesen nur so wimmelte.

Nadon fand Muftak allein an einem Tisch sitzen und Polarbier trinken, während seine kriminelle Komplizin, die kleine Diebin Kabe, am Tresen stand, den Barkeeper Wuher um Jurisaft anbettelte und die Taschen der Gäste begutachtete.

Nadon sprach mit Muftak über unbedeutende Dinge – den Preis, den Muftak für den Verkauf von Nadons Namen erzielt hatte, Muftaks Träume von seiner Heimat. Wie immer versuchte Nadon, die positiven Seiten herauszustellen und seinen Freund aufzuheitern, aber Nadons eigene Gedanken waren düster, und als sie sich zuprosteten, erkannte Nadon, daß er Trost spendete, der ihm selbst verwehrt blieb.

Plötzlich kam es in der Bar zu einem Zwischenfall: Ein entsetzlich zernarbter Mensch namens Evazan und sein nichtmenschlicher Kumpan Ponda Baba provozierten einen Streit mit einem unbedarften Feuchtfarmerjungen. »Ich bin in zwölf Systemen zum Tode verurteilt worden!« warnte der zernarbte Mensch. Nadon musterte die kleine Gruppe. Den Feuchtjungen kannte er nicht, irgendein Farmer aus der Wüste, der nur ein paar Sekunden zuvor mit dem alten, geheimnisvollen Ben Kenobi das Lokal betreten hatte. Nadon hatte Ben bisher nur einmal gesehen, als er zum Einkaufen in die Stadt gekommen war. Nadon hatte das Paar nur bemerkt, weil der Barkeeper Wuher sie aufgefordert hatte, ihre Droiden draußen zu lassen. Evazan und Ponda Baba waren Stammgäste, die schon seit Wochen am Raumhafen herumlungerten.

Plötzlich holte Ponda Baba mit seiner Klauenhand aus und versetzte dem Feuchtfarmer einen Schlag ins Gesicht, der den Jungen gegen einen Tisch schmetterte. Dann zog Ponda Baba einen Blaster, während Wuher von seinem Platz hinter dem Tresen schrie: »Keine Blaster!«

Der alte Ben Kenobi hielt unvermittelt ein antikes Lichtschwert in der Hand. Summend erwachte es zum Leben, eine leuchtend blaue Klinge, die Ponda Babas Arm abtrennte und Evazans Brust durchbohrte. Dann deaktivierte er sein Lichtschwert und wich mit dem jungen Feuchtfarmer im Schlepptau vorsichtig zurück.

Nadon folgte Ben Kenobi mit den Augen, als die Musik abbrach. Das Blutvergießen verursachte Nadon Übelkeit. Der alte Ben Kenobi führte seinen jungen Freund in den hinteren Teil der Bar, und beide sprachen mit dem Wookiee-Schmuggler Chewbacca, um sich anschließend mit Chewbaccas Partner Han Solo in eine der Nischen zurückzuziehen.

»Ich denke, ich sollte jetzt gehen«, sagte Nadon zu Muftak. »Hier drinnen wird es allmählich brenzlig.«

»Bitte«, sagte Muftak ernst. »Einen letzten Drink um der alten Zeiten willen. Ich gebe einen aus.«

Das war ein so ungewöhnliches Angebot, daß Nadon nicht abzulehnen wagte. Sie bestellten eine neue Runde, und Nadon unterhielt sich noch ein paar weitere Minuten mit Muftak und verabschiedete sich dann. Einen Moment später erhoben sich Ben und sein Feuchtfarmerjunge von ihrem Tisch im hinteren Teil der Bar, und in Nadons Kopf ging die Saat eines Gedankens auf. Er fragte sich, was der alte Mystiker aus der Jundland-Öde von den Schmugglern der Stadt wollte und warum er einen Feuchtfarmer mitgebracht hatte.

Dann fielen ihm wieder die Droiden ein, mit denen Ben Kenobi gekommen war, und Momaw Nadon erkannte die Wahrheit: Ben Kenobi versuchte, die Droiden aus Mos Eisley herauszuschmuggeln.

Von einem Moment zum anderen hämmerten Momaw Nadons Herzen wild in seiner Brust, und er sah seine Erlösung. Nadon wußte genau, wo die Droiden zu finden waren, und wenn er sie an Alima verriet, würde der Lieutenant sein Leben verschonen.

Aber als der alte Ben Kenobi an ihm vorbeikam, sah ihm der Mystiker ruhig in die Augen, und Nadon hatte plötzlich das Gefühl, daß Kenobi seine Gedanken kannte. Ben und der Feuchtfarmerjunge gingen weiter, ohne daß Ben etwas zu Nadon gesagt hatte.

»Hast du gemerkt, wie er dich angestarrt hat?« fragte Muftak. »Wie ein Tusken-Reiter, der einen wildgewordenen Bantha mit den Blicken bezwingt. Weißt du, was das zu bedeuten hat?«

»Ich habe keine Ahnung«, antwortete Nadon. Aber er senkte beschämt den Blick, weil er daran gedacht hatte, jemand anderen zu opfern, um seinem eigenen Schicksal zu entgehen.

Nadon schwieg eine Weile und sah sich im Lokal um. Wenn Nadon durchschaut hatte, was hier vor sich ging, dann konnten es andere auch. Andererseits kam Ben Kenobi nur selten in die Stadt, und die meisten Gäste kannten ihn nicht. Niemand folgte dem alten Mystiker nach draußen.

Muftak legte eine haarige Pranke auf Nadons glatthäutigen,

graugrünen Arm. »Du hast Angst, mein Freund. Deine Sorgen lasten schwer auf dir. Kann ich irgend etwas für dich tun?«

In einer Nische im hinteren Teil der Bar wurde ein Blaster abgefeuert. Dann kam Han Solo heraus und steckte seinen Blaster ins Holster. Mit gespielter Unbekümmertheit warf er sich in die Brust und schnippte Wuher im Hinausgehen einen Kreditchip zu.

Muftak hob eine haarige Pranke und kratzte sich am Kopf.

»Ich verschwinde jetzt besser«, sagte Momaw. »Ich möchte nicht hier sein, wenn die Imperialen kommen, um den Zwischenfall zu untersuchen.«

Momaw eilte nach draußen und sah zum Horizont hinüber, wo die Sonnen untergingen. Die Zeit der Qualen rückte näher.

Verzweifelt blickte er zum Himmel auf und wünschte sich, wie Han Solo zu sein, wünschte sich, töten zu können, wenn der Gegner den Tod verdient hatte, und dann gelassen wegzugehen. Aber er konnte es nicht. Selbst in seinem größten Zorn konnte er keinem anderen Wesen Leid zufügen. Und so blieb ihm nichts anderes übrig, als zu retten, was zu retten war.

Momaw Nadon atmete tief ein, eilte dann nach Hause, sammelte seine wertvollsten Pflanzenproben ein und versteckte sie im Hinterhof in der Hoffnung, daß sie so dem Feuer entgehen würden.

Bis auf ein paar Sturmtruppler, die das Haus beobachteten, waren die Straßen leer.

Wenn ich damit fertig bin, gelobte Nadon, während er arbeitete, werde ich zu meiner Heimatwelt zurückkehren. Ich werde die Ältesten und ihre lächerlichen Traditionen herausfordern. Ich werde die Äste der verbrannten Bafforrbäume in meinen Armen halten, und ich werde den Ältesten meine wunden Augen zeigen, und dann werden sie erkennen, wie monströs das Imperium geworden ist, und sie werden wissen, daß wir kämpfen müssen.

Nadon kicherte vor sich hin. Irgendwie waren seine spirituellen Augenlider schon vor langer Zeit an seiner Stirn festgenäht worden, so daß er alles sehen mußte. Er hatte das Böse gesehen und gewußt, daß er es bekämpfen mußte. Aber wenn Alima kam, um seine Drohung in die Tat umzusetzen, würden Nadons Wunden seinem Volk beweisen, zu was das Imperium fähig war. Die Ithorianer waren keine dumme Spezies. Sie waren nicht so hoffnungslos pazifistisch, wie Lieutenant Alima und sein Imperium glaubten. Obwohl sie wahrscheinlich nie selbst in den Krieg ziehen würden, konnten sie immer noch die Rebellion finanziell unterstützen. Vielleicht würde sich diese kleine böse Tat auf lange Sicht gegen Lieutenant Alima wenden. Das Böse des Imperiums wird sich gegen sich selbst richten, sagte sich Nadon.

Während er über die Möglichkeiten nachdachte, spürte Nadon plötzlich eine seltsame Hoffnung in sich aufkeimen. Vielleicht hatte sein Leiden am Ende doch einen Sinn. Vielleicht konnte er sein Exil beenden und zu seiner Frau und seinem Sohn und den riesigen Wäldern von Ithor zurückkehren.

Und während Nadon über die Möglichkeiten nachdachte, erkannte er, daß seine Einsamkeit und sein Leiden hier als Ausgestoßener auf Tatooine nicht das Schlimmste waren. Ihn bedrückten nicht die Qualen, die er erlitten hatte, sondern der Gedanke, daß seine Arbeit hier – seine Pflanzenproben – vernichtet werden würde. Auf Ithor gab es die Redensart: »Ein Mann ist sein Werk.« Noch nie war ihm diese Redensart so wahr erschienen. Indem Alima die Ergebnisse von Nadons Arbeit hier auf Tatooine vernichtete, zerstörte er auch einen Teil von Nadon.

Nadon betrachtete seine kleinen Pflanzen, die vor der Tür im Sonnenlicht standen, und entschied sich, sie auf die andere Straßenseite zu tragen, um ihnen eine bessere Überlebenschance zu geben.

Gedämpfte Explosionen und das Fauchen von Blasterfeuer erfüllten die Luft und hallten von den Häusern wider. Nadon blickte von seiner Arbeit auf. Die Sturmtruppler auf der anderen Straßenseite, die sein Haus bewacht hatten, rannten Richtung Raumhafen. Nadon hob gerade rechtzeitig den Kopf, um Han Solos alte Schrottkiste, den *Millennium Falken*, in den Himmel rasen zu sehen.

Die Droiden des alten Ben Kenobi hatten es also doch geschafft, Tatooine zu verlassen, erkannte Nadon. Er sah dem Schiff mehrere Momente nach, um sich zu vergewissern, daß es nicht von der planetaren Artillerie beschossen wurde. Als er sicher war, daß der *Falke* entkommen war, folgte er den Sturmtrupplern zu den Andockbuchten.

Vor den Andockbuchten hatte sich ein imperialer Captain vor Dutzenden von Sturmtrupplern und Hafenbeamten aufgebaut und brüllte in rasender Wut: »Wie konnte das passieren? Wie konnten Sie alle vier entkommen lassen? Jemand wird dafür bezahlen müssen, und ich werde es nicht sein!«

Nadon entdeckte am Rand der Menge Lieutenant Alima. Er stand nervös da und blickte zu Boden. Niemand trat vor, um die Verantwortung für Solos Flucht zu übernehmen, und der haßerfüllte Ausdruck in den Augen des Captains verriet, daß er einen Sündenbock brauchte.

Das Böse des Imperiums wird sich gegen sich selbst richten. Ein Mann ist sein Werk. Du kannst das Gesetz des Lebens nicht brechen.

Nadon erkannte, was er tun mußte. Er konnte keinen Menschen töten, aber er konnte Alima aufhalten. Er konnte die Karriere des Mannes zerstören und dafür sorgen, daß er noch weiter degradiert wurde.

Nadon rief dem imperialen Captain zu: »Sir, gestern nacht habe ich Lieutenant Alima informiert, daß ein Frachter unter dem Kommando von Han Solo mit zwei Droiden an Bord den Planeten verlassen will. Ich vermute, daß die Nachlässigkeit Ihres Lieutenants, die Solo die Flucht ermöglichte, nicht auf Unfähigkeit beruht, sondern kriminelle Hintergründe hat.«

Nadon sah Alima an und fragte sich, ob er mit dieser Anschuldigung durchkommen würde. Nadon hatte ein fotografisches Gedächtnis. Er würde sich nie in den Fallstricken seiner eigenen Lügen verfangen, solange er diese Lügen sorgfältig auswählte.

»Nein!« schrie Alima und warf Nadon einen flehenden Blick zu, der tiefes Entsetzen verriet. Der imperiale Captain fixierte Alima bereits mit einem finsteren Blick. Die Sturmtruppler wichen zurück, bis sich die beiden Männer allein gegenüberstanden.

Der Captain sah wieder Nadon an. »Würden Sie das unter Eid wiederholen, Bürger?«

»Jederzeit«, versicherte Nadon, der bereits einen Plan hatte, wie er seine Falschaussage vor einem Militärgericht mit glaubwürdigen Fakten untermauern konnte. Die beiden hatten sich allein in Nadons Haus getroffen. Zweifellos hatte Alima sein Treffen mit Nadon in seiner persönlichen Logdatei vermerkt. Nadon wußte, daß die Ithorianer – eine Rasse friedfertiger Feiglinge – als leicht einzuschüchtern galten. Nadon konnte behaupten, daß Alima ihm diese Information unter Folter abgepreßt hatte. Seine Schrammen und blutigen Stielaugen würden fraglos beweisen, daß er gefoltert worden war. Es bestand eine gute Chance, daß Alima degradiert – vielleicht sogar eingesperrt werden würde.

Der Captain richtete seinen Blick wieder auf Alima und sagte: »Sie wissen, was Lord Vader tun würde, wenn er hier wäre.« Ehe Nadon Zeit zum Blinzeln fand, zog der Captain seinen Blaster und schoß dreimal auf Lieutenant Alima. Blut und Fetzen verbrannten Fleisches spritzten über den Hof.

Nadon war vor Schock wie gelähmt. Zu spät dämmerte ihm, daß der Captain kein Interesse an einem Gerichtsverfahren hatte. Er brauchte lediglich einen Sündenbock.

»Ich erwarte, daß Sie Ihre Aussage zu Protokoll geben«, sagte der Captain. Momaw Nadon stand blinzelnd da, unfähig, sich zu bewegen, und die Sonnen schienen erkaltet zu sein. Er schwankte benommen. Die Sturmtruppen entfernten sich und marschierten offenbar zu einem Transporter, um Tatooine zu verlassen. Das Gesetz des Lebens hallte wie eine Litanei in Nadons Kopf. »Für jede Pflanze, die bei der Ernte stirbt, müssen zwei neue gesät werden.«

Nadon wußte, daß seine Tat nach Strafe verlangte. Das Blut eines Mannes klebte an seinen Händen, und von einer derartigen Schuld konnte man sich nicht so ohne weiteres reinwaschen. Aber gewiß würden die Bafforr ihn verstehen. Gewiß würden sie ihm vergeben.

Schließlich, ehe die imperialen Medis eintreffen konnten, zwang Nadon seine Beine, sich zu bewegen. Benommen trat er zu dem noch warmen Leichnam, bückte sich und zog zwei goldene Nadeln aus seinem Gürtel. Er stach die Nadeln in das tote Fleisch und entnahm die genetischen Proben. Auf Ithor gab es Kloningtanks, in denen er Duplikate von Alima heranzüchten konnte. Als Strafe würde Nadon Alimas Zwillingssöhne großziehen. Vielleicht würden sie im Lauf der Zeit weise und sanftmütig werden und als Priester auf Ithor dem Gesetz des Lebens dienen.

Nadon verstaute die Nadeln in seinem Werkzeuggürtel und machte sich dann auf den Rückweg zu seiner Biosphäre. Es gab noch so viel zu tun, bevor er Tatooine verlassen konnte – er mußte seine Aussage unter Eid vor dem Imperialen wiederholen, die Pflanzen für den Transport fertigmachen, Hubbakürbissamen in der Wildnis aussäen.

Scharfer Wind kam auf und blies ihm den Wüstensand ins Gesicht. Nadon schloß die Augen und erlaubte sich für einen Moment, sich in den Erinnerungen an seine Frau zu verlieren, wie sie ihn bei seiner Verbannung von Ithor umarmt hatte, und in der Erinnerung erfreute er sich am Duft seines jungen Sohnes. »Ich werde hier auf dich warten, bis du zurückkehrst«, hatte sie gesagt. Und zum erstenmal seit Jahren wich die Last von Momaw Nadons Schultern, und er bewegte sich frei und unbeschwert. Er war auf dem Weg nach Hause.

Brenne, mein Herz, für mich:

Die Geschichte des Barkeepers

David Bischoff

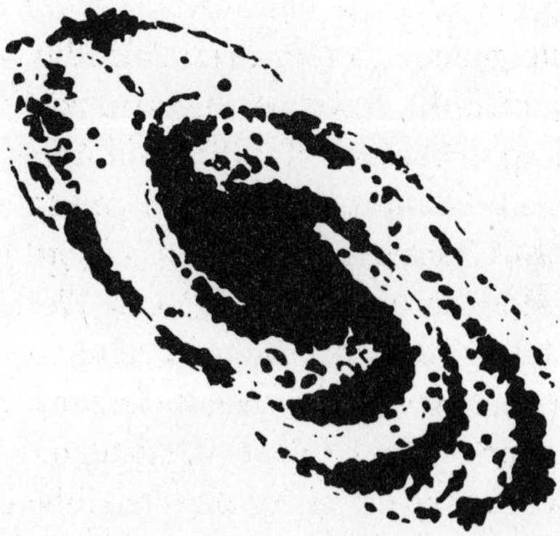

Auf seinem Weg zur Arbeit wurde Wuher, Barkeeper der Nachmittagsdoppelschicht in der Mos Eisley Raumhafenbar, belästigt. Um die Sache noch schlimmer zu machen, handelte es sich bei dem Belästiger um den denkbar unerfreulichsten Vertreter des intergalaktischen Abschaums, der sich in dieser unerfreulichsten aller Städte ein Stelldichein gab.

Aus den fahlen Schatten der Gasse peitschte ein elastischer Tentakel und legte sich leicht, aber dennoch stark genug, um ihn festzuhalten, um seinen Knöchel. Wuher griff automatisch nach dem Schlagstock, der hinten in seinem Gürtel steckte. Es war immer ratsam, irgendeine Waffe zu tragen, wenn man sich in den Seitenstraßen eines Paradieses für Beutelschneider und Strolche wie Mos Eisley bewegte. Allerdings ließ ihn die klägliche Stimme, die hinter den Mülltonnen an der Wand hervordrang, innehalten.

»Bitte, Sir. Ich will Ihnen nichts tun. Ich bitte demütig um Asyl.«

Wuher blinzelte. Er rieb sich mit seinem schmutzigen Ärmel die verquollenen Augen. Er hatte gestern nacht zuviel von seinem Selbstgebrannten getrunken und prompt verschlafen. Ein Kater quälte ihn, und er war nicht in der Stimmung, sich mit Gesindel auseinanderzusetzen, das um Unterkunft oder Almosen bettelte.

»Laß mich los«, knurrte er. »Wer zur Hölle bist du eigentlich?« Wuher war ein mürrischer Einzelgänger, der sich für seine Mitgeschöpfe nicht sonderlich interessierte. Andererseits zeigte er gelegentlich eine recht aggressive Neugierde. Eine Eigenschaft, die sein Arbeitgeber, der Wookiee Chalmun, überaus nützlich fand, sofern es um die chemischen Experimente ging, die zu Wuhers Arbeit gehörten. Allerdings hatte ihm Chalmun mehrfach prophezeit, daß ihm seine Neugierde eines Tages zum Verhängnis werden würde.

»Ich bin C2-R4«, quäkte die Stimme, gefolgt von einer sonderbaren Mischung aus Pfeif- und Klicklauten. »Ich bin den Jawas entkommen, die mich ausschlachten und meine Einzelteile verkaufen wollten, obwohl ich unversehrt von außergewöhnlicher Leistungsfähigkeit bin – ganz zu schweigen von dem Wert, den mein Bewußtsein hat. Glücklicherweise benutzten die Jawas einen korrodierten Hemmbolzen, der versagte und mir die Flucht ermöglichte.«

Wuher trat einen Schritt in die Schatten und wartete, bis sich seine Augen nach der grellen Helligkeit, die zu den bezauberndsten Eigenheiten des Planeten Tatooine gehörte, an die veränderten Lichtverhältnisse gewöhnten. Dort, zwischen den Müll-, Plastik- und Metallcontainern, hockte das bizarrste Ding, das Wuher je gesehen hatte. Und Wuher hatte für seinen Geschmack schon viel zu viele von diesen elenden Technoratten gesehen.

»Du ... du bist ein verdammter *Droide*!« stieß er hervor.

Das Metallwesen zog abrupt seinen elastischen Tentakel zurück und duckte sich, erschrocken über Wuhers heftige Reaktion.

»Äh, ja, Sir, das bin ich in der Tat. Aber ich versichere Ihnen, ich bin kein gewöhnlicher Droide. Meine Anwesenheit auf Tatooine ist die Folge eines Irrtums von geradezu kosmischem Format.«

Der Rumpf des Droiden war gedrungen und rundlich und ähnelte der Stromlinienform der R2-Einheiten. Aber damit endete die Ähnlichkeit schon. An den Seiten des Roboters wölbten sich Kolben und kastenförmige Anhängsel wie Balkone zwischen zwei peitschenähnlichen Metalltentakeln und zwei Displays, übr die permanent Zahlen flimmerten. In der Mitte seines Sensornodus-»Gesichtes« befand sich eine grillähnliche Öffnung mit Objekten, die wie gezackte, scharfe Zähne aussahen. Das ganze Ding machte einen zusammengestoppelten Eindruck, obwohl der Droide sein Dasein tatsächlich als R2-Einheit begonnen hatte, die dann von einem verrückten Mechaniker mit elektronischem Halbwissen und mangelnden Schweißkenntnissen in etwas völlig anderes verwandelt worden war.

»Einen Moment. Du siehst wie eine frisierte R2-Einheit aus, aber du klingst wie einer dieser zickigen Protokolldroiden!«

»Meine Komponenten beinhalten sowohl Aspekte beider Einheiten als auch anderer Modelle. Allerdings gehören zu meinen Spezialfähigkeiten Nahrungszubereitung, katalytische Treibstoffkonversion, enzymatische Zersetzungsprozesse, chemische Diagnoseprogramme und bakterielle Kompostierungsbeschleunigung. Ich bin außerdem ein hervorragender Mixer, Toaster und Puffreisautomat, und ich kann aus ganz gewöhnlichen Küchenabfällen die schmackhaftesten Gerichte zubereiten.«

Wuher starrte ungläubig das Plastahlgebilde an.

»Aber du bist ein *Droide*! Ich *hasse* Droiden.«

»Ich könnte Ihnen von außerordentlichem Nutzen sein!«

Wuher fragte sich, warum er sich das Geschwätz des Droiden überhaupt anhörte. Es mußte an seiner verdammten Neugierde liegen. Was er am dringendsten *brauchte*, war eine verfluchte Gehirnwäsche. »Hör zu, du Maschinenexkrement. Ich verabscheue deine Sorte genau wie mein Boß, und zwar aus gutem Grund. Selbst der elendste Jawa weiß, zu welchem Stamm er gehört, selbst wenn er zum Verräter an diesem Stamm wird. Ihr Droiden – wer weiß denn, wer ihr seid und zu wem ihr gehört? Ihr seht wie Bomben aus, und in neun von zehn Fällen explodiert ihr vor der Nase eurer Besitzer, zweifellos aus reiner Gehässigkeit.« Wuher hob einen Fuß und stellte ihn auf den Kopf des Droiden. »Jetzt geh mir aus dem Weg. Ich muß zur Arbeit!« Er versetzte dem Ding einen Tritt. Es rollte piepend in die Ecke zurück, während Wuher davonstapfte.

»Sir! Verehrter Sir! Verzeihen Sie mir meine Aufdringlichkeit! Überdenken Sie meinen Vorschlag! Ich werde den ganzen Tag hier sein und meine Batterien aufladen. Ich kann mich nicht ins Sonnenlicht wagen, denn dann werden mich die Jawas finden. Gewähren Sie mir Asyl, und ich schwöre, daß Sie es nicht bereuen werden.«

»Pah! Das Wort eines Droiden. Wertlos!« fauchte der Mann verächtlich.

Voller Abscheu eilte Wuher davon. Er hätte wissen müssen, daß es sich nicht lohnte, wegen ein paar Sekunden Zeitgewinn einen anderen Weg zu nehmen. Er mied die dunkleren, kühleren Gassen, weil sie allerhand Gesindel anlockten. Diese hier war heller, und Wuher hatte sie für eine sichere Abkürzung gehalten.

Die Straßen von Mos Eisley mit ihren häßlichen Gebäuden und Hangars waren normalerweise in hitzeflirrende Staubwolken gehüllt. Gelegentlich schraubte sich ein Raumschiff mit dröhnenden Triebwerken in den wolkenlosen Himmel oder setzte schwerfällig zur Landung an. In der Stadt roch es heute noch stärker als sonst nach giftigen Treibstoffdämpfen und den Ausdünstungen schwitzender nichtmenschlicher Leiber, durchsetzt von einem Hauch exotischer Gewürze oder irdischer Fäulnis und Urin. Wuher bemerkte, daß an diesem Tag mehr Gleiter als gewöhnlich unterwegs waren, und auch die Zahl der patrouillierenden Sturmtruppen hatte sich beunruhigend erhöht.

Irgend etwas Seltsames ging vor, soviel stand fest.

Nun ja. Es bedeutete vielleicht nur, daß heute in der Bar mehr zu tun sein würde als sonst. Noch 'n Gast macht noch 'n Schnaps, wie Chalmun es so elegant formuliert hatte.

Dennoch, während der menschliche Barkeeper durch die belebten Straßen eilte, die Sonnenkapuze tief ins Gesicht gezogen, die Augen gegen das grelle Licht zusammengekniffen, ging ihm der Droide, der ihn belästigt hatte, nicht aus dem Sinn. Wuher war sich sehr wohl bewußt, daß Droiden im Grunde harmlos waren. Es hatte keinen Sinn, sie zu hassen. Ebensogut hätte er sein Klo oder seinen Herd oder seinen Luftbefeuchter hassen können. Sicher, Droiden waren im Grunde treulos, ohne ethische oder rassische Bindungen. Aber das traf auch auf eine Menge biologischer Nichtmenschen zu, die Wuher getroffen hatte. Die Wahrheit war, daß Droiden leichte Opfer waren, und Wuher wußte es.

Wuher war als kleines Kind in Mos Eisley ausgesetzt worden, ein Mensch unter Wesen, die keine Menschen mochten. Sein ganzes elendes, hartes Leben lang war Wuher herumgeschubst und wie ein Fußabtreter behandelt worden. Sein Boß haßte Droiden eigentlich nur, weil sie nicht tranken und den zahlenden Gästen den Platz wegnahmen. Wuher haßte jedermann, aber Droiden waren die einzigen Geschöpfe, auf denen er ungestraft herumtrampeln konnte.

Er war ein stämmiger Mann mittleren Alters mit einem ewigen Bartschatten, dunklen Säcken unter den Augen und einer negativen Einstellung zum Leben, die sich sowohl in seinen fettigen Haaren als auch in seiner barschen, steinernen Stimme verriet. Seine Augen waren hart und dunkel, und alles, was man in ihnen fand, war amoralischer Stoizismus. Doch in seinem Herzen brannte ein kleines Feuer, ein Traum, den er in all den Jahren der Trunkenheit mit harter Arbeit am Leben erhalten hatte. Nachts, wenn es kühl war und er – oft mehr als nur leicht angetrunken – zu seinem verdreckten Loch von einer Wohnung schlurfte, blickte Wuher zu den Sternen auf, und dann schienen sie fast greifbar nah zu sein, so greifbar nah wie sein Traum.

Wenn er diesen Traum verwirklicht hatte, würde er es vielleicht nicht mehr nötig haben, hilflose bettelnde Droiden zu treten, um sich besser zu fühlen. Vielleicht konnte er dann den Kreaturen, die noch weniger wert waren als er, etwas Gutes tun.

Vor ihm schälten sich die gedrungenen, pilzähnlichen Umrisse der Bar heraus. Wuher stapfte um das Haus herum zum Hintereingang. Er zog seine ID-Karte aus der Tasche, schloß die Tür auf und stieg vorsichtig die dunkle Treppe hinunter. Er schaltete das Licht ein. Hier unten im Keller war es nicht feucht. Es gab keine feuchten Kellerräume auf einer Welt wie Tatooine. Allerdings war ein trockener, erdiger Geruch die Basis für alle anderen Gerüche, die hier um Aufmerksamkeit kämpften, Gerüche, die über der Laboreinrichtung, den Fässern und Tanks und Bottichen hingen, die wie Grate aus Metall, Plastik und Glas die Tische und den Boden bedeckten.

Chalmun importierte nur ein Minimum an Getränken, der geizige Bastard. Der Rest von dem, was in der Mos Eisley Bar ausgeschenkt wurde, stammte entweder aus den Destillen der Stadt oder wurde hier unten gebrannt.

Wuher hatte wenig Zeit. In Kürze begann seine erste Schicht. Nichtsdestotrotz fühlte er sich magisch von einer kleinen Nische im hinteren Teil des weitläufigen Kellers angezogen, wohin sich die anderen Angestellten nur selten wagten. Er knipste das Licht an und stand vor einem Apparat aus Spiralen, Röhren, Skalen und Glaskolben. Im größten dieser Kolben hatte sich eine kleine Menge dunkelgrüner Flüssigkeit gesammelt. Wuher studierte die Anzeigen der gravimetrischen und chemischen Sensoren. Ein säuerlicher, an alte Socken erinnernder Geruch hing in der Nische. Süßer Balsam für Wuhers Nase! Und die Skalen und Digitaldisplays – ah, sie zeigten fast das exakte Mischverhältnis an, das Wuher vorausberechnet hatte. Erregung stieg in ihm hoch. Das konnte der Stoff sein, nach dem er schon so lange forschte. Sein Elixier! Sein perfekter Schnaps, bis ins kleinste Detail den biochemischen Geschmacksknospen keiner geringeren Person als Jabba dem Hutt angepaßt, Verbrecherlord und Sklavenmeister aller kriminellen Elemente Tatooines.

Wuher unterdrückte das Zittern seiner Hände, atmete tief durch und griff nach einer sterilen Pipette. Er zog den Pfropfen aus dem Kolben, steckte die Pipette hinein und saugte eine winzige Menge Flüssigkeit ab. Behutsam zog er den kostbaren Schatz wieder heraus.

Ah! Wenn dieses Destillat der richtige Stoff war, der perfekte Drink für Jabba den Hutt, dann blieb Jabba gewiß nichts anderes übrig, als Wuher zu seinem persönlichen Barkeeper, Schnapsbrenner, Bierbrauer, Weinmeister zu ernennen. Durch diesen Karrieresprung konnte der verachtete Wuher vielleicht zu Ansehen und Geld gelangen und dieses Höllenloch von einer Wüstenwelt am Arsch der Galaxis gegen eine saubere, anständige Bar auf einem paradiesischen Planeten eintauschen.

Wuher führte die Pipette zu seinem Mund. Die Flüssigkeit funkelte wie Diamanten im Bernsteinlicht. Er drückte einen Tropfen auf seine Zunge. Ein Blitz und ein Zischen. Eine winzige Dampffahne stieg auf. Der Schmerz war ungeheuerlich, aber Wuher ertrug ihn. Die Aromen marterten seinen Gaumen wie eiserne Klauen. Er wand und krümmte sich und hielt durch. Das Destillat erinnerte an Rotwort, Skusk, Mummergy. Bitter und brennend aromatisch mit einem scharfen alkoholischen Nachgeschmack.

Verdammt. Nicht ganz richtig. Seine bioalchemistischen Instinkte und sein genaues Studium von Jabbas anderen Lieblingsdrinks hatten es ihm ermöglicht, eine theoretisch perfekte Mischung zu synthetisieren, einen Schnaps, der das riesige Wurmwesen in Verzückung versetzen würde.

Aber es stimmte noch nicht ganz. Ein bestimmtes Element fehlte. Ein gewisser würgender Hauch einer trügerischen, aber dennoch unwiderstehlichen Dekadenz.

Verdammt.

Der Barkeeper griff nach seiner Schürze und stieg enttäuscht die Treppe zu seinem verräucherten Arbeitsplatz hinauf.

»Wasser!« verlangte der grüne Nichtmensch mit quäkender Stimme. »Eine Flasche destilliertes Wasser, Barkeeper, und versuchen Sie ja nicht, mich übers Ohr zu hauen! Ich habe die Kredits für den echten Stoff. Diese Nase kennt den Unterschied!« Der Nichtmensch berührte mit einem seiner grünen Finger seinen absurden Rüssel.

Wuher rümpfte die Nase. Lag es an ihm, oder war der Gestank in diesem pangalaktischen Loch noch widerwärtiger als sonst? »Okay, Alter. Wie du willst, aber du siehst aus, als könntest du was Stärkeres gebrauchen.«

Die juwelenähnlichen Augen des Nichtmenschen glitzerten vor Zorn, und seine Ohren schienen gekränkt zu wackeln. »Wie können Sie es wagen, mich so vertraulich anzureden, Sie menschlicher Müllhaufen? Glauben Sie mir, ich kenne alle männlichen, starken Drinks. Aber ich habe es mir zur Regel gemacht, sie mir nur von *echten* Barkeepern servieren zu lassen.«

Ein verunstaltetes Gesicht schob sich ins trübe Licht der Barbeleuchtung und mischte sich in das Gespräch ein. »In Wirklichkeit braut dieser Bursche für einen lausigen, mistfressenden Eingeborenen verdammt gute Drinks. Ich, Dr. Evazan, muß es wissen. Ich habe in allen zwölf Systemen, in denen man mich zum Tode verurteilt hat, eine Menge Drinks probiert, und die Drinks hier können es ohne weiteres mit ihnen aufnehmen!«

Wuher dankte ihm mit einem mürrischen Nicken. Aber der arrogante Nichtmensch ließ sich davon nicht beeindrucken. Der Bursche war ein Rodianer – und ein Kopfgeldjäger, wenn man seinen Prahlereien glauben durfte. Eine besonders abstoßende Kombination.

»Unsinn«, schnaubte der Rodianer verächtlich. »Ein Mensch hat einfach nicht das Zeug zu einem anständigen Barkeeper. Das eine schließt das andere aus.«

Diese Arie hatte Wuher schon viel zu oft gehört. Vom allerersten Tag an, seit er durch die Beschäftigung mit seinem Chemiebaukasten Gefallen an interessanten Drinks gefunden und dank einem billigen, aber effektiven und erfolgreichen abgeschlossenen Barkeeperfernstudium aus seinem Hobby einen Beruf gemacht hatte, war ihm unter die Nase gerieben worden, daß er nichts taugte. Und das nur, weil er Wesen von verschiedenen Planeten, aus unterschiedlichen Biomen und Ökologien Drinks servieren wollte. Barkeeper in Lokalen, die von Gästen mit individuell verschiedener Biochemie besucht wurden, waren eher Xenoalchemisten denn schlichte Kellner. Man mußte aufpassen, was man wem einschenkte. Es war nicht gerade ratsam, einen Drink auf Schwefelsäurebasis, wie ihn die Devaroianer liebten, beispielsweise einem Gotal zu servieren. Ein ganz normales Bier konnte einen Jawa in eine verschrumpelte Dörrpflaume verwandeln. Es war nicht wirklich so, daß ein Mensch den Anforderungen nicht gewachsen war, sondern eher so, daß es die meisten nicht sonderlich interessierte. In den Tagen der alten xenophobischen Republik hatte es sogar ein paar menschliche Barkeeper gegeben, die ihren Job dazu mißbrauchten, ihre Feinde langsam zu vergiften.

»He, Grünling«, fauchte Wuher beleidigt, »warum wirfst du nicht mal einen Blick in Chalmuns Büro? Dort hängt mein Diplom an der Wand.«

»Das werde ich! Und ich werde alles in meiner Macht Stehende tun, damit Sie gefeuert werden. Wesen Ihrer Art gehören nicht hierher.« Der Rodianer beugte sich über den Tresen und fixierte Wuher mit seinen riesigen Augen, die deutlichste und aufdringlichste Geste seiner Spezies, um äußerste Verachtung auszudrücken. Wuhers Nüstern wurden sofort von einer stärkeren Dosis jenes Geruchs gepeinigt, den er zuvor schon bemerkt hatte. Er wich schaudernd zurück.

»Pah! Feigling!« Der Rodianer spuckte ihn an. »Und damit Sie es wissen, Barkeeper, ich, Greedo, bin einer der wertvollsten Mitarbeiter von Jabba dem Hutt. Ich werde mich auch bei ihm über Sie beschweren, sobald ich das Geschäft erledigt habe, dessentwegen ich überhaupt in diese verlauste Bar gekommen bin. So. Jetzt hätte ich gern meine Flasche destilliertes Wasser. Und machen Sie voran, sonst komme ich hinter den Tresen und hole sie mir selbst.«

Der Geruch war jetzt so stark, daß Wuher vorübergehend wie betäubt war. Selbst als er nach unten griff, eine Flasche Wasser nahm und sie öffnete, fühlte er sich wie umnebelt.

Dieser Geruch … Irgend etwas an diesem Geruch …

Zweifellos Pheromone. Aber einzigartige Pheromone, völlig anders als jene, die Wuher früher schon einmal gerochen hatte. Der Barkeeper hatte eine große Nase mit hochempfindlichen Riechnerven, die er ständig trainierte. Das war einer der Gründe, warum er ein so guter Bioalchemist war. Da war etwas an diesem Greedo …

Der Rodianer riß ihm die Flasche aus der Hand, warf verächtlich eine Handvoll Kreditchips auf den Tresen und trollte sich in eine der dunklen Ecknischen. Obwohl Wuher an diese Behandlung gewöhnt war, verletzte sie ihn zutiefst. Er fühlte sich wie ein Haufen Womprattenscheiße, und die Tatsache, daß er absolut nichts tun konnte, um sich für seine verletzten Gefühle zu rächen, machte alles nur noch schlimmer. Und dann noch dieser Geruch. Er war jetzt überall. Er berührte ihn bis ins Tiefste seiner Seele, und er wußte nicht genau, warum.

Um sich abzulenken, machte er sich wieder an die Arbeit. Er mixte ein paar ausgefallene Drinks für die Band, deren Musik den Job in diesem Loch erst erträglich machte. Danach bediente er einen Aqualishaner und die Tonnika-Schwestern und quirlte einen ätherischen Cocktail für den bluesliebenden Devaronianer. Die ganze Zeit brodelten Ärger und Verwirrung in ihm, so daß er seine Umgebung kaum noch wahrnahm.

Er bemerkte die Neuankömmlinge erst, als sein Gehilfe an seiner Tunika zupfte.

»Wuher. Der Droidendetektor hat angesprochen.«

Alarmiert fuhr Wuher herum und blickte auf das kleine nartianische Geschöpf hinunter, das mit zwei von seinen vier Händen eifrig Gläser spülte.

»Danke, Nackhar.«

Wuher richtete seine Aufmerksamkeit auf den Eingang, wo ein alter Mann und ein junger, flachsblonder Bursche aufgetaucht waren und sich ihren Weg in die lichtgefleckte, verräucherte Dunkelheit der Taverne bahnten, gefolgt von einem goldenen, trippelnden Protokolldroiden und einem rollenden R2-Modell.

»He!« rief Wuher mit seiner barschesten Stimme. »Typen wie ihr haben hier keinen Zutritt.«

Die Bemerkung löste einige Verwirrung aus.

Wuher sah sich zu einer Klarstellung genötigt. »Ihr Droiden. Wir wollen euch hier nicht haben.«

Die Droiden gingen hinaus.

Der Rausschmiß der Droiden verschaffte ihm ein tiefes Gefühl der Befriedigung. Es war eine der wenigen Machtdemonstrationen, die Wuher wirklich gefielen – eine klare, übersichtliche Angelegenheit, bei der er sicher sein konnte, niemand anderen zu kränken. Dennoch, während er verfolgte, wie die Droiden das Lokal verließen, irritierte ihn etwas. Die Erinnerung an diesen einsamen Droiden, der in dieser Gasse gestrandet war und um Hilfe flehte. Auf irgendeine Weise löste die irritierende Erinnerung zusammen mit dem starken Geruch von Greedos Pheromonen eine nagende, gleichzeitig seltsam erregende Unruhe in dem Barkeeper aus.

Ein junger Mann in Wüstenkluft zupfte an seinem Arm und bestellte ein Glas Wasser. Es dauerte ein paar Zupfer, bis Wuher reagierte, aber schließlich war der Drink serviert, und Wuher machte mit der Arbeit weiter und bediente einen ungeduldig quietschenden Ranater.

Er war so mit seinen eigenen Sorgen beschäftigt, daß er einige Zeit brauchte, um zu bemerken, daß sich eine Auseinandersetzung anbahnte. Wuher blickte auf und sah, daß sich Dr. Evazan mit dem jungen Mann anzulegen schien. Der alte Begleiter des Jungen trat dazwischen und sagte etwas. Einen Moment später gab es einen blendenden Blitz.

Alarmiert rief er: »Keine Blaster! Keine Blaster!«

Ein Lichtschwert wirbelte durch die Luft. Ein Schlag, ein Schrei – und der abgetrennte Waffenarm von Evazans aqualishanischem Kumpanen landete auf dem Boden.

Der Alte und der Junge wichen zurück, und nach einem Moment der Stille spielte die Band weiter.

»Nackhar«, wandte sich Wuher an seinen Gehilfen. »Machst du bitte sauber? Ich bin beschäftigt.«

Obwohl der Arzt sich für ihn eingesetzt hatte, hegte Wuher keine Sympathien für ihn. Der Mann war eine häßliche, bösartige und verkommene Kreatur. Nichtsdestotrotz gab es keinen Grund, das Blut des stöhnenden Gefährten des Doktors zu lange den Boden beschmutzen zu lassen.

Der Nartianer huschte davon.

Wuher machte sich wieder an die Arbeit.

Noch ’n Gast, noch ’n Schnaps.

Ein ganz normaler Tag in der Mos Eisley Bar.

Schade, daß Chalmun nicht da war. Seine einschüchternde Gestalt verhinderte normalerweise derartige Faxen. Dieser Wookiee, der mit dem alten Mann gesprochen hatte, ähnelte seinem Arbeitgeber ein wenig, war aber größer und jünger. Er trieb sich schon seit einiger Zeit mit diesem großspurigen Schmuggler Han Solo herum. Der Raumfahrer hatte gestern etwas davon gefaselt, daß der Wookiee sein bester Freund sei. Wer solche Freunde hatte, brauchte keine Feinde mehr. Vielleicht gab es doch noch schlimmere Dinge im Universum als in der Mos Eisley Raumhafenbar von Rodianern heruntergeputzt zu werden.

Trotzdem wurmte es ihn, und Wuher glühte vor Zorn und Haß wie eine aufgescheuchte Sandschlange.

Kurz darauf kamen zwei Sturmtruppler herein und marschierten direkt zum Tresen.

»Wir haben gehört, daß es hier Krawall gegeben hat«, sagte einer der beiden. Seine Stimme drang elektronisch verzerrt durch seinen weißen, totenkopfähnlichen Helm.

»Darauf können Sie wetten«, knurrte Wuher. Er sah sich um und entdeckte die Unruhestifter an einem Tisch im hinteren Teil des Lokals. Interessanterweise saßen sie mit niemand geringerem als Han Solo und seinem Wookiee-Kumpel zusammen. »Der alte Kerl und der Junge dort hinten.«

Er deutete auf die beiden. Je früher diese Sturmtruppler von hier wieder verschwanden, desto besser. Sie machten ihn nervös. Er hatte ohnehin schon genug Ärger. Außerdem gaben diese Sturmtruppler *nie* Trinkgeld.

Wuher versank wieder ins Brüten, während er, quasi von seinem inneren Autopiloten gesteuert, Barium-Flips, eisgekühlte Sulfate und sogar ein Gedeck Bier und Korn servierte. Er genehmigte sich auch ein Glas seines selbstgebrauten Bieres, um die bohrenden Kopfschmerzen zu vertreiben. Aber die ganze Zeit verfolgten ihn zwei Dinge: dieser Geruch, der noch immer in seinen Nüstern hing, und dieser aufdringliche Droide. Was würde aus ihm werden? Warum kümmerte es ihn überhaupt? Und was war noch einmal sein besonderes Talent?

Ein lautes Krachen ließ ihn plötzlich aus seinen Gedanken aufschrecken.

Alle Köpfe drehten sich zur Quelle des Lärms, jenem Tisch, an dem Han Solo saß. Der Schmuggler stand unbekümmert auf und näherte sich dem Tresen, während er seine Waffe zurück ins Holster steckte.

Wuher konnte nicht glauben, was er am Tisch zurückgelassen hatte.

»Die Schweinerei tut mir leid«, sagte Solo und schnippte Wuher einen Zwei-Kredits-Chip zu. Normalerweise hätte Wuher sofort seine Hand auf die Münze gelegt, um zu verhindern, daß jemand sie stiebitzte. Aber der Anblick, der sich ihm bot, war viel zu schockierend, um an Geld zu denken.

Dort, quer auf dem Tisch liegend, mit einem zerblasterten Unterleib, von dem eine dünne Rauchsäule aufstieg, hatte kein anderer als Greedo, der rodianische Kopfgeldjäger, sein Leben ausgehaucht.

Wuher spürte kalte Befriedigung. Sein Wunsch war erfüllt worden, was nicht häufig geschah. Sicher, in dieser Bar wurden ständig irgendwelche Wesen umgebracht, und es hätte Wuher noch mehr Befriedigung verschafft, wenn er selbst den Abzug dieses Blasters gedrückt und diesen widerlichen, stinkenden …

Plötzlich hatte der Barkeeper eine Art transzendentale Erleuchtung. Unbewußte Gedankenprozesse drangen machtvoll an die Oberfläche, und es war, als hätte sich der Himmel geöffnet und ihn mit dem Licht der kosmischen Weisheit erfüllt.

Dieser Droide … dieser verrückte, verängstigte Droide …

Er mußte ihn vor Schaden bewahren. Er *mußte* ihn retten!

»Nackhar!« rief er.

Die kleine Kreatur kam angehuscht. »Haben Sie das gesehen, Sir? Habe ich nicht schon immer gesagt, daß Chalmun alle Waffen an der Tür einsammeln soll? Habe ich …«

»Willst du etwa die Gäste nach Waffen durchsuchen, Nackhar?«

Der Gehilfe verstummte.

»Übernimm du die Theke. Ich habe etwas Dringendes zu erledigen. Ich bin bald wieder zurück. In der Zwischenzeit paß auf, daß die Leiche des Rodianers nicht angerührt wird. Ich will nicht, daß die Jawas sie nach draußen schleppen und fleddern. Hast du verstanden?«

»Ja. Natürlich. Aber wenn die Polizei …«

»Sie kann sie untersuchen, wenn sie will, und der Täter ist schließlich bekannt. Aber erhebe in Chalmuns Namen Anspruch auf die Leiche. Rechtlich gesehen ist sie jetzt unser Eigentum.«

»Aber warum können Sie das nicht … wo wollen Sie denn hin?«

»Ich muß eine Rettungsaktion starten!«

Mit diesen Worten ging Wuher hinaus. Der Droide lag nicht mehr zwischen den Mülltonnen.

Wuher war alarmiert. Das Ding hatte versprochen, bis zum Abend hier zu warten. Sein Verschwinden konnte nur Betrug bedeuten.

Wuher bückte sich und inspizierte den sandigen Boden. Fußspuren, kein Zweifel. Frische Fußspuren, die zum anderen Ende der Gasse führten. Ohne einen Gedanken an Vorsicht oder Selbstschutz zu verschwenden, nahm der Barkeeper die Verfolgung auf.

Er mußte den Droiden retten.

Er folgte den Spuren durch die gewundenen Gassen. Der Boden verriet ihm, was geschehen war. Droidenspuren und kleine Fußabdrücke. Seine Befürchtungen hatten sich erfüllt – ein Jawa hatte das Metallwesen gefunden und verschleppt. Wuher rannte weiter und zog den Knüppel aus seinem Gürtel. Nur Sekunden später hörte er auch schon das Piepen und Zwitschern: die Laute des Droiden und seines neuen Herrn.

Wuher drückte sich an eine Wand und spähte um die Ecke. Da waren sie. Der Jawa hatte den seltsam aussehenden Droiden mit einem Hemmbolzen gesichert. Sie waren nur noch ein paar Meter von der Hauptstraße entfernt.

Ohne zu zögern rannte Wuher los, stürzte sich auf den Jawa und schmetterte ihm hart und entschlossen den Knüppel auf den kapuzenverhüllten Hinterkopf. Der Jawa fiel wie ein Sack Smunkwurzeln zu Boden. Hastig zerrte der Barkeeper die vermummte Kreatur in einen dunklen Winkel der Gasse und zog dabei eine dünne Blutspur hinter sich her.

Er kehrte zu dem Droiden zurück, untersuchte ihn und fand den Hemmbolzen. Er entfernte ihn mit einem Ruck und schleuderte ihn Richtung Jawa.

Der Droide erwachte zum Leben.

»Sir! Sie haben mich gerettet. Sie haben mich aus der Gewalt meiner Feinde befreit!«

»Das stimmt, C2-R4.«

»Aus Ihnen ist ein guter Mensch geworden. Ich wußte es, ich wußte es, ich konnte erkennen, daß tief in Ihrer Brust ein Herz aus Gold schlägt. Deshalb habe ich es gewagt, mich Ihnen zu zeigen. Ah, es ist ein Wunder. Das ist der Stoff, aus dem die Märchen sind! Ein steinernes Herz, von Mitleid erweicht. Ich danke Ihnen, guter Mensch. Oh, ich danke Ihnen!«

»Keine Ursache, C2-R4. Ja, ich habe erkannt, daß dir Unrecht getan wurde. Das Elend und die Verderbtheit meines Lebens ließen mich erkennen, daß ich einmal etwas Gutes und Lohnendes tun muß.« Wuher lächelte. »Aber wir sollten nicht hier herumstehen und schwatzen. Es sind zweifellos noch mehr Jawas in der Gegend. Wir sollten dich an einen sicheren Ort bringen.«

»Oh, das Glück ist mir heute hold. Sir, Sie haben bewiesen, daß mein Glaube an die wahre, reine Güte der menschlichen Seele berechtigt ist. Denn sehen Sie, wir Droiden bestehen zwar aus Metall, aber auch wir haben Bewußtsein und demzufolge auch eine Seele.«

»Oh, gut. Ich bin sicher, daß wir eine Menge philosophischer Gemeinsamkeiten haben, über die wir diskutieren können. Aber jetzt wollen wir uns beeilen«, sagte Wuher beflissen. »Gibt es irgend etwas, das ich für dich tun kann?«

»Sie haben bereits alles für mich getan, was möglich ist, werter Sir. Und ich hielt mich schon für die ärmste, verlorenste Seele in Mos Eisley. Die Güte der menschlichen Seele ist wahrhaft unerschöpflich.«

»Ja, meine Einstellung zu euch Droiden hat sich um hundertachtzig Grad gedreht«, nickte Wuher. »Ich bringe dich zur Bar. Du kannst dich im Keller verstecken, wo es keine Droidendetektoren gibt.«

»Oh, oh!« rief der Droide, sichtlich verzückt angesichts seiner wundersamen Rettung. »Endlich koste ich die Milch der menschlichen Güte.«

»Oh«, meinte Wuher mit einem trockenen Grinsen. »Ich glaube nicht, daß ich heute besonders an *Milch* interessiert bin.«

Der Tropfen glitzerte wie ein Juwel des Versprechens.

Und fiel.

Zuerst kam natürlich der Schmerz. Bedauerlich, aber das war der Preis, den man zahlen mußte, wenn die Systeme inkompatibel waren. Wuher ertrug ihn stoisch, sogar freudig, und wartete auf die Reaktion seiner Geschmacksnerven. Schon jetzt reagierten seine bebenden Nüstern positiv auf die vertraute dünne Dampffahne, die von seiner Zunge aufstieg.

Ja, ja, das war neu!

Er bemerkte einen Hauch Bergamot!

Aber da war noch mehr ... und dann traf ihn die Erkenntnis mit solcher Wucht, als hätte ihm jemand einen Tritt gegen den Kopf versetzt.

Der Geschmack zweier verfluchter Nichtmenschen, die auf einem Haufen explodierender Gewürzkapseln miteinander rangen.

Von Krämpfen geschüttelt fiel er von seinem Stuhl.

»Master! Master!« rief C2-R4. »Geht es Ihnen gut?«

Wuher fröstelte.

Und zitterte.

Stand mit einem törichten Lächeln auf.

»Mann!«

Er blickte zu seinem Destillierapparat hinüber, zu dem größeren Glaskolben, der inzwischen halb mit diesem tödlichen Elixier gefüllt war, während noch mehr davon in den spiralförmigen Windungen der Röhren seines improvisierten Labors blubberte.

»Es ist sogar besser, als ich gehofft hatte«, sagte er. »Das ist genau der Schnaps, der Jabba dem Hutt gefallen wird.«

»Jabba der Hutt, Master?« fragte der Droide. »Ist er nicht der Verbrecherlord dieser Region?«

»Unsinn«, wehrte Wuher ab. »Er wird von seinen Feinden verleumdet. Er wird nicht nur *mein* Wohltäter sein, sondern schlußendlich auch deiner.«

»Wirklich?«

»Ja. Natürlich. Wir werden Geschäftspartner, C2-R4. Zuerst arbeiten wir für Jabba den Hutt. Dann werden wir den elenden Staub dieses widerwärtigen Planeten abschütteln. Große Dinge, C2. Wir sind für große Dinge bestimmt!«

Der ungehobelte Barkeeper strahlte seinen neuen Mitarbeiter an.

C2-R4 stand exakt in der Mitte der Nische. Unter einem neu eingebauten Zapfhahn, der aus seinem faßförmigen Rumpf ragte, stand eine kleine Flasche mit einer smaragdgrünen Flüssigkeit. Ein paar Tropfen von diesem Zeug hatten genügt, um Jabbas Schnaps seine neue und wundervolle Geschmacksnote zu verleihen, die ihn zu etwas Großem machte. Wuher, begnadeter Bioalchemist, würde mit diesem Stoff Jabba den Hutt für lange Zeit glücklich machen können.

Aus dem Grillmund des Droiden ragte ein nackter grüner Nichtmenschenfuß, verharrte für einen Moment und verschwand dann in der Öffnung, um von C2-R4 leistungsstarken chemikalischen Extraktoren zu dem kostbaren Saft verarbeitet zu werden.

An einem Haken neben der blubbernden Destille hing eine weitere neue Zierde von Wuhers bioalchemistischer Nische: der Kopf von Greedo dem Rodianer. Nackhar hatte die größte Mühe gehabt, den Jawas die Leiche abzuschwatzen. Er hatte ihnen mehrere Runden Freibier ausgeben müssen, aber das war es wert.

»Auf deine Pheromone, Greedo«, sagte Wuher der Barkeeper und hob prostend seine Pipette. »Han Solo hat dir und den rodianischen Frauen wirklich einen großen Gefallen getan.«

Der Kopf starrte blind zurück.

»Ich muß gestehen, die Kreatur war reichlich zäh und knorpelig«, sagte der Droide. »Ich fürchte, nach dieser starken Belastung muß mein interner Fleischwolf geschärft werden.«

Wuher grinste und zwinkerte. »Für dich ist mir nichts zu teuer, C2-R4. Glaube mir, dies ist der Beginn einer wundervollen Freundschaft.«

Denn Wuher der Barkeeper hatte jetzt in der Tat eine völlig neue Einstellung zu den Droiden.

Nachtlilie:

Die Geschichte der Liebenden

Barbara Hambly

»Gnädigste, ich bin untröstlich.« Feltipern Trevagg schaltete den Computermonitor über seinem Schreibtisch aus und wirkte dabei nicht im geringsten zerknirscht. »Wenn Sie Ihre Wasserrechnung nicht bezahlen, kann ich nicht verhindern, daß man Ihnen die Wasserzufuhr sperrt. Ich bin es schließlich nicht, der die Gebühren festsetzt.«

In Wirklichkeit hatte er es *in diesem Fall* doch getan, vielmehr dem Stadtpräfekten des Mos Eisley Raumhafens vorgeschlagen, die Wassergebühren um fünfundzwanzig Prozent zu erhöhen. Aber, sagte sich Trevagg nüchtern, während er seine Stirnhöcker rieb und der verzweifelten Modbrek-Frau zuhörte, die ihn um einen Zahlungsaufschub anflehte, wahrscheinlich hätte sie auch die alten Gebühren nicht begleichen können, so daß es keine große Rolle spielte. Wichtig war jetzt nur, natürlich vorausgesetzt, alles lief nach Plan, daß er ihr ein paar tausend Kredits für ihr Haus anbieten konnte – die sie mit Freuden annehmen würde, nachdem sie schon einige Tage ohne Wasser oder Nahrung war –, um es dann zimmerweise zu vermieten. Aber er mußte schnell handeln, damit der Präfekt nicht hinter seine Pläne kam und ihn überbot.

Die Verzweiflung der Modbrek-Frau irritierte ihn. Wäre sie eine Gotal wie er, hätte er vielleicht Mitleid empfunden, obwohl Trevagg weit weniger als die meisten seiner Artgenossen für Emanationen der Verzweiflung und Furcht empfänglich war. Aber Modbreks waren nach Trevaggs Ansicht nur halbintelligente, unansehnliche, kurzlebige Wesen, bis auf die grotesk voluminöse blaue Mähne, die von ihren unterentwickelten Köpfen hing, haarlos wie Schnecken, mit großen Augen und winzigen Nasen und Mündern in spitzen, blassen Gesichtern. Diese Frau und ihre Töchter, die fortwährend Schwingungen der Angst ausstrahlten, wirkten auf ihn wie eine Art mißtönende Musik.

»Gnädigste«, sagte er schließlich seufzend, »ich bin nicht Ihr Vater. Und ich bin auch nicht von der Wohlfahrt. Und wenn Sie wußten, daß Sie Ihre Wasserrechnung nicht bezahlen können – wovon ich ausgehe, denn Sie sind seit zwei Monaten in Verzug, und weder Sie noch Ihre Töchter haben sich die Mühe gemacht, eine anständig bezahlte Arbeit zu suchen –, hätten Sie sich rechtzeitig an Ihre Familie oder eine Wohltätigkeitsorganisation wenden müssen.«

Er drückte einen Knopf am Kontrollpult seines Schreibtischs. Ein menschlicher Sicherheitsbeamter in einer zerknitterten Uniform kam herein und drängte die drei Frauen nach draußen. Trevagg konnte spüren, daß der Mann Mitleid mit ihnen hatte und, sehr zu Trevaggs Abscheu, die erbärmlichen Kreaturen körperlich anziehend, sogar sexuell interessant fand.

Natürlich hatte Trevagg schon immer Schwierigkeiten gehabt, das sexuelle Interesse, das die Menschen füreinander empfanden, zu verstehen. Sie waren bleich, wabbelig, schwammig und unfähig, wie die Gotal emotionale Schwingungen auszusenden. Außerdem fehlte ihnen der Gegensatz zwischen Stärke und Schwäche, der die Voraussetzung für erotische Spannung war. Wie konnte jemand nur …?

Er zuckte die Schultern und wandte sich wieder seinem Schreibtisch zu, um einen Anruf zu erledigen. Hinter ihm trat jemand ins Zimmer. Er spürte die Wärme eines menschlichen Körpers und identifizierte die elektromagnetische Aura als die von Predne Balu, stellvertretender Sicherheitschef von Mos Eisley. Der Überdruß und die Abneigung des Mannes legten sich wie rauchige Dunkelheit auf ihn.

»Warum haben Sie ihr nicht einen Monat Aufschub gewährt?« Balus rauhe Stimme klang müde. Die Hitze der tatooinischen Sonnen schien schon vor langer Zeit die Wildheit und die Begeisterung aus Balu gebrannt zu haben, die für einen Jäger unverzichtbar waren. Trevagg verachtete ihn.

»Sie hat zwei Monate Zeit gehabt. Wasser ist ein teures Importgut.«

Über den schwarzen Empfangsmonitor flimmerte eine Nachricht: PYLOKAM 11:30. Trevagg bewegte einen Finger, und die Pixel verschwanden, als hätten sie nie existiert. Er drehte sich in seinem Sessel und sah Balu an: ein bulliger Mann mit herunterhängenden Schultern in einer zerknitterten dunkelblauen Uniform, mit schwarzen Haaren, dunklen Augen und graumelierten, erbärmlichen Stoppeln, die bei den Menschen als Bart durchgingen. Ein Kopf wie eine Melone. Trevagg konnte keinen Menschen ansehen, ohne Verachtung und leichte Belustigung zu empfinden. Er wußte, daß sie über andere Sinnesorgane als Kopfhöcker verfügten, aber selbst nach den vielen Jahren, die er in der Galaxis verbracht hatte – als Kopfgeldjäger, imperialer Leibwächter und Sicherheitschef an Bord diverser Raumschiffe – fand Trevagg alle Wesen ohne Höcker albern und ineffektiv. Auf Antar IV staffierten sich die Gotals, deren Höcker unterentwickelt waren, mit Attrappen aus Gummi aus, obwohl jeder im Grunde seines Herzens wußte, daß die Größe der Höcker die Fähigkeit zum Empfang sensorischer Schwingungen nicht beeinflußte.

Es war schlicht so, daß er vor einem Wesen ohne Höcker instinktiv keinen Respekt hatte.

»Sorgen Sie dafür, daß morgen die Wasserzufuhr zu ihrem Grundstück gesperrt wird.«

Balu kniff den Mund zusammen, aber er nickte.

»Ich gehe jetzt. In einer Stunde dürfte ich wieder zurück sein.«

Ein Spaziergang über den Marktplatz von Mos Eisley war für Trevagg immer ein berauschendes Erlebnis. Als geborener Jäger, der einst seine Neigung zum Beruf gemacht hatte, war seine derzeitige Stellung als Steuer- und Gebühreneintreiber eine Enttäuschung für ihn. Was ihm anfangs als eine Gelegenheit zum Zusammenraffen großer Summen Kredits erschienen war, hatte sich als wenig einträglicher Verwaltungsposten entpuppt.

Dennoch spürte er, wußte er, daß man hier eine Menge Kredits machen konnte.

Auf dem Marktplatz von Mos Eisley erwachte wieder der Jäger in ihm.

Markisen flatterten im heißen Wind, Sonnenschirme aus Kunststoff warfen tiefschwarze Schatten, während die billigeren Modelle aus Baumwolle und Lumpen die Gesichter der Wesen unter ihnen mit rotem und blauem Licht fleckten. Der würzige Geruch von Banthaburgern und altem Fritieröl umwaberte die zahllosen Verkaufsstände, die überall aus dem Boden wuchsen, wo ein geschäftstüchtiger Jawa oder Whiphide Platz für eine sonnenenergiebetriebene Friteuse gefunden hatte. Angehörige von Rassen aus allen Winkeln der Galaxis wanderten durch die schattigen Gänge dieses improvisierten Labyrinths. An einem Stand zeigte ein leichengesichtiger Durosianer einem neugierigen menschlichen Touristenpaar Ketten aus beige-grauen »Sandperlen« und verblichenem blauen Glas; an einem anderen Stand wand sich eine fast nackte gamorreanische Bauchtänzerin auf einer gelbgestreiften Decke zu den bewundernden Pfiffen einer Gruppe Sullustaner, die zu den vielen Rassen gehörten, die Gamorreaner attraktiv fanden.

Aber mehr als alles andere war es die Atmosphäre der Gefahr, die über dem Platz lag, der Unruhe, der Wachsamkeit, die von Trevaggs Höckern wie drogenversetzter Wein aufgesaugt wurde. Nach einem Spaziergang über den Marktplatz fragte er sich stets, ob er den imperialen Dienst nicht quittieren und wieder auf Jagd gehen sollte.

Aber wie immer sah er sich genauer um und stellte fest, daß viele von diesen Leuten zerschlissen oder zerlumpte Wüstenkleidung trugen. Er strich über sein neues Jackett aus dunkelgrüner Yullraseide, seine enganliegende, maßgeschneiderte Hose, und überlegte es sich noch einmal. Er würde auf diesem elenden Felsbrocken vielleicht kein großes Vermögen verdienen, aber zumindest ein kleines.

Und die Gelegenheit würde kommen.

Sie *war* sogar schon gekommen.

Sein Puls beschleunigte sich, als er an die Schwingungen dachte, die er vor zwei Wochen bei seinem Spaziergang über den Markt aufgefangen hatte. Er mußte sich lediglich wie ein Jäger verhalten, sagte er sich, und geduldig warten. Die Chance seines Lebens war gekommen, und wenn er wartete, würde sie zurückkehren.

Falls alles nach Plan lief.

Der Mittelsmann von Jabba dem Hutt, ein extrem fettleibiger Sullustaner namens Jub Vegnu, wartete auf ihn an Pylokams Biokostbude. Pylokam, ein alter, zerbrechlicher Mensch in schmutzfarbenen Lumpen und einem abscheulichen orangefarbenen Schal, bot schon seit Jahren voller Optimismus seine Fruchtsäfte und dampfenden Gemüsebällchen feil, während es an den Nachbarständen fetttriefende Taurückenrippchen und supersüße Beignets zu kaufen gab – kein Zucker, kein Salz, keine künstlichen Aromastoffe und keine Kunden. Selbst Jabba hatte es aufgegeben, von seinem nichtexistenten Profit Prozente einzutreiben.

Vegnu lehnte an seinem Tresen und verzehrte einen Karamel-Pkneb – etwas, das Pylokam niemals verkaufen würde –, und der Saft lief ihm am Kinn hinunter, sofern man seine untere Gesichtspartie überhaupt als Kinn bezeichnen konnte. Bei Pylokam konnten sie absolut sicher sein, daß niemand sie störte.

»Ich brauche einen Mittelsmann für ein Immobiliengeschäft«, sagte Trevagg mit seiner rauhen, monoton klingenden Stimme. »Die Übernahme erfolgt in drei Tagen, unbedingte Geheimhaltung ist erforderlich. Zehn Prozent aller Folgeeinnahmen gehen an Jabba.«

Sie feilschten eine Weile um die Prozente und die Geheimhaltungsvereinbarung. Trevagg wußte genau, daß, wenn der Präfekt oder gewisse andere Mitarbeiter der imperialen Verwaltung von dem Geschäft erfuhren, sie ihn höchstwahrscheinlich überbieten würden, noch bevor sich die verwitwete Modbrek überhaupt zum Verkauf entschieden hatte. Schließlich wurde Trevagg die Geheimhaltung garantiert, was immer das auch wert sein mochte, aber auf Kosten von vier weiteren Prozentpunkten. Unter diesen Bedingungen, dachte er bitter, würde er ein Jahr brauchen, um seine Investition wieder hereinzuholen …

»Ist das alles?« fragte der Sullustaner und leckte die letzten Reste Karamel und Fett von seinen plumpen Fingern.

Trevagg zögerte, und der Mittelsmann bewies fast gotalische Sensitivität, denn er neigte den Kopf und wartete auf seine nächsten Worte. Er schien zu spüren, dachte Trevagg, daß ihn ein noch größeres Geschäft erwartete.

»Nicht ... ganz.«

Es gab keinen Grund, den Marktplatz visuell zu überprüfen. Trevagg wußte, daß die Schwingungen, die er vor zwei Wochen gespürt hatte, jene übermächtige, schreckenerregende Aura, im Moment nicht in der Nähe war. Und er wußte nicht, wann sie zurückkehren, wann die Person – die Kreatur – die diese Schwingungen erzeugt hatte, wieder nach Mos Eisley kommen würde.

Aber er mußte bereit sein, wenn es soweit war.

»Ich brauche einen Mittelsmann für ein anderes Geschäft«, sagte er bedächtig.

»Was für ein Geschäft?«

»Das kann ich nicht sagen.« Er hob die Hand, um Vegnus ungeduldigen Protest schon im Keim zu ersticken. »Noch nicht. Aber ich brauche jemanden, der an meiner Stelle handelt, wenn es zu einer Situation kommt, in der von mir, als Beamter der imperialen Regierung, erwartet wird, daß ich lediglich meine Pflicht erfülle.«

»Ah.« Vegnu lehnte sich an den Verkaufsstand. »Aber ein Zivilist, der an Ihrer Stelle handelt, würde belohnt werden?«

»*Großzügig* belohnt«, versicherte Trevagg, und sein Puls beschleunigte sich wieder bei dem Gedanken an die Höhe der Belohnung. »Und der Auftrag dürfte, sagen wir, Ihren Fähigkeiten entsprechen.«

»Wieviel?«

»Zwanzig Prozent.«

»Pah ...«

»Fünfundzwanzig«, erhöhte Trevagg. »Und für diese fünf verlange ich absolute Diskretion.«

»Was Sie betrifft?«

»Und was die ... Art des Auftrags betrifft.«

Die Art des Auftrags, dachte Trevagg ein paar Minuten später auf dem Rückweg zum Verwaltungsgebäude. *Das ist der delikate Aspekt dieses Geschäfts.* Die Aufgabe selbst war einfach. Es ging darum, den imperialen Mufti dieses Sektors über jemanden zu informieren – jemanden, den das Imperium schon seit langem suchte.

Die Aura, die er vor zwei Wochen hier auf dem Marktplatz erspürt hatte, war wie ein Juwel gewesen, das im Dreck lag und von ihm gefunden wurde; die Schwingungen selbst waren wie der Duft eines Parfüms, das er früher, unter anderen Umständen, gerochen und niemals vergessen hatte. Das Problem war natürlich, seinen Mittelsmann davon abzuhalten, dieses Juwel – diese eine Information, diesen Namen – in die eigene Tasche zu stecken.

Trevagg der Gotal wußte, daß er bei dieser Person, für die eine derart hohe Belohnung winkte, daß sie den Grundstein für ein wahrhaft großes Vermögen legen konnte, überaus vorsichtig sein mußte.

Vor zwei Wochen, bei seinem Spaziergang über den Marktplatz, hatte er die unverkennbaren Schwingungen eines Jedi-Meisters gespürt.

»Eine Dame möchte Sie sprechen«, informierte ihn die Rezeptionistin im Foyer, als Trevagg in das Verwaltungsgebäude zurückkehrte. Nach der glühenden Mittagshitze auf den Straßen kam ihm die Präfektur schattig und kühl vor – die Solardeflektoren auf dem Dach wurden erst ab drei oder vier Uhr nachmittags richtig gefordert. Ohne die mit Disketten vollgestopften Regale, die staubigen Ausdrucke, die aus den an der Wand gestapelten Kartons quollen – und ohne die fast greifbare Atmosphäre aus Enttäuschungen, schmutzigen Hoffnungen und kleinlicher Bosheit – hätte es sogar Spaß gemacht, die Büros zu betreten und der Hitze zu entkommen.

Nur noch eine kleine Weile, dachte Trevagg auf dem Weg zu seinem Büro. *Nur noch eine kleine Weile muß ich es an diesem Ort aushalten.* Es war kein Ort für einen Jäger, kein Ort für einen richtigen Gotal.

Er mußte nur noch diese letzte Jagd erfolgreich beenden, seine letzte Beute erlegen, dem Imperium die Information über diesen Jedi zuspielen, wer immer er auch sein mochte ...

Trevagg wußte, daß er kein Durchreisender gewesen war. Nachdem er die Schwingungsspur des Jedi auf dem Marktplatz verloren hatte – jenes durchdringende, seltsame Summen in seinen Höckern, das von der Konzentration der unbekannten Macht, der Magie der Jedi, stammte, wie er seit langem wußte – hatte er die Andockbuchten aufgesucht und sich vergewissert, daß in den letzten Stunden kein Raumschiff gestartet war. Als Steuer- und Gebühreneintreiber hatte er Zugang zu den Passagierlisten und persönlich jeden Reisenden überprüft.

Und in den zwei Wochen, in denen er jeden Winkel von Mos Eisley durchstöbert hatte, war er nie wieder auf jene Schwingungen gestoßen.

Also mußte sich die betreffende Person noch immer auf dem Planeten aufhalten, irgendwo außerhalb der Stadt. Es mußte jemand sein, der beispielsweise zum Einkaufen nach Mos Eisley gekommen war.

Trevagg war ein Jäger. Er konnte warten.

Er war noch immer ganz mit diesen Überlegungen beschäftigt, ohne einen Gedanken an die Dame und den zweifellos langweiligen Grund für ihren Besuch zu verschwenden, als er sein Büro betrat – und sich Hals über Kopf verliebte.

Ihre Schwingungen erfüllten das ganze Zimmer, noch ehe sie sich zu ihm umdrehte. Es war eine berauschende, eine sinnverwirrende Mischung aus milchiger Wärme und bebender Verwundbarkeit, die ihn förmlich durchflutete, eine elektrospektrale Aura, die wie eine rosa Teelablume erblühte, eine unschuldige und unbewußte Sexualität, die Trevagg fast umwarf.

Sie drehte sich um, schlug die weiße Gaze ihres Schleiers zurück und enthüllte ein Gesicht von derart fremdartigem Liebreiz, daß ihm der Atem stockte.

Welcher Rasse, welcher Spezies sie angehörte, wußte er nicht. Es spielte keine Rolle. Ihre Haut, blaugrau wie das letzte Abendlicht, spannte sich straff über stolze, hohe, dreifach gestaffelte Wangenknochen, für die jede Frau auf seiner Heimatwelt Antar ihr Leben geben würde, und die sanft in die zarten Rippen ihres Kinns übergingen. Weitere Rippen führten das Auge zu ihrem anmutig geschwungenen Rüssel, ein Merkmal, das Trevagg bei Rassen wie den Kubaz oder Rodianern schon immer faszinierend gefunden hatte. Riesige Augen, grün wie Gras und von farnartigen Wimpern gesäumt, blickten scheu unter einem prachtvollen, weit vorstehenden Brauenkamm hervor, wie die Augen eines Felskaninchens, das zuviel Angst hatte, um vor den Schritten des nahenden Jägers zu fliehen.

Aber über den Brauen lag das, was Trevaggs Blicke magisch anzog. Halb versteckt unter der verhüllenden Gaze des Schleiers wölbte sich der Schädel zu vier perfekt geformten, exquisiten Höckerchen. Ihre Zierlichkeit und Glätte schienen die Berührung einer männlichen Hand, die Zärtlichkeit männlicher Lippen geradezu herauszufordern.

Natürlich handelte es sich dabei nicht wirklich um Höcker, dachte Trevagg im nächsten Moment. Sie war keine Gotal, sondern gehörte einer der primitiven, geistig beschränkten Rassen an ... Aber die Imitation war perfekt, und das genügte ihm.

Er begehrte sie.

Er begehrte sie mit jeder Faser seines Körpers.

»Sir ...« Sie sprach unsicher, aber ihre Stimme hatte einen wunderschönen, angenehmen Klang, als wäre eine Baßflöte in ihrem Rüssel versteckt. Ihre dreifingrigen Hände mit den juwelengleichen Gelenken, über die sich die Haut wie Seide spannte, schienen sich schutzsuchend an den Schleier zu klammern, den sie soeben zur Seite geschoben hatte. »Sir, Sie müssen mir helfen. Man sagte mir, ich sollte mich direkt an Sie wenden ...«

Trevagg ertappte sich dabei, wie er sagte: »Alles, was Sie wollen ...« Dann, sich hastig korrigierend, denn schließlich war er ein offizieller Vertreter des Imperiums, fügte er hinzu: »Ich werde alles in meiner Macht Stehende tun, um Ihnen zu helfen, Gnädigste. Was ist denn das Problem?«

»Ich bin gestrandet.« Bebende Wellen aus Kummer und Furcht gingen von ihr aus. »Man sagte mir, mit meinen Papieren wäre etwas nicht in Ordnung; es ging um die Transitgebühr.«

Trevagg kannte sich mit der Transitgebühr bestens aus. Sie war ebenfalls seine Erfindung.

»Ich ... ich mußte meine letzten finanziellen Reserven anbrechen, um meine Schwester auf Cona zu besuchen. Ich ... meine Familie ist nicht reich. Jetzt habe ich meinen Platz auf der *Telliva Lady* verloren. Aber wenn ich die Transitgebühr bezahle, habe ich nicht mehr genug Geld, um zu meiner Mutter auf H'nemthe zurückzukehren.« Der Name ihrer Heimatwelt klang aus ihrem Mund wie ein leiser Nieser und war von ungeheurem Liebreiz. Die Schwingungen ihres Kummers erinnerten an den Geschmack von Bluthonig.

»Meine Liebe ...« Er zögerte.

»M'iiyoom Onith«, sagte sie. »Die M'iiyoom ist die weiße Blume, die in der Zeit der Trinität blüht, jene Zeit, wenn alle drei Monde am Himmel stehen. Die Nachtlilie.«

»Und ich bin Feltipern Trevagg, imperialer Beamter. Meine liebe Nachtlilie, ich werde diese Angelegenheit umgehend überprüfen. Bedauerlicherweise kann ich Ihnen kein besseres Quartier für die Wartezeit anbieten, denn Mos Eisley ist eine arme Stadt. Ich bin gleich wieder da.«

Balu saß im Vorzimmer, hatte die Stiefel auf den Schreibtisch gelegt und schlürfte Brause aus einem Glas, das in der stickigen Hitze Kondenswasser auszuschwitzen schien. Er warf dem Gotal einen finsteren Blick zu, als Trevagg die Tür zu seinem Büro schloß. »Geben Sie dem Kind ihren Platz zurück, Trevagg«, grunzte er. »Sie brauchen die fünfundsiebzig Kredits nicht. Wenn Sie sich beeilen, können Sie die *Tellie* abfangen, bevor sie startet.«

Trevagg beugte sich über den Sicherheitschef und drückte eine Taste an seinem Schreibtisch. Über den Bildschirm flimmerte der Startplan. Im Gegensatz zu den meisten Gotals kam Trevagg mit Computern hervorragend zurecht. Die *Tellivar Lady* startet um 14:00 Uhr, und er wußte, daß Captain Fane pünktlich war.

Aber eine Stunde war nicht genug.

»Trevagg ...« Die Stimme des Sicherheitschefs ließ ihn an der Tür verharren. Trevagg drehte sich um, hauptsächlich, um Zeit zu schinden – er würde sehr langsam gehen müssen, um den Start der *Tellivar Lady* zu verpassen. »Sie sind Jäger. Haben Sie je von der Macht gehört?«

Trevagg erstarrte innerlich. Er sagte nur: »Nein.«

»Ich schätze, es ist so eine Art magisches Feld ...« Balu schüttelte den Kopf. »Die alten Jedi sollen über die Macht verfügt haben.« Er hob eine Hand und wies auf das imperiale Dekret, das hinter ihm an der verfärbten Wand hing und fünfzigtausend Kredits für »die Auslieferung jedes Angehörigen des sogenannten Ordens der Jedi-Ritter« bot. Zehntausend für Informationen, die zur Ergreifung derselben führte.

Natürlich nur, solange der Auslieferer oder Informant nicht von Berufs wegen ausliefern oder informieren mußte. Dann bekam er nur sein Gehalt. Und ein nettes Belobigungsschreiben vom örtlichen Mufti.

»Ich habe Gerüchte gehört, nach denen der Jedi auf Tatooine gesehen wurde«, sagte Balu. »Deshalb habe ich Pylokams Stand beobachten lassen – denn wenn ein Jedi irgendwo auftaucht, dann dort. Schließlich muß irgend jemand diesen Kräutertee trinken. Ist Ihnen vielleicht etwas ... Ungewöhnliches aufgefallen?«

»Nur das, was Pylokam an seinem Stand feilbietet«, knurrte Trevagg und machte sich viel schneller davon, als er geplant hatte.

Auf seinem Weg zur Andockbucht 9 mußte er ausgiebig bummeln, um so spät einzutreffen, daß er den Start der *Lady* nicht mehr verhindern konnte.

Nachtlilie war geradezu überwältigt von seiner Einladung zum Mittagessen im Quellhof, dem einzigen Lokal in ganz Mos Eisley, das einem erstklassigen Restaurant nahekam. Es war in einem der vielen Stein-und-Stuck-Paläste aus Mos Eisleys lange zurückliegender Blütezeit untergebracht. Reflektierende Sonnenschirme überspannten die zahlreichen Höfe, wo zwischen exotischen Pflanzen und juwelengleichen Fliesen Springbrunnen plätscherten und gurgelten. Es war natürlich klein und wurde hauptsächlich von Touristen besucht, aber Nachtlilie *war* eine Touristin, und sie war wie verzaubert. Jabba der Hutt – denn das Lokal gehörte natürlich Jabba – prahlte damit, daß es in der Galaxis keinen Appetit gab, der nicht von seinem persönlichen Küchenchef Porcellus gestillt werden konnte.

Porcellus, der nur dann für wenige Stunden im Quellhof arbeitete, wenn er nicht gerade damit beschäftigt war, die gewaltigen Mahlzeiten des Geblähten zuzubereiten, wußte sehr genau, daß er Jabbas Schoßrancor zum Fraß vorgeworfen wurde, sollte er je den Hutt mit seinen Menüs langweilen, und so war er als Küchenchef mit ganzem Herzen bei der Arbeit. Und er war mit Recht stolz auf seine Leistung. Das Filet vom Taurückenlamm mit Kapernsoße und Fleikleberpastete war das beste, das Trevagg je gegessen hatte, und als Nachtlilie mit scheu niedergeschlagenen Augen säuselte, daß den Jungfrauen ihres Volkes nur Früchte und Gemüse erlaubt waren, übertraf sich Porcellus und zauberte in Windeseile ein Vier-Gänge-Menü herbei: Lipanabeeren mit Honig, Puptons aus getrockneten Magicoten und Psibara, eine gebackene Felbar mit Bohnenkrautcreme und zum Nachtisch einen atemberaubend leckeren Brotpudding.

Und dazu natürlich jede Menge Wein.

»Nichts ist zu teuer für Sie, meine Schöne«, erwiderte Trevagg auf ihren gesäuselten Protest wegen der hohen Preise. »Oder zu gut. Trinken Sie doch noch etwas, meine Liebe.« Wenn er seine Belohnung kassiert hatte, dachte er, würde er auch einen Koch einstellen, der Taurücken derart delikat zubereiten konnte. »Erkennen Sie nicht, daß uns das Schicksal zusammengeführt hat, das Schicksal in Gestalt eines korrupten Beamten, der eine alberne Verordnung erlassen hat?« Er ergriff ihre Hand und ergötzte sich an ihrer samtenen Haut, dem erotischen Spiel ihrer knotigen Muskeln, die sich unter seiner Berührung spannten und wieder erschlafften. »Erkennen Sie nicht, was ich für Sie empfinde? Was ich schon in dem Moment empfand, als Sie das Büro betraten, dem Moment, als ich zum ersten Mal Ihre Stimme hörte?«

Dem Moment, als ich in dir das ultimative Opfer erspürte, die schönste Eroberung, die überhaupt denkbar ist?

Sie wandte verschämt ihr Gesicht ab. Die lange Silberschlange ihrer messerspitzen Zunge leckte nervös und auf geradezu unerträglich verführerische Weise einen Krümel Brotpudding aus ihrem Mundwinkel. Unvorstellbar, was sie mit dieser Zunge alles machen konnte!

Er war sich nicht sicher, welche inneren Schwingungen er aussenden sollte, um sie von seinem überwältigenden Verlangen nach ihr zu überzeugen – sie verfügte offenbar nicht über die zivilisierte Sensitivität der Gotals, empfing vielleicht sogar überhaupt keine Vibrationen und reagierte allein auf seine Worte. Nach ihrem Beitrag zu dieser Unterhaltung zu urteilen, war sie entweder halbintelligent oder hoffnungslos dumm, aber Trevagg hatte ohnehin kein Interesse an den Gedanken oder Wünschen von Frauen.

Er streichelte ihre Wange und genoß die Zartheit ihrer Wangenknochen unter seiner starken Klauenhand. Er spürte ihre Scheu und dann eine zunächst zaghafte, aber immer stärker werdende Erregung.

»Erkennen Sie denn nicht, daß ich Sie brauche?«

»Soll das etwa ein … Heiratsantrag sein?« Sie blickte auf, hingerissen, gebannt, schon halb zur Hingabe bereit.

Sanft küßte er ihre Wange. Dumm wie Bohnenstroh, dachte er. Aber noch ehe dieser Tag endete, würde er sie in seinem Bett haben.

»Trevagg, lassen Sie das Mädchen in Ruhe.« Balu sprach leise, damit Nachtlilie, die im Vorzimmer saß, ihn nicht hörte. Der Sicherheitschef lehnte an der Tür von Trevaggs Büro, während der Gotal für morgen früh eine Kabine auf der *Sternenschwan* buchte – natürlich dritter Klasse. Das war das mindeste, was er für das Mädchen tun konnte, dachte er. Außerdem wollte er ganz bestimmt nicht, daß sie hier herumhing und sich einbildete, er würde ein halbintelligentes, artfremdes Trampel wie sie *heiraten*, ganz gleich, wie gut sie im Bett sein mochte.

»Sie *in Ruhe* lassen?« Trevagg drehte sich ungläubig um und starrte den Menschen an. Er dämpfte seine Stimme mit Rücksicht auf Nachtlilie, die hinter Balu an einem leeren Schreibtisch saß und den Kopf mit dem halb verschleierten Gesicht in scheuer Ekstase gesenkt hielt. »Sie sind kaum vier Meter von diesem … diesem Liebeshappen entfernt und bringen es fertig, sie in Ruhe zu lassen?«

Balu drehte den Kopf und musterte sie. Selbst aus dieser Entfernung konnte Trevagg anhand seiner Körpertemperatur und Pulsfrequenz erkennen, daß er sie sexuell nicht stimulierender fand als einen Jawa. Die dumpfe, erbärmliche Empfindungslosigkeit der Menschen erfüllte ihn mit Abscheu.

»Trevagg«, sagte der Offizier, »die meisten Spezies – die meisten Zivilisationen – verstoßen Angehörige, die Hybridkinder bekommen. Wenn Sie sie attraktiv finden, dann sind Ihre Enzyme wahrscheinlich kompatibel genug, um sie zu schwängern. Sie würden ihr Leben ruinieren.«

Trevagg gab ein kurzes, bellendes Lachen von sich. »Ich glaube es einfach nicht. Sie stehen zwei Meter von dieser Sexbombe entfernt, und Sie faseln etwas von *Enzymkompatibilität*? Mann, lassen Sie sich doch endlich Gonaden wachsen! Wenn es für sie ein Problem ist, warum läuft sie dann überhaupt mit diesem aufreizenden Fummel von einem Schleier in der Galaxis herum?«

Balu legte Trevagg warnend eine Hand auf den Arm, und der Gotal verstummte überrascht. Balu zeigte gewöhnlich wenig Interesse am Schicksal seiner Mitwesen, aber in seinen Augen funkelte eindeutig eine Drohung.

Geduldig versprach Trevagg: »In Ordnung. Ich werde mit ihr nur einen kleinen Spaziergang machen. Sie kann immer noch nein sagen.«

Aber nach drei Drinks in der Mos Eisley Bar, sagte er sich, als er wieder das Vorzimmer betrat und Nachtlilies Arm ergriff, war es höchst unwahrscheinlich, daß sie das tun würde – ganz zu schweigen von der Aussicht auf eine Heirat, die offenbar bei ihr alle Sicherungen durchbrennen ließ.

»Ich kann immer noch nicht glauben, daß du ... daß du mich wirklich genug liebst, um mich zu heiraten«, flötete das Mädchen, als sie hinaus in die Ofenglut der staubigen, sonnendurchfluteten Straße traten. »Die Männer meiner Spezies ... fürchten sich vor dieser Verpflichtung. Sie haben Angst, um der Liebe willen alles aufzugeben.«

»Die Männer deiner Spezies sind Idioten«, knurrte Trevagg, während er ihr tief in die Augen sah und das berauschende Parfüm ihrer Sexualität einatmete. Seiner Meinung nach traf dies auch auf die Frauen zu, aber er sprach es nicht laut aus. Er sah zu den Schatten der gegenüberliegenden Häuser hinüber und entdeckte eine Gestalt in einer staubigen Robe und mit einem grellen, orangefarbenen Schal ...

Pylokam der Biokostverkäufer. Er überquerte die Straße zum Verwaltungsgebäude.

In dem Gotal machte es Klick. Alles schien sich wie von selbst zusammenzufügen. Balu. Pylokam hatte den Jedi gesehen.

Seine erste Reaktion war pure Wut. Er hatte Nachtlilie bereits erzählt, daß er für sie eine Passage auf der *Sternenschwan* gebucht hatte, und sie hatte sich ihm um den Hals geworfen und gefragt, ob er mitkommen und sie auf H'nemthe im Beisein ihrer Mutter und Schwestern heiraten würde. Er hatte sich herausgeredet und ihr versprochen, in ein paar Tagen nachzukommen. »Du weißt, daß ich Beamter des Imperiums bin. Ich kann nicht einfach alles stehen- und liegenlassen, aber glaube mir, ich werde die Tage zählen.« Doch das bedeutete, daß er sie jetzt nicht versetzen konnte.

Pylokam hatte keinen Grund, die Präfektur aufzusuchen – außer, er wollte Balu über den Jedi informieren. Und Trevagg kannte Balu. Er mochte vielleicht schlampig und gelangweilt sein, aber er gehörte nicht zu den Leuten, die Zeit verschwendeten. Er würde die Angelegenheit untersuchen – und dem Imperium berichten.

Und das bedeutete, daß Trevagg noch an diesem Nachmittag jemanden finden mußte, der Balu umbrachte.

Normalerweise hätte er sich natürlich mit Jub Vegnu in Verbindung gesetzt, ein Treffen vereinbart, sich einen Termin bei Jabba dem Hutt geben lassen und den Mordauftrag bezahlt.

Aber natürlich wußte er – wie alle anderen –, daß man in Mos Eisley zehn freischaffende Attentäter für einen halben Kredit bekommen konnte und daß sie sich meistens in der Mos Eisley Bar herumtrieben. Es konnte *so* schwer nicht sein, einen zu finden. Das Treffen würde wahrscheinlich nicht lange dauern und angenehm verlaufen – schließlich waren Attentäter dafür da, jenen, die andere Dinge zu tun hatten, das Leben zu erleichtern. Danach würde er den Rest des Nachmittags und den ganzen Abend Zeit haben, eine Begegnung der anderen Art mit Nachtlilie in der Mos Eisley Herberge zu genießen.

Wenn die Präfektur in der Mittagshitze (mehr oder weniger) wie eine kühle Höhle war, so war die Bar nach dem Staub und der Glut des späten Nachmittags wie ein Bantha mit Verdauungsstörungen, der einen verschluckte. Trevaggs Jägeraugen schalteten fast sofort von der Tag- zur Nachtsicht um, während er von einer wahren Flutwelle von Schwingungen getroffen wurde: überlappende elektrospektrale Felder, persönliche Magnetauren, die wie Bienenstöcke summten, Halos aus Ärger und Feindseligkeit, die durch die Gegenwart vieler Fremder verstärkt und durch jede denkbare Sorte von Psycho- und Neuralrelaxans gedämpft wurden.

Es war wie auf dem Marktplatz, nur unheimlicher, ohne die grelle Würze, die jene auszeichnete, die sich ihren Lebensunterhalt mit Arbeit verdienen mußten. Die durch den halbdunklen Raum schwingenden Gedanken und Gefühle waren düsterer, gefährlicher und wurden noch von der blechernen Musik der kleinen, ganz in Schwarz gekleideten insektoiden Band intensiviert.

»Sind wir hier wirklich sicher?« summte Nachtlilie. Sie klammerte sich wieder an seinen Arm, und Trevagg tätschelte ihre Hand. Ihre Furcht wirkte auf seine Jagdinstinkte wie früher am Tag ihr Kummer und ihre Verzweiflung – Beutesignale, die für ihn eine Einladung zur Eroberung waren. Er spürte ein fast unwiderstehliches Verlangen, sie in seinen Armen zu zerquetschen.

Statt dessen streichelte er ihren süßen, höckerbesetzten Kopf und sagte: »Bei mir bist du sicher, meine Blume. Bei mir wirst du immer sicher sein.«

Sie setzten sich in eine der kleinen Nischen links vom erhöhten Foyer. Nachtlilie sah sich staunend und leicht verschreckt um. Beim Mittagessen hatte sie Trevagg gestanden, nicht nur Jungfrau zu sein, sondern auch noch nie zuvor ihren Heimatplaneten verlassen, noch nie zuvor etwas derartiges gesehen zu haben. Ebensowenig, dachte der Gotal amüsiert, hatte sie je zuvor die entspannende Wirkung der computergenerierten Drinks von Wuher dem Barkeeper erlebt. In einer anderen Nische war zwischen einem ghulischen Givin, einem riesigen, einäugigen Abyssiner und einem großen, flauschigen weißen Geschöpf, wie es Trevagg noch nie gesehen hatte, ein absolut illegales Kartenspiel im Gang. In einer anderen schlürfte ein zotteliger, wild dreinblickender Wolfsmann einsam seinen Drink. Während Nachtlilie in ihr zweites Glas seufzte und kicherte und ihn dann fragte: »Bist du dir wirklich sicher, Geliebter? Eine Hochzeit ist eine schrecklich ernste, eine ehrfurchtgebietende Angelegenheit ...«, durchforschte Trevagg die Menge mit seinen Augen und, viel wichtiger, mit seinen Höckern und suchte nach den Schwingungen der Gefahr und des Blutes, den Schwingungen eines anderen Jägers.

»Das macht nichts«, erklärte Trevagg. »Kein Opfer ist mir zu groß, um dir meine Gefühle zu beweisen.« Die Tatsache, daß sie ihn nicht einmal bei einer Lüge ertappen konnte – daß sie für die Schwingungen seines Geistes nicht empfänglich war –, verdoppelte nur noch seine Verachtung für sie. *So begehrenswert – so unschuldig – so* dumm ... *Kein Wunder, daß ihr Volk keiner Jungfrau erlaubt, den Heimatplaneten zu verlassen.* Sie hatte ihm auch das erzählt. *Sie würden nie zurück nach Hause finden.*

Zumindest nicht als Jungfrauen.

Währenddessen wanderten seine Jägersinne von einer finsteren Gestalt zur anderen und suchten nach einem Jäger.

Die beiden hochgewachsenen Frauen, die am Tresen ihre Drinks schlürften, kamen möglicherweise in Frage. Sie glitzerten vor Gefahr, ein feuerähnliches Leuchten, das von vielen Attentätern ausging. Aber die Farbe ihrer Auren war nicht ganz richtig. Der Rodianer an einem der anderen Kartentische, dessen kleine, ohrenähnliche Antennen nervös zuckten – ja. Er war eindeutig ein

Killer, auch wenn Trevagg nicht ganz sicher war, ob er es mit Predne Balu aufnehmen konnte. Der Wolfsmann – ja; er wirkte stark und brutal genug, um sich mit einem Menschen anzulegen und zu siegen. Der braunhaarige Mann, der in einer anderen Nische leise mit einem riesigen Wookiee sprach – vielleicht. Er verbreitete zwar die entsprechenden Schwingungen, aber ihnen fehlte die Düsterkeit. Der dünne Mann, der an der Bar eine Hookah rauchte – absolut. Seine Aura war schwarz, furchterregend, doch von ihm ging eine Kälte aus, die Trevagg daran zweifeln ließ, ob er es überhaupt wagen konnte, sich an ihn zu wenden. Das war jemand, dachte er, der für viel Geld tötete … oder zum Vergnügen. Dazwischen gab es nichts.

Die anderen waren Einheimische: Der verkommene Dr. Evazan und sein abscheulicher aqualishanischer Freund waren Trevagg wohlbekannt, gefährlich, aber nicht zu engagieren. Der gehörnte und finster dreinblickende Devaronianer, der verträumt mit den Fingern zur Musik der Band schnippte, war weit weniger gefährlich, als er aussah. Der alte Raumfahrer in der abgewetzten Bordmontur war ein Trevagg bekannter Schmuggler, der für das Kloster arbeitete und vermutlich in etwas Illegales verwickelt – wie die meisten religiösen Brüder dieser Organisation –, doch vor Mord würde er zurückschrecken.

Und dann spürte er es. Das brausende, brummende Gefühl in seinen Höckern, die seltsame, summende Verwirrung, fast wie in der Nähe einer Hochenergiemaschine …

Und der Jedi betrat die Bar.

Er war ein alter Mensch mit weißem Bart und weißen Haaren, wie sie für Menschen im hohen Alter typisch waren, die Robe schäbig, vielfach geflickt und vom Wüstenstaub bedeckt. In seinem Schlepptau befand sich ein menschlicher Junge – ein Feuchtfarmer aus der Provinz, wenn man seine Kleidung und die Art bedachte, wie er alles mit großen Augen bestaunte, ganz so wie Nachtlilie, überwältigt von dem, was er für die Großstadt hielt.

Das Schlußlicht bildeten zwei reichlich ramponiert aussehende Droiden, deren Energiezellen Trevaggs Höcker zum Prickeln brachten. Wuher der Barkeeper fuhr sofort herum. »He, Typen wie ihr haben hier keinen Zutritt!«

»Was?« sagte der Junge, und der größere der beiden Droiden, ein verbeultes C-3PO-Modell, blickte so beunruhigt drein, wie es einem Droiden überhaupt möglich war.

»Deine Droiden. Sie müssen draußen warten. Wir wollen sie hier nicht haben.«

Trevagg, der nur ein paar Schritte entfernt saß, konnte dem nur zustimmen. Es war schon schwierig genug, hier zu denken und um eine Entscheidung zu ringen, während die weiche und verwundbare und kichernde Nachtlilie an seiner Seite saß und die dunklen Schwingungen der Attentäter ihn überfluteten.

»Hört mal, warum wartet ihr nicht draußen am Gleiter?« sagte der Junge leise. Seine Höflichkeit kam Trevagg völlig überflüssig vor. Ein C-3PO sah nur menschlich aus, und auf den R2-D2 traf nicht einmal das zu. »Wir wollen keinen Ärger bekommen.«

Der alte Mann war in der Zwischenzeit an den Tresen getreten und jetzt in eine gemurmelte Unterhaltung mit dem älteren Klosterraumfahrer in der Bordmontur vertieft. Trevagg spitzte die Ohren, um mitzuhören, was sie sagten, aber die Musik der Band machte es ihm nicht gerade einfach.

Dabei hatte er schon genug Probleme, etwas anderes als Nachtlilies sanfte, leicht trunken klingende Stimme zu hören, die ihn zum wiederholten Mal scheu fragte, ob er sie wirklich ehrlich liebte.

»Natürlich liebe ich dich, natürlich«, sagte Trevagg, während er beobachtete, wie der alte Jedi mit dem riesigen Wookiee sprach. Er schien für eine Weile beschäftigt zu sein, und Trevagg sah wieder Nachtlilie an und ergriff ihre weichen, dunklen Elfenbeinhände. »Nachtlilie, du bedeutest ... alles. Alles für mich.«

»Oh ...«, hauchte sie und sah ihm schmachtend in die Augen.

«Oh ... Oh, Trevagg. Daß wir uns getroffen haben ... daß du auf diese Weise in mein Leben getreten bist ...«

Er fragte sich, ob er sich unter einem Vorwand davonmachen und die Stadtpolizei alarmieren sollte ... Aber er brauchte einen Mittelsmann, um an das Geld zu kommen. Er mußte sich mit Jub Vegnu in Verbindung setzen – aber zuerst mußte er mit einem der Attentäter sprechen, falls Balu die Spur des alten Mannes bis in diese Bar verfolgt hatte.

Er spürte die hochkochenden Emotionen, die irrationale Wut und die trunkene Aggression, noch bevor das Geschrei losging. Trevagg fuhr auf seinem Stuhl herum und sah zu seinem Entsetzen, daß der sinistre Dr. Evazan einen Streit mit dem Farmerjungen angezettelt und ihn gegen einen Tisch geschleudert hatte, während sein Kumpan, der Aqualishaner, eine Waffe zückte und Wuher sich hinter den Tresen duckte und verzweifelt brüllte: »Keine Blaster! Keine Blaster!«

Das Dröhnen der Macht in Trevaggs Höckern schwoll zum ohrenbetäubend lauten Donnern eines Steinsturms an. Der alte Mann hielt plötzlich einen glühenden Stab aus Licht in der Hand. Ein mörderischer Hieb, und schon landete ein blutender, abgetrennter Arm auf dem Boden. Nachtlilie wimmerte entsetzt, dann folgte Stille – eine Stille, die weniger auf Schock und mehr auf Vorsicht beruhte, als alle Anwesenden die Lage neu einschätzten.

Dann spielte die Band weiter. Auch die Unterhaltungen setzten wieder ein. Der verwundete Möchtegern-Kämpfer wurde weggebracht. Ebenso der Arm, und zwar von Wuhers kleinem Gehilfen Nackhar, der nebenbei einen Schnellimbißstand auf dem Marktplatz betrieb. Der alte Jedi ergriff die Hand seines jungen Begleiters und folgte dem Wookiee in die Nische, wo der braunhaarige Schmuggler mit der Narbe am Kinn wartete. Trevagg wurde bewußt, daß sich Nachtlilie an seinen Arm klammerte, und all seine Instinkte sagten ihm, daß jetzt der richtige Zeitpunkt war, sie endgültig zu erobern.

Unglücklicherweise war jetzt auch die günstigste Gelegenheit, den Jedi und seine Begleiter zu belauschen. Trevagg entzog dem zitternden Mädchen seinen Arm und erklärte: »Du brauchst etwas, um dich zu beruhigen, meine Blume.« Er ging hinüber zum Tresen und horchte angestrengt. Durch das Plärren der Musik und das Gemurmel der Gäste vernahm er die Worte »Zum Alderaan-System«, und ein Adrenalinstoß durchfuhr ihn. Es hieß tatsächlich jetzt oder nie.

Dann, einen Moment später, hörte er den alten Mann sagen: »Zweitausend jetzt, plus fünfzehn, wenn wir Alderaan erreichen ...«

Trevagg seufzte erleichtert. Das bedeutete, daß sie das restliche Geld erst auftreiben mußten, und das kostete Zeit. Wahrscheinlich würden sie den Gleiter verkaufen, den der Junge erwähnt hatte, oder die Droiden, vielleicht sogar alle drei. Damit blieb nur noch das Problem Balu übrig.

Der braunhaarige Mensch und der Wookiee waren offensichtlich keine professionellen Attentäter. Nach den Gesprächsfetzen zu urteilen, die Trevagg hörte, handelte es sich bei ihnen bloß um Schmuggler. Der Wolfsmann war in eine heftige Auseinandersetzung mit einem brickenähnlichen Wesen vertieft, dessen Schwingungen Trevagg sofort zurückschrecken ließen, und der Hookah-Raucher ein Stück weiter fühlte sich zu unheimlich, zu gefährlich, zu tödlich an. Blieb nur noch der Rodianer ...

»Andockbucht Vierundneunzig«, hörte er den Schmuggler sagen, und der alte Mann wiederholte: »Vierundneunzig«, als Trevagg mit einem Drink für sich und einem doppelten Drink für Nachtlilie zu ihrer Nische zurückkehrte. Er hatte Nachtlilies Drink mit einer Liebesschockpille präpariert, die er in weiser Voraussicht in die Tasche gesteckt hatte, bevor er aus dem Büro gegangen war. Er wußte, wieviel Wuher für eine Dosis verlangte. Jetzt, soviel stand fest, würde er eine Menge Zeit haben.

Wundervoll, dachte er, als sich die betörend schöne Kreatur an ihm schmiegte und säuselte: »Oh, mein Liebster, mein Liebster.« Vielleicht würde er ihr sogar ein Erster-Klasse-Ticket spendieren. Schließlich war dies das mindeste, was er für sie tun konnte.

Er war nicht überrascht oder besonders verärgert, als die Sturmtruppler auftauchten. Ein wenig verächtlich beobachtete er, wie sie sich umschauten, aber natürlich waren der alte Mann und der Junge längst verschwunden. Wie auch diverse andere Gäste, darunter der Hookah-Raucher. Der Rodianer war geblieben, stellte Trevagg fest, während er eine Hand von Nachtlilies weicher Hüfte nahm, um nach dem Geld in seiner Gürteltasche zu tasten. Einhundert Kredits, hatte man ihm gesagt, kostete es derzeit, einen Menschen umbringen zu lassen.

Er würde froh sein, wenn dieses Ärgernis endlich beseitigt war und keine Gefahr mehr bestand, daß Balu ihn um die Belohnung brachte, die rechtmäßig ihm gehörte.

Aber als Trevagg gerade aufstehen wollte, um zum Tisch des Rodianers zu gehen, erhob sich unglücklicherweise auch der Rodianer, und gleichzeitig kam es zu einer Veränderung seiner Aura, die Trevagg verriet, daß er tatsächlich ein Jäger war und sich nun an seine Beute anpirschen wollte. Die Beute entpuppte sich als der braunhaarige Schmuggler, der nach einem längeren Wortwechsel unter dem Tisch seinen Blaster zog und den Rodianer erschoß.

Nachtlilie schrie erneut auf und klammerte sich an Trevaggs Arm; Wuhers Gehilfe stürzte zu der Leiche, um zu verhindern, daß sie gefleddert wurde, während der Schmuggler und sein Wookiee-Kumpel dem Barkeeper ein paar Kredits zuwarfen und die Bar verließen. »Die Schweinerei tut mir leid.« Nach einem Moment der Stille spielte die Band nahtlos ihren Song weiter.

Verärgert und enttäuscht – denn der Wolfsmann war inzwischen ebenfalls verschwunden – nahm Trevagg die nervöse und sehnsuchtsvoll schmachtende Nachtlilie in die Arme. Soviel, dachte er, zu dem Versuch, einen Attentäter anzuheuern. Wenn er sich mit Jub Vegnu in Verbindung setzte, damit der den Stadtpräfekten veranlaßte, den alten Mann und den Jungen am Raumhafen festzunehmen, würde er auch erwähnen, daß er hundert Kredits für die Beseitigung Balus bot. Das sollte jeden Konkurrenten davon abhalten, sich für die Belohnung zu interessieren, die auf den Kopf des alten Mannes ausgesetzt war.

Und in der Zwischenzeit, dachte Trevagg, während er das bebende Bündel aromatischer Sinnlichkeit auf seinem Schoß an sich drückte, konnte er sich um das Mädchen kümmern und ein Zimmer in der Mos Eisley Herberge mieten, um mit dem zu beginnen, was sie für den Beginn einer wundervollen Ehe hielt – diese unverbesserliche Närrin! –, was aber in Wirklichkeit bloß die genußvollere der beiden Jagden war, die er heute unternommen hatte.

Wirklich, dachte Trevagg, als er die trippelnde Nachtlilie hinaus in das Goldlicht und die Schatten der Straße führte, er hatte sich vielleicht aus dem Gewerbe zurückgezogen, aber er war noch immer ein passabler Jäger.

Im Lauf der Nacht drangen imperiale Truppen in Mos Eisley ein und durchsuchten die ganze Stadt nach zwei Droiden. Es verbreiteten sich Gerüchte über ein Massaker an den Sandleuten auf einer abgelegenen Farm, und dann kam es an der Andockbucht 94 zu einer Schießerei, die mit dem illegalen Start eines Schmugglerschiffs endete. Die ganze Aufregung führte dazu, daß Trevaggs Leiche erst am nächsten Nachmittag gefunden wurde.

»Hat ihn denn niemand *gewarnt*?« fragte Wuher der Barkeeper, als er von einem von Balus Beamten in die Mos Eisley Herberge geführt wurde, um sich die Leiche anzusehen und vor dem Sicherheitschef seine Aussage zu machen.

»Wovor gewarnt?« Balu blickte von seinem Datenblock auf. Er hatte den Gotal noch nie besonders gemocht, aber diesen Tod – er schien mit einem langen, scharfen Messer erstochen und dann sorgfältig ausgeweidet worden zu sein – wünschte er nicht einmal seinem ärgsten Feind.

»Vor der H'nemthe.« Als ihn Balu weiter verständnislos ansah, fügte der Barkeeper hinzu: »Vor dem Mädchen, mit dem er zusammen war. Dem H'nemthe-Mädchen.«

»Nachtlilie?« fragte Balu verblüfft. Das Mädchen schien von ihrer Umgebung viel zu verschreckt – und von Trevaggs Charme viel zu überwältigt – gewesen zu sein, um dem Gotal auch nur ein Haar zu krümmen.

»War das ihr Name?« Wuher verdrehte die Augen. »Er paßt.«

Inzwischen hatte sich eine kleine Menge eingefunden. Natürlich waren keine imperialen Sturmtruppen und keine der Wachen des Präfekten darunter. Dieser Mord war zu unbedeutend und ihre Zeit zu kostbar. Balu verfolgte aus den Augenwinkeln, wie Nackhar dem Gerichtsmediziner ein paar Kredits zusteckte, aber er wollte lieber nicht wissen, wofür.

»Die M'iiyoom – die Nachtlilie – ist eine fleischfressende Pflanze, die sich von kleinen Nagern und Insekten ernährt, die ihren Nektar trinken wollen«, erklärte der Barkeeper. Er stemmte die Hände in die Hüften und starrte das dunkelgefleckte Laken an, das der Gerichtsmediziner über Trevaggs Überreste gebreitet hatte. »Nach der Paarung weiden die H'nemthe-Frauen die Männer mit ihren Zungen aus – sie sind scharf wie Schwertklingen und viel kräftiger, als sie aussehen. Es muß sich um eine biologische Reaktion auf die Tatsache handeln, daß zwanzig H'nemthe-Männer auf eine Frau kommen. Die Männer scheinen der Ansicht zu sein, daß der Liebesakt das Opfer wert ist. Ich habe sie zusammen in der Bar gesehen, aber ich habe nicht geglaubt, daß Trevagg verrückt genug ist, mit dem Mädchen ins Bett zu gehen.«

»Er hat immer damit geprahlt, was für ein toller Jäger er ist«, sagte Balu nachdenklich und trat zur Seite, damit die Sanitäter die Leiche aus dem schmuddeligen, blutbefleckten Zimmer tragen konnten. »Eigentlich hätte er spüren müssen, was ihm drohte.«

»Wie denn?« Der Barkeeper vergrub seine mächtigen Hände in

den Taschen und folgte dem Offizier auf die Straße. »Für sie war es auch ein Akt der Liebe.«

Er zuckte die Schultern und zitierte eine alte ithorianische Redensart, die in einigen Sektoren der Galaxis verbreitet war. »N'y-gyng mth'une vned 'sobec' k'chuv 'ysobeck.'«

Was frei übersetzt bedeutet: »Das Wort für Liebe in der einen Sprache ist das Wort für Essen in der anderen.«

Imperiums-Blues:

Die Geschichte des Devaronianers

Daniel Keys Moran

Um es direkt zu sagen, ich glaube nicht, daß wir an jenem Nachmittag mehr als fünf Minuten brauchten, um die Rebellen hinzurichten.

Die Rebellion auf Devaron hatte keine Chance. Meine Heimatwelt ist nur dünn besiedelt, selbst von uns Devaronianern, und politisch unbedeutend, aber sie liegt in der Nähe des Kerns. In der Nähe des Imperators, möge er zu Eis gefrieren.

Ich war Kardue'sai'Malloc, der dritte Kardue in direkter Folge mit diesem Namen; ein Devaronianer und Captain in der devaronianischen Armee.

Die Kardue hatten schon sechzehn Generationen lang in der devaronianischen Armee gedient: in den Klon-Kriegen und sogar in den alten Zeiten, als niemand daran glaubte, daß die alte Republik jemals untergehen würde. Das Leben in der Armee gefiel mir, und ich der Armee. Abgesehen von dem Streß, den der Umgang mit dem Imperium mit sich brachte, und der verhaßten Notwendigkeit, während der Rebellion devaronianische Truppen dem imperialen Kommando zu unterstellen, war es ein erträgliches Leben.

Sechzehn Generationen militärischen Dienstes endeten an dem Nachmittag, an dem wir die Rebellen-Stellungen in Montellian Serat überrannten. Ich brauchte noch ein halbes Jahr, um die Panzerung endgültig an den Nagel zu hängen, aber dieser Moment war der Anfang vom Ende.

Montellian Serat ist eine alte Stadt. Nun, sie war es; sie existierte bereits, bevor mein Volk zu den Sternen flog. Daß die Rebellen sich dort verschanzten, war taktisch gesehen eine Idiotie, aber nicht überraschend. Ich ließ während der Nacht die uralte Stadtmauer mit Granatwerfern beschießen, und im Morgengrauen stellte ich den Beschuß lange genug ein, um den Rebellen Gelegenheit zur Kapitulation zu geben. Sie akzeptierten das Angebot, legten ihre Waffen an der zertrümmerten Mauer am Stadtrand nieder und kamen nacheinander heraus: Männer und Frauen, insgesamt siebenhundert Soldaten.

Ich trieb sie in ein eilig errichtetes Gefangenenlager und stellte Wachen auf. Ich befürchtete einen Befreiungsversuch; einen halben Tagesmarsch weiter südlich leistete eine andere Rebellen-Gruppe noch immer Widerstand.

Unsere Befehle trafen gegen Mittag ein. Die Rebellen bewegten sich angeblich Richtung Norden; ich sollte mit meiner Einheit losmarschieren und sie abfangen. Ich sollte keinen meiner Männer zur Bewachung der gefangenen Rebellen zurücklassen.

Die Befehle gingen nicht ins Detail … aber sie waren unmißverständlich.

Ich ließ sie am frühen Nachmittag hinrichten. Ich zog die Wachen zurück, stellte die Rebellen in einem Halbkreis auf und ließ dann das Feuer auf sie im Lager eröffnen. Es dauerte fast fünf Minuten, bis die Schreie verstummten, und ich war sicher, daß alle siebenhundert tot waren.

Es blieb keine Zeit, sie zu begraben.

Wir marschierten nach Süden in die nächste Schlacht. Alles in allem dauerte es fast ein halbes Jahr, um die Rebellion auf Devaron niederzuschlagen. Rebellionen, selbst jene, die scheiterten, sind langwierige Angelegenheiten. Als alles vorbei war, reichte ich meinen Abschied ein. Zunächst konnten sich meine Vorgesetzten, ausnahmslos Menschen, nicht entscheiden, ob sie mich gehen und zulassen sollten, daß mich meine »eingeborenen« Artgenossen umbrachten, sobald ich nicht mehr unter dem Schutz der imperialen Armee stand, oder ob sie meinen Antrag ablehnen und mich wegen Verrats hinrichten lassen sollten, weil ich es überhaupt gewagt hatte, auf einen derartigen Gedanken zu kommen.

Soweit ich mich erinnere, war es mir egal.

Sie ließen mich ziehen.

Ich verschwand. Weder meine imperialen Vorgesetzten noch meine Familie oder meine Freunde, die meine Hörner begehrten und die ich zurückließ, sahen mich – oder meine Musiksammlung – jemals wieder.

Zeit verging.

Auf der anderen Seite der Galaxis, auf dem kleinen Wüstenplaneten Tatooine, in der Hafenstadt Mos Eisley, in einer versteckten

Bar in der Nähe des Zentrums der heißen, staubigen Stadt, blickte ich von meinem leeren Glas auf und lächelte meinen alten Freund Wuher an.

Es war ein höfliches Lächeln. Bei uns Devaronianern sind die Unterschiede zwischen Mann und Frau weit stärker ausgeprägt als bei anderen Spezies. Männer haben schärfere Zähne als Frauen; unsere evolutionären Vorfahren haben im Rudel gejagt. Frauen haben ebenfalls Reißzähne, aber auch Mahlzähne und können sich von Dingen ernähren, die für uns Männer unverdaulich sind. Doch etwa jeder fünfzigste devaronianische Mann wird mit beiden Sorten Zähnen geboren. Früher war es eine Überlebenshilfe; devaronianische Männer mit beiden Zahnsorten wurden vom Rudel als Späher eingesetzt. Sie hatten eine größere Reichweite und konnten in Gebieten überleben, wo ihre normalen Geschlechtsgenossen verhungert wären. Vielleicht ist es kulturell bedingt, vielleicht auch genetisch, aber Tatsache ist, daß Devaronianer mit Doppelzähnen im Rudel weniger Ansehen genießen als normale Männer.

Allerdings bezweifle ich, daß normale Männer geschafft hätten, was ich geschafft habe.

Meine äußere Zahnreihe ist weiblich, flach und ganz und gar nicht bedrohlich. Die innere Reihe, die aus scharfen, nadelspitzen Zähnen besteht, dient dem Reißen von Fleisch. Wenn ich mich bedroht fühle oder wütend bin, zieht sich die äußere Zahnreihe zurück. In derartigen Situationen ist es ein Reflex, aber ich kann es auch bewußt tun.

Manchmal mache ich es absichtlich. Es erschreckt die Menschen ... nun, es erschreckt die meisten Nichtfleischfresser, aber Menschen sind ein besonderer Fall, eine ganze Spezies von Allesfressern. Es gibt nicht viele intelligente Spezies von Allesfressern in der Galaxis. Ich habe eine Theorie über sie entwickelt: Sie sind Fressen, das sich entschlossen hat, sich zu wehren. Baumbewohnende Beutetiere im Fall der Menschen. Ich schätze, ihre eigene Kühnheit hat sie selbst überrascht, und deshalb sind sie so nervös.

(Ein Mensch hat mir einmal einzureden versucht, daß *Menschen* Fleischfresser sind. Ich habe ihn nicht ausgelacht, trotz seiner Mahlzähne und seiner beiden lächerlichen, stumpfen Schneidezähne und einem Verdauungstrakt, der so lang ist, daß das Fleisch, das er aß, schon verrottet war, bevor es am anderen Ende wieder herauskam. Mit einem derartigen Körper würde sogar *ich* anfangen, Blätter zu fressen.)

Wuher reagierte auf mein höfliches, stumpfzähniges Lächeln wie immer mit einem finsteren Blick. »Lassen Sie mich raten, Labria. Das Glas hat einen Sprung.«

Wuher ist mein bester Freund auf Tatooine. Er ist ein untersetzter, häßlicher Mensch mit schlechen Manieren und ohne irgendeinen der menschlichen Vorzüge. Er haßt Droiden und interessiert sich ansonsten für nichts und niemanden. Ich mag ihn sehr. Seine Abscheu vor dem Universum ist von einer geradezu spirituellen Reinheit. Wenn es mir gelänge, ihn von seiner Liebe zum Geld zu befreien, könnte er sogar den Zustand der Gnade erreichen. »Ja, mein Freund. Es ist nicht mehr zu gebrauchen. Wenn Sie den Schaden beheben könnten …«

»Womit?«

»Oh, die bernsteinfarbene Flüssigkeit wäre geeignet, schätze ich.«

»Merenzane Gold?«

»Die Flasche trägt dieses Etikett«, bestätigte ich.

»Ein Merenzane Gold, macht null Komma fünf Kredits.«

Ich warf den halben Kredit auf den Tresen und wartete, während er mein Glas füllte. Merenzane Gold ist ein süßes, mildes Getränk, hinter dem viele tausend Jahre Brautradition stehen. Eine einzige Flasche kostet ab hundert Kredits aufwärts, je nach Jahrgang.

Ich nippte an meinem Drink und lächelte wieder. Köstlich. Man hätte damit auch Triebwerksdüsen reinigen können, würde es nicht den Hitzeschild angreifen. Ich schlenderte zu meiner Lieblingsnische, die am weitesten von der Bühne entfernt war, und machte es mir mit meinen Ohrenschützern gemütlich.

Ich war der erste Gast an diesem Morgen. Ich konnte mich kaum noch an die Zeit erinnern, als es anders gewesen war.

Tatooine ist ein häßlicher, nutzloser kleiner Planet. Das einzig Bemerkenswerte an ihm sind Jabba und die Piloten, die er Jahr für Jahr hervorbringt. Ich habe nicht die leiseste Ahnung, warum Jabba seine Basis ausgerechnet auf Tatooine errichtet hat; vielleicht, weil er so weit vom Kern entfernt liegt, daß er für das Imperium keine Bedeutung hat. Im Grunde spielt es auch keine Rolle.

Was die Piloten betrifft, nun, Tatooine ist eine einzige Wüste voller Feuchtfarmen, die sich von Norden nach Süden erstrecken. Eine einzige Farm nimmt so viel Raum ein, daß die Farmer Gleiter benutzen müssen, wenn sie sich gegenseitig besuchen wollen; ihre Kinder lernen das Fliegen schon in jungen Jahren. Auf den meisten Farmen Tatooines braucht man einen Tag, um von einem Ende zum anderen zu wandern, aber wahrscheinlich würde man unterwegs verdursten.

Ich hasse Tatooine. Ich bin mir immer noch nicht sicher, warum ich überhaupt hiergeblieben bin. Eigentlich sollte er nur eine Zwischenstation sein, das weiß ich noch genau. Ich war Maxa Jandovar gefolgt, der großen – nun, groß für einen Menschen – Bandfillistin. Aber ich *verpaßte* sie. Sie war eine von einem halben Dutzend lebender Künstler, deren Live-Auftritte einen Besuch lohnten, und ich hatte sie noch nicht gesehen. Ich war schon seit einem halben Jahrzehnt hinter ihr her, graste die galaktische Provinz nach ihr ab, sprang von Planet zu Planet, aber stets verpaßte ich sie um Wochen oder Tage und, in einem Fall, der mich dem Zustand der Gnade fast greifbar nahebrachte, nur um einen halben Tag. Es gab keinen offiziellen Tourneeplan; die Gründe dafür lagen auf der Hand. Das Imperium würde sich zwar nicht die Mühe machen, sie zu jagen, aber wenn sie bekanntgab, wo sie als nächstes auftrat, würde sie bei ihrer Ankunft am Raumhafen mit Sicherheit von einer Abteilung Sturmtruppen erwartet werden.

Das Imperium traute Künstlern nicht. Vor allem nicht den großen. Politik interessierte sie nicht, und sie bestanden darauf, die Wahrheit auch dann zu sagen, wenn sie nicht erwünscht war.

Sie verhafteten Maxa Jandovar auf Morvogodine. Sie starb im Gefängnis. Ich befand mich auf Tatooine, als die Nachricht eintraf, und wollte soeben nach Morvogodine fliegen.

Irgendwie blieb ich dann hängen.

Nachtlilie die H'nemthe setzte sich ans Ende des Tresens und blickte gelangweilt und lüstern drein. *Jemand* tat mir mächtig leid.

»He, Wuher!«

Wuher blickte vom Ende des Tresens zu mir hinüber. »Ja?«

»Universelle Wahrheit Nummer Eins: Sagen Sie nie zu einer H'nemthe, die größer ist als Sie: ›Tja, warum beißen Sie mir nicht einfach den Kopf ab?‹«

Er lächelte nicht. Der Trottel.

In der Nische neben mir versuchten zwei Menschen, einen moorinischen Söldner zu einem Raubüberfall auf eine Bar am anderen Ende von Mos Eisley zu überreden; ich nahm mir vor, den Besitzer der Bar anzurufen und ihn – gegen Bezahlung – vor den Männern zu warnen. Nicht, daß es aussah, als würde der Mooriner ihnen helfen. Nur einer der Menschen beherrschte die Sprache des Söldners, sein Akzent war grauenhaft und seine Syntax gelegentlich hysterisch. Ich konnte erkennen, daß der Söldner Mühe hatte, sie ernst zu nehmen. Schließlich fauchte der Söldner, Obron Mettlo, sie an, daß er ein Soldat sei, ein Kämpfer; er erwähnte außerdem einige der Schlachten, in denen er gekämpft hatte. Von den meisten hatte ich tatsächlich schon gehört – falls er nicht log, war er ein erfahrener Profi.

»He, Wuher!«

Wuher blickte vom Ende des Tresens zu mir hinüber. »Ja?«

»Was ist jemand, der zwei Sprachen spricht?«

»Zweisprachig.«

»Jemand, der eine Sprache spricht?«

Er dachte einen Moment nach. »Einsprachig?«

»Ein Mensch.«

Fast hätte er gelächelt, aber er beherrschte sich im letzten Augenblick.

Der Tag zog sich in die Länge. Es war immer so. Ich trank genug, um die Welt halb zu vergessen, und wartete auf den Untergang der beiden Sonnen. Ich spazierte ein wenig herum, setzte mich ein paarmal an den Tresen und suchte einen Gesprächspartner, ich mischte mich sogar unters gemeine Volk und gab einem dienstfreien Sturmtruppler zwei Drinks aus. Reine Verschwendung; er war mehr an Frauen interessiert als an einer Unterhaltung, und ich bezweifelte ohnehin, daß er irgend etwas von Wert wußte. Aber so ist das nun einmal mit den Investitionen; eines Tages würde er *vielleicht* etwas wissen, sofern dies bei einem Sturmtruppler überhaupt möglich war. Und dann würde er *vielleicht* an seinen alten Freund und Saufkumpanen Labria denken.

Informationshandel ist im besten Fall ein riskantes Geschäft.

Ich kann nicht behaupten, daß ich gut darin bin.

Am späten Nachmittag tauchte Langschnauze auf. Bis dahin war es ein angenehmer Tag gewesen; Wuher hatte für diesen Tag keine Musiker engagiert, und ich mußte nicht einmal meine Ohrenschützer aufsetzen.

Langschnauze wollte *mir* Informationen verkaufen.

In meiner Ecknische, die so weit wie möglich von der Bühne

entfernt war, lächelte ich ihn an. Das scharfe Lächeln. »Das ist ja was ganz Neues. Ich verzichte.«

Langschnauzes »Name« ist Garindan. Ich habe einmal von einem Protokolldroiden die Herkunft des Wortes ermitteln lassen. In fünf verschiedenen Sprachen bedeutet es jeweils »Gesegneter«, »verbranntes Holz«, »Staub eines Sturmes«, »häßlich« und »Toast«. Keine der fünf Sprachen wurde von einer Spezies gesprochen, die Langschnauze auch nur im entferntesten ähnlich sah.

Langschnauze ist der erfolgreichste Spion von Mos Eisley. In einer Stadt mit derart vielen Spionen heißt das einiges. Er bezahlt gutes Geld für Informationen; manchmal gebe ich ihm welche, die sich hinterher als wertvoll entpuppen. Manchmal welche, von denen ich schon vorher weiß, daß sie ihr Geld wert sind. »Aber Labria«, drängte er mit gesenkter Stimme, »diese Angelegenheit ist für dich von *besonderem* Interesse.«

»Gib mir einen Tip.«

Er schüttelte den Kopf, daß sein Rüssel vor meinem Gesicht hin und her pendelte. Ich widerstand dem unzivilisierten Drang, einen spitzen Fingernagel hineinzubohren. (In Langschnauzes Gegenwart habe ich oft Gelegenheit, Gnade vor Recht walten zu lassen.) »Fünfzig Kredits, Labria. Du wirst es nicht bereuen.«

Ich dachte darüber nach. Ich trank einen Schluck von dem ätzenden Gold und behielt ihn einen Moment im Mund, um meine hinteren Zähne zu schärfen. »Fünfzig Kredits sind eine Menge. Weiterverkäuflich?«

Er kratzte sich unter der Schnauze und überlegte. »Ich wüßte nicht, an wen.«

Etwas, das für mich von Interesse, aber nicht weiterverkäuflich war …

Ich spürte, wie sich meine Ohren spitzten. »Wer ist es?«

»Fünf …«

»Ich bezahle. Wer ist auf dem Planeten eingetroffen?«

»Figri …«

Ich sprang auf. »Feuerkopf Figrin D'an ist auf *Tatooine*?«

Er machte ein Geräusch, das wie *Urk* klang. »Die ... anderen ... *gucken* ... schon.«

Ich sah mich um. Ein paar von den anderen Gästen beobachteten uns tatsächlich. Es war ein komisches Gefühl, all diese Blicke auf mir zu spüren. Ich ließ Langschnauze los, und sie wandten sich ab. »Tut mir leid. Die Aufregung.«

Er rieb sich die Kehle. »Deine Fingernägel müssen geschnitten werden.«

»Davon gehe ich aus.« Er setzte sich wieder, aber ich war zu aufgeregt. »Ist die Band bei ihm?«

»Fünfzig Kredits.«

Ich unterdrückte ein Knurren, zog eine Fünfzig-Kredits-Note aus der Tasche und drückte sie ihm in die ausgestreckte Hand. »Wer?«

»Sie spielen für Jabba.«

»Alle?«

»Die Modalnodi.«

»Das sind sie«, sagte ich mit vor Erregung bebender Stimme. »Doikk Na'ts an der Fizzz, Tedn Dahai und Ikabel G'ont an der Fanfar, Nalan Cheel am Bandfill, Tech Mo'r an der Ommni ...«

»Ja. So heißen sie.«

Oh, Mann.

Die größte Jizzband der Galaxis war in der Stadt.

Ich verließ die Bar früher als gewöhnlich, kaum, daß es draußen dunkel geworden war. Wuher nickte mir beim Hinausgehen zu. »Bis morgen, Labria.«

Ich erwiderte sein Nicken und trat hinaus in die heiße Nacht.

»Labria« ist in meiner Muttersprache ein extrem schmutziges Wort. Frei übersetzt bedeutet es »kaltes Essen«, aber durch die Übersetzung geht einiges vom Pfeffer verloren.

Bei meinen Hörnern, ich verstehe die Menschen nicht, obwohl ich jetzt schon zwei Jahrzehnte unter ihnen lebe. Die Dinge, bei denen sie fluchen! Sex, Exkremente und Religion.

Ich werde sie nie verstehen.

Es gibt vierhundert Milliarden Sterne in der Galaxis. Die meisten davon haben Planeten; etwa die Hälfte der Planeten können Leben tragen. Rund ein Zehntel dieser Planeten haben eigenes Leben hervorgebracht, und auf rund einem Tausendstel dieser Welten haben sich *intelligente* Wesen entwickelt.

Das sind nur grobe Schätzungen. Aber in der Galaxis muß es über zwanzig Millionen intelligente Rassen geben. Niemand kann sie alle im Auge behalten, nicht einmal das Imperium.

Ich habe keine Ahnung, wie viele Kopfgeldjäger es in Mos Eisley gibt. Hunderte von Profis, schätze ich. Und Zehntausende, die ohne einen Moment nachzudenken Kopfgeldjäger werden würden, wenn das Kopfgeld hoch genug ist und sie den Gesuchten kennen.

Auf die Hörner des Schlächters von Montellian Serat sind fünf Millionen Kredits ausgesetzt. Aber Devaron liegt auf der anderen Seite der Galaxis, und auf ganz Tatooine gibt es vielleicht nur ein Dutzend Intelligenzwesen, die mit Bestimmtheit wissen, welcher Spezies ich angehöre. (Es leben noch zwei weitere Devaronianer auf dem Planeten, Oxbel und Jubal. Ich mag Oxbel mehr; einmal, bei einem ziemlich komplizierten Betrugsmanöver, das nicht so funktionierte, wie wir gehofft hatten, haben wir uns als Brüder ausgegeben. Wir sehen uns *überhaupt nicht* ähnlich – sein Volksstamm hat sich am Pol entwickelt, meiner in der Nähe des Äquators –, aber die Menschen, die wir täuschen wollten, konnten den Unterschied nicht erkennen. Ich mag auch Jubal, aber ich traue ihm nicht. Er ist schon länger von Devaron weg als ich, und es ist durchaus möglich, daß *er* noch nicht einmal von dem Schlächter von Montellian Serat gehört hat – aber sicher ist sicher.)

(Sicherheit hat auch ihre Nachteile. Die nächste devaronianische Frau befindet sich auf der anderen Seite des Kerns. Allein der Gedanke läßt meine Hörner schmerzen.)

Die meisten Kopfgeldjäger sind faul. Wären sie es nicht, hätten sie einen anderen Beruf gewählt.

Und Nachforschungen gehören nicht gerade zu ihren Stärken.

Ich ging auf dem kürzesten Weg nach Hause.

Ein Grund zum Leben.

Ich wohne in einem kleinen unterirdischen Apartment, das rund zwölf Minuten von der Bar entfernt ist, sofern man schnell geht. Seit meinem Einzug ist dort zweimal eingebrochen worden. Beim ersten Mal war der Täter schon weg, als ich heimkam, beim zweiten Mal ertappte ich den Einbrecher auf frischer Tat. Ein junger Mensch. Wie sich herausstellte, schmecken Menschen nicht besonders gut.

Die Lampen flammten automatisch auf, als ich die Tür aufschloß und eintrat. Hinter der Tür führt eine Treppe hinunter in einen kalten, nach Schweiß riechenden Keller, dessen Kühlung astronomische Summen kostet. Die Hitzeaustauscherspulen schalten sich automatisch ein, wenn ich eintrete. Ich weiß aus langer Erfahrung, daß ich erst schlafen kann, wenn sie eine ganze Weile gearbeitet haben – und daß es erst richtig kühl sein wird, wenn ich wieder aufgewacht bin und es Zeit wird, sie auszuschalten.

In dem Apartment gibt es einen Raum, in dem ich meinen wertvollsten Besitz aufbewahre; glücklicherweise hat ihn keiner der beiden Diebe entdeckt. Vom Wohnzimmer kommt man ins Schlafzimmer und von dort aus ins Bad. Die Sanitäreinrichtungen sind auf menschliche Bedürfnisse abgestimmt, aber ich komme mit ihnen problemlos zurecht. In der Duschkabine muß ich nur gegen eine Kachel an der Wand drücken, und die Wand öffnet sich gerade weit genug, daß ich mich hindurchzwängen kann.

Ich zwänge mich durch den Spalt und betrete einen kleinen achteckigen Raum. Die Wände sind nicht perfekt; sie neigen dazu, die höheren Frequenzen zu reflektieren und die tieferen zu absorbieren, so daß buchstäblich alles heller klingt, als es eigentlich sollte. Zum Teil läßt sich das Manko ausgleichen, mit dem Rest muß ich eben leben.

Die Wand hinter mir schließt sich mit einem seufzenden Geräusch. Das Zimmer ist bereits gekühlt; es ist der erste Raum des Apartments, der gekühlt wird.

An den Wänden reihen sich die Chips aneinander.

Einige von ihnen sind einzigartig, davon bin ich überzeugt. Von unschätzbarem Wert. Kopien von Aufnahmen, die sonst niemand in der Galaxis besitzt. Andere sind lediglich selten und sehr teuer.

Ich habe alle. Oder, um genau zu sein, ich habe *etwas* von allen. Ich habe Musik, die vor einer Generation vom Imperium verboten wurde ... von Musikern, die hingerichtet wurden, weil sie die falschen Texte auf falsche Weise vor den falschen Leuten gesungen haben, von Musikern, die spurlos verschwanden, von Musikern, die das Glück hatten, noch vor dem Aufstieg des Imperiums zu sterben.

Maxa Jandovar ist hier und Orin Mersai und Telindel und Saerlock, Lord Kavad und das Skaalite Orchester, M'lar'Nkai'kambric, Janet Lalasha und Mirakel Meriko, der vier Tage, nachdem ich sein letztes Konzert mit dem Superhit *Sternentanz* gesehen hatte, in einem imperialen Gefängnis starb. Die alten Meister Kang und Lubrichs, Ovido Aishara und der erstaunliche Brullian Dyll.

Ich habe zwei Aufnahmen von Feuerkopf Figrin D'an und den Modalnodi. D'an ist vielleicht der größte Klooist, den die Galaxis je gesehen hat. Was Doikk Na'ts betrifft ... normalerweise spielt er mir zu bedächtig, zu vorsichtig ... aber manchmal, manchmal fährt das Feuer in ihn, und dann spielt er die Fizzz so gut wie Janet Lalasha zu ihren Glanzzeiten.

Die meisten ihrer Begleitmusiker wären in jeder guten Band die Stars.

Ich lasse mich in den Sessel sinken, der exakt in der Mitte des Zimmers steht, wo der Klang am reinsten ist, öffne eine Flasche zwölf Jahre alten Dorian Quill und warte darauf, daß die Musik einsetzt.

Mein Volk glaubt, wenn man ein Wesen tötet, muß man es hegen und lieben, während es stirbt. Es gibt keinen Unterschied zwischen dem, der tötet, und dem Wesen, das getötet wird, und während man tötet, stirbt man selbst.

Nur Musikhören erfüllt mich mit ähnlichen Gefühlen.

Die Musik überflutet mich, bis ich aufhöre zu existieren.

Ich sterbe, während ich töte.

Dafür lebe ich.

Ich bin froh, daß meine Väter tot sind.

Am Morgen ging ich Jabba besuchen.

Ich mußte mich auf die Falltür stellen, und sein Schwanz peitschte hin und her, während wir uns unterhielten. Das hat mich schon immer gestört. Ein Teil von mir hatte Angst; selbst Fleischfresser werden von größeren Fleischfressern gefressen. Ein anderer Teil von mir wollte sich auf ihn stürzen.

Er musterte mich mit diesen häßlichen geschlitzten Augen und lachte ein rumpelndes, unerfreuliches Lachen. »So ... welche Information will mir mein am wenigsten geschätzter Spion verkaufen?«

Ich machte es gut. Ich sprach Huttisch mit ihm, was ich normalerweise zu vermeiden versuche; ich bekomme davon Halsschmerzen, und ich muß beide Zahnreihen benutzen, um einige der Laute zu erzeugen. Nach einem langen Gespräch tut mir die vordere Zahnreihe vom vielen Klappern weh. »Ein Söldner ist in der Stadt«, berichtete ich. Vor meinem Besuch bei Jabba hatte ich mich bemüht, so viele Informationen wie möglich über den Söldner zu sammeln. Es war nicht viel, aber schließlich war ich in Eile gewesen. Ich mußte schnell handeln – wenn Jabba D'an und die Nodi nicht mochte, würde ich sie vielleicht *nie* live spielen sehen. Und alle anderen auch nicht. »Obron Mettlo. Ein echter Profi, in Dutzenden von Schlachten gestählt, oft auf der Seite der Sieger, auf der Suche nach einer Festanstellung. Er ist Mooriner und …«

Er produzierte ein tiefes, grollendes Geräusch, das Interesse andeuten mochte. Jabba hatte eine Menge Muskeln, aber nicht viel Verstand, und die Mooriner galten als ebenso klug wie bösartig.

Ich machte weiter. »Wenn Sie wollen, könnte ich mich mit ihm in Verbindung setzen. Ihn hierherbringen … zum Essen vielleicht. Ein wenig Unterhaltung wäre nicht schlecht. Zum Beispiel Musik – Musik bekommt den Moorinern. Sie macht sie friedfertig.«

Er schloß halb die Augen; entweder war er gelangweilt oder er dachte nach. Schließlich kicherte er leise und befahl: »Schick ihn zu mir.«

Ich verbeugte mich und zog mich so eilig zurück, wie es die Höflichkeit erlaubte; ich wollte weg von dieser Falltür. »Wie Sie wünschen, Sir. Wir werden kommen – ist Ihnen heute abend recht?«

Er schenkte mir ein Lächeln, bei dem sich mir das Rückenfell sträubte. »Schick *ihn* zu mir«, verdeutlichte er. »Du bist nicht eingeladen.«

Ich blieb wie erstarrt am Rand der Falltür stehen, konnte kaum noch klar denken. Es mußte doch irgendeine Möglichkeit geben, ihn zu überreden …

Jabba grollte. Ein vertrautes Grollen; ich habe es auch schon von Devaronianern gehört – wenn sie im Rudel jagen. Reflexartig spitzte ich die Ohren und zog meine vordere Zahnreihe zurück. »Du kannst jetzt gehen.«

Ich verbeugte mich und eilte davon.

Ich verbrachte den Abend in der Bar und trank mir einen Vollrausch an.

Ich *wußte*, daß Jabba die Modalnodi an den Rancor verfüttern würde. Er hatte noch *nie* eine anständige Band gehabt, noch nie, nicht ein einziges Mal. Die Max Rebo Combo, die er letztens engagiert hatte, brauchte einen Eimer, um eine Melodie zu halten.

Aber am nächsten Morgen erfuhr ich, daß Rebo auf der Suche nach einem neuen Engagement war.

Jabba hatte eine neue Lieblingsband.

Es hätte mich *fast* umgebracht.

Vier Tage lang konnte ich nicht schlafen, weil ich ständig an sie denken mußte. Da waren sie, eine halbe Gleiterstunde von Mos Eisley entfernt. Spielten für *ihn*. Allein der Gedanke daran machte mich wahnsinnig. Ich verlor in jener Zeit so viel Gnade, daß ich der Verdammnis nahe gewesen wäre, wenn ich mich nicht selbst schon vor langer Zeit verdammt hätte.

Irgendwann im Laufe des fünften Tages hatte ich dann genug getrunken. Als ich erwachte, lag ich bäuchlings in der dunklen Gasse hinter der Bar, während mich irgend jemand mit der Schuhspitze anstieß. Ich wollte ihn schon in die Wade beißen …

Wuher kniete neben mir nieder. »Können Sie aufstehen?«

Der kühle Kies bohrte sich in meine Wange. Ich hatte Blutergüsse, Schrammen – langsam kehrte die Erinnerung zurück. Mehrere Unbekannte hatten mich zusammengeschlagen – mit schweren Holzknüppeln oder Metallstangen, wie ich mich vage erinnerte. Nur ein gewöhnlicher Raubüberfall. Ich konnte meinen rechten Arm nicht bewegen. »Ich glaube nicht.«

»Kommen Sie.« Mein Körper ist schwerer als der eines gleichgroßen Menschen; er hatte Mühe, mir auf die Beine zu helfen. Bei jeder Bewegung zuckte ein erstaunlich intensiver Schmerz durch meine Schulter. »Wo wohnen Sie?«

Er schleppte mich zu meinem Apartment und blieb an der Tür

stehen, während ich am Schloß herumfummelte. »Brauchen Sie einen Arzt?«

Ich weiß nicht mehr, ob ich ihm geantwortet habe oder nicht. Es war eine dumme Frage. Auf Tatooine gab es keinen Arzt, der sich mit der devaronianischen Physiologie auskannte – und wenn doch, dann wollte ich ihn *nicht* kennenlernen.

Ich schaffte es bis zur Dusche, bevor ich zusammenbrach. Ich drehte das kalte Wasser auf und blieb bis zum Morgen darunter sitzen, während ich mich fragte, ob ich überhaupt weiterleben wollte.

Am Morgen mußte ich dauernd an meine Heimat denken. Ich blieb in meiner Wohnung und ließ den ganzen Tag die Hitzeaustauschspulen laufen. Gegen Mittag brachte ich die Kraft auf, eine Wompratte von der Länge meines Armes aus der Kühltruhe zu holen, sie auf Bluttemperatur zu erwärmen und mit ihr unter die Dusche zu gehen. Ich saß da unter den Wasserstrahlen, nackt, und aß, bis mein Bauch fast platzte, und als nur noch Knochen auf dem Boden der Duschkabine lagen, drehte ich das Wasser ab und schleppte mich in meine Bettgrube.

Es dauerte einige Zeit, bis ich mich sicher genug fühlte, um mich wieder unter Leute zu wagen. Mehrmals klingelte jemand an meiner Tür; ich öffnete nicht. In Mos Eisley verbreiten sich manche Neuigkeiten mit Überlichtgeschwindigkeit. Mos Eisley ist wie ein lebendes Wesen: Es frißt die Schwachen und Kranken. Ich hatte all diese Jahre überlebt, ohne mehr als nur ein paar meiner Mitbürger töten zu müssen. Inzwischen mußte jeder von dem Überfall auf mich gehört haben – die Menschen, die mich ausgeraubt hatten, waren vielleicht dumm genug gewesen, mit ihrer Tat zu prahlen, und in diesem Fall würden sie – wer immer sie auch waren – in meiner Tiefkühltruhe landen, noch ehe der Monat um war.

Doch ich wagte nicht, in die Bar zu gehen, bevor ich wieder bei Kräften war.

Der Arm brauchte am längsten zum Heilen; Wochen später war er noch immer steif und schmerzte, wenn ich ihn zu schnell bewegte. Aber ich hatte fast keine Vorräte mehr, also blieb mir keine andere Wahl. Früh am Morgen zog ich mich an, aktivierte die Alarmanlage und machte mich auf den Weg zur Bar.

Wuher blickte auf und nickte mir zu, als ich eintrat. Ich war der erste Gast. Er stellte ein Glas auf den Tresen und füllte es mit einer goldenen Flüssigkeit. »Das geht auf das Haus. Trinken Sie, bevor jemand reinkommt.«

Ich sah zuerst den Drink und dann Wuher an, und ich war fast genauso sprachlos wie damals bei Jabba, als er mir befohlen hatte, den Söldner allein zu ihm zu schicken. »Vielen Dank«, brachte ich endlich hervor. Er nickte, und ich hob das Glas …

Und erstarrte. Raubtiere haben eine bessere Nase als Pflanzenfresser. Irgend etwas stimmte nicht mit dem Schnaps. Er war …

Er goß sich ebenfalls einen Schnaps ein, während ich mein Glas anstarrte, prostete mir zu und stürzte ihn hinunter.

Merenzane Gold. Der *echte* Stoff. Teuer, rein, *echter* Merenzane Gold.

Wuher verkorkte die unetikettierte Flasche, während ich ihn nur anstarrte, verstaute sie unter dem Tresen und ging davon, um die Stühle von den Tischen zu stellen.

Ich nahm das Glas mit in meine Nische, setzte mich und trank es ganz langsam. Ich hatte nicht einmal gewußt, daß es eine Flasche echten Golds auf Tatooine gab. Ich hatte fast vergessen, wie er schmeckte.

Ich fragte mich, wie viele Jahre er diese Flasche schon aufbewahrte, ohne ein Wort darüber zu verlieren.

Bei der Kälte, ich bin ein lausiger Spion.

Etwas, auf das ich stolz sein kann.

Ich verbrachte den Morgen damit, mir die Gespräche in der Bar anzuhören. Ich war lange fort gewesen … und während ich mich vor der Welt versteckt hatte, waren interessante Dinge passiert. Gestern nacht hatte ein imperialer Sternzerstörer ein Rebellen-Raumschiff im Orbit angegriffen, und heute wurde ganz Tatooine von Sturmtruppen durchkämmt. Irgend jemand oder irgend etwas war ihnen entkommen.

Und es gab auch eine grauenhaft *schlechte* Nachricht. Der verdammte Söldner, den ich Jabba empfohlen hatte … er hatte zwei von Jabbas Leibwächtern angegriffen und beide erschossen, bevor er selbst an den Rancor verfüttert worden war. Es gab Gerüchte, daß der Söldner in Wirklichkeit ein von Lady Valarian bezahlter Attentäter gewesen war und es eigentlich auf Jabba abgesehen hatte …

Vielleicht hatte Jabba vergessen, wer ihn empfohlen hatte.

Und vielleicht gab mir Langschnauze meine fünfzig Kredits zurück.

Ich erfuhr es durch eine Vision.

Okay, das stimmt nicht ganz, kommt der Wahrheit aber nahe. Langschnauze schaute bei mir vorbei und erwähnte etwas Interessantes: Lady Valarian heiratete. Die Max Rebo Combo sollte bei der Hochzeit spielen.

Ich bemerkte kaum, daß Langschnauze wieder ging. Ich blickte ins Leere, durch die Mittagsgäste hindurch, die vor der Hitze in die Bar geflohen waren, hatte sie vergessen, hatte die Bar vergessen. Ich dachte nach.

»Wuher.«

Er brach sein Gespräch mit zwei menschlichen Frauen ab, die wie Klone aussahen: Sie hatten sich als die Tonnika-Schwestern vorgestellt. Wuher löste sich nur widerwillig von ihnen; nach menschlichen Maßstäben waren sie sehr attraktiv. »Ja?«

»Wie läuft das Geschäft?«

Er starrte mich mißtrauisch an. »Beschissen. Es läuft immer beschissen.«

»Wie wäre es, wenn Sie einmal *richtige* Musiker engagieren würden?«

»Rebo? Den kann ich mir nicht leisten, und seine Combo zieht sowieso nicht genug Zuschauer an. Es wäre ein reines Zuschußgeschäft.«

Ich schenkte ihm das höfliche Lächeln. »Figrin D'an und die Modalnodi. Sie sind Bith. Sie sind *gut*, Wuher. Ich meine richtig, *richtig* gut.«

»Was würden sie mich kosten?«

»Fünfhundert die Woche.«

Er bedachte mich wieder mit diesem mißtrauischen Blick. Wenn etwas zu gut klingt, um wahr zu sein, dann muß irgend jemand dabei draufzahlen. »Tatsächlich? Eine Band, die besser ist als Rebos, ist bereit, für weniger Geld hier aufzutreten?«

»Ich denke, ich kann es arrangieren.«

»Wie?«

Ich erklärte es ihm. Als ich fertig war, sagte er mit ernster Stimme: »Sie sind ein ganz durchtriebener Hund, Lab.«

»Abgemacht?«

Er schüttelte den Kopf, aber er sagte: »Abgemacht.« Dann ging er kopfschüttelnd und vor sich hin murmelnd davon.

Lady Valarian ist die einzige halbwegs ernstzunehmende Konkurrentin von Jabba dem Hutt auf Tatooine. Das hat nicht viel zu bedeuten: Jabba toleriert sie, weil sich so alle Unzufriedenen um eine Person scharen. Sie ist eine Whiphidin, was bedeutet, daß sie dumm, riesig und häßlich ist, mehr Muskeln hat als ich und schlimmer stinkt als Jabba. Selbst nach einer langen, erfolglosen Jagd würde ich sie nicht essen.

Ich suchte sie in ihrem Hotel auf, dem Glücklichen Despoten. Der Glückliche Despot ist, um die Wahrheit zu sagen, kein besonders gutes Hotel, nur ein Raumschiff, das nie wieder starten wird.

»Es stimmt«, sagte ich. »Die Modalnodi. Der Bandleader ist Figrin D'an. Diese Gruppe macht eine derart fantastische Musik, daß Ihre Hochzeit in diesem Teil der Galaxis das Gesprächsthema Nummer Eins sein wird. Noch in Dutzenden Lichtjahren Entfernung wird man mit Neid und Sehnsucht von dem Musikspektakel sprechen, das die Hochzeit der großen Lady Valarian und ihres stattlichen Gemahls, dem tapferen D'Wopp, in das romantischste Ereignis verwandelt hat, das es je in dieser armseligen Galaxis gab.«

Sie funkelte mich an – nun, ich glaube, daß sie mich anfunkelte; es läßt sich bei diesen wahnsinnig kleinen Augen der Whiphiden schwer sagen – und fragte skeptisch: »Besser als Max Rebo? Ich *liebe* Max Rebo.«

Darauf wettete ich. Und sie hatte es eigentlich auch verdient, daß dieser häßliche Wicht auf ihrer Hochzeit aufspielte. »Gnädigste, Ihr Geschmack ist unvergleichlich, und niemand wird es wagen, dies zu bezweifeln.« Ich schenkte ihr das höfliche Lächeln. »Aber die Modalnodi sind zur Zeit die Lieblingskünstler von Jabba dem Hutt. Soll es etwa heißen, daß auf Ihre Hochzeit Musiker gespielt haben, die Jabba verschmähte, weil sie ihm zu schlecht erschienen?«

Sie brauchte eine Weile, um das zu verdauen. Ich hatte mich etwas zu kompliziert ausgedrückt; die Umgangssprache der Whiphiden umfaßt nur ein Vokabular von rund achttausend Worten. »Nein! Nein, das werde ich nicht zulassen! Ich will die Modalnoten!« Für einen Moment verriet sie Unsicherheit. »Glauben Sie, daß sie kommen werden?«

»Es wird Sie natürlich einiges kosten, Gnädigste. Wenn sie für Sie spielen, ziehen sie sich Jabbas Zorn zu. Sie müßten ihnen zwei-, vielleicht dreitausend Kredits bieten. Wenn Sie mir einen Kurierdroiden leihen, werde ich mit Freuden alles arrangieren.«

Am Morgen der Hochzeit rief ich Jabba an.

Er lachte ehrlich amüsiert, wie mir schien, als er mich sah. »Mein am wenigsten geschätzter Spion!« dröhnte er. »Vielleicht solltest du mich besuchen kommen. Wir könnten zusammen zu Abend essen und über den Söldner plaudern, den du mir empfohlen hast.«

»Ich habe Informationen, Jabba.«

»Hmmm.«

»Wissen Sie, daß Ihre Musiker verschwunden sind? Figrin D'an und die Modalnodi?«

»Hmmmph!« Er brüllte auf und schoß wie der Blitz aus dem Erfassungsbereich der Kamera. Ich hörte Schreie, das Klirren von Stahl, Scheppern ... Ich stand geduldig vor der Kamera meines Koms und wartete darauf, daß er zurückkam, falls er überhaupt zurückkam. Nach einer Weile tat er es auch. »Hoooo«, machte er kopfschüttelnd. »Wo sind sie, mein am wenigsten geschätzter Spion?«

»Lady Valarian heiratet heute. Sie hat sie engagiert, auf ihrer Hochzeit im Hotel zum Glücklichen Despoten zu spielen.«

Seine Augen verengten sich zu Schlitzen. »Und was verlangt mein am wenigsten geschätzter Spion für diese Information?«

Ich breitete meine Hände aus. »Lassen Sie uns einfach eine gewisse unglückliche Empfehlung vergessen ...«

Er sah mich durch die Augenschlitze eine Sekunde lang an und lachte dann donnernd. »Mein am wenigsten geschätzter Spion, du kannst mich wieder anrufen.«

Er unterbrach die Verbindung.

Kalter Schweiß tröpfelte durch das Fell auf meinem Rücken.

Wuher hatte sich für die Hochzeit herausgeputzt. Er hatte sein Hemd gewechselt.

Die Bar war dunkel und still; ich hatte sie noch nie in diesem Zustand erlebt, abgesehen von den ersten wenigen Minuten am Morgen. Ich gab Wuher meine Einladung. Lady Valarian hatte sie mir gegeben, als Anerkennung für meine erfolgreichen Bemühungen, die »Modalnoten« für ihre Hochzeit zu verpflichten, während sie gleichzeitig angedeutet hatte, daß es für mich besser wäre, wenn ich in Zukunft sie und nicht Jabba mit Informationen versorgte.

Eines Tages wird irgend jemand Jabba töten, aber es wird nicht Valarian sein.

»Sind Sie sicher, daß die Hochzeit vorzeitig abgebrochen wird?« fragte Wuher erneut.

»Ich bin sicher, daß die Modalnodi danach nie wieder für Jabba spielen werden. Sie müssen ihnen nur einen Ort anbieten, wo sie eine Weile untertauchen, ein paar Gigs spielen und ein paar Kredits verdienen können. Sie werden nämlich pleite sein; Valarian wird ihnen kein Honorar zahlen, nachdem ihre Hochzeit vorzeitig abgebrochen wurde.«

Er schüttelte den Kopf und zupfte wieder an seinem Hemd. »Und Sie glauben, die Jungs gehen darauf ein?«

»Ich denke, sie werden Ihnen die Füße küssen.«

Wuher stand da und musterte mich in der Dunkelheit. »Lab ... wenn Sie sich immer so anstrengen würden, könnten Sie ein reicher Mann sein.«

Ich schüttelte den Kopf und sagte sanft: »Mein Freund, alles, was ich will, ist das, was ich habe.«

Es ist schwierig, Jabba übers Ohr zu hauen. Und gefährlich.

Ein Stück vom Glücklichen Despoten entfernt setzte ich mich in die Schatten eines Hauses und beobachtete die eintreffenden Hochzeitsgäste. Ein verkommener Haufen. Bei einigen der »Gäste« handelte es sich um Jabbas Leute. Ich hoffte, daß es nicht zu einer Schießerei kam. Wahrscheinlich nicht, denn es waren nicht genug von Jabbas Schlägern da; hätte er vorgehabt, Lady Valarian zu beseitigen, weil sie seine Musiker gestohlen hatte, dann hätte er mehr Soldaten geschickt. Das war ein gutes Zeichen.

Ich hörte leise Musik und spitzte meine Ohren. Bei dem Song konnte es sich um »Tränen von Aquanna« handeln. Danach folgte eindeutig »Wurmfall«. Ein merkwürdiges Programm für eine Hochzeit. Vielleicht erfüllten sie Zuschauerwünsche.

Und dann trafen die schlechten Nachrichten ein.

Sturmtruppen.

Zwei Abteilungen. Die Transporter tauchten lautlos, mit gedämpften Positionslichtern, aus der Nacht auf und spuckten Sturmtruppler in voller Kampfpanzerung aus. Eine Abteilung sicherte den Hoteleingang, und die zweite marschierte hinein. Alles dauerte nicht länger als zwanzig Sekunden, glaube ich.

Oh, der Lärm war *schrecklich*. Von meinem Platz aus bekam ich alles mit. Schreie, Blasterschüsse, Gebrüll, eine weitere Blastersalve – und einer der Sturmtruppler am Eingang brach zusammen. Ich hob mein Makrofernglas und beobachtete das Gebäude. Fenster wurden aufgestoßen, und der Abschaum von einem Dutzend verschiedener Rassen quoll heraus.

Ich suchte mit dem Makrofernglas das ganze halb vergrabene Schiff ab ... und sah, wie drei Stockwerke über dem Sand eine Notschleuse geöffnet wurde. Der erste, der den Kopf heraussteckte, war ein Bith. Ich konnte nicht erkennen, wer es war: Alle Bith sehen durch ein Makrofernglas gleich aus. Weitere Bith folgten, und dann tauchte die unverwechselbare stämmige Gestalt meines Freundes Wuher auf. Wuher und die Bith flohen über den Sand und rannten ohne anzuhalten in der Dunkelheit an mir vorbei.

Ich hätte nie gedacht, daß Wuher so schnell laufen konnte ... und einen Moment später sah ich, was ihn so beflügelte. Zwei Sturmtruppler mit schußbereiten Gewehren verfolgten sie. Ich entschloß mich, weiter an meinem Zustand der Gnade zu arbeiten, und stellte dem vordersten Sturmtruppler ein Bein. Der zweite stolperte über ihn und stürzte ebenfalls. Ich beugte mich über sie und nahm ihre Gewehre. Ich hatte schon seit – nun, seit sehr langer Zeit kein Sturmgewehr mehr in der Hand gehabt, aber sie hatten sich nicht verändert. Ich entfernte die Energiezellen, und als sich die beiden Sturmtruppler aufrappelten, gab ich ihnen die Waffen zurück.

»Sie scheinen die hier verloren zu haben, Freunde.«

Einer von ihnen machte sofort einen Sprung nach hinten, richtete sein Gewehr auf mich und brüllte: »Keine Bewegung!«

Der andere sah mich an, dann sein Gewehr, dann wieder mich.

»Kommen Sie«, sagte ich sanft. »Wir sind doch vernünftige Wesen. Sie sind gestürzt, und ich habe Ihnen wieder auf die Beine geholfen. Es besteht kein Grund zur Aufregung. Aber wenn Sie sich bei Ihrem Sturz verletzt haben, werde ich Ihnen mit Freuden eine Entschädigung zahlen …«

Ich verstummte, und wir drei sahen uns einen Moment schweigend an.

Derjenige, der sein nutzloses Gewehr auf mich gerichtet hielt, sagte mit gepreßter Stimme: »Willst du uns etwa bestechen?«

Ich richtete mich zu meiner vollen Größe auf, sah auf sie hinunter und schenkte ihnen das scharfe Lächeln. »Nicht«, erklärte ich, »wenn Sie pampig werden.«

Als ich am Morgen die Bar betrat, waren die Modalnodi schon da und bauten ihre Anlage auf.

Wuher funkelte mich finster an. »Ich bin angeschossen worden. Von einem stinkenden Droiden.«

»Das tut mir leid.« Aber er machte keinen besonders wütenden Eindruck. »Sie haben gehört, wie sie spielen.«

Er nickte mürrisch. »Ja. Sie sind ziemlich gut.«

»Sie sind die besten«, sagte ich sanft. »Und ich glaube, Sie wissen es.«

Er schnaubte nur.

»Was meinen Anteil betrifft …«

»Ja?«

»Ein Jahr lang freie Getränke.«

Er schnaubte wieder. »Vergessen Sie's. Diese Typen bleiben garantiert kein ganzes Jahr; sie werden von diesem Planeten verschwinden, sobald sie einen Idioten finden, der ihnen die Tickets bezahlt.«

Der Punkt ging an ihn. Trotzdem ...

»Vielleicht bleiben sie länger, als Sie glauben«, erwiderte ich. «Jabba wird sie bestimmt am Verlassen des Planeten hindern. Vielleicht will er sie eines Tages sogar zurückhaben.«

Jetzt lächelte er mich doch tatsächlich an; er gefiel mir besser, wenn er finster dreinblickte. »Sieben freie Drinks pro Tag, solange sie spielen. Sobald sie sich davonmachen, müssen Sie wieder bezahlen. Und alles, was über sieben Drinks liegt, müssen Sie sowieso bezahlen.«

Ich grinste ihn an und fletschte dabei unabsichtlich meine Reißzähne. »Abgemacht.« Ich stand auf, ging zu Figrin und der Band hinüber und stellte mich vor.

Ich schwöre, Biths blicken selbst dann gefährlich drein, wenn sie es nicht wollen. Der Kerl hatte offenbar von mir gehört: Labria der Trunkenbold. Er würdigte mich kaum eines Blickes. »Oh, ja. Jabbas am wenigsten geschätzter Spion.«

Der Kerl war ein notorischer Spieler. »Lust auf ein paar Runden Sabacc? Hier wird es sowieso erst am späten Nachmittag voll.«

»Eigentlich nicht.«

»Zwanzig Kredits Mindesteinsatz.«

Sein Kopf fuhr so ruckartig herum, als wäre er ein Droide. »Oh? Können Sie beweisen, daß Sie genug Geld haben?«

Ich ließ absichtlich mein scharfes Lächeln aufblitzen. Die Bith *wissen*, daß sie Fressen sind. »Wollen Sie mich beleidigen, Figrin D'an?«

Vielleicht hat es irgendwo, irgendwann in der Geschichte einmal ein Kartenspiel gegeben, das kühler war als jenes, das wir benutzten, aber ich würde darauf nicht wetten. Die Bith stammen von einer warmen, hellen Welt. Wir Devaronianer sehen im Infrarotbereich weiter als die meisten anderen Rassen. Es ist nützlich, Hitze sehen zu können, wenn man sich in der Kälte entwickelt hat.

In der schwarzen Umrandung der Karten waren Markierungen angebracht, die auf langwelliges Infrarotlicht reagierten. Den ganzen Morgen lang kannte ich jede Karte, die er in der Hand hielt.

Sie waren bereits pleite. Als wir fertig waren, gehörten mir bis auf Doikk Na'ts' Fizzz all ihre Instrumente.

Der Tag hielt noch andere Überraschungen bereit.

Das Universum schien sich verschworen zu haben, mich daran zu hindern, die Musik richtig zu genießen. Zuerst stritten sich die Bandmitglieder, und als sie endlich nach ihren Instrumenten griffen und zu einer fetzigen Version von »Verrückt nach mir« ansetzten, hackte irgendein alter Narr auf einen anderen Narren ein – mit einem Lichtschwert, bei allen Eisigen! –, und sie mußten den Song abbrechen. Dieser psychotische Solo wagte es, kurz darauf in der Bar aufzukreuzen, und dann mußte er natürlich eine erbärmliche Karikatur von einem Kopfgeldjäger namens Greedo umbringen. Hätte ich einen Blaster dabei gehabt, hätte ich Solo in den Rücken geschossen, als er hinausging, aber so verpaßte ich meine Chance.

Außerdem ist es besser, keine Aufmerksamkeit zu erregen.

Der Nachmittag ging in den Abend über, und ich schlürfte meine Drinks und genoß die Musik der Band. Sie brauchten eine Weile, um sich aufzuwärmen. Zuerst konnte Figrin es nicht ertragen, mich anzusehen, und jedesmal, wenn er meine Blicke auf sich ruhen fühlte, geriet er völlig aus dem Takt. Aber es ist schwer, auf jemanden wütend zu bleiben, der einen kennt und bewundert. Während der Tag verdämmerte, wurde die Musik düsterer, rauchiger und eindringlicher, und Figrin D'an spielte mit geschlossenen Augen und mit Doikk Na'ts an seiner Seite eine Nummer nach der anderen. Sie törnten sich gegenseitig an, wurden mit jedem Song besser, reihten Improvisation an Improvisation und spielten zum erstenmal seit wer weiß wie langer Zeit für ein Publikum, das ihre Musik wirklich zu schätzen wußte. Für ein Ein-Mann-Publikum.

Ihre Schlußnummer war »Einsame Welt«, eine passende Wahl, schätze ich, mit den langen, sich gegenseitig hochschaukelnden Fizzz- und Kloo-Sequenzen, die in einem der kompliziertesten Kloo-Soli endeten, und dann trat Doikk zurück und überließ D'an die Bühne, in einer Verbeugung vor seinem Genie. Und der Bith stand da und spielte, Feuerkopf Figrin D'an im Zentrum der Musik, und ich sah zu, wie er sich in seinen klagenden Gesang verlor, umgeben vom Sound, sicher und geborgen an jenem Ort, den ich niemals kennenlernen werde.

Tauschbörse:

Die Geschichte des Jawas

Kevin J. Anderson

Der Sandkrabbler arbeitete sich mühsam den langen Hang aus goldenem Sand hinauf, über dem die Hitze der tatooinischen Zwillingssonnen waberte. Das riesige Fahrzeug bewegte sich langsam, aber unaufhaltsam vorwärts. Seine rasselnden Ketten hinterließen parallele Furchen auf der jungfräulichen Oberfläche der Düne. Binnen weniger Stunden würden die wirbelnden Sandhosen die Spuren ausradiert und die Dünensee wieder in ihren Urzustand zurückversetzt haben. Die Wüste widerstand allen Versuchen, sie dauerhaft zu verändern.

Tief in den finsteren Eingeweiden des Sandkrabblers, im vollgestopften Maschinenraum, wo die Energiemeiler wummerten und dröhnten, arbeitete Het Nkik zusammen mit seinen Jawa-Clanangehörigen. In den Tiefen seiner Kapuze schnüffelte er prüfend und nahm eine ganze Palette unterschiedlicher Gerüche wahr. Die Maschinen rochen, als würden sie in Kürze wieder versagen; die Schmiermittel wurden knapp, die Durastahlkolben hatten sich abgenutzt.

Die Menschen und viele andere intelligente Wesen verabscheuten den Körpergeruch der Jawas; für sie war er nur ein Gestank, der die Luft verpestete. Aber den Jawas lieferten derartige Gerüche eine Unmenge an Informationen: der Gesundheitszustand ihrer Gefährten, wann und was sie zuletzt gegessen hatten, ihre Identität, ihr Alter, ihr sexuelles Interesse, ob sie aufgeregt oder gelangweilt waren.

Het Nkik zwitscherte seine Sorgen hinaus. Normalerweise hätten sich die Jawas beeilt, einem möglichen Maschinenschaden vorzubeugen – zumindest, bis sie ihre Waren einem unglückseligen Kunden angedreht hatten. Aber heute schenkten ihm die Jawas kaum Beachtung. Sie waren viel zu sehr mit der bevorstehenden Tauschbörse beschäftigt, der Jahresversammlung aller Clans. Sie fuhren die Maschine bis an die Grenzen ihrer Leistungsfähigkeit hoch, und der Sandkrabbler wälzte sich dröhnend durch die Dünensee und näherte sich langsam dem traditionellen Versammlungsort des Jawa-Volkes.

Het Nkik schüttelte den Kopf, und seine gelben Augen leuchteten aus den Schatten seiner Kapuze hervor. Die anderen Jawas würden an seinem Geruch erkennen, daß er verärgert und ungeduldig war.

Het Nkik hatte seltsame Ideen für einen Jawa, und er erzählte sie jedem, der zuhörte. Es machte ihm Spaß, mitanzusehen, wie seine Clanbrüder völlig verwirrt von den Gedanken, die er in ihre Köpfe gepflanzt hatte, umherhuschten – daß die Jawas vielleicht mehr tun konnten, als davonzulaufen und sich zu verstecken, wenn sie von den Sandleuten, den menschlichen Feuchtfarmern oder – am schlimmsten – den imperialen Sturmtruppen gejagt wurden, die die schutzlosen Jawa-Forts als Zielscheiben benutzten, wenn sie ihre Wüstenmanöver durchführten. Er fragte sich, ob außer ihm noch andere Jawas erkannt hatten, daß die Jawas nur deshalb schwach waren, weil sie schwach sein *wollten.* Keiner seiner Artgenossen wollte etwas davon hören.

Het Nkik wandte sich wieder den Maschinen zu, riß eine Wartungsklappe auf und justierte die empfindliche Elektronik. Er fand es erstaunlich, daß die Jawas all ihre Fähigkeiten und Phantasie einsetzten, um diese uralte Maschine in einem verzweifelten Wettlauf gegen die Zeit in Schuß zu halten, aber nicht bereit waren, etwas zu tun, um sich oder ihr Eigentum vor den Übergriffen ihrer Feinde zu schützen.

Als ein quietschendes Alarmsignal ertönte, quiekten die Jawas im Maschinenraum vor Begeisterung. Het Nkik raffte den Saum seiner übelriechenden Robe und folgte den anderen eilig zu den Liftplattformen, die sie zum Brückenbeobachtungsdeck brachten. Die alten Aufzüge ächzten unter der Last der schnatternden Kreaturen.

Am höchsten Punkt des großen, trapezoidförmigen Sandkrabblers drängten sich fünfzehn Jawa-Besatzungsmitglieder vor dem langen, hohen Stahlglasfenster. Einige hatten sich auf umgedrehte Ersatzteilkisten gestellt, um besser sehen zu können. Während des ganzen langen tatooinischen Doppeltags standen Jawa-Späher auf ihren improvisierten Hochsitzen und suchten die knochentrockene Sandlandschaft nach Metallschrott, Sandleuten, imperialen Sturmtruppen oder feindseligen Schmugglern ab. Wenn der Pilot eine potentielle Gefahr entdeckte, drehte er in eine andere Richtung ab und erhöhte die Geschwindigkeit, schloß die Sicherheitsschotts und hoffte vor Furcht zitternd, daß der Gegner sie nicht verfolgen würde. Het Nkik hatte noch nie gehört, daß ein Kraytdrache ein so großes Objekt wie einen Jawa-Sandkrabbler angegriffen hatte, aber das hielt die Jawas nicht davon ab, ein Leben in Angst zu führen.

Jetzt blickten die anderen kleinen, kapuzenverhüllten Gestalten auf das breite, schüsselförmige Tal zwischen den Dünen hinunter. Het Nkik bahnte sich mit den Ellbogen einen Weg zu einer der umgedrehten Metallkisten, kletterte hinauf und spähte zum Versammlungsort hinüber. Obwohl dies sein drittes Jahr als erwachsener Schrottsammler war, fand Het Nkik die Tauschbörse immer noch atemberaubend.

Er blickte auf den hitzeflirrenden Sand hinunter, den Schwarm der Sandkrabbler, die im Licht der Zwillingssonnen wie eine Herde metallischer Tiere aussahen und einen Kreis gebildet hatten. Die Fahrzeuge sahen einander ähnlich, obwohl die Jawa-Techniker sie im Lauf der Jahre modifiziert, die Panzerung geringfügig verändert und hier und da geflickt hatten.

Ursprünglich waren die Sandkrabbler riesige Erzschürfer gewesen, die von menschlichen Bergbau-Experten nach Tatooine gebracht worden waren, in der Hoffnung, die ausgedörrten Ödländer auszubeuten und ein Vermögen zu verdienen; aber der Mineralgehalt der tatooinischen Wüste war minimal und der Ertrag so armselig wie die Landschaft selbst. Die Bergbau-Experten hatten ihre Erzschürfer zurückgelassen, und die nagerähnlichen Jawa-Schrottsammler hatten sie in Besitz genommen und mit ihnen die Wüstensee und die Jundland-Öde nach verwertbarem Abfall durchsucht. Nach über einem Jahrhundert waren die Hüllen der Sandkrabbler zu einem stumpfen Braun oxidiert und von den rauhen Wüstenwinden glattgeschmirgelt worden.

Ihr Sandkrabbler war, wie Het Nkik befürchtet hatte, zu spät eingetroffen. Vor zwei Tagen hatte der Pilot sie tief in einen Ausläufer der Bettlerschlucht gesteuert, wo die Metalldetektoren eine Spur von etwas entdeckt hatten, das vielleicht das Stahlgerippe eines abgestürzten Frachters war. Aber statt dessen hatten sie nur ein paar verrostete Trägerelemente gefunden. Der oxidierte Schrott war wertlos, doch bevor die Jawas den schmalen Canyon verlassen konnten, war die erste Sandhose des Jahres über sie hinweggefegt, und sie saßen in einem blendenden Zyklon aus Sand und Wind fest. Die Jawas hatten sich in ihren Wohnkammern festgeschnallt und auf das Ende des Sturmes gewartet, um dann die leistungsstarken Motoren hochzufahren und durch den angewehten Sand zu pflügen.

Obwohl sie zu spät zur Tauschbörse gekommen waren, herrschte immer noch geschäftiges Treiben. Unter ihm huschten andere Jawas wie Insekten herum und bauten den Basar auf. Het Nkik hoffte, daß er noch etwas Wertvolles fand, das er eintauschen konnte.

Der Pilot und der Chefspäher zählten schnatternd die Sandkrabbler. Het Nkik sah sich flink mit seinen leuchtend gelben Augen um und stellte fest, daß sie nicht die einzigen waren, die zu spät kamen. Eins der anderen Fahrzeuge fehlte. Einige der Jawas in seiner Nähe spekulierten, daß ihre Brüder vielleicht einen Unfall erlitten hatten, während sich andere mit dem Gedanken trösteten, daß die besten Handelsgüter zwar längst getauscht waren, sich ihnen aber immer noch die Möglichkeit eines guten Geschäftes bot, wenn das letzte Fahrzeug endlich eintraf.

Während der Pilot den Sandkrabbler den Hang hinunter zum ebenen Versammlungsplatz steuerte, huschten die Jawas in ihre Wohnkammern, um ihre Waren einzupacken. Het Nkik war unter seiner schweren Robe drahtig und kräftig und hatte keine Mühe, die fünfzehn Decks hinunterzusteigen und die stickigen Kabinen zu erreichen.

Het Nkik schlief in einem leeren, aufrecht stehenden Frachtcontainer, rechteckig und korrodiert, kaum groß genug, um sich in ihm umzudrehen. Während der Schlafzyklen schnallte er sich an die Wand, hing entspannt in den Haltegurten und bewunderte seine kostbaren Besitztümer, die in Taschen, Magnetschubladen und Kraftfeldbehältern verstaut waren. Jetzt griff er nach den Kreditchips und Tauschzertifikaten, die er während ihrer großen Schrottsuche zusammengerafft hatte, und flitzte zur Hauptschleuse.

Angesichts des riesigen Bazars arbeiteten die Jawas als effizientes Team zusammen. Sie hatten während des halbjährigen Trecks Dutzende von Malen ihre Waren feilgeboten, an jeder Feuchtfarm und jedem Schmugglerunterschlupf haltgemacht und sogar Jabbas Palast aufgesucht. Jabba kümmerte es nicht, wo sie ihre Waren verkauften.

Tief in den Eingeweiden des Sandkrabblers wühlte Het Nkik in seinen Handelswaren und richtete die kaum noch funktionierenden Droiden und Servoapparate her. Jawas hatten ein instinktives Gefühl für Maschinen und Elektroniken und wußten, wie sie ein technisches Gerät so aufpolieren konnten, daß es sich verkaufen ließ. Sollten doch die Käufer aufpassen.

Die Wüsten von Tatooine waren ein einziger Schrottplatz. Der rauhe Planet hatte im Lauf der Jahrhunderte viele galaktische Schlachten erlebt, und das trockene Klima konservierte die Überreste abgestürzter Raumschiffe und verschollener Expeditionen.

Het Nkik liebte es, defekte Geräte zu reparieren, und er war ein Meister darin, selbst stark beschädigte Maschinen wieder funktionsfähig zu machen. Er erinnerte sich, wie er und sein Clanbruder und bester Freund Jek Nkik über einen abgestürzten Jäger gestolpert waren. Der kleine Jäger war in tausend Stücke explodiert – selbst ein Jawa konnte mit den Trümmern nichts mehr anfangen. Aber als sie tiefer gruben, waren sie auf die verbrannten und verschmorten Überreste eines Droiden gestoßen – eines Attentäterdroiden Modell E-522, der hoffnungslos beschädigt zu sein schien, aber er und Jek Nkik hatten sich geschworen, ihn zu reparieren, und sich heimlich aus dem Lagerhaus im Jawa-Fort die benötigten Ersatzteile besorgt.

Ihr Clanführer Wimateeka hatte die Jungen verdächtigt, daß sie irgend etwas im Schilde führten, und sie ständig beobachtet, aber das hatte sie in ihrer Entschlossenheit nur noch bestärkt. Het Nkik und sein Freund hatten Monate in ihrem Versteck im Ödland verbracht, winzige Komponenten und Servomotoren zusammengesetzt, neue Programme installiert. Schließlich hatten sie die Reparaturen erledigt und den Attentäterdroiden von seinem mörderischen Programm, seinen Jagdwaffen und allen gewalttätigen Impulsen befreit. Der E-522 funktionierte hervorragend, aber diesmal als außerordentlich leistungsfähiger Kurierdroide.

Het und Jek Nkik hatten ihren Triumph voller Stolz Wimateeka präsentiert, doch der schimpfte die Jungen aus; niemand war so verrückt und kaufte einen umprogrammierten Attentäterdroiden, meinte er. Aber Het Nkik konnte an seinem Geruch erkennen, daß Wimateeka gleichzeitig die jungen Jawas für ihre Kühnheit bewunderte. Von diesem Moment an glaubte Het Nkik seinen Clanbrüdern nicht mehr, wenn sie behaupteten, daß die Jawas irgend etwas nicht konnten.

Ihm und Jek Nkik war es zu ihrer eigenen Überraschung gelungen, den reparierten Attentäterdroiden der hauerbewehrten Lady Valarian zu verkaufen, der Erzrivalin des Hutts auf Tatooine – ein sehr riskantes Geschäft, das ihnen noch mehr Vorwürfe von Wimateeka einbrachte. Lady Valarian war eine kritische Kundin. Wenn sie sich übervorteilt fühlte, dann endeten die unglücklichen Jawa-Händler in der Großen Grube von Carkoon, wo der gefräßige Sarlacc darauf wartete, alles zu verschlingen, was sich in seine Nähe wagte, und von den Jawas blieben nur ihre zerfetzten braunen Mäntel übrig. Het Nkik wußte nicht, was aus ihrem umprogrammierten Attentäterdroiden geworden war, aber da sich Lady Valarian nicht mehr gemeldet hatte, nahm er an, daß die riesige whiphidische Schmugglerkönigin zufrieden war.

Vor zwei Jahren waren Het und Jek Nkik in den Kreis der Erwachsenen aufgenommen und getrennt worden, um die Jawa-Forts zu verlassen und auf Schrottsuche zu gehen. In ein paar Jahren würden die Sandkrabbler-Besatzungen ihre Mitglieder untereinander austauschen und Ehen arrangieren, aber zur Zeit sah Het Nkik seinen Freund nur bei der jährlichen Tauschbörse.

Jetzt klimperten Kreditchips in seinem Geldbeutel, sein Warenlager war gefüllt – und er freute sich auf sein Wiedersehen mit Jek Nkik.

Der Sandkrabbler kam auf einer gekennzeichneten, für ihre Clan-Untereinheit reservierten Fläche knirschend zum Halt. Als die Frachttüren aufsprangen, waren schon die Jawa-Teams zur Stelle, um die reparierten Droiden, Bruchstücke von polierten Hüllenplatten, Geräte und primitiven Waffen auszuladen, die sie in der Wüste gefunden hatten. Wenn die Jawas auf Schrott stießen, fragten sie sich nicht, wozu er sich gebrauchen ließ, sondern ob es jemanden gab, der ihn vielleicht gebrauchen konnte.

Die Jawas huschten umher und bauten Verkaufstische, Markisen und elektronische Preisschilder auf. Andere brachten die Exoskelette klirrender mechanischer Diener auf Hochglanz. Ein paar versteckten unauffällig Werkzeuge unter ihren Mänteln für den Fall, daß ihre Waren überraschend versagten, bevor jemand sie kaufen konnte.

Energiedroiden staksten eine Rampe herunter, kaum mehr als kastenförmige Batterien auf Akkordeonbeinen. Erntedroiden und Bewässerungskomponenten wurden ausgestellt; Jawa-Verkäufer priesen die Qualität ihrer Waren an. Einige Glückliche huschten davon, um als erster das Verkaufs- und Tauschangebot der anderen Clans zu begutachten.

Rund um den Versammlungsplatz waren Jawa-Wächter mit Bildverstärkern und Makroferngläsern postiert und suchten die Umgebung nach möglichen Bedrohungen ab. Beim ersten Anzeichen einer Gefahr würden die Jawa-Clans in Windeseile ihre Waren zusammenpacken und in der endlosen Dünenwildnis verschwinden.

Het Nkik sah sich um, konnte Jeks Sandkrabbler aber nicht entdecken.

Als er seinen Stand aufgebaut hatte, sah er sich die Waren der anderen an. In dem geschäftigen Gedränge roch er die durchdringenden, süßlichen Ausdünstungen von Hunderten aufgeregter Jawas. Er spürte die Backofenhitze der Sonnen auf seinem braunen Mantel, hörte die Kakophonie der quiekenden Stimmen, das Dröhnen der Sandkrabblermaschinen. Elektronische Motoren knarrten und stotterten, versagten dann ganz, bis die Jawa-Mechaniker sie notdürftig reparierten, in der Hoffnung, daß potentielle Kunden nichts von dem Schaden bemerkten. Er schlenderte von Stand zu Stand, und seine Erregung wurde nur durch die Tatsache gedämpft, daß Jeks Sandkrabbler nicht da war.

Het Nkik entdeckte seinen Clanführer, den alten Wimateeka, wie er mit dem Clanführer eines isolierten, unweit der menschlichen Siedlung Bestine liegenden Jawa-Forts flüsternd diskutierte. Beunruhigt unterdrückte Het Nkik den Impuls, in die Sicherheit seines Sandkrabblers zu fliehen, und trat zu Wimateeka. »Was ist los, Clanführer?« fragte er. »Hast du etwas von dem überfälligen Sandkrabbler gehört?«

Wimateeka sah ihn überrascht an, und der andere Clanführer zwitscherte empört. Bei den Jawas war es den jüngeren Clanangehörigen verboten, ihre Führer direkt anzusprechen. Sie mußten ihre Anfragen an ihre Verwandten richten, die sie wiederum an höherrangige Verwandte weitergaben, bis sie schließlich die Führungsspitze erreichten; die Antworten wurden auf dieselbe komplizierte Weise übermittelt. Aber Het Nkik war dafür berüchtigt, gegen sämtliche Regeln zu verstoßen.

»Clanführer Eet Ptaa hat mir gerade von einem Tusken-Überfall auf sein Clanfort berichtet«, sagte Wimateeka. »Die Sandleute sind in die Festung eingedrungen, bevor die Jawas fliehen konnten. Unsere Brüder werden nie wieder in ihre angestammte Heimat zurückkehren können. Bis auf die wenigen Habseligkeiten, die sie in die Sandkrabbler retten konnten, haben sie ihren gesamten Besitz verloren.«

Het Nkik war entsetzt. »Wenn die Jawas im Inneren des Forts waren, warum haben sie dann nicht gekämpft? Warum sind sie einfach geflohen?«

»Jawas kämpfen nicht«, erinnerte Wimateeka. »Wir sind zu schwach.«

»Weil sie es nicht versuchen«, sagte Het Nkik hitzig. Sein Körpergeruch verriet beiden Clanführern, wie wütend er war.

»Wir wären abgeschlachtet worden!« beharrte Eet Ptaa.

»Jawas sind zu klein«, bekräftigte Wimateeka. »Die Sandleute sind große Krieger.« Der alte Clanführer drehte Het Nkik den Rücken zu. »Dieser Junge ist dafür bekannt, daß er redet, ohne zu denken. Wir können nur hoffen, daß er mit den Jahren weiser wird.«

Het Nkik schluckte seinen Zorn hinunter und stellte die Frage, die ihn am meisten bewegte. »Was ist mit meinem Clanbruder Jek Nkik? Wo ist der letzte Sandkrabbler?«

Wimateeka schüttelte den Kopf so heftig, daß seine Kapuze hin und her tanzte. »Wir haben den Kontakt zu ihnen verloren. Sie haben auch keine Nachricht geschickt, um ihre Verspätung zu erklären. Wir sind besorgt. Vielleicht haben die Sandleute sie auch überfallen.«

Het Nkik machte ein finsteres Gesicht. »Wir können nicht dauernd davonlaufen und uns verstecken, vor allem jetzt nicht mehr, wo die Imperialen immer aggressiver werden. Wir sollten uns zusammentun. Viele kleine Kämpfer ergeben eine große Streitmacht. Clanführer, wirst du auf der Tauschbörse meine Vorschläge den anderen Führern unterbreiten?«

Wimateeka und Eet Ptaa lachten nervös zwitschernd auf. »Jetzt klingst du genau wie dieser menschliche Feuchtfarmer, den ich kenne! Er will, daß die Jawas und Menschen und Sandleute gemeinsam eine Karte erarbeiten, die unsere Einflußgebiete festlegt.«

»Das ist doch keine schlechte Idee, oder?« fragte Het Nkik.

Wimateeka zuckte die Schultern. »Das ist bei uns Jawas nicht Brauch.«

Het Nkik hatte das Gefühl, als würde er mit einem Droiden ohne Energiezellen diskutieren. Nichts würde sich ändern, solange sich die Einstellung der Jawas nicht änderte – solange niemand vortrat und ihnen zeigte, daß es auch anders ging.

Er wanderte zwischen den Tischen umher und wirbelte bei jedem Schritt Staub auf. Der Duft von geröstetem Hubbakürbis ließ ihm das Wasser im Mund zusammenlaufen. Er hob den Kopf und suchte den Kamm der Dünen nach einem Anzeichen von Jek Nkiks Sandkrabbler ab. Als er einen Tisch des Kkak-Clans passierte, hörte er ein verschwörerisches Flüstern, das sich wohltuend von dem aufdringlichen Geschrei der anderen Händler unterschied.

»Het Nkik!« sagte der Kkak-Clanangehörige klickend.

Er drehte sich um und sah, wie der andere Jawa unter den Tisch griff, wo er seine eigenen Waren gestapelt hatte. »Bist du Het Nkik?« wiederholte er. »Von Wimateekas Clan, der dauernd davon redet, daß die Jawas sich erheben und kämpfen sollen? Hrar Kkak grüßt dich und bietet dir seine Waren zum Tauschen an.«

Het Nkik reagierte kühl und ließ seine Drüsen einen Geruch verströmen, der Argwohn verriet. Es war immer ratsam, mit gesundem Mißtrauen auf das Angebot eines Verkäufers zu reagieren. »Ich bin Het Nkik«, bestätigte er. »Die Gelegenheit für einen Tausch ist immer willkommen, und eine Gelegenheit bietet sich immer.«

»Ich habe etwas für dich«, erklärte der Händler. »Komm näher.«

Het Nkik trat an den Tisch, und jetzt verlangte die Ehre, daß er sich die Anpreisungen des Verkäufers anhörte. Der Kkak-Clansmann sah sich nervös um und brachte dann ein zerschrammtes, aber prachtvolles Blastergewehr zum Vorschein. Ein Blastech DL-44-Modell, das mehr Macht bedeutete, als Het Nkik je in den Händen gehalten hatte.

Alarmiert wich er einen Schritt zurück, um im nächsten Moment wieder fasziniert näher zu treten. »Den Jawas ist der Besitz solcher Waffen verboten«, sagte er.

»Ich habe Gerüchte gehört, daß die Imperialen in Mos Eisley ein derartiges Dekret erlassen haben«, sagte der Händler. »Wir vom Kkak-Clan sind häufig in den fernen Randregionen der Dünensee unterwegs, und manchmal dauert es lange, bis uns derartige Nachrichten erreichen.«

Het Nkik nickte bewundernd; die glattzüngige Entschuldigung gefiel ihm. »Funktioniert es? Wo hast du es her?«

»Es spielt keine Rolle, woher ich es habe.«

Het Nkik bereute sofort seinen Verstoß gegen die Jawa-Etikette. »Vielleicht kaufe ich es ...« Er griff nach seiner Börse mit den Tauschkredits und wußte instinktiv, daß er die Waffe haben *mußte*. Er wollte sie ohne jede Rücksicht auf die Konsequenzen – und der Verkäufer wußte es auch. »Aber ich muß wissen, ob es funktioniert.«

»Natürlich funktioniert es.« Der Verkäufer nahm die Energiezelle heraus. »Wie du sehen kannst, ist das Magazin noch zu drei Vierteln voll.«

Het Nkik sah, daß es eine Standardenergiezelle war, die in vielen verschiedenen Geräten Verwendung fand. »Laß sie mich an diesem tragbaren Illuminator ausprobieren«, bat er, »nur um sicherzugehen.«

Beide wußten, daß Het Nkik den Blaster nicht in Gegenwart der vielen anderen Jawas abfeuern konnte. Der Kkak-Verkäufer schob die Energiezelle in den tragbaren Illuminator und schaltete ihn ein. Ein heller Lichtstrahl stach hinauf zu den beiden Sonnen. »Zufrieden?«

Het Nkik nickte. »Meine finanziellen Möglichkeiten sind begrenzt, aber meine Bewunderung für deine Waren ist groß.«

Die beiden feilschten eine angemessene Zeit um den Preis, obwohl sich zum Schluß an der Summe nicht viel änderte. Als Het Nkik davonhuschte, waren ihm nur ein paar Tauschkredits geblieben – aber nun war er der stolze Besitzer eines illegalen Blasters, den er unter seinem braunen Mantel versteckte. Zum ersten Mal in seinem Leben fühlte er sich stark. Sehr stark.

Er verbrachte den Rest der Tauschbörse mit der Suche nach seinem Freund Jek Nkik, aber der letzte Sandkrabbler kam nie an.

Nach der Tauschbörse trennten sich die Sandkrabbler und verschwanden rumpelnd in den unendlichen Weiten der Dünensee, beladen mit ihren neuerworbenen Schätzen.

Nach einer Stunde hartnäckigen Drängens brachte Het Nkik den Piloten dazu, die Strecke abzufahren, die Jek Nkiks Fahrzeug wahrscheinlich genommen hatte, um nachzusehen, was den vermißten Jawas zugestoßen war. Sie nahmen Kurs auf die abgelegenen Feuchtfarmen, die die Gruppe seines Clanbruders häufig aufsuchte, um Handel zu treiben.

Het Nkik arbeitete im Maschinenraum an den altersschwachen Reaktoren; sie mußten nur noch ein paar Monate durchhalten, bis die Sturmperiode begann und die Sandkrabbler in die Jawa-Forts in den Ödländern zurückkehren konnten. Dann konnten Wimateekas erfahrene Mechaniker die Ionenpumpen und Reaktoren gründlich überholen. Het Nkiks Gefährten arbeiteten jetzt viel konzentrierter als vor der Tauschbörse.

Gegen Mittag löste der Ausguck Alarm aus. Er hatte Rauch gesehen. Normalerweise reagierten die Jawas beim Anblick brennender Wracks ekstatisch, da sie meistens lohnende Beute versprachen, aber Het Nkik hatte eine düstere Vorahnung; keiner der anderen bemerkte die Veränderung seines Körpergeruchs.

Er verließ seinen Posten und fuhr mit der Liftplattform zur Brücke. An der breiten Sichtluke kletterte er auf eine umgedrehte Frachtkiste und sah sich um. Der Rauch wurde dichter. Ihm wurde das Herz schwer, als hätte er soeben bei einem unfairen Geschäft seinen ganzen Besitz verloren.

Er erkannte das oxidierte braune Metall eines alten Erzschürfers, den trapezoidförmigen Rumpf. Der Sandkrabbler war mit schweren Waffen beschossen und zerstört worden.

Het Nkik wußte, daß sein Freund und Clanbruder tot war.

Der Ausguck zwitscherte entsetzt. Er befürchtete, daß der Feind, der den Sandkrabbler überfallen hatte, noch immer in der Nähe war und sie ebenfalls angreifen würde. Aber angesichts der enormen Ausbeute, die das Wrack versprach, verdrängte der Pilot seine Bedenken. Über Kom informierte er Wimateekas Fort und erhob Anspruch auf das herrenlose Wrack.

Ölige Rauchwolken stiegen in die Luft, als der Sandkrabbler die Düne hinunter zu dem zerstörten Fahrzeug rumpelte. In Het Nkik kochte der Zorn hoch. Er erinnerte sich noch zu gut an die Überfälle der Sturmtruppen auf die Jawa-Forts und den Angriff der Sandleute auf Eet Ptaas Siedlung. Auch hier hatte ein übermächtiger Gegner hilflose Jawas abgeschlachtet, wahrscheinlich ohne jeden Grund, mutwillig.

Die einzige Reaktion der Jawas auf derartige Zwischenfälle bestand darin, den Angriff hinzunehmen, zu fliehen und ihre Hilflosigkeit zu akzeptieren. Nichts würde sich daran ändern, solange ihnen niemand eine Alternative zeigte.

Er dachte an den Blaster, den er bei der Tauschbörse erworben hatte.

Der Pilot brachte den Sandkrabbler zum Halt und drehte ihn so, daß er sofort in die Wüste fliehen konnte, sollten die Angreifer wieder auftauchen. Die Schotts öffneten sich knarrend, und die Jawas sprangen heraus und huschten geduckt zu dem Schatz aus Schrott und Trümmern. Der Pilot befestigte eilig ein Claimfunkfeuer an dem zerstörten Sandkrabbler, um andere Schrottsammler abzuschrecken. Die Jawas drängten sich durch das halb offene Schott des Wracks und durchsuchten das Innere nach unbeschädigten Schätzen.

Mehrere Jawas quietschten, als sie entdeckten, daß sie nicht allein waren. Ein bärtiger alter Mensch in einer schäbigen wallenden Robe stand in den Schatten neben dem Sandkrabbler, an seiner Seite zwei Droiden, die er offenbar aus den Trümmern geborgen hatte und für sich selbst beanspruchte. Er hatte einen kleinen, prasselnden Scheiterhaufen errichtet. Het Nkik schnüffelte und roch brennendes Fleisch; der alte Mann hatte bereits mit der rituellen Verbrennung der Jawa-Leichen in den reinigenden Flammen begonnen.

Der Mensch hob beschwichtigend die Hände. Einige von Het Nkiks Vettern spekulierten, daß der alte Mensch die anderen Jawas getötet hatte, aber Het Nkik hielt dies für absurd.

Ein Protokolldroide trat steifbeinig zu dem alten Mann. Seine goldene Hülle war leicht zerkratzt, und er hatte eine Delle am Kopf, aber alles in allem schien der Droide in einem ausgezeichneten Zustand zu sein. Der andere Droide, ein faßförmiges Modell, hielt sich im Hintergrund und piepte alarmiert, als er die Jawas sah. Het Nkik berechnete automatisch, wieviel er im Tausch für diese Droiden bekommen würde.

Der Protokolldroide sagte: »Ich biete meine Dienste als Dolmetscher an, Sir. Ich beherrsche fließend über sechs Millionen verschiedene Kommunikationsformen.«

Der alte Mann sah den Droiden ruhig an und machte eine abwehrende Handbewegung. »Deine Dienste werden nicht benötigt. Ich lebe schon lange genug in diesen Wüsten, um die Jawa-Sprache zu verstehen. Grüße!« sagte der Mann in perfektem Jawisch. »Möget ihr erfolgreich handeln. Ich bedaure zutiefst die Tragödie, die sich heute hier abgespielt hat.«

Drei Jawas bückten sich und entdeckten Banthaspuren auf dem

geröllbedeckten Boden. Sie stießen ein panikerfülltes Geheul aus, plötzlich überzeugt, daß die Sandleute ihnen den totalen Krieg erklärt hatten.

Aber Het Nkik bemerkte, daß etwas nicht stimmte. Er musterte die Spuren, die Blastertreffer an den empfindlichsten Stellen des riesigen Erzschürfers. Er schnüffelte und roch geschmolzenes und wieder erstarrtes Metall, verbrannte Körper, heißen Sand. Und er registrierte einen Hauch von Plastahlpanzern und frischem Schmieröl, fand aber keine Spur von dem moderigen Körpergeruch der Tusken-Reiter oder den staubigen, pfefferigen Ausdünstungen ihrer Banthas.

Het Nkik machte die anderen Jawas darauf aufmerksam, aber wie gewöhnlich herrschten sie ihn nur an, sie mit seiner abwegigen Meinung zu verschonen. Doch der alte Mann unterstützte ihn. »Euer kleiner Bruder hat recht. Dies war ein imperialer Angriff, kein Überfall der Sandleute.«

Die anderen schnatterten ungläubig, aber der alte Mann fuhr fort: »Den imperialen Besatzungsstreitkräften wäre es am liebsten, wenn es zu einem Krieg zwischen den Sandleuten und Jawas und menschlichen Feuchtfarmern kommen würde. Ihr dürft nicht auf ihr Täuschungsmanöver hereinfallen.«

»Wer bist du?« fragte ihn Het Nkik. »Woher kennst du unsere Bestattungsbräuche und warum hast du das Wrack nicht für dich beansprucht?«

Der alte Mann erwiderte: »Ich kenne eure Bräuche, weil ich versuche, die anderen Völker zu verstehen, die meine Wüstenheimat mit mir teilen. Ich weiß, daß die Jawas glauben, daß all ihre Besitztümer nach ihrem Tod dem Clan gehören, ihre Körper aber nur vom Mutterleib des Sandes geborgt sind, und daß ihre Elemente dorthin zurückkehren müssen, als Ausgleich dafür, daß euch das Leben geschenkt wurde.«

Einige der Jawas keuchten, als er so leichthin ihre persönlichsten Glaubensvorstellungen beschrieb.

»Wenn du uns so gut kennst«, sagte Het Nkik barsch, »dann weißt du auch, daß kein Jawa einen Tusken-Reiter angreifen wird, nicht einmal nach einem derart brutalen Überfall. Die Jawas sind Feiglinge. Sie werden niemals kämpfen.«

Der alte Mann lächelte nachsichtig, und seine hellblauen Augen schienen Het Nkiks Robe zu durchdringen und sein kapuzenverhülltes Gesicht zu sehen. »Vielleicht ist ein Feigling nur ein Kämpfer, der noch nicht in die Enge getrieben wurde – oder dem man noch nicht den Weg gezeigt hat.«

»General Kenobi«, unterbrach der goldene Droide. »Master Luke ist längst überfällig. Er hätte inzwischen genug Zeit gehabt, sein Haus zu erreichen und wieder zurückzukehren.«

Der alte Mann wandte sich an die Jawas. »Eurer Claim hier ist euch sicher, aber ihr müßt die anderen vor den Täuschungsmanövern der Imperialen warnen. Die Sturmtruppengarnison in Mos Eisley ist vor kurzem erheblich verstärkt worden. Sie suchen … nach etwas, das sie nicht finden werden.«

Die beiden Droiden sahen sich an.

»Aber der Präfekt und der imperiale Gouverneur werden weiterhin für Unruhe zwischen den Jawas und den Tusken-Reitern sorgen.« Dann drehte sich der Mensch um und sah direkt Het Nkik an. »Die Jawas sind nicht schwach – wenn sie es nicht wollen.«

Furcht ergriff Het Nkik, und mit der Furcht kam die Erkenntnis. Er erinnerte sich mit schmerzhafter Klarheit. Ein Jahr, bevor er erwachsen geworden war, hatte er die felsigen Windungen einer namenlosen Schlucht erforscht und einen abgestürzten T-16-Gleiter entdeckt. Da er den Fund für sich allein beanspruchen wollte, hatte er die anderen Jawas nicht um Hilfe gebeten, nicht einmal Jek Nkik.

Neben der beschädigten Maschine hatte er die Leiche eines jungen Menschen gefunden, er mußte beim Aufprall hinausgeschleudert worden sein. Offenbar hatte eine plötzliche Thermik die Repulsoren des Gleiters überfordert, ihn zum Absturz gebracht und nur einen verknoteten Rauchfaden in der ansonsten klaren Luft hinterlassen.

Het Nkik hatte an den beschädigten Kontrollen herumgespielt und die zerschmetterte Leiche ignoriert, die bereits die feuchtigkeitssuchenden Insekten aus den Spalten der Felsen anlockte. Als er aufblickte, entdeckte er plötzlich sechs junge und gefährlich aussehende Tusken-Reiter mit lumpenverhüllten Gesichtern und zischenden Atemmasken. Aggressive Kreaturen auf der Suche nach einem heroischen Abenteuer, von dem sie an den Lagerfeuern erzählen konnten. Die Sandleute hoben ihre spitzen Gaffi-Stöcke und stießen ihr schrilles Kriegsgeheul aus.

Het Nkik wußte, daß er sterben würde. Er konnte nicht einmal hoffen, gegen einen einzigen Sandkrieger zu bestehen. Er war unbewaffnet. Er war allein. Er war klein und hilflos – ein schwacher, feiger Jawa.

Aber als die Sandleute angriffen, hatte Het Nkik das noch immer funktionierende Sicherheitssystem des T-16 entdeckt und es ausgelöst. Der sonische Alarm war ein an- und abschwellendes Kreischen, laut genug, daß einem das Blut in den Adern gefror. Der Lärm hatte die Reiter erschreckt und in die Flucht getrieben.

Het Nkik hatte an allen Gliedern zitternd dagestanden, gelähmt vor Furcht und Verblüffung. Er brauchte eine Weile, um zu begreifen, daß *er* allein die Tusken-Reiter verjagt hatte. Ein schwacher Jawa hatte einen Angriff der blutdürstigen Sandleute zurückgeschlagen!

Es war eine ermutigende Erkenntnis: Mit der richtigen Ausrüstung und der richtigen Einstellung konnten sich die Jawas ändern.

Und jetzt besaß er ein Blastergewehr.

»Ich weiß, daß wir nicht machtlos sind«, sagte Het Nkik zu dem alten Mann, der ihn unverwandt ansah, »aber das ist meinen Clanangehörigen nicht bewußt.«

»Vielleicht werden sie begreifen«, sagte der alte Mann.

Als die anderen Jawas das Wrack des Sandkrabblers durchsuchten, wußte Het Nkik, was er tun mußte. Er ging zu ihrem Piloten und tauschte seinen Anteil an der Beute gegen ein funktionierendes Fahrzeug ein, das ihn durch die Wüste zum Raumhafen der Menschen bringen konnte ... wo das Hauptquartier der Imperialen lag.

Auf dem Weg zur großen, pulsierenden Stadt Mos Eisley versagte Het Nkiks Sandfahrzeug zweimal. Dank seines Geschicks gelang es ihm, mit den wenigen ihm zur Verfügung stehenden Werkzeugen den Schaden zu beheben, während die Sonnen grell auf ihn niederbrannten und der heiße Wind unter seine Kapuze pfiff.

Das schwere DL-44-Blastergewehr unter seinem Mantel fühlte sich kühl und heiß zugleich an. Das Gewicht, das auf seiner Brust lastete, schien schwerer zu werden, aber sein ungestümer Zorn trieb ihn weiter.

Het Nkik steuerte das Sandfahrzeug durch die staubigen Straßen von Mos Eisley, bis er einen anderen Jawa traf – ein Angehöriger eines fernen Clans, der schon seit langer Zeit in der Stadt lebte – und ihm das gebrauchte Vehikel zum Kauf anbot. Obwohl er ein schlechtes Geschäft machte, erwartete Het Nkik nicht, lange genug zu leben, um die Kredits ausgeben zu können; aber sein Innerstes wehrte sich gegen den Gedanken, etwas zu verschenken.

Zu Fuß trottete Het Nkik durch die flirrende Mittagshitze, hielt den Blaster unter dem Mantel an seine Brust gedrückt und musterte die hochgewachsenen Geschöpfe, die in den schattigen Hauseingängen dösten und auf den kühlebringenden Abend warteten. Die Straßen waren fast leer. Er ging weiter und weiter und spürte, wie seine Füße brannten; heller Staub verkrustete sein Gewand.

Er wußte, was er wollte, aber er wußte nicht genau, wie er es anstellen sollte. Er hatte einen Blaster. Er hatte einen Grund, Rache zu üben. Aber er mußte noch ein Ziel finden – das richtige Ziel.

Er bemerkte, daß die imperiale Präsenz in der Stadt verstärkt worden war. Vor den Andockbuchten und der Zollabfertigung waren Wachen postiert, aber es waren jeweils nur zwei Sturmtruppler. Het Nkik wußte, daß ein Menschenleben in Mos Eisley nicht viel wert war, und einen einzigen imperialen Soldaten zu töten, würde nicht genug Aufsehen erregen. Er mußte eine Heldentat vollbringen, von der die Jawas noch in Jahren singen würden.

Im Stadtzentrum stieß er auf das riesige Wrack eines Raumschiffs namens *Königinwitwe*, ein Gewirr aus verklemmten Trägern und auseinanderfallenden Hüllenplatten, in dem alle möglichen fremdartigen Kreaturen, Stadtstreicher und Schrottsammler hausten.

Für Het Nkik sah das Wrack wie der perfekte Ort für einen Hinterhalt aus.

Seine Instinkte sagten ihm, daß er sich eigentlich hilflos fühlen müßte, aber er verdrängte entschlossen diesen Gedanken. Er hatte die Kraft, und jetzt mußte er nur noch den Willen aufbringen, an sich selbst ein Exempel zu statuieren. Es konnte das Leben der Jawas für immer verändern … oder er konnte sich zum Narren machen und sterben.

Panik stieg in ihm auf, als er erkannte, wie vermessen, geradezu grotesk es war, daß ein unbedeutender Jawa wie er eine derartige Heldentat plante. Er wollte sich in einer schattigen Gasse verstecken. Er konnte warten, bis es dunkel wurde, dann heimlich die Stadt verlassen und sich einen Platz suchen, wo er wirklich *sicher* war und sich zusammen mit den anderen Jawas bei jedem bedrohlichen Geräusch ducken konnte. Er hatte Angst zu kämpfen …

Het Nkik straffte sich und schlüpfte in die lärmende Bar auf der anderen Seite der ungepflasterten Straße, direkt gegenüber dem Wrack der *Königinwitwe*. Widersprüchliche Gerüche stürmten auf ihn ein: die fremdartigen Gerüche von tausend verschiedenen Spezies, Chemikalien, die auf die Biochemie der unterschiedlichsten Lebensformen stimulierend wirkten, der Duft amouröser Absichten, mühsam beherrschter Gewalttätigkeit, von Zorn und Gelächter, Essen und Schweiß. Musikfetzen drangen an sein Ohr, eine Mischung aus Geräuschen, zu einer Melodie verkettet.

Er hatte genug Kreditchips. Er konnte sich ein Stimulans kaufen, etwas, das ihm helfen würde, sich zu konzentrieren, das ihm Mut machte.

Het Nkik eilte die Treppe hinunter und hielt sich dabei in den Schatten, um nicht bemerkt zu werden. Ängstlich klammerte er sich an den kostbaren Blaster, den er unter seinem Mantel versteckte. Er stellte sich auf die Zehenspitzen und legte einen Kreditchip auf den hohen Tresen. Er mußte seine Bestellung dreimal wiederholen, bevor der menschliche Barkeeper begriff, was er wollte. Het Nkik nahm seinen Drink, setzte sich an einen kleinen Tisch im Hintergrund und atmete tief die flüchtigen Chemikalien ein, die aus dem Glas aufstiegen. Der Geruch war fast so berauschend wie der Drink selbst.

Er versuchte, sich einen Plan auszudenken, aber ihm fiel nichts ein. Sollte er spontan handeln, aus einem aggressiven Impuls heraus, oder sollte er jeden seiner Schritte sorgfältig vorausberechnen? Sein ursprünglicher Plan erforderte keine Finesse, nur eine große Zahl von Zielen und das Überraschungselement. Er dachte an die brennenden Jawa-Leichen neben dem Sandkrabblerwrack und den alten menschlichen Einsiedler, der ihm Mut gemacht hatte.

Überrascht blickte er auf, als in diesem Moment der alte Einsiedler zusammen mit einem jungen Feuchtfarmer die Bar betrat. Der Barkeeper forderte sie barsch auf, ihre Droiden draußen warten zu lassen; zu einem anderen Zeitpunkt hätte Het Nkik vielleicht die Gelegenheit genutzt und die beiden unbewachten Droiden gestohlen, aber nicht jetzt. Er hatte wichtigere Dinge vor.

Der alte Einsiedler bemerkte ihn nicht, aber Het Nkik sah in seinem Erscheinen ein Zeichen, ein Omen, das ihm Kraft gab. Er stürzte seinen Drink hinunter und beobachtete, wie der alte Mann am Tresen mit einem Raumfahrer sprach, dann mit einem Wookiee. Als der Feuchtfarmerjunge Streit mit einem der anderen Gäste bekam, rettete ihn der alte Mann mit der spektakulärsten Waffe, die Het Nkik je gesehen hatte, einem Stab aus grellem Licht, der durch Fleisch schnitt, als wäre es Rauch.

Das Lichtschwert ließ ihn plötzlich zweifeln, ob sein profaner Blaster eine ausreichende Waffe war. Er zog das Gewehr aus seinem Mantel und legte es unter dem Tisch in seinen Schoß, strich über das glatte Metall, die tödlichen Knöpfe, die Energiezelle am Ende des Griffs. Zu seinem Schrecken trat unvermittelt eine andere Kreatur an seinen Tisch: ein pelziger, langschnauziger Ranater, der nach Staub und Geschäftstüchtigkeit roch.

Jawas und Ranater konkurrierten oft in den Straßen von Mos Eisley miteinander. Während die Jawas die leblosen Wüsten durchstreiften, blieben die Ranater in den bewohnten Regionen. Manchmal handelten sie miteinander, aber normalerweise beäugten sie sich voller Mißtrauen.

»Reegesk grüßt Het Nkik und bietet ihm Geschichten oder Waren zum Tausch an«, saagte der Ranater formell.

Het Nkik war nicht in der Stimmung für ein Gespräch, aber er antwortete, wie es Brauch war. Er nippte an seinem Drink, versuchte seinen Mut zu sammeln und hörte sich mit halbem Ohr das Geschnatter des Ranaters an, der seine Waren anpries. Aber als der Ranater ihm einen Tusken-Kampftalisman anbot, fuhr er plötzlich hoch und lauschte konzentriert.

Die Sandleute waren große Krieger; sie kämpften gegen Kreaturen, die drei- oder viermal so groß waren wie sie, massakrierten ganze Dörfer, zähmten wilde Banthas. Vielleicht konnte ihm ein Tusken-Amulett den Vorteil verschaffen, den er brauchte. Und was hatte er schon zu verlieren?

Der Ranater schien sein Interesse an dem Talisman zu erkennen, so daß Het Nkik ihm einen hohen Preis bot – vorausgesetzt, er konnte jetzt ein paar Kredits anzahlen und den Rest später begleichen –, wohl wissend, daß er nicht lange genug leben würde, um seine Schuld abzutragen.

Wider besseren Wissens zeigte Het Nkik dem Ranater verstohlen seinen Blaster. Mit dem Talisman in der einen und dem Blastergewehr in der anderen Hand, vor sich die brennenden Augen des Ranaters, spürte Het Nkik, wie sein Mut zurückkehrte und wie sehr er sich nach Rache verzehrte. Er dachte wieder an seinen Clanbruder Jek Nkik, wie sie beide das fast Unmögliche vollbracht und den Attentäterdroiden repariert hatten – und dann erinnerte er sich an das rauchende Wrack des Sandkrabblers.

Die Imperialen waren dafür verantwortlich. Die Imperialen hatten die Forts der Jawas angegriffen. Die Imperialen verstärkten weiter ihren Griff um Tatooine. Vielleicht würde seine Tat nicht nur die Jawas aufrütteln, sondern eine planetare Revolution auslösen. Danach konnte der Planet wieder frei sein. Das war jedes Opfer wert, oder nicht?

Eine laute Explosion und plötzliches Geschrei am anderen Ende der Bar ließen ihn zusammenzucken. Er wollte sich unter den Tisch ducken, aber er fuhr herum und sah einen Menschen in einer Nische sitzen. Rauch stieg von einem Loch in seinem Tisch auf, und auf dem Tisch lag ein stark riechender Rodianer. Het Nkik war für einen Moment vor Schrecken wie gelähmt, während den Ranater der Tod des Rodianers zu amüsieren schien. Het Nkik verfolgte, wie der Mensch langsam aufstand, um den toten Kopfgeldjäger herumging und eine Münze auf den Tresen warf.

Ein Leben war in Mos Eisley wirklich nicht viel wert, aber er wollte seins zu einem hohen Preis verkaufen. Die anderen Jawas in der Bar huschten sofort zur Leiche, um Anspruch auf sie zu erheben; an jedem anderen Tag hätte er vielleicht um seinen Anteil an den Überresten gekämpft, aber so überließ er sie seinen Brüdern.

Er senkte den Kopf, sah, wie der Ranater an seinem DL-44-Blaster herumfummelte, und entriß ihm die Waffe. Das berauschende Getränk entfaltete seine Wirkung und erfüllte ihn mit Entschlossenheit und Kraft. Die Waffe in seiner Hand fühlte sich leicht und mächtig an.

So bereit wie jetzt würde er nie mehr sein.

Ohne sich von dem Ranater zu verabschieden, nahm er seinen Blaster, verbarg den Tusken-Kampftalisman in der Hand und huschte aus der Bar und über die lichtdurchflutete Straße zum Wrack der *Königinwitwe*.

Dort angekommen, erkannte Het Nkik, daß ihm dieses Schicksal von Anfang an bestimmt gewesen war. Er drückte den Blaster an sich und kletterte an den heißen, metallenen Hüllenplatten hinauf, auf der Suche nach einer Stelle, von der aus er die ganze Straße mit seinem Feuer bestreichen konnte.

Sein Puls raste. Sein Kopf sang. Er wußte, daß sein großer Moment gekommen war. Sein ganzes Leben lang hatte er nur auf diesen einen Augenblick gewartet. Er fand einen schattigen Platz, der für seinen Hinterhalt perfekt geeignet war.

Mehrere Sturmtruppler auf Patrouille kamen um die Ecke und marschierten zur Bar, als würden sie etwas suchen. Sie marschierten im Gleichschritt und wirbelten mit ihren weißen Stiefeln Staub auf. Sie schienen ganz auf ihr Ziel konzentriert. Sonnenlicht glitzerte auf ihren polierten Panzern. Ihre Waffen klirrten und klapperten bei jedem Schritt, ihre Helme waren starr geradeaus gerichtet. Sie bewegten sich schnell und kamen näher und näher.

Er zählte insgesamt acht Sturmtruppler. Ja, genau acht. Wenn er, ein einzelner schwacher Jawa, acht imperiale Sturmtruppler niedermähen konnte, würde dies den Stoff für viele Legenden liefern. Kein Jawa würde je vergessen, daß ihr Bruder Het Nkik einen derartigen Schlag gegen das Imperium geführt hatte. Wenn jeder Jawa eine vergleichbare Tat vollbrachte, würde das Imperium von Tatooine fliehen.

Er hielt sein Gewehr fest, beugte sich nach unten und beobachtete, wie die Sturmtruppler näher kamen. Seine leuchtenden gelben Augen fixierten sie, und er überlegte, wie er am besten losschlagen konnte. Er würde zuerst den Anführer ausschalten, dann die in der Mitte, dann den am Schluß und anschließend jene, die überlebt hatten, alles in einer einzigen fließenden Bewegung. Ein ganzer Hagel von Blasterblitzen würde auf sie niedergehen. Sie würden einen Moment brauchen, um ihn zu entdecken. Für einige von ihnen würde dieser Moment zu lange dauern.

Es bestand sogar die lächerlich geringe Chance, daß er sie *alle* töten konnte, bevor sie Gelegenheit hatten, das Feuer zu erwidern. Das Schiffswrack gab ihm Deckung. Vielleicht würde er diesen Kampf überleben. Vielleicht konnte er an einem anderen Ort erneut zuschlagen. Vielleicht würde aus ihm sogar ein Jawa-Führer werden, ein Kriegsherr. Het Nkik, der große General!

Die Sturmtruppler erreichten das Schiff, aber sie hatten nur Augen für die Bar und sahen ihn nicht einmal. Arrogant und selbstbewußt wie sie waren, ignorierten sie die *Königinwitwe.*

Het Nkik umklammerte den Blaster. Seine Knie waren wie Sprungfedern, während er wartete, *wartete,* bis er es keinen Moment länger ertragen konnte – und seine Wut und seinen Rachedurst in einer zwitschernden, schrillen Imitation des Tusken-Kriegsgeheuls hinausschrie. In dem einzigen ruhmreichen Moment seines ganzen Lebens, so kurz vor dem Ende, sprang Het Nkik auf und richtete das Blastergewehr auf seine Feinde.

Noch ehe sie sich in seine Richtung drehen konnten, drückte er den Feuerknopf – wieder und wieder und wieder.

Handel siegt:

Die Geschichte des Ranaters

Rebecca Moesta

Reegesk wich zwei potentiell lästigen Sturmtrupplern aus, drückte seine Schätze an sich und wieselte mit nagergleicher Flinkheit in die schmale Gasse hinter seiner Lieblingsbar in Mos Eisley. Ah, ja, sie war wirklich seine Lieblingsbar. Nicht, weil die Drinks oder die Musiker, die dort auftraten, von besonderer Qualität waren, sondern, weil er dort immer jemanden traf, der ein Geschäft machen wollte – oder mußte. Und in dem kleinen Ranaterstamm, der sich mit jedem Tag auf dieser trockenen Außenpostenwelt weiter ausbreitete, war dies schließlich seine Aufgabe: Reegesk der Händler, Reegesk der Marketender, Reegesk der Beschaffungsspezialist Nummer Eins.

Mit zufrieden zuckenden Schnurrbarthaaren setzte er sich an eine sonnige Wand, rollte seinen peitschenartigen Schwanz locker zusammen und öffnete sein Bündel, um die Beute des Tages zu begutachten. Eine backofenheiße Brise trug vom anderen Ende der Gasse die nicht unangenehmen Gerüche von faulendem Abfall und Tierexkrementen zu ihm herüber. Er hatte den Morgen mit wenig mehr als einer Handvoll polierter Steine und ein paar Informationen begonnen und nur ein paar erfolgreiche Geschäfte gebraucht, um sie gegen die viel wertvolleren Dinge einzutauschen, die er jetzt neben sich im Staub ausbreitete. Eine kleine Antenne, ein paar Meter feines Tuch mit sehr wenigen Löchern und ein Bündel Kabel für den winzigen Taukollektor, den sein Stamm heimlich baute. Die Kabel würde er behalten.

Aber er mußte noch mehr Geschäfte machen. Ihm fehlten immer noch ein paar Dinge: eine Energiequelle, um den improvisierten Taukollektor zu betreiben, der seinen Stamm aus der Abhängigkeit von den örtlichen Feuchtfarmern befreien würde, ein oder zwei Seile und Metallteile, um daraus Werkzeuge oder Waffen zu machen.

Von seinem Standpunkt aus erwarb er bei jedem Tausch immer bessere Waren. Glücklicherweise hatte er von seinem letzten Geschäft noch ein paar Dinge übrig, die er eintauschen konnte: einen gesprungenen Sturmtruppenhelm, ein Päckchen mit Feldrationen und einen aus Banthahorn geschnitzten Tusken-Kampftalisman. All dies hatte er für eine mehrere Tage alte Information und einen beschädigten Hemmbolzen bekommen. Er nahm an, daß die Hitze und der Staub das Urteilsvermögen jedes Wesens trüben konnten. Vielleicht hätte der imperiale Offizier –

ein Lieutenant Alima, der eindeutig nicht zur örtlichen Garnison gehörte – bei dem Geschäft besser aufpassen sollen. Nun, der Offizier hatte bekommen, was er wollte, sagte sich Reegesk schulterzuckend.

Natürlich war die alte Warnung an die Käufer noch immer gültig: Wer ein Geschäft machen wollte, mußte auf der Hut sein. Weniger skrupelbehaftete Händler tricksten ihre Kunden aus oder versuchten, ihnen irgendwelche nutzlosen Dinge anzudrehen, aber nicht Reegesk. Das Imperium hatte die ranatische Rasse zwar mit dem Stigma »halbintelligent« belegt, aber Reegesks Ehrlichkeit hatte ihm auf den Straßen von Mos Eisley den Ruf eingebracht, schlitzohrig, aber fair zu sein. Abgesehen von den lästigen Sturmtrupplern gab es auf dem Raumhafen nur wenige Wesen, die auf ein Geschäft mit Reegesk verzichten würden, solange er hatte, was sie »brauchten«.

Reegesk verzog die fellbedeckte Schnauze zu einem trockenen, zähnebleckenden Grinsen. Nun, er wußte, was *er* brauchte, und er wußte, wo er sein nächstes Geschäft machen konnte.

Im Inneren der Bar war es relativ kühl, und das Halbdunkel war nach dem ausdörrenden, grellen Licht von Tatooines Doppelsonne eine Wohltat. Die Luft roch nach verschwitztem Fell und erhitzten Schuppen, nach Nic-o-Tin-Rauch, nach seit Monaten nicht mehr desinfizierten Raumanzügen und den Rauschmitteln von Dutzenden verschiedener Welten.

Reegesk trat an den Tresen, bestellte bei Wuher dem Barkeeper ein Glas rydanisches Bier und suchte das Lokal nach potentiellen Kunden ab. Ein Devaronianer? Nein. Reegesk hatte kein Interesse an ihm. Einer der Bith-Musiker, die gerade eine Pause machten? Vielleicht. Ah. Reegesks Blick fiel auf die vertraute Gestalt eines Jawas.

Perfekt.

Reegesk zog die Kapuze seines Mantels tief ins Gesicht und näherte sich dem kleinen Tisch des Jawas. Jawas waren scheue Wesen, die großen Wert auf völlige Vermummung legten, und Reegesk hatte herausgefunden, daß es dem Geschäft diente, wenn er sich den Eigenheiten seiner Kundschaft anpaßte. Erleichtert stellte er am Geruch des Jawas fest, daß er ihn kannte. Es war Het Nkik, mit dem er schon häufiger Geschäfte gemacht hatte.

Als Reegesk sah, wie der Bandleader Figrin D'an seinen Musikern mit einem Wink bedeutete, daß die Pause zu Ende war, beeilte er sich, vor dem nächsten Song Het Nkik anzusprechen. »Reegesk grüßt Het Nkik und bietet ihm Geschichten oder Waren zum Tausch an«, sagte er formell zu dem Jawa, der ganz in Gedanken versunken zu sein schien und Reegesk noch nicht bemerkt hatte.

Het Nkik reagierte nicht sofort, doch als er aufblickte, glaubte Reegesk so etwas wie Erleichterung in seinen Augen zu bemerken, als wäre der Jawa froh, daß ihn jemand von seinen Gedanken ablenkte. »Die Gelegenheit für einen Tausch ist immer willkommen, und eine Gelegenheit bietet sich immer«, antwortete Het Nkik genauso formell, aber seine Stimme klang höher als gewöhnlich und seine Blicke irrten unruhig durch den Raum.

»Mögen beide Händler das bessere Geschäft machen«, schloß Reegesk die rituelle Begrüßung ironisch ab, denn er wußte sehr wohl, daß es die Jawas wenig interessierte, ob ihre Kunden zufrieden waren oder nicht. Nun, er war da ganz anders. Reegesk war zwar ein Schlitzohr, aber er machte nur Geschäfte mit Kunden, die brauchten (oder glaubten, daß sie es brauchten), was er hatte, und er gab nur Waren weg, die der Stamm nicht benötigte.

Reegesks Nase kräuselte sich leicht, als er versuchte, Het Nkiks Geruch einzuordnen. Er witterte etwas, das er nur als Ungeduld oder Erwartung interpretieren konnte, und entschied sich, nicht länger zu zögern und sofort mit dem Handeln zu beginnen. In leuchtenden Farben beschrieb er die Geschäfte, die er im Lauf des Morgens gemacht hatte. Seltsamerweise wirkte Het Nkik nicht gerade begeistert, als er von seinen eigenen Geschäften erzählte und Reegesk einen geladenen, ausgezeichnet erhaltenen Blastech DL-44-Blaster zeigte. Reegesk blieb es erspart, Bewunderung oder Neid zu heucheln; da es einem Ranater in den Territorien des Äußeren Randes noch immer verboten war, Waffen zu tragen, konnte Reegesk nichts eintauschen, das sich als Waffe gebrauchen ließ.

Trotzdem lobte er den Jawa für das gute Geschäft, aber Het Nkik hörte kaum hin, sondern machte sich sofort daran, wertvolle Informationen mit Reegesk auszutauschen. Die beiden Händler waren so in ihr Gespräch vertieft, daß Reegesk den rodianischen Kopfgeldjäger erst bemerkte, als der rücklings gegen ihren Tisch stieß. Reegesk griff hastig nach seinem Bierglas, das am Tischrand gefährlich wackelte. Seine Nüstern zogen sich verärgert zusammen, als hätten sie einen unangenehmen Geruch aufgefangen.

Greedo drehte sich um, als wollte er sich für seine Ungeschicklichkeit entschuldigen, aber als er sah, wer am Tisch saß, verzichtete er darauf. Der grünliche Ton seiner Haut wurde dunkler, und die Lippen seiner Schnauze verzogen sich verächtlich, als er Reegesk musterte. »Womp!« stieß er hervor und versetzte dem Tisch einen Tritt, bevor er sich zum Tresen trollte.

Reegesks Rückenfell sträubte sich vor Empörung, und er schleuderte dem säuerlich riechenden, grünhäutigen Kopfgeldjäger haßerfüllte Gedanken hinterher. Diese Frechheit! Diese Beleidigung. Schließlich waren die Ranater in *keinster* Weise mit den primitiven tatooinischen Wompratten verwandt! Greedo war die einzige Person, die er ohne zu zögern bei einem Geschäft übers Ohr hauen würde.

Als er sich wieder beruhigt hatte, trat das Geschäft ins nächste Stadium, und Reegesk präsentierte diskret die Waren, die er eintauschen wollte. Het Nkik zeigte mildes Interesse am Sturmtruppenhelm, aber als Reegesk den Tusken-Kampftalisman aus geschnitztem Banthahorn hervorholte, war Het Nkiks Erregung nicht zu übersehen. Reegesk rief sich ins Gedächtnis zurück, was er über diese Amulette wußte. Die Sandleute glaubten, erklärte er, daß ein derartiger Talisman ihnen in einem Kampf die Körperkräfte eines Banthas verlieh und ihnen den Mut gab, sich dem Tod zu stellen, wenn es nötig sein sollte. Het Nkik bat, den Talisman in die Hand nehmen zu dürfen, drehte ihn hin und her und stieß Laute in einem Dialekt aus, den Reegesk nicht kannte.

Reegesk unterdrückte ein triumphierendes Lächeln. Das war fast zu einfach. Es war ungewöhnlich, daß ein Jawa so großes Interesse an einer Ware zeigte, denn es brachte ihn beim Feilschen in eine unterlegene Position. Reegesk entschloß sich, sofort mit dem Schachern zu beginnen. »Der Talisman ist tatsächlich sehr kostbar. Das Tauschangebot müßte seinem Wert entsprechen.«

Het Nkiks ehrfürchtiger Gesichtsausdruck verwandelte sich in Verärgerung. »Ich habe heute nichts Wertvolles dabei.«

Reegesks Herz schlug schneller, als er seine Chance witterte. Der Jawa wollte eindeutig das Geschäft machen. Reegesk senkte bedeutungsvoll den Blick, um Het Nkik an den Blaster zu erinnern, der in seinem Schoß lag, verdeckt vom Tisch. »Eine Gelegenheit bietet sich immer.«

Die Hände des Jawas verkrampften sich um den Blaster, und für einen Moment wirkte er ratlos. »Ich kann keinen derart hohen Preis zahlen«, antwortete er bedächtig, »... jedenfalls nicht heute.« Er mied Reegesks Blick. Sie feilschten noch eine Weile und einigten sich schließlich auf eine Summe, die viel höher war, als Reegesk erwartet hatte.

»Du weißt, daß ich ein angesehener Händler bin«, erklärte Het Nkik. »Hier sind schon einmal ein paar Kredits, um meinen guten Willen zu beweisen. Den Rest zahle ich dann morgen.«

Erfolg! Aber konnte er dem Jawa trauen? Reegesk mahnte sich zur Vorsicht. »Dann gebe ich dir morgen den Talisman«, sagte er ruhig. Er wollte nicht ungeduldig erscheinen, und er hoffte, daß sein Körpergeruch ihn nicht verriet.

Aber der Jawa wollte sich nicht vertrösten lassen. »Nein. Ich brauche den Kampftalisman heute.« Het Nkiks Stimme klang mit jedem Wort erregter. »Ich werde den Rest morgen bezahlen, aber ich kann nicht bis morgen warten.« Er verstummte und schien nach einer Möglichkeit zu suchen, Reegesk von seinen ernsten Absichten zu überzeugen. »Wenn du bis morgen wartest, bekommst du obendrein von mir diesen Blaster.«

Allein die Vorstellung, eine derart wunderbare Waffe zu besitzen, ließ Reegesks Augen aufleuchten.

Het Nkiks Augen bohrten sich in Reegesks, als er der unter dem Tisch versteckten Waffe zunickte. »Ja. Du kannst sie haben und benutzen. Mir macht es nichts aus, einen Ranater zu bewaffnen. Überlaß mir heute den Talisman, und morgen bekommst du, was du brauchst.«

Reegesk konnte sich den brennenden Blicken des Jawas nicht entziehen. Zögernd streckte er eine Pfote aus und befingerte die Waffe. Sollte er das Risiko eingehen und dem Ehrenwort dieses Jawas vertrauen? *Wer ein Geschäft machen will, muß auf der Hut sein.* Schließlich traf er eine Entscheidung.

In diesem Moment kam es am anderen Ende der Bar zu einem Tumult. Licht und Funken erfüllten die Luft, begleitet vom beißenden Geruch versengten Fleisches. Als die Luft wieder rein war, konnte Reegesk die Gestalt von Greedo dem Kopfgeldjäger erkennen, der reglos auf einem ansonsten leeren Tisch lag.

Tot? Ja, eindeutig tot. Dies war wirklich ein Glückstag für Reegesk. Er schauderte vor Erregung, und seine Schnurrbarthaare zitterten vor Entzücken. »Ja. Ich akzeptiere das Angebot«, sagte er zu dem Jawa, der noch immer zum anderen Ende der Bar hinüberschaute. »Du kannst den Talisman behalten. Bring mir morgen den vereinbarten Kaufpreis.«

Het Nkik richtete seine Aufmerksamkeit abrupt wieder auf Reegesk. Wortlos entzog er dem Ranater die Waffe und eilte davon.

»Beide Händler haben heute das bessere Geschäft gemacht«,

rief Reegesk Het Nkik nach, aber der Jawa schien ihn nicht zu hören.

Reegesk verfolgte lächelnd, wie Het Nkik selbstbewußt zum Ausgang der Bar marschierte. Er war glücklich, ein derart faires Geschäft gemacht zu haben. Der Jawa sah sich herausfordernd um und verließ die Bar, das DL-44-Gewehr unter seinem Mantel verborgen, den kostbaren Kampftalisman in der Hand.

Reegesk leerte sein Bierglas, stand auf und atmete tief durch. Der verbrannte Geruch des niedergeblasterten rodianischen Kopfgeldjägers hing noch immer in der Luft. *Sehr befriedigend,* dachte er mit einem erleichterten Seufzer.

Kurz darauf verließ er ebenfalls die Bar und trat auf die ausgedörrten Straßen von Mos Eisley. Reegesk griff in die Tasche unter seinem Mantel nach der Energiezelle, die er aus Het Nkiks Blaster genommen hatte. Sie hatten heute beide bekommen, was sie wollten. Er war auf der Hut gewesen.

Und jetzt hatte Reegesk die perfekte Energiequelle für den neuen Taukollektor des ranatischen Stammes.

Wenn sich der Wüstenwind dreht:

Die Geschichte des Sturmtrupplers

Doug Beason

Schon nach dreißig Sekunden auf dem militärischen Ausbildungsplaneten Carida erkannte Davin Felth, daß der Dienst in den Streitkräften des Imperators nicht so romantisch war, wie er geglaubt hatte.

Davin schulterte den dunkelblauen Matchbeutel mit seinem weltlichen Besitz und reihte sich mit dem Rest der hundertzwanzig anderen Rekruten in die Schlange ein. Sie standen dicht gedrängt in dem schmalen Stahlkorridor der Gamma-Klasse-Fähre. Die unterschiedliche Kleidung der Jugendlichen mit ihren grellen Farben und die ungewöhnlichen Gerüche, die über der Schlange waberten, überwältigten Davin Felth fast. Die Achtzehnjährigen, von denen die meisten noch nie zuvor ihre Heimatwelt verlassen hatten, schwatzten nervös miteinander. Ein Dröhnen durchlief die Fähre, und das Außenschott öffnete sich zischend.

Frische Luft drang herein, eine Wohltat nach der klimatisierten Atmosphäre an Bord; ungefiltertes Licht ließ das Deck funkeln und verlieh dem Gang einen magischen Glanz, und für glorreiche dreißig Sekunden schienen alle Gerüchte und Geschichten über Carida, dem Planeten, der von der Leibgarde des Imperators als militärische Ausbildungsbasis benutzt wurde, der Wahrheit zu entsprechen. Dies mußte für ein Schiff voller aufgeregter Achtzehnjähriger, die kurz vor dem Beginn eines neuen Lebens standen, ein herrlicher Ort sein.

Und dann ging das Gebrüll los.

Es war, als wäre eine Bombe in der nervösen Gruppe der Wehrpflichtigen explodiert. Chaos, Geschrei, Verwirrung und hunderttausend Befehle brachen plötzlich aus allen Richtungen über Davin herein. Offiziere in olivgrünen Uniformen oder weißen Sturmtruppenpanzern stürzten sich auf sie. Die Rekruten nahmen Haltung an und erstarrten förmlich zu Statuen, als die Offiziere sich Millimeter vor ihnen aufbauten und ihnen Befehle ins Gesicht schrien.

Davins einziger Gedanke war, durchzuhalten und zu überleben, unversehrt dieser Hölle zu entkommen – er konnte nicht denken, und jedesmal, wenn er auf eine gebrüllte Frage antworten wollte, tauchte ein anderes Gesicht vor ihm auf und fragte etwas anderes.

Davin begann ebenfalls zu schreien, ohne darauf zu achten, was er sagte oder mit wem er sprach. Er reagierte nur und versuchte so zu tun, als wäre er damit beschäftigt, einem der anderen Offiziere zu antworten. Er hob seine Stimme und brüllte aus Leibeskräften – und der Trick schien zu funktionieren. Während um ihn das Chaos herrschte, während ihn ein Sturmtruppenmajor anbrüllte, um ihn einzuschüchtern und zu verwirren, gelang es ihm, die Aufmerksamkeit von sich abzulenken. Aber dies war nur der Anfang einer sechsmonatigen, höllischen Grundausbildung, die aus Davon einen Elitesoldaten des Imperators machen würde.

Nach Stunden, wie es schien, wurden Davin und die übrigen Rekruten im Laufschritt die Rampe hinunter zu den Kasernen gescheucht. Ein riesiger Mann, der wie ein Steinzeitmensch aussah, bedeutete ihnen mit einem Wink, vor der Kleiderkammer anzutreten. Verängstigt gehorchten die Rekruten. Der muskelbepackte Mann warf ihnen ihre Ausrüstung zu: schwarze Uniform, Helm, Socken, Unterwäsche, Taschentücher, Notrationen, Mediset, Überlebenstornister, Seife und Desinfektionsmittel.

Davin nahm die Ausrüstung, wagte aber nicht zu fragen, was er damit anfangen sollte. Eine leise Stimme, die einem Mann gehörte, der die anderen Rekruten wie eine auf fruchtbarem gamorreanischen Boden gewachsene Sonnenblume überragte, sagte kläglich: »Ich … ich halte das nicht länger aus!«

Sofort stürzten sich uniformierte imperiale Ausbilder auf den Mann. Eine Stimme brüllte: »Ihr da – kommt her! Los, bewegt euch!«

Gebeugt unter der Last seiner Ausrüstung stolperte Davin zu einer Gruppe Rekruten, die wie wandelnde Militärarsenale aussahen. Der Ausbilder führte sie in eine der Kasernen und wies ihnen ihre Pritschen zu. Davin warf seinen blauen Matchbeutel und die Ausrüstung auf ein Bett. Er teilte den Raum mit zwei anderen Rekruten. Davin lächelte müde und stellte sich vor: »Hi, ich bin Davin Felth.«

Der erste schüttelte ihm fest die Hand. »Geoff f'Tuhns.« Er warf vorsichtig einen Blick nach draußen und bot ihm eine Tüte mit fettig glänzenden Knabbereien an. »Willst du was?«

Davin spähte in die Tüte und spürte, wie sich ihm der Magen umdrehte. »Nein, danke.«

Groß, starkknochig und mit einem feuerroten Haarschopf gesegnet, sah Geoff nicht aus, als würde er in einen Sturmtruppenpanzer passen. Er warf erneut einen Blick um die Ecke, seufzte und stopfte eine Handvoll Essen in den Mund. »Falls ihr was zu essen mitgebracht habt, solltet ihr es besser sofort verdrücken. Ich habe die Tüte vor den Ausbildern verstecken können«, erklärte er, »aber sie haben mir mit schwerer Bestrafung gedroht, wenn sie mich mit Essen erwischen.«

»Mychael Ologat«, stellte sich der zweite Mann vor. »Was haltet ihr von dem Zirkus hier?« So klein wie Geoff groß war, sah Mychael aus, als würde er in Davins Matchbeutel passen; aber seine Muskeln traten deutlich unter seiner straffen Haut hervor.

Davin war noch immer von dem rauhen Empfang geschockt. Sie waren noch nicht einmal eine Stunde auf dem Militärausbildungsplaneten, aber nach all den Dingen, die auf ihn eingestürmt waren, hatte er das Gefühl, schon eine Woche hier zu sein. Er schüttelte den Kopf. »Man hat mir gesagt, daß das Militär mein Leben verändern wird, aber das ist einfach verrückt. Ich dachte, wir würden Zeit haben, uns ein wenig umzusehen.«

»Darauf würde ich nicht wetten«, meinte Geoff kauend. »Wir sind seit gestern hier, und nach allem, was ich gehört habe, war das nur das Empfangskomitee. Die harten Sachen kommen noch.«

Mychaels Augen wurden groß. Er stand an der Tür und stieß hervor: »Oh, oh – wir kriegen Ärger.«

Geoff ließ seine Knabbertüte fallen und versuchte, sie mit dem Fuß unter das Bett zu schieben, aber er glitt aus, und die Tüte rutschte in die Mitte des Zimmers.

Davin drehte sich um und erblickte vor der Tür den größten Mann, den er je gesehen hatte. Der Mann trug Antigravschuhe, schwarze Shorts, ein weißes T-Shirt, den bedrohlich wirkenden weißen Helm eines imperialen Sturmtrupplers und sah wie eine massige Säule aus. Er deutete auf die Tüte mit den Knabbereien.

»Euer Kalorienbedarf ist streng reglementiert – wem gehören diese illegalen Nahrungsmittel?«

Davin hörte Geoff schlucken; nach allem, was er erzählt hatte, konnte er es sich nicht erlauben, erwischt zu werden. Aber niemand hatte *ihm* gesagt, daß es illegal war, Essen mitzubringen! Er trat vor. »Sie gehören mir.«

Der Sturmtruppler drehte sich zu Davin um. »Du bist neu hier.«

»Das stimmt.«

»Die korrekte Antwort ist Jawohl, Sir. Du wirst lernen – oder du wirst scheitern. Dies ist die einzige Warnung.« Er zertrat die Tüte und wandte sich dann an die beiden anderen Rekruten. »Ihr Sandschleimer habt zwei Minuten, um eure Ausrüstung anzulegen und mit dem Rest eures Zuges draußen anzutreten – oder eure Ärsche gehören mir. Also bewegt euch!«

Die drei imperialen Rekruten zogen sich in Windeseile um.

»Danke, Davin«, keuchte Geoff, während er hastig seinen Overall überstreifte.

Davin konnte nur grunzen, während er auf einem Fuß hüpfte; er hatte Schwierigkeiten, in die schenkelhohen Stiefel zu schlüpfen. Trotz aller Hektik waren die nächsten beiden Minuten Davins letzte ruhige Momente vor der sechsmonatigen Grundausbildung.

Als Davin fünfzehn Pfund leichter, aber sehr viel kräftiger war, hatte er sich an die mörderische Ausbildungsroutine gewöhnt. Die Rekruten verbrachten pro Nacht weniger als fünf Stunden auf ihrem Zimmer und fielen sofort ins Bett, völlig erschöpft nach dem gnadenlosen Pensum: Lauftraining, Tagesausflüge mit einem suborbitalen Transporter zu den südlichen Eisfeldern, um dort Wintermanöver abzuhalten, ein einwöchiges Überlebenstraining in der ausgedörrten Forgofshar-Wüste, ein dreitägiger Kampf gegen die Natur im äquatorialen Regenwald … Davin verlor bald jedes Zeitgefühl.

Er und seine Zimmergenossen lernten rasch, schon vor dem morgondlichen »Weckruf« auf den Beinen zu sein, wenn ein Sturmtruppensergeant die Tür auftrat und in seine Megapfeife blies. Davin erwachte gewöhnlich eine halbe Stunde vor dem Wecken. Er und die anderen stolperten hektisch durch den kleinen Schlafraum, wuschen sich und zogen sich an, nur um kurz vor dem morgendlichen Weckritual wieder unter ihre Decken zu schlüpfen – sie hatten gesehen, was mit den Rekruten passierte, die vor der Reveille ihre Betten verließen.

Davin stürmte dann auf den Gang, nahm Haltung an und wartete auf den Tagesbefehl. Er wußte nie, was der Tag bringen würde.

An einem Morgen, als Davin fast dreißig Sekunden vor den anderen seinen Platz auf dem Gang eingenommen hatte, änderte sich sein Leben grundlegend. Es begann nicht mit einer Fanfare, sondern schlicht mit: »Davin, setz deinen Arsch in Bewegung und melde dich beim AT-AT-Sonderkommando am anderen Ende des Gangs. Der Rest von euch Sandwürmern hält sich für eine Inspektion bereit.«

Während der Rest des Zuges Haltung annahm, gab ihm Geoff einen Rippenstoß und flüsterte: »Viel Glück, Alter, wir werden dich vermissen.«

Davin fand keine Zeit, ihm zu antworten, denn der imperiale kommandierende Offizier des AT-AT-Sonderkommandos schrie Davin bereits zu, sich zu beeilen. »Sonst werfen wir dich in zwanzig Sekunden in den nächsten Reaktorkern!«

Davin stellte sich zu den Rekruten am Ende des Ganges; einige von ihnen kannte er bereits – sie hatten wie er bei der Grundausbildung Bestleistungen erbracht. Sie wechselten Blicke miteinander, wagten aber nicht, etwas zu sagen, um nicht den Zorn ihres Ausbilders auf sich zu lenken.

Sie formierten sich und marschierten aus der Kaserne zum

Truppenübungsplatz. Glas- und Synsteingebäude überragten sie; der Truppenübungsplatz war von ultramodernen Gebäuden umgeben. Dutzende von Robotüberwachungsaugen schwebten über ihnen und sicherten die Militärbasis. In der Mitte eines Ringes aus Schulungsgebäuden wartete bereits das schlanke Transportschiff mit offenen Schleusen. Die Rekruten gingen an Bord, und der Pilot bekam die Starterlaubnis.

Als sich Davin in seinen Sitz fallen ließ, erschien in der Mitte des Ganges zwischen den Sitzreihen das Holobild eines großen, hageren Mannes mit eingefallenen Augen und der enganliegenden schwarzen Uniform eines Armeecommanders.

»Ich bin Colonel Veers«, bellte der Mann, »Commander der AT-AT-Streitkräfte des Imperators. Ihr seid diesem Kommando zugeteilt worden, weil ihr eine schnelle Auffassungsgabe besitzt und den Erfolg der Mission über eure persönlichen Bedürfnisse stellt. Ganz gleich, wie überlegen unsere Raumstreitkräfte sein mögen – der Sieg in diesem Krieg hängt vom Einsatz der Bodentruppen ab, die den Feind aus seinen eingegrabenen Stellungen vertreiben müssen. Die Bodenstreitkräfte sind die eigentlichen Garanten für den totalen Sieg – und ihr seid auserwählt, das Flaggschiff der Bodentruppen zu bemannen: den Allterrain-Angriffstransporter, den AT-AT!«

Colonel Veers Bild wich einem vierbeinigen metallenen Leviathan, der über zerklüftetes Terrain stampfte. Er legte in wenigen Sekunden eine Strecke zurück, für die ein Mann zu Fuß eine Stunde benötigte. Die am Metallkopf des Vehikels installierten Zwillingsblasterkanonen feuerten Laserimpulse ab; im Kommandomodul im Kopf des AT-ATs waren zwei uniformierte Besatzungsmitglieder zu erkennen. Die Rekruten in dem Transportschiff hielten bei diesen Bildern kollektiv den Atem an.

Colonel Veers Stimme fuhr fort: »Ihr werdet ein sechswöchiges Training in den Virtuelle-Realität-Simulatoren absolvieren, bevor ihr als Beobachter einem AT-AT zugeteilt werden. Wenn ihr euch qualifiziert, bekommt ihr die Chance, auf einem AT-AT meiner Kampfbataillone eingesetzt zu werden. Ich wünsche euch allen viel Glück, aber strengt euch an – von zehn Rekruten besteht nur einer diese gnadenlose Ausbildung.« Er sah sich im Raum um, als könnte er jedem Rekruten ins Gesicht schauen. Davin setzte sich aufrecht hin und suchte den Blick des Holobildes, aber es löste sich auf.

Ein Raunen ging durch das Schiff. Die Rekruten beugten sich über ihre Sitze und flüsterten aufgeregt miteinander. Der Mann neben Davin drehte sich mit gerötetem Gesicht zu ihm um. »Ein AT-AT! Ich kann es kaum fassen, daß wir die Chance bekommen, eine dieser Maschinen zu kommandieren!«

Davin hatte noch immer das Bild des monströsen Vehikels vor Augen, das über die Felsenlandschaft stampfte. Seit Beginn seiner Ausbildung hatte ihn nichts so motiviert wie der Anblick dieses AT-ATs. Es schien fast so, als hätte sich in dem schlanken Truppentransporter sein Schicksal erfüllt.

»Ja«, flüsterte Davin, »und ich werde dafür sorgen, daß ich nicht zu den neun Rekruten gehöre, die durchfallen.« Der AT-AT-Kontrollraum kam Davin Felth sehr groß vor. Farbige berührungssensitive Kontrollen überzogen die Wände und die Decke; die rechteckige Sichtluke an der Stirnseite des Kontrollraums war so groß wie Davin. Vor der Sichtluke standen zwei drehbare Sitze für den Piloten und Kopiloten; von dort aus konnten sie alle Kontrollen bedienen und hatten gleichzeitig einen hervorragenden Überblick. Der »Kontrollkopf« des an der Ausbildungsbasis angedockten AT-ATs befand sich gute fünfhundert Meter über dem Boden.

Davin wurde von Ehrfurcht übermannt, als hätte er einen heiligen Ort betreten, aber es war mehr als das. Langsam trat er vor und strich mit der Hand über den rechten Sitz. Er spürte teures Taurückenleder – für Colonel Veers Rekruten war nur das Beste gerade gut genug.

»Gefällt er Ihnen?«

Die Stimme ließ Davin zusammenzucken. Er wußte aus Erfahrung, daß jetzt ein scharfer Verweis fällig war. »Jawohl, Sir.«

Der Ausbilder trat zu Davin und sagte leise, wie aus Respekt vor Davins Ehrfurcht: »Ich glaube nicht, daß ich mich je an das Gefühl gewöhnen werde, das ich habe, wenn ich an Bord gehe.« Er sah Davin an. «Und das ist eine der Eigenschaften, nach denen wir unsere Rekruten auswählen, Davin Felth. Wenn sie den AT-AT nicht respektieren, dann ist es für sie nur irgendein Job. Sie könnten genausogut in der Virtuelle-Realität-Kammer bleiben und wie Kinder spielen. Wir wollen nur die besten Männer als Piloten für die AT-ATs, denn wenn irgend etwas schiefgeht, das sich per VR nicht beheben läßt, überleben nur die Besten.«

Er strich mit den Fingern über eine Diodenleiste. Ein tiefes Brummen ließ den Boden vibrieren, als sich die Instrumente aktivierten. Der Ausbilder drehte den Sitz und betätigte die Kontrollen am Pilotenpult. »Lust auf einen kleinen Ausflug?«

»Jawohl, *Sir*!«, sagte Davin. Er sank in den Kopilotensitz und wartete auf weitere Anweisungen. Als er keine erhielt, fielen ihm die Lektionen im VR-Simulator ein, und hastig half er dem Ausbilder bei der Checkliste. Minuten später waren sie bereit, den AT-AT aus der Andockbucht zu steuern.

Davin behielt die Monitore über der Sichtluke im Auge; sie zeigten den AT-AT aus verschiedenen Blickwinkeln, wie ihn die Kameras des Docks sahen. Der Ausbilder steuerte den AT-AT geschickt aus der Bucht. Obwohl der AT-AT vollständig von einem Computer mit künstlicher Intelligenz kontrolliert wurde, begriff Davin zum erstenmal, wie schwierig es war, eine Maschine zu steuern, die aus fast so vielen beweglichen Teilen wie ein menschlicher Körper bestand.

»Wir bringen ihn zu den Bergen«, erklärte der Ausbilder, »und beginnen mit ein paar Zielübungen. Ich werde die Basis informieren, daß unser Rufkode Landkiller-Eins ist.«

Die Landschaft vor der nur wenige Moleküle dicken Sichtluke raste an ihnen vorbei, als sich der AT-AT mit Riesenschritten von der Basis entfernte. Bald lagen die Synsteingebäude und Straßen hinter ihnen, und sie erreichten den Fuß der zerklüfteten Berge.

Der Ritt war völlig erschütterungsfrei. Der AT-AT überwand Schluchten, die so tief waren, daß Davin den Grund nicht erkennen konnte. Sie kletterten einen Hang hinauf und sahen unter sich ein Tal; Felsbrocken übersäten den Hang. Sie befanden sich mitten in einer unfruchtbaren Wildnis. Rechts von ihnen stieg nackter Fels fast senkrecht in die Höhe, und in der Ferne entdeckte Davin rote und silberne Felsformationen, die wie ein Wald aus bunten Nadeln aussahen. Davin warf einen Blick auf die Uhr – sie hatten die Basis erst vor zehn Minuten verlassen, aber sie waren schon draußen in der Wildnis.

Nach und nach überließ der Ausbilder Davin die AT-AT-Kontrollen. Es war fast wie im Virtuelle-Realität-Simulator, doch Davin wußte, daß jede falsche Entscheidung zu einer Katastrophe führen konnte. Davin konzentrierte sich ganz auf die zahllosen Instrumente.

»Sie sind ziemlich gut«, stellte der Ausbilder nach einer Weile fest. »Nicht viele Rekruten kommen mit dem Läufer so problemlos zurecht.«

»Danke«, sagte Davin, ohne die Kontrollen aus den Augen zu lassen.

»Halten Sie den Kurs«, befahl der Ausbilder und stand auf. »Ich muß die Waffenkammer überprüfen. Wir nähern uns dem Zielgebiet, und das Terrain ändert sich von jetzt an nicht mehr.«

»Jawohl, Sir.«

»Melden Sie sich sofort, wenn es Probleme gibt, ich bin gleich wieder zurück. Aber bleiben Sie unbedingt an den Kontrollen – ganz gleich, was passiert.«

»Jawohl, Sir.« Davin verbarg nur mit Mühe seine Erregung. Der AT-AT arbeitete fast automatisch, aber Davin war noch immer berauscht von dem Gefühl, das Kommando über die Maschine zu haben. Mit riesigen Schritten stampfte der AT-AT durch die Ödnis. Davin betrachtete die zerklüftete Landschaft und stellte sich vor, daß er eine ganze Armee von AT-ATs kommandierte und sie gegen die Rebellen in die Schlacht führte …

Plötzlich nahm Davin etwas aus den Augenwinkeln wahr. Ein dunkler Fleck, dann drei weitere, stießen vom Himmel herab. Sie näherten sich zielsicher dem AT-AT.

Davin warf einen Blick auf den Radarschirm – dort war nichts zu sehen. Er aktivierte die Scanner und bekam das gleiche Ergebnis: keine Echos im EM-, Gravitations- und Neutrinospektrum.

Davin runzelte die Stirn und rief laut, damit sein Ausbilder ihn hörte: »Ich habe ein paar Jäger in der optischen Erfassung, die sich in unsere Richtung bewegen, aber sie werden von den Scannern nicht geortet. Sie kommen schnell näher.«

Davin erhielt keine Antwort von seinem Ausbilder, der sich noch immer hinten in der Waffenkammer befand. Die einzigen Laute, die Davin hörte, waren das gedämpfte Dröhnen der AT-AT-Energiesysteme und das leise hydraulische Fauchen der Stoßdämpfer.

Davin drehte sich mit seinem Sitz. «Sir? Sind Sie da?« Die Tür zur Waffenkammer war verriegelt, Davin wandte sich wieder der Sichtluke zu. Die vier Jäger kamen immer näher. Er aktivierte das Interkom und schickte einen Suchruf durch den AT-AT. »Sergeant!« Noch immer keine Antwort.

Die vier Schiffe teilten sich in zwei Gruppen und drehten sich auf die Seite, während sie direkt auf die AT-AT-Kontrollkammer zurasten. Die Jäger eröffneten aus ihren Blasterkanonen das Feuer auf Davins AT-AT.

«He!« Davin wurde von Zorn und Furcht gepackt. »Sergeant, wir werden angegriffen!« Die Jäger dröhnten am AT-AT vorbei und brachten durch ihre Turbulenzen die riesige Kriegsmaschine zum Schwanken. »Was ist los? Sind wir in ein Manövergebiet geraten oder was?«

Er bekam noch immer keine Antwort. Davin war fast versucht, seine Sicherheitsgurte zu lösen und den AT-AT-Ausbilder zu suchen. War dem Mann vielleicht etwas zugestoßen? Der Ausbilder mußte wissen, was zu tun war. Das hier war einfach verrückt!

Aber als Davin sah, wie die Jäger beidrehten und wieder vor ihm auftauchten, blieb er wie erstarrt in seinem Sitz. Die vier Jäger rasten heran. Davin zwang sich, nach dem Kom zu greifen. Er wählte die AT-AT-Basisfrequenz. »Notfall, Notfall – hier ist Landkiller-Eins! Achtung, Basis, wir werden angegriffen. Es muß sich um einen Irrtum handeln. Ich wiederhole, Notfall!«

Aus dem Lautsprecher drang nur weißes Rauschen; selbst das Notholo funktionierte nicht.

Wieder stachen grelle Lichtlanzen von den Bugnasen der angreifenden Jäger. Davin hielt sich fest, als der AT-AT unter dem Treffer einer Blasterkanone schwankte. Ein Alarm schrillte über seinem Kopf, als der beißende Geruch öligen Rauches den Kontrollraum verpestete. »Sergeant – helfen Sie mir!« Das Heulen eines anderen Alarms zerriß die Luft; im hinteren Teil des Raumes meldeten synthetische Stimmen die Einleitung von Schadenskontrollprozeduren. Es schienen zwanzig verschiedene Dinge auf einmal zu passieren.

Trotz des ganzen Durcheinanders konzentrierte sich Davin auf die vier Jagdmaschinen, die im Sturzflug zu einem weiteren ... und vielleicht ihrem letzten Angriff ansetzten.

Davin wurde plötzlich wütend auf alles, das schiefgegangen war. Während seiner kurzen Karriere beim imperialen Militär hatte man ihm eingehämmert, daß sein Überleben entscheidend von der strikten Einhaltung der Vorschriften abhing. Aber hier war eine Situation, auf die ihn kein Lehrbuch und kein Manöver vorbereitet hatten! Er war auf sich allein gestellt, und so verrückt es auch schien, den Rebellen mußte es irgendwie gelungen sein, bis zum imperialen Militärausbildungsplaneten vorzudringen.

Das war die einzige Erklärung dafür, daß die Jagdmaschinen nicht auf dem Radar auftauchten.

Davin verdrängte seine Furcht und entsicherte die AT-AT-Waffenkontrollen. Er würde nicht kampflos sterben. Das automatische Feuerleitsystem nutzte ihm nichts, da die feindlichen Jäger von seinen Ortungsinstrumenten nicht erfaßt wurden.

Er schwenkte die Blasterkanone auf die Angreifer ein und gab eine Salve von Hochenergielaserschüssen ab. Die Energiebündel zuckten an den angreifenden Jägern vorbei. Obwohl er die Jagdmaschinen verfehlt hatte, spritzten sie auseinander. *Hatten sie vielleicht nicht erwartet, daß er das Feuer erwidern würde?*

Die Jäger rasten so nahe an ihm vorbei, daß ihre Schockwellen den AT-AT erneut zum Schwanken brachten. Davin aktivierte den Notsender und schickte auf allen Frequenzen einen Hilferuf in den Äther. Gleichzeitig stoppte er den Vormarsch des AT-ATs und konzentrierte die gesamte Computerleistung auf den Kampf gegen die angreifenden Jäger.

Da er sich in der Schlacht nicht auf seine Instrumente, sondern allein auf sein Augenmaß verlassen konnte, entschied sich Davin, seinen größten Vorteil zu nutzen – und zwar sich selbst. Er ließ den AT-AT hinknien und sich so dicht wie möglich am Boden halten. Langsam, mit ruckartigen Bewegungen, sank der mächtige Leviathan in sich zusammen.

Davin zog den Kopf der Maschine ein, bis der AT-AT eine einzige kompakte Masse bildete und die Jäger keine Chance mehr hatten, durch seine turmhohen Beine zu fliegen. Als die vier Jäger zum nächsten Angriff ansetzten, kauerte Davins AT-AT längst auf dem Boden.

Die Jäger formierten sich neu und rasten im Sturzflug auf ihr Ziel zu. Davin wußte, daß sie nicht unter dem AT-AT hindurchfliegen konnten; ihre einzige Chance war ein Kamikazeangriff auf die Kontrollkammer.

Davin schlug auf die Feuerkontrollen. Der AT-AT bebte unter

dem Rückstoß der Laserkanonen. Der Feuerball einer Explosion flammte vor der Sichtluke auf, als er zwei der Jäger abschoß; ein dritter Jäger versuchte den herumfliegenden Trümmern auszuweichen, aber er streifte mit einer Tragfläche den Boden und prallte sich überschlagend gegen eine Felswand.

Der letzte Jäger griff im Tiefflug an und schwankte in der heißen, aufgewühlten Wüstenluft. Davin wartete, bis der Jäger ihn fast erreicht hatte. Die Maschine hielt sich dicht am Boden, als rechnete der Pilot damit, daß sich Davins AT-AT plötzlich aufrichten und das Feuer eröffnen würde.

Sekunden später pflügte der letzte Jäger in eine Felsformation und explodierte. Orangerote Flammen leckten in alle Richtungen und erloschen bald.

Unvermittelt war es totenstill. Noch vor wenigen Augenblicken hatten eine Kakophonie von Alarmtönen und das Dröhnen der vier angreifenden Jagdmaschinen den Kontrollraum erfüllt. Aber jetzt gab es nur noch das gedämpfte Wummern des bordeigenen Kraftwerks.

Davin fühlte sich ausgelaugt, zu erschöpft, um die Basis anzurufen und sie über den Zwischenfall zu informieren. Aber er wußte, daß er es tun mußte, denn diesen vier Rebellen-Maschinen war es irgendwie gelungen, die imperialen Verteidigungslinien zu durchdringen, und wahrscheinlich lauerten noch mehr von ihnen im Orbit.

Er griff nach dem Kommunikator, als er hinter sich ein Geräusch hörte. Davin drehte sich um. »Sergeant?« Der Kampf hatte ihn völlig vergessen lassen, daß sein Ausbilder in der verriegelten Waffenkammer verschwunden war.

Sein Ausbilder hatte die Hände in die Hüften gestemmt und grinste wölfisch. »Gute Arbeit, Rekrut Felth. Ein Kommandoscout befindet sich im Anflug auf das AT-AT-Kommandomodul, also öffnen Sie die obere Luke.«

»Jawohl, Sir.« Benommen und verwirrt kam Davin dem Befehl

nach. Als er draußen war, suchte er die Umgebung nach den Trümmern der Jäger ab ... und mußte feststellen, daß es keine gab.

«Sie sind der erste Rekrut, der alle vier Jäger abgeschossen hat, Davin Felth. Dieser AT-AT wurde speziell dafür konstruiert, diese Schlacht zu simulieren – es wurde alles per virtueller Realität in den Kontrollkopf projiziert.« Die überraschende Eröffnung war fast zuviel für Davin.

Als er sich von der Tatsache erholt hatte, daß es keine echte Schlacht gewesen war, stand Davin mit seinem Ausbilder auf dem mächtigen Metallkopf des AT-ATs. Davin kniff im grellen Sonnenlicht die Augen zusammen; nach dem stickigen Kontrollraum roch die trockene Wüstenluft frisch und belebend.

Über ihnen erschien ein dunkler Fleck und gewann an Größe, bis Davin die Bauchseite eines imperialen Kommandoscouts erkennen konnte. Davin und sein Ausbilder traten zurück. Der Kommandoscout landete, ein Schott glitt zischend zur Seite, und eine Rampe senkte sich zu Boden.

Zwei weißgepanzerte imperiale Sturmtruppler marschierten heraus und nahmen rechts und links von der Schleuse Haltung an. Davin keuchte, als er den Mann erkannte, der das Schiff verließ. »Colonel Veers!« Davin salutierte.

Veers trat auf ihn zu und erwiderte den Gruß. Er musterte Davin von oben bis unten. »Sie sind Rekrut Felth?«

»Jawohl, Sir«, stammelte Felth.

»Sie haben den AT-AT niederknien lassen – wie sind Sie auf dieses Manöver gekommen, Rekrut?«

Davin öffnete den Mund, aber er brachte kein Wort heraus.

«Nun reden Sie schon, Rekrut«, grollte Veers.

»Ich ... ich weiß es nicht, Sir. Es schien mir die logische Entscheidung zu sein. Es war die einzige Möglichkeit, die Jäger daran zu hindern, unter dem AT-AT hindurchzufliegen.«

Veers' Stimme hatte einen seltsam kalten Unterton. »Und warum wollten Sie das verhindern, Rekrut?«

Davin zuckte die Schultern. Veers' Frage verwirrte ihn. *Wieso? Er hatte doch gegen die Jäger gekämpft, oder? Und gesiegt!* »Nun ...«

»Sie haben den Colonel mit Sir anzureden«, wies ihn sein Ausbilder zurecht.

»Danke, Sergeant«, nickte Veers. Der Colonel zog Davin zur Seite. Als sie außer Hörweite des Ausbilders und der imperialen Sturmtruppler waren, sagte der Colonel leise: »Fahren Sie fort, Rekrut. Warum war es so wichtig, die Jäger daran zu hindern, unter dem AT-AT hindurchzufliegen?«

Davin straffte sich. »Ich hätte sie dann nicht mehr sehen können. Wäre es den Jägern gelungen, sich unter den AT-AT zu setzen, hätten sie mit ihm machen können, was sie wollen.«

Veers schien allmählich die Geduld zu verlieren. »Zum Beispiel ...?«

Davin spürte, wie ihm die Röte ins Gesicht stieg, während er verzweifelt nach einer Erklärung suchte, die den Colonel befriedigen würde. »Zum Beispiel ... hätten sie die Beine des AT-ATs fesseln können«, stieß Davin hervor. »Mit einem ausreichend langen Kabel hätten sie den AT-AT mühelos zum Stolpern gebracht.«

Ein seltsamer Ausdruck trat in Colonel Veers' Augen. Der dünne Mann lächelte knapp und musterte Davin erneut von Kopf bis Fuß. »Sehr gut. Vielen Dank, Rekrut. Das ist sehr aufschlußreich.« Er legte einen Finger an seine Lippen. »Behalten Sie alles für sich, bis mein Einsatzstab die Konsequenzen analysiert hat, verstanden?«

«Jawohl, Sir!«

Veers wandte sich zum Gehen. Er nickte Davins Ausbilder zu und sagte laut: »Rekrut Felth soll sich nach seiner Rückkehr bei meinem Stab melden. Ein Mann von seinem Kaliber verdient, seinen Fähigkeiten entsprechend eingesetzt zu werden. Mein Stab wird ihm eine passende Aufgabe zuweisen.«

»Jawohl, Sir«, sagte der Ausbilder.

Veers fiel noch etwas ein, und er hob einen Finger. »Und beschlagnahmen Sie alle Datenwürfel dieser Simulation. Schicken Sie sie in mein Hauptquartier. Verstanden?«

»Jawohl, Colonel.«

»Und zwar schnell. Ich werde vorübergehend auf den neuen Todesstern des Imperators versetzt, um dort als Berater zu dienen. Ich will diese Angelegenheit vor meinem Abflug erledigt haben. Verstanden?«

Als das Scoutschiff am Himmel verschwunden war, klopfte der Ausbilder Davin auf die Schulter. »Ich weiß nicht, wie Sie das geschafft haben, Rekrut, aber ich habe das Gefühl, daß Sie eine steile Karriere machen werden!«

Das vertraute Hintergrundbrummen des Sternenschiffes verursachte Davin Felth Unbehagen. Der stechende Geruch von Öl und Metall, die grelle Beleuchtung und die polierten Decks des riesigen Truppentransporters hätten Davin eigentlich das Gefühl geben müssen, zu Hause zu sein – aber seit er von Colonel Veers' Kommandostab seinen Geheimbefehl bekommen hatte, war er völlig verwirrt.

Niemand stellte den versiegelten Einsatzbefehl in Frage, als er sich auf dem imperialen Truppentransporter meldete, und niemand erklärte ihm genau, was von ihm erwartet wurde. Er wußte nur, daß er jetzt, zweihundert Lichtjahre von Carida entfernt, einer Abteilung Sturmtruppen zugeteilt war, die auf irgendeinem gottverlassenen Planeten eingesetzt werden sollte.

Sturmtruppen!

Er atmete tief ein und versuchte zum dritten Mal, sein Problem dem Mann zu erklären, der auf die Papiere auf seinem Schreibtisch starrte und ihn ignorierte. »Captain Terrik, Sie verstehen einfach nicht. Ich habe den letzten Tag damit verbracht, herauszufinden, was los ist, aber niemand scheint ermächtigt, mir zu helfen. Colonel Veers hat mir persönlich gesagt, daß ich bei einer

Mission eingesetzt werden soll, die meinen Fähigkeiten entspricht. Ich bin ein AT-AT-Operator, kein … kein Fußsoldat!«

Der Offizier hob ruckartig den kahlrasierten Kopf, so daß Davin die Augen des Mannes sehen konnte. Dunkel, durchdringend und ohne jede Furcht. Captain Terrik durchbohrte Davin mit seinen Blicken, als wären sie Lichtschwerter.

»Sturmtruppen sind keine *Fuß*soldaten!« Er legte seine Hände auf den Schreibtisch und stand zornbebend auf. »Wenn es nach mir ginge, Sie Jawaschleimer, hätte ich Sie sofort nach dem Start in den Weltraum geworfen. Ich kenne Colonel Veers' Befehle, und wir werden seine Anweisungen Punkt für Punkt befolgen.«

»Gut«, nickte Davin ein wenig erleichtert. Er straffte sich und sah sich in der Kabine um. Captain Terriks Kabine, gleichzeitig das Hauptquartier des kleinen, zwanzig Sturmtruppler starken Sonderkommandos, war mit Schlachtbannern, Orden, Gemälden von Kämpfen gegen die Rebellen und einem Holo von Lord Vader dekoriert. »Dann verraten Sie mir endlich, was von mir verlangt wird.« Er lächelte den Captain an. Terrik wurde puterrot.

»Stillgestanden!« grollte Captain Terrik. »Hören Sie zu, Sie Mynockfutter! Ich habe einen ganzen Tag gebraucht, um eine Bestätigung für diese Befehle zu bekommen, und nur der Imperator weiß, was Colonel Veers auf diese Idee gebracht hat. Aber im Moment gehören Sie mir, Felth! Wir haben noch einen ganzen Monat Manöver vor uns, bevor wir Tatooine erreichen, und ich werde diese Zeit nutzen, um Sie mir vorzuknöpfen.«

»Tatooine?« wiederholte Davin erbleichend. »Was soll das? Da muß ein Fehler vorliegen.«

»Oh, nein.« Captain Terrik grinste wölfisch. Er nahm Davins Einsatzbefehl vom Schreibtisch und hielt ihn Davin unter die Nase. »Mein Sturmtruppen-Sonderkommando löst die siebenunddreißigste Abteilung ab, die in Mos Eisley auf Tatooine stationiert ist. Wir sind dem Gouverneur zugeteilt, unterstehen aber nicht seinem Befehl – mein Vorgesetzter befindet sich im Nachbarsektor, ein halbes Lichtjahr entfernt. Für den Fall, daß Sie es noch nicht bemerkt haben – wir fliegen nicht direkt nach Tatooine, so daß mir noch ein ganzer Monat bleibt, um aus einem jungen Jawaschleimer wie Ihnen einen richtigen Sturmtruppler zu machen. Sie werden sehr schnell erfahren, wie es ist, ein *Fußsoldat* zu sein.« Captain Terrik spuckte die Worte förmlich aus und grinste Davin an. »Noch irgendwelche Fragen, Sie Klugscheißer?«

Davin verlor die letzte Hoffnung, die er noch gehabt hatte. Während er in Habachtstellung vor Captain Terrik stand, nur Mikrometer von seinem Gesicht entfernt, erkannte Davin plötzlich, wie es sein mußte, aus einem abstürzenden Schiff in ein Meer aus brennendem Treibstoff zu springen.

Davin Felth war in der Bestform seines Lebens, als er sich zur Landung auf Tatooine vorbereitete. Aber der letzte Monat an Bord des Truppentransporters war die Hölle gewesen.

Die zwanzig Sturmtruppler des Sonderkommandos hatten alle auf die eine oder andere Weise »geholfen«, Davin einem gnadenlosen Training zu unterziehen. Das Programm aus Exerzierübungen, theoretischer Ausbildung und Kampftraining, das normalerweise in drei Monaten absolviert wurde, war für Davin zu einem einmonatigen Alptraum komprimiert geworden. Die Sturmtruppler waren nicht bereit, einen bloßen AT-AT-Operator, auch wenn er die Grundausbildung in der Carida-Basis mit Auszeichnung abgeschlossen hatte, ohne ein Minimum an Ritualen in ihre Reihen aufzunehmen.

Davin hatte keine Zeit, Heimweh zu bekommen oder sich einsam zu fühlen, obwohl er manchmal an seine alten Zimmergenossen auf Carida dachte. Er fragte sich, wo sie jetzt wohl sein mochten.

Zehn Stunden vor der Landung marschierte Davin zum Quartiermeister und nahm seine Wüstenausrüstung in Empfang: hitzereflektierende Panzerung, Kom, Filtermaske, Blastergewehr,

Blasterpistole, klimatisierter Overall, Werkzeuggürtel, Energiezellen und einen Vibrogranatwerfer. Er schwankte unter der Last der Ausrüstung, als er in seine Kabine zurückkehrte.

Davin setzte den Helm mit den automatisch polarisierenden Linsen auf. In voller Wüstenmontur trat er vor den Spiegel seiner kleinen Kabine und betrachtete sich. Ob es ihm nun gefiel oder nicht, er war jetzt ein Sturmtruppler.

Mit der Kinnspitze aktivierte er sein Kinnmikro und das Kom. Er wählte die Kommandofrequenz der Sturmtruppen. »Zugang zur AT-AT-Bucht ist offen.« »Polare und ozeanische Kampfeinheiten befinden sich weiter in Stasis.« »Die Ablösung für die auf Tatooine stationierte Abteilung ist landebereit.«

Eine Reihe von Stimmen bestätigten. Davin glaubte, einige der Stimmen wiederzuerkennen.

Eine lange Pause folgte. Dann drang Captain Terriks leicht gereizt klingende Stimme aus dem Kom. «Zehn-dreiundzwanzig? Sind Sie bereit?«

Davin brauchte zwei volle Herzschläge, um zu begreifen, daß Captain Terrik *ihn* meinte.

»Zehn-dreiundzwanzig bereit, Sir.«

»Melden Sie sich in der Landefähre, Zehn-dreiundzwanzig, und bereiten Sie sich darauf vor, von Bord zu gehen. Los, Bewegung!«

»Jawohl, Sir.« Zur Indoktrinierung eines Sturmtrupplers gehörte, daß er seinen Namen verlor und eine unpersönliche Nummer bekam. Rückhaltlose Pflichterfüllung trat an die Stelle individueller Wünsche, und ihre einzige Treue galt dem Imperator. Davin war noch nicht bereit, sich selbst aufzugeben, und dachte an seine Familie, seine Freunde, während seine Sturmtruppenkameraden das Geheimnis genossen, das um ihre Existenz lag, ihren Mangel an Identität. Davin hatte niemanden, an den er sich wenden und dem er vertrauen konnte, und er fühlte sich verloren.

Er brauchte nur einen Moment, um seine wenigen Habseligkeiten zu packen. Die Kleidung, die er von zu Hause mitgenommen hatte, schien jetzt nutzlos zu sein, aber er behielt sie als eine Erinnerung an das Leben, das er früher geführt hatte. Er stopfte alles in einen sandfarbenen Matchbeutel und trug ihn zusammen mit seinen Waffen zur Landefähre. Er hielt sich dicht an der Korridorwand, um den Leuten aus dem Weg zu gehen. Eine Gruppe von Flottensoldaten überholte ihn an der Ecke.

Der Korridor verbreiterte sich zu einer riesigen Landebucht. Er hatte das Gefühl, sich unter freiem Himmel zu befinden. Arbeiterdroiden wimmelten auf Gerüsten, die höher aufzuragen schienen als ein AT-AT; die Bucht war so groß, daß er Schwierigkeiten hatte, die gegenüberliegende Wand zu erkennen. Er machte sich auf den Weg zur Landefähre, die in der Mitte der gewaltigen Bucht stand, um sich der Abteilung Sturmtruppen anzuschließen.

»Zehn-dreiundzwanzig?«

Davin stellte sein Gepäck ab und drehte sich zu Captain Terrik um. »Zur Stelle, Sir.«

»Sie sind der Scouteinheit Zeta zugeteilt. Irgendwas ist im Busch. Wir werden die Garnison verspätet erreichen, also verstauen Sie Ihre Ausrüstung erst mal im Laderaum, und dann melden Sie sich bei Ihrer Abteilung.«

»Jawohl, Sir.«

Davin kam Terriks Befehl nach, stellte sich zu den anderen Männern und wartete, daß der Captain seinen Papierkram erledigt hatte. Captain Terrik nahm den Gruß des diensthabenden Offiziers entgegen und stellte sich vor die wartenden Sturmtruppler. Aus Davins Kom drang ein sirrender Laut, der ihn informierte, daß Captain Terrik in einen sicheren Kommunikationsmodus umschalten und Frequenzwechseltechniken benutzen würde, die nur die Sensoren der Sturmtruppen beherrschten. »Also los – die Befehle haben sich geändert. Wir fliegen nicht nach Mos Eisley, sondern landen an einem anderen Punkt der

Planetenoberfläche, um ein bestimmtes Objekt zu suchen und zu zerstören.«

Jemand fragte: »Was ist das für ein Objekt?«

»Eine Rettungskapsel. Sie wurde von einer corellianischen Korvette abgeschossen, die auf der Flucht vor Lord Vaders Sternzerstörer war, und ist irgendwo auf Tatooine gelandet.«

Ein Raunen ging durch das Sonderkommando. »Lord Vader – hier?«

»So ist es«, bestätigte Captain Terrik grimmig. »Und jetzt an Bord der Landefähre mit euch, marsch, marsch!«

Obwohl Davin der letzte war, der das Raumschiff bestieg, war er noch vor allen anderen Sturmtrupplern des Sonderkommandos auf seinem Posten. Lord Vader! Allein der Gedanke, daß der Dunkle Lord der Sith in der Nähe dieses Hinterwäldlerplaneten war, ließ Davin frösteln. Er hatte sich nicht mehr so seltsam gefühlt, seit er durch die Hintertür erfahren hatte, daß Colonel Veers seine Vorgesetzten nicht über Davins »kniende« AT-AT-Verteidigungsstrategie informiert hatte. Es war fast so, als wollte Colonel Veers nicht, daß irgend jemand von dem fatalen Konstruktionsfehler des riesigen Läufers erfuhr.

Die Sturmtruppen saßen schweigend da, als die Fähre den Truppentransporter verließ, der im letzten Monat ihr Zuhause gewesen war. Über die Innenseiten ihrer Helmvisiere flimmerten Bilder von Tatooine, die von den Spionagesatelliten im Planetenorbit stammten. Computergenerierte Grafiken hoben den wahrscheinlichsten Landeplatz der kleinen Rettungskapsel hervor.

Als Teil der Scouteinheit Zeta hatte Davin den Auftrag, die felsigen Hochebenen zu erkunden. Er griff nach seinem Blastergewehr und warf den geduldig wartenden übrigen Sturmtrupplern in den beiden Sitzreihen an seiner Seite einen verstohlenen Blick zu. Alle studierten die Daten, die ihnen das Mutterschiff übermittelte. Er fragte sich, wie die anderen es schafften, so ruhig zu bleiben, während sie zu einer Mission unterwegs waren. Und dann noch im Auftrag von Lord Vader! Er hätte zu gern gewußt, warum die Kapsel so wichtig war.

Das Scoutschiff landete mit einem lauten Dröhnen. Das Schott öffnete sich, und heiße Luft und grelles Sonnenlicht drangen herein. Davin folgte den anderen Sturmtrupplern nach draußen und nahm mit ihnen vor Captain Terrik Haltung an. Das Kom war tot, bis Davin Captain Terriks Stimme hörte.

»Lord Vaders Sternzerstörer kartografiert den Planeten mit einem Sensorscan, um die Rettungskapsel aufzuspüren. Sie muß sich bei der Landung in den Boden gegraben haben, oder sie wurde von Sympathisanten der Rebellen versteckt. Wir kennen die Position der Kapsel kurz vor dem Aufschlag, also werden wir ausschwärmen und notfalls den gesamten Sand dieses Planeten sieben, um sie zu finden.«

»Warum ist die Kapsel so wichtig, Sir?« Davin war selbst überrascht, daß er diese Frage gestellt hatte; er hoffte nur, daß Captain Terrik zu beschäftigt war, um ihn anzubrüllen.

»Sie enthält klassifiziertes Material, und das ist alles, was ihr wissen müßt. Wir müssen sie unbedingt finden ... oder wir werden Lord Vader erklären müssen, warum ein Sonderkommando der Sturmtruppen des Imperators versagt hat. Verstanden?«

»Jawohl, Sir!«

»Dann hört zu. Die Züge Alvien und Drax übernehmen den nächsten Quadranten. Der Zeta-Zug kommt mit mir. Das Hauptquartier in Mos Eisley läßt mit einem Antigravtransporter drei Taurücken einfliegen, die uns bei der Suche helfen werden – sie können in kürzerer Zeit ein größeres Gebiet absuchen als wir und werden uns zu der Kapsel führen, sobald sie sie wittern. Wir beginnen mit einem kreisförmigen Suchmuster. Los, bewegt euch!«

Das Wüstenterrain war ohne besondere Merkmale und unterlag ständiger Veränderung. Davin stapfte durch den Sand, nicht sicher, wonach er Ausschau halten sollte, aber überzeugt, daß die Kapsel bei der Landung irgendwelche Spuren hinterlassen haben mußte. Er kletterte einen kleinen Hügel hinauf. Die Wüste erstreckte sich in alle Richtungen bis zum Horizont. Es war, als wären sie auf dem Planeten völlig allein.

Er entdeckte unter sich im Sand eine Erhebung, ruschte den Hang hinunter und stocherte mit dem Blastergewehr im Boden. Er traf etwas Hartes! Sofort aktivierte er sein Kom. »Captain Terrik, hier ist Zehn-dreiundzwanzig. Ich glaube, ich habe die Kapsel gefunden.«

»Sind Sie sicher?«

»Jawohl, Sir.« Aufgeregt begann Davin mit dem Gewehrkolben zu graben ... und fand nur einen großen Felsen.

Im selben Moment, als Davin seine Entdeckung machte, tauchte Captain Terrik auf dem Hügelkamm auf. »Zehn-dreiundzwanzig, was soll der Mist?«

»Tut mir leid, Sir.« Entmutigt trottete er den niedrigen Hügel hinauf und setzte mit dem Rest seines Zuges die Suche fort.

Drei riesige eidechsenähnliche Taurücken trafen aus Mos Eisley ein und wurden den drei Zügen zugeteilt. Davin bekam keine Gelegenheit, das monströse Reptil zu reiten, aber das war ihm nur recht. Bei jedem Schritt des schuppigen Tieres bebte der Boden.

Die Suche schien ewig zu dauern. Davin wußte bald nicht mehr, wie viele Pausen er schon gemacht hatte, und die imperialen Befehle zwangen sie, in ihren Panzern zu bleiben und das destillierte Wasser zu trinken, das zusammen mit den Taurücken aus Mos Eisley eingeflogen worden war.

Als sich Davin einem anderen Teil des Quadranten zuwandte, bemerkte er aus den Augenwinkeln ein Glitzern. Dort ... irgend etwas hatte soeben das Licht von Tatooines zweiter Sonne reflektiert.

Fast hätte er aufgeschrien. Mit schußbereitem Blaster näherte er sich dem Glitzern. Langsam nahm das Objekt Formen an. Es war halb im Sand begraben und sah versengt aus. Als er näher kam, konnte er die matten roten und blauen Markierungen einer Rettungskapsel ausmachen.

Diesmal gab es keinen Zweifel mehr. »Captain Terrik, hier ist Zehn-dreiundzwanzig. Ich habe die Rettungskapsel gefunden!«

»Wenn das wieder einer Ihrer Tagträume ist, Zehn-dreiundzwanzig …«

»Es ist definitiv eine Kapsel. Vielleicht nicht die, die wir suchen, aber sie trägt die Hoheitsabzeichen des Imperiums.«

Minuten später erreichte Captain Terrik Davin und das Objekt. Ein Sturmtruppler auf einem Taurücken erschien auf einem Dünenkamm und wartete auf ein Zeichen, daß es die richtige Kapsel war.

Captain Terrik musterte den Fundort. »Jemand war in der Kapsel. Die Spuren führen in diese Richtung.«

Davin angelte einen Mechanismus aus der Kapsel. Es gab nur ein Objekt, das ein derartiges Gerät benutzte – eine R2-Einheit. Er hielt es hoch, damit alle es sehen konnten. »Schauen Sie, Sir, Droiden!«

»In Ordnung. Antreten, Männer. Ich werde Lord Vader informieren, daß die Kapsel nicht zerstört wurde. Jetzt geht es richtig los.«

»Hier ist Zehn-dreiundzwanzig. Sie sind nicht im Reparaturhangar, Sir«, meldete Davin Felth. Er stand in der Mitte eines Hangars voller Droiden tief im Bauch eines Jawa-Sandkrabblers. Kabel hingen von der Decke; überall standen Tische voller Ersatzteile herum.

»Haben Sie den gesamten Sandkrabbler durchsucht?«

»Positiv«, antwortete jeder Sturmtruppler und fügte seine jeweilige Truppenkennziffer hinzu.

»Draußen antreten, Männer.«

Davin stieg über einen auf dem Boden liegenden Roche-J9-Arbeiterdroiden hinweg. Vor dem Reparaturhangar standen zwei Jawas und tuschelten miteinander; offenbar gefiel es ihnen nicht, daß die Sturmtruppen ihr Fahrzeug durchsuchten. Davin scannte die Halle ein letztes Mal vor dem Gehen und zählte einen Arakyd-BT-16-Meßdroiden, einen Abrißdroiden, einen R4-Agromechdroiden, einen WED15-Planierdroiden und einen EG-6-Energiedroiden – aber es gab keinen R2, nicht einmal eine Protokolleinheit, die oft zusammen mit einem R2-Droiden eingesetzt wurde.

Eine Horde Jawas folgte ihm nach draußen, als er das Vehikel verließ. Davin konnte von den kleinen Nichtmenschen nur die leuchtenden Augen im schwarzen Oval ihrer Kapuzenöffnung erkennen. Der Rest des Zeta-Zuges wartete bereits auf ihn. Die Sturmtruppler hielten ihre Blastergewehre locker in den Händen, standen aber Rücken an Rücken und überwachten die Umgebung, um auf einen etwaigen Angriff sofort reagieren zu können.

Als sich Davin zu seinen Kameraden stellte, hörte er mit, wie Captain Terrik über Helmlautsprecher mit dem Anführer der Jawas sprach. »Bist du sicher, daß die Droiden bei eurem letzten Zwischenhalt an einen Feuchtfarmer verkauft wurden?« Der Jawa schnatterte schrill, dann wandte sich Captain Terrik ab und gab dem Zeta-Zug ein Zeichen; er wechselte auf die gesicherte Sturmtruppenfrequenz. »Wir stoßen zum Rest des Kommandos.«

Der Zeta-Zug ließ den Jawa-Sandkrabbler hinter sich zurück und marschierte durch den Sand, um sich mit den restlichen Sturmtrupplern neu zu formieren. Von einer Düne im Süden aus behielten sie den Sandkrabbler im Auge. Auf der anderen Seite der Düne warteten drei riesige, haarige Banthas, die von irgendwoher eingeflogen worden waren, zwei umgebaute Go-Corp-Arunskin-32-Frachtskiffs und eine Ubrikkian-HAVr-A9-Schwebefestung mit zwei schweren Blasterkanonen.

Die Jawas heulten und schüttelten ihre Fäuste, als die Sturmtruppen abzogen. Dann huschten die kleinen, braungekleideten Nichtmenschen zu ihrem Sandkrabbler, um ihre Reise fortzusetzen.

Aus Davins Helmempfänger drang Captain Terriks Stimme. »Schwebefestung – feuern Sie auf den Jawa-Sandkrabbler, sobald Sie bereit sind. Wenn er zerstört ist, schaffen Sie diese Banthas zu dem Wrack und hinterlassen Sie das Material, das wir bei den Sandleuten beschlagnahmt haben. Die Jawas sollen glauben, daß die Sandleute den Sandkrabbler angegriffen haben. Alle anderen besteigen die Frachtschiffe – wir werden diese Droiden auf dieser Feuchtfarm finden.«

Die Schwebefestung löste sich sofort vom Boden und stieg im Kurvenflug über die Düne. Davin kletterte auf einen der massigen Frachtskiffs und sah, wie die Schwebefestung zwei Blasterenergiestöße abgab.

Die anderen Sturmtruppler jubelten, aber Davin blieb still. Seine Gedanken waren bei den kleinen Jawas und der Tatsache, daß sie nicht mehr lebten.

Davin war zurückgefallen und hielt sich gerade so weit hinter den anderen Sturmtrupplern, daß er keine Aufmerksamkeit erregte. Der Zeta-Zug durchwühlte die unteren Etagen des Feuchtfarmhauses, kippte Tische um, riß Schranktüren aus den Angeln und bearbeitete Metallschubläden so lange mit den Kolben ihrer Blastergewehre, bis sie aufsprangen. Nacheinander meldeten die Sturmtruppler Captain Terrik: »Keine Spur von den Droiden, Sir.«

Davin beobachtete, wie der Sturmtruppler vor ihm ein Ölfaß umkippte, bevor er hinauf ins Obergeschoß ging. Das Haus des Feuchtfarmers war ein einziges Chaos.

»Zeta-Zug, melden und antreten«, befahl Captain Terrik knapp.

»Zehn-dreiundzwanzig«, sagte Davin. Er bemühte sich, ruhig zu atmen, aber der Gedanke an das, was als nächstes passieren würde, war fast zuviel für ihn. Er trottete ins grelle Licht der tatooinischen Doppelsonne und nahm zusammen mit dem Rest seines Zuges Haltung an. Captain Terrik hatte sich vor dem Feuchtfarmer und seiner Frau aufgebaut. Das Gesicht des Feuchtfarmers war zornesrot, die Frau weinte mit gesenktem Kopf. Davin aktivierte mit dem Kinn seinen externen Audiosensor und hörte den Wortwechsel mit.

»... Ihre Männer sind nichts weiter als Kriminelle! Ich habe Ihnen gesagt, daß ich die Droiden seit gestern nacht nicht mehr gesehen habe. Und schauen Sie sich an, was sie mit meinem Haus gemacht haben! Der Gouverneur wird dafür bezahlen.«

»Ich frage Sie noch einmal«, sagte Captain Terrik über Helmlautsprecher. »Wohin hat Ihr Neffe die R2-Einheit gebracht?«

»Haben Sie nicht zugehört?« Der Feuchtfarmer schüttelte wütend die Faust. »Ich weiß es nicht – und ich würde es Ihnen auch nicht sagen, wenn ich es *wüßte*! Ihr imperialen Strolche seid schlimmer, als ich dachte.« Er trat dicht vor Captain Terriks helmverhülltes Gesicht und spuckte. Speichel rann über das Visier des Offiziers.

Captain Terrik traf keine Anstalten, den Speichel abzuwischen. »Wo ist der Junge?«

»Ich habe nie viel für die Rebellen-Bewegung übrig gehabt, aber jetzt hoffe ich, daß sie jeden von euch Banthaschleimern erwischen und eure Kadaver verbrennen!«

Der Feuchtfarmer legte einen Arm um seine Frau und drückte sie an sich. Die beiden wandten sich ab und wollten in ihr Haus zurückkehren.

Emotionslos nickte Captain Terrik den Sturmtrupplern zu. Seine Stimme drang aus den abgeschirmten Koms. »Es gibt nur einen Ort, wohin der Junge die Droiden gebracht haben kann – nach Mos Eisley, um vom Planeten zu fliehen. Zeta-Zug, aufsitzen. Schwebefestung, dieses Haus wird in Schutt und Asche gelegt, als Warnung an alle, was passiert, wenn man den Rebellen Unterschlupf gewährt. Feuer frei!«

Davin Felth kletterte hastig auf den Frachtskiff und drehte dem Haus den Rücken zu. Ein bitterer Geschmack lag auf seiner Zunge. Zuerst hatten sie die Jawas exekutiert und jetzt diese Menschen.

Und das alles wegen ein paar lausiger Droiden! Was konnte so wichtig sein, daß es die Hinrichtung dieser Leute rechtfertigte?

Auf seinem Heimatplaneten hatte der Militärdienst ein Leben voller Aufregung und Abenteuer versprochen. Er war mit stolzgeschwellter Brust an Bord des Schiffes gegangen, das ihn nach Carida brachte. Aber das hier war die Wirklichkeit. Leute starben, wurden wahllos getötet.

Der Frachtskiff stieg in die Höhe, und Davin erhaschte einen Blick auf das Massaker am Boden. Rauch hing über dem Haus. Er konnte die verbrannten Überreste von zwei menschlichen Körpern auf dem aschgrauen Sand erkennen. Als der Skiff zur Wüstenstadt Mos Eisley abdrehte, wußte Davin nicht, was er tun würde, wenn man ihm den Befehl zum Töten gab.

Die Sturmtruppler landeten am Rand von Mos Eisley und sprangen vom Frachtskiff. In den nächsten Stunden durchforschten sie die Datenspeicher der Raumhafenbehörde, verhörten Charterschiffseigner und durchsuchten Reparaturwerkstätten, bis Captain Terrik frustriert aufgab und eine systematische Durchsuchung der Straßen anordnete.

Der Geruch nach fettigem Essen, schmutzigen Körpern und Treibstoff drang sogar durch ihre Kampfanzüge, als sie sich um Captain Terrik sammelten. »In Ordnung, hört zu«, sagte er. »Alvien-Zug, ihr errichtet an jeder Ausfallstraße der Stadt Kontrollposten oder verstärkt die bereits vorhandenen Posten. Drax und Zeta, ihr patrouilliert durch die Stadt und durchkämmt jedes Haus nach diesen Droiden. Wenn die Droiden und dieser Junge den Planeten verlassen wollen, müssen sie sich in dieses Höllenloch von einer Stadt wagen. Bewegt euch!«

Davin und seine Kameraden vom Zeta-Zug marschierten los. Vor ihnen lag Mos Eisley, eine Ansammlung staubiger, niedriger brauner Gebäude, die aussahen, als wären sie von einem Jurisaft-Junkie über die Landschaft verstreut worden. Kreaturen in langen wallenden Roben wanderten schweigend durch die schmutzigen Straßen. Seit der Holovidübertragung der galaktischen Olympiade hatte Davin nicht mehr so viele Nichtmenschen an einem Ort gesehen.

Jede Tür war luftdicht verschlossen, angeblich wegen des Flugsandes, aber Davin vermutete, daß die zwielichtigen Gestalten, die bei ihrem Anblick zurück in die Schatten huschten, nur keinen unangemeldeten Besuch schätzten.

Sie marschierten ins Herz der Stadt, passierten Lups Kaufhaus, den Marktplatz, Gaps Grill und den Raumhafen-Expreß. Ein Potpourri aus schnatternden Lauten und stechenden Gerüchen marterte Davins Sinne zusätzlich zu dem allgegenwärtigen Sand. Seit man ihn mit seiner Abteilung mitten in der Wüste abgesetzt hatte, war Davin noch nicht dazu gekommen, sich diese fremde neue Welt in Ruhe anzusehen. Aber, sagte er sich bitter, wahrscheinlich würde noch viel Zeit vergehen, bis er den Planeten wieder verlassen konnte.

Ein Schrei riß ihn aus seinen Gedanken, gefolgt von mehreren lauten Stimmen, die aus einem alten Blockhaus drangen. Davin erinnerte sich an das, was man ihnen bei der Einsatzbesprechung auf der Landefähre gesagt hatte – viele der Gebäude waren so erbaut worden, daß sie bei einem Angriff der Tusken-Reiter als befestigter Unterschlupf dienen konnten. Dies war zweifellos eines dieser Häuser.

Außer ihm schien niemand sonst vom Zeta-Zug den Tumult gehört zu haben.

Davin sah eine Chance, für eine Weile dem Wahnsinn zu entkommen, und schaltete sein Kom ein. «Zehn-dreiundzwanzig, ich überprüfe eine Auseinandersetzung in einem Blockhaus.«

»Genehmigung erteilt«, sagte Captain Terrik. »Zehn-siebenundvierzig, geben Sie ihm Rückendeckung.«

Davin legte sein Gewehr an und löste sich von seinem Trupp. Kreaturen in den unterschiedlichsten Aufmachungen wichen zur

Seite, als sich Davin und sein Kamerad näherten. Über der Tür des Blockhauses hing ein unscheinbares Schild mit dem verblaßten Schriftzug Mos Eisley Bar.

Ein 2,8 Meter großes grünhäutiges Insektenwesen krabbelte aus der Bar, als sie die Tür erreichten. Es hatte knollige Augen an dünnen Stielen, vier Beine und einen schmalen Rumpf mit eingeschnürtem Unterleib. Das Wesen schnatterte bei Davins Anblick sofort los.

»Wenn man nicht für meine Sicherheit sorgt, mache ich meine Gewürzgeschäfte eben woanders!«

Davin wandte sich an seinen Kameraden 1047. »Klingt nach Ärger.«

»In derartigen Lokalen haben Droiden keinen Zutritt«, meinte 1047. »Gehen wir weiter.«

Davin hatte keine Lust, die Droidenjagd fortzusetzen. Er ignorierte 1047 und betrat die düstere Bar. Der Restlichtverstärker in Davins Helmvisier kompensierte die schlechten Sichtverhältnisse. Er blieb dicht hinter der Tür auf dem erhöhten Treppenabsatz stehen. Die Bar schien Schmugglern, Kopfgeldjägern und anderen Dunkelmännern als Treffpunkt zu dienen.

Davin entdeckte im hinteren Teil des Lokals zwei Menschen, einen Jungen und einen alten Mann, die soeben eine Nische verließen und eilig Richtung Hintertür verschwanden. Er ignorierte sie und trat zu dem Barkeeper.

Davin aktivierte seinen Außenlautsprecher. »Ich habe gehört, daß es hier Krawall gegeben hat.«

»Nicht mehr als sonst«, meinte der Barkeeper. »Die Leute amüsieren sich nur. Aber wenn Sie wollen, können Sie sich gerne umschauen.«

»In Ordnung – wir überprüfen es.«

Davin hielt sein Gewehr mit beiden Händen und wanderte langsam durch die Bar. Er kam an zwei schlanken Menschenfrauen und einem durchdringend riechenden Rodianer vorbei; ein gehörnter Devaronianer nickte ihm höflich zu und machte ihm Platz. Als Davin die Nische erreichte, aus der der Junge und der alte Mann gekommen waren, fand er einen athletisch gebauten Menschen vor, der mürrisch auf den Tisch starrte und ihn ignorierte.

Davin wandte sich an 1047. »Du hattest recht – sie sind nicht hier.«

»Kehren wir zu den anderen zurück.«

Davin grunzte nur. Er hatte keine Eile, Zeuge weiterer sinnloser Morde zu werden. Aber was konnte er sonst tun?

Sie verließen die schattige Bar und traten hinaus in das grelle tatooinische Sonnenlicht. Davin wollte schon vorschlagen, die Suche nach den verschwundenen Droiden auf eigene Faust fortzusetzen, statt sich wieder ihrer Abteilung anzuschließen, als der Rest des Zeta-Zuges im Gleichschritt um die Ecke marschiert kam.

Bevor Davin etwas in sein Helmmikrofon sagen konnte, hörte er einen durchdringenden Schrei, der nur von einem wütenden Jawa stammen konnte! Er erinnerte sich noch genau an das schrille Geschnatter der kleinen Kreaturen, die sie brutal abgeschlachtet hatten.

Davin duckte sich instinktiv und riß sein Gewehr hoch. Auf halber Höhe eines Raumschiffwracks, das irgendwann auf dem Platz abgestürzt war, sprang ein Jawa in einem langen Mantel aus einem Versteck hervor. Der Jawa schwankte unter dem Gewicht eines übergroßen Blastergewehrs, das die lächerlich aussehende Kreatur wie einen Zwerg erscheinen ließ.

Endlich gelang es dem Jawa, das Blastergewehr auf den Zeta-Zug zu richten. Er stieß einen letzten schrillen Schrei aus und drückte den Feuerknopf …

Nichts geschah. Der Jawa heulte vor Wut und Überraschung. Er drückte weiter den Knopf. Alles geschah so schnell, daß Davin nicht reagieren konnte.

Oder vielleicht hinderten ihn nach all dem sinnlosen Töten, das er hatte mitansehen müssen, seine Instinkte an einer Reaktion …

»Verrückter Jawa«, knurrte 1047. Der Sturmtruppler zog seinen Blaster und gab einen Schuß auf den Jawa ab, der noch immer mit der Waffe kämpfte. Die Wucht des Treffers schleuderte den Jawa rücklings gegen das Wrack. Er rutschte zu Boden. »Ein Jawaschleimer weniger, mit dem wir uns rumschlagen müssen«, brummte 1047, als er seinen Blaster wieder einsteckte.

Davin trat geschockt zurück. *Was ist nur aus uns geworden?* Er hatte den imperialen Sturmtruppen fast vergeben, daß sie die Jawas in dem Sandkrabbler wahllos getötet hatten, denn schließlich stellten sie eine Bedrohung für den Imperator dar. Aber der Feuchtfarmer und jetzt dieser neueste Gewaltakt … Dafür konnte es keine Entschuldigung geben. Die einzige Erklärung für diese Taten war: Das Imperium war durch und durch böse. Und er wollte mit ihm nichts mehr zu tun haben.

Aber ich kann nicht einfach meinen Abschied einreichen, dachte er. *Was soll ich bloß machen?*

Wie betäubt marschierte er eine scheinbare Ewigkeit mit dem Zeta-Zug durch die Straßen, als er plötzlich eine Stimme aus seinem Helmlautsprecher hörte: »Wir haben die Droiden aufgespürt! Alle Mann zur Andockbucht Vierundneunzig! Wir brauchen Hilfe!«

»Los, Zehn-dreiundzwanzig!« schrie 1047. »Mir nach!«

Davin umklammerte sein Blastergewehr und trottete hinter dem weißgepanzerten Mann her. Seine Zeit auf Tatooine war ihm wie ein Traum vorgekommen – er wußte nicht, wie lange er schon auf dem Planeten war, aber er lebte schon länger, als er je für möglich gehalten hatte, von seinen Notrationen.

In seinem Helm erklang Captain Terriks Stimme. »Schnappt euch die Droiden! Die Rebellen haben sie – laßt sie nicht entkommen!«

Blasterfeuer hallte durch die schmalen Straßen. Vor der Andockbucht hatten sich eine Menge Schaulustiger eingefunden, die versuchten, einen Blick auf das Geschehen zu erhaschen.

1047 schaltete seinen Außenlautsprecher ein. «Aus dem Weg – sofort!«

Davin folgte blindlings seinem Kameraden, verwirrter als je zuvor. Rebellen? Warum sollten die Rebellen so tollkühn sein und ausgerechnet jetzt einen Fluchtversuch wagen?

Sie rannten die Gasse hinunter, bogen um eine Ecke und erreichten das Kampfgeschehen. In der Mitte der Andockbucht stand ein modifizierter leichter Frachter mit offener Heckschleuse. Davin sah, wie ein Junge die Rampe hinauflief und im Schiff verschwand. Blasterstrahlen zuckten.

Mehr als zwanzig Sturmtruppler hatten sich auf dem Gelände verteilt und feuerten auf den leichten Frachter. Das Fauchen ihrer Laserschüsse zerriß die Luft.

Verblüfft starrte Davin den athletisch gebauten Mann an, der die Sturmtruppen in Schach hielt – er kämpfte gegen eine zwanzigfache Übermacht! War er einer der geheimnisumwitterten Rebellen, die es gewagt hatten, sich gegen den Imperator zu erheben? *Es war derselbe Mann, den Davin in der Bar gesehen hatte!* Das also war derjenige, der zwei Abteilungen Sturmtruppen in Atem gehalten hatte!

Von der bloßen Vorstellung verzaubert, daß ein Einzelner soviel erreichen konnte, empfand Davin plötzlich Sympathie und Begeisterung für die Rebellen, die gegen eine derart erdrückende Übermacht kämpften ... und überlebten. Seit dem Tag seines Abflugs von Carida hatte er nicht mehr so intensive Gefühle gehabt ...

Der Lärm und das Durcheinander waren überwältigend. Verirrte Laserschüsse setzten Gebäude in Brand. Rauch hing in der Luft. Sturmtruppler schrien widersprüchliche Befehle.

Direkt vor Davin hatte sich Captain Terrik hingekniet und zielte sorgfältig auf den athletisch gebauten Mann, der noch immer die Elitetruppe des Imperators in Schach hielt. Captain Terrik wartete geduldig auf den günstigsten Moment, dann krümmte er langsam den Finger um den Abzug seines Blastergewehrs, um den Rebellen auszuschalten …

Davin sah sich rasch um. Niemand war hinter ihm … und wichtiger noch, niemand beobachtete ihn.

Ohne zu zögern riß Davin seinen Blaster hoch und schoß Captain Terrik in den Rücken.

Der Offizier brach unbemerkt von den anderen zusammen.

Der athletisch gebaute Rebell verschwand im Schiff, dann wurde die Rampe eingezogen und die Schleuse geschlossen. Ein ohrenbetäubendes Heulen auf der Sturmtruppenfrequenz ließ Davins Kopf dröhnen. »Gebiet sofort verlassen, die Rebellen starten! Gebiet sofort verlassen!«

Besiegt zogen sich die Sturmtruppen eilig zurück. Wer in der Andockbucht blieb, würde von den Triebwerken des Sternenschiffs gegrillt werden. Eine Stimme fragte auf der abgeschirmten Frequenz: »Wo ist Captain Terrik?«

»Vergiß ihn«, sagte eine andere Stimme. »Er ist tot. Im Kreuzfeuer umgekommen.«

Aus Davins Helmempfänger drangen Flüche. Einige Sturmtruppler schmetterten in hilfloser Wut ihre Blaster gegen die Wand.

Aber als sich Davin mit dem Rest zurückzog, hatte er plötzlich das Gefühl, als ob sein Leben einen neuen Sinn bekommen hätte. Es war wie ein kühler Wind, der die endlose Hitze vertrieb. Er fühlte sich mit den Rebellen verbunden und hätte sich ihrer Sache am liebsten angeschlossen.

Aber wie?

Vielleicht konnte er sie über die Schwachstelle der AT-ATs informieren. Vielleicht konnte er auch als »Maulwurf« für sie arbeiten und sie mit lebenswichtigen Informationen versorgen …

Ein Spion? Vielleicht war *das* die Lösung. Er würde etwas haben, für das er leben, an das er glauben konnte. Er fühlte sich beschwingt, als sich plötzlich alles zusammenfügte.

Während sich die Sturmtruppen neu formierten, erkannte Davin, daß er den Rebellen am besten helfen konnte, wenn er in der Höhle des Löwen blieb.

Die Suppe ist fertig:

Die Geschichte des Pfeifenrauchers

Jennifer Roberson

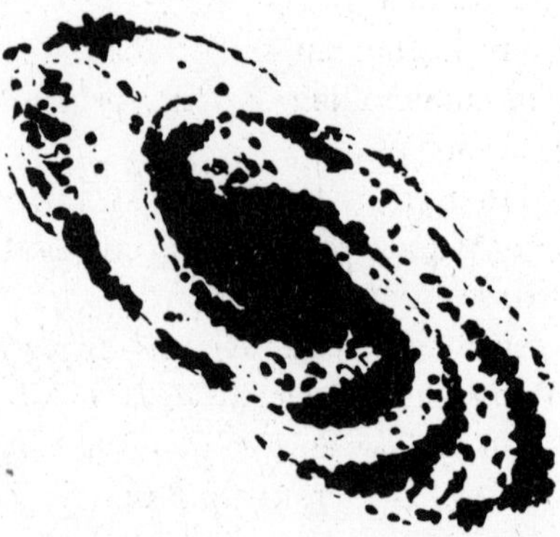

Schmerz/Lust … Schmerz/Lust. Untrennbar. Unbeschreiblich. Unausweichlich.

… komm näher, ein wenig näher …

Tatooine. Mos Eisley. Eine Jauchegrube von einem Planeten, eine Jauchegrube von einem Raumhafen, die den Unbedarften kaum mehr zu bieten hat als den Verlust von Geld, von Gliedern, des Lebens, aber den Risikobereiten, den Spielernaturen, den Glückspilzen das unendliche Wunder der Hoffnung schenkt – verbotene, verdammte, berauschende Hoffnung.

... komm näher, wenn du willst ...

Für mich wie für alle blutsverwandten Krippenkinder halten Tatooine und Mos Eisley ein noch größeres potentielles Angebot bereit: das des Fleisches, des Blutes, der Eingeweide, das überwältigende Versprechen der Risiken, die bereits eingegangen wurden, und der Risiken, die erst eingegangen werden *müssen*; in der unaussprechlichen Unbestimmbarkeit, die meine Rasse als Suppe bezeichnet.

Lust/Schmerz ... Schmerz/Lust. Tief in den Fleischtaschen unter meinen Nüstern, verborgen in den unauffälligen Hautlappen meines ansonsten humanoiden Gesichts, beben Rüssel.

... noch näher ... noch ...

Dafür lebe ich, danach fische ich, danach jage ich. Die Suppe, die heiß und schnell und süß im Gefängnis der Adern kreist, der Gefäße, des Gehirns. Im Gefängnis des Körpers.

Was uns zu Legenden macht. Was uns zu Mythen macht. Was uns zu Dämonen der Träume macht: Benimm dich, oder der Anzat wird dich holen und dir dein ganzes Blut aussaugen.

Aber in Wirklichkeit ist es gar kein Blut.

... fast greifbar nahe ...

In der geblähten Grelle von Tatooines grausamem Mittag gibt es keine Schatten. Nur die Kühnheit des Tages, die gnadenlose Großzügigkeit der Doppelsonne und das noch leuchtendere Licht der Glorie meiner Lüste.

... es ist schon so lange her, zu lange ...

Mos Eisley schläft nie, aber jene, die Tatooines ungestümen Charakter kennen, kennen auch seine übelwollenden, seine übelbringenden Absichten: verbacken, verkochen, versengen. Und so fliehen sie, die Wissenden, in den schattigen Schutz sandverkrusteter, sonnenlichtumflirrter Schänken.

Wozu brauche ich Schatten, wenn das Tageslicht mir genügt und die hurtige, höllische Hast eines Mannes, der ihm entflieht?

... nur noch drei Schritte ...

Humanoid. Ich kann ihn riechen – ihn *schmecken*, und zwar dort, genau *dort*; all die Zeichen stimmen, die die Beute bezeichnen: ein Ton, ein Hauch, ein Flüstern, ein Kuß ... ein Aroma, wenn Sie so wollen, das den Appetit anregt, der Dampf der körperwarmen Suppe, nur für meine Rasse wahrnehmbar.

... noch zwei ...

Er ist kein Narr, nur ein halber; Narren sterben lange, bevor sie einem wie mir begegnen, was uns einige Schwierigkeiten erspart. Es ist bei weitem besser, dem Leben die Auswahl zu überlassen. Wenn wir nach Tatooine kommen, sind die echten Narren bereits tot. Jene, die überleben, haben Witz, Talent, Fähigkeiten, außergewöhnliche Körperkräfte – und sehr viel Glück.

Das Glück ist nicht greifbar; es ist eine Eigenschaft, die man nicht kaufen, nicht stehlen, nicht herstellen kann. Aber es ist endlich und unbeständig. Niemand weiß, wann es einen verläßt.

Niemand außer mir. Ich bin Dannik Jerriko, und ich bin der Esser des Glücks.

... nur noch ein Schritt ...

... JA ...

Er ist gut. Er ist schnell. Aber ich bin besser und schneller.

Nur ein Bild; ich bin zu beschäftigt, zu hungrig: der schwarzblinde Glanz des Schocks in seinen Augen, nackt und obszön für jene, die verstehen; aber er versteht nicht, er begreift nicht das geringste. Er weiß weder, wer ich bin noch was ich bin, nur *daß* ich bin – und daß Hände seine Ohren packen und seinen Schädel umklammern und ihn gierig umarmen, Auge in Auge.

... heiße, süße Suppe ...

Er wird kämpfen, wenn er die Möglichkeit dazu bekommt, wenn ich ihn loslasse. Und ich gebe ihm die Möglichkeit und lasse ihn los – nacktes Grauen würzt die Suppe –, kurz, oh, nur kurz, damit er denkt, er wäre besser als ich; damit er denkt, das Schicksal wäre auf seiner Seite und das Glück ihm hold. Es ist nicht Furcht, was ich begehre, noch Feigheit, sondern Mut. Der unbeugsame Wille, das Leben zu riskieren, das *eigene* Leben, ins Ungewisse zu springen und darauf zu vertrauen, daß das Können und das Glück und das Schicksal das Sprungtuch spannen.

Er ist gut, ist schnell, ist bereit, ins Ungewisse zu springen; und er springt, er stürzt, er segelt ... aber niemand ist besser oder schneller als ich, und ich habe das Sprungtuch entfernt. Schicksal und Glück sind so vereint, doch sie gehorchen mir allein: Schließlich bin ich ein Anzati.

Das Werk ist schnell und mühelos vollbracht, mit dem unvergleichlichen Geschick meiner Art: Saugrüssel schnellen aus Wangentaschen und bohren sich durch die Nase ins Gehirn. Die Lähmung tritt sofort ein.

Ich esse sein Glück. Ich trinke seine Suppe. Ich lasse den Körper fallen.

Sie werden nicht erkennen, was geschehen ist, wenn sie ihn finden; am Anfang erkennen sie es nie. Das kommt erst später, wenn und falls sich jemand die Mühe macht, ihn zu scannen. Ich träume meinen eigenen Alptraum, erschaffe meinen eigenen Mythos. Ein schneller, sauberer Tod, keine Spuren, keine Probleme.

Professionelle Attentäter haben keine Freunde und keinen, der sich Sorgen um sie macht. Deshalb ermorde ich die Mörder.

Exterminator. Terminator. Des Attentäters Attentäter.

Suppe ist Suppe ist Suppe, aber die Dose, die am längsten im Regal steht, schmeckt am süßesten.

... oh, so süß ...

Aber Süße ist – wie das Glück, das Schicksal – endlich. Immer. Und so beginnt der Zyklus, endet, beginnt erneut und endet, aber es gibt immer einen neuen Anfang.

Ich bin Anzat der Anzati. Sie kennen mich als Dannik Jerriko, aber ich trage viele Namen.

Sie kannten sie alle als Kind, vergaßen sie als Erwachsener. Legende ist Fiktion, Mythen sind irreal; es ist einfacher, sich in der falschen Sicherheit des Erwachsenseins zu wiegen und die Ängste der Kindheit beiseite zu schieben, denn die Ängste der Kindheit beruhen immer auf Wahrheiten. Einige Wahrheiten sind härter als andere. Einige Märchen sind viel beängstigender.

Möge die Furcht enden. Nicht Furcht ist mein Begehr und auch nicht meine Begierde. Sie zerfrißt den Gaumen, wie Essig, der gegen Wein ausgetauscht wurde.

Nach Mut sehne ich mich, nicht nach Feigheit; Arroganz ist immer willkommen. Selbstvertrauen statt Selbstzweifel, Vertrauen in die eigenen Fähigkeiten. Und der Wille, die ruhelose, ungestüme Bereitschaft, die eigenen Grenzen zu überschreiten. Risikobereitschaft, nicht risikoscheu sein. Die Herausforderung des Schicksals.

Ich brauche keine Voraussagen. Verschonen Sie mich mit Prophezeiungen. Erlauben Sie mir, Ihr Bestes zu nehmen, das Beste *in* Ihnen.

Lassen Sie es mich befreien. In mir werden Sie ewig weiterleben.

Es ist nicht so, daß ich Lebewesen töten *will*.

Ja, ich weiß – Sie kennen die Geschichten. Aber dies ist eine tiefe Wahrheit, sofern Sie glauben können, daß ich die Wahrheit sage: Lebewesen schmücken.

Ich bin nicht verrückt, ich schleiche nicht herum; ich trinke kein Blut. Ich bin stolz auf meine Erscheinung, stolz auf meine Herkunft, stolz auf meine Arbeit. Ich nehme sie ernst, diese Arbeit; sie duldet keine Fehler, verzeiht kein Versagen.

Gäbe es für mich eine anständige und ehrenhafte Alternative, würde ich mit dem Töten aufhören … aber ich habe Glücksdrogen probiert, und sie sind nicht effektiv; die Wirkung ist vorübergehend und kontraproduktiv. Synthetische Derivate und Ersatzmittel sind völlig nutzlos; um genau zu sein, sie machen mich krank. Was mir nur einen einzigen Ausweg läßt, den Ausweg für alle Anzati: die Suppe in ihrer reinsten Form, frisch entnommen und sofort verzehrt. Sie verdirbt außerhalb des Körpers.

Was bedeutet, daß ein Körper da sein *muß*.

Mos Eisley ist eine Hauptschlagader, eine riesige Konzentration von Wesen aller Gattungen, die genau wie ich ihren jeweiligen Geschäften nachgehen. Auf der einen Seite mein Beruf, auf der anderen Urlaub, Freizeit, die Gelegenheit, auf Jagd zu gehen. Das Blutgefäß zu finden, das meinem Gaumen am besten mundet. Nennen Sie mich ruhig einen Gourmet, wenn Sie wollen; ich sehe keinen Grund, Arbeit und Vergnügen nicht zu verbinden. Wird der Auftrag mit Freude erledigt, freut sich auch der Auftraggeber.

Ich habe Zeit. Ich habe Geld. Ich bin, um offen zu sein, steinreich, obwohl ich normalerweise nicht darüber spreche, Kredits sind ein schrecklich vulgäres Thema. Wenn Sie es sich nicht leisten können, mich zu engagieren, werden Sie nicht einmal erfahren, daß ich existiere.

Nur ein Auftraggeber, mein erster, beschwerte sich über mein Honorar. Er war ein dummer Mann mit wenig Phantasie ... ich trank seine Suppe, aber sie befriedigte mich nicht. Die Wesen, die mich engagieren, sind gewöhnlich selbst Feiglinge, unfähig, irgend etwas anderes als Machtlüsternheit und Geldgier zu empfinden, und ihre Suppe ist dünn. Aber er erfüllte seinen Zweck, dieser Tod; seitdem hat sich niemand mehr beschwert.

Loyalität ist wie Glück nicht käuflich, nur für eine begrenzte Zeitspanne als *Leihgabe* erhältlich, und in dieser Zeit diene ich sowohl mir als auch den anderen, indem ich ihre ehrgeizigen Pläne unterstütze oder ihre lächerlichen Auseinandersetzungen beende. Alles in allem ist es ein für alle Seiten befriedigendes Arrangement: Meine Auftraggeber genießen das Privileg, daß ein bestimmter »Störenfried« nicht länger stören wird, ich trinke die

Suppe der besiegten Feinde, und meine Auftraggeber bezahlen mich obendrein dafür.

Aber was diese Wesen nicht begreifen, ist die Tatsache, daß meine Loyalität nicht ihnen, sondern nur der Suppe gilt.

Andere Anzati binden sich an kleine Leben, an ein Leben, das ganz auf die Jagd konzentriert ist. Aber es gibt noch mehr, so viel mehr: Man muß nur genug Phantasie haben, um zu erkennen, was dort draußen alles auf einen wartet, und einen Weg finden, es sich zu nehmen.

Sollen sie sich doch selbst Fesseln anlegen. Sollen sie doch ihre kleinen Leben leben und aus unwürdigen Gefäßen Suppe trinken. *Ich* nehme dafür die besten. Solche Suppen sind beschwingender, weitaus berauschender – und deshalb wirkungsvoller – als der Durchschnitt, mit dem sich andere Anzati zufriedengeben.

Und außerdem werde ich dafür *bezahlt*, das zu tun, was ich tun muß.

Ja. Oh, ja. Die beste aller Welten.

Es sind immer die Raumhäfen, immer die Bars. Man sollte eigentlich annehmen, daß die Stundenhotels demselben Zweck dienen, aber dort werden ganz andere Geschäfte gemacht, die von Natur aus zeitlich begrenzt und ohne Risiko sind, abgesehen von dem Risiko, das mit der Wahl des Partners und – vielleicht – der Mechanik der körperlichen Betätigung einhergeht. In Bars wird getrunken, wird gespielt, wird gehandelt. Die einen gehen nach einem erfolgreichen Geschäftsabschluß in die nächste Bar, um sich dort mit Wein, Weib und Gewürz zu vergnügen, die anderen suchen Arbeit. Raumpiraten, Blockadebrecher, Kopfgeldjäger, sogar eine Handvoll Rebellen. Das Imperium hat die letzteren aus derartigen Lokalen vertrieben und gutherzige, unschuldige Wesen in Seelen verwandelt, so verzweifelt wie alle anderen, aber mit einer Vision so rein und brennend wie die Doppelsonne über Tatooine, unbeeindruckt von der harten Realität des Lebens.

Wenn jemand fest genug glaubt, wenn die Überzeugung absolut ist, dann kümmern ihn die Risiken nicht. Seine Suppe ist sehr süß.

Der Sand ist überall. Er ist ein eigenständiges Wesen, verschämt und aufdringlich zugleich. Er schleicht sich in Stiefel, schleicht sich in Stoff, schleicht sich sogar in die Falten des Fleisches. Er bringt selbst einen Anzati dazu, Erleichterung zu suchen, und deshalb fliehe ich vor der Hitze der Doppelsonne und gehe in die Bar. An der Tür bleibe ich stehen – erinnere mich an einen Tag vor vielen Jahren, an einen aufgequollenen, nachtragenden Hutt – und schließe die Augen, um mich schneller an das trübe, ockergelbe Licht zu gewöhnen, dick und ranzig wie Banthabutter.

Es ist müßig, darauf zu hoffen, daß der Barbesitzer mehr Lampen anbringt oder seinen Queblux-Stromgenerator überholen läßt, dessen hervorstechendste Eigenschaften eine lächerliche Leistungsschwäche und ein tiefes, fast unhörbares Brummen sind. Aber Reparaturen widersprechen Chalmuns Natur, die von Mißtrauen bestimmt ist. Geschäfte werden im Dunkeln gemacht, nicht im grellen, erbarmungslosen Licht von Tatoo I und Tatoo II, gleißende Augen im galaktischen Gesicht, das, wie das Gesicht des Imperators, aus einer dunklen Kapuze hervorsieht.

Ah, aber in der Bar erwartet mich mehr als nur Erlösung vom Sand, von der Hitze. Dort ist der Duft, die Aussicht auf Sättigung.

... Suppe ...

Sie ist dick, so *dick* – im ersten Moment bin ich überwältigt. Ich kann mich nicht erinnern, etwas derartiges schon einmal erlebt zu haben – so viele Geschmacksrichtungen: die Töne, die Aromen, das Flüstern ... hier werde ich vielleicht bis in alle Ewigkeit trinken und in der Fülle schwelgen können.

Ahh.

So viele Wesen, so viele Aromen, so viel Glück zum Essen. Die Chancen sind hier körperlich spürbar, die Möglichkeiten unendlich. Es ist eine Symphonie aus Suppe, heiß und schnell und naß, wie Blut, das unter dem dünnen Gewebe des Fleisches ewig kocht.

Ich bin kein Droide, bestätigt der Detektor, ich bin in Chalmuns Bar willkommen. Und ich lache mir ins Fäustchen, denn Chalmun, im Kerker seiner Vorurteile gefangen, weiß nicht, daß es in der Welt Dinge gibt, die verabscheuungswürdiger als Droiden sind. Droiden sind im großen und ganzen ungefährlich, anspruchslos und überaus nützlich. Aber überlassen wir den Mann seiner Bigotterie; wären alle wie die Rebellen von der Allianz, so unerschütterlich ehrenhaft, dann wäre die Suppe widerlich wie Haferschleim.

... Suppe ...

In meinen Wangentaschen beben die Rüssel. Für einen Augenblick, nur für einen Augenblick, schieben sie sich um einen Millimeter heraus, überwältigt von dem berauschenden Aroma, das nur wir Anzati wahrnehmen können. Die anderen, ganz gleich, welcher Rasse oder welchem Geschlecht sie angehören, bemerken nichts davon. Aber zuerst kommt die Vorfreude; sie erfrischt und belebt und rechtfertigt die Selbstbeherrschung.

Also ziehe ich die Rüssel wieder ein, verberge sie in den Taschen neben meinen Nüstern. Ich wische einen dünnen Sandfilm von meinen Ärmeln, streiche meine Jacke glatt und gehe die vier Stufen hinunter in den Bauch der Bar.

Hier gibt es genug Suppe.

Geduld wird belohnt.

Zuerst reagiert er ungläubig. Ein mürrischer, mißmutiger, miesepetriger Mann, trotz der Doppelsonne ungesund blaß, irgendwie unförmig und plump, als wäre er unfertig zur Welt gekommen oder als hätten ihn die Schicksalsschläge des Lebens entstellt. Der Mund ist schief und schlafflippig, die Nase ein knolliges Gewächs. Seine Kleidung ist zerknittert, sein Haar fettig und strähnig. Er erkennt mich nicht wieder.

Höflichkeit ist eine Illusion; in Mos Eisley, in Chalmuns Bar, von Chalmuns Barkeeper erwartet niemand Höflichkeit. »Sie wollen *was*?«

»Wasser«, wiederhole ich.

Er kneift die dunklen Augen zusammen. »Wissen Sie eigentlich, wo Sie sind?«

»Oh«, sage ich lächelnd, »gewiß.«

Er deutet mit einem plumpen Daumen über seine Schulter. »Ich habe da hinten einen Computer stehen, der sechzehnhundert verschiedene Drinks mixen kann.«

»Oh, sicher, das dachte ich mir schon. Aber ich will den Drink, den er nicht mixen kann.«

Er runzelt die Stirn. »Wasser ist nicht billig, klar? Wir sind hier auf *Tatooine*. Haben Sie genug Kredits dabei?«

Seine Suppe ist zähflüssig und schwach, ihr Aroma kaum wahrnehmbar. Er ist der Anrichter, nicht das Gericht. Er überschreitet keine Grenzen, und das einzige Risiko geht er ein, wenn er einem Gast einen Drink serviert. Er bietet wenig Genuß und noch weniger Befriedigung.

Aber es gibt andere, die mehr zu bieten haben. Und alle sind hier.

Ich ziehe eine flache Münze aus meiner Tasche. Sie glitzert im trüben Licht, pures Gold. Nicht direkt ein Kreditchip, aber sie genügt, um mein Wasser zu bezahlen. Auf Tatooine sind diese Münzen bekannt. In Mos Eisley werden sie gefürchtet.

Der Barkeeper befeuchtet seine Lippen. Dreht den Kopf zur Seite und funkelt eine kleine, betrunkene Chadra-Fan an, die um mehr Jurisaft bettelt. »Jabbas Münzen sind hier nicht gern gesehen«, knurrt er, doch er greift unter den Tresen und bringt eine beschlagene Kristallkaraffe mit teurem eisgekühlten Wasser zum Vorschein.

Ich lasse die Münze auf dem Tresen liegen. Sie spricht für sich selbst, und wer zuhört, versteht die Botschaft: Jabba zahlt gut, und wer für ihn arbeitet – oder für jene arbeitet, die für ihn arbeiten – erkennt den sichtbaren Beweis für Jabbas Wohlwollen.

Es ist schon lange her. Ich habe zahllose andere Auftraggeber aus allen Sektoren der Galaxis gehabt, aber Jabba ist ... unvergessen. Vielleicht ist es Zeit, daß ich mich um einen zweiten Auftrag von ihm bemühe; es gibt immer Attentäter, die versagen und die der Hutt tot sehen will. Er schätzt Versager nicht.

Für einen Moment versuche ich mir vorzustellen, wie es wohl sein mag, *seine* Suppe zu trinken ... aber Jabba wird gut bewacht, und selbst einem Anzati dürfte es schwerfallen, in seinem massigen Leib die richtigen Öffnungen für die Rüssel zu finden.

Ich schließe meine Hand um das Glas und spüre den Biß des Eises. Auf Tatooine ist Wasser Luxus. Es läßt sich in keiner Weise mit Suppe vergleichen, aber es rechtfertigt die Vorfreude. Während sich der Barkeeper umdreht, um barsch zwei Menschen anzufahren, die sich in Droidenbegleitung in die Bar gewagt haben, schlürfe ich langsam und genüßlich mein Wasser.

Alkohol trübt den Geist, lähmt den Körper, bringt keine Sättigung, nur Schwäche. Anzati meiden derartige Dinge, genau wie wir auch Glücksdrogen und Synthetika meiden. Was natürlich ist, ist auch am besten, und dies trifft sogar auf die Suppe zu. In der Reinheit liegt die Kraft.

Im Laster liegt die Schwäche – und ich muß es schließlich wissen. Hinter der Freiheit meines Lebensstils verbirgt sich ein Kerker. Es gibt keine Gitter, keine Mauer, keine Energiefelder, keine Stasiskapseln. Der Kerker, den ich meine, ist heimtückischer als diese Dinge, und ein Anzat verabscheut ihn mehr als die Suppe eines Feiglings.

Ich trank die verdorbene Suppe eines verdorbenen Mannes und nahm sein Laster in mich auf: die Sucht nach einer verbotenen, aber oft geschmuggelten Substanz von den Außenwelten, die unter dem Namen Nic-o-Tin bekannt und in einem Stoff namens T'-bak enthalten ist.

Ich bin Dannik Jerriko. Anzat der Anzati und Esser des Glücks. Aber ich habe nie behauptet, daß ich vollkommen bin.

Wie bei Kneipenschlägereien üblich, braut sich der Ärger schnell zusammen, vergleichbar mit einem Sandsturm im Herzen der Dünensee. Ich kümmere mich nicht darum, sondern stopfe in aller Ruhe meine Pfeife – das Ritual spendet Trost, das Vorspiel verschafft Befriedigung –, klemme das Mundstück zwischen meine Zähne und inhaliere tief den T'bakrauch. Es ist eine scheußliche Angewohnheit, doch eine, die nicht einmal ich ablegen kann.

Hinter mir jault die Musik. Seit meinem letzten Besuch hat Chalmun eine neue Band engagiert. Es ist die passende Musik für eine Bar düster wie eine Wüstennacht. Die klagende Melodie dringt wimmernd und winselnd durch den übelriechenden Nebel aus Rauch und Schweiß und kriecht wie Dünenstaub in alle Ritzen.

... Suppe ...

Ein Ausbruch, plötzlich und grell, roh und ursprünglich. Ich brauche nur einen Moment, um die Quelle zu identifizieren, das Wesen zu identifizieren: menschlich und jung. Furcht, Kühnheit, Besorgnis; ein Hauch spröden Mutes – ah, aber er ist zu jung, zu unerfahren. Sein Kinn ist zwar trotzig vorgestreckt, seine blauen Augen funkeln rebellisch, doch er lebt noch nicht lange genug, um zu wissen, was er riskiert. Er ist noch unreif.

Die Jungen kennen das Leben nicht, kennen nicht seine Gefahren, die kleinen und großen Schicksalsschläge. Sie leben nur für den Moment, sind blind gegenüber den Möglichkeiten; nicht Mut ist in den Jungen, nur die Torheit der Jugend. Die männlichen Jugendlichen sind am schlimmsten: eine Mischung aus banthahafter Sturheit und hormoneller Unausgeglichenheit. Ihre Suppe ist unreif und durch und durch unbefriedigend. Es ist besser, sie reifen zu lassen.

Ich inhaliere den Rauch, halte ihn in der Lunge, stoße ihn wieder aus. Währenddessen eskaliert der Streit. Zwei Wesen fordern jetzt den Jungen heraus: ein Mensch und ein Aqualishaner. Ihre Aggressivität ist bartypisch, beruht auf Trunkenheit und Unsicherheit; der lächerliche Versuch, einen grünen Jungen einzuschüchtern, dessen Unerfahrenheit jenen, die an derartigen Dingen Vergnügen finden, nur seichte Unterhaltung verspricht. Wie immer kommt es zu einem Handgemenge; der Junge erhält einen Stoß und fällt gegen einen Tisch.

Die Musik bricht abrupt ab. Es verrät mir einiges über die Bandmitglieder: Zweifellos sind sie mit Lokalen wie Chalmuns Bar nicht vertraut, sonst hätten sie nicht aufgehört zu spielen. Erfahrene Musiker hätten sich von dem Geschrei, dem Geschimpfe, dem Gekreische zu einer neuen Melodie inspirieren lassen.

Dann höre ich einen Laut, mit dem ich nie gerechnet hätte, einen Laut, den ich seit hundert Jahren nicht mehr gehört habe: das tiefe, pulsierende Summen eines aktivierten Lichtschwerts.

... Suppe ...

Ich fahre sofort herum ... mit bebenden Rüsseln, kaum bezähmbarer Gier. Denn sie wissen, was auch ich weiß: Irgendwo in Chalmuns Bar ist das Gefäß, das ich brauche.

Es ist ein schneller, entschlossener Kampf, ein Scharmützel, das nur Sekunden dauert. Ein einziger Schlag des Lichtschwerts genügt, und der Aqualishaner verliert den Kampf, verliert den Arm.

Der Junge hält sich im Hintergrund. Ich fange wieder seinen Geruch auf, wild und unkontrolliert. Aber da ist noch mehr, viel mehr als ich erwartet habe, ein Geruch, der mich allein durch seine Existenz verwirrt, verlockt, verführt ... und dann sehe ich den alten Mann, wie er gelassen sein Lichtschwert einsteckt, und ich erkenne, was er ist.

Ein Meister trotz seiner Zurückhaltung, nicht auf Wortgefechte aus, nicht auf Gewalt. Was für eine Art Meister er ist ... ah, in Zeiten wie diesen ist es besser, Stillschweigen zu bewahren, denn die

Ohren des Imperators sind überall. Aber ich weiß, was er ist: ein Jedi. Ich weiß es mit letzter Sicherheit. Er ist zu diszipliniert, zu gut gegen die forschenden Sinne der Anzati geschützt, und dieser Schutz verrät mir die Wahrheit über ihn.

Ich bewahre Stillschweigen. Es gibt keinen Grund, es laut auszusprechen. Soll er ruhig sein, was er ist; niemand sonst wird Verdacht schöpfen. Für eine Weile ist er sicher.

Der Junge hat sich damit mein Interesse verdient. Wenn die beiden tatsächlich zusammengehören, will ich wissen, warum. Wenn der Junge der Schüler des alten Mannes ist, gibt es wirklich Grund zur Furcht - sofern man dem Imperium dient und sich an die alten Zeiten erinnert.

Wenn man nicht dem Imperium dient wie ich – obwohl ich mich an die alten Zeiten erinnere, selbst an die noch älteren Zeiten –, spielt es nicht die geringste Rolle. Natürlich nur, wenn man das Geld nicht braucht, das Jabba für diese Information zahlen würde, oder Darth Vader.

Oder der Imperator.

Braggadocio. Es ist typisch für derartige Lokale, das Ritual der Prahlerei, Wesen, die ihr Gesicht wahren wollen, Wesen, die sich einen Namen machen wollen; die einen Platz in der Welt suchen oder die sich ihren Platz einfach nehmen, ein Versuch, mehr aus sich zu machen, als man ist.

Es gibt welche, die tatsächlich mehr sind – als Anzat bin ich weit mehr, als irgend jemand ahnt (oder ahnen möchte) –, aber sie greifen nur selten zu Braggadocio, weil jeder weiß, wer sie sind und was sie vollbracht haben. Es ist überflüssig, darüber auch nur ein einziges Wort zu verlieren, denn dies torpediert nur ihre Taten.

Aber im unerbittlichen Angesicht eines Jedi-Meisters, der diese Taten für Tand hält, bleibt selbst den Fähigsten, selbst den Berüchtigsten manchmal keine andere Wahl, als ihr Heil in Braggadocio zu suchen. Wesen wie der alte Mann können – ohne viel zu sagen, ohne viel zu tun – die Stärksten zu Krippenkindern reduzieren.

Die Band hat sich inzwischen wieder gefaßt, oder man hat ihr mit einer Kürzung der Gage gedroht, wenn die Musiker nicht umgehend weiterspielen. Die Musik, nur weniger schrill, übertönt alle Gespräche bis auf jene in meiner unmittelbaren Nähe, aber ich bin nicht auf Worte oder Laute angewiesen, um Informationen zu sammeln. Aus Braggadocio entsteht oft der Duft der Suppe.

Ich atme aus, spüre meine Rüssel beben und drehe mich langsam, um die Bar zu durchforschen. Die richtige Richtung ist leicht gefunden, und ich muß lächeln, als ich den alten Mann und seinen Schüler in einer der Nischen verschwinden sehe. Es sind nicht sie, die ich jetzt wittere, sondern jene, mit denen sie sprechen: ein riesiger Wookiee und ein humanoider Mann.

... Suppe ...

Ihr Duft ist so würzig, so durchdringend, daß ich keine Zweifel mehr habe. Ich keuche unwillkürlich.

Nicht der alte Jedi, der diszipliniert und geschützt ist. Nicht der Schüler, der jung und unreif ist. Nicht der Wookiee, der in allem außer der Treue passiv ist. Der Humanoide. Der Corellianer.

Anzati sind langlebig. Erinnerungen sind hartnäckig.

Rauch steigt von meiner Pfeife auf. Ich lächle durch den Kringel. Er wird gesucht, genau wie der Wookiee, aber alle Wesen in Chalmuns Bar werden irgendwo gesucht. Selbst *ich* werde gesucht, oder zumindest würde man mich suchen, wenn man wüßte, wer oder was ich bin und weshalb man mich suchen sollte, und darin liegt Kontinuität.

Ich jage mit Vorsicht und Bedacht, achte stets sorgfältig auf jene Kleinigkeiten, die andere ignorieren, oft mit tödlichen Folgen; ich brauche Bestätigung. Ich unternehme nichts, solange ich nicht sicher bin.

In dieser Situation erfordern Bestätigung und Sicherheit wenig Zeit und wenig Geduld. Der Jedi und sein Schüler gehen, aber an ihre Stelle tritt sofort ein Rodianer. Er ist nervös. Seine Suppe ist so dünn, daß sie fast nicht vorhanden ist; er ist der Speisende, nicht die Speise.

Er ist feige. Er ist töricht. Er ist unfähig. Er ist unentschlossen. Und deshalb stirbt er durch den Schuß des illegalen Blasters in der Hand eines zu allem entschlossenen und skrupellosen Piraten.

... Suppe ...

Ich triumphiere mit erwartungsvoll zuckenden Rüsseln. Dies ist der Ort und dies ist der Moment ... der Ton, der Hauch, das Flüstern, das Schreien, die Vergänglichkeit der fleischgewordenen Suppe, angerichtet und serviert, und würzig, so *würzig* ...

Ich muß nur hingehen und sie mir holen, sie trinken, sie umarmen, wie nur Anzati umarmen, den Tanz mit dem Corellianer tanzen, dessen Suppe so dick ist und heiß und süß, viel süßer als alles, was ich seit viel zu langer Zeit gekostet habe ...

Jetzt.

Jetzt.

Aber Hast mindert die Erfüllung. Zeit und Geduld sind unverzichtbar.

... diese herrliche Suppe ...

Die Band spielt weiter ihre schrille Musik. Der beißende Geruch von Rauch hängt in der Luft, der schmutzig-staubige Gestank von Dünensand, von Stadtsand; die Brutalität des Blastertods, gewürzt mit rodianischer Feigheit, rodianischer Dummheit. Nicht einmal das Wesen, das ihn engagiert hat, wird ihn betrauern.

Er ist – *war* – natürlich eine Kreatur des Hutts. Irgendwelche Zweifel? Es gibt sonst keinen anderen, der es wagen würde, in Mos Eisley, auf Tatooine, Attentäter zu engagieren.

Abgesehen von Lord Vader und dem Imperator.

Aber sie sind nicht hier. Nur Jabba.

Der Hutt ist überall, er *selbst* ist alles und in allem auf Tatooine, in Mos Eisley, in Chalmuns Bar.

... diese herrliche Suppe ...

Ein letzter Zug T'bak. Ich inhaliere tief und genieße den Rauch wie den Moment, das Wissen, die Gier. Kurz erhellt sengendes Sonnenlicht das Innere der Bar, als der corellianische Pirat und sein Wookiee-Gefährte mit schnellen Schritten Chalmuns Bar verlassen, um sich den imperialen Nachstellungen zu entziehen. Es ist Jabbas Raumhafen, nur nicht dem Namen nach, und dieser Name ist der des Imperators, der nichts vom Treiben des Hutts wissen muß, oder vielleicht weiß er Bescheid, nur kümmert es ihn nicht.

Es ist wieder dämmrig in der Bar. Man wird die Leiche fortschaffen, und irgend jemand wird Jabba berichten, daß sein Beauftragter tot ist.

Nein, es ist schon geschehen; er weiß inzwischen, was passiert und wer verantwortlich ist.

... diese herrliche Suppe ...

Aber warum soll ich sie aus eigener Tasche bezahlen? Jabbas Taschen sind voller.

Oh, ja, der Hutt zahlt gut. Aber ich bin es, der die Suppe trinken wird.

... diese herrliche Suppe ...

Meine Rüssel zucken, als ich langsam und gelassen den Rauch ausstoße, still und zufrieden, während meine eigene Suppe erwartungsvoll kocht.

... Han Solos Suppe ...

Ah, es verspricht eine lohnende Jagd zu werden ... denn eine derartige Suppe habe ich – selbst ich, Dannik Jerriko, Anzat der Anzati, Esser des Glücks, des Schicksals – noch nie, niemals zuvor gekostet.

Am Kreuzweg:
Die Geschichte des Raumfahrers

Jerry Oltion

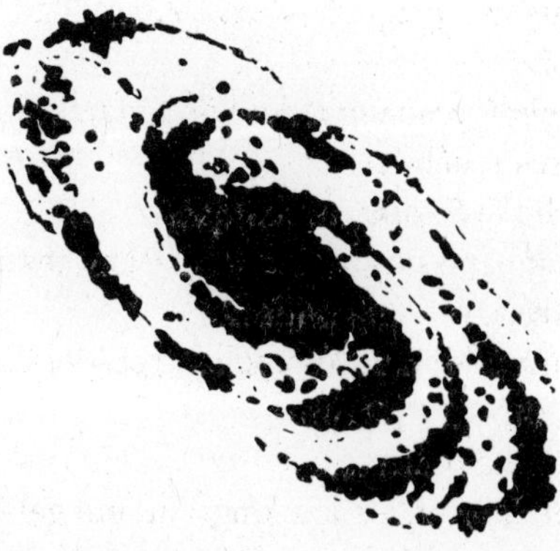

Die *Unendlichkeit* war in mehr als nur einer Hinsicht heiß. Bo-Shek lächelte, als er über Tatooine zum Sprung aus dem Hyperraum ansetzte. Er hatte soeben Solos Flugrekord von Kessel nach Tatooine gebrochen.

Natürlich flog er ohne Ladung, überführte nur das Schiff, damit seine Transponderkodes geändert werden konnten, aber dennoch freute er sich schon darauf, dem angeberischen Corellianer und seinem pelzigen Partner unter die Nase zu reiben, daß er ihren Rekord gebrochen hatte.

Das Cockpit war wie maßgeschneidert. Er konnte vom Pilotensitz aus alle Kontrollen mühelos erreichen, und alles war genau da, wo er instinktiv hingriff. Die Sichtluken boten einen fast lückenlosen Rundblick, und ein Holo über seinem Kopf zeigte den Heckbereich, der nicht direkt beobachtet werden konnte. In seinen drei Jahren als Pilot von Schmugglerschiffen der Klosterschmiede hatte BoShek noch kein derartig perfekt konstruiertes Schiff geflogen.

Die letzten Sekunden des Countdowns liefen ab, und der Computer schaltete automatisch auf die Sublichttriebwerke um. Langgezogene Sternlinien schrumpften wieder zu Lichtpunkten zusammen, und links oben erschien die helle, weißgelbe Scheibe Tatooines. Bei allen Banthas, das war knapp! Wäre er noch eine Sekunde länger im Hyperraum geblieben, wäre er in der Planetenkruste materialisiert.

Er drehte bei, damit der Navigationscomputer die orbitalen Funkfeuer anpeilen konnte, aber er war bereit, jede Wette einzugehen, daß der Rechner bereits wußte, wo sie waren. Tatsächlich, nur Sekunden später wurde das Bild des Planeten auf dem Navigationsmonitor von Längen- und Breitengraden überlagert, gefolgt von den Flecken der verstreuten Oasen und Siedlungen des Wüstenplaneten.

Mos Eisley war nur noch ein paar tausend Kilometer entfernt. BoShek wollte schon beschleunigen, als der Navcomputer eine Warnung summte und hinter der Krümmung des Planeten zwei helle weiße Keile auftauchten. Imperiale Sternzerstörer. BoShek starrte durch die Sichtluke und fröstelte. Sie waren so groß, daß sie mit bloßem Auge erkennbar waren.

Woher waren sie gekommen? Tatooine lag so weit abseits, daß das Imperium nur selten einen Steuereintreiber herschickte, von zwei Kriegsschiffen ganz zu schweigen. Irgend jemand mußte während seiner Abwesenheit eine Menge Ärger gemacht haben.

Und jetzt bekam er Ärger, denn die Transponderkodes der *Unendlichkeit* waren heiß. Wenn sich die Imperialen die Mühe machten, die unverwechselbaren Emissionssignaturen seiner Triebwerke zu scannen – und das würden sie zweifellos tun –, würden sie erkennen, daß es sich um ein Schmugglerschiff handelte, das in der ganzen Galaxis wegen Zollvergehen, Steuerhinterziehung, Waffenschmuggel und Dutzender anderer Verbrechen gesucht wurde. Die Tatsache, daß BoShek es lediglich für jemand anderen nach Tatooine geflogen hatte, würde ihn nicht vor einem Prozeß retten. Falls es überhaupt zu einem Prozeß *kam.*

Und was das betraf – weder das Kloster noch die Besitzer der *Unendlichkeit* würden über die Beschlagnahmung des Schiffes erfreut sein. Sein Job war es, das Schiff unentdeckt zu überführen, damit die Klostertechniker es mit neuen Kodes und sauberen Papieren ausrüsten konnten, und nicht, es an die erstbeste Patrouille zu verlieren, die des Weges kam.

Ohne zu zögern ging er in den Sturzflug über und gab Vollschub. Im Weltraum hatte er gegen die TIE-Kurzstreckenjäger der Zerstörer keine Chance, aber unten in der Atmosphäre, wo die Masse des Planeten ihre Sensoren störte, konnte er sie vielleicht abhängen.

Tatooine wuchs von einer Kugel zu einer nahen, gefleckten Wand. Die *Unendlichkeit* bockte, als sie in die oberen Atmosphäreschichten eindrang, dann flackerte auf der Steuerbordseite ein greller Blitz, und das Schiff scherte plötzlich nach backbord aus. Die Zerstörer hatten das Feuer eröffnet.

BoShek setzte seinen Sturzflug fort. Er wußte, je mehr Luft er zwischen sich und die Zerstörer brachte, desto sicherer war er vor ihren Turbolasern. Er zog eine glühende, ionisierte Spur hinter sich her, aber als er auf dreifache Schallgeschwindigkeit abbremste, löste sich der verräterische Schweif auf.

Aber er war noch nicht in Sicherheit. Die Kriegsschiffe hatten vier TIE–Jäger ausgeschleust, und die Jagdmaschinen drangen in die Atmosphäre ein und holten auf. Ihre größere Nähe glich die Energieabsorption der Luft wieder aus. Die *Unendlichkeit* schüttelte sich erneut unter dem imperialen Feuer.

Glücklicherweise versuchten sie noch nicht, ihn zu töten. Überzeugt, daß er nicht entkommen konnte, versuchten sie nur, das Schiff zu beschädigen und zur Landung zu zwingen. Wahrscheinlich versuchten sie sogar, ihn über Funk zu erreichen, aber BoShek ließ den Empfänger abgeschaltet. Jede Antwort würde sie nur in den Besitz seines Stimmusters bringen; wenn es ihm gelang, sie abzuschütteln, konnte er so zumindest hoffen, unerkannt zu bleiben.

Er beschleunigte wieder, schoß gleichzeitig spiralförmig in die Tiefe und unter den Jägern hinweg, um dann im Tiefflug über den Sand zu rasen. Er befand sich über dem riesigen Dünenmeer, weit westlich jeder Ziviliation; die wellenähnlichen Dünenfelder explodierten in Wolken aus wirbelndem Sand, als die Druckwelle seines Schiffes sie erfaßte.

Die Jäger nahmen die Verfolgung auf und pflügten direkt durch die Wolken, aber sofort prasselten Sandpartikel gegen ihre Sensoren und Kontrollrezeptoren und trübten ihre Sichtluken. Sie stiegen wieder in die Höhe, um den wirbelnden Sand zu überfliegen, doch BoShek nutzte die Gelegenheit und bremste ab, und die Jäger schossen an ihm vorbei. Er scherte nach links aus, wartete, bis sie ebenfalls nach links abdrehten, dann riß er das Schiff hart nach rechts, gab wieder Vollschub und raste nach Osten, der Jundland-Öde entgegen.

Als die zerklüftete Canyonregion am Horizont auftauchte, holten die TIE-Jäger ihn langsam ein. BoShek wich einigen letzten Energiestrahlen aus, schoß dann in den ersten Canyon und mit Höchstgeschwindigkeit durch die schmale, gewundene Schlucht. Die *Unendlichkeit* flog wie ein Traum und folgte den Konturen des Bodens, als wäre sie ein Zug auf einem unsichtbaren Schienenstrang, aber die TIE-Jäger waren genauso wendig. Nur die Schäden, die sie sich in der Sandwolke zugezogen hatten, verhinderten, daß sie ihn einholten.

Dann machte einer von ihnen einen Fehler. Bei dem Versuch, aufzuschließen und ihn manövrierunfähig zu schießen, geriet er in die Druckwelle der *Unendlichkeit.* Seine breiten vertikalen Tragflächen wurden von den Turbulenzen erfaßt, und die Maschine wirbelte wie ein Blatt gegen die Felswand. Ein zweiter Jäger flog direkt in den Feuerball der Explosion, und es gab nur noch zwei Verfolger.

Aber die Zerstörung der beiden Maschinen änderte die Spielregeln. Jetzt wollten sie ihn nicht mehr manövrierunfähig schießen, sie wollten sein Blut sehen. BoShek suchte fieberhaft nach einer Möglichkeit, wie er sie zuerst erledigen konnte, doch die *Unendlichkeit* war zwar schnell, aber kein Kriegsschiff.

Flüchtig dachte er daran, die Macht herbeizubeschwören, seine uralten mystischen Kräfte einzusetzen, um die Verfolger abzuschütteln, aber er wußte, daß es sinnlos war. Seit ihm die wenigen echten Mönche des Klosters von Mos Eisley von der Macht erzählt hatten, hatte er versucht, sie durch konzentriertes Meditieren zu wecken, doch er hatte nie auch nur einen Hinweis darauf erhalten, daß sie existierte, abgesehen von der Tatsache, daß er hin und wieder auf verschwommene Weise die Gegenwart anderer Leute spürte. Die alten Jedi waren vielleicht vor langer Zeit fähig gewesen, die Energien der Macht anzuzapfen, um ihre Feinde zu besiegen, aber nicht einmal die Macht hatte sie vor dem Imperium schützen können. Nein, er brauchte etwas Konkreteres, etwas Handfestes, wenn er entkommen wollte.

Dann fiel ihm eine Geschichte ein, die ihm Solo einmal erzählt hatte, wie er einen Kopfgeldjäger in einem Asteroidengürtel ausgetrickst hatte. Ja. Vielleicht funktionierte der Trick auch hier.

Er lockte die Jäger tiefer und tiefer in den Canyon, bis sie auf beiden Seiten von hohen Felswänden eingeschlossen waren. Die *Un-*

endlichkeit schüttelte sich unter mehr und mehr Treffern, und eine blinkende Diode am Instrumentenpult warnte ihn, daß der Schild kurz vor dem Zusammenbruch stand, aber statt zu beschleunigen, bremste BoShek ab. Er legte einen Finger auf den Knopf für den Notstart der Rettungskapsel, und als er um eine scharfe Kurve flog, drückte er ihn tief in die Verschalung. Die Rettungskapsel wurde abgesprengt und raste direkt gegen die Canyonwand, wo ihr Treibstofftank in einem spektakulären Feuerball explodierte. BoShek hielt das Heckholo im Auge, aber keiner der beiden TIE-Jäger tauchte aus den Flammen auf. Entweder waren sie ebenfalls explodiert, oder die Piloten hatten ihre Maschinen hochgezogen und kreisten nun über der Schlucht und suchten das vermeintliche Wrack der *Unendlichkeit.*

Lächelnd ließ BoShek den Canyon unter sich zurück, drehte den Bug nach Osten und schaltete den Antrieb ab. Er war noch schnell genug, um Mos Eisley notfalls im ballistischen Flug zu erreichen, und mit deaktiviertem Triebwerk würden ihn die TIE-Jäger nicht orten können.

»Solo«, sagte er laut, »ich schulde dir einen Drink.«

BoShek wußte auch, wo er ihn finden konnte. Wenn der *Millennium Falke* auf Tatooine war, trieben sich Solo oder Chewbacca – und manchmal beide – in der Mos Eisley Bar herum und versuchten neue Geschäfte einzufädeln. Nachdem er die *Unendlichkeit* zum Kloster gebracht und die Mechaniker angewiesen hatte, die Triebwerktransponder umgehend zu ändern, machte sich BoShek sofort auf den Weg zur Bar. Er nahm sich nicht einmal die Zeit, seine Bordmontur gegen bequemere Kleidung einzutauschen. Das Kloster lag im Süden der Stadt, nicht weit vom Zentrum entfernt; er stattete der *Königinwitwe*, dem uralten Wrack des ersten Kolonistenschiffes, einen kurzen Besuch ab, um einem der dort hausenden Straßenprediger eine versiegelte Botschaft des Abtes auszuhändigen, und eilte dann weiter.

Auf den Straßen wimmelte es von Sturmtrupplern, aber sie schienen nicht nach BoShek zu suchen. Er sah, wie vier von ihnen einen zerbeulten alten Gleiter mit einem alten Einsiedler, einem Jungen und zwei Droiden stoppten, aber sie schienen an ihnen auch nicht besonders interessiert zu sein, denn sie ließen sie nach ein paar Fragen weiterfahren. BoShek verschwand in der Bar, bevor die Sturmtruppen auf ihn aufmerksam werden konnten.

Seine Augen brauchten eine Weile, um sich an das Halbdunkel zu gewöhnen, aber Chewbacca war nicht zu übersehen – er überragte alle anderen Gäste am Tresen. BoShek drängte sich durch die Menge und stellte sich neben ihn an die Bar.

»Ich habe euren Rekord gebrochen«, sagte er ohne Umschweife.

Chewbacca grunzte das Wookiee-Äquivalent für »Verzieh dich«, aber dann erkannte er BoSheks Stimme und drehte den Kopf, um zu fragen, welchen Rekord BoShek meinte.

«Die Strecke Kessel-Tatooine«, grinste BoShek. »Ich habe eure Zeit um ein Zehntel unterboten, und ich mußte vor der Landung noch vier TIE-Jäger erledigen.«

Chewbacca grollte bewundernd. Er heulte einen langen, jaulenden Satz, den BoShek mit »Laß dich nur nicht von deinen Auftraggebern dabei erwischen, daß du ihre Schiffe überlastest, sonst nehmen sie sich einen anderen Piloten« übersetzte.

»He, wir sind die besten Piloten, die es gibt, und das weißt du«, konterte BoShek. Er winkte dem Barkeeper zu, der ihm jedoch nur einen mürrischen Blick zuwarf und sich abwandte. »Was macht der *Falke*? Braucht ihr schon einen neuen Kodejob?«

Der Wookiee schüttelte den zotteligen Kopf und lachte dann brüllend. Er heulte einen weiteren Satz, den BoShek vorsichtig mit »Dein letzter Auftrag hat uns schon genug gekostet. Wir verzichten, das ist billiger« übersetzte.

»Ja, Nichtstun ist die beste Lebensversicherung«, sagte BoShek und zitierte damit den Lieblingsspruch des Abtes. Er wollte schon nach dem Barkeeper rufen, als er mit schmerzhafter Klarheit jemanden hinter sich spürte. Es war die stärkste Präsenz, die er je wahrgenommen hatte.

So unauffällig wie möglich drehte er sich um und sah den alten Einsiedler und den Jungen in der Tür stehen. Der Einsiedler sah ihm direkt in die Augen, und ein Lächeln huschte über sein runzliges Gesicht. Er ließ den Jungen bei den Droiden zurück, trat zu BoShek und sagte mit erstaunlich volltönender Stimme: »Möge die Macht mit Ihnen sein, mein Freund.«

Die *Macht*? Hatte er sie wirklich gerade gespürt? »Ich ... äh ... danke«, stotterte BoShek. »Woher wissen Sie ...?«

»Für jemand, der ein Auge auf derartige Dinge hat, ist Ihr Kampf nicht zu übersehen. Ich könnte Ihnen vieles beibringen, aber ich fürchte, meine Zeit hier ist begrenzt. Ich muß den Planeten verlassen. Aber da ich annehme, daß Sie ein Schiff haben, könnten wir unsere Reise vielleicht zusammen fortsetzen.«

BoShek konnte kaum glauben, was er hörte. Dieser alte Bursche las praktisch seine Gedanken. BoShek hatte noch keinem anderen Wesen von seiner Faszination für die Macht erzählt, und doch kam dieser völlig Fremde daher und wußte sofort Bescheid. Doch in einem Punkt irrte er sich. »Ich wünschte, ich *hätte* ein Schiff«, sagte er. »Aber ich bin nur ein Pilot.«

»Ah, das ist bedauerlich«, seufzte der Einsiedler. »Aber vielleicht können wir uns nach meiner Rückkehr weiter über die Macht unterhalten.«

»Ja, vielleicht.«

Chewbacca knurrte leise, und BoShek nickte. »Allerdings kenne ich jemanden, der ein Schiff hat und vielleicht bereit ist, Passagiere mitzunehmen«, erklärte er und wies auf den Wookiee.

»Ich verstehe. Vielen Dank.« Der Einsiedler sah Chewbacca an, dann wieder BoShek und fügte hinzu: »Ich möchte Ihnen noch einen Rat geben: Hüten Sie sich vor der dunklen Seite. Ihre Rolle hier am Rand der Gesellschaft hat Sie in eine sehr zwiespältige Lage gebracht, die Sie klären müssen, bevor Sie Ihre Reise fortsetzen können. Nur wer reinen Herzens ist, kann hoffen, die Energien der Macht erfolgreich zu kontrollieren.«

»Danke, ich werde daran denken«, versicherte BoShek.

»Viel Glück.«

BoShek nickte Chewbacca zu, überließ ihn dann dem Einsiedler und ging ans andere Ende des Tresens, um sich beim Barkeeper einen Drink zu bestellen.

Als er endlich ein Glas in der Hand hatte und sich nach Solo umsah, zog der alte Mann plötzlich ein Lichtschwert und wehrte den Angriff eines walroßgesichtigen Aqualishaners und eines noch häßlicheren Menschen ab. In dem anschließenden Tumult stolperte BoShek und fiel zu Boden. Der Aqualishaner verlor im Kampf einen Arm, und die anderen Gäste wichen mit neuem Respekt vor dem alten Mann zurück, aber das kümmerte BoShek im Moment herzlich wenig, denn er war damit beschäftigt, verschüttetes Bier von der Brust seiner Bordmontur zu wischen.

Blutige Kämpfe waren in der Bar an der Tagesordnung, und vom Lichtschwert des alten Mannes abgesehen, war diese Auseinandersetzung nichts Besonderes, doch eine ganze Reihe Gäste hatte ihre Drinks verschüttet, so daß BoShek zehn weitere Minuten auf ein neues Glas warten mußte. Als er endlich Solo entdeckte, war der Corellianer bereits in ein Gespräch mit dem alten Mann und dem Jungen vertieft, also setzte er sich an den Tresen und wartete, bis sie fertig waren. Vielleicht konnte er später von Solo mehr über den alten Burschen erfahren.

Während er wartete, versuchte er herauszufinden, was die Sturmtruppen in der Stadt wollten, aber niemand schien etwas Genaues zu wissen. Die imperialen Truppen waren vor ein paar Tagen von ihren Sternzerstörern abgesetzt worden und hatten überall in der Stadt und in den meisten anderen Städten am Rand der Jundland-Öde Straßensperren errichtet. Sie suchten etwas, aber niemand wußte, was.

In diesem Moment kamen zwei weißgepanzerte Sturmtruppler herein. BoShek hob den Kopf, um zu sehen, wie der Einsiedler und der Junge auf ihre Gegenwart reagierten, aber sie waren bereits fort. Er stand auf und wollte ihren Platz an Solos Tisch einnehmen, aber die Sturmtruppler und ein langschnauziger, grünhäutiger Rodianer kamen ihm zuvor. Solo war heute offenbar sehr begehrt.

Der Rodianer richtete einen Blaster auf Solos Brust. BoShek zog seinen eigenen Blaster aus dem Holster, bereit, einzugreifen, falls Solo Hilfe brauchte, aber dann sah er etwas, das ihn veranlaßte, die Waffe wieder einzustecken und amüsiert zuzuschauen. Langsam, fast unmerklich zog Solo unter dem Tisch seinen eigenen Blaster.

Kaum hatte er ihn aus dem Holster, zuckte er mit den Schultern, als wollte er sagen: »Gute Reise, Arschloch.« Dann feuerte er durch den Tisch auf den Rodianer, der nach vorn kippte und die rauchenden Überreste der Tischplatte unter sich begrub.

Solo stand auf, schnippte dem Barkeeper ein paar Kredits zu und stolzierte nach draußen, ehe BoShek seine Aufmerksamkeit auf sich lenken konnte. Er stürzte seinen Drink hinunter und folgte ihm, aber er war noch nicht ganz aus der Tür, als jemand seinen Arm packte und eine herrische Stimme sagte: »Halt, Raumfahrer, keine Bewegung!«

Er drehte sich langsam um und sah einen Ortspolizisten, der mit einem Blaster auf ihn zielte. »Was ist los?« fragte er so unschuldig wie möglich.

Der Polizist sah ihn finster an. »Ich werde Ihnen sagen, was los ist. Ein Sternenschiff, das auf der Fahndungsliste steht, hat die imperiale Blockade durchbrochen, dabei vier Abfangjäger zerstört und ist vor ein paar Stunden hier in der Stadt gelandet. Darth Vader befindet sich auf einem der Schlachtschiffe und will, daß jemand mit seinem Kopf für diese Verbrechen bezahlt, und Ihrer hat meiner Meinung nach genau die richtige Größe. Sie tragen immer noch Ihre Bordmontur; was halten Sie davon, mich aufs Revier zu begleiten und ein wenig zu plaudern?«

Nur dank seiner jahrelangen Erfahrung im Beschwatzen der Zollbehörden gelang es BoShek, ein neutrales Gesicht zu machen. Innerlich war er der Panik nahe. Wenn sie eine Gehirnsonde auf ihn ansetzten, war er erledigt, und es war durchaus wahrscheinlich, daß mit ihm auch das Kloster auffliegen würde. So oder so, er war ein toter Mann.

Mit erzwungener Ruhe zuckte er die Schultern und sagte: »Sie haben den falschen Piloten, fürchte ich, und die Bar ist voller Leute, die es bestätigen können. Ich war den ganzen Nachmittag hier.«

Der Polizist zögerte und drehte sich halb zum dunklen Eingang um. Als er die Augen zusammenkniff, um besser sehen zu können, trat ihm BoShek den Blaster aus der Hand. Dann holte er mit der Faust aus, legte seine ganze Kraft in den Schlag und schickte den Polizisten mit einem gewaltigen Schwinger zu Boden.

Der Blaster landete ein paar Stufen weiter auf der Treppe. BoShek wollte ihn aufheben, doch zwei Jawas kamen ihm zuvor und verschwanden mit ihrer Beute zwischen den größeren Nichtmenschen auf der Straße. BoShek kümmerte sich nicht weiter um sie; er hatte seinen eigenen Blaster, falls es weitere Probleme gab, und solange der Polizist keinen hatte, war er glücklich. Er wandte sich ab und ging ungezwungen – aber schnell – Richtung Stadtzentrum, wo der Marktplatz lag und der größte Trubel herrschte.

Er hatte gerade die Straße überquert und war noch einen halben Block vom Wrack der *Königinwitwe* entfernt , als er hinter sich einen Schrei hörte. Von den anderen Passanten blickte kaum einer auf, denn aus der Bar drang häufig lautes Geschrei, aber BoShek beschleunigte seine Schritte und näherte sich hastig dem rostigen Rumpf des alten Kolonistenschiffs.

Verbogene Träger ragten über die ungepflasterte, schmutzige Straße. An einigen waren schattenspendende Planen befestigt, unter denen sich die Neugierigen versammelt hatten, um den Straßenpredigern zuzuhören, die von den oberen Stockwerken aus ihre Lehren verkündeten. Durch Risse in der Hülle und gesplitterte Bullaugen konnte man ins düstere Innere blicken, wo rot leuchtende Jawa-Augen neugierig nach draußen spähten.

BoShek trat gebückt durch die halboffene Frachtluke. Im Laderaum roch es durchdringend nach Jawas, aber es störte ihn nicht. Im Gegenteil, je mehr Jawas, desto besser für ihn. Er stieg über die im Schatten dösenden Stadtstreicher und Prediger hinweg und erreichte eine Stelle, die von der Straße aus nicht einzusehen war. In dem trüben Licht, das durch die Löcher in der Hülle drang, streifte er seine Bordmontur ab und schleuderte sie in die Dunkelheit, behielt nur den Werkzeuggürtel mit seinen persönlichen Habseligkeiten. Aus dem Dunkeln drang Geknurre und schrilles Geschnatter, als sich die Bewohner des Wracks um die Beute stritten.

Sein grauer Overall war weniger auffällig, aber er brauchte trotzdem eine bessere Verkleidung, wenn er der Polizei entkommen wollte. BoShek kniete neben einem der Stadtstreicher nieder und sagte: »Zehn Kredits für deinen Mantel.« Das war weit mehr, als das Kleidungsstück wert war, und sie beide wußten es. Ohne ein Wort zog der Stadtstreicher seine grobe braune Robe aus und gab sie ihm. BoShek bezahlte, schlüpfte in das übelriechende Gewand und kehrte zur Luke zurück.

Er hatte die Hartnäckigkeit des Polizisten unterschätzt. Offenbar hatte er gesehen, wie BoShek ins Wrack geschlüpft war, und stand jetzt mit einem kleinen Ersatzblaster in der Hand am Rand der Menge. Die Zahl der Schaulustigen hatte sich unter den finsteren Blicken des Polizisten merklich verringert; BoShek glaubte nicht, daß es ihm gelingen würde, sich unter den wenigen verbliebenen Gaffern zu verstecken.

Er machte kehrt und betrat wieder das Schiff. Es mußte noch einen anderen Ausgang geben. Er stolperte über noch mehr Körper und umrundete den ganzen Laderaum, aber alles, was er fand, war eine nach oben führende Rampe. In der Hoffnung, dort eine Treppe zu finden, die an der Außenhülle nach unten führte, stieg er die Rampe hinauf, erreichte aber nur das Panoramadeck, von dem aus ein halbes Dutzend Prediger die Menge auf der Straße zur Umkehr aufforderte.

BoShek beobachtete, wie der erste Polizist Verstärkung bekam. Er saß in der Falle. Sie waren offensichtlich nicht bereit, die Angelegenheit auf sich beruhen zu lassen, nicht, solange ihnen das Imperium im Nacken saß. Sie brauchten einen Sündenbock für die Sturmtruppen, und sie würden ihn jetzt nicht mehr davonkommen lassen. Was bedeutete, daß sie keine Ruhe geben würden, bis sie das ganze Schiff durchsucht hatten. BoShek sah sich verzweifelt um, aber es gab nirgendwo ein Versteck. Das Panoramadeck war noch überschaubarer als der Frachtraum. Alles, was nicht niet- und nagelfest gewesen war, hatte man abmontiert oder herausgerissen, bis nur noch der leere Boden und die gesplitterten, in regelmäßigen Abständen angebrachten Fenster übriggeblieben waren. Bis auf eins waren alle Fenster von den Predigern besetzt, die unbeirrt die Leute auf der Straße mit ihren Tiraden ergötzten. Keiner der Priester stammte aus dem Kloster. BoShek wunderte sich darüber, bis ihm die Nachricht wieder einfiel, die er auf seinem Weg zur Bar hier abgeliefert hatte. Der Abt mußte seine Leute zu irgendeiner Versammlung zurückbeordert haben.

Ohne Versteck und ohne Freunde, die ihm helfen konnten, blieb ihm nur eine Möglichkeit. Er bückte sich, fuhr mit den Händen über den schmutzigen Boden an der Wand und bestrich dann Gesicht und Stirn mit der zähen schwarzen Schmiere. Dann trat er an das freie Fenster und rief mit zitternder Stimme, von der er hoffte, daß sie alt und kraftlos klang: »Brüder, Schwestern, Freunde und Nichtmenschen, hütet euch vor der dunklen Seite der Macht!«

Ein paar der unten stehenden Leute blickten im grellen Sonnenlicht blinzelnd zu ihm hoch, und BoShek begriff, warum dieses eine Fenster frei gewesen war. Wenn man von unten zu ihm heraufschaute, war Tatooines Doppelsonne direkt hinter ihm; kein guter Platz für einen Prediger auf der Suche nach Anhängern. Aber für BoShek war er perfekt geeignet. Er zog die Kapuze über den Kopf, damit ihn niemand von der Seite erkennen konnte, räusperte sich und begann mit seiner Predigt.

Obwohl er in einem Kloster lebte, wußte er so gut wie nichts von der Religion, der die Mönche anhingen. Er verbrachte seine Zeit in dem unterirdischen Werftkomplex, nicht in der Kathedrale, die die Mönche zur Tarnung darüber erbaut hatten. Er wußte, daß ihre Lehre auf der Göttlichkeit der Banthas oder ähnlichem Unsinn beruhte, und daß sie von einer Gruppe wahrer Gläubigen stammte, die draußen in der Wildnis hausten, aber von den Einzelheiten hatte er nicht die leiseste Ahnung. Es war viel besser, dachte er, etwas zu predigen, von dem er zumindest etwas verstand, obwohl er annahm, daß es vermutlich keine große Rolle spielte. Wer hörte schon auf Straßenprediger?

Ihm fiel ein, was der alte Mann in der Bar zu ihm gesagt hatte, und er rief: »Nur die, die reinen Herzens sind, können hoffen, wahre Meister der Macht zu werden.« Ein paar weitere Gesichter drehten sich ihm zu, wandten sich aber gleich wieder ab. »Ihr müßt euch der Erlösung öffnen. Ihr müßt euch läutern, Frieden mit eurem inneren Selbst schließen und euch der Führung der Macht anvertrauen.«

Der Prediger rechts von ihm hatte seinen eigenen Sermon unterbrochen und hörte ihm zu. BoShek lächelte ihn nervös an und fuhr dann fort: »Wenn ihr euch der Macht hingebt, vertraut ihr euer Leben der größten Macht des Universums an. Mit ihr könnt ihr Berge versetzen, in die Zukunft blicken und das ewige Leben gewinnen.« Ha, dachte er, Predigen war ganz einfach. Man mußte nur einen Haufen Allgemeinplätze aneinanderreihen.

Ein weiterer Prediger verstummte. BoShek wußte nicht, ob ihm die Aufmerksamkeit gefiel, aber die Polizisten hatten inzwischen das Schiff umstellt, und er hörte den Tumult im Frachtraum, als sie mit der Durchsuchung begannen. Und jetzt, wie Motten, die vom Licht angezogen wurden, näherte sich auch noch eine Sturmtruppenpatrouille dem Schiff.

BoShek zog seine Robe enger um sich, beugte sich weiter aus dem Fenster und donnerte: »Bereut! Seht tief in eure Herzen, denn dort werdet ihr die Wahrheit finden!«

»Sei still!« zischte der Prediger zu seiner Rechten. BoShek bemerkte, daß die Robe des Mannes wesentlich sauberer war als seine, und an seinen Fingern und Handgelenken funkelten goldene Ringe und Armreifen. Predigen war offenbar ein einträgliches Geschäft.

»Sei du still«, wies ihn BoShek zurecht. Er konnte jetzt hören, wie die Polizisten die Rampe heraufkamen. »Nein, mach ruhig weiter. Predige, oder wir beide werden unsere Gebete im Gefängnis aufsagen müssen.« Er wandte sich wieder dem Fenster zu und rief: »Es sind Ungläubige unter euch, Leute, die die Existenz der Macht leugnen oder behaupten, daß sie im Lauf der Zeit schwach geworden und in unserer modernen Zeit nicht mehr von Nutzen ist, aber ich sage euch, jedes Lebewesen, das geboren wird, stärkt die Kraft der Macht.«

Der Prediger, der ihn zum Schweigen bringen wollte, sah beunruhigt zur Rampe hinüber, beugte sich dann wieder aus dem Fenster und donnerte mit so lauter Stimme, daß er BoSheks Worte völlig übertönte: »Seht die Banthas auf den Dünenfeldern. Sie kennen weder Furcht noch Reue. Sie sind die heiligsten unter den Tieren ...«

Oh, Mann. Dieser Bursche hatte es wirklich drauf. BoShek war froh, daß er nicht versucht hatte, sich auf die Klosterreligion zu berufen, obwohl der Prediger nicht allzu begeistert schien, eine konkurrierende Lehre zu hören. Nun, das ließ sich nicht mehr ändern; BoShek mußte weitermachen, ob er wollte oder nicht.

Der andere Prediger machte ebenfalls mit seinem Sermon weiter und bot allen, die ihm Geld zuwarfen, Heilung an.

BoShek ließ ihn freudig gewähren, lenkte er doch die Aufmerksamkeit von ihm ab, und predigte weiter über die Macht, um seine Tarnung nicht zu gefährden. Er konnte die Polizisten hinter sich auf dem Panoramadeck spüren, drei Männer mit entsicherten Blastergewehren. Er schloß die Augen und betete um ein Wunder, betete, daß sie einfach kehrtmachen und wieder die Rampe hinuntergehen und verschwinden würden.

Von unten drang die schrille Stimme eines wütenden Jawas herauf. Das unverkennbare Fauchen eines Blasterschusses ließ BoShek fast aus dem Fenster springen, aber gerade noch rechtzeitig erkannte er, daß auch der Schuß draußen gefallen war. Er beugte sich nach vorn, spähte an der Hülle entlang und entdeckte die rauchenden, auf dem Boden liegenden Überreste des Jawas. Die weißgepanzerten Sturmtruppler standen mitten auf dem Platz und schwenkten drohend ihre Blastergewehre, aber niemand feuerte auf sie.

Die Polizisten hinter BoShek stürzten die Rampe hinunter, um den Zwischenfall zu untersuchen. BoShek lehnte sich haltsuchend, mit weichen Knien an den Fensterrahmen. Was immer auch der Jawa getan hatte, sein lautstarker Tod hatte die Polizisten abgelenkt und ermöglichte ihm vielleicht die Flucht.

Er wandte sich zum Gehen, nur um eine goldberingte Faust ins Gesicht zu bekommen. Er kippte nach hinten und landete hart auf dem Boden. »Von dir lassen wir uns nicht verhöhnen«, fauchte der Prediger und versetzte ihm einen Tritt gegen die Rippen. BoShek krümmte sich zusammen.

Die anderen Prediger fielen ebenfalls über ihn her, traten und schlugen ihn. »Das ist dafür, daß du dich über uns lustig gemacht hast!« schrie einer von ihnen und verdrehte BoSheks Arm. »Und das ist dafür, daß du die Polizei hergelockt hast«, sagte ein anderer.

BoShek rappelte sich auf und versuchte, alles zu erklären. »Nein, wartet, ich wollte nicht …« Aber sie waren an Entschuldigungen nicht interessiert. Er schützte seinen Kopf mit den Armen vor ihren Schlägen und floh zur Rampe, stolperte und fiel, rollte halb hinunter, kam wieder hoch und rannte weiter. Er dachte, die Prediger würden es dabei belassen, aber zwei von ihnen verfolgten ihn aus dem Wrack und auf den Platz, wo die Polizisten, die um den Leichnam des Jawas standen, herumfuhren, um zu sehen, was der neue Tumult zu bedeuten hatte.

»Das ist er!« schrie der Polizist, den er niedergeschlagen hatte, und gab einen Blasterschuß ab, der BoSheks Kopf nur um Haaresbreite verfehlte und statt dessen eine rostige Stabilisierungsflosse von der Hülle des Wracks sprengte. BoShek sprang über die rostige Flosse und sprintete an der gekrümmten Hülle entlang, bis der Rumpf ihn vor den Blicken seiner Verfolger verbarg. Dann rannte er die Straße hinunter zum Jawa-Handelszentrum, vor dem sich ganze Massen von Käufern und Verkäufern drängten.

Die Prediger waren ihm noch immer dicht auf den Fersen, was der einzige Grund dafür war, daß er keinen Blasterschuß in den Rücken bekam. Die Polizei war offenbar nicht bereit, versehentlich einen echten religiösen Führer zu erschießen, wahrscheinlich aus Furcht, daß ihre Anhänger aus Rache einen Aufruhr anzettelten.

BoShek nutzte ihr Zögern, um sich durch die Händler zu drängen und in die Straße zu biegen, die zum Gebrauchtgleiterhof führte. Er dachte kurz daran, sich zwischen den Gleitern auf dem großen Platz zu verstecken und seine Verfolger auf diese Weise abzuhängen, aber als er näher kam, entdeckte er einen arconanischen Händler mit dreieckigem Kopf, der gerade billig einen Bodengleiter erstanden hatte, und er wußte, daß er gerettet war.

Er rannte zu dem Gleiter des Arconaners – ein heruntergekommener XP-38A mit je einem Turbojet an den Seiten und einem dritten an der Spitze einer Heckflosse –, warf dem verdutzten Nichtmenschen eine Handvoll Kredits zu, schwang sich dann auf den Fahrersitz und schrie über die Schulter: »Ich mach nur eine kleine Probefahrt!«

»Nein, warten Sie! Wir kommen Sie dazu ...«, heulte der Arconaner, aber BoShek hörte schon nicht mehr hin. Die Turbojets dröhnten im Leerlauf; er gab Vollschub, raste los und überfuhr fast einen zylindrischen Droiden, bevor er auf die Straße schleuderte.

Die Polizisten gaben ein paar ungezielte Schüsse auf ihn ab, doch die Energiestrahlen ließen nur die Leute auf der Straße fluchtartig in Deckung gehen. BoShek raste den leeren Boulevard hinunter, schlingerte am Ende des Blocks mit Höchstgeschwindigkeit um die Ecke und rollte weiter.

Am übernächsten Block bremste er ab, bog um die Ecke und fuhr mit normaler Geschwindigkeit zur nächsten Ecke, wo er wieder abbog und sich in den spärlichen Verkehr einfädelte. Seine Zickzackfahrt führte in einem weiten Bogen um die Andockbucht 94 herum. Gut. In dem Gewirr der Sackgassen, die an der Bucht endeten, konnten die Polizisten lange nach ihm suchen, falls sie die Verfolgung inzwischen nicht aufgegeben hatten.

Er hatte sich gerade entschlossen, den Bodengleiter stehenzulassen und zum Kloster zurückzukehren, als er um eine weitere Ecke bog und vor sich eine vierköpfige Sturmtruppenpatrouille sah, die die Straße blockierte. Einer der Sturmtruppler hob gebieterisch eine Hand und wies BoShek an, am Straßenrand zu halten.

Sie hatten ihre Gewehre geschultert, was wahrscheinlich bedeutete, daß sie jedes Fahrzeug anhielten, das die Straße benutzte. Dennoch gab es für BoShek keine Möglichkeit, die Sperre zu durchbrechen oder umzukehren und zu fliehen, bevor sie ihre Blaster von den Schultern reißen und ihn erledigen konnten. Er zwang sich, den Fuß vom Gaspedal zu nehmen und vor den

Sturmtrupplern zu halten, während er fieberhaft nach einem Ausweg aus diesem neuerlichen Dilemma suchte.

»Was machen Sie hier?« fragte der Anführer der Patrouille. Seine Stimme wurde von seinem geschlossenen Panzerhelm verzerrt, und das verspiegelte Visier verbarg sein Gesicht.

»Ich, äh, bin auf dem Weg zur Bar«, erklärte BoShek.

»Ich verstehe. Ist das Ihr Gleiter?«

»Ich mache nur eine Probefahrt«, sagte BoShek.

»Eine sehr überzeugende Geschchte. Zeigen Sie mal Ihre ...« Die weiteren Worte des Sturmtrupplers wurden vom Triebwerksdröhnen eines Schiffes verschluckt, das in einem Gewaltstart von der Andockbucht abhob. BoShek zuckte unwillkürlich zusammen, als das Schiff über den Dächern sichtbar wurde – es war der *Millennium Falke.*

Sieht aus, als hätte der alte Mann es geschafft, dachte er. In gewisser Hinsicht war es schade, er hätte im Moment etwas von seinem Glück gebrauchen können.

Aber eigentlich war es gar kein Glück, oder? Der Bursche wußte alles über die Macht, und so, wie er geredet und sein Lichtschwert geschwungen hatte, mußte er ein Meister sein. Er hatte wahrscheinlich seine Kräfte eingesetzt, um an allen Hindernissen vorbeizukommen. Eine kleine Straßensperre wie diese hier würde ihn vermutlich nicht einmal zum Schwitzen bringen.

Nun, dafür schwitzte BoShek um so mehr. Die Sturmtruppler hatten sich alle umgedreht, um die Flucht des Schiffes zu beobachten, aber sie würden sich bald wieder um ihn kümmern.

Geht zur Andockbucht hinüber, dachte BoShek konzentriert. *Belästigt jemand anderen. Macht, was ihr wollt, aber laßt mich in Ruhe.*

Was hatte ihm der alte Mann über die Macht erzählt? »Hüten Sie sich vor der dunklen Seite«, hatte er gesagt. »Nur wer reinen Herzens ist, kann hoffen, die Energien der Macht erfolgreich zu kontrollieren.« Und er hatte BoShek ermahnt, seine Rolle hier am Rand der Gesellschaft zu klären, bevor er seine Reise fortsetzte.

Großartig. Der Diebstahl des Gleiters hatte wahrscheinlich seine letzte Chance verdorben, je die Macht beherrschen zu können.

Aber er hatte ihn eigentlich nicht direkt gestohlen, oder? Er hatte dem Arconaner, der ihn gekauft hatte, mindestens fünfzig Kredits zugeworfen, und obwohl die Hoffnung gering war, daß der Gleiterhändler noch nicht die Polizei verständigt hatte, konnte er ihn immer noch zurückbringen.

Okay, dachte er und konzentrierte sich auf den unendlichen Weltraum, wo sich seiner Überzeugung nach die Macht sammelte. *Wenn du mich aus diesem Schlamassel herausholst, bringe ich den Gleiter so bald es geht zurück, und dann höre ich auf, für die Schmuggler heiße Schiffe zu überführen. Ich werde in Zukunft ein anständiges Leben führen, okay?*

Er rechnete nicht wirklich damit, daß es funktionierte. Die Macht war kein gerechter Gott, der über das Schicksal einer Person entschied; wie der alte Mann angedeutet hatte, *war* die Macht nur. Sie kümmerte sich nicht um BoSheks Versprechen. Die Kraft, sie zu manipulieren, kam aus dem Inneren, und BoShek war nicht so naiv anzunehmen, daß er in den letzten Sekunden zur inneren Harmonie gefunden hatte. Aber vielleicht, nur vielleicht, hatte er sich genug geändert, daß sie ihm half.

Er konzentrierte sich auf die Sturmtruppler, um sie mit seinem Willen zu zwingen, ihn laufenzulassen, und fast war er sicher, etwas zu spüren, eine Art Brücke zwischen seinem und ihrem Bewußtsein. Er war überzeugt, daß sie reagierten, als würden auch sie über rudimentäre Kräfte in der Macht verfügen oder als wären sie ihr früher einmal ausgesetzt gewesen. Sie schienen seine Berührung zu spüren. Alle vier drehten sich gleichzeitig um und musterten den Gleiter.

BoShek konnte kaum noch atmen. *Euer Bewußtsein ist getrübt,* dachte er in ihre Richtung. *Vergeßt, daß ich hier bin.*

»Wie lange sind diese Droiden schon in Ihrem Besitz?« fragte der Sturmtruppencaptain.

»Was?« BoShek fragte sich, wie er die Droiden hatte übersehen können, und warf einen Blick auf den Beifahrersitz, aber bis auf ihn war der Gleiter leer.

»Ich …«, begann er, aber der Sturmtruppler fiel ihm ins Wort.

»Zeigen Sie mir Ihren Ausweis.«

Das war's dann wohl, dachte BoShek. Er grif langsam nach seinem Gürtel und fragte sich, ob er seinen Blaster schnell genug ziehen und alle vier Sturmtruppler ausschalten konnte, aber die nächsten Worte des Captains bewahrten ihn vor der Verzweiflungstat.

»Wir brauchen seinen Ausweis nicht«, sagte er zu den anderen. »Das sind nicht die Droiden, nach denen wir suchen.«

BoShek war so verwirrt, daß er nur stammeln konnte: »Das ist … äh, das ist schön.«

»Sie können weiterfahren«, erklärte der Sturmtruppler. Er winkte ihn weiter. »Los, verschwinden Sie.«

BoShek war so erleichtert, daß ihm fast die Tränen kamen. Er mußte tief Luft holen, um sich einigermaßen zu beruhigen, aber es gelang ihm, sich zu beherrschen, bis er mit dem Bodengleiter hinter der nächsten Ecke war, wo er anhielt und in sich zusammensank.

Er hatte nicht die leiseste Ahnung, was gerade passiert war, aber er wußte eins genau: Die Macht war real, und er hatte es irgendwie geschafft, die Sturmtruppler mit ihr zu manipulieren.

Aber er mußte dafür einen Preis bezahlen. Er stellte sich den alten Mann vor, der inzwischen wahrscheinlich ein halbes Lichtjahr entfernt war, ihn aber irgendwie weiter beobachtete, um zu sehen, ob er sich an sein Versprechen hielt.

Würde er sich daran halten? Gewiß. BoShek war ein Blick auf

etwas Großes vergönnt worden, etwas, das wundervoll und gleichzeitig furchteinflößend war. Hüten Sie sich vor der dunklen Seite, hatte der alte Mann gemahnt, und BoShek wußte, daß die Warnung ernst gemeint war. Er konnte seine neuerworbenen Kräfte für das Gute oder das Böse einsetzen, aber hatte er erst einmal seine Wahl getroffen, gab es kein Zurück mehr. Er stand am Kreuzweg, und wie auch immer seine Entscheidung aussah, sie würde den Rest seines Lebens bestimmen.

Er lächelte zum erstenmal seit Stunden, wie ihm schien, ließ den Motor des Bodengleiters an und machte sich auf den Rückweg zu seinem rechtmäßigen Besitzer.

Doktor Tod:

Die Geschichte von Dr. Evazan und Ponda Baba

Kenneth C. Flint

Das seltsame kratzende Geräusch war selbst über das ferne Donnergrollen hinweg hörbar.

Eine der beiden Gestalten, die am Eßtisch saßen, drehte sich um und neigte lauschend den Kopf.

»Was ist das?« fragte eine barsche Stimme. »Rover, sieh nach!«

In einer dunklen Ecke bewegte sich etwas. Eine Masse glitt mit einem feuchten, saugenden Laut ins Licht. Es war eine gallertartige Form, eine schleimige, ölig schimmernde, gallengrüne Masse, die sich träge über den Boden wälzte, während an der Oberseite der runden Masse ein Ring aus dünnen, knollengekrönten Stielen hin und her schwankte. Sie floß durch das langgestreckte Eßzimmer zu einem der Rundbogenfenster an der Rückwand.

»Ich hätte nie für möglich gehalten, daß man einen Meduza abrichten kann«, bemerkte die zweite Gestalt am Tisch leicht überrascht.

Der erste Mann drehte sich wieder zu seinem Gast auf der anderen Seite des Eßtisches um. »Ganz im Gegenteil, Senator. Sie lassen sich mühelos abrichten. Um genau zu sein, sie sind eine der formbarsten Spezies, die ich je kennengelernt habe. Ich wünschte, es gäbe mehr davon.«

Die rechte Gesichtshälfte des Mannes wurde von einer riesigen Narbe entstellt. Das rechte Auge war ein Schlitz im schlaffen Fleisch, die Nase nur noch ein Stummel, was ihm ein schweineähnliches Aussehen verlieh.

»Unglücklicherweise kann ich mir vorstellen, warum Sie sich das wünschen, Dr. Evazan«, erwiderte der aqualishanische Senator und schauderte vor Abscheu. Er war humanoid, hatte ein walroßartiges Gesicht mit großen, feuchten schwarzen Augen und mächtigen, nach innen gebogenen Stoßzähnen. Kurze, borstige Schnurrbarthaare zierten die platte Schnauze mit dem breiten, dünnen Mund.

Der Senator griff nach dem Glas, das vor ihm auf dem Tisch stand. Die Hand war fingerlos, mehr eine Flosse, besaß aber einen Daumen. Sie verriet, daß es sich bei ihm um einen Angehörigen der bedeutenderen der beiden aqualishanischen Rassen und um ein Mitglied der herrschenden Klasse handelte. Er trank einen großen Schluck von dem dunkelgrünen andoanischen Bier und behielt dabei Rover nervös im Auge.

Die gallertartige Kreatur hatte inzwischen eine der Fensteröffnungen erreicht. Sie richtete sich blubbernd auf und wedelte mit den knollengekrönten Stielen, als würde sie Witterung aufnehmen.

Hinter der Öffnung erstreckte sich der planetenumspannende Ozean der Wasserwelt Ando bis zum grauschwarzen Horizont. In den brodelnden Gewitterwolken, die sich in der Ferne ballten, flackerten grelle Blitze und tauchten die Wolkenberge in gespenstisches Licht.

Ein dumpfer Donnerschlag grollte über die gischtgekrönten Wellen und hallte von den nackten Steinmauern der vieltürmigen Burg wider, die sich auf der Klippe in den Himmel reckte. Hunderte von Metern unter dem Burgfenster hämmerten Fäuste aus mächtigen Wogen gegen die Küste der Felseninsel und spreizten sich zu weißen Fingern, die blind ins Leere griffen.

Der Blick auf die aufgewühlte See in ihrer wilden Schönheit wurde von einer schimmernden Kruste aus Licht getrübt, die von dem Energieschild vor den Fenstern stammte.

Die schleimige Kreatur sank wieder in sich zusammen. Ihre knollengekrönten Stiele richteten sich auf Evazan und schienen ihm aufgeregt zuzuwinken.

Dr. Evazan hob die verbliebene Braue über seinem linken Auge. Sein halbzerblastertes Gesicht verriet ansonsten keine Gefühlsregung.

»Sie sollten jetzt am besten unter den Tisch verschwinden«, riet er seinem Gast mit sachlich klingender Stimme.

Der aqualishanische Senator verfolgte verdutzt, wie Evazan mit einer Hand eine Blasterpistole unter dem Tisch hervorzog. Mit der anderen Hand drückte er zunächst einen, dann einen zweiten Knopf an einer kleinen Tischkonsole.

Alle Lichter gingen aus.

Gleichzeitig drang ein Zischeln von den Fenstern, und die Energieschirme vor drei Öffnungen wölbten sich flackernd nach innen, als drei Gestalten hereinhechteten.

Der Senator stieß einen schrillen Schrei aus und verschwand blitzartig unter der massiven Tischplatte.

Die drei Gestalten landeten auf dem Boden, rollten ab und waren sofort wieder auf den Beinen. Ein ferner Blitz erhellte für einen Moment den Raum und zeigte drei humanoide Gestalten, die ihre Blastergewehre hochrissen.

Evazan glitt bereits von seinem Stuhl und rollte in die Deckung einer Formcouch. In der Bewegung eröffnete er das Feuer und traf eine der drei Gestalten mitten in die Brust.

Der Angreifer gurgelte vor Schmerz, wankte und brach zusammen. Die beiden anderen hechteten in Deckung. Energiestrahlen durchzuckten den dunklen Raum, schlugen in die Steinwände ein und durchlöcherten das Mobiliar.

Einer der Angreifer war so versessen darauf, Evazan zu erledigen, daß er nicht bemerkte, wie etwas auf ihn zukroch – erst ein feuchtes Schmatzen ließ ihn herumwirbeln, doch da stürzte sich Rover bereits auf ihn.

Der Angreifer hatte keine Chance, sich zu wehren, als die Stiele des Meduza nach vorn peitschten, ihm die Knollenaufsätze gegen das Gesicht preßten und zudrückten. Jede Knolle leuchtete hell auf, und das Opfer versteifte und verkrampfte sich wie unter einem Stromschlag, ehe es zusammenbrach.

Evazans schiefer Mund verzog sich zu einem grotesken Lächeln. »Gut gemacht, Rover«, murmelte er. Aber das Lächeln verschwand, als er zur Tür des Raumes blickte, und verärgert fügte er hinzu: »Aber wo zur Hölle steckst du, Ponda?«

Er kam hinter seiner Deckung hervor und kroch durch den dunklen Raum, um den letzten Gegner zu erledigen. Als sich Evazan halb aufrichtete, um die Stelle anzuvisieren, wo er den anderen zuletzt gesehen hatte, zielte dieser dritte Eindringling mit seiner Waffe auf die schattenhafte Gestalt des Arztes.

Die Tür des Raumes sprang auf, und eine neue Gestalt stürzte herein. Ein schneller, gezielter Blasterblitz durchbohrte Evazans

Gegner und bewahrte den Doktor im allerletzten Moment vor einem tödlichen Treffer.

Die letzte Gestalt fiel zu Boden. Evazan rappelte sich auf und strich seine Kleidung glatt. »Wurde auch höchste Zeit, Ponda«, knurrte er den Neuankömmling an und trat an den Tisch, um wieder Licht zu machen.

Als die Beleuchtung anging, wurde ein zweiter Aqualishaner mit einem Blaster in der Hand sichtbar. Aber Ponda Babas linke Hand war die haarige, klauenbewerte Hand eines Angehörigen der minderwertigen aqualishanischen Rasse. Die rechte Hand und der Unterarm waren künstlich, ein recht primitives mechanisches Modell ohne Biofleischverkleidung, mit freiliegendem Metallskelett.

»Sie haben Glück gehabt«, erwiderte Ponda grollend und schob seinen Blaster ins Holster. »Ich habe sie Ihnen fast alle überlassen.«

Nach diesen Worten wandte er sich ab und stapfte aus dem Raum.

Der andoanische Senator kam im gleichen Moment unter der Tischplatte hervor. Evazan holsterte seine eigene Waffe und sah seinen Gast entschuldigend an.

»Tut mir leid. In der guten alten Zeit wäre Ponda wie der Blitz hereingeschossen. Damals waren wir ein perfektes Team.«

»Er … ah … arbeitet für Sie?« fragte der Senator, der immer noch unter Schock stand.

»Wir waren Partner«, erklärte der Arzt knapp.

Dem Senator schien die Vorstellung nicht zu gefallen. »Sie wissen, daß er zur niedrigsten Kaste hier auf Ando gehört. Sein Volksstamm ist von zweifelhafter Moral und als überaus gewalttätig bekannt. Sie werden so verachtet, daß nur wenige von ihnen auf unserem Planeten bleiben. Sie wandern aus und werden galaktische Verbrecher.«

»Nun, für mich war Ponda immer der beste Freund, den man

sich wünschen kann«, meinte Evazan und füllte ihre Gläser. »Das heißt, bis zu diesem einen Tag auf Tatooine. Wir hatten eine kleine Auseinandersetzung in der Mos Eisley Bar. Ein alter Mann mit einem Jedi-Lichtschwert trennte Pondas rechten Arm ab, weil er mir helfen wollte. Das hat unsere Freundschaft abrupt beendet.«

»Aber er ist hier«, erinnerte der Senator. »Und wie es scheint, hat er Ihnen gerade das Leben gerettet.«

«Nun, ich schulde ihm immer noch einen Arm«, erklärte der Arzt. »Er hatte Probleme, das Geld für eine gute bionische Prothese aufzutreiben. Also haben wir uns auf einen Waffenstillstand geeinigt, bis ich ihm aushelfen kann. Er arbeitet als Leibwächter für mich und bekommt dafür einen neuen Arm ... so ist wenigstens die Vereinbarung.« Er trank einen großen Schluck Bier.

»Was sind das für Leute?« fragte der Senator mit Blick auf die toten Angreifer.

»Die da?« sagte Evazan und zuckte sorglos die Schultern. »Nur ein paar Kopfgeldjäger. Sie müssen heraufgeklettert sein.«

Er stellte sein Glas ab und trat zu einer der Leichen. Der Kopfgeldjäger trug wie die beiden anderen einen grauen Overall und Helm und einen Werkzeuggürtel. Evazan drehte ihn mit dem Fuß auf den Rücken und blickte in das leblose Gesicht eines menschlichen Mannes mit dunkler Haut und schmalem, scharfgeschnittenem Gesicht.

An seinem Werkzeuggürtel entdeckte Evazan ein kleines Gerät.

»Sie haben die Schirme mit tragbaren Felddisruptoren durchdrungen«, sagte er nachdenklich. »Scheint sich um ein neues Modell zu handeln. Ich werde die Schilde verstärken müssen.« Er drehte sich zu dem Aqualishaner um und fügte vorwurfsvoll hinzu: »Senator, Sie haben mir versprochen, daß ich mir um derartige Dinge keine Sorgen machen muß. Sie wollten mich beschützen und haben mir garantiert, daß niemand mit einer derartigen Ausrüstung in meine Nähe gelangt.«

»Wir können nicht jeden durchsuchen und durchleuchten, der

den Planeten besucht«, verteidigte sich der Senator. »Unsere Sicherheitsmaßnahmen sind ohnehin schon sehr aufwendig und unglaublich teuer.«

Evazan schüttelte den Kopf. »Aber sie reichen nicht aus. Das ist schon der dritte Anschlag auf mein Leben. Und jedesmal werden sie besser.«

»Wir hatten eigentlich angenommen, daß es genügen würde, Sie in dieser abgelegenen Inselfestung zu verstecken«, erwiderte der Senator indigniert. »Natürlich wußten wir nicht, daß die halbe Galaxis hinter Ihnen her ist.«

Evazan trat einen Schritt auf ihn zu. »Wollen Sie damit sagen, daß ich es nicht wert bin?« fragte er.

»Das ist genau der Punkt, über den ich mit Ihnen reden möchte«, antwortete der Senator scharf.

»In Ordnung«, nickte der Arzt. »Reden wir darüber.« Er deutete auf den Eßtisch. »Wollen Sie nicht zunächst Ihre Mahlzeit beenden?«

Der Senator starrte ihre vollen Teller an. »Essen?« sagte er und warf dann einen Blick zu den Leichen. »Was ist damit?«

»Oh, Rover wird sich schon um sie kümmern«, versicherte Evazan.

Der Schleimklumpen hatte sich bereits einem der Toten genähert, begrub ihn unter seiner viskösen Masse und begann ihn zu absorbieren. Die Kreatur bebte vor Behagen und schmatzte leise.

»Er ist für die Resteverwertung zuständig«, sagte Evazan. »Das ist mit ein Grund, warum ich ihn so leicht abrichten kann. Er schätzt es, daß ich ihn mit Leckerbissen vollstopfe.«

»Ich habe wirklich keinen Hunger mehr«, meinte der Aqualishaner. Er setzte sich und trank einen großen Schluck Bier. »Kommen wir zum eigentlichen Anlaß meines Besuches, einverstanden? Ich möchte nicht … ich meine, ich kann nicht lange bleiben.«

»Schön«, sagte der Arzt und nahm ebenfalls Platz. »Was ist Ihr Problem?«

»Kredits«, antwortete der Senator ohne Umschweife. »Dieses ganze Projekt ist außer Kontrolle geraten. Es war schon teuer genug, Ihnen diese Burg und die Laboreinrichtung zu besorgen. Und dann ist da noch die Sicherheitsfrage. Dieser Zwischenfall unterstreicht nur noch das Problem. Sie kosten unsere Regierung ein Vermögen!«

»Aber es lohnt sich«, konterte Evazan. Er beugte sich über den Tisch und fügte mit eindringlicher Stimme hinzu: »Seit Jahrzehnten sind Sie bloße Sklaven des Imperiums gewesen und haben jeden Befehl des Imperators ausführen müssen. Sie haben Ihren Stolz, Ihre Identität und Ihren Überlebenswillen verloren. Wieviel sind Sie bereit zu zahlen, um von Ihren Ketten befreit zu werden?«

Rover hatte die erste Leiche inzwischen verdaut. Er hinterließ nur einen nassen Fleck mit menschlichen Umrissen auf dem Stein und quoll zum nächsten Leichnam.

»Keine Summe wäre zu hoch, wenn wir uns die Freiheit vom Imperium erkaufen könnten«, gab der Senator zu, während er versuchte, nicht auf das schauerliche Treiben der Kreatur zu achten. »Dennoch, der Finanzunterausschuß braucht Garantien, um Sie weiter finanzieren zu können. Unsere aktuellen Haushaltsprobleme ...«

»Zur Hölle mit Ihrem Haushalt!« brüllte Evazan. »Wenn ich mit meinen Forschungen fertig bin, besitzen Sie ein Geheimnis, das so wertvoll ist, daß Ihnen das Imperium die Freiheit und auch sonst alles geben wird, was Sie verlangen.«

»Ja, ja, das haben Sie uns versichert«, entgegnete der Senator. »Aber in der letzten Zeit haben wir wenig Beweise gesehen, die Ihre Behauptung bestätigen, daß Sie kurz vor einem bedeutenden medizinischen Durchbruch stehen. Vielleicht könnten Sie mir irgendeinen Beweis für Ihre Fortschritte geben, irgend etwas Handfestes, das ich mitnehmen und dem Unterausschuß präsentieren kann, um Ihre weitere Finanzierung zu sichern.«

»Ein fairer Vorschlag«, lenkte der Arzt ein. »Ich werde Ihnen zeigen, wie dicht ich vor dem totalen Erfolg stehe. Ich habe bereits eine Reihe verschiedener Tests durchgeführt, die die Ergebnisse bestätigen. Um genau zu sein, ich brauche nur noch eine Kleinigkeit, um zu beweisen, daß ich bahnbrechende Arbeit geleistet habe. Ich muß einen menschlichen Mann finden – ein junges, kräftiges, gesundes, perfekt gebautes Exemplar.«

Der Senator kniff neugierig die großen Augen zusammen. »Warum?«

»Sie werden es gleich sehen.« Evazan stand auf. »Lassen Sie uns hinunter ins Labor gehen.«

Der Senator blickte zu ihm auf. »In Ihr … Labor?« fragte er wenig begeistert. »Ist das wirklich notwendig, Doktor? Ich wäre auch mit anderen Beweisen zufrieden. Geben Sie mir doch einfach Ihre Forschungsdaten oder …«

»Ich bestehe darauf«, unterbrach Evazan. »Sie müssen mit eigenen Augen sehen, was ich vollbracht habe!«

Der Aqualishaner seufzte und erhob sich mit sichtlichem Widerwillen.

»Hier entlang, Senator«, sagte der Arzt und führte ihn aus dem Raum.

Hinter ihnen beendete der Meduza lautstark seine zweite Mahlzeit und wandte sich dem letzten Gang zu. Der dritte tote Mann lag verkrümmt auf der Seite. An seinem Gürtel war ein kleines Kom zu erkennen. Die winzige grüne Betriebsdiode leuchtete …

Draußen, dicht über den Fenstern der Burg, klammerte sich eine einsame Gestalt an die senkrecht abfallende Steinwand – ein schlanker Mann mit dunkler Haut, habichtähnlichen Gesichtszügen, dunkelbraunen Augen und einem schwarzen Schnauzbart. Er war wie die drei toten Männer gekleidet.

Er hatte die Füße und eine Hand in schmale Risse gezwängt, um sich in der luftigen Höhe festzuhalten, und preßte sich an die Wand, während der heftige Wind an ihm zerrte. Mit der freien Hand drückte er sein eigenes Kom ans Ohr.

Er hatte das Gespräch zwischen Evazan und dem Senator mitgehört. Er hatte gehört, wie sie hinausgegangen waren. Jetzt hörte er das groteske Schlürfen und Schmatzen, mit dem die Kreatur seinen letzten Kameraden verschlang.

Dann drang das Knistern eines Kurzschlusses aus dem Empfänger, und der Kanal war tot. Der Mann verzog grimmig das Gesicht.

Er befestigte sein Kom wieder am Gürtel, kletterte behende an der Burgwand hinauf und schwang sich aufs schräge Dach. Ein Rucksack mit einem Langstreckenkom war mit einem Saugnapfgewebe an der glatten Dachschräge befestigt. Der Mann kroch in den Windschatten eines Turmes, nahm den Komkopfhörer aus dem Rucksack und sprach gepreßt in das Mikro.

»Hallo, Mutter? Hier ist Gurion. Hört ihr mich?« Er blickte besorgt zum bewölkten Himmel hinauf. »Seid ihr noch immer da oben?«

»Immer noch im Orbit, Gur«, drang die Antwort aus dem Kopfhörer. »Wie ist die Lage?«

»Alle tot«, erklärte Gurion ohne Umschweife. »Alle außer mir. Evazan muß dort drinnen mächtige Sicherheitssysteme haben. Sie waren die besten.«

Nach einer langen Pause erklang wieder die Stimme. Der bekümmerte Unterton war nicht zu überhören. »Das war's dann wohl. Verschwinde von dort, Gur. Sofort. Wir holen dich ab.«

»Nein«, sagte er entschlossen. »Ich werde reingehen und ihn mir holen. Es ist unsere einzige Chance, ihn zu erledigen.«

»Allein?« fragte die Stimme überrascht. »Das ist Selbstmord!«

»Vielleicht. Es ist mir egal«, stieß Gurion grimmig hervor. »Ich werde ihn erledigen, und ich weiß auch schon, wie!«

In der Burg stiegen Evazan und sein Gast eine lange Wendeltreppe hinunter. Je mehr sie sich dem geheimnisumwitterten Heiligtum des Arztes näherten, desto nervöser und serviler wurde der Senator.

»Ich für meinen Teil habe nie an Ihrer Integrität gezweifelt«, erklärte der Nichtmensch mit schriller, besorgt klingender Stimme. »Aber meinen Senatskollegen sind einige Gerüchte zu Ohren gekommen. Manche behaupten, daß Sie in zehn Systemen zum Tode verurteilt worden sind.«

»In zwölf, um genau zu sein«, sagte Evazan unbekümmert. »Vielleicht sind inzwischen noch ein paar dazugekommen. Ich bin nicht auf dem laufenden, wissen Sie.«

»Wirklich?« schrillte der Senator. »Und dann gibt es da noch Geschichten über Ihre ... ah ... medizinischen Methoden.«

»Ich leugne nicht, daß einige davon stimmen«, gab der Arzt zu. »Ich entschuldige mich auch nicht für das, was ich getan habe. Es hatte alles seinen Sinn.«

Sie erreichten das Ende der Treppe. Evazan schloß eine massive Metalltür auf und öffnete sie. Die Angeln quietschten, als sie aufschwang, und beide gingen hindurch.

Dahinter lag ein einziger Raum, der das gesamte Kellergeschoß der riesigen Burg einnahm. Wuchtige Säulen und massive Steinbögen stützten die hohe Decke. Große, matt leuchtende Glaszylinder reihten sich endlos aneinander und wurden weiter hinten von den Schatten verschluckt. Die Zylinder waren mit einer goldenen Flüssigkeit gefüllt ... und mit noch etwas anderem.

Der Senator trat vor und riß entsetzt die Augen auf. Jeder Zylinder schien ein Lebewesen zu enthalten.

Er trat einen weiteren Schritt vor und starrte eine Reihe von Kreaturen an, die in einer bernsteinfarbenen Flüssigkeit schwammen. Riesige Wookiees und zwergenhafte Jawas, skelettartige Givins und einäugige Abbyssinen, gehörnte Humanoide von Devaron und insektenähnliche Kreaturen vom Kibnon-Volk und Angehörige zahlloser anderer Spezies von Planeten aus allen Teilen der Galaxis.

»Sind sie … tot?« fragte der Senator nervös und spähte in einen Zylinder mit einem reptilischen Arcona, der mit blinden, juwelenähnlichen Augen zurückstarrte.

»Unglücklicherweise«, bestätigte Evazan. »Konserviert in meiner speziellen Balsamierungslösung. Einige waren früher meine Patienten, die meine chirurgischen Versuche, ihnen zu helfen, nicht überlebt haben. Aber die medizinischen Erfahrungen, die ich bei den Operationen gesammelt habe, sind für mich von größtem Wert.«

Der Senator sah sich die Leichen noch einmal genauer an. Alle wiesen Spuren einer Behandlung auf, die man wohlwollend als »chirurgisch« bezeichnen konnte, obwohl der Begriff »Gemetzel« vermutlich treffender war. Die meisten waren verstümmelt, die Rümpfe aufgeschlitzt, und diverse Gliedmaßen und Organe fehlten. In einigen Fällen waren die Organe der Wesen durch nichtmenschliche Transplantate ersetzt worden.

»Ich sage, sie haben mir geholfen«, fuhr Evazan fort, während er an einer Zylinderreihe mit seinen »Patienten« entlangging. »Hauptsächlich, indem sie mir gezeigt haben, wo meine Forschungen einen toten Punkt erreichten« – er schenkte dem Senator ein gespenstisches Lächeln – »wenn Sie den Ausdruck gestatten.«

»Sie haben mit ihnen experimentiert?« fragte der Senator entsetzt.

Evazan winkte ab. »Natürlich nicht. Ich wollte ihnen mit meinen kreativen Techniken helfen. Ich wollte ihnen bessere Gesundheit und ein längeres Leben schenken. Zumindest theoretisch.«

Er strich mit der Hand über einen Zylinder, der den ausgeweideten Körper eines nagerähnlichen Ranaters enthielt.

»Ich habe mein ganzes Leben versucht, meinen Mitwesen zu helfen. Man hat mich einen Irren genannt, einen Verbrecher, sehr zu meinem Leidwesen. Aber niemand hat mich verstanden. Ich habe meine Fähigkeiten nur eingesetzt, um das Leben auf verschiedenste Art und Weise zu verändern, zu verbessern.« Er seufzte und sah den Aqualishaner an. »Aber es war nicht genug.«

Der Senator betrachtete die endlosen Zylinderreihen mit den Opfern des Arztes. »Nicht genug?«

Der Arzt ging zum nächsten Zylinder, in dem ein besonders grausiges Exemplar lag. Eine Kreatur, die aus den Teilen von Dutzenden verschiedener Wesen bestand, auf monströseste Art und Weise zusammengenäht und verklammert.

»Wie Sie sehen, hat selbst der Versuch, die besten Körperteile der Galaxis zu etwas Neuem zusammenzufügen, nicht genügt, den von mir gewünschten Effekt zu erzielen.« Er hob eine Hand und strich über die verbrannte rechte Seite seines Schädels. »Nein, der Schlüssel ist der *Geist*. Deshalb hat meine Forschung eine neue Richtung genommen. Kommen Sie.«

Er führte ihn an den Zylinderreihen vorbei zur Mitte des Raumes. Hier türmte sich ein kompliziertes, überaus instabil wirkendes Gebilde aus elektronischen Bauteilen bis zur Decke. Die verschiedenen, durch ein Gewirr verschlungener Kabel miteinander verbundenen Systeme knisterten und zischten bedrohlich, obwohl die Apparatur mit Minimalleistung lief.

Das Schlüsselelement dieses zusammengebastelten High-Tech-Haufens bestand aus zwei Plattformen mit Operationstischen. Gurte, die zweifellos dazu dienten, die unglücklichen Patienten bewegungsunfähig zu machen, verstärkten den unheimlichen Gesamteindruck noch. Über jedem OP-Tisch hing ein seltsames, siebähnliches Gerät an einem Dutzend Kabeln von einer Art schwenkbarem Galgen. Weitere Kabelstränge führten von den Aufhängungen zur Zentralmaschine.

»Das ist mein Transferinstrument«, erklärte Evazan stolz. »Die Hauptkomponenten bestehen aus hochentwickelten imperialen Transsubstantiations-Einheiten, die ursprünglich dazu dienten, die Programmierung von Droiden zu ändern und die ich für meine

Zwecke modifiziert habe. Ponda und ich haben die Anlage von einer imperialen Forschungseinrichtung geborgt. Aber ich habe sie so umgebaut, daß sie auch bei Lebewesen funktioniert.«

Der Senator hatte mit einer Mischung aus Ehrfurcht und Skepsis die dubiose Maschine angestarrt. Jetzt sah er Evazan ungläubig an. »Lebewesen?«

»Lebende Gehirne speichern ihre gewonnenen Informationen ebenfalls elektronisch, wie eine Aufzeichnung. Diese Aufzeichnungen können geändert, gelöscht ... oder übertragen werden. Das dazu notwendige Gerät steht vor Ihnen.«

»Aber was hat das alles für einen Sinn?«

»Es geht hier um einen wissenschaftlichen Durchbruch ersten Ranges«, sagte der Arzt feierlich. »Ich stehe endlich kurz davor, der Galaxis eine praktikable Art der Unsterblichkeit zu schenken!«

Der Senator blickte jetzt noch skeptischer drein. »Sie scherzen, Doktor.«

»Es ist kein Scherz«, wehrte der andere ab. Er trat näher und fuhr ernst und eindringlich fort: »Stellen Sie sich vor, nicht einmal die größten Jedi-Meister mit all ihrer Macht über die Materie haben wahre Unsterblichkeit erlangt. Sie können ihr Leben zwar verlängern, aber früher oder später altern auch sie und sterben. Mit meiner Methode kann ich bei Bedarf die höheren Bewußtseinsebenen eines Lebewesens in einen frischen, neuen Körper transferieren, ein bloßer Knopfdruck genügt. Was glauben Sie, was *das* für die Imperialen bedeutet? Ihre größten Herrscher, ihre besten militärischen Köpfe könnten ewig leben und mit jedem Leben noch mehr Wissen ansammeln.«

»Ich schätze, das Imperium würde dafür jeden Preis zahlen«, nickte der Aqualishaner widerwillig. »*Falls* die Anlage funktioniert.«

»Sie wird funktionieren«, versicherte Evazan überzeugt, »und bald werde ich es Ihnen beweisen können.« Er grinste in sardonischer Freude. »Ist es nicht eine Ironie, daß Evazan, den man auch Dr. Tod nennt, der Schöpfer des ewigen Lebens sein wird?«

Von einer Komkonsole in der Nähe drang ein Summen. Evazan drehte sich um und sah auf dem winzigen Bildschirm der Konsole Ponda Babas Gesicht. Aus dem Lautsprecher plärrte Babas nervös klingende Stimme.

»Evazan, jemand steht vor unserer Tür!«

»Unserer Tür?« wiederholte der Arzt.

»Am Seetor unter der Burg. Er sagt, sein Aquagleiter hat eine Panne. Er möchte von unserem Kom aus den Abschleppdienst rufen.«

»So, sagt er das?« murmelte Evazan. »Auf den Schirm!«

Ponda drückte an seiner Konsole einen Knopf, und der Monitor zeigte das Seetor. Am einzigen Pier der Burg hatte ein kleines, repulsorgetriebenes Wasserfahrzeug angelegt. Am massiven Tor stand ein überaus eindrucksvoller menschlicher Mann.

Er war sehr groß und athletisch gebaut, was durch seinen enganliegenden Overall noch unterstrichen wurde. Er hatte ein feingeschnittenes, hübsches Gesicht, einen wohlgeformten Kopf und blonde Haare.

Evazan betrachtete den Mann mit sichtlichem Interesse und holte dann per Knopfdruck Pondas Bild auf den Monitor zurück.

»Er soll heraufkommen«, befahl er. »Aber laß ihn nur ins Foyer. Und behalte ihn im Auge.«

»Halten Sie das für klug, Doc?« fragte Ponda.

»Tu einfach, was ich dir sage!« Evazan schaltete das Kom ab und wandte sich an den Senator. »Vielleicht werden Sie mehr sehen, als Sie hoffen konnten«, sagte er aufgeregt. »Vielleicht werden Sie heute den Höhepunkt meiner Forschungsarbeit erleben!«

Er eilte aus dem Labor, gefolgt von dem verdutzten Senator. Sie betraten die große Eingangshalle der Burg. In die Wand neben dem Haupteingang war ein Kontrollpult mit einem Überwachungsmonitor eingelassen. Ponda Baba war bereits dort und betrachtete das Bild, das den Raum hinter der Tür zeigte.

In einem kleinen, leeren Vorraum der Eingangshalle stand ihr blonder Besucher und wartete geduldig.

Evazan blickte über Pondas Schulter auf den Mann. Seine Augen leuchteten begeistert auf.

»Er ist perfekt!« rief er. »Was für ein unglaubliches Glück!«

Er griff an Ponda vorbei und legte am Kontrollpult einen Schalter um. Von der Deckenlampe des Vorraums zuckte ein karmesinroter Strahl nach unten und traf den Kopf des blonden Mannes. Augenblicklich verlor er das Bewußtsein und brach zusammen.

»Haben Sie ihn etwa umgebracht?« keuchte der andoanische Senator entsetzt.

»Nur betäubt«, erwiderte der Arzt beruhigend. Er sah Ponda an. »Hilf mir, ihn nach unten zu tragen.«

Er griff nach der Türklinke, aber eine haarige Pranke packte seinen Arm und hielt ihn fest.

»Einen Moment, Doc«, knurrte Ponda. »Sie wollen den Transfer an ihm vornehmen, nicht wahr?«

»Er scheint mir perfekt geeignet zu sein«, gestand Evazan. »Warum nicht?«

»Nein, Doc«, schnappte Ponda. »Nehmen Sie mich!«

Evazan musterte seinen ehemaligen Partner. »Was soll das heißen?«

»Sie haben mir versprochen, daß ich der erste sein werde. Sie haben mir einen Körper mit einem gesunden Arm versprochen. Nur deswegen habe ich Sie zu meinem Planeten gebracht, Ihnen geholfen, das Labor einzurichten, und Ihr Leben geschützt. Sie haben mich auf Tatooine einen Arm gekostet. Sie schulden mir etwas. Es wird Zeit, daß Sie Ihre Schuld begleichen.«

«Aber wie, Ponda?« fragte er. »Mein perfektes Exemplar hat gerade an meine Tür geklopft. Es ist hier!«

»Dann haben wir beide Glück, Doc«, antwortete Ponda. »Sie haben Ihres. Ich habe meins.«

Die Miene des Arztes verriet, daß er verstand. Wie ein Mann drehten sich beide zu dem aqualishanischen Senator um.

Der Senator hatte ihr Gespräch mit wachsender Besorgnis mitgehört. Als sie ihn ansahen, verzerrte Entsetzen sein Gesicht.

»Er ist nicht besonders jung«, bemerkte Evazan kritisch.

»Aber er gehört zur herrschenden Klasse«, erinnerte Ponda. »Ich bekomme einen Arm und zusätzlich auch noch Macht.«

»Das ... das meinen Sie doch nicht im Ernst, oder?« keuchte der Senator.

»Oh, doch«, sagte der Arzt und zog seinen Blaster. »Ich gratuliere Ihnen. Sie werden helfen, einen großen wissenschaftlichen Fortschritt zu erzielen.« Er wedelte mit der Waffe. »Nach Ihnen, bitte.«

»Sie können das nicht tun!« rief der Senator, während sie die Treppe zum Labor hinuntergingen. »Was ist mit Ihrer Finanzierung? Ihrem Schutz?«

»Ich werde in Zukunft weder das eine noch das andere brauchen«, erwiderte der Arzt. «Ich kann mir endlich eine völlig neue Identität zulegen. Mich von diesem entstellten Gesicht befreien. Ich werde endlich die Kopfgeldjäger los und kann den Planeten verlassen – mit einem Geheimnis, das die Galaxis verändern wird.«

»Sie haben das von Anfang an so geplant, nicht wahr?« vermutete der andere. »Es ging Ihnen nur um Ihren eigenen Vorteil!«

»Was sonst?« sagte Evazan und lachte grausam. Er schob den Senator durch die Tür ins Labor. »Los, auf den linken Tisch mit Ihnen. Nun machen Sie schon.«

Er und Ponda trieben den unglückseligen Senator zu dem Tisch und schnallten ihn fest. Evazan zog die galgenähnliche Aufhängung herunter und drückte seinem Opfer den daran baumelnden Metallhelm auf den Kopf.

Ponda nahm hastig seinen Platz auf dem anderen Tisch ein. Evazan schnallte den Aqualishaner ebenfalls fest und setzte ihm den zweiten unheimlichen Helm auf. Dann trat er zu den Kontrollpulten.

Er zog Hebel, drehte Wählscheiben und verfolgte auf den Überwachungsmonitoren, wie die Systeme warmliefen. Die Maschine zischte jetzt laut und vibrierte vor Energie. Der Turm aus Einzelteilen schwankte merklich und drohte jeden Moment umzukippen.

Als die Instrumente anzeigten, daß die Energiespeicher ihre volle Kapazität erreicht hatten, legte er einen roten Doppelschalter um. Blauweiße Funken flackerten wie winzige Blitze über die Kabelstränge und schlugen in die Metallhelme auf den beiden Köpfen ein. Die angeschnallten Körper verkrampften sich.

Evazan hielt zwei Skalen unter dem roten Doppelschalter im Auge. Der eine Zeiger bewegte sich nach links, der andere nach rechts. Sekunden später hatten beide Zeiger ihren größten Ausschlag erreicht.

Der Arzt kicherte entzückt und schaltete die Energieversorgung ab. Die blinkenden Dioden erloschen, und das Knistern der Energie verklang.

»Es ist vollbracht! Es hat funktioniert!« jubelte Evazan und stürzte zu dem Tisch mit dem Körper des älteren Andoaners. »Ponda! Ich habe es geschafft!« rief er und löste die Gurte. »Wie geht es dir?«

Aber der Aqualishaner, der einst der Senator gewesen war, antwortete nicht. Offenbar war er noch nicht bei Bewußtsein.

»Ist schon in Ordnung«, sagte Evazan und tätschelte das Wesen. »Du bist bald wieder auf den Beinen. Ruh dich jetzt aus. Ich muß mich um meinen eigenen neuen Körper kümmern!«

Er verließ das Labor und eilte die Treppe zur Halle hinauf. In seinen Augen leuchtete wilde, nur mühsam kontrollierte Erregung. Er riß die Tür zum Vorraum auf und stürzte hinein. Sein perfektes Exemplar lag noch immer reglos auf dem Boden.

Er kniete neben dem Mann nieder und betrachtete verzückt seinen vollkommenen Körper. »Alles, was ich mir gewünscht habe«, sagte er. »Jugend, Stärke ... und ein unversehrtes Gesicht! Ich hoffe nur, er ist nicht verletzt.«

Er wollte eine Hand auf die Brust des Mannes legen, um seinen Herzschlag zu überprüfen.

Die Hand glitt durch den mächtigen Brustkorb, als hätte sich das Fleisch geöffnet, um sie zu verschlingen!

Er riß seine Hand zurück und blinzelte verwirrt. »Ein Hologramm!« keuchte er.

Er griff nach seinem Blaster. Aber der andere Mann richtete sich plötzlich auf und hämmerte Evazan die Faust ins Gesicht. Der Schlag schmetterte ihn rücklings zu Boden. Betäubt blieb er liegen.

Ehe sich der Arzt erholen konnte, war der blonde Mann auf den Beinen. Die Umrisse seiner mächtigen Gestalt verschwammen, verblaßten und verschwanden dann völlig und enthüllten einen dünnen Mann mit habichtähnlichen Gesichtszügen, dunkler Haut und einem schwarzen Schnauzbart. Eine Hand lag auf der Gürtelkontrolle der holographischen Verkleidung, die andere Hand hielt einen Gegenstand umklammert, der wie eine Granate aussah – ein Thermodetonator. Der Sicherungshebel war bereits zurückgelegt, und der Daumen des Mannes ruhte auf dem Auslöser.

»Weg mit der Waffe, Evazan«, herrschte ihn der Mann an, »oder wir fliegen beide in die Luft.«

Evazan zog langsam seinen Blaster und warf ihn weg. »Wer sind Sie?« fragte er.

»Mein Name ist Gurion. Ich bin schon seit sehr langer Zeit hinter Ihnen her. Stehen Sie auf.«

»Eine verdammt gerissene Verkleidung«, lobte Evazan, während er aufsprang. »Sie wären sonst nie hereingekommen.«

»Das dachte ich mir. Los, bewegen Sie sich, Sie Schlächter.

Bringen Sie mich zum Dach. Ein paar Freunde von mir werden uns abholen.« Gurion hob drohend die Bombe. »Ich sagte, bewegen Sie sich!«

Evazan gehorchte eilig. Sie betraten die Haupteingangshalle und stiegen eine breite Treppe hinauf.

Als sie auf dem ersten Absatz um die Ecke bogen, warf Evazan einen Blick nach unten und entdeckte einen glänzenden Schleimfladen, der durch eine der Türen in die Halle zu seinen Füßen quoll – Rover. Er lächelte still vor sich hin.

»Hören Sie«, sagte er zu seinem Kidnapper, um ihn von Rover abzulenken, »das ist doch verrückt. Ich werde bald ein sehr reicher Mann sein. Ich weiß nicht, wieviel Kopfgeld man Ihnen angeboten hat, aber ich kann Ihnen viel mehr bezahlen.«

»Ich bin an Kopfgeld nicht interessiert«, knurrte Gurion. »Mein Familienname ist Silizzar. Kommt er Ihnen bekannt vor?«

Evazan erbleichte bei dem Namen. »Es ... es könnte sein, daß ich ein oder zwei Patienten ...«, stotterte er.

Gurion fiel ihm ins Wort. »Sie haben meine ganze Familie behandelt. Wegen einer Magenverstimmung, die sie von einem Gift bekamen, das Sie ihnen als Medizin verschrieben hatten! Sie haben sie nacheinander wie Fische ausgenommen. Sieben Menschen! Keiner von ihnen überlebte. Nein, ich will von Ihnen kein Geld. Mir geht es nur um Rache!«

Sie stiegen weiter die Treppe hinauf und erreichten schließlich eine kleine Tür, die auf ein flaches Teilstück des Daches führte. Vom Meer her wehte ein scharfer Wind und zerrte an ihrer Kleidung, als sie nach draußen traten. Die Blitze in der Ferne tauchten die Umgebung in gespenstisch flackerndes Licht, und dumpf und unheimlich reihte sich ein Donnerschlag an den anderen.

Gurion dirigierte Evazan zum Dachrand, wo er seinen Rucksack mit dem Langstreckenkom befestigt hatte.

»Rühren Sie sich ja nicht von der Stelle«, warnte Gurion. Er hob die Bombe. »Denken Sie daran, wenn ich diesen Knopf drücke, haben wir beide nur noch ein paar Sekunden zu leben. Ich würde Sie lieber vor Gericht stellen, damit Sie für Ihre Verbrechen an all den vielen Lebewesen verurteilt werden. Aber ich werde nicht zögern, der Sache hier ein Ende zu machen!«

»Ich rühr mich nicht von der Stelle«, versicherte Evazan beflissen.

Gurion bückte sich und nahm aus seinem Rucksack den Komkopfhörer. Er ließ den Arzt nicht aus den Augen, während er in das Mikro sprach.

»Mutter, hier ist Gurion. Hört ihr mich?«

»Wir sind noch immer da, mein Freund. Was ist passiert?«

»Ich habe unser Baby bei mir, lebend. Ich bin auf dem Dach. Könnt ihr uns holen?«

»Wir sind schon unterwegs!« rief die Stimme begeistert. »Mutter Ende.«

Aus den Augenwinkeln sah Evazan, wie die Dachtür aufgestoßen wurde. Ein knollengekrönter Stiel tauchte in der Öffnung auf und bewegte sich prüfend hin und her.

»In ein paar Minuten wird uns eine Fähre abholen«, erklärte Gurion, als er den Komkopfhörer wieder verstaute.

Der Arzt machte einen unauffälligen Schritt zur Seite, dann noch einen und noch einen, bis sich Gurion zwischen ihm und der Tür befand.

»Aber Sie müssen mich anhören«, sagte Evazan flehend. »Ich bin in Besitz eines Geheimnisses. Es ist hier in der Burg. Eine Erfindung. Eine sehr große Sache. Ein Angebot, das Sie unmöglich ablehnen können.«

»Da täuschen Sie sich«, sagte der andere unbeeindruckt und fixierte seinen Feind mit kaltem Blick.

Rovers glänzende Masse quoll durch die Tür. Die Kreatur glitt langsam und lautlos weiter. Ihr gallertartiger Körper reflektierte die fernen Blitze.

»Aber mit Hilfe meiner Erfindung könnten Sie ewig leben«, rief der Arzt. »Wahre Unsterblichkeit. Jedes Wesen sehnt sich danach.«

»Glauben Sie im Ernst, Sie könnten Ihre Verbrechen wiedergutmachen, indem Sie mein Leben verlängern?« fragte Gurion ungläubig. »Sie müssen noch verrückter sein, als ich dachte.«

Rover war jetzt nur noch ein paar Meter von dem kauernden Mann entfernt. Die Kreatur plusterte sich auf und holte mit ihren Stielen zum Schlag aus.

Ein Blitz flackerte, und Gurion sah in den winzigen Spiegeln von Evazans Augen das verzerrte Abbild des Meduza. Er sprang auf und wirbelte herum.

Rover schlug im gleichen Moment zu. Gurion versuchte noch zurückzuweichen, aber der knollenförmige Aufsatz des Tentakels traf ihn am Knie und entlud seine gespeicherte elektrische Energie mit lautem Knistern.

Der Mann schrie schmerzgepeinigt auf und taumelte. Seine Hand mit der Bombe fiel schlaff nach unten.

Evazan stürzte sich auf ihn, packte Gurions Handgelenk mit beiden Händen und schüttelte es heftig. Der Detonator entglitt seinen kraftlosen Fingern, hüpfte über das Flachdach und blieb vor der Tür liegen.

Evazan wollte sich von seinem entwaffneten Kidnapper lösen, um ihn Rover zu überlassen, aber Gurion klammerte sich an ihn und packte den Arzt an der Kehle.

»Ich bring dich mit meinen bloßen Händen um!« knurrte er.

Evazan stolperte zurück und versuchte verzweifelt, sich loszureißen, aber Gurion hielt ihn unerbittlich fest.

Die Ferse des Arztes rutschte über die Dachkante. Mit letzter Kraft wirbelte er herum und riß Gurion mit sich. Der Mann hing für einen Moment über dem Abgrund, dann lösten sich seine Hände unter dem Gewicht seines eigenen Körpers von Evazans Kehle, und er stürzte in die Tiefe. Aber Evazan verlor ebenfalls den Halt.

Der Arzt schwankte und ruderte um sein Gleichgewicht kämpfend mit den Armen. Als dies nichts nutzte und er über den Rand kippte, warf er sich heftig herum und griff im Sturz nach der Dachkante.

Seine Schnelligkeit rettete ihn. Er klammerte sich fest und stieß mit den Knien gegen die senkrecht abfallende Steinwand. Unter ihm stürzte Gurion weiter in die Tiefe und prallte mehrfach von den zerklüfteten Klippen ab.

Evazan verfolgte, wie er vom Meer verschluckt wurde. Dann konzentrierte er sich auf seine eigene Sicherheit, fand aber schnell heraus, daß es keine leichte Aufgabe war. Seine Arme allein waren nicht kräftig genug, um ihn nach oben zu ziehen. Seine zappelnden Füße fanden keinen Halt am glatten Stein.

Von oben drang ein Geräusch zu ihm. Er blickte auf und sah nur Zentimeter vor seinem Gesicht zwei Stiefelspitzen. Sein Blick wanderte weiter nach oben, und er stellte fest, daß es Ponda Baba war.

»P-Ponda!« keuchte er unendlich erleichtert. Aber dann verwandelte plötzliches Begreifen die Erleichterung in Überraschung. »Aber … wie? Du bist hier! Der … der Transfer … hat es nicht funktioniert?«

»Oh, es hat funktioniert, Doktor«, antwortete eine Stimme, die ganz anders klang als die seines alten Freundes. »Aber es hat in die andere Richtung funktioniert.«

»In die andere Richtung?« wiederholte er.

»Richtig. Und so haben Sie mich zu einem Dasein im abscheulichen Körper einer Kreatur verdammt, die zum größten Abschaum meines Volkes gehört.« Der Aqualishaner hob den haarigen Arm, der ihn auf seinem Heimatplaneten als sozialen Paria stigmatisierte. »Sie haben mein Leben als Senator zerstört, Doktor. Zum Ausgleich werde ich Ihres zerstören.«

Er hob den anderen, mechanischen Arm und zeigte den Thermodetonator, den er in der künstlichen Hand hielt. Der Metalldaumen ruhte auf dem Zündknopf.

»Nein!« rief Evazan. »Nein, nein, warten Sie! Das können Sie nicht tun!«

»Auf Wiedersehen, Doktor!« sagte der neue Ponda Baba nur.

Er drückte den Knopf, ließ die Bombe fallen, machte kehrt und ging davon.

»Nein, nein!« schrie Evazan, während der Zeitzünder der Bombe laut tickte.

Mit der Kraft der Verzweiflung zog er sich hoch. Seine Augen waren jetzt über der Dachkante. Er entdeckte die tickende Bombe und kurz dahinter den Meduza.

»Rover!« brüllte er. »Hiiilf miiir!«

Hoch über ihm durchstieß eine kleine Fähre die Wolkenbänke und näherte sich der kleinen Felseninsel mit der himmelsstürmenden Burg. Zwei Männer, die so hager und dunkelhäutig waren wie Gurion, saßen an den Kontrollen.

»Da ist es«, sagte einer. Er warf seinem Begleiter einen Seitenblick zu. »Bring uns direkt über das Dach. Ich werde die Rampe ...«

Ein greller Lichtblitz ließ ihn verstummen. Eine Explosion verschlang den oberen Teil der ganzen Burg.

Beide Männer verfolgten fassungslos, wie die Detonation die Türme und Obergeschosse des Gebäudes zerstörte. Eine Wolke aus Staub und feinem Schutt stieg in die Höhe, während die größeren Trümmerstücke zu Boden regneten. Dann brach der untere Teil der Burg in sich zusammen und verwandelte sich binnen Sekunden in einen riesigen Schutthaufen.

»Armer Gurion«, sagte der erste Mann und betrachtete erschüttert die Trümmer.

»Die Explosion wird wahrscheinlich die andoanischen Sicherheitskräfte alarmieren«, meinte der andere. »Am besten verschwinden wir von hier.«

Er drehte das Schiff bei und nahm Kurs auf den Weltraum.

»Zumindest hat sich Gurion an diesem wahnsinnigen Evazan

gerächt«, sagte der erste Mann, während die Ruine unter ihnen zurückfiel …

Tief unter ihnen, an der zerklüfteten Seite der hohen Burgklippe, lag ein großer, gallengrüner Haufen reglos auf einem Felssims. Dickflüssiges gelbes Öl quoll aus Rissen in der Masse und tropfte klebrig über den Rand.

Dann bebte die gallertartige Masse und wölbte sich nach oben. Plötzlich schoß ein Arm heraus, dann ein zweiter, gefolgt von Dr. Evazans Kopf. Gierig schnappte er nach Luft, wie ein Schwimmer, der zu lange getaucht hatte.

Mühsam befreite er sich aus der Masse, die einst sein Haustier gewesen war. Obwohl die treue Kreatur seinen Sturz gedämpft und ihm das Leben gerettet hatte, war sie selbst beim Aufprall getötet worden.

»Danke, Rover«, sagte er und wischte einen Schleimfaden von seinem Hemd. Er bückte sich und tätschelte die zerfetzte Masse. »Tut mir leid für dich, Kleiner.«

Er blickte hinauf zur zerstörten Burg.

»In die andere Richtung«, sagte er bekümmert. »Verdammt!« Dann zuckte er die Schultern. »Ach, was soll's. Vielleicht klappt es beim nächsten Mal.«

Und mit diesen Worten machte er sich an den langen Abstieg zum Meer.

Zeichne die Karten des Friedens:

Die Geschichte des Feuchtfarmers

M. Shayne Bell

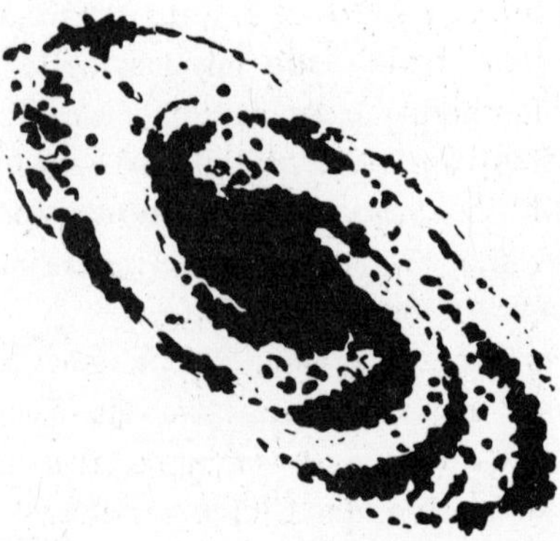

1. Tag: Eine neue Zeitrechnung

Ich dachte: Aus, vorbei. Hier komm ich nicht mehr lebend raus. Ich schoß mit meinem Bodengleiter über den Dünenkamm – schnell wie immer – und sah acht Sandleute um den Taukollektor stehen, den ich reparieren wollte. Mir blieben nur Sekunden, um eine Entscheidung zu treffen: Ich konnte über die letzten Dünen rasen, um einen defekten Taukollektor zu retten, dessen Wasserproduktion ich dringend brauchte, oder ich konnte wenden und zurück in mein gesichertes, von zwei Droiden bewachtes Haus fliehen. Ich gab Gas.

Die Sandleute spritzten auseinander und rannten davon. Ich beobachtete, wohin sie rannten, um zu wissen, aus welcher Richtung mir womöglich ein Angriff drohte.

Alles für 0,5 Liter Wasser, dachte ich. Ich riskierte mein Leben für einen halben Liter Wasser. Die Produktion des Taukollektors hatte sich um dreißig Prozent auf rund einen Liter pro Tag verringert, und ich mußte seine Produktion auf den Standard von 1,5 Liter erhöhen und dort halten, oder ich würde die Farm verlieren.

Sekunden später hatte ich den Kollektor erreicht und hielt in einer Wolke aus Staub und Sand an. Von den Sandleuten war nichts zu sehen, obwohl ihr moschusartiger Geruch noch in der heißen Nachmittagsluft hing. Auf den Dünen am Talboden wurden die Schatten der Canyonwände immer länger.

Bald würde es dunkel werden, und ich war weit von zu Hause entfernt in einem Canyon, in dem es von Sandleuten wimmelte.

Die Sandleute hatten Angst vor menschlicher Technologie – deshalb waren sie vor meinem Gleiter geflohen –, aber ihre Angst würde nicht lange anhalten. Ich nahm meinen Blaster und sprang aus dem Gleiter, um nachzusehen, welche Schäden sie dem Taukollektor zugefügt hatten.

Die Betriebsdiode war zersplittert. Eine Solarzelle zerbrochen. An der Luke des Wassertanks waren Kratzspuren, als hätten sie versucht, an das Wasser zu gelangen. Der Schaden war minimal.

Aber was sollte ich jetzt tun? Ich konnte nicht alle meine weitverstreuten Kollektoren bewachen. Ich hatte zehn davon, die in einem Abstand von einem halben Kilometer in der Wildnis aus Sand und Felsen aufgestellt waren. Der normale Abstand betrug zwar einen Kilometer, doch in der Nähe des Dünenmeers brauchte ein Kollektor doppelt soviel Land, um die betriebswirtschaftlich sinnvollen 1,5 Liter Wasser aus der Luft zu gewinnen. Falls die Sandleute herausgefunden hatten, daß sich Wasser in den Kollektoren befand, und falls sie sich entschlossen, die Vorräte zu stehlen, war meine Farm ruiniert. Ich konnte Dioden und Solarzellen ersetzen. Aber ich konnte nicht die über viele Kilometer verstreuten Kollektoren vor Sandleuten beschützen, die Wasser haben wollten.

Von der Düne im Norden drang ein gedämpftes Grunzen, und sofort duckte ich mich hinter den Kollektor und suchte den Horizont ab. Das Grunzen schien von einem wilden Bantha zu stammen, der nach der Hitze des Tages aufwachte, aber ich wußte, daß es kein Bantha war. Die Sandleute kamen zurück.

Sie waren entschlossen, sich das Wasser zu holen.

Und warum auch nicht? fragte ich mich plötzlich. Wäre ich nicht gekommen, hätte das Wasser ihnen gehört. Es war nicht den ganzen Tag lang von einer Maschine aus dem Boden gepumpt worden, sondern bestand aus niedergeschlagenem Morgentau. Sie mußten sehr verzweifelt sein, daß sie sich in die Nähe einer Maschine der Menschen gewagt, sie berührt, sogar versucht hatten, sie zu öffnen. Was hatte sie nur dazu getrieben?

Von den Dünen im Süden drangen weitere »Bantha«-Grunzlaute, dann erklangen sie im Osten und Westen und schließlich wieder im Norden. Ich war umzingelt, und bis zum Angriff blieben mir nur noch wenige Minuten.

Plötzlich wußte ich, was ich tun mußte. »Dann verschleuder ruhig deinen Gewinn«, hätte Eyvind gesagt, dem die Nachbarfarm drei Täler weiter gehörte, »verschleuder deinen Gewinn, und wenn dich deine Gläubiger von deinem Land jagen, werde ich deine Farm für ein Taschengeld kaufen.«

Aber ich hatte keine Lust, auf Eyvinds Stimme in meinem Kopf zu hören, und ich hätte auch nicht auf ihn gehört, wenn er hiergewesen wäre. Ich nannte dem Kollektor das Paßwort, und eine

Klappe öffnete sich und gab die Kontrollen frei. Ich gab den programmierten Kode ein, und ich hörte, wie der Kollektor den Wasserschlauch im Tank versiegelte. Als er damit fertig war, glitt die Luke des Tanks auf. Ich nahm den Schlauch heraus und legte ihn westlich vom Kollektor in den Sand, wo er vor dem Licht der zweiten untergehenden Sonne geschützt war. Ich zog mein Messer und brachte oben am Schlauch einen winzigen Schnitt an, damit die Sandleute das Wasser riechen und es sich holen konnten.

Ich tippte den Schließkode der Tankluke ein, befahl dem Kollektor, das Kontrollpult wieder abzudecken, lief zu meinem Gleiter und steuerte ihn auf den Kamm einer Düne südwestlich vom Kollektor. Ich konnte keine Sandleute entdecken, aber ich wußte, daß sie Meister der Tarnung waren und quasi aus dem Nichts auftauchen konnten. Ich hatte oft genug gehört, wie schnell – und tödlich – sie im Umgang mit ihren Gaffi-Stöcken waren, jenen zweischneidigen axtähnlichen Waffen, die sie aus dem Metallschrott herstellten, den sie in den Wüsten von Tatooine fanden.

Ich duckte mich in meinem Gleiter und wartete darauf, daß sie sich rührten – ich wagte nicht, wegzufliegen. Sie waren überall und würden wahrscheinlich ihre Äxte nach mir schleudern, wenn ich einen Fluchtversuch machte, und ich hatte keine Lust, in meinem eigenen Gleiter geköpft zu werden. Außerdem hoffte ich, daß sie verstehen würden, was ich getan hatte: daß ich ihnen Wasser geschenkt hatte. Vielleicht konnte ich mir damit mein Leben und ihr Vertrauen erkaufen und so meine Farm retten.

Ich entdeckte eine Bewegung; einer der Sandleute näherte sich von Norden her geduckt dem Kollektor und dem Wasser. Als er den Wasserschlauch im Schatten des Kollektors erreichte, kniete er in den Sand und schnüffelte am Schlauch: Er roch das Wasser im Inneren. Langsam hob er den Kopf und stieß einen schrillen Schrei aus, der durch den ganzen Canyon hallte. Kurz darauf zählte ich acht Sandleute – nein, zehn –, die aus allen Richtungen zum Wasser rannten, wobei vier von ihnen einen großen Bogen um meinen Gleiter machten.

Nur einer von ihnen, der recht klein – vielleicht ein Kind? – war, trank einen Schluck. Zwei andere füllten den Rest des Wassers in einen dünnen Schlauch aus Tierhaut, wobei sie nicht einen Tropfen verschütteten. Als sie fertig waren, blickte der, der zuerst am Wasser gerochen hatte, zu mir herüber. Dann blickten alle in meine Richtung. Der, der am Wasser gerochen hatte, hob plötzlich seinen rechten Arm und ballte die Hand zur Faust.

Ich sprang aus dem Gleiter, machte ein paar Schritte, hob meinen Arm und ballte ebenfalls die Hand zur Faust. Eine Weile standen wir so da und sahen uns an. Ich war ihnen noch nie zuvor so nahe gewesen. Ich fragte mich, ob ich je zuvor einem Menschen so nahe gewesen war. Von Osten wehte eine leichte Brise durch den Canyon und brachte etwas Kühlung, und abrupt wandten sich alle Sandleute ab und verschwanden zwischen den Dünen.

Sie zerstörten meinen Taukollektor nicht. Sie versuchten nicht, mich zu töten. Sie ließen den Kollektor in Ruhe, nachdem ich ihnen das Wasser gegeben hatte, und sie ließen mich in Ruhe. Sie hatten mein Geschenk akzeptiert.

Ich entschloß mich dann, ihnen das Wasser aus diesem Kollektor zu überlassen. Ich wußte, daß es mir fehlen würde – ich brauchte den Erlös aus dem Verkauf –, aber ein paar Liter schienen mir ein geringer Preis zu sein, wenn ich damit meine anderen Kollektoren vor der Zerstörung retten konnte. Ich konnte für kurze Zeit mit der Produktion der neun anderen Kollektoren auskommen – und mir von Eyvind zwei ausgemusterte, defekte Kollektoren kaufen. Wenn ich sie repariert hatte, verfügte ich über gerade genug Wasser, um zu überleben.

All die Mühe lohnte sich, wenn ich dadurch mit den Sandleuten in Frieden leben konnte.

Dieser Tag war für mich der Beginn einer neuen Zeitrechnung.

2. Tag: Eine Farm am Rande

Eyvind hatte mir gesagt, daß ich verrückt wäre, mich so weit hinauszuwagen.

»Niemand ist je so weit hinausgezogen«, sagte er. »Ich kann nicht glauben, daß die Feuchtströmungen bis in diese Canyons reichen – sie sind nur ein paar Kilometer vom Dünenmeer entfernt!«

Aber ich hatte die Feuchtströmungen untersucht: Es mußte dort Wasser geben. Nicht viel. Es würde keine reiche Farm werden wie jene in der Umgebung von Bestine, aber eines Morgens, als ich in einem abgelegenen Canyon campierte, wachte ich auf der Decke auf, die ich im Sand ausgebreitet hatte, und sie war feucht vom Tau. Meine Kleidung war feucht. Mein Haar war feucht. Ich holte die Instrumente aus meinem Gleiter und stellte sie auf, und alle lieferten dasselbe Ergebnis: Wasser. Aus irgendeinem Grund sammelte sich die Feuchtigkeit über den Bergen, bevor sie weiter westlich in der Wüste des Dünenmeers endgültig verdunstete, und in den beiden Wochen, die ich in diesem Canyon verbrachte, um die Tests durchzuführen, schlug sie sich jeden Tag als Tau nieder. Im Lauf eines Jahres überprüfte ich diesen und die Canyons in der Umgebung insgesamt neunundzwanzigmal – ich brauchte detaillierte Daten, um zu beweisen, daß diese Farm lebensfähig war, damit ich mir das Startkapital leihen konnte. Aber ich wußte schon an jenem ersten Tag, als ich mit feuchten Haaren aufwachte, daß ich hier erfolgreich eine Farm führen konnte.

Die nächsten Monate verbrachte ich damit, die Formulare für die staatliche Landvergabe auszufüllen und auf die Zuteilung des Grundstücks zu warten. Weitere Monate vergingen mit dem Ausfüllen der Kreditanträge und dem Warten auf einen Bescheid, während ich mir die ganze Zeit von den anderen Farmern anhören mußte, daß ich verrückt wäre. Aber ich hatte die überzeugenden

Testergebnisse und konnte sie jedem zeigen, der über die Landvergabe oder den Kredit für das Startkapital entschied oder auch nur bereit war, mir zuzuhören und Ratschläge zu erteilen, und schließlich erklärte sich der Direktor der Zygian-Bankfiliale bereit, mir zuzuhören – und der las meine Berichte, überprüfte meinen beruflichen Hintergrund, um festzustellen, ob ich etwas von Feuchtfarmwirtschaft verstand, was der Fall war, und ob ich mein Wort halten würe, worauf er sich verlassen konnte. Er gab mir den Kredit.

Ich hatte zehntausend Tage Zeit, das Geld zurückzuzahlen.

Zehntausend Tage waren genug Zeit, um jeden Traum Wirklichkeit werden zu lassen, dachte ich.

Am Ende eines harten Tages, nachdem ich den Sandleuten das Wasser geschenkt hatte, lag ich in der Dunkelheit auf dem Bett und dachte daran, wie sehr ich mich danach gesehnt hatte, hier draußen eine neue Existenz zu gründen, wie hart ich gearbeitet hatte, um das Land und den Kredit zu bekommen und dann meine Farm aufzubauen. Nicht einen Moment hatte ich daran gedacht, daß hier draußen bereits andere lebten und von dem Land abhingen, das ich *meine* Farm nannte.

Ich stand auf und befahl dem Computer, mir die Holokarte zu zeigen, die ich von meiner Farm und dieser Region angefertigt hatte.

»Die gewünschten Dateien können nur nach einer benutzerspezifischen Sicherheitsüberprüfung freigegeben werden«, meldete der Computer. »Halten Sie sich bitte für einen Retinascan bereit.«

Ich sah für ein paar Sekunden in ein helles weißes Licht, das plötzlich aus dem Monitor drang. Ich mußte meine Karte schützen. Ich hatte die Karte selbst angefertigt – nachdem ich jahrelang die Region erkundet und Fotos gemacht und in den Computer eingegeben hatte –, und wenn die falschen Leute erfuhren, daß ich Karten zeichnete, konnte es gefährlich werden. Ich programmierte den Computer so, daß er die Karten nur mir zeigte und nie auf sie verwies; sie tauchten in keinem Querverweis und keinem Index auf. Sollte ihn außer mir jemand fragen, ob derartige Dateien existierten, würde er verneinen. Er reagierte nur auf meine Stimme, und selbst wenn ich direkten Zugriff auf die Dateien verlangte, mußte ich mich zuerst der Sicherheitsüberprüfung unterziehen.

»Retinascan abgeschlossen«, meldete der Computer. »Hallo, Ariq Joanson. Ich lade die verlangten Dateien.«

Ein leeres, weißes Stück der Wand verwandelte sich plötzlich in ein Hololuftbild der Canyons meiner Farm; mein Haus war blau markiert; die weitverstreuten Taukollektoren wurden durch grüne Punkte symbolisiert; die Canyons und Berge und Dünen erschienen in ihren natürlichen Farben. Ein roter Punkt im Nordosten meiner Farm, am Ende der Bildorschlucht, markierte ein Jawa-Fort. Weiße Punkte symbolisierten die Farmen, die meiner am nächsten lagen – und alle diese Punkte waren weit entfernt. »Du wirst drei Canyons und viele Kilometer von mir entfernt sein – und meine Farm ist seit zwei Jahren der abgelegenste Vorposten!« hatte Eyvind gewarnt. Schwarze Linien überzogen die Canyons und Berge und Dünen und stellten die Grenzen der Farmen dar. Die Landkarte leuchtete in der Dunkelheit, und die Punkte der Häuser und Kollektoren hinter den Grenzlinien glitzerten wie Juwelen. Bis auf den roten Jawa-Punkt repräsentierten alle menschliche Häuser oder Maschinen. Ich war nie auf den Gedanken gekommen, die Lager der nomadischen Sandleute durch Punkte zu kennzeichnen – oder ihren Lebensraum oder die Gebiete der Jawas durch Grenzlinien hervorzuheben.

»Computer«, sagte ich. »Zeichne eine Grenzlinie von der nordöstlichen Grenze meiner Farm in der Bildorschlucht an beiden Rändern des Canyons entlang bis zu einer Entfernung von einem Kilometer über dem Jawa-Fort.«

»Auftrag ausgeführt«, meldete der Computer, während gleichzeitig die Linien erschienen.

«Das Land innerhalb dieser neuen Linien bekommt den Namen Jawa-Schutzgebiet.«

»Auftrag ausgeführt.«

Die Worte wurden sichtbar, aber sie gefielen mir nicht. »Jawa–Schutzgebiet umbenennen. Neue Bezeichnung ist Jawa ...« Was? Land? Reservat? Protektorat? »Einfach Jawa«, schloß ich.

»Auftrag ausgeführt.«

Das Wort Schutzgebiet verschwand von der Karte, und das Wort Jawa wurde unter den roten Punkt zentriert.

»Jetzt zeichne Grenzlinien von der nordwestlichen Grenze meiner Farm bis zum Dünenmeer und von der nördlichen Grenze des Jawa-Landes ebenfalls zum Dünenmeer.«

»Auftrag ausgeführt.«

»Dieses Gebiet bekommt den Namen Sandleute.«

Die Worte erschienen über dem Land. »Haben die Jawas und Sandleute die Besitzrechte an diesen Ländereien erworben?« fragte der Computer.

»Nein«, gestand ich. »Ich träume nur vor mich hin.«

»Wollen Sie diese Änderungen speichern?«

Ich dachte darüber nach. »Nein«, sagte ich schließlich. »Es ist nur ein Traum. Lösche die Änderungen und schließe die Datei.«

Er gehorchte.

Ich legte mich wieder aufs Bett. Was ich gerade getan hatte, war schlimmer als ein Traum. Ich hatte zwei imperiale Gouverneure um die Erlaubnis gebeten, diese Region kartographieren zu dürfen, und beide Male dieselbe Antwort bekommen: »Wir haben einfach nicht das Geld dafür.« Was in Wirklichkeit hieß: »Wir haben hier zu viele Leute, die nicht wollen, daß die Landstriche jenseits der bekannten Siedlungen und Farmen genau kartographiert werden, und wenn Sie Ihre nächste Wasserernte in Mos Eisley verkaufen wollen, sollten Sie aufhören, derartige Bitten zu stellen.«

Also hatte ich aufgehört, sie um die Erlaubnis zu bitten. Aber es waren jetzt nicht Verbrecher, die um ihre Geheimverstecke in der Wildnis fürchteten, die mein Leben und meine Lebensgrundlage bedrohten. Es waren die Gewalttätigkeiten der Sandleute und die Unehrlichkeit und Ränke der Jawas – eine Folge des immer weiteren Vordringens der Menschen in die angestammten Siedlungsgebiete der Jawas und Sandleute, wie mir inzwischen klargeworden war. Karten wären der erste Schritt zu einem sicheren Frieden zwischen den Farmern, Jawas und Sandleuten – falls sich alle Parteien auf allgemein anerkannte Grenzen einigen könnten und sie respektierten. Ohne derartige Vereinbarungen würden die Farmer weiter auf die Territorien der anderen Rassen vordringen und noch mehr Blutvergießen provozieren. Ich wollte das Morden stoppen.

Aber dafür brauchten wir eine Karte. Die Regierung würde sie nicht zeichnen.

Also zeichnete ich sie.

Und in dieser Nacht entschloß ich mich, meine Karte den in der Nähe meiner Farm lebenden Jawas zu zeigen und mit ihnen darüber zu reden, wie man die Sandleute miteinbeziehen konnte. Wenn wir allein eine friedliche Regelung des Zusammenlebens in den Bergen und Canyons erreichen konnten, dann würde die Regierung vielleicht eines Tages unsere Übereinkunft offiziell absegnen.

Ich stellte mich wieder vor den Monitor, um den unvermeidlichen Retinascan vornehmen zu lassen. »Computer«, sagte ich, »zeige mir noch einmal die Karte, die ich gerade abgerufen habe, und zeichne die gelöschten Grenzlinien wieder ein. Kopiere diese Datei auf den tragbaren Holoprojektor.«

3. Tag: Im Jawa-Fort

Ich kannte diese Jawas. Ich hatte oft an den Toren ihres Forts gestanden, insbesondere in dem Jahr, als ich die Feuchtigkeit in den Canyons meiner Farm gemessen hatte. Ich tauschte Wasser gegen den Schrott, den ich in der Wüste fand, und gegen Informationen über das Imperium und seine Städte und die von ihm beherrschten Systeme und fremden Rassen. Ich bemühte mich, freundlich und fair zu den Jawas zu sein. Wenn sie mich bei dem einen oder anderen Geschäft übervorteilten, glich ich das bei anderen wieder aus, und so hatte keiner einen Nachteil. Einige der Jawas wurden sogar meine Freunde – die älteren, die genug Geduld hatten, um mir ihre Sprache, ihr Wissen um den Nutzen der einheimischen Pflanzen und ihre geographischen Kenntnisse beizubringen.

Die dicken Mauern ihres Forts gingen in die Wände des Canyons über, aber ich kannte den Weg zu den geschlossenen und versteckten Toren. Ich stieg aus meinem Gleiter und hielt den Holoprojektor hoch. »Oh, Jawas!« rief ich laut. »Ich komme, um Informationen und Waren zu tauschen.«

Das Tor öffnete sich sofort – das Wort »tauschen« öffnete immer ihre Tore – und acht Jawas stürzten heraus. Ich versuchte, einen Blick ins Innere zu werfen, aber dort war es stockfinster. Sie hatten mich nie in ihr Fort eingeladen. Ich hatte keine Vorstellung, wie es im Inneren aussah. Dies war ein neues Familienfort, vielleicht nur hundert Jahre alt, bewohnt von schätzungsweise fünfzehn Clans, also vierhundert Jawas. Sie hüteten eifersüchtig ihre Geheimnisse und traten jedem Fremden mit Mißtrauen entgegen, aber sie redeten und tauschten mit mir und verbrachten viele Stunden draußen im Sand.

Der erste Jawa, der mich erreichte, war mein alter Freund Wimateeka. Er zwitscherte sofort auf jawaisch los, aber langsam genug, daß ich ihn verstehen konnte.

»Willst du immer noch Wasser tauschen, obwohl du es inzwischen selbst erzeugst?« zwitscherte er, und alle lachten.

«Nein«, sagte ich. »Aber ich habe euch ein Wassergeschenk mitgebracht, um mich für eure Großzügigkeit in der Vergangenheit zu bedanken.«

Ich legte einen Wasserschlauch in Wimateekas Arme, und er konnte ihn fast nicht allein halten. Die anderen eilten hinzu und halfen ihm, den Schlauch in den Sand zu legen, um ihn dann zu berühren und zu fühlen, wie das Wasser in ihm schwappte.

»Was hast du uns sonst noch mitgebracht?« fragte Wimateeka.

»Das Geheimnis der Karten«, erklärte ich, »und wie das Imperium sie zur Schlichtung benutzt, wenn es Streit um den Besitz von Land gibt. Wir können sie auf dieselbe Weise benutzen.«

Ich stellte den Holoprojektor in den festgebackenen Sand vor dem Fort und befahl der Einheit, dicht über dem Boden meine Karte zu projizieren. Die Jawas kreischten und wichen zurück; nur Wimateeka blieb, wo er war, und bewachte den Wasserschlauch.

»Was ist das, was du uns mitgebracht hast, Ariq?« fragte er.

»Eine Karte«, erklärte ich. Ich erzählte ihnen, was Karten waren und wozu sie dienten, und daß die Markierungen und Schraffierungen die Berge und Täler und Sandebenen darstellten, und rasch erkannten sie die vertrauten Umrisse und zeigten mit Fingern darauf, während sie gleichzeitig darüber staunten, daß ihre Festung nur ein kleiner roter Punkt war.

Ich erklärte ihnen das Konzept der Grenzen und was sie für uns bedeuten konnten: Wenn sie die Grenzen des Landes respektierten, das mir die Regierung gegeben hatte, würde ich die Regierung nicht veranlassen, die Ländereien in der Nähe ihres Forts zu beschlagnahmen – ich würde ihnen im Gegenteil helfen, die Formulare auszufüllen, mit denen sie das Land für sich selbst beanspruchen konnten. Ich schlug ihnen vor, selbst Taukollektoren zu kaufen und aufzustellen, und zwar überall im Tal bis an die

Grenze meiner Farm. Selbst wenn sie nicht dazu bereit waren, würde ihnen die imaginäre Linie zwischen ihrem und meinem Land Schutz vor weiteren Ansprüchen bieten, und ich sagte ihnen, daß ich hoffte, daß das Imperium die von uns vereinbarten Grenzen anerkennen und andere Menschen davon abhalten würde, in ihren Tälern Farmen anzulegen.

Als ich fertig war, verschwanden die Jawas im Fort, um die Neuigkeiten und mein Angebot zu beraten. Sie nahmen das Wasser mit. Ich bat Wimateeka, noch einen Moment draußen zu bleiben. Wir setzten uns in den Schatten meines Gleiters und betrachteten den doppelten Sonnenuntergang, während wir miteinander sprachen.

»Kannst du mir den Gruß der Sandleute beibringen?« fragte ich ihn.

Überrascht sah er mich an. Nach einem Moment sagte er: »Koroghh gahgt takt. Möge dich unser Segen begleiten, wenn du von uns gehst.«

»Nein«, erklärte ich, »einen Willkommens-, keinen Abschiedsgruß.« Ich dachte, ich hätte beim ersten Mal das Jawa-Wort für Gruß falsch ausgesprochen.

»Das ist ein Willkommensgruß«, wehrte er ab. »Der höflichste, den es gibt. Sie grüßen sich mit diesen Worten, weil sie immer auf Wanderschaft sind. Sie bleiben nur selten längere Zeit an einem Ort.«

Nicht einmal lange genug, um einen Willkommensgruß zu entwickeln, dachte ich, nur hastige Abschiedswünsche, weil sie sich so schnell wieder trennten.

»Sag es noch einmal«, bat ich, und Wimateeka tat es, und ich wiederholte es, bis ich es flüssig aussprechen konnte.

»Warum willst du diesen Gruß lernen?« fragte Wimateeka mich.

Ich erzählte ihm von den Sandleuten und dem Wasser und meinem Anspruch auf das Land – ihr Land.

Wimateeka sah mich eine Weile schweigend an. »Die jungen

Sandleute sind in der nächsten Zeit sehr gefährlich«, sagte er und erklärte, daß dies die Zeit war, in der die Heranwachsenden eine große Tat vollbringen mußten, um als Erwachsene anerkannt zu werden, Taten, zu denen auch Angriffe auf die anderen Rassen gehörten.

»All unsere Krabbler kehren in die Forts zurück, um auf das Ende der Prüfungszeit zu warten«, sagte er. »Du solltest dich mit deinen menschlichen Freunden nach Mos Eisley zurückziehen.«

Er erzählte mir, wie einst eine große Armee von jungen Sandleuten ein Jawa-Fort im Süden angegriffen und die Bewohner massakriert hatte. Diese Festung war noch immer eine verlassene, niedergebrannte Ruine, die Wimateeka nur einmal besucht hatte. Ich hatte Glück gehabt, daß die Sandleute an meinem Taukollektor keine Jugendlichen gewesen waren, die sich ihren Erwachsenenstatus erst noch verdienen mußten.

Wimateeka fragte mich, wie man den Holoprojektor bediente, und ich wies die Einheit an, Wimateeka die Karte zu zeigen, wenn er darum bat, aber auf andere Befehle nicht zu reagieren. Er rief die Karte dreimal hintereinander ab und fragte mich dann, ob er den Projektor mit ins Fort nehmen dürfe, wo die anderen Jawas über mein Angebot palaverten.

»Er ist nicht zum Tausch gedacht«, sagte ich. »Aber du kannst ihn dir ausleihen, wenn du ihn mir unbeschädigt zurückbringst.«

»Ich verbürge mich dafür«, versicherte der Jawa. Er nahm eilig die Holoeinheit und eilte ins Fort.

Ich verzehrte das mitgebrachte Abendbrot. Nach dem Untergang der letzten Sonne breitete ich die Decken auf dem Sand aus. Ich wollte hier draußen schlafen, in der relativen Sicherheit vor dem Jawa-Tor, mit dem Blaster in der Hand – Wimateekas Geschichte über den Initiationsritus der jungen Sandleute hatte mich beeindruckt. Aber in dieser Nacht kamen die Jawas mit Fackeln zu mir heraus.

Wimateeka führte sie an. »Wir vertrauen dir«, erklärte er und stellte die Holoeinheit vor mir in den Sand. »Verschiebe unsere Grenzen, so daß sie das Tal westlich von uns bis zum Dünenmeer einschließen, und wir nehmen deinen Vorschlag an.«

Ich aktivierte die Karte und befahl dem Holoprojektor, die Grenzen entsprechend zu ändern. Die Jawas zwitscherten leise, als sich die schwarzen Linien ausdehnten und das von ihnen verlangte Tal umfaßten. Wenn sie mit ihren Sandkrabblern zum Dünenmeer wollten, um dort Schrott zu sammeln, mußten sie dieses Tal passieren. Es war klar, daß sie dieses Tal brauchten.

»Hier draußen im Sand ist es nicht sicher«, erklärte Wimateeka. »Nimm deine Decken, deinen Gleiter und deine Holoeinheit und verbringe den Rest der Nacht mit uns im Fort.«

Das hatte ich nicht erwartet. Ich sprang sofort auf, legte meine Decken zusammen, verstaute sie und die Holoeinheit im Gleiter und steuerte den Gleiter langsam durch ihr Tor.

Wir schliefen nicht. Die Jawas führten mich in einen großen Raum, und im Herzen ihres Forts redeten wir im Fackelschein über Karten und Wasser und die Sandleute und wie wir es am besten anstellten, sie vom Nutzen der Karten zu überzeugen.

5. Tag: Eine Begrüßung

Eyvind und ich saßen vor unseren Gleitern auf der Düne südwestlich vom Taukollektor, wo ich – wie jeden Tag – einen Wasserschlauch als Geschenk für die Sandleute hinterlassen hatte.

»Sie kommen also und holen sich dieses Wasser?« fragte er.

»Jeden Tag.«

»Und sie brechen deine Kollektoren nicht auf?«

»Nein.«

»Mir gefällt es trotzdem nicht. Deine Farm liegt am weitesten draußen, und du hast keine direkten Nachbarn – also mußt du vielleicht mit den Sandleuten zusammenarbeiten –, aber meine Farm liegt fast genauso weit draußen, und ich möchte nichts tun, was die Sandleute in meine Nähe lockt. Ich werde ihnen kein Wasser geben – aber wie lange wird es dauern, bis sie auf meiner Farm auftauchen und ein Geschenk erwarten?«

»Dort – da ist einer von ihnen. Achte auf die Dünen im Nordwesten. Sie kommen meistens aus dieser Richtung. Sie müssen irgendwo im Nordwesten ihr Lager haben.«

»Und du lockst sie *hierher.*«

Ich antwortete nicht. Wir hatten in den letzten Tagen immer wieder darüber gestritten. Ich hatte keine Lust, mich mit Eyvind zu streiten, wenn die Sandleute in unmittelbarer Nähe waren. Ich mußte Eyvind zugute halten, daß auch er sofort mit dem Streiten aufhörte. Im Canyon war es jetzt totenstill. Kein Windhauch rührte sich. Ich konnte die Sandleute nicht hören. Es war das erstemal, daß ich jemanden mitgenommen hatte, um zuzuschauen, wie die Sandleute mein Wassergeschenk abholten.

Ich stand auf und legte meine Hand auf Eyvinds Schulter. Ich glaubte nicht, daß die Sandleute mir etwas antun würden, und ich hoffte, daß sie jetzt und in Zukunft auch Eyvind verschonen würden, wenn sie ihn neben mir sahen. Ich hatte einige Entscheidungen getroffen und war fest entschlossen, sie in die Tat umzusetzen – aber mir war klar, daß meine Entscheidungen das Verhältnis zwischen den Rassen hier draußen grundlegend veränderten, und zwar hoffentlich zum Guten.

Plötzlich stand einer der Sandleute im Schatten des Kollektors, direkt neben dem Wasserschlauch. Ich hatte ihn nicht kommen sehen. Er war plötzlich da. Ich hob meinen Arm und ballte grüßend die Faust, aber er reagierte nicht.

»Vielleicht war das doch keine so gute Idee«, flüsterte Eyvind. »Soll ich gehen?«

»Noch nicht«, sagte ich und hielt den Arm mit der geballten Faust weiter hoch. »Koroghh gahgt takt«, rief ich.

Der Sandmann trat zurück, aus den Schatten ins Sonnenlicht, als wollte er fliehen.

»Koroghh gahgt takt!« rief ich wieder. Ich hoffte, daß ich die Worte richtig aussprach – daß Wimateeka den Gruß richtig verstanden und mir korrekt beigebracht hatte, daß ich die Sandleute nicht zum Kampf herausforderte oder ihre Mütter beleidigte.

Langsam hob der Sandmann seinen Arm und ballte die Faust. »Koroghh gahgt takt!« rief er zurück.

Ich hatte es also richtig gemacht, dachte ich. Es funktionierte.

Der Gruß drang nun auch von den Dünen im Osten – dann aus allen Richtungen und als Echo von den Canyonwänden, immer wieder derselbe Gruß: Koroghh gahgt takt.

Eyvind stand auf. »Sie sind überall!« sagte er.

Aber wir konnten nur einen einzigen von ihnen sehen. Er nahm den Wasserschlauch und verschwand hinter den Dünen.

Eyvind und ich stiegen in unsere Gleiter und brausten davon, und an diesem Tag sahen wir keine weiteren Sandleute mehr. Wir fuhren zu meinem Haus und redeten bis spät in die Nacht.

Ich warnte alle anderen Farmer vor den Initiationsriten der Sandleute, und wir waren uns einig, daß wir uns nicht nach Mos Eisley zurückziehen konnten. Wenn wir das taten, hatten wir keine Chance, auf Dauer hier draußen zu bleiben. Aber wenn wir blieben, brauchten wir Frieden, und die meisten Farmer waren der Ansicht, daß nur Blaster und vielleicht die imperialen Truppen diesen Frieden garantieren konnten. Ein paar hörten sich meine Idee mit den Karten und meine Vorstellung von guter Nachbarschaft an. Eyvind nicht.

Er erzählte mir nicht einmal von seinen Hochzeitsplänen.

15. Tag: Eyvind und Ariela

Ich fuhr mit meinem Gleiter zu Eyvinds Farm, um einen von seinen alten defekten Taukollektoren abzuholen, und er trat mit einem wunderschönen Mädchen aus dem Haus.

»Das ist Ariela, meine Verlobte«, sagte er. »Wir heiraten in fünf Wochen.«

Das war alles. Eyvind hatte keiner Seele davon erzählt, nicht einmal mir. Ich hatte nicht gewußt, daß es trotz unserer Freundschaft Geheimnisse zwischen uns gab.

»Freut mich, Sie kennenzulernen«, sagte ich zu Ariela. »Ich gratuliere euch beiden.«

»Sie sind der Farmer mit den großen Plänen für uns alle«, stellte sie fest.

Eyvind sah mich bedeutungsvoll an. »Verstehst du jetzt, warum ich nicht will, daß die Sandleute auf meiner Farm auftauchen?« fragte er.

Der Streit nahm kein Ende. Ich hatte Ariela gerade erst kennengelernt – ich hatte gerade erst von ihrer Hochzeit erfahren – und wir drei stritten uns bereits. »Seht mal«, sagte ich, »ich glaube nur, daß keiner von uns hier draußen überleben kann, wenn es uns nicht gelingt, mit den Sandleuten und den Jawas Frieden zu schließen. Jedenfalls bin ich sicher, daß ihr beide euch nicht fünf Wochen vor eurer Hochzeit mit mir streiten wollt. Verkauf mir diesen alten Kollektor, Eyvind, und ich verschwinde wieder.«

»Aber ich denke, daß Sie das Richtige tun, Ariq«, sagte Ariela, und ich war so verdutzt, daß ich nicht wußte, was ich antworten sollte.

»Ich denke, wir sollten Ihnen helfen – und ich glaube, ich weiß auch schon, wie. Würden Ihre Jawa-Freunde zu unserer Hochzeit kommen? Würden Sie sie in unserem Namen einladen? Da sie unsere Nachbarn sind, sollten sie auch an den wichtigen Ereignissen unseres Lebens teilhaben.«

»Sie hat noch nie welche gerochen«, warf Eyvind ein.

»Sie werden kommen«, versicherte ich. »Ich werde sie noch heute einladen.«

Und ich tat es. Ich brachte den alten Kollektor zu meinem Haus, packte Vorräte für eine Nacht in der Bildorschlucht ein und fuhr los. Ich erreichte das Jawa-Fort kurz vor Sonnenuntergang.

»Du erweist uns erneut große Ehre!« zwitscherte Wimateeka, nachdem ich die Einladung überbracht hatte. »Aber was ist mit Geschenken? Wir müssen etwas mitbringen, aber wir können kaum etwas entbehren! Unsere Geschenke werden ihnen billig und geschmacklos vorkommen.«

»Sie werden sich geehrt fühlen, ganz gleich, was ihr ihnen schenkt«, sagte ich.

Sie nahmen mich wieder mit in die große Ratskammer ihres Forts. Wir redeten bis spät in die Nacht über Hochzeitsgeschenke – über Steinsalz, das sie für ein gutes Geschenk hielten, über Wasser, das sie nicht entbehren konnten, über Kleidung, von der es ohnehin nie genug gab, über rekonditionierte Droiden, die ein elegantes, wahrscheinlich aber teures Geschenk abgeben würden.

»Bietet doch an, ihnen eure Sprache beizubringen«, schlug ich vor. »Das wäre ein schönes Geschenk.«

Aber am besten gefiel ihnen die Idee mit dem Steinsalz.

In dieser Nacht gelang es uns nicht, die Frage zu klären.

32. Tag: Einige Nachbarn statten mir einen Besuch ab

Kurz nach Einbruch der Dunkelheit hatte ich den zweiten alten Kollektor, den ich von Eyvind gekauft hatte, endlich aufgestellt, und wenn der Testlauf, den ich durchgeführt hatte, korrekt war, würde er eine anständige Ausbeute liefern – vielleicht bis zu 1,3 Liter pro Tag. Meine Farm produzierte damit einen oder zwei Liter mehr als früher, was bedeutete, daß ich das Wasser, das ich den Sandleuten gab, bestimmt nicht vermissen würde.

Ich packte meine Werkzeuge in den Gleiter und flog langsam zurück zu meinem Haus, um zu Abend zu essen. Ich flog langsam, weil es dunkel war und es hier draußen Dinge gab, die gefährlich werden konnten. Zumindest mußte ich mir jetzt keine Sorgen mehr wegen der Sandleute machen. Immerhin etwas.

Ich steuerte in die Schlucht, wo ich mein Haus gebaut hatte, und da waren Lichter vor meinem Haus – viele Lichter. Ich gab Gas.

»Da ist er!« hörte ich jemanden rufen, als ich anhielt.

Was war passiert?

Es waren Eyvind und Ariela, die Jensens, Eyvinds direkte Nachbarn, die Clays, die Bjornsons – und sechs oder acht andere.

»Was ist los?« fragte ich.

Eyvind trat vor. »Wir sind gekommen, um dich als deine Nachbarn zu bitten, den Sandleuten kein Wasser mehr zu geben. Du weißt nicht, was du damit anrichtest.«

Ich hatte eigentlich damit gerechnet, daß die Imperialen Ärger gemacht hatten – daß sie Mos Eisley zerstört hatten, um der Korruption ein Ende zu machen, und die Bewohner zu den Farmen geflohen waren – irgend etwas in dieser Art, das den Menschenauflauf auf meiner Farm erklären konnte. Aber nicht das. »Haben die Sandleute einem von euch etwas zuleide getan, seitdem ich ihnen Wasser gebe?« fragte ich.

»Sie haben vor fünf Jahren meinen Sohn umgebracht«, sagte Mrs. Bjornson.

»Das wissen Sie nicht«, widersprach Ariela leise.

»Ich habe ihn tot im Canyon nördlich von unserer Farm gefunden! Wer sonst treibt sich dort draußen herum und hackt Menschen mit Äxten in kleine Stücke? Die imperialen Untersuchungsbeamten haben *bestätigt*, daß die Sandleute meinen Sohn getötet haben.«

Für eine Weile sagte niemand etwas. Niemand wollte darauf hinweisen, daß sich nicht nur die Sandleute dort draußen herumtrieben. Niemand wollte sagen, daß die imperialen Untersuchungsbeamten vielleicht ein Interesse daran hatten, jemanden für das Verbrechen verantwortlich zu machen, der nicht vor Gericht gestellt werden konnte.

»Sie haben fünf von meinen Kollektoren zerstört«, sagte Mr. Jensen.

»Sie sind in meinen Lagerschuppen eingebrochen und haben alles verwüstet«, fügte Mr. Clay hinzu.

»Als ich nach Mos Eisley fuhr, hat einer von ihnen einen Gaffi-Stock nach mir geschleudert, der sich in einer Heckdüse verfing«, sagte Mrs. Sigurd. «Ich habe es kaum in die Stadt geschafft.«

Ariela mischte sich ein. »Es sind hier draußen also schlimme Dinge passiert, und Sie alle haben die Schuld sofort bei den Sandleuten gesucht.«

Mr. Olafson brachte sie zum Schweigen. »Es sind Außenseiter wie Sie, die frisch von – woher? Alderaan? – kommen und uns vorschreiben wollen, wie wir zu leben haben, Außenseiter wie Sie – und dieser Ariq hier –, die den meisten Ärger machen.«

»Ich bin kein Außenseiter«, sagte ich, aber darum ging es nicht. Meine Ideen *waren* neu. Es konnte Probleme geben, bevor sie funktionierten, bevor wir alle in Frieden leben konnten. Es sah aus, als würden die Probleme nicht nur von den Sandleuten ausgehen.

»Du hast also als Junge auf einer Feuchtfarm gearbeitet«, sagte Eyvind, »und du hast eine eigene Farm gegründet, um Profit zu machen – gibt dir das etwa das Recht, dich selbst zu unserem Diplomaten zu ernennen und mit den Sandleuten und Jawas zu verhandeln?«

»Die Sandleute hätten meine Farm ruiniert, das weißt du. Ich muß einen Weg finden, mit ihnen zu leben. Auch das weißt du.«

»Die meisten Leute hier draußen sind gegen das, was du tust, Ariq.«

»Ist das so? Die McPhersons, die Jonsons und die Jacques unterstützen mich, und ich sehe keinen von ihnen hier. Was ist mit Owen und Beru? Hast du mit ihnen gesprochen? Oder mit den Darklighters? Auf welcher Seite stehen sie?«

»In zwei Tagen haben wir die Gelegenheit, aus erster Hand zu erfahren, ob Ariqs Pläne funktionieren«, erklärte Ariela. »Eyvind und ich haben ihn gebeten, die Jawas zu unserer Hochzeit einzuladen, und sie kommen als unsere Gäste.«

Diese Erklärung löste mehr Streit unter diesen Leuten aus, als ich je für möglich gehalten hatte. Eyvind wirkte nicht gerade glücklich darüber, daß sie es erzählt hatte.

»Die Jawas fühlten sich durch die Einladung geehrt«, warf ich ein. »Wir können mit ihnen leben – ihr werdet sehen. Vielleicht gelingt es uns auch, mit den Sandleuten zu leben.«

Aber keiner hörte mir zu. Ariela sah mich an, und sie wirkte besorgt. Ich konnte mir eine Menge Gründe dafür vorstellen. Es war klar, daß sie Eyvind nicht bei seiner Ablehnung meiner Ideen unterstützte. Es tat mir leid, der Grund für ihren – wahrscheinlich ersten – Streit zu sein.

»Wir werden das Gericht in Mos Eisley entscheiden lassen – notfalls sogar das Gericht in Bestine«, sagte Eyvind, als sich alle zum Gehen wandten.

Ich fuhr meinen Gleiter in den Schuppen und schloß das Tor ab. Als ich zurückkam, stand Ariela noch immer da.

»Was haben Sie jetzt vor?« fragte sie mich.

Ich wollte ihr dieselbe Frage stellen. »Ich weiß es nicht«, gestand ich. Wir setzten uns vor meinem Haus in den Sand und schwiegen eine Weile.

»Sind Sie wirklich von Alderaan?« fragte ich sie.

»Ja.«

»Vermissen Sie Ihre Heimat nicht?«

»Eigentlich nicht«, meinte sie. »Ich bin verliebt, und das gleicht es wieder aus. Aber ich vermisse das Wasser – wir konnten dort so verschwenderisch damit umgehen!«

»Ich kann mir eine derartige Welt nicht einmal vorstellen, so sehr bin ich daran gewöhnt, auf jeden Tropfen zu achten.«

»Dort ist alles anders. Wenn ich Sie und Eyvind mit nach Alderaan nehmen könnte, würden Sie soviel Wasser haben, wie Sie wollen.«

»Ich würde den ganzen Tag darin schwimmen.«

»Sie könnten stundenlang duschen, ohne daß irgend jemand etwas sagt.«

»Ich würde in meinem Haus Pflanzen halten und sie begießen.«

Sie sah mich an und lächelte. Nach einer Weile stand sie auf. »Ich werde nicht zulassen, daß Eyvind Ihnen in Mos Eisley oder Bestine Schwierigkeiten macht.«

»Danke«, sagte ich. Als sie fort war, ging ich ins Haus. Ich hatte keinen Hunger mehr. Im Haus war es heiß, also nahm ich den Holoprojektor mit nach draußen und setzte mich auf einen Felsgrat, von dem aus ich mein Haus und die Schuppen überblicken konnte. Ich löschte alle Lichter, so daß die Farm im Dunkeln lag. Dann aktivierte ich die Karte, und sie überstrahlte hell die Felsen. Die Felsen im Umkreis der Karte sahen wie die Berge im Umkreis der Farm aus. Die Sterne funkelten am Himmel, und ich legte mich auf den Felsboden, um sie anzusehen.

Ich blicke nicht oft zum Himmel hinauf. Ich arbeite zuviel und bin abends so müde, daß ich nicht oft genug zu den Sternen hinaufsehe.

Ich fragte mich, wie das alles enden würde.

50. Tag: Jawageschenke und die Hochzeit

Einunddreißig Jawas kamen zu der Hochzeit, und sie brachten Säcke mit Steinsalz mit, einen Liter Wasser, einen Ballen ihres braunen Tuches – und einen Diagnosedroiden, der so klein war, daß er auf meiner Handfläche Platz hatte. Sie hatten sich nicht auf ein Geschenk einigen können und deshalb alles mitgebracht, worüber wir gesprochen hatten.

Der Diagnosedroide beherrschte die Binärsprache der Kollektoren. Die Jawas hatten ihn so blankpoliert, daß es weh tat, ihn mit den anderen Geschenken in der Sonne liegen zu sehen.

Die menschlichen Gäste standen einfach da und starrten die kostbaren Geschenke an und staunten über die Jawas, die sich so sichtlich über die Einladung zu dieser Hochzeit freuten.

Eyvind eilte zu mir und bat mich, mitzukommen und für ihn und Ariela zu dolmetschen. Sie wollten den Jawas danken. Ich stand an der Bowle, zusammen mit den Jensens und Arielas Mutter und Schwester, die extra von Alderaan angereist waren. Als ich mich abwenden wollte, hielt mich Mrs. Jensen einen Augenblick fest. »Vielleicht haben Sie mit alldem recht«, sagte Mrs. Jensen. »Vielleicht haben Sie wirklich recht.«

Ich lächelte sie an und eilte zum Dolmetschen. Die Jawas verbeugten sich vor mir, und ich tat es ihnen gleich. Ich übersetzte für Eyvind und Ariela und beantwortete dann die Fragen der Jawas zu dieser menschlichen Zeremonie: Ja, die Menschen, die sich hier eingefunden hatten, waren alle potentielle Kunden für ihre Waren, und ja, der winzige Diagnosedroide hatte alle beeindruckt; nein, Eyvind und Ariela würden die Ehe nicht in der Öffentlichkeit vollziehen; ja, alle hofften, daß Eyvind und Ariela Kinder haben würden; ja, die Menschen tischten zur Hochzeit besondere Gerichte auf, um aus dem Tag ein denkwürdiges Ereignis zu machen. »Probiert den Gewürzsaft«, riet ich. »Er wird euch schmecken. Viel besser als nur Wasser.«

Ich fragte mich, was sie von dem Gewürz wohl hielten. Sie folgten mir zum Tisch mit der Bowle, und ich goß Wimateeka ein Glas Gewürzsaft ein und gab es ihm.

Er hielt das Glas in der Hand und äugte hinein. »Das Glas ist so kalt!« sagte er.

»Bei wichtigen Anlässen reichen wir immer gekühlte Getränke«, erklärte ich.

»Warum ist es rot? Ist Blut darin?«

»Nein – wir trinken kein Blut!«

Wimateeka bedachte mich mit einem sonderbaren Blick, und plötzlich fragte ich mich, ob die Jawas bei ihren Hochzeiten Blut tranken. Ich würde es wahrscheinlich noch früh genug erfahren. Wimateeka hatte den Drink immer noch nicht probiert. »Es schmeckt sehr gut«, versicherte ich erneut. »Wenigstens denken wir das.«

»Wieviel kostet das Glas?« fragte er schließlich.

Er hatte also gedacht, daß er dafür bezahlen mußte. Offenbar hatten sich alle Sorgen gemacht, ob sie genug Kredits für das Essen und die Getränke hatten – vor allem, da sie gedrängt wurden, bestimmte Dinge zu probieren. »Für die Hochzeitsgäste ist alles umsonst«, sagte ich.

Daraufhin lächelte Wimateeka und hob das Glas an die Lippen. Seine Augen weiteten sich, als er den Gewürzsaft kostete – und ich fragte mich, ob er ihn wieder ausspucken würde, aber er tat es nicht, und kurz darauf verlangte er einen weiteren Drink. Ich schenkte dem Rest der Jawas ebenfalls ein, und alle liebten den

Gewürzsaft und baten mich um mehr, und fünfzehn Minuten lang war ich nur mit der Versorgung der Jawas beschäftigt.

Eyvind kam nervös und aufgeregt zu mir. »Ich möchte jetzt anfangen«, sagte er, »aber Owen und Beru sind noch nicht hier, und sie hatten fest versprochen, daß sie kommen.«

»Vielleicht hat sie etwas aufgehalten«, meinte ich, während ich einem Jawa ein neues Glas Gewürzsaft reichte. »Aber ihr solltet wirklich anfangen, sonst sind alle einunddreißig Jawas noch *vor* der Hochzeit betrunken.«

Eyvind lachte.

Und dann begann die Schießerei.

Drüben bei den Gleitern. Alle hatten westlich von Eyvinds Haus geparkt, und von dort drang der Tumult: Zwei oder drei Männer schossen mit lautem Gebrüll auf die Gleiter. Ich fragte mich, *warum* sie so etwas Verrücktes machten – bis ich die Sandleute entdeckte.

Die Jugendlichen, dachte ich. Sie hatten sich in den Kopf gesetzt, einen oder zwei Gleiter zu stehlen, während wir mit den Hochzeitsfeierlichkeiten beschäftigt waren.

Die Sandleute wehrten sich mit ihren Gaffi-Stöcken und schleuderten sie mit tödlicher Zielsicherheit, und alle Gäste schrien durcheinander und stürzten in Deckung, und Eyvind rannte los, um sich an der Schießerei zu beteiligen oder die Schießerei zu beenden – ich wußte es nicht genau. Ich lief ihm hinterher, verlor ihn in dem Gewühl aber aus den Augen, und dann stolperte ich fast über Ariela, die auf dem Boden saß und etwas in den Armen hielt.

Eyvind. Ich kniete neben ihr nieder. Sie hielt Eyvind in den Armen, und er war voller Blut, und überall um uns herum wurde geschossen, und dann kamen die Sandleute. Ich stand auf, hielt mich aber dicht bei Ariela, in der Hoffnung, daß sie mich erkennen und mich und Ariela nicht töten würden, und einige von ihnen wichen bei meinem Anblick tatsächlich zurück …

Aber etwas traf mich im Rücken – ein Schlag mit der stumpfen Seite eines Gaffi-Stocks – und ich stürzte in den Sand und konnte sekundenlang nicht atmen, obwohl ich nicht das Bewußtsein verlor. Ich hörte Schreie, und ich hörte Ariela schreien, und ich konnte mich nicht bewegen. Ich konnte für eine lange Minute nur die Füße der Sandleute sehen, die um mich herumwimmelten, und dann menschliche Füße, und ein Mensch zog mich hoch und funkelte mich haßerfüllt an.

»Das ist alles Ihre Schuld!« brüllte er. »Das kommt davon, wenn man ihnen Wasser gibt.«

Er gab mir einen Stoß, der mich wieder in den Sand plumpsen ließ, aber inzwischen konnte ich wieder atmen und allein aufstehen, und sie trugen Eyvind weg.

»Er ist tot«, schrie mir jemand zu, und die Worte trafen mich fast so hart, wie der Gaffi-Stock mich getroffen hatte. Ich konnte wieder nicht atmen.

»Sie haben Ariela entführt«, brüllte ein anderer. »Sie haben sie einfach mitgenommen.«

Arielas Mutter ergriff meinen Arm. »Sie müssen sie retten«, flehte sie. »Die anderen wollen die Sandleute verfolgen und erschießen, und die Sandleute werden meine Tochter bestimmt töten, bevor sie befreit werden kann. Sie müssen sie retten.«

»Ich nehme Wimateeka mit«, nickte ich. »Er kann für mich dolmetschen.«

Und so sah schließlich unser Plan aus: Ich hatte zwölf Stunden, um die Sandleute aufzuspüren und sie dazu zu bringen, Ariela freizulassen. In der Zwischenzeit würden alle anderen einen schwerbewaffneten Suchtrupp zusammenstellen. Wenn ich in zwölf Stunden nicht zurück war, würden sie mir folgen.

Und die Sandleute töten.

Ich fand Wimateeka und die anderen Jawas verängstigt in ihrem Sandkrabbler. Ich erklärte ihnen, was ich tun wollte, und bat Wimateeka, mich zu begleiten. Er begann zu zittern, aber er stand auf und folgte mir zu meinem Gleiter. Er zitterte noch immer, als ich ihn hineinhob.

Kaum war ich gestartet, fragte ich mich, warum ich nicht zitterte.

50. Tag: Ich warte am Kollektor mit einem letzten Wassergeschenk

Ich wartete am Kollektor, weil ich annahm, daß die Sandleute Ariela in ihr Hauptlager bringen würden, das irgendwo im Nordwesten lag.

Mit meinem Gleiter war ich schneller als die Jugendlichen, also hatte ich sie überholt, und sie mußten an mir vorbei. Sie würden wahrscheinlich am Kollektor haltmachen, um nachzusehen, ob ich etwas Wasser für sie zurückgelassen hatte.

Und ich hatte mir überlegt, was ich ihnen sagen würde. Es waren Jugendliche, die beweisen mußten, daß sie es wert waren, in den Kreis der Erwachsenen aufgenommen zu werden. Ich konnte dafür sorgen, daß man sich für immer an ihre Taten erinnern und sie ehren würde: indem ich sie dazu brachte, mit mir und den Jawas über die Grenzen ihres Landes zu verhandeln und so ihre nomadische Lebensweise zu sichern. Ich wußte, daß ihre Erwachsenen konsultiert werden mußten, aber die Jugendlichen konnten den Prozeß in Gang setzen und sie von der Notwendigkeit eines Vertrages überzeugen.

Ich hoffte, daß ich mich mit ihnen einigen konnte. Ich hoffte, daß sie mich vorher nicht enthaupteten. Ich hoffte, sie zu überzeugen, daß Ariela wertlos war im Vergleich zu diesem Plan und daß es mir gelingen würde, sie mit dem Wasser und dem Tuch freizukaufen, das Wimateeka und ich aus meinem Haus geholt hatten.

Also warteten wir auf dem Sand mit unserem Wasser und dem Tuch und dem Holoprojektor und meiner Karte.

Und plötzlich waren sie da. Von einem Moment zum anderen waren wir von Sandleuten umzingelt, jeder mit einem Gaffi-Stock bewaffnet, deren scharfe Klingen im grellen Sonnenlicht glitzerten. Die Dünen waren voller Sandleute. Ich hielt nach Ariela Ausschau, konnte sie zunächst aber nirgendwo entdecken.

Ich stand auf, hob meinen Arm, ballte die Faust und begrüßte sie mit: »Koroghh gahgt takt.«

Sie schwiegen. Keiner sagte etwas oder hob den Arm. Dann entdeckte ich auf einer Düne im Süden Ariela: gefesselt und geknebelt und bewacht. »Übersetze für die Sandleute, was ich sage«, bat ich Wimateeka, und ich wußte, daß ich schnell und überzeugend sprechen mußte, um ihr Leben und wahrscheinlich auch Wimateekas und meins zu retten.

Ich erklärte ihnen, daß wir Zwischenfälle wie den heutigen vermeiden konnten. Ich wußte einen Weg. Ich erzählte ihnen von meinem Plan und von meiner Hoffnung, daß das Imperium unsere Übereinkunft anerkennen würde, und was dies für ihr Volk und meins bedeutete.

Wimateeka hatte Schwierigkeiten, ihnen die Karte zu erklären, und ich wußte nicht, ob sie überhaupt verstehen konnten, was eine Karte war. Wimateeka und ich glätteten ein Stück Sand, und ich stellte den Holoprojektor auf und zeigte ihnen die Karte. Einige der Sandleute wichen erschrocken zurück, aber die anderen kamen bald näher, und sie schienen zu verstehen.

Aber ich wollte erst verhandeln, wenn sie Ariela freigelassen hatten. »Was wir vorhaben, ist besser als weiteres Töten«, sagte ich. »Ich will, daß ihr eure Gefangene freilaßt – übergebt sie mir. Sie ist meine Freundin. Nehmt dieses Wasser und das Tuch als Entschädigung für die Mühe, die es euch gekostet hat, bis jetzt für sie zu sorgen.«

Sie lehnten zuerst ab, aber schließlich nahmen sie das Wasser und das Tuch und reichten es weiter, und sie lösten Arielas Fesseln und ließen sie frei.

Sie schritt langsam durch die Reihen der Sandleute. Sie machten ihr nur widerwillig Platz. Aber sie war größer als alle von ihnen, und sie hielt ihre Augen auf mich und Wimateeka gerichtet, und dann war sie bei uns. Ich umarmte sie, und sie umarmte mich und Wimateeka.

Und dann begannen wir zu feilschen und zu verhandeln und zeichneten die Grenzlinien auf meiner Karte ein.

Es funktionierte.

Ich dachte an all die Generationen von Anthropologen, die alles dafür gegeben hätten, jetzt hier bei den Sandleuten zu sein. Der Tag war lichtdurchflutet, und ich konnte spüren, wie von uns allen die Spannung wich. Meine Karte hatte noch nie schöner ausgesehen, dachte ich, wie sie dicht über dem Boden leuchtete, von den schwarzen Grenzlinien geteilt.

Sechs Stunden vor Ablauf meiner Frist beendeten wir die Verhandlungen.

Ariela und Wimateeka und ich verstauten den Projektor in meinem Gleiter.

Die Sandleute standen auf und beobachteten uns, um dann in nordwestlicher Richtung, wo sich ihr Lager befand, zwischen den Dünen zu verschwinden.

Ariela stieg in meinen Gleiter.

Ich drückte ihr Wimateeka in den Arm und stieg ebenfalls ein.

Und die Düne im Westen explodierte in Feuer. Mein Kollektor zerbarst, und Dampf stieg wie Rauch in die Höhe. Explosionen erschütterten die Luft – und die jungen Sandleute schrien und rannten.

Sechs Stunden vor Ablauf unserer Frist – jetzt, wo alles erreicht war, wofür wir gearbeitet hatten. Ich *mußte* der Schießerei ein Ende machen.

Ich flog direkt zu der Stelle, von wo die Schüsse kamen – eine felsige Anhöhe im Süden – und wir wurden nicht getroffen. Sie verschonten uns.

Sturmtruppen. Imperiale Sturmtruppen versteckten sich zwischen den Felsen. Die Farmer, die gegen meine Pläne waren, mußten sie alarmiert haben. Ich brachte den Gleiter abrupt zum Halt und stürzte die Felsen hinauf. »Hört auf zu schießen!« brüllte ich. »Das sind nicht einmal Erwachsene, die ihr umbringt!«

Aber niemand hörte auf mich. Ich erreichte die Sturmtruppler und schlug ihre Gewehre hoch – bis mich jemand von hinten packte und gegen einen Felsen schleuderte.

»Hören Sie auf damit!« schrie mich jemand an.

Es waren die anderen Farmer, acht oder zehn von ihnen.

»Die Sturmtruppen bringen Sie sonst um«, zischte mir jemand ins Ohr. »Verhalten Sie sich still, und wir werden später über alles reden.«

Ich wollte mich losreißen, aber sie stießen mich zurück.

»Das Imperium wird niemals zulassen, daß Ihr Plan funktioniert«, zischte mir eine andere Stimme ins Ohr, dann stand Ariela vor mir, mit bleichem Gesicht, tränenüberströmt.

»Verstehen Sie nicht?« sagte sie. »Das Imperium schürt auf allen Seiten die Feindschaft zwischen den Rassen, damit die Mehrheit nach Sturmtruppen verlangt, um den Frieden zu bewahren. Wenn Sie es geschafft hätten, hier Frieden zu stiften, würden alle erkennen, wer unser wahrer Feind ist – und was dann?«

Ich hätte es vorhersehen müssen. Seit die imperialen Gouverneure zum ersten Mal abgelehnt hatten, diese Region zu kartographieren, hätte ich wissen müssen, daß so etwas geschehen würde.

Das Feuer wurde eingestellt. Die anderen Farmer dankten den Sturmtruppen, daß sie Ariela und Wimateeka und mich »gerettet« hatten.

»Sie werden für einige Zeit Ihre Farm verlassen müssen«, sagte einer der Sturmtruppler zu mir. »In Ihrem abgelegenen Haus sind Sie nicht sicher.«

Ich würde sie nicht nur für einige Zeit verlassen müssen. Dies konnte das Ende meiner Farm bedeuten. Die Sandleute würden mich zweifellos töten wollen – sofern es mir nicht gelang, sie davon zu überzeugen, daß ich sie nicht verraten hatte, sofern ich keine Möglichkeit fand, ihnen zu zeigen, wer sie wirklich verraten hatte.

»Wir werden den Jawa nach Hause bringen«, erklärte ein anderer Sturmtruppler.

»Nein«, wehrte ich ab. »Ich übernehme das schon.«

Und ich tat es. Ich wollte nicht, daß er allein mit den Sturmtruppen war. Ich befürchtete, daß sie ihn dann umbringen würden – um die Jawas zu provozieren und einen Keil zwischen sie und die Farmer zu treiben. Also eskortierte uns eine Abteilung Sturmtruppen zum Jawa-Fort.

Vor dem Tor des Forts hob ich Wimateeka aus meinem Gleiter, und er floh ohne ein Wort des Abschieds hinein.

50. Tag, Nacht: Ich werde ein Rebell

Der imperiale Commander beorderte mich nach Mos Eisley, um eine Aussage zu machen, und ich mußte gehen. Ariela bat mich, ihre Mutter und ihre Schwester zum Raumhafen zu bringen. Sie blieb bei den anderen Farmern, um die Verteidigung gegen den befürchteten Rachefeldzug der Sandleute zu organisieren.

»Eyvind hat mir seine Farm hinterlassen«, erklärte mir Ariela. »Ich würde mich freuen, wenn Sie mir bei der Bewirtschaftung helfen würden, sobald alles vorbei ist – sobald wir zurückkehren können.«

Also hatte ich auf meinem Weg nach Mos Eisley einiges zum Nachdenken.

Ich setzte Arielas Mutter und Schwester am Raumhafen ab.

Bald würden sie wieder auf Alderaan und in Sicherheit sein. Ich machte meine Aussage, und die Imperialen beschlagnahmten meine Karte und ließen mich gehen.

Ich fragte mich, für wie lange wohl.

In der Zwischenzeit stand meine Farm leer.

Meine Hoffnungen auf einen Frieden zwischen den Jawas und den Sandleuten waren zerstört.

Die Sandleute würden sich zweifellos verraten fühlen und unschuldige Menschen töten.

Meine Karten, meine Träume, meine erfolgreichen Verhandlungen interessierten das Imperium nicht.

Alles nur, weil das Imperium nicht wollte, daß zwischen uns Frieden herrschte. Alles nur, weil dem Imperium die Sicherheit und die Arbeit und das Leben seiner Bürger nichts bedeuteten. Wir waren Schachfiguren, Bauern, die benutzt und geopfert wurden.

Ich ging auf einen Drink in die Bar. Ich konnte nicht sofort heimkehren.

Ich saß in einer dunklen Ecke und musterte die anderen Gäste – Wesen aus allen Winkeln des Imperiums. Vertreter von Rassen, die alle vom Imperium unterdrückt wurden. Wir teilten alle dasselbe Schicksal.

Aber es gab einen anderen Weg. Ich wußte, daß es einen anderen Weg gab.

Es gab die Rebellion.

Das Imperium hatte *mich* zur Rebellion getrieben.

Ich bestellte einen weiteren Drink und sah mich um. Ich wußte nicht, wo ich die Rebellion finden konnte. Ich wußte nicht, wie man sich ihr anschloß. Aber in dieser Bar würde ich es erfahren, dachte ich. Wenn ich ein paar gezielte Fragen stellte, würde ich es vielleicht herausfinden. Ich entschied mich, den Ithorianer zu fragen, der ein paar Tische weiter saß.

Ich trank mir mit einem weiteren Drink Mut an, aber ehe ich aufstehen konnte, kam der Neffe von Owen und Beru, Luke, mit einem Fremden und zwei Droiden herein, die wieder nach draußen gescheucht wurden.

Wo waren Lukes Tante und Onkel? fragte ich mich. Und das brachte mich zum Nachdenken. Owens und Berus Farm lag sehr weit von meiner und Arielas entfernt. Vielleicht brauchten sie jemanden, der ihnen zur Hand ging, bis sich die Lage wieder beruhigt hatte und Ariela und ich auf unsere Farmen zurückkehren konnten.

Dann konnten wir anfangen, für die Rebellion zu arbeiten.

Ariela würde sich zusammen mit mir der Rebellion anschließen. Genau wie die meisten anderen Farmer auch, nach allem, was heute passiert war. Die Jawas würden uns helfen. Im Lauf der Zeit würden vielleicht sogar die Sandleute verstehen, was vorgefallen war – und daß wir die Republik wiederherstellen, uns vom imperialen Joch befreien mußten. Farmer wie ich, in einer ungewöhnlichen Allianz mit den Jawas und vielleicht den Sandleuten, würden für unser Recht kämpfen müssen, in Frieden auf der Welt zu leben, die unsere Heimat war.

Als ich dies alles bedacht hatte, war ich sicher, daß ich die Rebellion finden würde, draußen in den Bergen und Tälern der Wasserfarmen von Tatooine.

Irgend etwas sagte mir, daß sich die Dinge auf Tatooine verändern würden, und zwar auf eine Weise, die sich die Imperialen nicht vorstellen konnten.

Irgend etwas sagte mir, daß hier am Ende, eines Tages, irgendwie, Frieden herrschen würde.

Wir würden die Karten des Friedens zeichnen.

Eine letzte Nacht in der Mos Eisley Bar:

Die Geschichte des Wolfsmannes und der Lamproidin

Judith und Garfield Reeves-Stevens

Wenige Augenblicke nach dem Sprung aus der Lichtgeschwindigkeit stellte sich die Lage so simpel dar wie die Beziehung zwischen Raubtier und Beute. Trotz der mit Bothanblut erkauften Geheimhaltung war der halbfertige Todesstern über dem Waldmond Endor auf das vorbereitet, was eigentlich als Überraschungsangriff geplant war. Die Rebellen-Flotte war dem Untergang geweiht.

Sivrak betätigte schon die Kontrollen seines X-Flügel-Jägers, bevor Admiral Ackbar den Befehl zum Ausweichmanöver geben konnte. Aber das verschaffte ihnen nur eine kurze Atempause. Die imperiale Flotte näherte sich bereits aus dem Sektor 47 – Sternzerstörer, Kreuzer, ganze Wellen von TIE-Jägern –, und Sivrak wußte, es war eine Falle. Es war immer eine Falle.

Sein Gesichtsfell sträubte sich. In einer instinktiven Drohgebärde fletschte er die Fänge. Sivrak war ein shistavanenischer Wolfsmann, und er stellte sich dem Tod mit der Urwut, die die Evolution und unbekannte Gentechniker in seinen Zellen kodiert hatten.

Die TIE-Jäger rasten ihrer Flotte voraus, als würden die Sternzerstörer in dieser Entscheidungsschlacht gar nicht gebraucht. Schon erblühten im Weltraum die tödlichen Blumen explodierender Raumschiffe. Sivrak hörte durch das Prasseln der imperialen Störsender seinen Befehl und die Schreie der Sterbenden: Beschütze die Flotte um jeden Preis.

Sivrak heulte auf. *Er* hatte nichts mehr zu verlieren. Alles, was seinem Leben einen Sinn gegeben hatte, war jetzt verstreute Asche auf den Eisfeldern von Hoth.

Seine Lippen zuckten erregt, als er die Waffenkontrollen auf Handsteuerung umschaltete und auf Kollisionskurs mit einem Trio TIE-Jäger ging. Aus seinem Helmkommunikator hörte er, daß die Sanitätsfregatte angegriffen wurde. Aber es war schon zu spät, um den Kurs zu ändern. Wie an dem Tag, an dem er *ihr* zum erstenmal begegnet war.

Vor Sivrak tauchte der Mond Endor auf. Die drei TIE-Jäger drehten bei und rasten auf ihn zu. Seine Waffen spuckten Tod und Verderben, erbarmungslos wie der Biß seiner Fänge. Die imperialen Maschinen erwiderten das Feuer und kamen so schnell näher, daß nicht einmal das perfekte Auge eines Jägers ihren Flug verfolgen konnte.

Aber Sivrak beschleunigte noch weiter, so daß hinter ihm die

Triebwerke des Jägers aufheulten. Mit kehliger Stimme schrie er *ihren* Namen als seinen Schlachtruf hinaus. Der ohrenbetäubende Maschinenlärm schwoll zu einem donnernden Crescendo an, als geladene Partikel von den imperialen Jägern die Kanzel seines eigenen Jägers zum Schwingen brachten. Der Raum verzerrte sich, hüllte ihn in rote Zerstörung. Er stellte sich dem Ende seiner Existenz, dem Beginn des Nichts. Doch irgendwo in diesem sinnlosen Mahlstrom hörte Sivrak leise Musikfetzen. Musik, die er früher schon gehört hatte. An dem Tag, an dem er zum ersten Mal …

… die Mos Eisley Bar betreten hatte. Der Staub von Tatooine bedeckte seine Stiefel, die Hitze der Straßen unter dem sengenden Licht der Doppelsonne brannte auf seinem Gesicht. Er wischte sich mit der Pfote über den Mund, spürte Staub und Sand auf seinen Fängen knirschen, und verharrte, bis sich seine Augen an das trübe Licht gewöhnt hatten.

Für einen Moment überkam ihn ein leichtes Schwindelgefühl, als hätte sein Körper nicht damit gerechnet, so bald wieder der natürlichen Schwerkraft ausgesetzt zu sein, nachdem … nachdem … er konnte sich nicht erinnern. Er schloß die Augen, und vor ihm drehte sich eine grüne Welt. Es hatte irgend etwas mit einem Deflektorschild zu tun. Irgend etwas mit einem … Todesstern? Er bewegte heftig den Kopf, wie um die Verwirrung abzuschütteln, ging dann am Droidendetektor vorbei die Treppe hinunter und trat an den Tresen.

Unaufgefordert stellte der Barkeeper einen Krug mit zerstoßenen Gilden vor Sivrak hin – die organischen Ranken zuckten noch und bestätigten die Frische des Drinks. In dieser Bar bestellte er jedes Mal Gilden. Sivrak schlabberte die dicke Flüssigkeit und fragte sich, wie er in dieser Bar jedes Mal den gleichen Drink bestellen konnte, wenn er noch nie einen Fuß in sie gesetzt hatte. Er war ein Randscout – oder war es gewesen, bis das Imperium die weitere Erforschung der Äußeren Randterritorien verboten hatte. Jetzt war er nur ein weiteres heimatloses Wesen, auf der Flucht vor dem Imperium und allen politischen Verwicklungen. Und in Mos Eisley gab es für seinen Geschmack viel zu viele Sturmtruppen. Er wußte, daß er verschwinden mußte, sobald er die nötigen Kredits aufgetrieben hatte. Er trat plötzlich, instinktiv, zur Seite, und im nächsten Moment huschte schon ein Jawa an ihm vorbei und die Treppe zur Tür hinauf.

Sivrak hatte das schockierende Gefühl, alles schon einmal erlebt zu haben. Er hatte *erwartet*, daß der Jawa an ihm vorbeilaufen würde. Er hatte gewußt, was der Jawa tun würde. Das, was der Jawa auch getan hatte, als er zum ersten Mal hier hereingekommen war und sie getroffen hatte …

Sivrak blickte am Tresen entlang in den düsteren hinteren Teil der Bar gegenüber der Band.

Und er sah sie wieder. Genau wie er sie bei jenem ersten Mal gesehen hatte.

Er trat an ihren Tisch, schnüffelte die unverwechselbaren Pheromone, die sie als Frau identifizierten, bewunderte die Sinusschwingungen ihres auf dem Stuhl zusammengerollten Schlangenkörpers, kräftig genug, um einen Banthaschädel zu zerquetschen. Sie drehte sich zu ihm um und zeigte ihm ihre glitzernden Fänge, die so lang wie Sivraks Krallen waren. Ihre Lichtsensoren richteten sich auf ihn, fähig, Wellenlängen zu sehen, die selbst für die glühenden Augen eines Wolfsmannes unsichtbar waren.

Sivrak hatte von solchen Wesen gehört – Florn-Lamproiden –, die einzigen Intelligenzen einer Welt, die so voller Gefahren war, daß jeder, der sie ohne hyperschnelle Nervenimplantate betrat, auf der Stelle starb.

»Möchtest du was trinken?« zischelte die Lamproidin verführerisch, in einem Tonfall, als hätten sie schon tausendmal zusammen gejagt und Blut vergossen.

Sivrak spürte, wie die Temperatur in der Bar stieg. Er schlüpfte aus seiner Jacke und setzte sich ihr gegenüber, genau wie beim ersten Mal.

Aber dies *war* das erste Mal, oder nicht? Zwei Wesen konnten sich nur beim ersten Mal zum ersten Mal begegnen.

»Lak Sivrak«, keuchte sie, und Sivrak grollte verblüfft. Sie kannte sogar seinen Rudelnamen – es war einfach unglaublich!

»Dice Ibegon«, erwiderte er, und erst dann dämmerte ihm verstört, daß er auch ihren Namen kannte, ihn soeben laut ausgesprochen hatte.

»Du siehst besorgt aus«, stellte Dice fest.

»Wir sind uns schon einmal begegnet.« Sivrak hatte diese Worte schon in hundert anderen Bars auf Dutzenden anderer Welten gesagt, aber dieses Mal meinte er es ehrlich. Denn wie konnte er, ein perfekter Jäger, eine perfekte Killerin wie sie vergessen?

»Bist du sicher?« fragte die Lamproidin. Sie tauchte die feine Spitze ihres tödlichen Schwanzes in ein Glas mit einer schimmernden, halb durchsichtigen Flüssigkeit, vermutlich raffiniertes Banthablut. Die spiegelnde Oberfläche der Flüssigkeit erinnerte Sivrak an Kraftfeldemanationen. War da nicht etwas anderes, was er unbedingt tun mußte? Sollte er nicht an einem anderen Ort sein?

»Als ich gerade am Tresen stand, wußte ich schon vorher, daß mich ein Jawa anrempeln würde«, murmelte er.

»Jawas machen so etwas oft.«

Sivrak konzentrierte sich. Eine neue Erinnerung stieg in ihm hoch. »Gleich wird ein goldener Droide hereinkommen.«

Dice brachte einen einzelnen Tropfen Banthablut dicht an Sivraks Schnauze. Die Flüssigkeit zitterte an der Spitze ihres Schwanzes. »Droiden sind hier nicht erwünscht«, meinte sie. Ihre Stimme klang lockend, verwirrend.

Sivrak berührte mit einer seiner rasiermesserscharfen Krallen das kühle rosa Fleisch von Dices Schwanzspitze, verzaubert von ihren Lichtsensoren und ihrem Scharlachmund und seinen endlosen Reihen nadelspitzer Zähne. »Ein Farmerjunge begleitet den Droiden. Der Junge wird mit ihm reden.«

Dice senkte verschwörerisch die Stimme. »Und der goldene Droide wird wieder gehen.«

Sivraks rauhe Zunge leckte den Blutstropfen vom Schwanz der Lamproidin. Seine Krallen schlossen sich um das süße, knochenlose Fleisch und spürten, wie sich die stählernen Stränge ihrer Muskeln spannten.

»Sag mir, was hier geschieht«, bat Sivrak.

»Nur das, was bereits geschehen ist«, antwortete die Lamproidin. Einer ihrer Lichtsensoren drehte sich nach links. Sivrak blickte in diese Richtung und sah einen gehörnten Devaronianer an der Wand sitzen und träumerisch zur Musik der Barband mit dem Kopf nicken, während er die Vordertür beobachtete.

Sivrak sah zum Eingang hinüber – und entdeckte einen alten Mann in Wüstenkluft, einen Farmerjungen, eine R2-Einheit.

Und den goldenen Droiden.

Der alte Mann trat an den Tresen. Sivrak wußte plötzlich, was sich unter der Robe des alten Mannes verbarg – ein antikes Lichtschwert. Am Tresen saß ein aqualishanischer Pirat, der bald einen Arm verlieren würde.

Sivrak ließ den Schwanz der Lamproidin los und wollte von seinem Stuhl aufstehen. Aber Dices Schwanz drückte ihn wieder zurück, umschlang ihn und hielt ihn auf seinem Platz fest.

»He! Typen wie ihr haben hier keinen Zutritt!« brüllte der Barkeeper.

»Sag es mir«, forderte Sivrak.

»Was weißt du bereits?« erwiderte Dice.

Der Farmerjunge sprach mit dem goldenen Droiden. Der goldene Droide und die R2-Einheit gingen wieder hinaus. Der Farmerjunge stellte sich zu dem alten Mann an den Tresen. Sivrak kämpfte – nicht gegen die Lamproidin, sondern um das Wissen, das irgendwo in ihm verborgen war.

Es konnte nur eine Antwort geben, doch sie ergab keinen Sinn.

»Bindet uns die Macht an diesen Ort?«

»Die Macht bindet und verbindet alle, wenn man an sie glaubt.«

»Ich glaube nur an die Jagd.«

Die Lamproidin fletschte amüsiert die Fänge – das Florn-Äquivalent eines Lächelns. »Das hast du nicht gesagt, als wir uns hier zum erstenmal begegnet sind. Du warst damals überaus eloquent, mein romantischer Wolfsmann.«

Sivraks Augen verengten sich. Wollte sie ihn etwa verspotten? »Ist ein Preis zu bezahlen?« fragte er steif. Am Tresen kam es zu einer Auseinandersetzung. »Um zu erfahren, warum alles vertraut und gleichzeitig neu ist?«

»Armer Wolfsmann«, sagte Dice. »Du verstehst immer noch nicht das Versprechen, das ich dir gegeben habe. Der Preis ist derselbe wie bei unserer ersten Begegnung.«

Sivrak versuchte sich zu erinnern, was als nächstes geschehen würde. Am anderen Ende des Tresens wurde der Farmerjunge gegen einen Tisch geschleudert. Obwohl Dice ihn festhielt, beugte sich Sivrak drohend nach vorn. »Du bist ein Mitglied der Allianz, nicht wahr?«

Ein Lichtschwert erwachte summend zum Leben. Der aqualishanische Pirat schrie auf. Sivraks Nüstern blähten sich, als der Geruch von frischem Blut in der verräucherten Luft explodierte. Die Schwanzspitze der Lamproidin zuckte, als sie es auch roch. Ein abgetrennter Arm fiel auf den Boden der Bar.

»Ich *bin* ein Mitglied der Allianz«, sagte sie. »So wie du es auch bei dieser ersten Begegnung sein wolltest.«

Aber der betäubende Blutgeruch war zu stark, als daß Sivrak den Sinn dieser Bemerkung erfassen konnte, und Dice sonderte bereits ihre Pheromone ab. Sivrak bäumte sich in ihrer tödlichen Umklammerung auf, und Dice entrollte den Rest ihres Körpers und glitt über den Tisch auf ihn zu. Dann trafen die Fänge der perfekten Killerin die des perfekten Jägers, und sie verschmolzen im tödlichen Kuß der Raubtiere. Die Sinneseindrücke überwältigten Sivrak. Er spürte, wie sich der Boden der Bar unter ihm bewegte, sich schneller und immer schneller drehte, wie ein ...

... X-Flügel-Jäger, der durch den Weltraum wirbelte. Ein Trümmerhagel prasselte gegen die Hülle des Jägers, während Sivrak verzweifelt versuchte, die Maschine zu stabilisieren. Sein Taktikdisplay zeigte, daß zwei der TIE-Jäger seinen Frontalangriff überstanden hatten. Der dritte war eine Wolke weißglühender Partikel, die sich im Vakuum zerstreuten. Er drehte sich zu Dice um, wollte sich vergewissern, daß sie unverletzt war, und knurrte, als er nur das Spiegelbild seiner leuchtenden Augen in der Kanzel sah. Die Bar war eine Halluzination gewesen, ein Traum aus der Vergangenheit ... oder Zukunft ... er wußte es nicht.

Eine zweite Sonne flammte über Endor auf, und Sivrak schrak aus seinen Erinnerungen hoch, als der Todesstern einen mächtigen Energiestrahl abfeuerte und eine Fregatte der Rebellen vernichtete. Aus dem Kom drangen entsetzte und verwirrte Stimmen. Der Todesstern war voll einsatzfähig.

Admiral Ackbar ordnete den Rückzug an – alle Jäger sollten zur Basis zurückkehren. General Calrissian widerrief den Befehl – alle Jäger sollten die Sternzerstörer aus nächster Nähe angreifen. Und die Stimme eines anderen Rebellen fragte nach General Solos Einsatzkommando auf der Mondoberfläche. Würde es ihnen gelingen, die Kraftfeldgeneratoren zu zerstören? Hatten sie es bereits versucht und versagt?

Sivrak konzentrierte sich wieder auf die Kontrollen und nahm Kurs auf den nächsten Sternzerstörer. Man konnte im Weltraum auf viele verschiedene Arten sterben. Bald würde er erfahren, welche Todesart ihm vom Schicksal bestimmt war.

Der X-Flügler reagierte nicht auf die Steuerimpulse.

Sivrak aktivierte das Diagnoseprogramm, leitete die Notenergie in den Antrieb und zog die Flügel ein.

Aber der X-Flügler stürzte weiter dem Waldmond entgegen, und er konnte nichts tun, um seinen Kurs zu ändern.

Ein einziger Gedanke beherrschte ihn: Er würde leben.

Sivrak wußte, sobald er in der Mondatmosphäre war, konnte er mit den Stabilisatoren – die im Vakuum nutzlos waren – den Jäger weich zur Landung bringen. Eine ganze Waldwelt wartete auf ihn. Er würde die Allianz und das Imperium vergessen, wenn er seiner Beute nachstellte und zu dem zurückkehrte, was er kannte und beherrschte – die Jagd. Vielleicht würde er im Lauf der Zeit sogar Dice Ibegon vergessen, und alles würde wieder so sein wie früher. Einfach. Ausgeglichen. Die reine Harmonie von Leben und Tod, frei von Schmerz und Liebe und Pflicht.

Die erbitterte Raumschlacht fiel hinter ihm zurück. Er verfolgte auf einem Cockpitdisplay, wie die Feuerbälle der Explosionen zusammenschrumpften und von der Finsternis des Weltraums verschluckt wurden. Wie es schien, hielt das Imperium seinen beschädigten X-Flügler für kein lohnendes Ziel.

Er konzentrierte sich auf den heranrasenden Waldmond, der ihm ein neues Leben versprach. Ein anderes Leben.

Als hätte irgendein Leben ohne sie einen Sinn.

Auf dem Schlachtdisplay explodierte ein Rebellen-Schiff. Sivrak wußte, daß dies bedeutete, daß der Kraftfeldgenerator auf der Mondoberfläche den Todesstern noch immer schützte. Vielleicht war sein Kampf doch noch nicht zu Ende.

Er aktivierte die Atmosphärekontrollen des Jägers und wartete auf das erste Anzeichen von Luftwiderstand. Er konnte sicher landen. Aber er konnte auch den Generator attackieren, obwohl die Taktiker der Rebellen errechnet hatten, daß die Erfolgschancen eines atmosphärischen Angriffs verschwindend gering waren. Die imperiale Luftabwehr war zu stark.

Sivrak trommelte mit den Krallen auf das Kontrollpult, während er um eine Entscheidung rang. Und dann durchbohrte ein imperialer Partikelstrahl eine Heckflosse und schüttelte seinen Jäger heftig durch. Sein Taktikdisplay zeigte zwei TIE-Jäger direkt hinter ihm, in der Deckung seines Düsenschweifs – dieselben Maschinen, die ihn im All angegriffen hatten. Aus irgendeinem Grund, vielleicht, um den Tod ihres Staffelkameraden zu rächen, verfolgten sie ihn immer noch.

Der Wolfsmann war erleichtert, daß die Last der Entscheidung von ihm genommen war. Nun mußte er nicht mehr planen, keine Wahl treffen. Es gab nur noch den Kampf. Das Gleichgewicht. Die Ungeheuerlichkeit des *Hier und Jetzt.*

Da er nicht in den Weltraum zurückkehren konnte, ließ er den Jäger abtrudeln und klinkte alle Köder und Minen aus, die hinter ihm eine expandierende Wolke aus sensorstörenden Kohlenstofffasern bildeten. Dann schwenkte er die Heckzielerfassung auf das dunkle Zentrum der Wolke ein, für den Fall, daß einer oder beide TIE-Jäger den Flug durch die gefährliche Wolke heil überstanden. Sivrak kalkulierte, daß er Zeit für mindestens zwei Schüsse hatte, bevor die imperialen Piloten ihn anvisieren konnten. Vielleicht würden diese Schüsse genügen. Vielleicht auch nicht. Sivrak kümmerte es nicht.

Er sah nach vorn zur rasend schnell größer werdenden Scheibe des Mondes und spürte endlich, wie der erste schwache Luftwiderstand den trudelnden Sturz des Jägers verlangsamte. Mit grimmiger Befriedigung stellte er sich vor, wie sein X-Flügler in Stücke gerissen wurde und die Trümmer wie ein Meteoritenschwarm zu Boden regneten. Es war ein schönes Bild. Ein passendes Bild. Ein guter Tod für einen Jäger.

Auf dem Taktikdisplay explodierten die Minen, die er ausgestoßen hatte. Zumindest einer der Feindjäger war verschwunden. Aber dann zuckte ein greller Energieblitz aus der Kohlenstoffwolke und blendete seine Hecksensoren mit einem Ausbruch statikerfüllter weißer Helligkeit, die wie ein Schneesturm über Sivrak hereinbrach ...

… während die eisigen Winde von Hoth heulten.

Sivrak warf sich in den Schützengraben, als der Energieblitz eines imperialen Läufers eine nahe Artilleriestellung verkochte. Die Echostation – der einzige Außenposten der Rebellenbasis auf dem nördlichen Gebirgszug – war eine Leichenhalle. Überall lagen Tote, als er sich aufrappelte und Schnee und Eiskristalle aus seinem verfilzten Fell schüttelte. Es war so bitterkalt, daß er nicht einmal das Blut der Sterbenden riechen konnte. Aber dann nahm er *ihren* Duft wahr.

Der Boden erbebte unter den donnernden Schritten der vorstoßenden Läufer und dem Dauerfeuer einer Ionenkanone, mit der die verzweifelten Rebellen versuchten, den Fluchttransportern den Weg freizuschießen. Aber Sivrak spürte nur *sie* – sie war ganz nah.

Er rannte zu ihr, drängte sich durch die anderen Soldaten in dem spiegelglatten, vereisten Graben. Seine leuchtend orangefarbene Bordmontur hob sich grell vom Weiß ihrer Hoth-Tarnanzüge ab. Aus dem Kom drang der Befehl, alle Bodentruppen zu evakuieren. Das Kommandozentrum hatte einen Treffer abbekommen. Alle Truppen im Sektor 12 sollten sich zum Südposten zurückziehen, um die Jäger zu beschützen. Er stürzte neben Dice in den Schnee.

Der Schnee war vom dunklen Purpur ihres Blutes gefleckt.

Sivrak sagte ihren Namen und berührte ihr Gesicht. Ein gezackter Metallsplitter hatte ihren Isolieranzug durchschlagen und sich tief in ihren Brustkorb gebohrt. Dort glitzerten purpurne Tropfen aus gefrorenem Blut, als wäre für sie die Zeit stehengeblieben.

Ihre Augensensoren zitterten und richteten sich auf, und sie sah ihn an.

»Geh«, sagte sie.

»Ich kann nicht«, wehrte er ab. »Ich habe geschworen, für die Prinzessin und die Wiederherstellung der Republik zu kämpfen.«

Die Lamproidin fletschte trotz ihrer Schmerzen amüsiert die Zähne. Ihr keuchender Atem hing als Nebel in der eisigen Luft.

»Du hast nie die Uniform eines Rebellen tragen wollen. An jenem Tag in der Bar, bei unserer ersten Begegnung, hast du mein Angebot, dich der Allianz anzuschließen, nur angenommen, weil dies der schnellste Weg für dich in die Umarmung meines Körpers war.«

Natürlich hatte sie recht. Bei ihrer ersten Begegnung in der Bar – der *echten* ersten Begegnung – hatte er viel Aufhebens um seine Sympathie für die Rebellen gemacht, weil er gespürt hatte, daß er so ihre Zuneigung gewinnen konnte. Aber im Lauf der Zeit hatte er sich immer mehr mit den Zielen der Allianz identifiziert. Er war ein stolzer und opferbereiter Kämpfer für die gerechte Sache geworden. Aber jetzt lag Dice im Sterben, und die Vergangenheit war unwichtig.

»Was *ist* die Vergangenheit?« fragte Dice, wieder seine Gedanken lesend.

Sivrak riß das Medset von seinem Gürtel, irgendwie wissend, daß über einer Welt aus Wäldern diese andere Schlacht geschlagen wurde. Enttäuscht starrte er den Inhalt des Sets an. Die meisten Salben und Medikamente waren auf seine Spezies abgestimmt. Er hatte keine Ahnung, wie sie auf die Florn-Biologie wirken würden. Aber er mußte irgend etwas tun.

»Du hast etwas getan«, sagte Dice tröstend. Ihre Stimme klang ruhig, fast friedlich. Sie richtete ihre Lichtsensoren auf den wolkenlosen blauen Himmel.

»Wir *sind* uns ähnlich«, fuhr sie fort, »wie du schon immer gewußt hast. Der Jäger und die Killerin wissen, daß die Kranken und Schwachen von der Herde getrennt und ausgemerzt werden müssen – und das Imperium ist durch und durch verfault. Deshalb mußt du mich verlassen und unseren Kampf bis zum Ende führen.«

Die Ampullen und Spritzen aus dem Medset entglitten Sivraks klammen Pfoten. »Dice, nein. Ich kann nicht.«

»Ich weiß, daß du es nicht kannst. Ich weiß, daß es eine Zeit geben wird, in der du es nicht brauchst. Aber jetzt, mein Geliebter, *mußt* du es. Allianz und Imperium. Räuber und Beute.«

Aus Sivraks Kommunikator drang das kodierte Evakuierungssignal. Eine gepreßte Stimme meldete, daß die imperialen Truppen in die Basis eingedrungen waren.

»Ich werde hier mit dir sterben«, erklärte Sivrak.

Er barg ihren Kopf an seinem warmen Körper.

»Was ist der Tod im Vergleich zur Liebe?« fragte Dice mit ersterbender Stimme.

Sivrak konnte sich nicht bewegen. Er verlor sie.

»Du mußt an die Macht glauben«, flüsterte sie.

»Wenn du es möchtest«, sagte Sivrak mit belegter Stimme. Er wollte nicht mit ihr über die alte Religion streiten, wenn sie darin ihren Frieden fand. Er spürte, wie das Klagegeheul in seiner Brust hochstieg.

»Nicht, weil ich es möchte, sondern weil du keine andere Wahl hast.«

Ehe Sivrak antworten konnte, verkrampfte sich der Körper der Lamproidin und lag dann still. Er blickte auf Dice hinunter, während ihre Lichtsensoren nach und nach matt wurden. Und dann, im Donner der Schlacht, die in diesem Moment Lichtjahre entfernt war, segnete ihn Dice mit der Macht, damit sie auf ewig bei ihm bleiben konnte.

Sivrak hielt sie in den Armen, bis ein Läufer den Hauptgenerator zerstörte und Energiestrahlen die Luft zerschnitten. Aus Sivraks Kommunikator drang die letzte Aufforderung zur Evakuierung. Das Dröhnen der inzwischen zu zweit startenden Transporter hörte nicht mehr auf.

Aber als befände er sich auf einer anderen Welt, auf einer, wo es keinen Krieg und keine Konflikte gab, erhob sich Sivrak und bewegte sich mit einer Bedächtigkeit und Entschlossenheit, die in völligem Gegensatz zu dem Chaos um ihn herum stand.

Er hörte keine Explosionen, als er Dices Leichnam in einer geschützten Nische des verschneiten Schützengrabens zur letzten Ruhe bettete. Er spürte nicht mehr die donnernden Schritte der Läufer, als er ihre pelzumrandete Kapuze um ihr heiteres, lebloses Gesicht arrangierte und zärtlich ihre Fänge streichelte, die nie wieder voller Lust Fleisch zerfetzen würden.

Ein menschlicher Rebell kam neben ihm im Graben schlitternd zum Halt und zerrte an Sivraks Arm, um ihn zum Evakuierungspunkt zu ziehen. Aber Sivraks Grollen vertrieb den Menschen.

Dann stand Sivrak über seiner Geliebten und zog seinen Blaster aus dem Holster. Er hatte gehört, was die imperialen Biogenetiker mit den Leichen der gefallenen Rebellen anstellten. Daß sie sie klonten und am Leben erhielten, um grausige Experimente mit ihnen zu machen. Er stellte den Blaster auf volle Leistung.

»Möge die Macht mit dir sein«, sagte er sanft. Sein Atem trieb als dunstige Fahne durch die eisige Luft.

Er würde es entweder zum Evakuierungspunkt schaffen oder sterben. Es gab keinen Grund zur Eile.

Sivrak aktivierte den Blaster.

Dices Leichnam leuchtete auf, als der Energiestrahl seine zerstörerische Wirkung entfaltete. Sie brannte und verglühte, und Sivrak hatte das Gefühl, daß ihr diese Transformation gefallen hätte. Und dann griff das Feuer, das sie verzehrte, nach Sivrak, verschlang auch ihn, als …

… ein einzelner TIE-Jäger aus der Kohlenstoffwolke schoß und dabei aus allen Waffen feuerte. Sivrak blinzelte überrascht und spürte noch immer die Kälte von Hoth in seinen Gliedern, während er seine Maschine instinktiv abschmieren ließ und den tödlichen Strahlen des TIE-Jägers auswich, bis seine Heckzielerfassung einrastete und er feuerte.

Der TIE-Jäger brach auseinander, als Sivraks Strahl seine Hülle zerfetzte, und die Atmosphäre Endors riß die imperiale Maschine binnen Sekundenbruchteilen in staubkorngroße Fragmente. Die Jagd war vorbei.

Aber jetzt füllte der Mond seine Kanzel. Sivrak schlug auf die Atmosphärekontrollen und versuchte, den trudelnden Flug des X-Flüglers zu stabilisieren. Das Navigationsdisplay zeigte seine beiden möglichen Kurse. Einer führte in Sicherheit. Einer zum Generator. Das Heckdisplay zeigte den unablässig feuernden Todesstern. Der X-Flügler schüttelte sich, als er in die dichteren Atmosphäreschichten eindrang. Sivraks Klauen gruben sich in das Sicherheitsgeschirr. Er war weniger als dreißig Herzschläge von dem Punkt ohne Wiederkehr entfernt. Wieder mußte er eine Entscheidung treffen. Er konnte sich nicht entscheiden. Die Atmosphäre sang. Wie Musik. Wie die Musik …

… in der Bar. Sivrak lehnte sich an den Türrahmen und versuchte die Geräusche zu identifizieren, die aus den Straßen von Mos Eisley drangen. Kampf. Aufruhr. Das Dröhnen schnellfliegender Gleiter. Explosionen aus der ungefähren Richtung des Raumhafens.

Er stolperte atemlos die Treppe zum Tresen hinunter und spürte voller Panik, daß die Zeit knapp wurde.

Es war Nacht. Die Bar war leer. Die Musik kam vom Band. Irgend etwas stimmte nicht.

Sivrak sank gegen den Tresen und spürte, wie er erbebte, als würde er durch eine Atmosphäre pflügen.

»Jabba ist tot«, sagte Dice.

Sivrak blickte auf und sah die Lamproidin neben sich am Tresen stehen und ihr Spiegelbild im raffinierten Blut ihres Schnapsglases betrachten.

»Wie …?« ächzte Sivrak. Seine Frage umfaßte alles, was passiert war, aber Dice mißverstand sie.

»Er wurde auf seiner Sandbarke erdrosselt«, erklärte Dice. »Von einer menschlichen Sklavin. Mit ihren eigenen Ketten.«

Von draußen drang eine Explosion. Die Kämpfe schienen vom Raumhafen näher zu rücken. Die Flaschen und Gläser im Regal hinter dem Tresen klirrten.

Dice nahm ihr Glas. »Mos Eisley steht in Flammen. Niemand weiß, wer die Kontrolle über die Stadt hat.« Sie steckte ihre Trinkzunge in das Glas und saugte.

Sivrak fuhr sich erregt über das pelzige Gesicht. Er wußte, daß er irgend etwas tun mußte, aber er wußte nicht, was. Er *mußte* herausfinden, was hier nicht stimmte.

»Wenn Jabba tot ist«, begann er unsicher, »dann ist Hoth ... Hoth bereits evakuiert worden.«

Dice stellte ihr Schnapsglas wieder auf den Tresen. »Das ist richtig«, bestätigte sie.

Sivrak spürte, wie sich sein Rückenfell sträubte. »Aber dann«, keuchte er, »bist du tot.«

Dice rollte ihre Schwanzspitze um Sivraks Unterarm. »*Fühle* ich mich tot an?« fragte sie.

Der Wolfsmann schloß die Krallen um ihre Schwanzspitze und konzentrierte sich auf den Zauber ihrer unwahrscheinlichen Gegenwart. Er hörte jetzt andere Laute. Schritte. Stimmen. Stiefelknirschen auf sandigem Boden. Er sah Dice an.

Sie saßen an dem Tisch in der Ecke, während hinter ihnen der gehörnte Devaronianer im Takt der Musik wippte. Jetzt war die Bar voller Gäste. Wie schon vor langer, langer Zeit.

»Gleich wird der goldene Droide hereinkommen«, sagte Sivrak. Er hatte das vage Gefühl, daß er allmählich zu verstehen begann, was sich hier abspielte, daß er ahnte, welche Entscheidung er treffen mußte. »Und dann wird der goldene Droide wieder gehen.«

Dices Lichtsensoren waren unergründlich, so tief wie ein Gravitationsbrunnen. »Und was ist diesmal mit dir?« fragte sie, als hätte sie seine Gedanken gelesen. »Wirst du ebenfalls wieder gehen?«

»Die Macht«, sagte Sivrak verblüfft, als er endlich alles verstand. »Die Macht ist *in* mir, nicht wahr?«

Dice lächelte. »Die Macht ist in allem«, erwiderte sie.

»Aber das Hier und Jetzt, diese Bar« – Sivrak hob die Stimme, während all das, was geschehen war, all das, was gerade geschah, all das, was geschehen würde, in diesem einen Augenblick verschmolz – »die Schützengräben von Hoth oder der Sturz auf den Mond Endor – die Macht verbindet *alles.*«

Sein Puls hämmerte, sein Atem ging keuchend. Jemand betrat die Bar, und der Devaronianer blickte zur Tür.

»Natürlich«, sagte Dice, als hätte sie jedes seiner Worte schon in zahllosen Leben gehört.

Der alte Mann kam die Treppe herunter, gefolgt von dem Farmerjungen, der R2-Einheit und dem goldenen Droiden.

»Kann ich diesmal, wenn der goldene Droide geht, auch gehen?« fragte Sivrak.

»Vor dieser Wahl standest du schon bei unserer ersten Begegnung«, erklärte Dice. »Nichts hat sich geändert.«

Sivrak spürte, wie die Weltenlinien zusammenliefen, sich dann wieder trennten, nicht an diesem Ort und in dieser Zeit, sondern in diesem einen Gefühl, dieser einen Erfahrung, die alles transzendierte. Er wußte jetzt, daß er mit Hilfe der Macht dem goldenen Droiden auf die Straßen von Mos Eisley folgen *konnte*, und alles würde wieder so sein wie vor dem Tag, an dem er Dice Ibegon begegnet war.

Dieselbe Entscheidung, aber eine zweite Chance.

Durch ihre Liebe hatte ihm Dice diesen Ausweg geöffnet.

»He«, knurrte der Barkeeper hinter dem Tresen. »Typen wie ihr sind hier nicht erwünscht.«

Sivrak verfolgte aufmerksam die weitere Entwicklung. Der Farmerjunge sprach mit seinen Droiden. Ihm blieben nur noch wenige Augenblicke. Die Zeit zwischen zwei Entscheidungen. Eine Richtung oder die andere.

»Ich will dich nicht verlassen«, sagte Sivrak zu Dice.

»Obwohl du alles weißt, was du weißt?« fragte sie. »Obwohl du genau weißt, was vor dir liegt?«

Sivrak antwortete nicht. Er griff nach ihr, um ihren Schlangenleib für einen zeitlosen Moment, der ewig gewährt hatte, ewig währte und ewig währen würde, an sich zu drücken.

Der goldene Droide verließ die Bar. Die Musik spielte weiter. Sivrak wartete darauf, daß das Summen des Lichtschwerts des alten Mannes alle anderen Laute übertönte.

»Manchmal ist die Wahl eine Illusion«, sagte Sivrak, der endlich wußte, daß alle Entscheidungen dieselbe Entscheidung waren, und zwar seit dem Moment, als er diese Bar betreten und Dice Ibegon gesehen hatte, auf ihn wartend, wie sie immer auf ihn gewartet hatte.

Er zwang sich, die Augen zu schließen, denn er wußte, was passieren würde. Der alte Mann griff in seinen Mantel und zog sein antikes Lichtschwert. Die leuchtende Klinge spiegelte sich in den Gläsern auf dem Tresen. Der aqualishanische Pirat schrie. Die Bar erbebte …

… unter dem vernichtenden Ansturm von Endors Atmosphäre.

Sivrak heulte den Mond an, als er die Nase seines X-Flüglers hochriß, um durch die Turbulenzen zu gleiten, auf seiner eigenen überschallschnellen Druckwelle zu reiten und die Geschwindigkeit soweit zu verringern, bis sie unter der kritischen Belastungsgrenze des X-Flüglers lag. Diesmal erreichte er den Punkt ohne Wiederkehr, und er wußte sofort, daß sein ganzes Leben auf diesen einen Punkt ausgerichtet gewesen war. Die Ungeheuerlichkeit des *Hier und Jetzt.* Seine Bewegungen waren instinktgeleitet, nicht von der Vernunft bestimmt, von jeder Entscheidung befreit. Er zog den Steuerknüppel an sich und nahm Kurs auf die Koordinaten des Bodengenerators.

Sein X-Flügler dröhnte durch die Atmosphäre, die Bugdeflektorschilde glühten rot wie ein sterbender Stern. Sein Taktikdisplay blieb leer – keine imperiale Luftabwehrstellung visierte ihn an. Standardverteidigungssysteme waren normalerweise undurchdringlich, aber jetzt, wo über ihm die Raumschlacht tobte, herrschte keine Normalität.

Das Navigationsdisplay bestätigte die Richtigkeit seines Kurses. Die Scanner peilten den Sendemast des Generators an. Der X-Flügler bockte wie ein tollwütiger Tauntaun. Sivraks Blickfeld verschwamm, während aus dem Kommunikator statisches Prasseln drang, gefolgt von Ackbars triumphierender Stimme: »Der Schild ist zusammengebrochen! Großangriff auf den Hauptreaktor des Todessterns!«

Unter Sivraks X-Flügler breitete sich der mondumspannende Wald aus, und dann sah er eine Säule aus Rauch und Feuer auf sich zurasen, die brennenden Überreste des bereits zerstörten Sendemastes. Solos Einsatzkommando hatte am Ende doch Erfolg gehabt.

General Calrissians Stimme dröhnte durch die Statik. »Wir sind unterwegs!« Laute Jubelrufe. Die Stimmen von Menschen und Bothans, Mon Calamaris und Biths. Sogar ein Droide stieß gellendes Triumphgeheul aus und erklärte, daß er das schon lange hatte tun wollen.

Es war die Raserei einer erfolgreichen Jagd, erkannte Sivrak, während er gleichzeitig begriff, daß keine Macht des Universums seinen Jäger stoppen konnte, weil sein Kurs schon vor langer Zeit von der stärksten aller Mächte festgelegt worden war.

Die brennenden Ruinen der imperialen Basis kamen mit der Geschwindigkeit des Schicksals auf ihn zu. Gelassen nahm Sivrak die Pfoten von den Kontrollen …

… und wanderte durch den Wald von Endor.

Es war Nacht. Der Wind war kühl. In seinen Nüstern prickelten die Gerüche von zahllosen Beutetieren und der Rauch großer

Waldbrände. Das ferne Prasseln der Feuer war von rhythmischen Trommelschlägen und dem triumphierenden Gesang vieler aufgeregter Stimmen unterlegt.

Sivrak zog die reine Luft ein und atmete die letzten schalen Reste der wiederaufbereiteten Kabinenluft des Jägers aus. Diesmal versuchte er nicht, sich daran zu erinnern, was geschehen war. Er wußte, daß die Zeit alle Fragen beantwortete.

»Das sind die Ewoks, die da singen«, sagte Dice hinter ihm, so wie es ihr vorherbestimmt war.

Er drehte sich zu ihr um und keuchte angesichts der ätherischen Schönheit ihres Lamproidenkörpers, der in dem inneren Licht erstrahlte, das schon immer in ihr gebrannt hatte. Die düsteren Bäume des Waldes badeten in ihrem Glanz.

»Sie feiern den Tod des Imperators«, sagte sie.

»Dann ist die Schlacht um Endor ...?« begann Sivrak.

»... gewonnen. Unser Kampf ist zu Ende.«

Sivrak hob seine Pfote, um sie zu berühren, und war nicht überrascht, als er feststellte, daß sein Arm wie Dices Körper leuchtete.

Sie wand ihre Schwanzspitze um seine Pfote. »Wir sind Geschöpfe des Lichts«, sagte sie, »und wir sind es immer gewesen. Wahre Liebe kann nicht verleugnet werden.«

Lange Zeit stand Sivrak schweigend in diesem Wald, endlich vereint auf eine Weise, die ihm verriet, daß er nie wieder allein sein würde – eine Harmonie, die noch einfacher war als die zwischen Raubtier und Beute, die Vereinigung aller Dinge in der Macht. Aber durch den Chor der Ewoks hörte er Fetzen einer anderen Musik aus einer anderen Zeit.

»Die Bar«, erklärte Dice, ohne daß er fragen mußte.

»Ich weiß«, nickte er. »Aber es gibt keinen Grund mehr, dorthin zurückzukehren.«

»Es hat nie einen gegeben«, sagte sie.

Und dann, Pfote in Schwanz, ihre Herzen und Seelen auf ewig vereint, führte Dice Sivrak durch den Wald von Endor, zu einem besonderen Ort nahe einem Ewok-Dorf, wo drei Freunde warteten, wie sie immer gewartet hatten, wie sie immer warten würden, auf alle, die sich zu ihnen gesellen wollten, vereint in der Macht.

Und hinter ihnen im Wald verklang langsam die Musik aus der Bar und wurde nie wieder gehört.